rororo

Kate Pepper ist in Frankreich geboren und in den USA aufgewachsen. Heute lebt sie mit ihrem Mann, einem Filmproduzenten, und ihren zwei Kindern als Schriftstellerin in New York. Bei rororo erschienen bisher die Titel «5 Tage im Sommer» (rororo 23777), «7 Minuten zu spät» (rororo 24239), «48 Stunden» (rororo 24430), «3 Wochen bis zur Wahrheit» (rororo 24555), «Nur 15 Sekunden» (rororo 24875) und «Der Domino-Killer» (rororo 24911), mit denen Kate Pepper sich einen festen Platz unter den Top-Thriller-Autorinnen erobert hat.

Kate Pepper

7 MINUTEN ZU SPÄT

Thriller
Aus dem Englischen
von Theda Krohm-Linke

3 WOCHEN BIS ZUR WAHRHEIT

Thriller
Aus dem Englischen
von Tanja Handels

Rowohlt Taschenbuch Verlag

Die Originalausgabe zu «7 Minuten zu spät» erschien 2005 unter dem Titel «Seven Minutes to Noon» bei ONYX/Penguin, New York.

Die Originalausgabe zu «3 Wochen bis zur Wahrheit» erschien 2007 unter dem Titel «Here She Lies» bei ONYX/NAL, A Division of Penguin Group, New York.

Sonderausgabe
Veröffentlicht im Rowohlt Taschenbuch Verlag,
Reinbek bei Hamburg, Januar 2011

Redaktion Katharina Gerhardt
Umschlaggestaltung any.way, Barbara Hanke/Cordula Schmidt
(Foto: neuebildanstalt/Einecke)
Druck und Bindung CPI – Clausen & Bosse, Leck
ISBN 978 3 499 25558 8

7 MINUTEN ZU SPÄT

Thriller

Aus dem Englischen
von Theda Krohm-Linke

Für Oliver, Eli und Karenna
… immer und immer wieder.

DANKSAGUNG

Matthew Bialer, mein Agent, und Claire Zion, meine Lektorin, haben hart gearbeitet, um diesen Roman in die richtige Richtung zu lenken; für ihre Geduld und ihre Mühe schulde ich ihnen aufrichtigen Dank. Mein Dank gilt auch P. O. Paul Grudzinski vom 76. Revier in Brooklyn, weil er sich die Zeit genommen hat, mit mir zu reden und mir die Detectives Unit zu zeigen. An Gail Barrnett, die unerschrockene Leserin meiner ersten Fassung: Danke, Mom, für deine Zeit, deinen Enthusiasmus und dein sensibles Feedback. Und zu guter Letzt geht mein innigster Dank an Oliver Lief für alles.

PROLOG

Komm schon, beeil dich, rief ihre Mutter ungeduldig, als Jen zu weit zurückblieb. Trotz der frühen Morgenstunde fühlte sich die Luft an ihren sommergebräunten Armen warm und schwül an. Jen wäre viel lieber schwimmen gegangen oder hätte mit ihren Freundinnen gespielt, als zur Schule zu müssen.

Auf der Carroll Street Bridge blieb sie stehen und blickte in den Himmel, der sich blau über Brooklyn spannte. Die weißen Wölkchen, die darüber hinwegsegelten, sahen aus wie ein Hase, ein Schiff oder ein Baby. Jen fuhr mit der Hand über das Eisengeländer. Jemand hatte es blau angestrichen, das gefiel ihr. Sie beugte sich vor und blickte auf den Gowanus-Kanal.

«Komm, beeil dich!», rief ihre Mutter.

Jen hatte immer schon gern im Kanal Ausschau nach Tieren gehalten, schon seit der Vorschule, als sie miterlebt hatte, wie eine Pumpe das tote Wasser zum Leben erweckte. Ihre Lehrerin hatte ihnen alles darüber erzählt. Bis in die sechziger Jahre hatte eine Pumpe das Wasser in dem künstlichen Kanal umgewälzt, und alle möglichen Lebewesen hatten sich darin getummelt. Dann zerbrach die Pumpe, und weil niemand sie reparierte, floss das Wasser nicht mehr. Als Jen mit der Klasse dorthin gekommen war und es sich angesehen hatte, war das Wasser bereits neongrün, ein toter Fluss zwischen ihrem Wohnviertel und der Schule. Manche Leute behaupteten, der Kanal sei giftig, und wenn man hineinfiele, würde man krank und könne möglicherweise sogar sterben. Jen hatte sich vorgestellt, wie sie über das Geländer fiel, einen Moment lang in der Luft schwebte und sich in Luft auflöste, sobald sie das Wasser berührte.

Ihre Lehrerin hatte ihnen von einem Geschäftsmann aus der Court Street erzählt, der den Traum hatte, mit dem Kanal eine Art Venedig zu begründen. Statt alter Fabriken sollten am Ufer Restaurants und Parks entstehen, und auf dem Wasser sollten Boote fahren. «Gondeln auf dem Gowanus», hatte ihre Lehrerin gesagt, und die Klasse verstand nicht, was sie damit meinte, aber es hatte so lustig geklungen, dass sie alle lachten. Zuerst jedoch musste der Kanal wieder zum Leben erweckt werden, und deshalb hatte der Geschäftsmann jemanden beauftragt, die Pumpe zu reparieren. Am Ende des ersten Schuljahres, hatte Jens Lehrerin gesagt, würde der Gowanus-Kanal wieder munter dahinfließen.

Jetzt war sie in der zweiten Klasse, und es stimmte, es war tatsächlich so gekommen. Seit letztem Jahr hatte sich die Farbe des Wassers verändert; es war jetzt hellgrün und teilweise fast durchscheinend. Angestrengt blickte Jen hin, um etwas Lebendiges zu entdecken. Und dann sah sie es plötzlich: eine Schildkröte, so groß wie ihre Hand, die an der Wasseroberfläche schwamm.

«Mom!»

«Beeil dich! Wir haben keine Zeit!»

«Ich habe eine Schildkröte gesehen!»

Jen wusste, dass sie weiterlaufen musste, konnte jedoch nicht widerstehen, wenigstens noch einen Blick auf den Kanal zu werfen. Und dann sah sie noch etwas, und dieses Mal war es wie im Märchen. Sie sah eine Fee, eine Frau mit einem friedlichen Gesicht, über das das Wasser floss, die Augen weit aufgerissen. Langsam drehte sich das Gesicht dem Himmel entgegen, als schaue es nach oben, dann wandte es sich langsam wieder ab und war verschwunden.

«Mom!»

«Jen!» Ihre Mutter sah sich um und stützte die Hände in die Hüften.

«Ich komme schon!» Jen rannte zu ihrer Mutter. «Aber ich habe eine Fee im Kanal gesehen, Mom! Sie hatte lange Haare, und sie sind so um sie herumgeschwebt.» Jen drehte sich, dass ihre eigenen Haare ihr um den Kopf flogen.

Ungeduldig blickte ihre Mutter auf ihre Armbanduhr. «Weißt du eigentlich, wie spät es ist, junge Frau?»

Jen lief neben ihr her. Sie würde es ihrer Mutter später erzählen, wenn sie bereit war zuzuhören, vielleicht heute Abend, beim Gutenachtsagen. Sie würde ihrer Mutter erzählen, dass sie eine Fee gesehen hatte, und es war Zauberei und Wirklichkeit zugleich gewesen.

ERSTER TEIL

KAPITEL 1

Alice Halpern hastete den Carroll Park entlang. Sie war mit ihrer Freundin Lauren verabredet, zusammen wollten sie die Kinder abholen. Alice war in letzter Sekunde noch aufgehalten worden, Lauren wartete bestimmt schon auf sie. Doch als Alice die Bank erreichte, die ihnen immer als Treffpunkt diente, war sie leer. Schwer atmend setzte sich Alice und sah auf die Uhr. Sie war nur sieben Minuten zu spät. Wo steckte Lauren? Normalerweise war sie immer vor ihr da.

Die Sonnenstrahlen brannten auf Alices Haut, die immer noch milchweiß war, weil sie ständig Sunblocker auftrug. Rothaarig, wie sie war, ging sie normalerweise nicht ohne ihren breitkrempigen Hut aus dem Haus, aber heute Morgen hatte sie ihn in der Eile am Garderobenständer vergessen, als sie die Kinder aus der Tür gescheucht hatte, damit sie nicht zu spät zur Schule kamen. Sie rutschte auf der Bank in das letzte schattige Eckchen und blickte erneut auf die Uhr; es war zehn vor drei.

In ein paar Minuten würden die Türen des Schulgebäudes aufgehen, und die Kinder würden herausströmen. Alice holte tief Luft und genoss die relative Ruhe dieser letzten Minuten, bevor die Strömung ihrer Mutterpflichten sie wieder bis zum Abend mitriss. Vielleicht wäre es besser gewesen, im Laden zu bleiben und in der Kühle der Klimaanlage die letzte Lieferung Herbstschuhe auszupacken. Sie hätte lieber noch einmal mit Lauren telefonieren sollen, bevor sie so früh in die brütende Hitze des Nachmittags aufgebrochen war. Wie eine Wolldecke hüllte die Hitze sie ein und nahm ihr den Atem. Sie war im sechsten Monat ihrer dritten Schwangerschaft – auch noch mit Zwillingen, doppelte Mühe, doppelte Freude –, und sie spürte bereits, wie die Babys auf ihre Lunge drückten.

Sie versuchte sich zu erinnern, was Lauren gestern über ihre Pläne für heute gesagt hatte: morgens einkaufen, dann mittags der Schwangerschafts-Pilates-Kurs in Park Slope. Lauren liebte diesen Kurs, und sie hatte auch Alice gedrängt, daran teilzunehmen. Aber Alice hatte neben ihrer Arbeit bei Blue Shoes und den Verpflichtungen zu Hause einfach keine Zeit mehr. Lauren allerdings ließ den Unterricht nie ausfallen. Aber sie war jetzt auch schon weit im achten Monat mit ihrem zweiten Kind, und vielleicht hatte sie die Hitzewelle ja umgehauen.

Alice kramte ihr Handy aus ihrer Tasche und drückte die Kurzwahltaste für Laurens Handynummer. Als die Mailbox ansprang, hinterließ sie eine Nachricht. Anschließend wählte sie Laurens Nummer zu Hause und hinterließ dort ebenfalls eine Nachricht auf dem Anrufbeantworter.

Sie steckte das Handy wieder in ihre Tasche und holte den gefalteten, mittlerweile völlig zerknitterten Umschlag heraus, den sie Lauren unbedingt zeigen wollte. Sie strich das Blatt Papier auf ihrem Schoß glatt und las erneut die nur zu deutliche Überschrift: Räumung der Wohnung innerhalb von 30 Tagen. Sie hatte die Benachrichtigung erst vor einer Stunde im Laden zugestellt bekommen und fühlte sich betrogen, weil ihr Vermieter – ihr *früherer* Vermieter, da er vor zwei Tagen sein Brownstone verkauft hatte – dem neuen Besitzer ihre Arbeitsadresse gegeben hatte. Der Brief war unterschrieben mit *Julius Pollack, Eigentümer.* Warum hatte Mr. Pollack, Eigentümer, sie nicht zuerst angerufen, um mit ihr zu reden? Dann hätte er herausgefunden, wie viel Mühe Alice und Mike in der letzten Zeit darauf verwendet hatten, ein neues Haus zu suchen. Lauren und ihr Mann Tim hatten zu Anfang des Sommers ein ähnliches Schreiben bekommen – allerdings war ihres vom Geschäftsführer von Metro Properties unterschrieben gewesen –, und auch ihnen hatte man nur dreißig Tage Zeit gegeben, bevor sie per Gerichtsbeschluss ihre Wohnung verlassen mussten. Da sie beide Juristen waren, legten sie erfolgreich Einspruch ein, aber sie wohnten auch in einem Mehrfamilienhaus, in dem der Eigentümer nicht so freie Hand hatte wie bei einem Einfamilienhaus. Bei Alice und Mike war es eben so, dass ihr Vertrag mit dem früheren Eigentümer erloschen war, und Pollack war nicht verpflichtet, ihn zu erneuern. Und jetzt mussten sie schwierige Entscheidungen treffen: Sollten sie tatsächlich das anstrengende Projekt in Angriff nehmen und zweimal umziehen, zuerst zum Übergang in ein gemietetes und dann in ein Haus, das ihnen gehörte? Sollten sie wirklich den Kindern und auch sich selbst das alles zumuten? Oder sollten sie sich zur Wehr setzen und genügend Zeit verlangen, um sich von vorneherein nach etwas Richtigem umsehen zu können? Alice brauchte *Fakten.* Wo Lauren bloß blieb? Sie hätte ihr nicht nur wertvollen juristischen Rat geben, sondern auch den Schock und die Demütigung nachempfinden können, so einfach aus dem eigenen Zuhause herausgeworfen zu werden.

Die Zeit verging, und Alices Enttäuschung wuchs. Sie hätte so gerne die Situation in aller Ruhe mit Lauren besprochen. Vor den Kindern war das nur schlecht möglich. Sie hatte Mike bereits angerufen, und sie waren übereingekommen, den Kindern noch nichts zu sagen, deshalb würde sie mit Lauren nur bruchstückhaft reden können, während die Kinder auf dem Spielplatz beschäftigt waren. Aber, na ja, es war immer noch besser als nichts.

Sie ging über die Straße zum Eingang des Kindergartens und der Schule, wo bereits andere Eltern und Babysitter warteten. Zuerst kamen die Kindergartenkinder heraus, in einer langen Reihe, angeführt von der Kindergärtnerin. Peter und Austin gingen ganz hinten und hielten sich an den Händen. Sie waren fast seit ihrer Geburt die besten Freunde und galten in ihrer Gruppe als unzertrennlich. Alice ging in die Hocke und küsste beide Jungen zur Begrüßung.

«Na, wie war es heute?», fragte sie Peter und drückte ihrem Sohn noch einen Kuss auf die unwiderstehlich weiche Wange.

«Schön.»

«Und bei dir?», fragte sie Austin. Er hatte Laurens hellbraune Haare, kurz geschnitten und nach einem Tag im Kindergarten völlig zerzaust.

«Schön.»

«Was habt ihr denn heute gemacht?»

«Schön», antwortete Peter, und Austin fing an zu kichern.

Alice richtete sich auf und blickte sich suchend nach Lauren um. Sie konnte sie nirgends entdecken, aber es war auch alles voller Menschen. Am besten blieb sie einfach hier stehen, bis Nell herauskam, und wenn Lauren dann immer noch nicht da war, konnte sie überlegen, was sie mit Austin machen sollte.

Nell lief an der Spitze der Reihe der Zweitklässler. Ihre rote Frühstücksdose baumelte an ihrer Hand. Als Alice winkte, verabschiedete sich Nell von ihrer Lehrerin und kam auf sie zugelaufen.

«Hey, meine Süße, wie war es in der Schule?», fragte Alice.

«Gut», erwiderte Nell. «Heute haben wir schon wieder nichts auf.»

«Toll», sagte Alice und ergriff die Hand ihrer Tochter.

Mittlerweile waren alle Kindergartenkinder abgeholt worden. Peter und Austin standen am Zaun und spielten Fingerhakeln. Ihre Kindergärtnerin, Gina, hielt ebenfalls Ausschau nach Lauren.

«Ich nehme Austin mal lieber mit», sagte Alice zu Gina. «Ich habe so ein komisches Gefühl, als ob Lauren Wehen bekommen hätte.»

«Wirklich?» Gina lächelte. Sie war eine junge Frau mit langen braunen Haaren und kleinen, aufmerksamen Augen, denen nichts entging. «Wie aufregend!»

Lauren hatte ihr bereits gesagt, dass Alice Austin abholen würde, wenn das Baby kam, deshalb hatte sie keine Einwände, sondern wünschte den Jungen lediglich ein schönes Wochenende. An Austin gewandt fügte sie hinzu: «Herzlichen Glückwunsch, großer Bruder.»

Alice zuckte zusammen. Das hätte Gina lieber nicht sagen sollen. Wenn sich Lauren nun einfach nur verspätet hatte?

Um noch ein bisschen auf ihre Freundin zu warten, ging sie mit den Kindern in den Park gegenüber. Sofort rannten sie zu der Ecke des Spielplatzes, wo die Geräte für die größeren Kinder standen.

Alice setzte sich auf eine Bank und versuchte, Lauren noch einmal anzurufen, aber weder zu Hause noch auf dem Handy meldete sich jemand. Vielleicht war Maggie ja noch im Blue Shoes und hatte etwas gehört. Alice wählte die Nummer im Laden, aber auch hier ging niemand ans Telefon. Seltsam, dachte sie. Entweder war Maggie auf der Toilette, oder aber sie war gar nicht da. Alice wartete ein paar Minuten und versuchte es dann noch einmal, hatte aber kein Glück.

Am Eingang zum Park tauchte ein Mr.-Frosty-Eiswagen auf, und die Kinder kamen angerannt und bestürmten Alice, ihnen Eis zu kaufen. Sie holte ihr Portemonnaie heraus und gab ihnen Geld, dann sah sie zu, wie sie sich Wassereis in Neonfarben aussuchten. Die bunten Streifen auf Gesicht und Armen würden beim abendlichen Bad verschwinden, aber Alice wusste aus Erfahrung, dass auch morgen früh noch ein leuchtender Schimmer auf der Haut zu sehen sein würde.

Seufzend griff sie erneut zu ihrem Handy und wählte Maggies Handynummer. Dieses Mal hatte sie Glück.

«Mags! Wo bist du?»

Irgendwo hinter Maggie verklang das Heulen einer sich entfernenden Sirene.

«Ich habe Ethan von der Schule abgeholt. Du hattest gerade den Laden verlassen, da hat Sylvie sich krankgemeldet», sagte Maggie mit ihrer klaren Stimme. Normalerweise holte Sylvie, Ethans Kindermädchen, ihn von seiner

Privatschule in Brooklyn ab. «Kannst du dir das vorstellen? Von einer Minute auf die andere?»

«Meinst du, sie hat gelogen?»

«Sie hat behauptet, sie hätte sich den Magen verdorben, irgendwas Falsches gegessen», erwiderte Maggie. «Ethan! Bitte warte, bis das ‹Walk›-Zeichen kommt!»

Alice sah die beiden vor sich: die große, schöne, blonde Maggie mit Ethan, der seinem gut aussehenden Vater Simon wie aus dem Gesicht geschnitten war. Maggie hatte sich letztes Jahr von ihrem Mann getrennt, obwohl sie ihn immer noch liebte.

«Mags, hast du versucht, Jason zu erreichen? Vielleicht kann er ja heute Nachmittag arbeiten kommen.» Sie hatten kürzlich einen Studenten als Aushilfe eingestellt, damit der Laden generell länger geöffnet sein konnte, und auch, damit sie jemand vertreten konnte, wenn sie an Tagen wie heute die Kinder von der Schule abholen mussten.

«Er hat Vorlesung. Als er gestern zu spät gekommen ist, habe ich ihm schon gesagt, dass er doch mit der Uni aufhören und ganztags für uns arbeiten soll.» Maggie lachte fröhlich.

«Weißt du was, Mags? Ich passe heute Nachmittag auf Ethan auf, und dann kannst du arbeiten.»

«Prima. Und sag Lauren, dass ich die Telefonnummer gefunden habe, die sie haben wollte, von diesem Bäcker auf der Columbia Street.» Alice hörte, dass auch bei Maggie ein Eismann vorbeifuhr.

«Deshalb rufe ich überhaupt an», erklärte Alice. «Lauren ist nicht aufgetaucht, und ich habe Austin jetzt erst einmal mitgenommen. Hast du zufällig von ihr gehört?»

«Keinen Pieps. Was glaubst du, wo sie ist?»

«Sie muss irgendwo aufgehalten worden sein», sagte Alice. «Vielleicht hat sie auch Wehen bekommen.»

«Hast du Tim angerufen?»

«Nein, ich habe seine Nummer nicht. Du?»

«Ich bin mir ziemlich sicher, dass ich sie auf meinem Organizer habe, aber der ist im Laden», erwiderte Maggie. «*In Ordnung, aber nur ein kleines.* Entschuldige, Ethan will unbedingt ein Eis.»

«Weißt du was? Wir treffen uns im Laden und rufen Tim an. Dann nehme ich Ethan mit zum Einkaufen, damit du arbeiten kannst. Du hast doch nicht vergessen, dass wir heute Abend bei uns grillen, oder?»

«Oh», sagte Maggie, «mit anderen Worten, ich brauche nicht zu kochen. *Natürlich* weiß ich das noch.»

Alice rief die drei Kinder und ging mit ihnen auf die Smith Street. Während sie an der Ampel an der President Street warteten, wirbelte ein Windstoß Papierfetzen auf. Die Kinder sahen begeistert zu. Wahrscheinlich war gerade ein Müllwagen vorbeigefahren. New York war einfach nicht sauber zu halten, dachte Alice, obwohl wahrscheinlich auch der Dreck zum Charme der Stadt beitrug.

Zwei Häuserblocks weiter mussten sie alle vor dem Smith Home stehen bleiben, um sich im Schaufenster die lustigen Türknäufe anzuschauen. Jeder der runden Griffe hatte ein schiefes Gesicht, zu einer humorvollen oder unzufriedenen Grimasse verzogen. Sie erinnerten Alice immer an Miniaturmasken aus der Commedia dell'Arte. Nell musterte die ausgestellten Türknäufe und verkündete dann den Favoriten des Tages: fette Wangen, Augen nach oben gewandt, verschmitztes Grinsen. Während Alice ihre

Tochter bei diesem Ritual beobachtete, gelobte sie im Stillen, sich von der Kündigung nicht einzuschüchtern zu lassen und ihren Kindern eine Freude zu machen. Wenn sie und Mike das richtige Haus fanden, würde sie Nell und Peter diese albernen Türgriffe für ihre neuen Zimmer schenken.

«Kommt, wir wollen weiter.»

Alice wandte sich zum Gehen, und die Kinder folgten ihr lärmend. Jetzt waren es nur noch zwei Häuserblocks bis zum Blue Shoes.

Die ganze Zeit über dachte Alice an Lauren und versuchte sich vorzustellen, wie es ihr jetzt wohl ging. Ob sie tatsächlich schon Wehen hatte? Und wusste Tim Bescheid? Vielleicht hatte Lauren ja bereits eine aufregende Geburt hinter sich – im Taxi, in der U-Bahn oder zu Hause. Allerdings hoffte Alice inständig, dass sie es ins Krankenhaus geschafft hatte und nicht allein war. *Ivy. Endlich bist du da,* dachte sie.

Dass das Baby ein Mädchen war, war ein Geheimnis der Frauen, ein Geschenk, das Lauren erst bei der Geburt an Tim weitergeben wollte. Wie bei der ersten Schwangerschaft hatte Tim auch dieses Mal das Geschlecht des Kindes nicht wissen wollen. Er wollte überrascht werden. Aber die Mutterschaft hatte Lauren abgehärtet, und ihr reichte es als Überraschung, wenn das Kind gesund und munter zur Welt kam. Alice und Mike teilten dieses Gefühl: Sie wussten, dass die Zwillinge, die Alice erwartete, Jungen waren.

Das andere Geschenk, das Lauren für Tim vorbereitet hatte, war der Name, den sie für ihre Tochter ausgesucht hatte: Ivy, nach Tims Lieblingsgroßmutter.

Alice und Maggie hatten Laurens Geheimnisse seit Monaten bewahrt, und jetzt würde Tim sie endlich erfahren.

KAPITEL 2

Die Sonne brannte heiß, und einen Moment lang flirrte die Glasscheibe des Schaufensters vom Blue Shoes wie ein Spiegel vor dem Ziegelgebäude. Erfreut stellte Alice fest, dass Maggie daran gedacht hatte, das «Bin gleich wieder da»-Schild in die Tür zu hängen. Sie kramte den Schlüssel aus ihrer Handtasche.

Die Kinder rannten in den dunklen Laden. Alice schaltete das Licht an, und die silbern schimmernde Decke, die glänzenden Eichendielen und die dunkelblau gestrichenen Wände leuchteten auf. Blue Shoes hatte ihre Erwartungen erfüllt und war «Brooklyns Treffpunkt für schicke Schuhe» geworden, wie in einem winzigen Zeitungsartikel anlässlich der Eröffnung im letzten Winter gestanden hatte. Alice machte es großen Spaß, den florierenden Laden mit Maggie zusammen zu führen. Er war ein guter Kompromiss zwischen ihrem früheren Job als Cutterin und ihrem jetzigen Leben als Mutter. Maggie und sie bezeichneten das Geschäft als *Neuerfindung der mittleren Jahre*, und zum Glück hatte das Experiment funktioniert.

Auf dem Anrufbeantworter unter der glänzend grünen Steintheke war keine Nachricht. Kurz nach ihnen kamen auch Maggie und Ethan im Laden an, und die vier Kinder, die sich von Geburt an kannten, steckten sofort die Köpfe zusammen.

Maggie, in einer fließenden, buttergelben Hose und einem kornblumenblauen Top, die dicken blonden Haare auf dem Kopf zusammengesteckt, schritt wie eine Königin durch den Laden.

«Gibt es was Neues?», fragte sie.

Alice schüttelte den Kopf.

Am Computer im Hinterzimmer fanden sie Tims Telefonnummern. Da bei seinem Handy sofort die Mailbox ansprang, versuchten sie es in seinem Büro. Seine Sekretärin sagte ihnen, er sei geschäftlich in Chicago.

«Wenn er sich meldet», bat Alice sie, «dann richten Sie ihm bitte aus, er soll mich so schnell wie möglich anrufen. Sagen Sie ihm ...» Sie zögerte, weil sie ihn nicht zu sehr beunruhigen wollte, beschloss dann jedoch, ihrem Bauchgefühl zu folgen. «Sagen Sie ihm, dass Lauren nicht zu unserem Treffen gekommen ist und ich sie nicht erreichen kann. Und weil sie doch kurz vor dem errechneten Termin steht, dachte ich, dass sie vielleicht ...»

«Das Baby», unterbrach die Sekretärin sie.

«Ja, genau», erwiderte Alice. «Das Baby.»

«Ich sage ihm Bescheid.»

«Danke.» Alice gab ihre Telefonnummer durch, legte auf und wandte sich zu Maggie. «Langsam mache ich mir wirklich Sorgen. Hast du noch ihren Schlüssel?» Maggie hatte kürzlich, als Lauren und Tim verreist waren, die Blumen gegossen.

«Ja», erwiderte Maggie, «aber weißt du was? Wenn du mit den Kindern einkaufen gehst, rufe ich die Krankenhäuser an. Ich fange mit dem Methodist an, wo sie das

Baby kriegen will, und wenn sie da nicht ist, telefoniere ich die anderen durch. Und ich rufe bei der Schwangerschaftsgymnastik an, ob sie vielleicht dort ist. Und wenn das alles nichts bringt, gehe ich in ihre Wohnung.»

«Gute Idee, Mags.»

«Ich wünschte, du könntest dir jetzt ein Glas Wein genehmigen», sagte Maggie. «Das war ein harter Tag für dich, Liebes. Also überlass die Sorgen mir.»

«Aber du bist nicht so gut darin», erwiderte Alice.

«Und du zu gut.» Maggie gab Alice einen Kuss auf die Wange. «Und denk nicht mehr über diese grässliche Kündigung nach – ihr zieht erst dann um, wenn es so weit ist. Und Lauren meldet sich bestimmt gleich. Vermutlich hat sie beim Schlussverkauf bei Barneys die Zeit vergessen. Ich war gestern auch da und bin viel zu spät weggekommen.»

Es war lieb von Maggie, dass sie versuchte, sie aufzumuntern, aber es hatte keinen Zweck. «Lauren kauft nicht bei Barneys», erwiderte Alice. «Und sie hat sich noch nie in ihrem Leben verspätet.»

«Es kann aber vorkommen», entgegnete Maggie, «selbst bei der pünktlichen, perfekten Lauren Barnet.»

Die Kinder wurden langsam unruhig; Peter und Austin waren schon auf den Bürgersteig gelaufen.

«Ruf mich an, wenn du irgendetwas herausfindest», sagte Alice zu Maggie. «Ich kaufe die Grillsachen bei Cattaneo's ein und fahre dann gleich nach Hause.»

Alice machte sich mit den Kindern auf den Weg zum Metzger. Sie fanden es dort toll, weil sie über das Sägemehl, das den Boden bedeckte, schlittern konnten, und weil Sal Cattaneo höchstpersönlich ihnen Lutscher überreichte.

Es war ein hübsches, sauberes, hell beleuchtetes Ladenlokal mit Regalen voller Gourmetsaucen, das es schon gegeben hatte, als Alice vor fünfzehn Jahren in diese Gegend gezogen war. Sie trat an die Glastheke und ließ sich von Sal Truthahn und Rind für das Grillen zurechtmachen. Er war ein Mann Ende fünfzig, mit zerzausten weißen Haaren, die unter seinem weißen Papiermützchen hervorquollen.

Mit seiner sonoren Stimme sagte er: «Darf es sonst noch etwas sein, junge Frau?» Für die *junge Frau* hätte sie ihn küssen können. Siebenunddreißig Jahre alt, hochschwanger und mit vier Kindern, die seinen Laden in Unordnung brachten.

«Nein, heute nicht, danke, Sal.»

Er verteilte die Lutscher an die Kinder, die sich beim Bimmeln der Registrierkasse schon erwartungsvoll vor ihm aufgebaut hatten.

Als sie wieder die Court Street entlanggingen, kontrollierte Alice noch einmal ihre Mailbox, um nachzuprüfen, ob sie nicht vielleicht einen Anruf verpasst hatte. Und tatsächlich hatte sie eine Nachricht, allerdings mit einer unbekannten Nummer. In dem Augenblick allerdings, in dem sie die Nachricht abspielte, zerstob ihre Hoffnung.

«Hi, Alice, ich bin's, Pam Short. Offensichtlich landen wir immer nur auf der Mailbox der anderen. Lieben Sie diese Telefonspielchen auch so sehr? Jetzt sind Sie also an der Reihe, mich zurückzurufen. Sie kennen ja meine Nummer.»

Pam Short war Immobilienmaklerin bei Garden Hill Realty – Ethans Kindermädchen Sylvie arbeitete dort als Teilzeit-Sekretärin –, und Alice erhoffte sich von ihr eine

Art Wunder bei der Haussuche. Sie rief sie an und hinterließ erneut eine Nachricht. Es war ziemlich frustrierend, aber eigentlich war es Alice auch egal. Sie wartete nur noch darauf, dass Lauren sich meldete. Sie lief mit den Kindern an Delikatessenläden, Antiquitätengeschäften, Designer-Boutiquen, eleganten neuen Restaurants und all den Maklerbüros vorbei, die sie quasi ausgelacht hatten, als sie sich nach einem Haus unter einer Million Dollar erkundigt hatte.

Sie überquerten die Smith Street und gingen die baumbestandene President entlang bis zu dem Häuserblock mit Brownstones, wo Alice gewohnt hatte, seit sie erwachsen war. In der Eingangshalle sah Alice, dass Joey – der heute früh ausgezogen war, nachdem er sein ganzes Leben lang in diesem Haus gewohnt hatte – ein Sammelsurium von Dingen zurückgelassen hatte, mit denen er nichts mehr anfangen konnte. Offensichtlich hatte er geglaubt, dass Alice und Mike sie brauchen könnten – einen hässlichen Bilderrahmen, eine Schachtel mit Schuhcremetuben in verschiedenen Farben, ein altes Pinnbrett aus Kork. Alles nur Müll. Sie würde Mike bitten, es später an den Straßenrand zu stellen.

In der Wohnung schaltete sie die Klimaanlage ein und öffnete die Küchentür zum Garten. Die Kinder rannten sofort hinaus, und sie blickte ihnen durch das große Fenster über der Spüle nach. Nell machte die Tonne mit dem Spielzeug auf, und sie holten Schaufeln, Harken und Eimer heraus, die sie in dem großen Sandkasten verteilten, den Mike gebaut hatte.

Alices Gedanken glitten zum gestrigen Tag, und sie überlegte, was ihr wohl entgangen sein mochte. Sie dachte daran, wie Maggie und Lauren neben ihr auf der Bank gesessen hatten. Hatte sie irgendetwas überhört oder missverstanden?

Gestern war es sogar noch heißer gewesen als heute. Alice, Lauren und Maggie hatten nach der Schule auf dem Spielplatz gesessen.

Lauren konnte mit ihrem dicken Bauch nicht mehr bequem sitzen und rutschte immer dichter an Alice heran, die ihr instinktiv Platz machte. Es war ein seltsames Gefühl, dass Lauren, die Kleinste von ihnen, plötzlich so viel Platz brauchte. Sie hatte ihre langen braunen Haare hochgesteckt und mit einem Essstäbchen aus dem China-Takeout befestigt, aber trotzdem stand ihr der Schweiß auf der Stirn. Sie wedelte sich mit der flachen Hand Luft zu. Ihr dunkelrotes Muttermal im Nacken war deutlich zu sehen.

Alice fiel ein, dass sie einen kleinen Klappfächer dabeihatte. Sie holte ihn aus der Tasche, ließ die gelben Plastikstäbe aufspringen und fächelte Lauren Kühlung zu. Dankbar hielt Lauren ihr Gesicht in den Luftzug.

«Joey hat gestern das Haus verkauft», verkündete Alice.

«Ach, ich dachte, der Käufer wollte nur ein leeres Haus?», fragte Lauren erstaunt.

«Ja, das war auch so, aber es gab wohl noch einen anderen Interessenten, deshalb hat der erste eingelenkt. Er wollte es unbedingt haben.»

Als Joey sich dazu entschlossen hatte, nach Florida zu ziehen, hatte er Alice und Mike das Haus zum Kauf angeboten. Sie hatten schon seit längerem damit gerechnet, und sie hatten gewusst, dass es nicht billig sein würde, aber

Joeys Preisvorstellung traf sie unvorbereitet. 1,7 Millionen Dollar für ein Zweifamilien-Reihenhaus. Alice blickte den alten Mann nur fassungslos an, und Mike brach in Lachen aus. Joey zuckte mit den Schultern, und innerhalb von zwei Wochen hatte er einen Käufer gefunden.

«Ich finde es immer noch unglaublich.» Lauren wischte sich den Schweiß von der Stirn. Ihre Gelenke waren angeschwollen, und Alice hatte das Gefühl, das Baby würde nicht mehr bis zu seinem errechneten Geburtstermin Mitte September warten. «So viel Geld für ein Haus. Die Leute hier werden immer gieriger. Das ist ja schon krankhaft.»

Das stimmte. In der letzten Zeit schien sich die gesamte Gegend in pures Gold zu verwandeln.

«Gibt es etwas Neues bei *euren* Hausproblemen?», fragte Alice.

«Nein, noch nichts.» Lauren legte die Hände auf ihren Bauch und hob ihn ein wenig an. «Tim hat jemanden in der Kanzlei, der sich darum kümmert. Er sagt, vielleicht findet er ja heraus, dass sie es mit anderen Mietern genauso machen. Metro Properties besitzt mehrere Häuser hier in der Gegend. Diese Firmen als Vermieter sind die schlimmsten; wir kennen unseren Vermieter noch nicht einmal. Ich glaube, Tim will Metro unbedingt was anhängen, und ich bin genauso wütend wie er auf diese Blutsauger.»

«Wenn ich du wäre, würde ich einfach ausziehen», warf Maggie ein. «Es lohnt sich nicht, sich mit solchen Leuten anzulegen.»

Offensichtlich ärgerte Lauren sich über diese Bemerkung. Sie presste die Lippen zusammen und blickte weg. Alice folgte ihrem Blick zu einem leuchtend roten Ball, der auf sie zurollte. Ein kleiner Junge von etwa drei Jahren lief hinterher, wobei er über seine eigenen Turnschuhe stolperte und mit dem Gesicht zuerst auf den schwarzen Gummibelag fiel, der genau aus diesem Grund den Boden des Spielplatzes bedeckte. Er brach in jämmerliches Heulen aus, und Alice wollte schon aufspringen, um ihn aufzuheben, als eine Frau angelaufen kam und ihn in die Arme nahm. Sie war noch jung, sicher noch keine dreißig, und trug Jeans, schwarze Lederturnschuhe und ein ausgeschnittenes rotes T-Shirt. Ihre dunklen Haare waren zu einem kinnlangen Bob geschnitten und betonten ihre helle Haut. Die runden, rosafarbenen Gläser ihrer Sonnenbrille verdeckten ihre Augen fast ganz.

«Schsch, Kumpel, es ist nichts passiert.» Ihre Stimme war klar und warm, klang jedoch nicht besorgt. Die Mutter war sie offenbar nicht.

Um ihre Vermutung zu bestätigen, fragte Alice: «Hat sich Ihr Sohn wehgetan?»

Die Frau blickte sie lächelnd an. «Nein, das war nicht schlimm.»

Alice zog ein sauberes Taschentuch aus der Tasche und reichte es ihr. «Meine Kinder fallen ständig hin», sagte sie. «Das ist vielleicht immer ein Drama!»

Die Frau nahm das Taschentuch und trocknete die Tränen auf den Wangen des kleinen Jungen.

«Der ist ja süß», sagte Alice.

«Ja», erwiderte die Frau, «mein Neffe ist ein Goldstück.»

«Ich bin kein Goldstück», begehrte der Junge auf. «Ich bin ein Mensch.»

Die junge Frau lächelte ihn liebevoll an. «Du bist mein

großer Junge.» Sie wuschelte ihm durch die Haare und setzte ihn wieder ab. Sofort hob er seinen roten Ball auf, warf ihn hoch und jagte erneut hinter ihm her. Seine Tante blickte ihm nach. Sie trug keinen Ehering, stellte Alice fest. Sie trug überhaupt keinen Schmuck, noch nicht einmal Ohrringe. Und sie war schlank und muskulös wie eine Sportlerin.

«Ich habe Sie schon häufiger hier gesehen», sagte Alice.

«Ich passe ab und zu auf ihn auf. Das hält mich geistig gesund, wissen Sie.»

«Komisch, mich macht es eher wahnsinnig, auf die Kinder aufzupassen.» Alice warf Maggie und Lauren einen Blick zu. Beide nickten heftig zur Bestätigung.

«Ich heiße Alice.»

«Frannie.»

«Nett, Sie kennen zu lernen.»

Auf der anderen Seite des Spielplatzes war Geschrei zu hören. Alice blickte sich rasch nach den Kindern um, aber sie waren nicht in der Nähe.

«Entschuldigung», murmelte sie und rannte auf die andere Seite des Spielplatzes.

Zwei Kinder, die sie nicht kannte, stritten sich um die Schaukel, und Alice sah erleichtert, dass Nell mit einem Mädchen aus ihrer Klasse auf einer niedrigen Holzplattform hockte. Sie beugten sich über ihre wertvolle Kartensammlung, wobei Nells rötlich-blonde Haare wie ein Schleier über ihre Hände fielen. Peter, dunkelhaarig und gut aussehend wie sein Vater, stand oben an der großen Rutsche und wartete darauf, dass er an die Reihe kam. Erleichtert ging Alice zur Bank zurück. Frannie war nicht mehr da.

«Mann, der kleine Spurt hat mich ganz schön angestrengt», sagte Alice.

«Ja, da sagst du was. Ich gerate schon aus der Puste, wenn ich nur einen Schritt gehe.» Lauren legte ihren Arm auf die Rückenlehne der Bank hinter Alice. «Ich bin so froh, dass wir gleichzeitig schwanger sind.»

«Das wird schön, wenn wir mit den Babys morgens zum Spielplatz gehen», erklärte Alice. «Hier ist es viel friedlicher, wenn die großen Kinder in der Schule sind.»

«Ich will euch ja nicht beleidigen», warf Maggie ein, «aber ich bin total glücklich, dass ich mich euch nicht anschließen muss.» Hochmütig schlug sie ein langes, gebräuntes Bein über das andere, sodass ihr perlenbesetzter Flipflop von ihrem Fuß baumelte. Alice und Lauren ignorierten die Bemerkung. Sie wussten seit langem, dass es selten der Wahrheit entsprach, wenn Maggie eine Äußerung mit solchem Nachdruck von sich gab.

«Wie wäre es, wenn wir morgen Abend bei mir zu Hause grillen?», schlug Alice vor. «Als Abschiedsfest für den Sommer sozusagen. Um sechs?»

«Muss der Sommer denn wirklich schon vorbei sein?», fragte Lauren traurig.

«Früher oder später muss *alles* einmal enden», erwiderte Maggie. «Das Leben ist wie ein Orgasmus, findet ihr nicht auch? Der gute Teil ist flüchtig, und der Rest ist entweder Vorspiel oder Saubermachen. Nur ein perfektes Paar Schuhe lässt das Herz wirklich höher schlagen. Habe ich Recht, Alice?»

Alice brach in Lachen aus, und Maggie und Lauren stimmten fröhlich ein.

Von der anderen Seite des Spielplatzes aus sah Frannie

zu ihnen herüber. Sie hielt ihren Neffen auf dem Schoß, ergriff seine kleine Hand und ließ ihn winken. Alice und Lauren winkten zurück.

«Sie ist mir sympathisch», erklärte Lauren. «Ich weiß nicht, warum.»

«Mir auch», stimmte Alice ihr zu.

Kurz darauf machte Maggie sich wieder auf den Weg zum Blue Shoes. Alice sammelte Nell und Peter ein und küsste Lauren zum Abschied.

«Sollen wir uns morgen wieder hier treffen, bevor wir die Kinder abholen?», fragte Alice. «Um halb drei? Ich hole uns diesen leckeren Eiskaffee aus dem Autumn Café.»

Lauren lächelte. «Abgemacht.»

Alices Gedanken wandten sich wieder der Gegenwart zu. Durch das Küchenfenster sah sie, wie sich die Kinder gegenseitig mit Sand bewarfen. Warum klingelte nicht endlich das Telefon? Sie trat an den Apparat und überprüfte noch einmal den Anrufbeantworter, aber es war natürlich nichts darauf. Dann rief sie Maggie an, die auch nichts Neues zu berichten wusste und lediglich sagte, sie sei gerade auf dem Weg in Laurens Wohnung. Ein Anruf bei Tims Sekretärin ergab, dass Tim informiert worden war, äußerst besorgt reagiert hatte und sich jetzt auf dem Heimweg befand. Warum hatte er sie nicht selbst angerufen, um ihr das zu sagen?, fragte sich Alice verärgert. Aber Lauren hatte ja schon immer gemeint, er sei kein großer Kommunikator.

Sie machte den Kühlschrank auf und stellte die Zutaten für das Barbecue auf die Küchentheke. Truthahnschnitzel, Würstchen, Senf, Ketchup, Kartoffelsalat, Kopfsalat.

Praktische Alltagsverrichtungen, um die größer werdende Sorge wegzuschieben. Durch einen schmalen Spalt am Küchenfenster drang das Geplapper der Kinder und ein Schwall heißer Luft.

Als das schrille Klingeln des Telefons hinter ihr die merkwürdige Stille plötzlich durchbrach, klopfte ihr das Herz bis zum Hals. Sie atmete tief durch, um ruhiger zu werden, durchquerte die Küche und hob den Hörer ab.

KAPITEL 3

Am anderen Ende der Leitung hörte Alice Autos hupen, Schritte und Stimmengewirr.

«Ich bin am Flughafen», sagte Tim. «Hast du was von ihr gehört?»

«Nein», erwiderte Alice. «Auf welchem Flughafen bist du? New York oder Chicago?»

«Am LaGuardia.» Er klang ein wenig atemlos, weil er offenbar rasche Schritte machte, während er in sein Handy sprach. «In zwanzig Minuten bin ich in Brooklyn. Ist Austin bei dir?»

«Ja, mach dir keine Sorgen. Tim, Maggie hat alle Krankenhäuser angerufen.»

«Meine Sekretärin auch.»

«Und?»

«Lauren ist nirgendwo eingeliefert worden», sagte er. «War schon jemand in der Wohnung?»

«Maggie ist gerade auf dem Weg dorthin. Sie müsste sich eigentlich jeden Moment melden.»

«Okay. Alice, ich steige jetzt ins Taxi. Bis gleich.»

Er beendete das Gespräch, bevor sie ihn fragen konnte, ob er direkt zu ihr kam oder erst noch zu Hause vorbeifuhr. Es war alles so seltsam. Was tat ein Mann, wenn seine Frau verschwand? Wohin sollte er dann gehen?

Ein paar Minuten später traf Maggie ein und sprudelte hervor, noch bevor sie durch die Haustür getreten war: «Sie ist weder irgendwo im Krankenhaus, noch hat sie ihren Arzt angerufen. Vom Pilates-Kurs hat noch keiner zurückgerufen. In der Wohnung ist niemand.»

Alice schloss die Haustür und folgte Maggie durch die Eingangshalle in die Wohnung. Sie gingen direkt durch in die Küche, damit sie ein Auge auf die Kinder haben konnten. Die beiden Jungen schoben ihre schwer beladenen Spielzeugkipper durch den Sand, während Nell auf dem Rand des Sandkastens saß und Sand über das Lieblingsspielzeugauto ihres Bruders häufte. Aber er hatte es schon bemerkt und riss es an sich.

«Lauren ist so ordentlich», sagte Maggie. «Sie hat schon alles ausgepackt, und dabei sind sie doch erst vor fünf Tagen aus dem Urlaub gekommen.»

Alice lehnte sich gegen die Theke. Normalerweise hätte sie jetzt eine spöttische Bemerkung darüber gemacht, wie lange Maggie immer für das Auspacken brauchte, wenn sie von einer Reise zurückkam, aber heute schwieg sie.

«Was jetzt?», fragte sie stattdessen.

«Ich weiß nicht», erwiderte Maggie. «Hast du Tim erreicht? Was hat er gesagt?»

«Er weiß auch nichts. Aber zumindest ist er wieder da. Er ist gerade am LaGuardia ins Taxi gestiegen.»

Sie trugen die Tabletts mit den Grillzutaten in den Garten und stellten gerade den Grill auf, als Mike nach Hause kam. In einer Wolke von Sägemehl, die ihn nach jedem Arbeitstag zu umgeben schien, kam er die Treppe zur Terrasse herunter. Seine zerrissenen Jeans und das schmutzige T-Shirt wirkten wie eine neue Moderichtung. Alice witzelte manchmal, dass er mehr Geld verdienen könnte, wenn er seine Klamotten an die Modeindustrie verkaufte, als wenn er weiterhin Möbel für reiche Ästheten entwarf und baute. Allerdings lag ihnen beiden nicht wirklich etwas an Geld. Als sie sich damals mit achtzehn auf dem College kennen und lieben gelernt hatten, hatten sie einander geschworen, ihre idealistischen Träume niemals aufzugeben. *Wenn wir in zwanzig Jahren noch zusammen sind, dann hören wir mit dem auf, was wir gerade tun, und fangen noch einmal ganz von vorne an,* hatten sie sich eines Nachts gelobt. Der Alltag als Erwachsene hatte sie diese löbliche Absicht allerdings bald vergessen lassen. Neunzehn Jahre später war Mike Creative Director einer großen Werbeagentur in Manhattan, arbeitete jeden Tag bis tief in die Nacht, verdiente viel Geld und sah seine Kinder kaum. Peter war noch ein Baby, als Alice sich bereits darauf vorbereitete, in ihren Job als Cutterin zurückzukehren, und da fiel ihr das Versprechen wieder ein. Innerhalb eines Monats beschloss sie, auszusteigen und zu Hause bei den Kindern zu bleiben. Später konnte sie immer noch etwas anderes aufbauen, dachte sie sich. Bei Mike dauerte es etwas länger, bis der Funken zündete, aber dann stand auch er ganz und gar dahinter. Drei Jahre, so kalkulierten sie, konnten sie es sich leisten, ihre hoch dotierten Jobs gegen ein glückliches, intaktes Familienleben einzutauschen und sich neue berufliche Laufbahnen aufzubauen. Und so entstand zuerst Blue Shoes und kurz darauf The Brooklyn Furniture Company, die Mike mit einer Teilzeitkraft in einem ehemaligen Lagerhaus in Red Hook einrichtete. Mittlerweile hatte er bemerkenswerten Erfolg damit.

«Daddy ist da!» Nell und Peter rannten auf Mike zu.

Er zwinkerte Alice zu, als er an ihr vorbeilief, um hinter den Kindern herzujagen. Schließlich hatte er sie alle vier eingefangen und kitzelte sie, bis sie lachend auf dem Rasen zusammenbrachen. Dann erst trat er zu Alice und Maggie an den Grill.

Er nahm Alice in den Arm, küsste sie und nahm ihr zugleich die Grillzange aus der Hand.

«Ich übernehmen Grill.» Er klopfte sich mit der Hand auf die Brust. «Ich Mann. Ich braten Fleisch.»

«Willst du nicht erst einmal duschen?», fragte Alice ihn.

Rasch schnüffelte er an seinen Achselhöhlen, was ihm ein schockiertes Auflachen von Maggie eintrug.

«Oh, bitte, geh *sofort* unter die Dusche», sagte Maggie.

«So schlimm ist es gar nicht.» Mike blickte Maggie mit gespieltem Ernst an. «Riech mal.» Er hob den Arm und trat auf sie zu.

«Nein!» Maggie wich zurück.

«Kommt Simon auch?», fragte er sie.

«Also, ich habe ihn nicht eingeladen», antwortete Maggie. An Alice gewandt fügte sie hinzu: «Du?»

Alice schüttelte den Kopf. «Nein, das ist deine Sache, Mags.» Alice vermisste Simon, wenn er bei ihren Treffen nicht dabei war, aber natürlich hatte nur Maggie das Recht, ihn einzuladen, was sie dieses Mal offensichtlich nicht getan hatte.

«Kein Simon?» Mike runzelte die Stirn. «Keine Dusche! Ohne Mann kein Fleisch!»

«Gib her!» Alice nahm ihm die Grillzange aus der Hand. «Geh schnell duschen, ja? Du kannst den Grill übernehmen, wenn du fertig bist.»

«Wo Tim?»

«Hör jetzt auf», sagte Alice. «Es wird langsam blöd.»

Mike beugte sich vor und flüsterte Alice ins Ohr, damit ihn die Kinder nicht hören konnten: «Ernsthaft, hast du immer noch nichts von Lauren gehört?»

Er roch wie frisch geschlagenes Holz. «Nein», erwiderte sie leise. «Tim ist auf dem Weg nach Brooklyn.»

Mike schwieg einen Moment lang und klimperte mit den Münzen in seiner Hosentasche. «Es wird schon alles in Ordnung sein, oder?»

«Ja, bestimmt.» Maggie schnitt ein weiches Hamburger-Brötchen auf.

«Und wo ist das Schreiben, das du heute bekommen hast?» Ein Schatten glitt über sein Gesicht, und Alice war klar, dass er sich ebenfalls Sorgen machte.

«Oben, in meiner Handtasche.»

Zwanzig Minuten später kam Mike die Treppe herunter. In einer sauberen Jeans und einem weißen T-Shirt sah er mindestens fünf Jahre jünger aus als neununddreißig. Mit einem kalten Bier in der Hand setzte er sich auf den Rand des Sandkastens und brachte die Kinder mit seinen Witzen und Fragen zum Kichern.

«Das kann er gut», sagte Maggie.

«Ja.» Alice drehte einen brutzelnden Burger um. Sie wusste genau, was Maggie meinte. «Das ist einer der Gründe, warum ich mich in ihn verliebt habe. Er macht mir immer wieder klar, dass ich mich nicht so ernst nehmen sollte.»

«Und sexy ist er auch.» Maggie zog die Augenbrauen hoch. Alice drehte sich um und betrachtete ihren Mann. Ja, wahrscheinlich war er sexy, aber daran hatte sie in der letzten Zeit wegen der Schwangerschaft und ihrer schwierigen Wohnsituation nicht allzu häufig gedacht.

Sie schwiegen einen Augenblick, und Alice spürte dankbar, wie die Hitze jetzt am frühen Abend langsam nachließ. «Wo ist sie?», sagte sie schließlich. «Warum hat sie nicht angerufen? Und wann kommt Tim endlich?»

«Es ist bestimmt alles in Ordnung», erwiderte Maggie. «Ich gebe ja zu, dass es seltsam ist, dass sie nicht angerufen hat. Aber sie ist jetzt fast im neunten Monat, und sie hat wahrscheinlich heute das Baby bekommen. Ich bin mir ganz sicher. Sie wird sich jetzt bestimmt gleich melden, meinst du nicht auch?»

«Ja, das glaube ich auch, Mags», sagte Alice.

Sie legte die rot-weiße Wachstuchdecke auf den langen Picknicktisch, die sie vor Jahren einmal bei Manny's Variety erstanden hatte, dem Laden, der durch Blue Shoes ersetzt worden war. Maggie zählte so viel Pappteller ab, dass es auch für Lauren und Tim reichen würde. Während sie den Tisch deckten, ging Mike mit den Kindern ins Haus, damit sie sich die Hände wuschen. Alice stellte das kleine Tablett mit Hot Dogs ab und wandte sich erneut zu Maggie.

«Was sollen wir denn Austin sagen?»

«Die Wahrheit», erwiderte Maggie. «Wir sagen, dass Lauren jetzt sicher gleich anruft, weil sie heute wahrscheinlich das Baby bekommen hat. Und Daddy ist bei ihr.»

«Hmm.» Alice nickte. «Okay.»

Aber Austin fragte gar nicht. Er war von klein auf so daran gewöhnt, mit den anderen Familien zusammen zu sein, dass ein Nachmittag bei den Halperns ohne seine Eltern nichts Besonderes für ihn war.

Schließlich, kurz nach acht, klingelte Alices Handy. Sie sah sofort auf dem Display, dass der Anruf von Tim kam.

«Ich stehe vor der Tür. Ich habe an der Haustür geläutet, aber ihr habt mich wahrscheinlich nicht gehört.»

«Ich komme sofort.» Sie sprang auf.

«Soll ich gehen?» Mike erhob sich von der Bank, aber sie winkte ab.

«Ist schon okay», sagte sie ruhig, obwohl sie sich keineswegs so fühlte. Mit klopfendem Herzen lief sie zur Haustür. Durch das halbmondförmige Fenster oben in der Tür sah sie Tims scharfes Profil.

Als sie aufmachte, trat Tim ein und sagte erst einmal gar nichts. Mittelgroß und schlank stand er da, in einem seiner schönen Büro-Anzüge. Seine dichten blonden Haare wellten sich leicht – normalerweise trug er sie kürzer. Als er sich schließlich Alice zuwandte, sah sie, dass sein Gesicht trotz der Urlaubsbräune aschfahl war.

Er blickte sie seufzend an, und zum ersten Mal seit Jahren fiel ihr auf, dass seine Augen ebenso grün wie die von Austin waren. Ein helles, leuchtendes Grün.

«Sie haben mir gesagt, ich soll noch abwarten, ob sie heute Nacht nach Hause kommt.»

«Sie?»

«Die Polizei. Ich war gerade auf dem Revier.»

Alice wusste nicht, was sie sagen sollte. Was war mit Ivy? Sie verstand das alles nicht.

«Morgen gehe ich noch einmal hin», fuhr er fort. «Gleich morgen früh. Es ist vielleicht besser, wenn Austin über Nacht hier bleibt.»

«Ja, klar», erwiderte Alice. «Aber ich begreife nicht, was …»

«Es macht vielleicht alles nur noch schlimmer, wenn ich ihn mit nach Hause nehme, und sie ist nicht da.» Tim traten Tränen in die Augen. «Meinst du nicht auch, Alice? Sag ihm einfach, ich müsste heute länger arbeiten. Daran ist er gewöhnt.»

«Was soll ich ihm denn wegen Lauren sagen?»

Tim zuckte hilflos mit den Schultern, und Alice spürte einen Stich in ihrem Herzen. Sie trat auf Tim zu und nahm ihn in die Arme.

Tim weinte. Sie wusste es. Jetzt wusste sie es.

Lauren kam nicht mehr nach Hause.

KAPITEL 4

Am nächsten Tag hielt ein dunkelblauer großer Wagen am Straßenrand vor dem Blue Shoes. Zwei Personen stiegen aus, ein großer Mann mit grau melierten Haaren und eine junge Frau, in der Alice sofort Frannie wiedererkannte. Ohne Geld in die Parkuhr zu stecken, kamen sie über den Bürgersteig auf den Laden zu. Frannie öffnete die Tür und trat, gefolgt von dem Mann, ein. Sie blickte sich in dem schicken, renovierten Ladenlokal um.

«Es sind also wirklich Sie», sagte Frannie. «Als ich Alice Halpern und Maggie Blue hörte, war ich mir nicht sicher.»

Alice trat auf Frannie zu, froh über die Ablenkung an diesem trüben Morgen. Maggie blieb hinter der Theke stehen und beschäftigte sich mit den Belegen. Normalerweise waren sie samstags immer nur abwechselnd im Laden, aber heute leisteten sie einander Gesellschaft. Den ganzen Morgen über hatten sie Laurens Handynummer angerufen und alle Möglichkeiten durchgesprochen. Schließlich waren sie losgezogen und hatten überall in der Gegend die *Vermisst*-Schilder angebracht, die sie im Laden auf hellgelbem Papier ausgedruckt hatten.

Vermisst
Lauren Barnet
36 Jahre alt, lange braune Haare, hellblaue Augen,
rotes Muttermal am Nacken
Im achten Monat schwanger.
Zuletzt gesehen vor der Schule an der
Carroll Street
Freitag, 8. September, um 8.45 Uhr
Jede Information ist wertvoll.

Direkt über ihrem Namen lächelte Lauren von einem Foto.

Nachdem sie hundert Zettel aufgehängt hatten, waren Alice und Maggie wieder in den Laden zurückgekehrt. Sie wussten nicht so recht, was sie jetzt noch tun sollten.

«Ja, das ist unser Laden», sagte Alice zu Frannie. «Gefällt er Ihnen?»

Frannie blickte auf ihre ausgelatschten schwarzen Turnschuhe und zuckte mit den Schultern. «Mir liegt nicht so viel an Schuhen. Aber es ist komisch, der Laden hier ist nicht wiederzuerkennen. Dabei bin ich seit frühester Kindheit hier ein und aus gegangen. Ich habe mir als Kind immer meine Halloween-Kostüme bei Manny's Variety geholt. Oder auch Süßigkeiten und so.» Lächelnd schüttelte sie den Kopf.

«Das tut mir Leid», sagte Alice, was ihr einen missbilligenden Blick von Maggie eintrug. Maggie war der Meinung, dass die Gegend zwangsläufig schicker und edler werden würde, während Alice manchmal Schuldgefühle empfand, weil durch die neuen Läden Traditionelles hatte weichen müssen.

«Also, ich tue es nicht gern», fuhr Frannie zu ihrem Erstaunen fort, «aber ich bin beruflich hier.»

Verblüfft blickte Alice auf den Polizeiausweis, den Frannie ihr hinhielt. *Detective Francesca Viola, 76. Revier, Kommissariat.*

Frannie war bei der Polizei?

«Das ist Detective Giometti.» Frannie wies auf den dicken Mann, der hinter ihr stand. Alice nickte ihm grüßend zu. Sein ruhiger Blick fiel ihr auf. Er hatte lange Wimpern und eine Weichheit im Ausdruck, die in starkem Gegensatz zu seiner gespannten Haut stand. Vermutlich hatte er als Jugendlicher Akne gehabt. Trotzdem war er nicht unattraktiv.

Auch er wies sich aus. *Detective Paul Giometti, 60. Revier, Mordkommission.*

«Mordkommission?», fragte Alice entgeistert.

Maggie kam angelaufen, warf einen Blick auf Giomettis Ausweis und sagte: «Sie haben Lauren gefunden, oder?»

«Nein», erwiderte Frannie. «Aber wir bemühen uns.»

«Aber da steht *Mordkommission*», sagte Maggie anklagend. Alice spürte, wie Übelkeit in ihr aufstieg.

Sanft berührte Frannie sie am Arm. «Wir suchen nur nach Lauren, mehr nicht.»

«Können wir uns irgendwo ungestört unterhalten?», fragte Giometti.

Alice hängte das *Bin gleich wieder da*-Schild in die Tür, während Maggie die beiden Detectives ins Hinterzimmer führte. Auch dieser Raum war renoviert worden und mit einer Couch, einem Tisch und zwei Klappstühlen möbliert. An den Wänden befanden sich Regale voller Schuhkartons, und eine schmale Tür führte zu einem kleinen Badezimmer. Durch ein vergittertes Fenster blickte man auf einen verwilderten Garten, den zu pflegen keine der Frauen Zeit hatte.

Die beiden Detectives setzten sich an den Tisch, und Maggie und Alice ließen sich ihnen gegenüber auf der Couch nieder.

«Ich bin bei der hiesigen Polizei», begann Frannie, «und Paul ist beim Morddezernat Brooklyn South. Er ist zuständig für den Fall.» Schweigend blickte sie Alice und Maggie einen Moment lang an. «Ich weiß, was Sie jetzt denken. Unglücklicherweise fiel uns sofort ein anderer Fall ein, als Lauren gestern als vermisst gemeldet wurde.»

Alice erinnerte sich sofort. «Christine Craddock», sagte sie ohne Zögern.

«Ach, du lieber Himmel, ja», warf Maggie ein. «Christine.»

Sie hatten sie zwar nicht gekannt, aber die Suchmeldungen vor zwei Jahren waren ihnen noch lebhaft im Gedächtnis. Christine Craddock war im neunten Monat mit ihrem ersten Kind schwanger gewesen, als sie auf einmal verschwand. Es hatte sie damals alle schockiert, dass in ihrem friedlichen Viertel so etwas Schlimmes passieren konnte, und der Fall hatte ihnen vor Augen geführt, dass sie letztlich in einer großen, gefährlichen Stadt lebten. Monatelang gab es kein anderes Thema als Christine. Alice, Maggie und Lauren lasen jeden Zeitungsbericht über sie und diskutierten den Fall unablässig auf ihrer Parkbank, am Telefon und spät in der Nacht mit ihren Männern im Bett. Alice, die schon bei der leichtesten Irritation unter Schlaflosigkeit litt, kam wegen des Verschwindens von Christine Craddock kaum noch zur Ruhe. Das Foto der lächelnden Frau auf den Suchmeldungen verfolgte sie. Zerzauste kurze braune Haare. Sommersprossen. Drei Ohrringe im linken Ohrläppchen. Sie war zuletzt an der Union Street, auf der Brücke über den Gowanus-Kanal, gesehen worden. Schließlich hatte man ihr Handy aus dem trüben Wasser gefischt; es war mitten im Anruf untergegangen.

«Ja», sagte Frannie, «es gibt übereinstimmende Umstände, die eine Ermittlung notwendig machen könnten. Aber mehr bedeutet es nicht.»

«Doch, ich glaube schon, dass es mehr bedeutet», erwiderte Alice mit ruhiger Stimme. «Sonst wären Sie doch nicht hier, oder?»

Giometti beugte sich vor, die Ellbogen auf die Knie gestützt. Er hatte schöne, braune Augen mit Lachfältchen an den Schläfen. «Wir haben keinen Grund zu der Annahme, dass sie tot ist. Auch Christine haben wir nie gefunden, und wir können nicht mit Bestimmtheit sagen, was ihr passiert ist.»

«Manchmal vergehen Jahre, ehe man die Wahrheit erfährt», sagte Frannie. «Aber das ist das Worst-Case-Szenario, und normalerweise lösen wir unsere Fälle.»

Alice krampfte sich der Magen zusammen. Sie war eine aufmerksame Zeitungsleserin und kannte die Statistiken. Wenn eine verschwundene Person nicht in den ersten vierundzwanzig Stunden gefunden wurde, wurde sie entweder nie mehr gefunden oder sie war tot.

«Der Ehemann sagte uns, dass Sie drei sich sehr nahe stehen», fuhr Frannie fort. «Das wusste ich allerdings bereits.» Ihr Lächeln war herzlicher als an dem Tag im Park, aber Alice konnte ihre Vorbehalte jetzt gut nachvollziehen. Für die junge Polizistin musste das Zusammentreffen mit den Müttern wie ein Besuch auf einem anderen Stern gewesen sein. Und sie verstand jetzt auch, warum sie gemeint hatte, dass die Besuche auf dem Spielplatz sie geistig gesund hielten: Was sie in ihrer täglichen Arbeit sah, war bestimmt grauenhaft.

«Ich bin froh, dass man mir den Fall übertragen hat.» Frannies Augen waren beinahe schwarz, stellte Alice fest. «Wir werden sie finden. Gemeinsam. Okay?»

Alice und Maggie nickten. Ja, gemeinsam würden sie Lauren finden. Und alles würde gut werden. Sie würde immer noch schwanger mit Ivy sein, und sie würden die letzten zwei Tage einfach vergessen und neu anfangen.

«Erzählen Sie uns ein wenig von Lauren», bat Frannie. «Alles, was Ihnen einfällt.»

«Sie ist unsere Schwester», sagte Maggie.

Frannie warf Giometti, der aufmerksam zuhörte, einen Blick zu.

«Wie unsere Schwester», korrigierte Alice.

«Wann haben Sie sie zum letzten Mal gesehen?», wollte Frannie wissen.

«An dem Nachmittag im Park, als wir auch Sie getroffen haben», erwiderte Alice.

«Für mich gilt das Gleiche», sagte Maggie. «Wir haben uns im Park voneinander verabschiedet.»

Frannie und Giometti hörten aufmerksam zu, während Alice und Maggie berichteten, wie der letzte Nachmittag verlaufen war. Sie versuchten, sich an jedes Detail zu erinnern, damit die Detectives ein klares Bild von Laurens Leben bekamen. Frannie war vor allem an Laurens Beziehung zu Tim interessiert. Alice war nicht wohl bei dem Gedanken, Details aus Laurens Privatleben preiszugeben, aber ihr war klar, dass es bei den Ermittlungen helfen konnte. Trotzdem zuckte sie zusammen, als Giometti einen kleinen Block und einen Kugelschreiber aus seiner Hemdtasche zog und begann, sich Notizen zu machen.

«Sie führen eine gute Ehe», sagte Alice. «Sie beklagt sich kaum.»

«Worüber beklagt sie sich?», fragte Frannie.

«Kleinigkeiten», erwiderte Maggie. «Das Übliche. Er arbeitet zu viel und kommt zu spät nach Hause. So etwas eben.»

«Sie waren glücklich», fügte Alice hinzu.

«Sie *sind* glücklich», korrigierte Maggie sie.

Im Moment sind sie nicht glücklich und wir auch nicht, dachte Alice, sagte jedoch nichts.

«In der letzten Zeit haben sie ziemlich unter Druck gestanden», fuhr Alice stattdessen fort. «Ihr Vermieter will sie aus der Wohnung haben, und sie haben dagegen geklagt.»

«Was ist mit dem Mietvertrag?» Giometti hielt im Schreiben inne.

«Er ist abgelaufen, aber sie wollten ihn verlängern», erklärte Alice. «Ihre Wohnung ist mietpreisgebunden, deshalb hatten sie das Recht dazu. Der Vermieter ist Metro Properties.» Befriedigt sah sie zu, wie er das aufschrieb. Jetzt hatte sie doch wenigstens die Behörden über den Skandal informiert. «Wir sollen unser Haus auch räumen», sprudelte sie hervor, bereute es jedoch im selben Moment, als sie sah, wie Maggie die Augen verdrehte.

«Lass uns beim Thema bleiben», sagte Maggie.

«Wohnen Sie im gleichen Haus wie Lauren?», fragte Frannie Alice.

«Nein, ich wohne in einem Zweifamilienhaus in der President Street, und Lauren wohnt in einem Gebäudekomplex mit achtzig Wohneinheiten auf der Union.»

«Es ist ein Zufall», erklärte Maggie den Detectives. «Das eine hat nichts mit dem anderen zu tun. Laurens Problem ist sozusagen institutionell, während Alice das Pech hat, in einem Haus zu wohnen, das der Eigentümer selber beziehen möchte.»

Es ärgerte Alice, dass Maggie die Sache so in die Hand nahm. «Mir ist nur durch den Kopf gegangen», warf sie ein, «dass ich im sechsten Monat schwanger bin und gestern die Kündigung bekommen habe. Und auch Lauren war im sechsten Monat, als ihr vor fast drei Monaten die Wohnung gekündigt wurde. Vielleicht bedeutet das ja etwas?»

«Vielleicht», erwiderte Frannie. «Vielleicht aber auch nicht. Kündigungen und Zwangsräumungen kommen in dieser Stadt häufig vor, und meistens sind sie übrigens legal. Dass niemand glücklich damit ist, ist ein anderes Thema. Wann ist denn der errechnete Geburtstermin von Laurens Kind?», wechselte sie zu Alices Erleichterung das Thema.

«Am fünfzehnten September», erwiderte Alice. «Aber schon Austin ist eine Woche zu früh gekommen, und deshalb glaubte sie, dass das zweite Kind möglicherweise auch früher kommt.»

«Warum?»

«Nur eine Vermutung», sagte Alice. «Körper folgen bestimmten Mustern, bei Geburten genauso wie bei allem anderen.»

«Weiß sie, ob sie einen Jungen oder ein Mädchen bekommt?», fragte Frannie.

«Nein», antwortete Maggie rasch.

Verblüfft blickte Alice sie an. Warum hatte Maggie gelogen? Aber sie schwieg, um die Freundin nicht vor den beiden Polizisten der Lüge zu bezichtigen.

Nach zahlreichen weiteren Fragen erhoben sich die Detectives schließlich und reichten Maggie und Alice ihre Visitenkarten.

«Rufen Sie uns jederzeit an, wenn Ihnen noch etwas einfällt», sagte Frannie.

«Alles könnte wichtig sein», fügte Giometti hinzu.

«Zögern Sie nicht, okay?» Lächelnd schüttelte Frannie erst Alice, dann Maggie die Hand.

Alice hätte nie gedacht, dass eine Ermittlerin der Polizei so freundlich sein könnte, aber sie hatte ja auch noch nie eine kennen gelernt.

«Vielen, vielen Dank», sagte Alice. «Das machen wir.» Dabei vermied sie es, Maggie anzuschauen, deren bewusstes, heimlichtuerisches Zurückhalten von Information in jedem ihrer Worte mitschwang. Alice fragte sich, ob die Detectives diese Lüge irgendwie spüren, riechen oder intuitiv erfassen konnten. Offenbar nicht, denn ihr Ton blieb verbindlich.

«Wir bleiben in Kontakt», sagte Frannie, und nachdem auch Giometti sich verabschiedet hatte, verließen die beiden Detectives den Laden.

Alice blickte dem blauen Wagen nach, wobei sie sich insgeheim ein wenig darüber wunderte, dass Frannie am Steuer saß.

«Für eine Polizistin ist sie viel zu nett», erklärte Maggie.

«Was ist daran falsch? Vielleicht nimmt sie ja wirklich Anteil.» Alice nahm das *Bin gleich wieder da*-Schild aus der Tür und steckte es hinter den nächstgelegenen Schaukasten, in dem sie pastellfarbene Sommerpumps zum halben Preis anboten.

«Nur wir nehmen wirklich Anteil an Lauren.» Maggie begann Pappkartons zu öffnen, die am Morgen geliefert worden waren. «Du, ich und Tim. Und Austin natürlich. Das weißt du ganz gut, Alice.»

Natürlich hatte sie Recht, was die Intensität der Anteilnahme anging. Lauren stammte aus Minnesota. Ihre Eltern waren kurz hintereinander gestorben, als sie noch auf dem College war, ihre Mutter an Brustkrebs und ihr Vater vermutlich an gebrochenem Herzen. Da sie das einzige Kind war, mussten ihre Freunde ihr die Familie ersetzen. Auch Tim hatte beide Elternteile verloren, und so versammelten sie in den Ferien immer alle um sich, die nicht nach Hause fuhren. Ihre beiden besten Freundinnen hatte Lauren einmal als ihre Schwestern bezeichnet, und das war für Alice und Maggie Versprechen und Verpflichtung zugleich.

«Warum hast du mich eigentlich wegen der Kündigungen nicht ausreden lassen, Maggie?», fragte Alice. «Und warum hast du wegen Ivy gelogen? Was soll das für einen Sinn haben? Wir wissen doch, dass Lauren ein Mädchen erwartet.»

«Wir können doch nicht alles von ihr preisgeben», erwiderte Maggie in dem allzu geduldigen Tonfall einer großen Schwester, die es leid ist, das Offensichtliche auch noch erklären zu müssen.

«Aber es ist doch nur eine Information», widersprach Alice. «Ivy ist schließlich ein Mädchen.»

«Ja, genau.» Maggie kniff die Augen zusammen. «Ivy *ist* ein Mädchen. Nicht war, sondern ist. Was meinst du, wie wir uns vorkommen, wenn Lauren mit einer ganz normalen Erklärung wieder auftaucht, und wir haben ihre größten Geheimnisse ausgeplaudert?»

«Aber an der Geschichte ist nichts normal, Mags.»

«Ja, das stimmt.» Maggie reckte trotzig das Kinn. «Aber ich möchte sie trotzdem nicht verraten, ehe wir es nicht ganz genau wissen. Wirklich, Alice, das ist das mindeste, was wir für sie tun können.»

Gegen Nachmittag wimmelte es in der Gegend von Polizisten, die jeden befragten, wann Lauren Barnet zum letzten Mal gesehen worden war. Die Kunden, die in den Laden kamen, hatten kein anderes Thema, und Alice und Maggie standen jedem Rede und Antwort.

Sogar Alices Mutter, Lizzie, rief ständig aus Los Angeles an, um sich über den Stand der Dinge auf dem Laufenden zu halten. «Und?», fragte sie bei jedem Anruf, «gibt es etwas Neues?»

«Nichts, Mom», antwortete Alice. «Wir warten immer noch.»

«Warten ist nicht gut, Liebes», sagte Lizzie in der für sie typischen, energischen Art. «Du musst etwas tun, und zwar nicht nur, um dich abzulenken, sondern um die Dinge voranzutreiben.» Lizzie leitete eine erfolgreiche Filmproduktionsfirma, und es lag ihr nicht, untätig zu sein.

«Die Polizei ermittelt, Mom.» Alice hörte selber, wie erschöpft sie klang.

«Ruf mich an, sobald du etwas hörst», sagte ihre Mutter. «Bleib dicht an der Polizei dran, damit sie nichts übersieht. Und tröste die Familie.»

Tröste die Familie. Die Worte klangen in Alice nach. Das Einzige, was sie tatsächlich tun konnten, war, für Tim und Austin da zu sein und sich zu weigern, das Schlimmste zu befürchten.

KAPITEL 5

Lauren und Tim Barnet wohnten in einem grauen steinernen Gebäudekomplex mit einem zweiflügeligen hölzernen Eingangsportal genau in der Mitte. Auf der niedrigen Treppe stritten sich Nell, Peter und Ethan darum, wer auf die Klingel zu 2B drücken durfte.

«Ich, weil ich die Älteste bin», rief Nell.

«Du bist das älteste *Mädchen*», widersprach Ethan. «Ich bin der älteste *Junge.*»

«Jetzt hört mit dem Quatsch auf, Kinder», erklärte Simon. «Bevor wir in die Wohnung gehen, müssen wir euch etwas sagen.» Seine tiefe Stimme brachte sie zum Schweigen; er besaß große Autorität bei den Kindern. Alice hatte Simon immer gemocht, trotz seiner Probleme mit Maggie. Er war ein sensibler, kreativer Mann, Musiklehrer, Pianist und ein angesehener Komponist. Er und Maggie hatten sich in London kennen gelernt und waren zusammen nach New York gekommen. Alice hatte sie immer gerne sprechen hören, ihr Akzent klang für sie wie exotischer Gesang. Simon sah außergewöhnlich gut aus mit seinem glatt rasierten, blassen Gesicht und den dichten braunen Haaren, und er verfügte über eine sinnliche Ausstrahlung, die er auch in der Ehe nicht unterdrücken konnte. Maggie bezeichnete sie schlicht als Untreue.

Simon drehte sich zu Mike um, der wiederum Alice Hilfe suchend anblickte. Sie wünschte sich, Maggie wäre da – ihr wäre bestimmt etwas eingefallen, was sie den Kindern sagen konnten, ohne dabei ihre schlimmsten Befürchtungen zu äußern. Aber Maggie war schon zu Tim vorausgegangen, und Alice hatte keine Ahnung, was sie den Kindern sagen sollte.

«Unter Umständen wird das kein sehr fröhlicher Besuch», erklärte sie und blickte die drei ernst an. Drei skeptische Augenpaare erwiderten ihren Blick. Bisher hatten sie mit Austin immer Spaß gehabt.

«Aber Mommy ...», setzte Nell an, doch Alice unterbrach sie. «Lass mich ausreden, ja?»

Die Kinder nickten, also musste sie es ihnen jetzt erklären.

«Ist euch in den letzten beiden Tagen etwas Ungewöhnliches aufgefallen?»

«Die Schule hat angefangen», zirpte Peter, was ihm ein Kichern von Ethan und einen genervten Blick seiner Schwester eintrug.

«Genau, die Schule hat angefangen. Was sonst noch?»

«Ich weiß es», sagte Nell, redete aber nicht weiter. Natürlich wusste sie es, schließlich hatten siebenjährige Mädchen große Ohren.

«Tante Lauren ist seit zwei Tagen nicht mehr zu Hause gewesen», sagte Alice, wobei sie sich bemühte, gelassen zu klingen. «Wir wissen nicht, wo sie ist. Ganz bestimmt geht es ihr gut, und sie hat sich wahrscheinlich nur verlaufen. Aber ich möchte nicht, dass ihr Tim oder Austin irgendwelche Fragen danach stellt, wo sie ist. Okay?»

«Warum?», fragte Peter.

Alice warf Mike einen flehenden Blick zu, damit er auch einmal etwas sagte.

«Na ja, es macht sie vielleicht nervös», antwortete er. «Und wenn wir nicht mit ihnen darüber reden, denken sie vielleicht nicht mehr daran, und dann wird es heute Abend für sie ein bisschen lustiger. Habt ihr verstanden?»

Lustig. So ein blödes Wort.

Nell hob mit solcher Ernsthaftigkeit die Hand, dass Alices Herz vor Liebe überquoll.

«Ja, mein Schatz?»

«Was heißt *vermisst*, Mommy?»

Ja, natürlich, Nell hatte die Suchmeldungen gesehen, die überall an Bäumen und Strommasten hingen.

«Das ist die Frage», erwiderte Alice. «Das wissen wir im Moment selbst nicht so genau.»

«Darf ich jetzt klingeln?», warf Peter ein.

«Nein, ich!» Ethan drängelte sich neben ihn, aber sie waren beide noch zu klein, um an die Leiste mit den Klingelknöpfen heranzureichen.

Simon machte dem Streit ein Ende, indem er auf die Klingel drückte. Die Kinder protestierten heftig, aber in dem Augenblick, als die Tür aufging, hatten sie es schon wieder vergessen, und jeder versuchte, als Erster hineinzukommen. Maggie stand in der offenen Wohnungstür, und als die Kinder an ihr vorbeigerannt waren, sagte sie leise zu den Erwachsenen: «Nur als Warnung: Dadrinnen sieht es gar nicht gut aus.»

In der Wohnung war es unheimlich still, und auch von den Kindern war nichts zu hören, was bedeutete, dass sie mit Austin bereits vor dem Fernseher in Laurens und Tims Schlafzimmer saßen. Alice beschloss, dass sie bei einem

Lokal, dessen Nummer sie auswendig wusste, chinesisches Essen bestellen würden. Sie würden diesen Abend gemeinsam überstehen, so gut es eben ging.

Alice, Mike und Simon folgten Maggie ins Wohnzimmer, wo Tim zusammengesunken auf einem winzigen Stuhl an Austins kleinem Maltisch saß, der an den Fenstern zur Straße stand. Beide Fenster waren offen, und die weißen Vorhänge bauschten sich im warmen Wind. Alice konnte sich noch gut daran erinnern, wie Lauren den durchsichtigen Stoff ausgesucht und genäht hatte. Unter dem Maltisch lag Staub, was Lauren nie toleriert hätte.

Tim saß da mit strähnigen, ungekämmten Haaren und sog an einer Zigarette. Alice hatte ihn noch nie rauchen sehen.

Sie trat als Erste auf ihn zu, und nach und nach versammelten sich alle Freunde um ihn. Als die Asche seiner Zigarette zu lang wurde, ließ er sie in die offene Handfläche fallen, blieb jedoch unbeweglich sitzen, als würde er von einer unerträglichen Last niedergedrückt.

«Die Polizei war hier», sagte er schließlich. Seine Stimme klang dünn, erschöpft. «Die waren den ganzen Nachmittag hier. Warum bloß? Warum haben sie mir ständig solche Fragen gestellt?» Ratlos blickte er Mike an, der ihm beruhigend die Hand auf die Schulter legte. Tröstende Worte fand er nicht. Keiner sagte etwas. Diese Männer, die Grillabende miteinander verbrachten, einander beim Renovieren und bei Umzügen halfen, die stundenlang miteinander über Politik, Kunst, Filme und Sport diskutierten und die regelmäßig zusammen in die Bronx oder nach Coney Island zu den Spielen der Yankees oder der Cyclones fuhren, brachten jetzt kein Wort heraus.

Nichts, das in dieser Situation eine Brücke von Tims Sorge zu ihrer aller Freundschaft hätte schlagen können.

«Bei uns waren sie auch», sagte Alice schließlich.

«Sie waren bei uns allen», ergänzte Maggie.

Tim drückte seine Zigarette in einem von Austins Farbtöpfen aus, in dem schon drei weitere Kippen lagen.

«Sie waren *stundenlang* hier.» Seine Stimme wurde lauter, und er fuhr sich mit beiden Händen durch die Haare. Er hatte tiefe Schatten unter den Augen. «Ob sie wohl glauben, ich hätte etwas mit Laurens Verschwinden zu tun? Glauben sie das tatsächlich?»

«Natürlich nicht», erwiderte Mike. «Sie machen nur ihren Job. Du bist der Mensch, der ihr am nächsten gestanden hat, deshalb müssen sie dir Fragen stellen.»

War er das tatsächlich? *Der Mensch, der ihr am nächsten gestanden hatte?* Er arbeitete so viel, selbst an den Wochenenden, dass er kaum zu Hause war. Wer war denn eigentlich der Mensch, der Lauren am nächsten stand? Austin, dachte Alice. Und natürlich Maggie und sie.

«Sie behandeln mich wie einen Verdächtigen», flüsterte Tim. «Ich bin Anwalt. Ich weiß, was hier abgeht. Das ist ein Albtraum. Sie wollen tatsächlich Antworten von *mir.*»

Nein, das hatte Tim nicht verdient, dachte Alice. Er war ein guter Mann, der hart arbeitete, für seine Familie sorgte und sie liebte. Alice und Mike kannten Tim seit fünf Jahren, und sie kannten ihn wirklich gut. Wenn die Polizei ihn tatsächlich verdächtigte, dann suchten sie in der falschen Richtung und verloren Zeit.

«Sie wollen von jedem Antworten», warf Simon besänftigend ein.

«Ja, genau. Mensch, Tim», sagte Maggie. «Sie wollen nur alles abdecken. Du brauchst dir keine Gedanken zu machen.»

Maggies hölzerne Bemerkungen konnte man normalerweise ignorieren, aber nicht diese. Tim blickte sie schnell an, und sein Blick war so hart, dass damit jegliche Möglichkeit zum Gespräch erstarb. Alice war bestürzt darüber, wie intensiv, erbarmungslos und wütend Tim Maggie anstarrte.

Es war schwierig danach, aber sie blieben. Als es dunkel wurde, spürte Alice in ihrem Inneren, wie eine Trauer um die enge Freundschaft der drei Familien aufkeimte. Sie versuchte zwar, sich klar zu machen, dass, solange Lauren vermisst wurde, jedes Wort und jeder Blick missverstanden werden konnte und keiner von ihnen sein Gleichgewicht finden würde. Doch irgendetwas fehlte zwischen den Freunden an jenem Abend, ein Zusammengehörigkeitsgefühl, an das sie sich gewöhnt hatten.

Alice und Mike blieben bis kurz vor Mitternacht, dann trugen sie ihre schlafenden Kinder nach Hause und fielen selber todmüde ins Bett.

Doch unter ihrer weichen, leichten Decke lag Alice wach neben Mike. Im Haus war es so still, dass sie jedes Geräusch hören konnte, das leise Ächzen der Balken, das Knacken der Fußbodendielen und jedes Auto, das draußen vorbeifuhr. Sie steckte sich Ohropax in die Ohren und zog ihre Augenmaske über. Jetzt war es absolut still und völlig dunkel. Sie wartete auf den Schlaf, aber er wollte sich nicht einstellen. Schließlich gab sie auf und erhob sich leise.

Vorsichtig, um niemanden zu wecken, huschte sie die Treppe zu ihrem großen Wohnzimmer hinauf, mit seinem Marmorkamin und den deckenhohen Fenstern. Die Bodendielen knarrten unter ihren Füßen, aber sie bemühte sich, nicht allzu viel Lärm zu machen, als sie in die Küche eilte. Dort schaltete sie das Licht ein.

Es war drei Uhr früh. Sie spürte, wie sich die Babys in ihrem Bauch bewegten, und fragte sich, ob sie sie wohl geweckt hatte oder ob sie um diese Uhrzeit immer wach waren. Das würde sie noch schnell genug herausfinden. Sie öffnete die Kühlschranktür, löffelte ein wenig Erdnussbutter aus dem Glas und schenkte sich ein Glas Orangensaft ein. Dann nahm sie den Laptop aus dem Regal an der Gartentür, stellte ihn auf den Küchentisch und schaltete ihn ein. Während sie darauf wartete, dass er hochfuhr, blickte sie in den dunklen, vom silbernen Mondlicht beschienenen Garten. Kein Hälmchen regte sich. Wenn sie hier wegzogen, würde sie ihre Blumen vermissen.

Sie setzte den Wasserkessel auf, hängte einen Pfefferminzteebeutel in ihren Lieblingsbecher und gab Laurens Namen bei Google ein. Es gab ein paar Treffer in Verbindung mit ihrem früheren Leben als Anwältin, aber etwas Aktuelles war nicht dabei. Kein Hinweis darauf, dass sie vermisst wurde. Als Nächstes versuchte Alice es mit Christine Craddock. Sie klickte auf www.christinelost.com, und sofort erschien auf dem Monitor das Bild einer jungen, schwangeren Frau, die stolz ihren dicken Bauch reckte.

Christine Craddock war nicht verheiratet gewesen. Der Vater ihres ungeborenen Kindes war ihr Professor auf dem College gewesen. David Jonstone hatte selbst eine Familie und hatte sich geweigert, eine persönliche Beziehung mit Christine einzugehen. Als sie verschwand, hatte sie gerade eine Vaterschaftsklage gegen Jonstone vorbereitet. Ob der Professor das wusste, war nicht bekannt. Am Morgen des Tages, an dem Christine verschwand, der zugleich der errechnete Geburtstermin war, hatte ein Zeuge gehört, wie sie sich mit jemandem am Handy stritt – das Handy hatte man später im Schlamm auf dem Grund des Kanals gefunden. Der Anruf konnte zu einer Telefonzelle zurückverfolgt werden, sodass nie herauskam, wer am anderen Ende der Leitung gewesen war. Zuletzt hatte man Christine Craddock gesehen, wie sie die Bond Street in Richtung Park Slope überquerte.

Auf einer Seite der Website ging es um die polizeilichen Ermittlungen, die Detective Paul Giometti vom Morddezernat Brooklyn South geleitet hatte. Andere Seiten zeigten Christines Familie, ihre Lieblingsfilme, ihre Haustiere, ihre Hoffnungen für die Zukunft. Es gab sogar eine Seite mit der Überschrift «Christines Überzeugungen», in der hauptsächlich ihre Entscheidung erklärt wurde, ihr Kind alleine großzuziehen.

Alice durchsuchte alle Seiten gründlich auf irgendeinen Hinweis, der im Hinblick auf Laurens Verschwinden wichtig sein konnte, fand jedoch nichts außer der Tatsache, dass Christine drei Jahre lang in Carroll Gardens gelebt hatte.

Es war über ein Jahr her, seit jemand auf der Website einen Kommentar hinterlassen hatte. Schließlich schloss Alice die Website und lehnte sich erschöpft zurück. Jemand hatte sich die Zeit genommen, für Christine eine Website einzurichten. In dem ganzen Aufruhr ihres Verschwindens hatte sich jemand, der sie liebte, auf das einzig

Wichtige konzentriert: sie zu finden. Alice trank ihren letzten Schluck Tee und gab *Website einrichten* unter Google ein. Innerhalb einer halben Stunde hatte sie einen Domain-Namen gesichert: www.findlauren.com. Sie hatte zahlreiche Fotos von Lauren auf dem Computer gespeichert, und als die Sonne aufging, hatte sie eine Homepage geschaffen, die Lauren im Juli, im siebten Schwangerschaftsmonat, zeigte, wie sie sich lachend mit Austin um ein Buch stritt. Es war eins von Alices Lieblingsfotos, weil es alles zeigte, was Lauren wichtig war: Liebe, Familie und Intellekt. Laurens Leben war schön gewesen, und dass sie jetzt verschwunden war, schien völlig unangebracht.

Als sie hörte, wie die Zeitung vor die Tür geworfen wurde, hörte Alice auf. Ihre Augen brannten, weil sie die ganze Zeit auf den Bildschirm gestarrt hatte. Sie klappte den Laptop zu, legte ihn wieder ins Regal und stellte ihren Becher in die Spüle.

Die Zeitung lag in ihrer blauen Hülle auf der obersten Treppenstufe. Sie holte sie herein und schlug sofort die Lokalnachrichten auf. Und da war die Schlagzeile.

Hochschwangere Frau in Carroll Gardens vermisst stand da. Eine Reporterin namens Erin Brinkley hatte die Fakten und Umstände zusammengefasst, die Alice bereits kannte.

Sie legte die Zeitung beiseite und schluckte. Es war erst sechs Uhr. Rasch zog sie sich an, hinterließ eine Nachricht für Mike und ging aus dem Haus. An der President Street hingen überall die gelben *Vermisst*-Zettel. Alice war immer gerne in den frühen Morgenstunden, bevor die Welt begann, sich zu regen, unterwegs gewesen, aber heute lag kein Frieden darin. Ein bronzefarbener Mini Cooper fuhr an ihr vorbei, und sie folgte ihm mit den Augen, bis er in die Hoyt Street einbog. Dann war sie wieder allein.

Sie überquerte die Hoyt und bog dann links in die Carroll Street ab. Unbewusst hatte sie die Richtung zum Gowanus-Kanal eingeschlagen. Vermutlich war auch Lauren hier zuletzt entlanggekommen, auf ihrem Weg zum Pilates-Kurs. Sie wohnte zwar an der Union Street, auf der es auch eine Brücke über den Kanal gab, aber sie hatte einmal gesagt, sie möge die ältere Brücke an der Carroll Street lieber, die nicht so sehr durch Industriegebiet führte.

Bis zur Bond Street ging es stetig bergab, dann wurde es einen halben Häuserblock vor der Brücke wieder eben. Linker Hand befand sich ein Bürogebäude mit einer blauen Eingangsmarkise, auf der *Bond Street Limo* stand. Ein dicker Mann mit kurz geschnittenen, grauen Haaren stand draußen und rauchte eine Zigarette. Er nickte Alice zu, als sie vorbeiging. Sie erwiderte seinen Gruß. Wahrscheinlich war er der Fahrer der Limousine, auch wenn er keine Uniform trug. Er hatte unheimliche Augen – eins blau und eins grün – und sah ihr nach, als sie auf die Brücke zuging. Seine Aufmerksamkeit war ihr unangenehm, und unwillkürlich lief sie schneller. Aus den Augenwinkeln sah sie, wie er seinen Zigarettenstummel auf die Straße warf, und kurz darauf fuhr eine lange, schwarze Limousine an ihr vorbei, da aber alle Fenster geschlossen waren, konnte sie nicht erkennen, ob er am Steuer saß.

Rechter Hand befand sich ein rundes Gebäude, das Haus eines Künstlers. Alice fiel ein, dass sie schon einmal von einem Brunnen dort gehört hatte, der mit seinen hohen Wasserfontänen Passanten nass spritzte, aber sie hatte ihn noch nie gesehen. Lauren hatte sich einmal darüber beschwert, dass sie mit giftigem Kanalwasser besprüht worden sei. Ihr hatte es nicht gefallen.

Mitten auf der Brücke blieb Alice stehen. Sie stützte sich an dem blauen Eisengeländer ab und blickte auf den Kanal. Sie stand dem Meer gegenüber, aber durch die Industrieanlagen auf der Third Street konnte man es von hier aus nicht sehen. Dahinter lag der Buttermilk Channel, in den der Kanal floss. Sie blickte auf das trübe grüne Wasser, das sich in der ruhigen Luft nur leicht kräuselte. Jahrelang war das Wasser schmutzig und undurchsichtig gewesen, aber nachdem vor zwei Jahren die alte Pumpe repariert worden war, gab es angeblich wieder Fische, Krebse und Schildkröten. Einen Augenblick lang dachte sie, eines von den kleinen Geschöpfen zu sehen, aber es war nur ein vorbeihuschender Schatten.

Es wurde schon heiß, als Alice sich schließlich abwandte und sich wieder auf den steilen Weg nach Carroll Gardens machte. Sie blickte nicht hin, als die gelben *Vermisst*-Zettel auftauchten, sondern ging immer weiter, Schritt für Schritt zum Polizeirevier.

Die Detectives hatten sie gebeten, ihnen alles mitzuteilen, was ihnen einfiel. *Alles könnte wichtig sein*, hatte Giometti gesagt.

Es kam Alice so vor, als sei Lauren von ihrem Stadtviertel und dem Kanal gleichsam verschluckt worden. Aber eins konnte Alice tun, um die Wahrheit aufzudecken – sie musste Maggies Lüge über Ivy richtig stellen.

KAPITEL 6

Alice stieg die Treppe zum 76. Revier hinauf, das sich in einem flachen Gebäude mit blau gefliester Fassade befand, was in dieser Gegend mit alten Brownstones irgendwie unpassend wirkte.

Hinter dem Eingang saß eine wasserstoffblonde ältere Frau in einem roten Trainingsanzug an einem kleinen Schreibtisch. «Ja?», begrüßte sie Alice, ohne aufzublicken.

«Sind Detective Viola oder Detective Giometti da?»

Die Frau griff zum Telefon und wählte eine Nummer. Hinter ihr saßen drei uniformierte Beamte an einer Theke, telefonierten oder füllten Formulare aus. An der Wand hing eine Tafel, auf der festgehalten war, wo sich die Einsatzfahrzeuge befanden.

«Okay», sagte die Frau zu Alice, ohne genauer zu erläutern, wer denn nun heute früh im Haus war. «Wollen Sie hier warten?»

Alice trat durch eine halbe Schwingtür in den großen, der Öffentlichkeit zugänglichen Bereich. Dort stellte sie sich neben die Tische mitten im Zimmer und sah sich um. Auf einem niedrigen Holzschrank stand ein großes Aquarium, mit einem sehr dicken Fisch und zahlreichen kleineren Exemplaren. An der Wand standen Getränke- und

Snack-Automaten, bei deren Anblick leise Übelkeit in ihr aufstieg.

Als jemand ihr auf die Schulter tippte, fuhr sie herum.

«Sie sind aber früh auf», sagte Frannie.

«Ich konnte nicht schlafen.»

«Das kann ich gut verstehen.» Frannie sah müde aus, als habe sie ebenfalls eine schlaflose Nacht hinter sich. «Ich hatte Nachtschicht. Möchten Sie mit mir reden?»

Alice nickte. Warum war sie sonst wohl hierher gekommen?

Sie folgte Frannie an einer Glastür vorbei, auf der *Sachbearbeitung Festnahmen (Bitte Waffen hier ablegen)* stand. Dahinter befanden sich ein Metallschreibtisch, ein Stuhl und zwei leere Zellen. Sie gingen durch einen Flur, eine Treppe hinauf. Oben stieß Frannie eine Tür auf, und sie traten in einen weiteren kurzen Flur, der voll gestopft war mit alten Aktenschränken. Der Flur mündete in ein großes Zimmer voller nicht zusammenpassender Schreibtische. Durch die geschlossenen Jalousien drang schwaches Tageslicht. In der Ecke saß ein junger Mann und hackte auf die Tastatur einer Schreibmaschine ein, und Alice stellte fest, dass neben den Computern auf jedem Schreibtisch ein solcher Dinosaurier stand.

«Ich habe seit Jahren keine Schreibmaschine mehr gesehen», sagte sie.

«Alte Gewohnheiten sterben nur langsam. Wir haben zwar die allermodernste Datenbank, aber unsere Berichte tippen wir immer noch in die Maschine. Vielleicht sind ja vor zwanzig Jahren zu viele Formulare gedruckt worden.» Frannie blieb an einem Schreibtisch neben einer langen, schmalen Zelle stehen, deren schwarzes Eisengitter fast die ganze Wand einnahm. Ein dünner, bleicher Mann lag auf der einzigen Bank in der Zelle. Sie warf einen Blick auf den schlafenden Mann und sagte zu dem anderen Detective: «Hey, José, ist jemand im Verhörraum?»

José blickte lächelnd auf und schüttelte den Kopf. «Nein, Baby, er gehört dir.» Dann tippte er weiter.

Frannie gab ein leises, zischendes Geräusch von sich. *Baby.* An weibliche Ermittler war man hier offensichtlich nicht gewöhnt, dachte Alice.

«Kommen Sie, wir gehen da hinein, dort sind wir ungestörter», erklärte Frannie. Sie ergriff ihren halb vollen Kaffeebecher. «Möchten Sie auch einen? Wir haben auch koffeinfreien.»

«Nein, danke.» Allein beim Gedanken an Kaffee hätte sie sich schon übergeben können.

«Dann kommen sie.»

Frannie und Alice schlängelten sich zwischen den Schreibtischen durch das Zimmer hindurch. Der Verhörraum war klein, mit einem Tisch an einer Wand und vier unbequem aussehenden Metallstühlen mit geraden Rückenlehnen. Auch hier waren die Jalousien heruntergelassen. An der Wand zum Büro befand sich ein rechteckiges Fenster, das aussah wie ein Spiegel. Wahrscheinlich konnte man nur von außen hindurchsehen, vermutete Alice.

Sie setzten sich einander gegenüber an den Tisch, dessen Kunststoffplatte einen tiefen Kratzer aufwies. Wer mochte das wohl getan haben? Und wie? Mit einem Schlüssel vielleicht? Aber Alice konnte es nachempfinden. Wenn man in diesem Zimmer alleine war, kam man vermutlich auf die seltsamsten Gedanken. Es war ein grässlicher Raum. Aber vielleicht hatte sie diesen Eindruck ja auch nur, weil sie so erschöpft war.

Erst als Frannie ihre Hand auf Alices legte, merkte sie, wie sehr sie fror. Sie holte tief Luft und begann zu sprechen.

«Ich möchte etwas klären.»

Frannies Gesicht war ausdruckslos, und nur die dunklen Schatten unter ihren Augen deuteten darauf hin, wie müde sie sein musste. Sie lächelte nicht und runzelte auch nicht die Stirn, sondern hörte lediglich aufmerksam zu.

«Gestern im Laden haben wir Ihnen gesagt, dass Lauren nicht wüsste, ob ihr Baby ein Mädchen oder Junge sein wird.»

Frannie nickte, und Alice entspannte sich ein wenig.

«Das stimmt nicht», fuhr sie fort und blickte Frannie direkt an.

Geduldig wartete die Polizistin.

«Lauren weiß seit Monaten, dass sie ein Mädchen erwartet.»

«Ein Mädchen», wiederholte Frannie leise.

«Es soll Ivy heißen. Oder heißt schon Ivy. Oder ...» Alice versagte die Stimme.

«Danke, Alice. Das könnte uns weiterhelfen.»

Alice wischte sich über die Augen und sagte: «Da ist noch etwas.»

Frannie nickte.

«Tim weiß nichts davon.»

«Von dem Namen?»

«Er kennt weder den Namen noch das Geschlecht», erwiderte Alice. «Er wollte es nicht wissen. Er wollte sich überraschen lassen. Deshalb wollte Maggie es Ihnen auch nicht sagen.»

«Das verstehe ich», erklärte Frannie. Ihr Blick glitt zu Alices Hand, und Alice merkte erst jetzt, dass sie die ganze Zeit mit dem Finger den Kratzer nachgefahren war.

«Werden Sie Lauren finden?»

«Ja.» Frannies Selbstvertrauen weckte neue Hoffnung in Alice. «Ich werde nicht aufgeben, Alice, ganz gleich, was geschieht.» Die Muskeln in Frannies schlanken Armen spannten sich, als sie mit ihrem Stuhl näher an den Tisch rückte. Diese Frau war stark, dachte Alice, viel stärker, als sie aussah. «Der Suchtrupp ist schon wieder unterwegs. Sie klopfen an jede Tür, sprechen mit jedem, und irgendetwas wird dabei schon herauskommen.»

«Sie sollten nach Hause gehen und sich ausschlafen», sagte Alice, obwohl sie es eigentlich nicht so meinte. Sie wollte, dass Frannie weitersuchte, bis Lauren endlich wieder auftauchte.

«Ich kann sowieso nicht schlafen», erwiderte Frannie. «Ich weiß nicht, wie es meinen Kollegen hier geht, aber wenn in meiner Nachbarschaft Frauen verschwinden, beschäftigt mich das.»

Einer der Zwillinge in Alices Bauch begann sich zu bewegen, und kurz darauf war auch der andere wach. Sie stand auf. «Ich muss gehen. Meine Familie wartet auf mich.»

«Ich bringe Sie hinaus.»

In der Eingangshalle verabschiedeten sich die beiden Frauen voneinander.

«Noch einmal vielen Dank», sagte Frannie. «Ich rufe Sie an, wenn sich irgendetwas ergibt.»

Alice trat in den Morgen hinaus, dessen schläfrige Ruhe einer lauten Geschäftigkeit gewichen war, während sie sich auf dem Revier aufgehalten hatte. Ein kleines Mädchen mit einem geblümten Fahrradhelm fuhr auf ihrem pinkfarbenen Rädchen über den Gehweg, während ihr Vater neben ihr herlief. Eine alte Frau in einem Baumwollkittel fegte ihre Treppe. Alice konnte es kaum noch erwarten, Mike und die Kinder wiederzusehen. Vielleicht konnte sie sich ja heute früh etwas hinlegen, dachte sie. Vielleicht würde ja heute alles gut, und Lauren würde heil und gesund nach Hause zurückkehren.

Aber es war nur Wunschdenken.

Frannie meldete sich nicht. Der Tag verging. Am Abend hielt Alice es nicht mehr aus und rief auf dem Revier an. Sie erwartete nicht, irgendwelche Neuigkeiten zu hören, aber Frannie erklärte, es gäbe doch etwas zu berichten.

KAPITEL 7

«Wir haben einen Zeugen», sagte Frannie. «Unsere erste Spur.»

Die Stimmen der Kinder drangen aus dem Garten durch die offene Küchentür. Alice saß am Tisch und sah Mike zu, der am Herd stand und geduldig in seinem Spezial-Risotto rührte. Es war ihr Lieblingsgericht. Dicker, cremiger Reis mit Schinken, Zwiebeln, Karotten und Erbsen. Ein Hauch von Zitrone.

«Es ist ein Künstler», fuhr Frannie fort. «Er wohnt direkt am Kanal, in diesem runden Haus mit all den Dachfenstern. Er hatte am Freitagmorgen seine Staffelei auf der Carroll Street Bridge aufgestellt und hat Lauren um Viertel vor zwölf über die Brücke kommen sehen.»

Viertel vor zwölf. Da war sie auf dem Weg zu ihrem Pilates-Kurs gewesen.

«Der Mann wusste nicht, dass Lauren als vermisst gilt», sagte Frannie. «Er gehört zu den Leuten, die Nachrichten hassen, nicht fernsehen und keine Zeitung lesen. Er reist viel und liebt alles Schöne, verstehen Sie?»

«Frannie, hat er mit Lauren geredet?»

«Sie haben einander angelächelt. Lauren wirkte ‹freundlich und zivilisiert›, hat der Mann gesagt. Es sah nicht so aus, als ob sie Wehen hatte.»

«Und weiter?»

«Er machte sich wieder ans Malen. Nach drei Stunden packte er ein und ging ins Haus.»

Die Kinder kamen von draußen herein, und Mike erlaubte ihnen, fernzusehen, damit Alice sich auf das Telefonat konzentrieren konnte. Er drehte die Gasflamme unter dem Risotto herunter und setzte sich neben sie an den Küchentisch, wobei er sich die Hände an seiner geblümten Schürze abtrocknete. Unter seinen Fingernägeln war ein dünner schwarzer Rand. Er hatte in der letzten Zeit viel gearbeitet, weil er seine Teilnahme an der Möbelmesse in Las Vegas im nächsten Monat vorbereitete, und Schmutz und Staub hatten sich in beinahe jede Körperfalte eingegraben. Sie griff nach seiner Hand und drückte sie.

«Jetzt können wir unsere Suche also auf das Gebiet zwischen dem Kanal und dem Pilates-Kurs, bei dem sie gar nicht angekommen ist, konzentrieren», sagte Frannie.

«Was?», rief Alice aus. «Dort ist sie nicht angekommen?» Die Kursleiterin hatte sich nicht bei Maggie gemeldet. Seit Freitag hatte kein Kurs mehr stattgefunden, und vermutlich hatte sie die Nachricht auf dem Anrufbeantworter gar nicht gehört.

«Die Lehrerin hat den Artikel in der Zeitung gelesen», erwiderte Frannie. «Sie hat uns angerufen. Alice. Ich weiß, dass es sich für Sie nicht gut anhört, aber es wird die Ermittlungen beschleunigen, Sie werden sehen.»

Alice schloss die Augen und stellte sich den Kanal und die dünn besiedelte Gegend vor. Der Limousinen-Verleih an der Ecke. Der Parkplatz mit den Lieferwagen von Mr. Frosty. Die Firma mit den Gipsnachbildungen. Es war beinahe ein ganzer Häuserblock, bis das Wohnviertel wieder anfing.

«Alice, ich muss jetzt Schluss machen», sagte Frannie. «Ich rufe Sie an, wenn sich etwas Neues ergibt. Und wenn Ihnen etwas einfällt, melden Sie sich bei mir. Wir finden sie. Gemeinsam finden wir sie.»

Gemeinsam, dachte Alice. Sie legte auf und berichtete Mike, was Frannie gesagt hatte.

«Das hört sich doch gut an», erwiderte er in dem gleichen ermunternden Tonfall, mit dem er immer die Kinder beschwichtigte, wenn sie wütend waren.

«In Wahrheit hältst du es für ein schlechtes Zeichen, oder?»

«Ich weiß nicht. Es ist seltsam, und ich habe das Gefühl ...» Er zuckte mit den Schultern, als versuchte er eine Empfindung zu verdrängen, die er nicht mit Alice teilen wollte.

«Sag es», forderte sie ihn auf. «Es ist unheimlich zu erfahren, dass jemand sie tatsächlich gesehen hat, und dann ist sie auf einmal wie vom Erdboden verschwunden. Es ist ein schlechtes Zeichen. Sag es.»

«Okay.» Er stemmte die Hände in die Hüften, wodurch er in seiner geblümten Schürze eher komisch wirkte. Mikes Lachfältchen wichen einem ernsten Gesichtsausdruck. «Es macht mir Angst.»

Alice nickte. Sie war Mike dankbar für seine Aufrichtigkeit. Diese Situation konnte nicht einmal er mit seinem unerschütterlichen Optimismus schönreden. Natürlich mochte das Auftauchen eines Zeugen hoffnungsvoll sein, aber es war eben auch ein Zeichen dafür, dass Lauren an einem bestimmten Ort, zu einer bestimmten Zeit verschwunden war. Und ihr Verschwinden wurde dadurch greifbarer, da jetzt klar war, dass ihr zwischen Viertel vor zwölf, als der Mann sie gesehen hatte, und zwölf Uhr mittags, als sie nicht zu ihrem Pilates-Kurs erschien, irgendetwas geschehen war, das ihre Pläne, möglicherweise ihr ganzes Leben geändert hatte. Und das in nur fünfzehn Minuten.

«Was sollen wir jetzt machen?», fragte Alice.

Mike legte seine kräftige Hand auf ihren Bauch und streichelte ihn. Dann blickte er sie an. Braune, helle Augen mit goldenen Reflexen.

«Ich sage dir, was ich wirklich denke.»

Sie hatte diese Mischung aus Bedauern und Entschlossenheit bisher nur einmal bei ihm erlebt, vor neun Jahren, als sie in der ersten Schwangerschaft eine Fehlgeburt erlitten hatte. Damals hatte er nicht zugelassen, dass sie glaubte, nie wieder ein Kind bekommen zu können. Er hatte ihr Mut gemacht, obwohl es zu dieser Zeit mehr ihr Wunsch als seiner gewesen war, eine Familie zu gründen.

«Was denkst du, Mike?»

«Ich denke ... nein, ich *weiß*, dass wir nichts tun können.» Er kniff die Augen zusammen. «Und es nützt überhaupt nichts, wenn wir uns ständig Sorgen machen.»

«Aber in so einer Situation ist es doch ganz normal, sich Sorgen zu machen», protestierte Alice.

«Ja, schon, aber hast du letzte Nacht überhaupt geschlafen?» Sein Lächeln wirkte gezwungen, beinahe professionell. Es gefiel ihr nicht.

Sie wandte den Blick ab und betrachtete eingehend das Muster des Linoleumbodens in der Küche. Dann schüttelte sie den Kopf.

Mike beugte sich vor und zwang sie, ihm in die Augen zu sehen. «Du bist schwanger», sagte er. «Muss ich dich daran erinnern?»

Jetzt musste auch sie lächeln. «Nein, natürlich nicht», erwiderte sie.

«Versuch einfach, dich nicht zu sehr in deine Angst hineinzusteigern, Liebling, ja? Mehr will ich doch gar nicht sagen.»

Alice nickte.

«Ich liebe dich», fuhr er leise fort, während aus dem Wohnzimmer der Refrain von Bob dem Baumeister drang. «Wir dürfen nicht zulassen, dass das Ganze schlimmer wird, als es ohnehin schon ist.»

«Ich wünschte, ich wüsste, wie es ohnehin schon ist.»

«Ich auch», erwiderte er. «Aber das wissen wir eben erst hinterher. Ich habe heute früh Tim angerufen, nachdem ich den Bericht in der Zeitung gelesen habe. Er ist ein wandelndes Wrack. Wir müssen zusehen, dass wir für Tim und Austin stark bleiben, okay? Wir müssen ihnen klar machen, dass es im Moment immer noch eine realistische Chance gibt, dass Lauren heil und gesund zurückkommt.»

«Wir wissen nicht ...»

«Es geht nicht anders, Alice.» Wieder legte er ihr die Hand auf den Bauch. «Bitte, steigere dich nicht hinein.»

Alice legte ihre Hand über seine, um die unruhigen Zwillinge zur Ruhe zu bringen. Das war der Mike, den sie geheiratet hatte, nicht der Komödiant oder der hyperaktive Creative Director, nicht der Schreiner, sondern der sensible, liebevolle Mann, der ihr immer zur Seite stand.

«Okay.»

Mike fuhr sich mit der Hand durch die Haare. «Wenn ich so weitermache, ist das Risotto gleich Matsch.»

«Dann koch jetzt weiter. Ich werde versuchen, mir nicht mehr so viel Sorgen zu machen.»

Er lächelte sie voller Liebe an. «Wir sollten uns darauf konzentrieren, ein Haus zu finden.»

«Genau.»

«Und endlich hier rauszukommen.»

«Genau», wiederholte sie.

«Die Polizei findet Lauren schon», fuhr er fort. «Das ist ihr Job.» Er stand auf und begann, wieder in seinem Risotto zu rühren.

Nach einer Weile fragte Alice: «Glaubst du, jemand kann zu nett sein?»

«Meinst du Tim?»

«Nein, ich habe an Frannie gedacht. War es falsch von mir, heute früh zu ihr zu gehen?»

«Nein, definitiv nicht. Es ist immer besser, aufrichtig zu sein.»

«Frannie hat gesagt, dass ja nicht ich gelogen habe.»

Mike lächelte. «Das war wirklich nett von ihr.»

«Ich hatte dadurch weniger Schuldgefühle, schließlich hatte Maggie es gesagt. Sie hat gelogen.»

«Aber wenn man etwas nicht richtig stellt, ist es vermutlich genauso schlimm», entgegnete Mike.

«Na ja, auf jeden Fall findet Maggie Frannie zu nett.»

«Das sieht Maggie ähnlich.» Mike hielt im Rühren inne und drehte sich zu ihr um. «Wenn jemand wirklich nett ist, bleibt ihr nicht genug Raum, um sich mit ihm anzulegen.»

Alice vermutete, dass Mike Maggie zwar grundsätzlich

mochte, ihr aber nicht mehr ganz traute, seitdem sie Simon wegen seiner angeblichen Untreue verlassen hatte.

«Und warum mag sie *mich*? Ich bin doch auch nett.»

Mikes Augen begannen zu funkeln. «Na ja, so nett bist du nun auch wieder nicht, Liebling.»

«Arschloch.»

«Siehst du?»

Den ganzen restlichen Abend dachte Alice darüber nach, was *nett* eigentlich bedeutete. Sie fragte sich, ob Ehrlichkeit ein Wert an sich war. Sie jedenfalls litt unter Unehrlichkeit. Lügen konnte sie nur schwer ertragen. Sie hatte der Polizei einfach von Maggies gut gemeinter Lüge erzählen müssen. Auch wenn ihre Freundschaft vielleicht darunter leiden würde …

Als Alice am Montagmorgen die Tür zum Blue Shoes öffnete, war die Türglocke wegen der Musik kaum zu hören. Sie hatte einen ruhigen Morgen erwartet, allein im Laden, sodass sie sich in Ruhe überlegen konnte, wie sie Maggie ihren gestrigen Besuch im Polizeirevier gestehen konnte. Sie hatte ihr gemeinsames Geheimnis preisgegeben, und wenn Lauren zurückkäme, wäre Maggie diejenige, die aufrecht und wahrhaftig geblieben war, während Alice gewankt hatte.

«Was machst du hier?», rief sie Maggie zu, die im Hinterzimmer saß und Belege ordnete.

Als Maggie aufblickte, sah Alice, dass ihre Augen gerötet waren. Also hatte auch sie nicht gut geschlafen. Alice war in der letzten Nacht irgendwann aufgestanden, um weiter an Laurens Website zu arbeiten, und jetzt war ihr leicht schwindlig und übel vor Müdigkeit.

Maggie schaltete das Radio aus. «Heute Mittag um zwölf müssen wir zu Martin wegen unserer vierteljährlichen Steuervorauszahlung. Hast du das auch vergessen?»

«Mist!» Alice hatte tatsächlich nicht mehr daran gedacht. «Können wir das nicht verschieben?»

«Wir haben den Termin bereits zweimal verschoben. Ich glaube, letztes Mal war er ziemlich ärgerlich deswegen, und ich möchte ihn nicht verlieren. Er ist ein guter Steuerberater.»

«Aber …»

«Schscht, Liebes. Wir müssen nach vorne schauen.»

Vielleicht hatte Maggie ja Recht. Lauren war jetzt seit drei Tagen weg, drei endlose Tage und Nächte voller Warten und Hoffen. Aber die Hoffnung schien zu schwinden, je mehr Zeit verstrich. Sie mussten weitermachen und sich an ihrer täglichen Routine festhalten.

«Du willst doch sicher nicht, dass ich alleine zu Martin gehe?», fragte Maggie. Das war ein lächerlicher Vorschlag, wenn man bedachte, wie schlecht Maggie mit Zahlen umgehen konnte.

«Nein, ganz bestimmt nicht», erwiderte Alice. «Ich nehme den Termin schon selber wahr.» Sie zog den Schuhkarton mit den Belegen zu sich heran. «Wir teilen uns die Arbeit und ordnen das alles, bevor ich zu ihm gehe.»

Nebeneinander saßen sie an der Theke und arbeiteten sich durch die Belege. Ab und zu warf Alice Maggie einen Blick zu und dachte: Jetzt, jetzt sage ich es ihr. Aber immer gerade dann rieb sich Maggie müde die Augen oder seufzte oder gab sonst einen Hinweis darauf, dass es ihr heute nicht so besonders gut ging, und Alice schwieg.

Eine Dreiviertelstunde später hatten sie ihre Aufgabe

erledigt, da noch kein Kunde den Laden betreten und sie gestört hatte. Auf einmal knurrte Alices Magen so laut, dass selbst Maggie es hörte.

«Du hast Hunger, oder?»

«Ja, ich komme um vor Hunger, das merke ich erst jetzt.»

«Ich könnte einen Cappuccino vertragen. Soll ich rasch gehen und uns etwas holen?»

Maggie griff nach ihrer Handtasche unter der Theke, öffnete sie und suchte nach ihrer Sonnenbrille.

Jetzt, dachte Alice wieder und begann: «Mags ...»

«Ah, das dürfen wir auch nicht vergessen.» Maggie holte einen mit Dinosauriern bedruckten Schlafanzug aus ihrer Tasche und legte ihn auf das Regal unter der Theke. «Der gehört Ethan. Er schläft heute bei Simon, und Sylvie kommt den Schlafanzug gleich abholen.» In ihre Augen trat ein wütendes Funkeln. «Kannst du dir vorstellen, dass er mich heute Morgen angerufen hat, um mir mitzuteilen, dass er keinen sauberen Schlafanzug für seinen Sohn hat? Natürlich hat er es nicht mehr geschafft zu waschen. Typisch Simon. Wahrscheinlich war er zu beschäftigt damit, mit Sylvie herumzumachen.»

«Sie war krank, Mags.»

«Ja.» Maggie schniefte. «Das behauptet sie. Dass sie in den letzten Tagen krank war, hat diese ganze Sache mit Lauren noch schwerer für mich gemacht.»

Alice schwieg. Laurens Verschwinden und Sylvies Nichterscheinen bei der Arbeit waren nicht miteinander zu vergleichen, und es war schon sehr gewagt, diese beiden Dinge miteinander zu verbinden. Sie holte tief Luft und bemühte sich, Maggies Gejammer einigermaßen gleichmütig zu ertragen. Mittlerweile war sie froh, Maggie ihren Besuch auf dem Polizeirevier nicht gestanden zu haben; vermutlich hätte die sowieso alles missverstanden.

«Denk zur Abwechslung an was anderes», riet Alice der Freundin. Sie stand auf und reichte Maggie ein paar Dollar, damit sie ihr den üblichen Trinkjoghurt mitbrachte. «Erdbeer-Banane, bitte.»

«Oh, Mist, sieh mal, wie spät es schon ist. Wenn ich mich nicht beeile, kommst du noch zu spät zu Martin.» Maggie steckte Alices Geld in ihr Portemonnaie und eilte hinaus.

Allein in der Stille des Ladens, erschienen Alice auf einmal der Fußboden glänzender, die Wände blauer, die Decke schimmernder als sonst. Um sich abzulenken, legte sie eine CD ein. Als die ersten Takte des Norah-Jones-Songs erklangen, merkte sie, wie laut Maggie die Musik gestellt hatte. Sie drehte sie leiser und hörte im gleichen Moment, dass jemand den Laden betreten hatte.

Es war Sylvie. Lächelnd trat sie auf Alice zu. Wie immer waren ihre kleinen, dunklen Augen dick mit schwarzem Kajal umrandet, wodurch ihre blonden Haare, die ihr gewollt unordentlich über die Schultern fielen, noch heller wirkten. Sie trug schwarze Caprihosen und eine kurze weiße Bluse, die den rubinroten Stein in ihrem Nabel enthüllte. Um ihren rechten Knöchel wand sich ein Tattoo. Rote, mit Strasssteinchen besetzte Leder-Flipflops lenkten die Aufmerksamkeit auf ihre passend rot lackierten Fußnägel.

Sie küsste Alice auf beide Wangen.

«Geht es dir besser?», fragte Alice.

«Ja, ja, es war nur eine Magen-Darm-Grippe.» In dem

französischen Akzent, der wie ein goldener Schimmer über ihrem ansonsten fließenden Englisch lag, klang selbst diese banale Äußerung hübsch. «Gibt es was Neues wegen Lauren?»

Alice berichtete von dem Zeugen, der aufgetaucht war, und Sylvie hörte interessiert zu.

«Vielleicht ist sie ja mit einem italienischen Liebhaber durchgebrannt», schlug sie vor.

Zum Gowanus-Kanal? Das war eher unwahrscheinlich. Aber Sylvie war eine leidenschaftliche Leserin von Liebesromanen, und das hatte sie vermutlich auf die Idee mit dem italienischen Liebhaber gebracht. Sie redete lieber mit ihr gar nicht über das Thema, dachte Alice und antwortete ausweichend: «Na, hoffentlich.»

«Wie geht es deinen Babys heute?», fragte Sylvie fröhlich.

«Sie strampeln wie besessen.»

Sylvie blies zwei Luftküsse auf Alices Bauch, und Alice dachte, dass Maggie verrückt war, an dem Mädchen zu zweifeln. Sie war doch einfach ganz reizend.

Alice griff nach Ethans Dinosaurier-Schlafanzug und legte ihn auf die Theke. «Brauchst du eine Tüte?»

«Nein, ich tue ihn hier hinein.» Sylvie faltete den Schlafanzug sorgfältig und steckte ihn in die farbige Baumwolltasche mit dem langen Schulterriemen, die sie umgehängt hatte. Sie war jetzt seit vier Jahren in Brooklyn und sah ganz so aus wie eine Einheimische – nicht zu aufgedonnert, lässige Frisur und eine große Umhängetasche.

«Arbeitest du heute bei Garden Hill?», fragte Alice. «Ich habe mit der Maklerin, die du mir empfohlen hast, Nachrichtenhinterlassen gespielt. Mittlerweile weiß ich schon gar nicht mehr, wer eigentlich an der Reihe ist zurückzurufen. Aber sie weiß sicher Bescheid.»

«O ja, wenn sich irgendetwas ergibt, reagiert Pam bestimmt sofort. Aber ich arbeite heute nicht da. Ich gehe spazieren und mache ein paar Besorgungen. Es ist so ein schöner Morgen.»

Alice blickte aus dem Fenster. Die Sonne strahlte von einem wolkenlosen Himmel. «Viel Vergnügen», sagte sie. In diesem Augenblick stürmte Maggie durch die Ladentür. Sie war völlig außer Atem, und Schweißtropfen standen ihr auf der Stirn.

«Hast du schon gehört?», rief sie. «Drüben am Kanal haben sie eine Leiche gefunden.»

KAPITEL 8

«Los, komm», sagte Maggie. «Wir rufen Martin später an und erklären ihm das.» Sie stellte ihre braune Papiertüte auf die Theke. «Sylvie, kannst du bitte auf den Laden aufpassen?»

«Ja, natürlich.»

Sie verließen das Geschäft, und Maggie verfiel sofort in Laufschritt, hielt dann aber inne, damit Alice mitkam.

«Es könnte auch nichts sein», sagte Alice. Ihr Kopf hatte begonnen zu pochen.

«Nein, nichts kann es nicht sein», erwiderte Maggie, «aber es muss ja nicht Lauren sein.»

An der Degraw Street keuchte Alice vor Anstrengung. Sie bogen um die Ecke und erblickten das Chaos zwei Häuserblocks weiter. Polizeiwagen, zwei dunkle Limousinen, ein weißer Lieferwagen mit offener Seitentür und ein Krankenwagen. Die Blaulichter drehten sich in unheimlichem Schweigen.

Langsam gingen Alice und Maggie auf die Szene zu. Das Ufer des Kanals war mit einem Band abgesperrt worden, um die Neugierigen fern zu halten, und uniformierte Polizisten und Beamte in Zivil sammelten Beweismaterial in Papiertüten. Alice fiel ein, dass sie erst kürzlich gelesen hatte, dass Beweise nicht in Plastik-, sondern immer nur in

Papiertüten verpackt wurden, damit sie nicht feucht wurden.

Alice und Maggie drängten sich zwischen die Zuschauer und blickten auf den niedrigen Metallzaun am schlammigen Kanalufer. Dort stand Frannie, die Fäuste in die Taschen gesteckt. Mit gerunzelter Stirn beobachtete sie etwas, das Alice nicht sehen konnte. Das Einzige, was zu erkennen war, war Müll: Ein Einkaufswagen ragte aus dem trüben Wasser, der Reifen eines Kinderfahrrads, von Algen bedeckt, ein schlaffes, rosafarbenes Kondom, das an einem Ast hing. Im Boden neben Frannie steckte ein gelbes Verkehrsschild. *Ende* stand in grauenvoller Schlichtheit darauf, und jemand hatte mit schwarzem Filzstift daneben geschrieben: *Ich hab hier Nutte gefickt.* Alice hätte am liebsten geweint.

«Was ist passiert?», rief sie einem Polizeibeamten zu, der auf sie zukam.

«Tatort», sagte er nur und wandte sich ab.

«Warten Sie! Officer!», schrie Maggie.

Beim Klang ihrer Stimme drehte Frannie sich um, blickte aber gleich wieder auf den Kanal. Alice konnte jetzt erkennen, dass unten am Wasser Detective Giometti stand. Er hatte die Hände in die Hüften gestemmt und starrte ebenfalls auf etwas.

«Was ist da unten los?», rief Maggie dem Polizeibeamten zu. Er drehte sich um und antwortete: «Taucher.»

Es gab keinen Schatten, und die Sonne wurde immer heißer, wie im Hochsommer.

Taucher. Alice drehte sich der Magen um. Übelkeit stieg in ihr auf.

Schließlich erkannte man in einiger Entfernung einen

Wirbel im Wasser. Der Rücken eines schwarzen Taucheranzugs wurde sichtbar. Ungefähr anderthalb Meter weiter weg kam der Kopf eines zweiten Tauchers an die Oberfläche. Die beiden Schwimmer waren einander zugewandt und mühten sich mit etwas ab, das sie zur Böschung des Kanals hinzogen. Alice sah ihnen zu, wie sie langsam gegen das Gewicht des Wassers liefen, mit beschlagenen Taucherbrillen und Sauerstoffflaschen auf dem Rücken. Dann, mit einer Welle, die sich der Schwerkraft entgegenstemmte, tauchte sie auf.

Laurens Körper war aufgeschwemmt, und ihre Haut war grau und blau gesprenkelt. Algen lagen über ihrem Gesicht, die Augen waren geöffnet. Ihre langen braunen Haare waren abgeschnitten. Ihr Gesicht sah aus wie aus Plastik, maskenhaft, seltsam gelöst. Um ihren Körper hing ein grellbuntes Schwangerschaftskleid. Ihr Bauch war verschwunden, sie sah aus wie ausgehöhlt.

Die Taucher zogen Lauren zum Ufer, und als sie sie aus dem Wasser hoben, sah Alice, dass ihr Hinterkopf zerschmettert war. Sofort eilten zwei Beamte hinzu und bedeckten ihren Körper mit einer gelben Plastikplane.

Alice sank auf die Knie und erbrach sich. Mit zitternden Armen stützte sie sich auf dem Asphalt ab. Maggie kniete sich weinend neben sie und strich ihr die Haare aus der Stirn.

Schließlich holte Alice tief Luft und presste hervor, was beide dachten: «Wo ist das Baby?»

KAPITEL 9

In den darauf folgenden Stunden wurde der Kanal fieberhaft nach dem Säugling abgesucht. Eine Analyse des Zahnstatus bestätigte, dass es sich bei der Leiche um Lauren handelte. Die Presse schloss die Möglichkeit nicht aus, dass Laurens Baby – *es* – unter Wasser spontan zur Welt gekommen sein konnte.

Es. Ivy war kein Neutrum.

Im Frühjahr hatte Alice zwei winzige Kleidchen gekauft, eins davon mit einem passenden Mützchen. Es waren Ivys Kleider, und sie würde sie für sie aufheben, bis man sie gefunden hatte. Laurens Tod war jetzt bestätigt, aber Ivy konnte trotzdem noch am Leben sein.

Der Kanal war ein abgeschlossenes Wassersystem mit einem Gitter an der Mündung zum Meer. Ein ausgetragenes Baby passte dort nicht hindurch. Und wenn Ivy da war, würden sie sie finden.

Alice lernte viele Dinge an diesem grauenhaften Montag, drei Tage nach Laurens Verschwinden. An dem Tag, an dem ihre zerschundene Leiche gefunden wurde. Sie lernte, wie unermesslich tief Trauer sein kann. Sie lernte, wie man in einem halb bewussten Zustand, in dem man kaum atmet, am Leben bleiben kann. Und sie lernte, dass Verlust, gewalttätiger Verlust, gnadenlos war.

Simon hatte die Neuigkeit ebenfalls erfahren und war sofort zum Kanal geeilt, um Maggie und Alice zu sich nach Hause zu holen. Von dort aus rief er Mike in seiner Werkstatt an. Der Laden wurde geschlossen, und die Kinder wurden unter Sylvies Aufsicht in Maggies Wohnung gebracht, während die Erwachsenen sich bei Simon darauf vorbereiteten, zu Tim und Austin zu gehen, der von seiner Kindergärtnerin persönlich nach Hause gebracht worden war.

Schweigend machte sich die kleine Gruppe auf den Weg zu Laurens und Tims Wohnung. Alice fühlte sich völlig benommen. Sie wünschte, sie könnte die Zeit zurückdrehen zu jenem Morgen, an dem sie noch fest entschlossen gewesen war, auf keinen Fall das Schlimmste anzunehmen. Sie wünschte sich von ganzem Herzen, sie könne zu Mike sagen: *Du hattest Recht. Es gab keinen Grund, sich Sorgen zu machen.*

Als sie bei Tim ankamen, hatte Alice keine Ahnung, wie spät es war. Sie hatte ihr Zeitgefühl völlig verloren. Aber es war heller Tag, und die Luft war sommerlich warm. Tim empfing sie an der Tür, blass und mit mechanischen Bewegungen. Er sagte nichts, als sie eintraten, atmete nur aus, als habe er die ganze Zeit über die Luft angehalten, und ließ sich von jedem Freund umarmen.

Gina – Austins und Peters Kindergärtnerin – saß auf Laurens Lieblingssessel, dem roten, in dem sie immer gelesen hatte. Austin lag auf dem Boden und spielte mit Bauklötzen, während sie ihn sanft ermunterte, immer höher zu bauen. Ihr langer Pferdeschwanz hing ihr über die Schulter, und der Anblick stimmte Alice unerklärlicherweise traurig. Gina ging so zärtlich mit Austin um. Austin, der mit seinen dicken, sandfarbenen Haaren Lauren viel ähnlicher sah als Tim. Alice wäre am liebsten gleich zu ihm gelaufen, aber sie wusste nicht, wie viel er begriffen hatte, und sie wollte ihn nicht ängstigen. Stattdessen lächelte sie ihm zu.

«Nein!», schrie er und warf seinen Turm um. Offensichtlich hatte er etwas in ihrem Gesicht, in allen Gesichtern, gesehen. Er war zwar erst fünf, aber er musste ja spüren, wie die Atmosphäre um ihn herum aus dem Gleichgewicht geraten war. Er sprang auf und rannte aus dem Wohnzimmer.

Tim blickte ihm gequält nach. «Ich muss es ihm sagen.» Seine Stimme klang gebrochen.

«Ich gehe ihm nach», erbot sich Alice.

«Ja, genau», sagte Maggie. «Wir reden mit ihm.»

«Nein, das muss ich schon selber machen.» Tim atmete tief ein, als bekäme er nicht genug Luft in die Lunge.

Er folgte seinem Sohn, und dann schloss sich eine Tür hinter ihm.

Gina stand seufzend auf. «Es tut mir so Leid», sagte sie.

Simon dankte ihr dafür, dass sie Austin nach Hause gebracht hatte, und begleitete sie zur Tür. Als er wieder ins Wohnzimmer kam, fiel Alice auf einmal ein, dass die Männer für diesen Abend Tickets für ein Yankee-Spiel hatten. Sie sah die drei leeren Plätze förmlich vor sich und verfolgte im Geist, wie der weiße Ball sich lautlos in den blauen Himmel schraubte.

Alle Fenster in der Wohnung waren geschlossen, und niemand machte sich die Mühe, eines zu öffnen. Alice setzte sich neben Maggie auf die Couch, die Lauren erst kürzlich mit eierschalenfarbener Rohseide neu hatte beziehen lassen.

Mike stellte sich hinter den roten Sessel und strich mit der Hand unablässig über den Stoff. Simon trat an eines der Fenster und positionierte sich dort so, als sei es ein Ausguck.

Alle hatten das Gefühl, als ob auch Lauren mit ihnen im Zimmer sei, sie war überall, in jedem Möbelstück, jedem Detail.

«Was sollen wir tun?», sagte Mike und warf einen Blick zum Flur, in dem Tim und Austin verschwunden waren.

«Am besten lassen wir sie eine Zeit lang allein», meinte Simon.

Als es an der Tür läutete, schossen Mike und Simon gleichzeitig dorthin, um zu öffnen. Kurz darauf standen Frannie und Giometti in Laurens Wohnzimmer. Sie strahlten Selbstvertrauen und Mitgefühl aus, die perfekte, unzählige Male bei Verbrechen und Krisen erprobte Mischung. Alice sah die beiden Ermittler auf einmal in neuem Licht und fühlte sich durch deren Verhalten sicher und beschützt wie ein Kind.

«Wir müssen mit Ihnen reden», erklärte Giometti in einem Tonfall, der traurig und entschlossen zugleich klang. «Wo ist Tim? Er sollte das auch hören.»

«Ich gehe ihn holen», erwiderte Simon. Er lief in den Flur und kam kurz darauf mit Tim zurück, der Austin auf dem Arm trug. Tim setzte sich in den roten Sessel und strich dem schluchzenden Kind über den zuckenden Rücken. Simon stellte sich hinter die beiden und fuhr mit den Fingern leicht durch Austins Haare. Giometti und Mike holten noch zusätzliche Stühle vom Esstisch.

Frannie setzte sich neben Alice auf die Couch. Ein leichter Rosmarinduft umgab sie.

«Es tut uns Leid», sagte Frannie leise zu Tim. «Wir wissen, wie furchtbar das alles für Sie ist. Für Sie alle. Wir hatten gehofft, sie zu finden ...»

Lebend, dachte Alice und begann zu weinen. Sie spürte immer noch Laurens Wärme auf der Bank neben sich. Hörte, wie präzise sie ihre Sätze formulierte. Allen traten die Tränen in die Augen, während Frannie sprach, auch den Männern.

«Sie waren Laurens Familie», fuhr Frannie fort. «Wir respektieren die Liebe, die Sie für sie empfunden haben.»

Giometti warf vorsichtig ein: «Wir möchten Ihnen mitteilen, was wir herausgefunden haben. Wir haben festgestellt, dass es der Familie helfen kann, wenn sie die Fakten kennt.»

Er wartete einen Augenblick und fuhr dann fort: «Die Autopsie ist abgeschlossen, und ich werde Ihnen jetzt sagen, was der Pathologe herausgefunden hat. Sind Sie bereit?» Er blickte Tim an.

Tim nickte und streichelte unablässig über Austins Rücken.

«Den Jungen sollte man vielleicht in ein anderes Zimmer bringen», schlug Giometti vor.

«Ich mache das.» Maggie sprang auf. Ihre Augen waren geschwollen, und Alice wusste, dass sie im Moment nicht mehr ertragen konnte. Sie nahm Austin auf den Arm, und als sie mit ihm zur Tür hinausging, hörten sie sie flüstern: «Schscht, mein Kleiner, schscht.»

Draußen glitt ein Schatten über die Sonne. Im Zimmer wurde es kurz dunkel, und Frannie legte Alice den Arm um die Schultern.

«Es ist wichtig für die Ermittlungen, dass Sie alle Details erfahren. So können Sie uns sagen, ob Ihnen dabei noch etwas einfällt. Wir werden Laurens Mörder finden, und Sie alle können uns dabei helfen.» Giometti achtete sorgfältig darauf, dass sein Bedauern darüber, sie mit den Fakten konfrontieren zu müssen, zu spüren war. «Es gibt Dinge, die einem die Leiche mitteilt, letzte Botschaften sozusagen. Sind Sie bereit?»

Niemand antwortete. Wie sollten sie jemals für so etwas bereit sein?

«Lauren wurde mit einer .22er-Kugel in den Schädel geschossen, die hier eindrang.» Er drehte sich um und drückte seinen Finger hinten unten an seinen Kopf. «Die Kugel blieb vorn im Schädel stecken, was darauf schließen lässt, dass Lauren sofort tot war. Sie hat keinen Schmerz empfunden, nur ...» Er brach ab.

Der Augenblick der Angst.

«Nach ihrem Tod hat der Täter ihr das Kleid ausgezogen.»

Tim zuckte zusammen und sprudelte hervor: «Oh, nein.»

«Es gibt keinen Hinweis auf sexuelle Handlungen.»

Einen Moment lang schwieg Giometti, dann fuhr er fort. Frannie nahm Alice fester in den Arm.

«Ein primitiver Kaiserschnitt wurde durchgeführt. Die Plazenta blieb im Körper. Es wurde der Versuch gemacht, den Schnitt mit Klebeband zu schließen. Nach dem Vorgang wurde ihr das Kleid wieder angezogen, was wir mit Bestimmtheit aus dem Zustand des Kleides schließen können. Zu irgendeinem Zeitpunkt, wahrscheinlich jedoch unmittelbar danach, wurde sie zum Kanal überführt.»

Alices Aufmerksamkeit richtete sich auf das Wort *über-*

führt. Es hatte eine technische Qualität, frei von jeder Emotion, und war bei weitem nicht gewalttätig genug, um das zu beschreiben, was Lauren widerfahren war. *Weggeworfen. Versenkt.*

«Das Glas von Laurens Armbanduhr war zerschmettert, was vermutlich nach dem Schuss passiert ist. Damit wissen wir zweierlei: dass sie hart aufgeprallt ist und um welche Uhrzeit es geschehen ist. Ihre Uhr ist exakt um elf Uhr dreiundfünfzig stehen geblieben. Das ist die offizielle Todeszeit.»

Acht Minuten nachdem der Künstler ihr zugelächelt hatte. Sieben Minuten bevor sie im Pilates-Kurs hätte ankommen müssen. All das ging Alice durch den Kopf, und ein Schatten legte sich über ihre Seele.

«Den Tatort können wir noch nicht mit Bestimmtheit festlegen», sagte Giometti. «Irgendwo müsste sehr viel Blut sein, aber die Stelle haben wir noch nicht gefunden, und wenn sie draußen liegt, arbeitet die Zeit gegen uns. Die Zeit und das Wetter. Wenn wir Glück haben, befindet sich der Tatort drinnen.»

Glück. Alice krampfte sich der Magen zusammen, und sie schluckte.

«Der Gerichtsmediziner kann mit Bestimmtheit sagen, dass es sich um Mord handelt. Das Baby gilt nun offiziell als vermisst. Weil in dieser Gegend schon einmal eine schwangere Frau verschwunden ist, wird in Erwägung gezogen, das FBI einzuschalten, zumal die Möglichkeit besteht, dass der Säugling über die Landesgrenze gebracht worden ist. Im Grunde handelt es sich hier um drei miteinander zusammenhängende Fälle. Die schwangere Frau, die vor zwei Jahren am Kanal verschwunden ist. Der Mord an Lauren. Das verschwundene Baby. Der Kanal ist bereits den ganzen Tag durchsucht worden, und die Suche wird so lange fortgesetzt, bis jeder Quadratzentimeter durchforstet wurde. Bis jetzt allerdings wurde nichts gefunden.»

Frannie nahm den Arm von Alices Schulter. Sie blickte Tim eindringlich an und sagte: «Jemand hat große Mühen auf sich genommen, um Ihrer Frau das Baby wegzunehmen. Es besteht eine gute Chance, dass es noch am Leben ist.»

Es. Plötzlich verstand Alice, wie nützlich die Verallgemeinerung war. Die Medien, die mit der Polizei zusammenarbeiteten, hielten das Geschlecht des Kindes absichtlich zurück, um Laurens Mörder in Sicherheit zu wiegen.

TEIL II

KAPITEL 10

Am nächsten Morgen blieb Alice im Bett und lauschte den Geräuschen ihrer Familie oben in der Küche. Ein Stuhl kratzte über den Fußboden. Schritte. Geschirr klapperte. Die vertrauten Stimmen. Mike machte die Kinder für die Schule fertig. Er gönnte ihr eine Atempause, und sie hatte ihn nicht einmal darum bitten müssen.

Ein heller Sonnenstrahl drang durch einen Spalt in den Vorhängen, aber Alice sehnte sich nach Dunkelheit und Ruhe. Die ganze Nacht über hatte sie wach gelegen, wieder und wieder über Laurens brutalen Tod nachgedacht. Sie hatte das Messer und das blutende Fleisch vor sich gesehen. Hatte vor sich gesehen, wie Ivy sich ein letztes Mal im Leib der Mutter zusammengerollt hatte und dann dem plötzlichen Schock ausgesetzt war. Hatte überhaupt jemand ihren ersten Schrei gehört? Wie sollte sie ohne Liebe überleben?

Immer wieder versuchte Alice sich vorzustellen, wie Lauren wohl reagiert haben mochte, und sie fragte sich selbst: *Wenn die Angst wie eine riesige Welle auf mich zurollen würde, was würde ich tun? Hineintauchen oder mich umdrehen und wegrennen? Würde ich Angst vor der Angst haben oder mich ihr ausliefern?*

Sie lag auf der Seite und streichelte ihren festen Bauch.

Die Zwillinge waren ruhig, sie schliefen wohl, und sie wollte sie nicht aufwecken.

Gegen halb neun verließen Mike, Nell und Peter das Haus. Jetzt war alles still. Alice schloss die Augen und versuchte zu schlafen, aber sie fand keinen Weg aus ihrem Schmerz. Sie vermisste Lauren so sehr, dass ihr alles wehtat; es war der schlimmste und fremdeste Schmerz, den sie je in ihrem Leben empfunden hatte.

Als das Telefon klingelte, versuchte Alice zunächst, es zu ignorieren, aber als es nicht aufhörte, nahm sie schließlich ab.

«Es ist alles geregelt», sagte Lizzie.

«Mom?»

«Ich bin jetzt am Flughafen.» Sie sprach in dem kühlen, sachlichen Tonfall, der Alice durch ihre Kindheit begleitet hatte. «Um zehn nach eins lande ich am LaGuardia.»

«Du kommst heute her?»

«Schatz, ich habe extra vier Termine gecancelt, aber wen kümmert das schon? Mike hat mich angerufen. Wichtiges zuerst, und du bist das Wichtigste. Dicker Kuss. Du brauchst mich nicht abzuholen, ich nehme ein Taxi.»

«Ach was, Mom, ich hole dich doch immer ab.»

«Aber diesmal nicht. Ich …»

Alice setzte sich auf und erwiderte mit Nachdruck: «Wir machen heute den Laden nicht auf, und wenn ich nur hier zu Hause herumhänge, werde ich verrückt. Gib mir deine Flugnummer, und dann komme ich dich abholen.»

Alice duschte und zog sich an. Auf dem Küchentisch fand sie eine Notiz von Mike. *Ruf mich an, wenn du wach bist.* Wahrscheinlich war er in die Werkstatt gefahren und würde sofort nach Hause kommen, wenn sie ihn anrief, um sie zu beschützen. Sie wollte aber nicht, dass er sie vor ihrem Kummer bewahrte, und sie wollte auch nicht, dass er sich mit ihr von seiner eigenen Trauer ablenkte. Er sollte ruhig in seiner Werkstatt bleiben, wo er nicht lächeln, reden oder sie trösten musste. Alice wusste ganz genau, dass sie jetzt ihre Mutter brauchte. Und Lizzie kam, das war das Wichtigste.

Alice zwang sich, etwas zu essen, wegen der Babys, aber sie bekam ihre Scheibe Toast kaum herunter. Sie trank ein paar Schlucke Milch, und sofort stieg wieder Übelkeit in ihr auf.

Weil der Verkehr auf dem Brooklyn Queens Expressway kaum vorherzusagen war, beschloss sie, so früh wie möglich aufzubrechen.

Sie verließ das Haus und ging die Treppe hinunter. Die Sonne blendete sie, und Alice wünschte, sie hätte ihre Sonnenbrille mitgenommen. Kaum war sie ein paar Schritte gegangen, da sah sie auch schon den ersten gelben Zettel an einem Laternenmast. *Vermisst wird …* Sie riss ihn ab, zerknüllte ihn und warf ihn bei der ersten Gelegenheit in einen Abfalleimer. Auf der anderen Straßenseite lag der Kleinkinderbereich des Spielplatzes. Es wimmelte von kleinen Kindern und ihren Müttern, die neue Freundschaften schlossen und alte pflegten. Sie wusste nicht, ob sie jemals wieder in der Lage sein würde, dorthin zurückzukehren. Aber sie würde es müssen, schon wegen ihrer Kinder. Wieder traten ihr die Tränen in die Augen, und sie begann haltlos zu schluchzen. Bei jedem gelben Zettel, den sie abriss, dachte sie an Ivy, und der Text verwandelte sich vor ihren Augen in *Finde mein Baby, bitte. Finde Ivy, mach dich sofort auf die Suche nach ihr, sie ist da draußen ganz allein.*

Wo war Ivy? Wo mochte sie sein? Sie brauchte eine Mutter, und Alice konnte das für sie sein. Ohne Mutter konnte Ivy nicht überleben.

Alice war froh darüber, dass sie niemandem begegnete, den sie kannte, damit sie nichts zu erklären brauchte. Nur Fremde sahen ihre Tränen, liefen aber gleichgültig an ihr vorbei.

Schließlich gelangte sie zu dem billigen Parkplatz, auf dem sie das Familienauto abstellten. Seinen Pick-up parkte Mike auf der Straße, weil er ihn ständig brauchte. Die Gegend war fast völlig menschenleer, nur ein grauhaariger Mann drehte sich um und ging in die andere Richtung, als Alice sich näherte. Er kam ihr irgendwie bekannt vor, aber sie wusste nicht genau, woher. Sie öffnete das Vorhängeschloss und schob das massive Eisentor auf. Es war auf seltsame Weise beruhigend, wie der Kies unter ihren Füßen knirschte. An ihrem alten grünen Kombi öffnete sie erst einmal sämtliche Fenster, bevor sie sich hinters Steuer setzte. Die Klimaanlage war schon seit zwei Jahren kaputt, aber der Wagen war Baujahr '88, da lohnte sich eine Reparatur nicht mehr. Als sie sich auf den Vinylsitz setzte, lief ihr der Schweiß die Oberschenkel hinunter.

Es war eine Erleichterung, loszufahren und den Fahrtwind zu spüren. An der Bond Street stieg ihr der Geruch des Kanals in die Nase, und sie trat aufs Gaspedal, weil sie den Gestank nicht ertragen konnte. Und sie wollte so schnell wie möglich aus Brooklyn heraus, die gelben Zettel und die Erinnerung an Lauren hinter sich lassen. Obwohl sie in dem dichten Verkehr eigentlich langsamer hätte werden müssen, fuhr sie unwillkürlich schneller, um endlich auf den Highway und zum Flughafen zu gelangen. Eigentlich könnte sie sich dort ein Ticket kaufen und irgendwohin fliegen. Maggie konnte sie im Laden vertreten, und Mike und die Kinder konnten ja nachkommen. Sie könnte nach Frankreich, Italien, Griechenland oder Mexiko reisen – und alles vergessen. Sie stellte sich das klare Wasser, die breiten, endlosen Sandstrände, den weiten Horizont vor und war so in ihre Träumerei versunken, dass sie den Stau vor sich zu spät bemerkte. Instinktiv riss sie das Steuer herum und bog rechts ab. Die Sonne blendete sie, und dann krachte und knirschte Metall auf Metall, und Alice prallte gegen das Lenkrad. Ihr Bauch zog sich zusammen und wurde steinhart. *Ihre Babys!*

Panik stieg in ihr auf. Sie versuchte, ihren Wagen frei zu bekommen, aber nichts funktionierte. Offensichtlich hatte sie einen Bus gerammt, und jetzt steckte sie fest.

An der Ecke stand ein großer, dünner Schwarzer in zerrissener Kleidung. Um seinen Hals hing ein absurd großes Kreuz aus Alu-Folie, und er winkte und gestikulierte in ihre Richtung.

«Lady, Lady!», rief er.

Alice blickte nach oben zum Bus. Die Fahrerin, eine stämmige Frau mit kurzen, metallisch roten Haaren, musterte sie wütend durch die Windschutzscheibe.

«Lady!»

Der Mann kam jetzt auf sie zu, und Alice wusste nicht, was sie tun sollte. Würde er sie angreifen?

Aber er beugte sich nur vor und sagte: «Atmen Sie tief durch und beruhigen Sie sich. Eins, zwei, drei.» Er atmete ihr den Rhythmus vor, und sie gehorchte. Die Panik begann zu schwinden, und es ging ihr ein wenig besser. Er blickte sie durch das offene Fenster aufmunternd an.

«Wissen Sie was, Lady? Zwanzig Jahre lang war ich Busfahrer in der Stadt. Jetzt bin ich pensioniert. Aber einmal ist mir genau das Gleiche passiert wie Ihnen jetzt. Ich gebe Ihnen einen guten Rat.»

Alice wusste gar nicht, was ihr passiert war. Einen kurzen Moment lang war sie mit den Gedanken woanders gewesen.

«Vergewissern Sie sich beim Abbiegen, dass Sie dort auch fahren dürfen. Bei den vielen Einbahnstraßen hier kennt sich doch kein Mensch aus. Also, gucken Sie lieber zweimal hin, verstehen Sie?»

Hinter dem Bus ertönte ein Hupkonzert. Alice holte noch einmal tief Luft und stieg aus dem Auto. Jetzt sah sie auch das Einbahnstraßenschild an der Ecke. Sie hätte hier nicht abbiegen dürfen. Und sie hätte es wissen müssen, schließlich kannte sie die Gegend hier.

«Herr im Himmel!», rief der Mann aus. «Wann soll das Baby kommen?»

«Im Dezember.» Alice legte die Hand auf den Bauch. Die Babys lagen wieder ruhig und schwer in ihr. «Vor Weihnachten.»

Auch die Busfahrerin war ausgestiegen und blickte jetzt kopfschüttelnd zu Alice und dem Mann. Die Fahrgäste drückten sich die Nasen an den Scheiben platt und machten ihrem Ärger Luft.

«Machen Sie erst mal den Führerschein!»

«Sie sind schuld, dass ich zu spät komme!»

«Sie sollten beim Autofahren eine Brille tragen!»

Alice war sich noch nie in ihrem Leben so dumm vorgekommen. Sie trat auf die Busfahrerin zu. «Es tut mir Leid. Es war meine Schuld, ich bin falsch abgebogen. Ich nehme alles auf mich.»

Die Frau warf ihr einen geschockten Blick zu. Damit hatte sie nicht gerechnet, schließlich waren sie in New York City, in *Brooklyn*. Aber mit einer Schwangeren, die alles zugab, konnte man schlecht streiten. Kopfschüttelnd wandte sie sich zum Bus, um den Schaden zu begutachten. Alice trat zu ihr.

Die Beifahrertür an Alices Auto war komplett eingedrückt, aber der Bus hatte nichts abbekommen, wenn man einmal davon absah, dass ein Gummipuffer vorne halb herunterhing.

«Die Beule war schon vorher da», behauptete Alice. Das stimmte natürlich nicht, sie hatte sie verursacht.

«Oh, oh», sagte der Mann und wiegte bedenklich den Kopf.

Alice folgte der Fahrerin in den Bus. Sie wandte sich an die erregten Fahrgäste und wiederholte ihre Entschuldigung: «Es tut mir Leid. Es ist meine Schuld. Es tut mir Leid, wenn Sie meinetwegen jetzt zu spät kommen.» Sie konnte beinahe körperlich spüren, wie die Spannung wich. Die Blicke waren mit einem Mal viel freundlicher.

Die Busfahrerin schrieb sich Alices Personalien auf, und Alice entschuldigte sich auch noch einmal bei ihr. Die Frau erwiderte nichts und nickte nur, aber Alice konnte spüren, dass sie die Entschuldigung akzeptierte. Und dann geschah etwas Seltsames. Die Stimmung im Bus schlug zu ihren Gunsten um, und die Fahrgäste gaben mitfühlende Äußerungen von sich.

«Das ist mir auch schon zweimal passiert.»

«Machen Sie sich nichts daraus, meine Liebe. Sie sind auch nur ein Mensch.»

«Passen Sie auf Ihr Baby auf.»

«Machen Sie sich um uns keine Gedanken. Wir können den nächsten Bus nehmen.»

Alice nickte dankbar. Schließlich stieg sie aus dem Bus und setzte sich wieder in ihr Auto. Der dünne Schwarze, ihr Retter, regelte den Verkehr, damit sie zurücksetzen und wenden konnte. Langsam und vorsichtig fuhr Alice über die Court Street in die Degraw und stellte den Wagen wieder auf den Parkplatz.

Sie hatte jetzt zu viel Angst davor, weiterzufahren, und der Gedanke, was sie alles hätte anrichten können, entsetzte sie. Sie rief bei ihrer Gynäkologin an, erklärte, sie habe einen kleinen Unfall gehabt, und man sagte ihr, sie solle sofort zur Untersuchung kommen. Dann rief sie Mike an und bat ihn, sie abzuholen. Mit geschlossenen Augen stand sie da und schickte ein Stoßgebet zum Himmel, dass den Babys nichts passiert war.

KAPITEL 11

Alice stieg auf der Beifahrerseite in Mikes schwarzen Pick-up. Auf der offenen Ladefläche lagen dicke Eichenbretter.

«Was ist passiert?», fragte Mike. Von seinem Handgelenk bis zu seinem Ellbogen zog sich ein Streifen aus schwarzer Schmiere. «Geht es dir gut?»

Alice nickte und schnallte sich an. Aber eigentlich wusste sie gar nicht, ob alles in Ordnung war, sie traute sich nur nichts zu sagen. Sie hatten schon einmal ein Kind verloren, und als zweifache Mutter hätte sie wissen müssen, dass sie besser kein Risiko eingegangen wäre.

«Dr. Matteo wartet auf mich», erwiderte sie.

«Was ist denn passiert?»

Sie wartete, bis Mike losfuhr, und während der Fahrt erklärte sie ihm alles. Mike hörte stirnrunzelnd zu, schwieg aber. Als sie fertig war, legte er ihr sanft kurz die Hand aufs Knie.

«Ich hätte doch deine Mutter vom Flughafen abholen können», sagte er. Aber im Grunde wussten sie beide Bescheid. Alice hatte unbedingt dorthin fahren wollen, und sie hätte es besser nicht getan. So einfach war es.

Dr. Sally Matteos Wartezimmer im Long Island College Hospital in der Amity Street, wo sie einmal in der Woche Sprechstunde hielt, war voll. Alice und Mike setzten sich nebeneinander. Die trockene Wärme seiner Hand, die ihre umschloss, beruhigte sie und machte sie schläfrig.

Um sie herum herrschte lebhafte Betriebsamkeit, aber sie schwiegen. Die Patienten hier waren anders als in der Praxis in der Pierrepont Street, wo Alice sonst immer zu den Untersuchungen ging. Hier gab es mehr dunkelhäutige Patienten, es war ein anderes Brooklyn als das, in dem sie lebte. Hier hatten die Leute keine große Wahl, sie wohnten nicht in renovierten Brownstones und konnten sich auch keine in Handarbeit gefertigten Türknäufe leisten. Hier waren die Menschen arm, und über ihre Naivität, so viel von der gierigen Welt zu erwarten, würde man hier nur lachen.

Auf einmal hatte sie das Gefühl, sich selbst zu hassen, obwohl sie eigentlich noch nicht einmal sagen konnte, warum. Es war nur so, dass Lauren *weg* war, und sie war noch da. Es ergab alles keinen Sinn. Und was war mit Ivy? Lebte sie noch? Kümmerte sich jemand um sie?

Seufzend rieb Alice sich über die Augen.

Mike legte ihr den Arm um die Schultern, zog sie an sich und küsste sie leicht auf die Schläfe.

«Wir sollten deine Mutter anrufen», sagte er.

«Ja, klar.» Alice wählte Lizzies Handynummer und lauschte der Stimme auf der Mailbox. «Lizzie Taylor. Wahrscheinlich bin ich gerade Diamanten kaufen. Hinterlassen Sie eine Nachricht.» Sie war neunzehn, als sie Alices Vater, Richard Taylor, geheiratet hatte, und sie war ganz wild darauf gewesen, sich von Elizabeth Liptutz in Elizabeth Taylor mit goldenem Ehering zu verwandeln.

«Du nimmst dir lieber ein Taxi vom Flughafen,

Mom», sagte Alice. «Ich kann nicht kommen, aber es ist alles in Ordnung. Nimm ein Taxi, ich warte dann zu Hause auf dich.» Fast sofort tat es ihr Leid, behauptet zu haben, es sei alles in Ordnung. Das würde ihre Mutter misstrauisch machen, da es so offensichtlich gelogen war.

Eine Schwester erschien und führte sie in ein leeres Untersuchungszimmer. Sie bat Alice, sich zu entkleiden, und dann war Dr. Matteo auch schon da. Mike saß in einem Stuhl neben der Untersuchungsliege, auf der Alice sich ausgestreckt hatte. Die Ärztin beugte sich vor und musterte Alice aufmerksam.

«Ich glaube, es ist alles in Ordnung», erklärte Alice zögernd.

«Ich untersuche Sie rasch», erwiderte die Ärztin.

Dr. Matteo war eine elegante, gut aussehende Frau, die Alice erzählt hatte, in ihren Adern fließe puertoricanisches, griechisches, irisches, französisches und spanisches Blut «und ein paar Tropfen Indianerblut». Sie war eine waschechte New Yorkerin, und an dem Abend, als Peter auf die Welt gekommen war, war Dr. Matteo in einem schwarzen Cape mit rotem Satinfutter in den Kreißsaal geeilt. Sie war gerade in der Oper gewesen, als sie wegen des Notfalls angepiepst worden war. «Ich habe gehört, dass Sie hier sind», hatte sie zu Alice und Mike gesagt, hatte sich rasch umgezogen und dann die Entbindung übernommen.

Jetzt blickte Alice die Ärztin an und dachte, dass sie sie bisher nur selten ohne ein Lächeln gesehen hatte.

«Erzählen Sie mir, was passiert ist», sagte Dr. Matteo. «Sie hatten einen Unfall?»

«Es war meine Schuld», erwiderte Alice automatisch. Die Ärztin blickte sie besorgt an.

«Sind die Kinder in der Schule?»

Damit meinte sie natürlich, ob Nell und Peter mit ihr im Auto gewesen waren.

«Ja», antwortete Alice. «Aber ich bin nicht besonders schnell gefahren, und bis auf Blechschaden ist auch gar nichts passiert.»

«Rutschen Sie bitte mal ein Stück zurück.»

Alice hielt die Luft an, als die Ärztin sie vorsichtig untersuchte. Sie horchte Alices Bauch mit dem Stethoskop ab und bat dann die Krankenschwester, das Ultraschallgerät hereinzubringen.

«Haben Sie ihre Herztöne gehört?», fragte Alice.

«Schscht», erwiderte Dr. Matteo.

Alice schloss die Augen. Sie hörte, wie Mike mit seinem Stuhl ein wenig vorrutschte, um besser sehen zu können. Die Ärztin verteilte kaltes Gel auf Alices Bauch und verschmierte es mit dem in Plastik gehüllten Ultraschallkopf.

Langsam ließ sie ihn über Alices Bauch wandern, wobei sie aufmerksam und mit ernstem Gesicht auf den Monitor blickte. Alice wollte diese Kinder, sie hatte sie von Anfang an gewollt, nachdem der erste Schock darüber, dass sie Zwillinge erwartete, abgeklungen war. Und auch die Mühen, die vor ihr lagen, schreckten sie nicht ab, weil ihr klar war, dass die Liebe, die ihr mit diesen beiden Kindern geschenkt wurde, wachsen würde. Und jetzt, als sie angstvoll die Bewegungen der Ärztin verfolgte, spürte sie, wie sehr sie diese Babys auch brauchte, wie sehr deren erstes Lächeln, die winzigen Händchen, die sich um ihre Finger schlossen, Hoffnung und Versprechen bedeuteten.

«Ja, den Kindern geht es gut», sagte Dr. Matteo. «Aber Ihnen nicht.»

Alice lächelte Mike erleichtert zu. *Den Kindern geht es gut.* Dann sagte sie: «Ich schlafe schlecht. Ich hätte gar nicht Auto fahren sollen.»

«Wie lange haben Sie schon nicht mehr geschlafen?»

«Drei Nächte lang. Und mir ist ständig übel, was auch neu für mich ist.»

«Sie sind ein wenig dehydriert», sagte Dr. Matteo. «Ihr Fruchtwasser fordert seinen Tribut. Haben Sie bei der Hitze in den letzten Tagen nicht genug getrunken?»

Alice wusste es nicht. Vielleicht war sie ja durstig gewesen, aber möglicherweise hatte ihr Körper stärker auf die Ereignisse reagiert, als ihr bewusst war.

«Wir haben diese Woche eine enge Freundin verloren», sagte Mike. Er berichtete Dr. Matteo, was vorgefallen war, und sie hörte ernst zu.

«Lauren war meine Schwester.» Alice begann zu weinen. «Wie eine echte Schwester.»

Dr. Matteo stellte ein Rezept aus und reichte es Alice.

«Nehmen Sie das heute Abend, ehe Sie zu Bett gehen. Wir sehen zu, dass Sie erst einmal Schlaf bekommen, dann kümmern wir uns um die Übelkeit.»

«Schlaftabletten?» Alice blickte auf das Rezept. «Kann ich die denn so ohne weiteres einnehmen?»

«Ja, keine Sorge. Sie sind ganz leicht. Sie und Ihre Babys werden davon nur schläfrig, mehr nicht. Aber für Sie ist es wirklich wichtig, Alice.»

Die Ärztin hatte Recht, dachte Alice. Sie brauchte Schlaf. Aber sie würde trotzdem zunächst nur eine Tablette nehmen.

Die Ärztin wandte sich zum Gehen. «Alice, Sie müssen sich jetzt ausruhen. Mike, heute Abend sind Sie dran. Abendessen, Kinder, alles.»

«Aye, aye, Captain!» Mike nahm Alice das Rezept aus der Hand, faltete es zusammen und steckte es in die Brusttasche seines T-Shirts. Unter dem Schmutzstreifen auf seinem Unterarm pochte eine dicke Vene.

«Meine Mutter kommt heute.» Alice setzte sich auf und wischte sich mit Papiertüchern das Gel vom Bauch ab. «Sie freut sich, wenn sie übernehmen kann.»

«Na, das ist doch eine wunderbare Gelegenheit.» Dr. Matteo beugte sich vor und legte Alice die Hand auf den Bauch. «Vielleicht wollen Sie im Moment nichts davon wissen, Alice, aber ich sage es trotzdem. Es ist schrecklich, um jemanden zu trauern, wenn man schwanger ist. Aber wir sollten versuchen, für Sie einen Weg da heraus zu finden.»

Alice und Mike gingen Arm in Arm zum Parkplatz. Mike war fürsorglich und hielt jede Tür für sie auf, aber sie fanden beide keine Worte. Auch auf der Fahrt nach Hause schwiegen sie, bis Mike einem Schlagloch auswich und Alice erschreckt zusammenzuckte.

Forschend blickte sie ihren Mann an. «Wie fühlst du dich, Mike?»

«Gut.»

«Nein, ich meine, was empfindest du? Wegen Lauren.»

Er reagierte seltsam, wie sie fand. Traurig blickte er sie an und zuckte mit den Schultern. «Ich weiß eigentlich gar nicht, wie ich mich fühle», sagte er schließlich. «Irgendwie taub. Es ist alles so furchtbar.»

Er hielt an einer roten Ampel und blickte sie an. Im

grellen Mittagslicht sah sein Gesicht aus wie handgeschöpftes Papier. Roh, ohne Farbe. Er hatte sich heute früh nicht rasiert.

«Gehst du gleich wieder arbeiten?», fragte sie ihn.

«Ich glaube nicht», erwiderte er und warf einen Blick auf die Ladefläche seines Wagens.

«Hast du die Eichenbretter eben erst abgeholt?»

«Ja, aber das spielt keine Rolle.»

Aber sie wusste, dass der Termin für seine Möbelausstellung näher rückte, und sie wusste auch, wie viel es ihm bedeutete, dort einen guten Eindruck zu hinterlassen.

«Geh ruhig», sagte sie. «Mit mir ist alles in Ordnung, und außerdem ist Mom bald da.»

«Nein, Alice, ich möchte dich nicht alleine lassen.» Er bog in die President Street ein und fand einen Parkplatz direkt vor ihrem Block.

«Es geht mir gut, wirklich. Ich lege mich hin, bis sie da ist.»

Er zögerte kurz, und sie spürte deutlich, dass sie ihm genau das anbot, was er jetzt brauchte: mit seiner Trauer allein zu sein.

«Bist du sicher?»

«Ich halte es für besser, wenn du wieder zur Arbeit fährst.»

Er holte tief Luft. «Vielleicht bleibe ich ja nur eine Stunde oder so. Ich könnte das Holz in die Werkstatt bringen, damit Diego schon mal mit dem Tisch anfangen kann.»

Sie gab ihm einen Kuss zum Abschied und stieg aus dem Auto. Als sie die Treppe zur Haustür hinaufging, spürte sie seine Blicke im Rücken. Er wartete bestimmt ungeduldig darauf, dass sie endlich im Haus verschwunden war. An der Haustür drehte sie sich noch einmal um und winkte ihm zu. Er winkte zurück, und kaum war sie ins Haus getreten, hörte sie, wie er abfuhr.

Sie ging direkt ins Schlafzimmer und legte sich aufs Bett. Um sie herum war alles still, und sie ließ die Ereignisse des Vormittags noch einmal an sich vorüberziehen, dankbar dafür, dass sie bei dem Unfall solches Glück gehabt hatte. Gedanken an Lauren gingen ihr durch den Kopf, und ihr war klar, dass dieser Schmerz so schnell nicht vorbeigehen würde. Und sie dachte an Ivy, versuchte sich zu überlegen, wie sie der Polizei helfen könnte, den Säugling so schnell wie möglich zu finden. Hatte denn jemals irgendetwas auch nur im Entferntesten auf eine solche Gewalttat hingedeutet? Wer konnte so etwas Grauenhaftes getan haben? War es jemand, der Lauren kannte? Oder war der Täter zufällig auf sie gestoßen? Alice lag auf ihrem Bett und wünschte, sie wäre heute früh gar nicht erst aufgestanden. Die Vorhänge waren aufgezogen, und sie beobachtete, wie das Sonnenlicht im dichten grünen Laub der Bäume spielte. Erst als es um zwei Uhr an der Tür läutete, stand sie auf.

Lizzie stand in der Tür. Sie hatte abgenommen, ihre Haare ganz kurz geschnitten und weißblond gebleicht, um jünger als einundsechzig auszusehen. Sie trug eine neue, rechteckige Hornbrille, und die Lippen waren hellrot geschminkt. Aber sie sah nicht jung aus; sie sah aus, wie sie eben aussah: wunderbar real und beständig unter all ihrem kalifornischen Getue.

«Komm her, meine Süße.»

Alice stürzte sich in die Arme ihrer Mutter, roch

das vertraute Parfüm, und die Tränen stiegen ihr in die Augen.

Lizzie zog Alice an sich und murmelte beruhigend: «Ja, ja, ist ja schon gut.»

KAPITEL 12

Nell und Peter waren außer sich vor Freude, als ihre Großmutter vor der Schule auf sie wartete. Ohne Alice auch nur eines Blickes zu würdigen, stürmten sie auf sie zu. Trotz ihrer weißen Hose fiel Lizzie auf die Knie und breitete die Arme aus, um ihre Enkel an sich zu ziehen und zu küssen. Sie schwatzten unablässig, den ganzen Weg bis zu Sweet Matilda, wo Lizzie sie zu einem «schicken Snack» eingeladen hatte. Alice hinterließ Mike eine Nachricht auf der Mailbox seines Handys, damit er wusste, wo sie waren. Es machte ihr nicht wirklich etwas aus, dass das Abliefern der Holzbretter so lange dauerte, aber er fehlte ihr doch, und sie fühlte sich ein wenig verlassen, weil er nicht bei ihr geblieben war.

Der High Tea wurde auf einer dreistöckigen Etagere serviert, mit hauchdünnen Weißbrotscheiben ohne Kruste, Petits Fours, Plätzchen, Muffins und Scones. Alice und Lizzie teilten sich eine Kanne Kamillentee. Die Kinder kuschelten sich auf der Bank an der Wand an Lizzie, während Alice ihnen auf einem Stuhl gegenübersaß. Am liebsten hätte sie sich auch bei ihrer Mutter auf den Schoß gesetzt, aber so war es auch schön. Ab und zu schickte Lizzie ihr einen Luftkuss.

«Wie lange bleibst du, Gamma?», fragte Nell. Lizzie

war für beide Kinder *Gamma*, seit Nells ersten Versuchen, *Grandma* zu sagen. Als Peter dann anfing zu sprechen, hatte er den Spitznamen automatisch übernommen.

«Nur zwei Nächte, Süße. Gamma hat Arbeit in Los Angeles.» Sie küsste Nell auf den zerzausten, rotblonden Scheitel und gab dann Peter ebenfalls einen Kuss auf seine braunen Haare, um ihre Zuneigung gleichmäßig zu verteilen.

«Wirklich, Mom?», fragte Alice enttäuscht. «Jetzt bist du extra von so weit gekommen.»

«Das ist doch noch gar nichts», erwiderte Lizzie. «Ich würde bis nach China reisen, um eine Mahlzeit mit meiner Familie einzunehmen.»

«Kannst du nicht ein bisschen länger bleiben? Du könntest mir bei der Haussuche helfen», sagte Alice.

«Wie steht es denn?» Lizzie knabberte an einem Muffin, und ein paar Krümel blieben an ihrer Unterlippe hängen.

«Zwei neue Firmen und jetzt auch noch ein neues Haus», sagte Alice. «Wenn wir unsere alten Jobs noch hätten, wäre es eine Kleinigkeit, uns das zu leisten, was wir haben möchten. Fast jedenfalls.»

«Ihr beide habt das Richtige getan, als ihr euer Leben geändert habt.» Lizzie tupfte sich den Mund ab und hinterließ eine Lippenstiftspur auf der Serviette. «Diese Tragödie mit Lauren beweist das doch. In einer Sekunde kann alles vorbei sein …» Sie schnippte mit den Fingern. «Einfach so.»

Alice wurde das Herz schwer, als ihre Mutter Lauren erwähnte. Warum hatte sie nur von der Haussuche angefangen? Sie konnte sowieso nicht durch die Gegend laufen und sich Häuser ansehen, mit Maklern sprechen oder Finanzierungen durchrechnen. Im Moment noch nicht. Das würde Mr. Pollack, *Eigentümer,* schon verstehen müssen.

«Was ist denn mit der Maklerin, mit der dich Maggies Babysitter zusammengebracht hat?», fragte Lizzie. «Da hattest du doch so ein gutes Gefühl.»

«Ach, vergiss es, Mom.» Alice brach sich ein Stück von ihrem Scone ab, legte es aber dann wieder auf den Teller zurück. «Ich kann mich im Moment sowieso nicht darum kümmern.»

«Warum denn nicht?»

«Mom …»

«Du hast eine Familie. Mach bloß nicht wieder eine Krise daraus.» Lizzie reckte stolz ihr Kinn. «Was hast du denn geglaubt, wie lange ihr in der Wohnung bleiben könntet? Wolltest du alle vier Kinder in einem Zimmer unterbringen?»

Ja, dachte Alice, schwieg jedoch. Es war ein großes, schönes Zimmer, und Alice hatte sich zwei Etagenbetten vorgestellt; so machten es viele Leute in der Stadt. Aber sie musste zugeben, dass es nicht wie eine besonders gute Lösung klang, wenn man es so geradeheraus sagte.

«*Bitte,* Gamma», bettelte Peter und kuschelte sich enger an Lizzie, «bleib doch da.»

«Das würde ich furchtbar gerne, aber es geht nicht», erwiderte Lizzie, und mit einem Blick auf Alice fügte sie hinzu: «Ich muss eurer Mutter noch ein paar Dinge sagen, die ich ihr nicht am Telefon erklären kann. Aber dafür müssten zwei Tage reichen.»

Die Stimme, die am Telefon immer zu laut klang, passte zu Lizzie als Person. Als Teenager hatte Alice ihrer

Mutter vorgeworfen, sie hielte sich für überlebensgroß. «Falsch», hatte Lizzie gekontert, «ich bin lebensgroß. Ich passe genau hinein. Wenn du erwachsen bist, wirst du den Unterschied begreifen.»

Mittlerweile begriff Alice den Unterschied. Er lag in der Wahl, die man traf, in der Art und Weise, wie man auf Ereignisse reagierte. Ihre Mutter war immer in die Welle hineingetaucht, bevor sie von ihr überrollt wurde.

Kurz vor fünf rief Mike endlich an und schlug vor, etwas zu essen mitzubringen. Alice erklärte, das halte sie für eine gute Idee. Seltsamerweise erwähnte Mike gar nicht, warum er so lange in der Werkstatt geblieben war und sich nicht gemeldet hatte.

«Das war eine lange Stunde», sagte sie in dem Versuch, ihm begreiflich zu machen, wie sehr sie auf ihn gewartet hatte. Warum hatte er überhaupt unbedingt von ihr weggewollt? Warum konnte er bei der Arbeit seinen Schmerz besser bewältigen als zu Hause?

«Es war die längste Stunde meines Lebens», erwiderte er ruhig. «Aber jetzt ist sie vorbei.»

Alice fragte sich, ob er das Holz überhaupt in die Werkstatt gebracht hatte.

«Ich wurde langsam ein bisschen nervös ...», begann sie.

«Das brauchst du mir nicht zu sagen, Alice. Ich weiß.»

Sie schwiegen beide, und schließlich meinte Alice: «Es ist schon okay. Komm nur endlich nach Hause. Wir warten alle auf dich.»

Eine halbe Stunde später saßen Alice, Mike, Lizzie und die Kinder um den Küchentisch und aßen Hummus, Auberginen-Dip, Lammspieße und frisches Pita-Brot von

Papptellern. Mike wirkte ganz normal, dachte Alice. Heute war ein schmerzlicher Tag gewesen, und sie war froh, dass sie jetzt alle endlich wieder zusammen waren.

Lizzie sollte auf der Couch im Wohnzimmer schlafen. Mike ging mit den Kindern nach unten, um sie zu Bett zu bringen, während Alice das Sofa für ihre Mutter herrichtete. Lizzie zog sich im Badezimmer um und erschien in einem lavendelfarbenen Nachthemd mit Spaghettiträgern und einem Federsaum an den Knien. Dazu trug sie passende Pantöffelchen, die aussahen wie Puderquasten. Ihre Haut war schlaff und gebräunt, aber nicht von der Sonne am Strand; Lizzie arbeitete bis spät am Abend. Ihre Bräune stammte aus einem Sonnenstudio.

Alice schlug die Decke zurück und legte sich auf das Sofabett. Lizzie schlüpfte neben sie und strich durch Alices kurze rotblonde Haare. Die weiche Haut ihrer Mutter war für Alice immer noch das Höchste.

«Ich habe nie begriffen, von wem du die roten Haare geerbt hast», sagte Lizzie. «Von Rich und mir auf jeden Fall nicht.»

«Weißt du noch, wie du mir immer weisgemacht hast, meine Sommersprossen seien Feenstaub?»

Lizzie lachte leise. «O ja, klar, daran erinnere ich mich noch gut.»

«Ich habe dir geglaubt.»

«Na ja, mein Schatz, das wolltest du damals eben gerne hören.» Lizzie fuhr mit der Fingerspitze die Konturen von Alices Gesicht nach: Stirn, Nase, Wangenknochen, Kinn. Als Alice noch klein war, hatte sie sie damit nachts immer beruhigt.

«Ich habe die Schlaftablette genommen, die meine

Ärztin mir gegeben hat», sagte Alice, «aber ich habe noch nicht das Gefühl, dass sie wirkt.»

«Warte nur ab, sie wird schon wirken.»

«Danke, dass du gekommen bist, Mom.»

«Hmm.»

Unten ebbte der Kinderlärm langsam ab. Peter wurde immer als Erster zu Bett gebracht, da er der Jüngste war, dann kam Nell an die Reihe. Jetzt lag Mike wahrscheinlich bei Nell im Bett und erzählte ihr eine Geschichte.

«Erzähl mir eine Geschichte, Mom.»

«Kannst du dich an deinen Vater erinnern?»

«Ein bisschen, nicht sehr gut. Ich war ja erst acht, als er uns verlassen hat. Findest du, ich müsste mich besser an ihn erinnern können?»

«Er war ein Scheißkerl, ein echter Verlierer, aber als er uns wegen dieser Nutte verlassen hat, hat er mir das Herz gebrochen», sagte Lizzie. «Im wahrsten Sinne des Wortes gebrochen.»

«Ich dachte, sie sei Meeresbiologin gewesen. Hat sie nicht bei Daddy im Labor gearbeitet?»

«Sie war eine *Nutte*. Das ist mir lieber so. Weißt du noch, was ich getan habe, als er ging?»

«Ich weiß noch, dass du ganz ruhig warst. Es hat mir irgendwie Angst gemacht.»

«Mir auch.» Lizzies Fingerspitzen lagen auf Alices Stirn. «Als Erstes bin ich einkaufen gegangen, für uns beide. Und dann habe ich unser ganzes altes Zeug verkauft. Auch das Haus. Und wir sind nach Kalifornien gezogen.»

«An die neuen Kleider kann ich mich noch erinnern – das hat mir Spaß gemacht. Aber ich war unheimlich wütend, weil du meine alten Sachen verkauft hast. Ich hätte sie gerne noch eine Weile behalten.»

«Das ist mir erst später aufgegangen. Tut mir Leid. Jeder Mensch macht Fehler.»

Alice stützte den Kopf in die Hand und betrachtete ihre Mutter. Lizzie lag auf dem Rücken und hatte Alice das ganze Kissen überlassen.

«Das Schlimme ist», sagte Lizzie leise, «dass er sich danach nie mehr um uns gekümmert hat. Ich habe jede Menge Lärm gemacht, als wir umgezogen sind, aber ihm war es einfach egal.»

Jetzt war es an Alice, mit ihren Fingerspitzen das Gesicht der Mutter zu streicheln. Ohne Make-up war es voller feiner Fältchen, aber Alice fand sie wunderschön.

«Und noch etwas.» Lizzie blickte Alice an. «Ich habe ihn vielleicht auf gewisse Weise sogar noch geliebt, aber für mich war er gestorben. Ich habe ihn in Long Island zurückgelassen und mein Herz vor ihm verschlossen.»

Alice hatte sich immer gefragt, wie ihr Vater sie beide einfach so hatte verlassen können. Als Ehefrau fand sie die Vorstellung schmerzlich, und als Mutter einer Tochter, die fast genauso alt war wie sie selbst damals, fand sie sein Verhalten schockierend.

«Alice», fuhr Lizzie fort, «als dieser Scheißkerl, der Lauren ermordet hat, sie uns genommen hat, da hat er auch dich genommen. Gib ihm nicht so viel Macht über dich. Tu es nicht!»

Alice traten die Tränen in die Augen. «Ich komme gegen meine Gefühle nicht an, Mom.»

«Ich bin hier, um dir das Gegenteil klar zu machen. Natürlich kommst du dagegen an. Du musst dich gegen den Schmerz wappnen, dir einen Panzer zulegen, genau wie ich damals. Du hast Kinder, und du kannst es dir nicht leisten, zusammenzubrechen.» Auch Lizzie rollte eine Träne über die Wange, aber sie achtete nicht darauf.

«Bei dir klingt es so einfach, Mom.»

«Dass es einfach ist, habe ich nie behauptet, oder?»

Alice schlief neben Lizzie ein und lag die ganze Nacht neben ihrer Mutter. Zwölf Stunden fester, tiefer Schlaf.

Aber als sie aufwachte, ließ die erholsame Wirkung sofort wieder nach. Um ein Uhr war Laurens Beerdigung. Alice hielt die Augen fest geschlossen und bemühte sich, die Angst zu unterdrücken. Sie hätte den Rat ihrer Mutter gern angenommen, wusste aber nicht wie. Nach einer Weile kamen Nell und Peter nach oben und krabbelten kichernd und lachend zu ihr ins Bett. Sie würde Lizzies Lektion wohl oder übel lernen müssen. Wenn sie es zuließ, würde Laurens Mörder viele Leben zerstören. Aber wie sollte sie ihn aus ihrer Seele verbannen?

KAPITEL 13

Die Trauerfeier für Lauren fand im Beerdigungsinstitut Scoletto an der Court Street statt. Tim stand rauchend vor dem Brownstone unter einer Magnolie. Austin, in einem dunklen Anzug mit einer gestreiften Clip-Krawatte, spielte in der Nähe mit einem neongrünen Jo-Jo-Ball, der nicht so wollte wie er. Nell rannte auf ihn zu.

Auf dem Weg dorthin hatte sich der Himmel auf einmal bezogen, und jetzt fröstelte Alice. Lizzie zog sie an sich.

«Sie ist so ein liebes Mädchen», sagte Lizzie und wies mit dem Kinn auf Nell, die Austin erklärte, wie er mit dem Jo-Jo umgehen müsse. Peter sah ihnen beiden zu.

«Für Austin ist es gut, dass wir sie mitgenommen haben», sagte Mike.

Alice hoffte, dass es die richtige Entscheidung gewesen war. Maggie und Simon hatten Ethan auch mitgebracht. Die Erwachsenen fanden es am besten, die Wahrheit vor den Kindern nicht zu verstecken. Wenn sie damit konfrontiert wurden, wie entsetzlich falsch Laurens Tod war, würden sie nicht in dem Glauben aufwachsen, sie sei einfach nur weggegangen. «Lauren ist tot», hatte Lizzie den Kindern am Morgen erklärt. Alice und Mike hatten sie darum gebeten, weil sie selber es nicht fertig brachten. «Sie ist umgebracht worden, und heute gehen wir alle hin, um ihr auf Wiedersehen zu sagen.»

Bei Lizzie klang es so einfach, aber Alice wusste, was noch kommen würde. *Wer hat behauptet, es sei einfach? Du musst tun, was du tun musst. Diese Kinder haben ein Recht darauf, es zu erfahren.* Aber die Kinder weinten nicht, und Alice nahm an, dass sie es gar nicht wirklich verstanden, sondern dass die eigentliche Wirkung sich erst Tage, Monate, ja vielleicht sogar Jahre später einstellen würde. Sie hatten ein paar offensichtliche Fragen gestellt: wer, wo, wann, warum. Aber darauf gab es bis jetzt nur eine einzige Antwort: Sie starb am Freitag, sieben Minuten vor zwölf. Mehr wussten sie nicht.

Mike trat zu Tim und umarmte ihn. Tim wirkte schmal in seinem dunkelgrauen Anzug, und seine Finger waren gelb von zu vielen Zigaretten. Alice blickte zu den Kindern, zu denen sich jetzt auch Ethan gesellt hatte, und sah den Blick, den Austin seinem weinenden Vater zuwarf. Es lag eine solche Wut in den Augen des kleinen Jungen, als sei er gegen seinen Willen zu diesem schrecklichen Ereignis gezwungen worden.

Es war ja auch ein schreckliches Ereignis, dachte Alice. Austin hatte vollkommen Recht mit seiner Wut. Sie ging zu den Kindern hin und sah Austin an. Sie lächelte nicht und hielt dem Blick aus seinen grünen Augen stand. Dann hockte sie sich vor ihn und nahm ihn in die Arme. Es war das Beste und Einzige, was sie tun konnte. Er wehrte sich nicht gegen ihre Umarmung, sondern blieb ganz still.

Als Alice sich wieder erhob, sah sie, dass Tim sie aus geröteten Augen anblickte. *Danke,* formte er mit den Lippen. Mike legte den Arm um ihn und führte ihn in die

Leichenhalle. Die Doppeltüren hatten sich geöffnet, und der Gottesdienst begann.

In diesem Moment kam Maggie angerannt, stürzte sich auf Austin und riss ihn in die Arme. «Hat Tante Mags dich endlich erwischt!», sagte sie in einem Tonfall, den Alice unangemessen fröhlich fand. Aber dann lachte Austin, und Maggies Verhalten schien im Gegenteil perfekt auf die Situation abgestimmt. Sie trug Austin in das Gebäude hinein, und die anderen folgten ihr.

Durch eine große Eingangshalle gelangten sie in die Kapelle im ersten Stock. Es war ein großer, ganz symmetrischer Raum, der durch einen Mittelgang geteilt wurde. Zwei große Vasen waren mit weißer Kapuzinerkresse gefüllt, aber auch ihr würziger Duft konnte den Geruch nach Mottenkugeln und Formaldehyd nicht überdecken. Die Vasen standen auf Sockeln am Fuß einer flachen Treppe, die zu einer Plattform führte, auf der, von Kränzen verdeckt, Laurens Sarg stand. Das golden schimmernde Eichenholz war hochglanzlackiert, mit großen Messinghandgriffen an jedem Ende. Der Sarg war geschlossen.

Alice sah, wie Maggie zusammensackte, als sie den Sarg erblickte. Mühsam hielt sie sich aufrecht, um Austin abzusetzen, und der Junge drängte sich sofort an seinen Vater, der bereits in der vordersten Reihe Platz genommen hatte. Lizzie, Alice, Mike, Nell und Peter setzten sich neben die beiden, während Maggie, Simon und Ethan hinter ihnen in die zweite Reihe schlüpften. Vereinzelt war ersticktes Schluchzen zu hören.

Bald war die Kapelle voll. Freunde aus der Nachbarschaft waren gekommen, aber die meisten Leute kannte Alice gar nicht. Es kam ihr so vor, als sei jeder da, den Lauren irgendwann in ihrem Leben mal gekannt hatte, von der Kindheit bis hin zu den Jahren mit Tim. Alice hatte Lauren vor allem als Mutter gekannt, und jetzt ging ihr durch den Kopf, was für ein kleines Stück Weg sie miteinander geteilt hatten. Auf einmal fühlte sie sich einsam inmitten all dieser Fremden, die Lauren geliebt oder zumindest so sehr gemocht hatten, dass sie sich von ihr verabschieden wollten. Allerdings vermutete Alice auch, dass einige der Trauergäste Lauren gar nicht gekannt hatten und aus reiner Neugier erschienen waren, weil sie gehört hatten, was geschehen war. Die dort hinten in der Kapelle standen, in Alltagskleidung, mit Kameras um den Hals, waren zum Beispiel ganz offensichtlich Reporter.

Alice erblickte Frannie in der Menge. Sie trug ein schwarzes Kostüm und schwarze, hochhackige Pumps. Die Hände hinter dem Rücken, lehnte sie an der Wand. Als sie sah, dass Alice sie bemerkt hatte, nickte sie ihr traurig lächelnd zu.

Der Gottesdienst dauerte über eine Stunde. Nach dem Rabbi hielt Tim eine Rede. Als Anwalt war er eigentlich daran gewöhnt zu reden, aber nun rang er nach Worten. «Ich kann es immer noch nicht glauben, dass das passiert ist», sagte er mit dünner, von zu vielen Zigaretten und zu vielen Tränen kratziger Stimme. Alice wäre ihm am liebsten zu Hilfe geeilt. Aber sie blieb bewegungslos sitzen und lauschte seinen Worten.

«Ich habe Lauren während des Studiums kennen gelernt», begann er. «Wir waren elf Jahre verheiratet ...»

Dann jedoch brach er zusammen und weinte nur noch.

Alice spürte, wie sich der Griff ihrer Mutter, die neben

ihr saß und ihre Hand hielt, verstärkte. Sie wandte den Kopf und sah, dass sie sie besorgt anblickte, und erst da merkte sie, dass sie unwillkürlich die Luft angehalten hatte.

Auch während des Trauerempfangs ließ Lizzie sie nicht aus den Augen und kümmerte sich rührend um sie. Austin stand mit den anderen Kindern in einer Ecke, und sie spielten abwechselnd mit dem Jo-Jo-Ball und drehten den anderen Gästen den Rücken zu. Als eine Reporterin sich anschlich, um ein Foto von Austin zu schießen, griff Simon ein und hinderte sie daran. Alice war erleichtert darüber. So würde es zumindest keine Schlagzeile in der Art von *Amerikanisches Kind bei der Beerdigung seiner Mutter* geben. Keine der tragischen Geschichten, die Alice im Lauf der Jahre in den Zeitungen gelesen hatte, war der Wahrheit auch nur im Entferntesten nahe gekommen. Dies hier war die Wahrheit. Und man konnte sie nicht in Worte fassen.

«Hauen Sie ab», befahl Simon mit seiner tiefen Stimme.

Die Reporterin, eine dünne junge Frau, verzog sich, und Simon hockte sich zu den Kindern. Er nahm Austin das Jo-Jo aus der Hand und drückte es so, dass ein versteckter Augapfel heraussprang.

«Cool!», sagte Austin, und alle Kinder kicherten.

«Was machen wir bloß mit Austin?» Maggie war zu Alice und Lizzie getreten.

«Wir kümmern uns um ihn», erwiderte Alice. «Wir sind jetzt seine Mütter.»

Maggie verlor nicht eine Sekunde Zeit, um das Herz des kleinen Jungen zu erobern. Sie marschierte zu der

Gruppe und drängte sich zwischen Simon und Austin. Simon zog lächelnd die Augenbrauen hoch und legte Maggie den Arm um die Taille. Sie schmiegte sich an ihn. Austin errötete. Alle Kinder wussten Bescheid über die bittere Scheidung von Maggie und Simon, da ihnen Ethan immer alles brühwarm berichtet hatte. Einmal hatte Alice mitbekommen, wie Ethan einen Streit seiner Eltern nachgemacht hatte: «Ich habe doch gesagt, ich war in der Apotheke!» «Wer verbringt denn drei Stunden in der Apotheke?» «Ein liebender Vater, der Medikamente für seinen Sohn besorgt. Was hast du denn gedacht?» «Na, dann», herzhaftes Lachen à la Maggie, «dann muss irgendeines deiner anderen Kinder krank sein. Unseres ist jedenfalls gesund!» Ethan machte während dieses Vortrags beide Elternteile perfekt nach und unterstrich dadurch die Absurdität ihres Verhaltens. In jeder Ehe gibt es einen Streitpunkt, bei dem keiner von beiden gewinnen kann, und so simpel ihr Ansatz war, so hatte er doch enorme Konsequenzen. Sie: Du bist untreu. Er: Bin ich nicht. Deswegen hatten sie sich schließlich getrennt.

Mike kam mit einem Teller voller Häppchen auf Lizzie zu. Sie kniff ihn liebevoll in die Wange und sagte: «Du bist wunderbar, Michael. Scheiß auf die Diät! Ich bin am Verhungern.»

Alice fragte erst gar nicht, um was für eine Diät es ging. Ihre Mutter machte gar keine Diät. Das war eine ihrer Methoden, um mit dem Leben fertig zu werden – sie leugnete bestimmte Unannehmlichkeiten einfach.

Tim ging von Gruppe zu Gruppe und wirkte sehr einsam. Höflich nickte er Lizzie zu. «Sie müssen Alices Mutter sein.»

«Sie brauchen keinen Smalltalk zu machen», erwiderte Lizzie.

Wieder nickte Tim, eine beherrschte, knappe Geste, als ob er so seine Emotionen kontrollieren würde.

«Tim, ich möchte dir helfen», sagte Alice leise. «Wir können Austin so oft zu uns nehmen, wie es geht. Nach der Schule, wenn du arbeiten bist, an den Abenden, Wochenenden, wann immer du möchtest.»

«Danke», flüsterte er. «Das ist lieb von euch.»

«Wir sind für dich da.» Mike tätschelte Tims Schulter. «Du brauchst nur etwas zu sagen.»

Tim antwortete nicht, sondern starrte Alice aus seinen bekümmerten Augen an, als wolle er ihr etwas sagen, schaffte es aber nicht. Nicht, weil ihm die Worte fehlten, sondern weil er es nicht über sich brachte, sie zu äußern. Es war ein seltsamer, bedrückender Augenblick, in dem das unerträgliche Gewicht seiner Trauer kurz wie weggeblasen schien. Alice blickte von einem zum anderen, um festzustellen, ob irgendjemand anderes es bemerkt hatte. Sie hätte nicht erklären können, was geschehen war, aber irgendetwas hatte sich in diesem Moment geändert.

Schließlich sagte Tim: «Ich weiß nicht, ob sie es dir erzählt hat, aber es war meine Idee, noch ein Kind zu bekommen. Ich habe mir dieses kleine Mädchen so sehr gewünscht. Und jetzt werde ich sie nie in meinen Armen halten können.» Er wurde noch blasser, und seine Stimme klang brüchig. «Ich weiß nicht, was ich tun soll.»

Alice schlug das Herz bis zum Hals.

Dieses kleine Mädchen.

KAPITEL 14

Alice lief aus dem Beerdigungsinstitut hinter Frannie her. Es regnete heftig.

«Frannie!»

Die Polizistin drehte sich um. Ihr schwarzes Kostüm war schon völlig durchnässt.

«Kann ich kurz mit Ihnen reden?» Alice stellte sich unter die Markise, wo es trocken war.

Frannie nickte, blieb allerdings im Regen stehen.

«Kommen Sie her», sagte Alice. «Sie werden ja ganz nass.»

«Ich habe eigentlich einen Termin.» Frannie zögerte. «Aber ich kann ja eine Minute später kommen.» Sie trat neben Alice unter die Markise.

«Haben Sie gehört, was Tim gesagt hat?»

Frannie nickte. «Ja.»

«Tim wollte das Geschlecht des Babys gar nicht wissen, als Lauren noch am …» Alice brachte es nicht über sich, den Satz zu Ende zu sprechen.

«Noch am Leben war», ergänzte Frannie für sie.

«Er wollte es definitiv nicht wissen, sondern sich überraschen lassen. Lauren hätte es mir erzählt, wenn er seine Meinung geändert hätte.»

Frannie legte den Kopf schief und kniff die dunklen

Augen zusammen. «Alice, seien Sie mir bitte nicht böse, aber meinen Sie nicht, dass es Dinge im Leben Ihrer Freundin gab, von denen Sie nichts wissen?»

«Nein», erwiderte Alice, obwohl ihr klar war, wie absurd das klang. «Nein, unmöglich.»

«Alice …» Sanft berührte Frannie sie am Arm.

«Lauren sagte, nur Maggie, ich und Dr. Rose, ihre Gynäkologin, wussten über das Geschlecht des Kindes und ihren Namen Bescheid. Die Ärztin hat versprochen, es Tim nicht zu erzählen.»

«Und?»

«Ich glaube nicht, dass Dr. Rose Tim etwas davon gesagt hat, dass das Baby ein Mädchen ist», fuhr Alice fort. «Und ich glaube auch nicht, dass sie ihm gesagt hat, dass sie Ivy heißen soll. Und Sie auch nicht. Sie haben es ihm doch auch nicht gesagt, Frannie, oder?»

Frannies Gesicht war blass und undurchdringlich. Alice konnte ihr förmlich ansehen, dass sie nachdachte.

«Wenn die Ärztin es ihm verraten hätte, hätte sie ihm auch den Namen gesagt, und dann hätte er ihn eben erwähnt», sagte Alice.

«Woher wollen Sie das wissen, Alice? Und was macht Sie so sicher?»

Die Tür zum Beerdigungsinstitut öffnete sich quietschend. Als Alice sich umdrehte, sah sie ihre Mutter in der Tür stehen und hatte auf einmal erneut das Gefühl zu ersticken. Sie holte tief Luft.

«Es ist vermutlich nur so ein Gefühl», erwiderte sie.

«Ich dachte, Tim sei ihr Freund.»

«Ja, das ist er ja auch.»

«Warum verdächtigen Sie ihn dann?»

«Als er eben sagte, wie sehr er sich dieses kleine Mädchen gewünscht hatte, da schoss es mir durch den Kopf. Und jetzt muss ich einfach die Wahrheit erfahren.»

«Okay.» Frannie berührte Alice leicht an der Schulter. «Ich frage Dr. Rose und sehe zu, was ich herausfinden kann.»

«Danke, Frannie.»

«Jetzt muss ich aber wirklich los, sonst komme ich zu spät. Ich rufe Sie morgen an.»

Frannie bog auf die Court Street ab und ging langsam durch den Regen den nassen Bürgersteig entlang. Wegen der dunklen Wolken sah es schon aus, als ob es dämmerte. Alice blickte Frannie hinterher, die geschickt einer Pfütze auswich. Dann wandte sie sich zu ihrer Mutter und sagte, als ob Lizzie zum Sprechen angesetzt hätte: «Nicht. Bitte, Mutter, sag jetzt einfach nichts.»

«Ich wollte gar nichts sagen», erwiderte Lizzie. «Nur, dass du hereinkommen sollst. Man kann sich auch im Sommer erkälten.»

Aber Alice wusste genau, was ihre Mutter eigentlich hatte sagen wollen. Etwas darüber, wie gefährlich es ist, wenn Freunde sich gegeneinander wenden. Andererseits verdächtigte Alice Tim ja gar nicht. Sie wollte nur eine Antwort auf eine simple Frage, die sie allerdings für den Rest des Tages nicht mehr aussprach. Durch den strömenden Regen fuhren sie in einer langen Autokolonne zum Greenwood Cemetery, wo Laurens zerstörter, geschundener Körper der Erde übergeben wurde.

Am Abend lud Lizzie Alice, Mike und die Kinder zum Essen ein. Aber keiner, noch nicht einmal die Kinder, hatte viel Appetit. Die meiste Zeit schwiegen sie, alle waren zutiefst erschöpft. Als sie nach Hause kamen, gingen sie alle sofort zu Bett, und sogar Alice schlief ohne Schlaftabletten fest und traumlos.

Am nächsten Morgen machte Lizzie French Toast für alle, führte die Unterhaltung am Frühstückstisch und ließ Mike dann die Küche aufräumen. Alice ging nach unten, um zu duschen, und als sie zurückkam, saß Lizzie mit einem Block und dem Telefon am Küchentisch.

Mike warf ihr einen Blick zu und Alice verdrehte entnervt die Augen. Es sah ihrer Mutter ähnlich, ihr Produktionsbüro aus der Ferne managen zu wollen. Mike ging jedoch gar nicht auf sie ein, sondern wies mit dem Kinn unauffällig auf den linierten gelben Block.

Als Alice neben ihre Mutter trat, stellte sie verblüfft fest, dass Lizzie in ihrer großen, geschwungenen Handschrift einen Plan für ihre Tochter aufgestellt hatte. *Smith Salon, Samstag, 15.00 Uhr, Wellness-Paket (Massage, Gesicht, Pediküre); Montag, 10.00 Uhr, Pam Short, Garden Hill Realty, Treffen in ihrem Büro, Besichtigung von 3 Häusern.*

Zuerst wollte Alice wütend auffahren, aber dann fiel ihr ein, dass Mike und Lizzie gleich aus dem Haus gehen würden. Mike wollte «kurz mal» in die Werkstatt, was bedeutete, dass er den ganzen Tag dort bleiben würde, und in einer Stunde kam ein Taxi, um Lizzie zum Flughafen zu bringen. Dankbarkeit stieg in ihr auf. Lizzie versuchte, sie auf ihre Art von ihren Schmerzen und Ängsten abzulenken. Sie war den ganzen Weg von Kalifornien hierher gekommen, um ihrem einzigen Kind wieder einen Weg ins Leben aufzuzeigen.

Es war eine gute Liste, fand Alice, und sie würde sie befolgen. Aber sie war nicht vollständig. Ein weiterer Punkt, von dem weder Lizzie noch Mike etwas wussten, stand unsichtbar zwischen den Zeilen.

Als Alice unten gewesen war, hatte Frannie auf ihrem Handy angerufen, da ihr Telefon im Haus besetzt gewesen war.

«Kommen Sie morgen bitte zu mir», hatte Frannie gesagt. «Mike auch. Alle. Wir müssen alles noch einmal durchgehen.»

KAPITEL 15

Alice setzte sich gegenüber vom Präsidium auf eine Treppe und wartete, bis sie erneut von den Ermittlern vernommen wurde. Ihr Termin war für zwölf Uhr mittags angesetzt, und es waren noch zehn Minuten bis dahin, aber sie wollte nicht drinnen warten, da sie wusste, dass Tim dort bei Frannie und Giometti war. Sie waren jeder im Stundenabstand bestellt worden und wurden verhört, als ob sie als Gruppe etwas damit zu tun hätten, dass Lauren tot und ihr Baby verschwunden war.

Alice stützte die Ellbogen auf die Knie, legte das Gesicht in die Hände und atmete bewusst langsam tief aus und ein. Die Straßengeräusche wurden leiser, und sie versetzte sich um dreißig Jahre zurück in das Schlafzimmer ihrer Mutter. Sie lag im Bett neben ihrer Mutter, aß ein Schälchen Eiscreme und sah fern. Vor zwei Wochen hatte ihr Vater sie verlassen wegen *der Nutte* mit Doktortitel. Im Bett ihrer Eltern drückte sie sich an die weiche Haut ihrer Mutter und versuchte, mit dem grausamen Verlust und dem Schmerz fertig zu werden. Sie aß Erdbeereis, und als etwas von ihrem Löffel auf das Kissen tropfte, sagte ihre Mutter nichts. Die Angst, die Alice bei ihrem Schweigen damals empfunden hatte, konnte sie heute noch spüren, dreißig Jahre später.

Sie dachte darüber nach, wie gefährlich Menschen lebten, wenn sie ihre Leben auf faule Kompromisse gründeten. Dann zogen sie an irgendeinem Faden in ihrer Lieblingsfarbe und zerstörten Stück für Stück den gesamten Teppich aus jahrelanger Liebe. Ihr Vater, der einfach so gegangen war. Ihre Mutter, die sich einen harten, glamourösen Hollywood-Panzer zugelegt hatte, aber trotzdem noch wusste, was wirklich zählte und für die Liebe ihrer Familie dankbar war.

Alice schüttelte den Kopf, um die quälenden Erinnerungen zu vertreiben. Es war fünf vor zwölf. Sie ging über die Straße und trat ein. Der wachhabende Beamte hinter der Theke überprüfte ihren Namen auf einer Liste und wies sie in den Wartebereich. Dieses Mal betrachtete sie die «Gesucht»-Plakate an den Wänden nicht; sie konnte es nicht ertragen, diese grässlichen, verzerrten, bedürftigen oder, schlimmer noch, durchschnittlichen Gesichter anzuschauen. Jeder von ihnen konnte Laurens Mörder sein, jeder von ihnen konnte Ivy in den Armen gehalten haben – oder auch nicht. Es war viel zu grausam, über die Möglichkeiten nachzudenken.

Alice stellte sich vor das Aquarium und betrachtete die Fische, die durch die künstliche Korallenlandschaft schwammen. Ein Fisch versteckte sich hinter einem versunkenen Piratenschiff aus Plastik. Das Aquarium war peinlich sauber – offensichtlich kümmerte sich jemand sehr gewissenhaft darum.

Sie hörte eine vertraute Stimme und drehte sich um. Tim kam durch die Halle. Er war in Begleitung eines großen Mannes in Anzug und Krawatte, vermutlich ein Anwalt. Als er sie sah, verstummte er. Sie winkte, und er erwiderte den Gruß, aber das war schon alles. Der Mann, der bei ihm war, musterte sie kurz, dann hob er arrogant das Kinn und dirigierte Tim aus der Tür.

Alice sah ihnen nach. Sie fröstelte. Was war passiert? Hatten Frannie und Giometti ihm gesagt, dass *sie* seine Bemerkung über das Geschlecht des Babys weitergegeben hatte? Hatten sie ihm gesagt, er solle ihr nicht trauen? Konnten die Freunde einander überhaupt noch trauen? Standen sie jetzt alle unter Mordverdacht?

«Alice.» Giomettis leise Stimme erschreckte sie. «Kommen Sie bitte mit.»

Er führte sie nach oben in das Vernehmungszimmer, wo Frannie wartend am Tisch saß.

«Hi, Alice», sagte sie herzlich, «setzen Sie sich.»

Alice wehrte sich gegen das Gefühl, mit Frannie befreundet zu sein. Das war sie *nicht*. Hier handelte es sich schlicht um eine Vernehmung.

Das Zimmer war nur schwach beleuchtet. Wie beim letzten Mal waren die Jalousien heruntergelassen. Giometti setzte sich neben Frannie, die sich vorbeugte, um das Aufnahmegerät einzuschalten. Sie gab Datum und Zeit an und die Namen der Anwesenden. Dann blickte sie Alice direkt an.

«Die Fragen heute sind hauptsächlich Routine.»

«Okay.»

Sie fragten sie, wo sie letzten Freitag, als Lauren verschwunden war, gewesen war. Alice wiederholte alles, was sie bereits gesagt hatte, so detailgetreu wie möglich. Sie erinnerte sich an jenen Tag, als sei er ein Juwel, von einem Scheinwerfer angestrahlt auf einer dunklen Bühne. Sie erinnerte sich daran, wie sie im Park auf Lauren gewartet hatte, an ihre wachsende Gewissheit, dass Lauren das Baby bekommen hatte, an ihre Vorfreude auf Ivy. Rückblickend konnte sie es nicht fassen, wie hoffnungsvoll sie an jenem Nachmittag gewesen war. Sie erinnerte sich daran, wie sie mit allen vier Kindern die Court Street entlanggegangen war. Die Geschichte dieses Tages endete mit der Erinnerung daran, wie sie sich in jener Nacht und den Nächten danach schlaflos im Bett wälzte, bis sie dann schließlich den Autounfall gehabt hatte. Aber das erwähnte Alice nicht mehr. Sie sagte einfach nur: «Ich bin ins Bett gegangen.» Und damit war sie mit ihrem Bericht am Ende. Frannie warf einen Blick auf die Wanduhr, dann gab sie die Zeit an und schaltete den Recorder ab.

«Danke.» Giometti erhob sich halb und streckte Alice die Hand entgegen.

«Ist das alles?», fragte Alice.

«Sie sind fertig.»

«Darf ich etwas fragen?»

Frannie lächelte. «Nur zu.»

«Was ist hier drin gerade mit Tim passiert?»

Giometti warf Frannie einen Blick zu. Dann antwortete er: «Es tut mir Leid, aber darüber dürfen wir Ihnen keine Auskunft geben.»

Alice blickte in Frannies dunkle Augen. «Was hat er Ihnen über das Baby gesagt? Woher wusste er, dass es ein Mädchen ist? Was hat Dr. Rose Ihnen gesagt? Haben Sie überhaupt mit ihr gesprochen?»

«Ja, wir haben mit Dr. Rose gesprochen», erwiderte Frannie.

«Und?»

«Ich sage Ihnen was.» Frannie stand auf und ging um

den Schreibtisch herum, um Alice zur Tür zu begleiten. «Wenn Sie wissen wollen, wie Tim herausgefunden hat, dass das Kind ein Mädchen ist, fragen Sie Ihre Freundin Maggie.»

Als Alice aus dem Präsidium heraustrat, kam ihr Maggie auf der Union Street entgegen, ein wenig zu spät für ihren Termin. Sie trug einen engen gelben Rock, der kurz über ihren Knien endete, und taubengraue Wildlederschuhe mit hohen Absätzen, die gestern erst in den Laden geliefert worden waren. Der Anblick irritierte Alice.

«Ich hoffe, du hast sie bezahlt», rief sie ihr entgegen.

«Was?» Maggie beschleunigte ihre Schritte nicht. «Was ist los, Alice?»

«Ich bin ein bisschen durcheinander. Vor einer Stunde ist Tim hier in Begleitung eines Anwalts herausgekommen.»

«Ich verstehe. Und wenn ich meine Schuhe bezahle, ist das leichter zu ertragen?»

Alice nahm all ihren Mut zusammen. «Mags, hast du Tim von Ivy erzählt?»

«Dass sie ein Mädchen ist?»

Alice nickte.

Die Sonne verschwand hinter einer Schleierwolke, und im klaren Licht warf Maggie einen Blick auf ihre eleganten Füße. «Sind sie nicht wunderschön?» Sie küsste Alice auf die Wange. «Ja, natürlich habe ich sie bezahlt, mit unseren üblichen Prozenten, wie vereinbart.» Zwinkernd stieg sie die Treppe hinauf.

«Ja, und?», fragte Alice.

Maggie blieb stehen und blickte sich um. Ihr Gesicht wurde ernst. «Das wird ein längeres Gespräch. Ich bin den ganzen Tag bei Ethan. Lass uns morgen früh im Laden reden, während wir die Belege fertig sortieren. Martin hat übrigens schon drei Nachrichten auf dem Anrufbeantworter hinterlassen. Wir müssen endlich die Quartalsabrechnung machen.» Mit diesen Worten trat sie durch die offene Tür und verschwand.

KAPITEL 16

Am nächsten Morgen auf dem Weg zum Blue Shoes fiel Alice ein Ausspruch ihrer Mutter ein. Als Alice zum ersten Mal Liebeskummer gehabt hatte, war ihre Mutter mit einem riesigen Strauß Margeriten von der Arbeit nach Hause gekommen und hatte ihrer Tochter erklärt: «Blumen heilen ein gebrochenes Herz!» Kurz entschlossen betrat Alice nun den neuen Blumenladen hinter der Butler Street und ging lächelnd auf die Theke zu.

«Guten Morgen!» Ein Mann mit schulterlangen braunen Haaren, die er hinter die Ohren gesteckt hatte, trat aus dem Hinterzimmer. «Was kann ich für Sie tun?»

«Pfingstrosen», erwiderte Alice und betrachtete die elegant gebundenen Sträuße aus exotischen Blumen. «Ich weiß, dass das nicht die richtige Jahreszeit ist, aber haben Sie welche?»

«Im Treibhaus sind sie immer zu bekommen.» Er führte sie zu einer Nische hinten im Laden, wo ein grüner Plastikeimer voller weiß-rosafarbener Pfingstrosen stand, die unterschiedlich weit aufgeblüht waren. «Ich habe sie heute Morgen frisch hereinbekommen und hatte noch keine Zeit, sie zu arrangieren.»

«Nicht nötig», erklärte Alice. Pfingstrosen waren Laurens Lieblingsblumen gewesen. «Ich nehme sie alle.»

Zehn Minuten später verließ sie den Laden mit zwei Dutzend in Plastikfolie verpackten Pfingstrosen. Außerdem hatte sie noch eine überdimensionierte Glasvase erstanden und einen Dauerauftrag für die wöchentliche Lieferung von Pfingstrosen erteilt, worüber sich der Mann so gefreut hatte, dass er ihr für die Vase nichts berechnet hatte. Alice atmete tief den Duft der Blumen ein, als sie die drei Häuserblocks zum Blue Shoes ging.

Maggie war bereits da und ordnete die Belege zu ordentlichen Stapeln.

«Oh, wie hübsch!», rief sie aus und kam angelaufen, um ihr die große Tüte mit der Vase abzunehmen. Sie steckte die Nase in die Blumen. «Ah ja, ich verstehe.»

«Wir bekommen sie jetzt jede Woche für sie», sagte Alice.

«Das ist eine Super-Idee, Alice.» Maggie sah aus, als würde sie gleich in Tränen ausbrechen. «Du bist eine so tolle Freundin, und ich war wirklich ekelhaft.» Alice konnte es nicht leiden, wenn man sie beim Hereinkommen gleich mit irgendetwas überfiel, deshalb sagte sie ausweichend: «Hilf mir mal mit den Blumen.»

Maggie ging zum Bad hinten im Laden und ließ Wasser in die Vase laufen. Mühsam schleppte sie das schwere Gefäß wieder in den Laden. «Wo soll ich sie hinstellen?»

«Erst mal auf die Theke», erwiderte Alice. «Vielleicht lassen wir uns in diesem Laden mit den schmiedeeisernen Sachen auf der Bergen Street einen Sockel machen.»

Maggie stellte die Vase vorsichtig auf die blassgrüne Theke. Gemeinsam arrangierten sie die Blumen zu einem üppigen, prachtvollen Strauß. Der Duft verursachte Alice Übelkeit, aber sie kümmerte sich nicht darum. Als sie an den zarten Blütenblättern schnupperte, dachte sie an die Babys in ihrem Bauch und fühlte einen Hauch von ihrem früheren Glück zurückkehren.

«Ich liebe Simon immer noch.»

«Das überrascht mich nicht, Mags. Aber ich dachte, du hättest eine Entscheidung getroffen.»

«Ja, habe ich ja auch.»

Alice blickte Maggie abwartend an. Sie sah ihr an, dass es noch mehr zu sagen gab.

«Weißt du, Alice, wir schlafen ab und zu miteinander.»

Das war ja tatsächlich eine Neuigkeit. «Aber ihr seid doch geschieden.»

«Nein, eigentlich nicht.» Maggie verzog das Gesicht zu einem schelmischen Grinsen.

«Aber du hast doch gesagt ...»

«Ich habe dir gesagt, dass die Papiere da sind. Wir haben sie einfach nie unterschrieben.»

Plötzlich wurde Alice alles klar. In ihrem typischen Mangel an Disziplin hatte Maggie mit Simon Geheimnisse geteilt, um ihn weiter an sich zu binden. Dinge, die ihm vermutlich ziemlich gleichgültig waren, wie das Geschlecht von Laurens Baby. Wie ein Spion hatte Maggie Ivy an Simon weitergegeben, und er wiederum hatte es Tim erzählt. Das ergab Sinn. Maggies und Simons Leidenschaft hatte sich noch nie nur auf sie beide beschränkt, sondern schon immer harmlose Außenstehende mit hineingezogen.

«Ich verstehe», sagte Alice ruhig.

«Ich konnte nicht anders. Ich wollte es ihm nicht erzählen, es ist mir einfach so herausgerutscht. Und ich wäre nie auf die Idee gekommen, dass mich die Polizei danach fragen würde.»

Der Gedanke daran, dass Maggie der Polizei alles hatte erklären müssen, schien Bestrafung genug, und für den Augenblick ließ Alice alles auf sich beruhen.

Im Laufe des Morgens allerdings wuchs in ihr die Wut darüber, dass Maggie diesen wichtigen Punkt verschwiegen hatte. Kein Wunder, dass Frannie und Giometti dieselben Aussagen noch einmal hatten hören wollen. Sie zweifelten an der Glaubwürdigkeit der Freunde.

Vielleicht hatten sie ja Recht, dachte Alice, als sie um kurz nach eins nach Hause ging. Sie hatte Lebensmittel eingekauft, und die Griffe der schweren Plastiktüten schnitten ihr in die Handflächen. Es bereitete ihr zunehmend Mühe, die Einkäufe zu tragen, aber heute hatte sie das Gefühl, die Unannehmlichkeiten verdient zu haben, weil sie Frannie dazu gedrängt hatte, ihren Freund Tim zu überprüfen. Und dabei war alles ganz einfach zu erklären gewesen. Alice fühlte sich verraten, sowohl von Maggie als auch von sich selbst.

Sie bog in die President Street ein, holte tief Luft und marschierte weiter. Je näher sie ihrem Häuserblock kam, desto dichter wurde der Verkehr. Sie hörte Autos hupen, und sie bemerkte, dass heute mehr Stau war als sonst. Und dann fiel es ihr ein: Natürlich, ihr neuer Vermieter zog heute ein, und seine Möbelwagen versperrten vermutlich die Straße.

Sie stieg die Stufen zur kühlen Eingangshalle hinauf, stellte die Einkaufstüten vor ihre Wohnungstür und rief die breite Treppe hinauf: «Hallo?»

Sofort ertönten polternde Schritte, und ein dicker Mann kam die Treppe herunter. Er trug eine zu Shorts abgeschnittene graue Trainingshose, aus der seine Beine dick und bleich mit vereinzelten schwarzen Haaren herausragten. Sein verschwitztes weißes Achselunterhemd wölbte sich über seinen Kugelbauch. Die lockigen schwarzen Haare waren offensichtlich gefärbt, und sein Gesicht war aufgedunsen und schlaff. Was Alice aber am meisten überraschte, war seine Brille. Sie war trendy auf eine Art, die überhaupt nicht zu ihm passte, minimalistische rechteckige Gläser in einer lila Fassung. Offenbar hatte er sich am Morgen nicht rasiert, aber das war verständlich, schließlich zog er heute um. Alice beschloss, sich zu zwingen, den Mann zu akzeptieren, auch wenn sie es vielleicht nur tat, um zu überleben.

Sie streckte die Hand aus: «Ich bin Alice Halpern.»

Er schüttelte ihr die Hand, ohne sich vorher den Schweiß abzuwischen, aber sie lächelte tapfer weiter.

«Julius Pollack», sagte er mit öliger Stimme, die sie seltsamerweise an gelben Lack erinnerte.

Auffordernd blickte er sie an.

«Mr. Pollack», begann sie aufgesetzt selbstbewusst, weil sie seinem eindringlichen Blick etwas entgegensetzen musste, «ich weiß nicht, wie viel Ihnen Joey über unsere Lage berichtet hat. Wir hatten ihn gebeten, es Ihnen …»

«Er hat mir gesagt, Sie seien noch hier.» Julius Pollack lächelte steif, ein Plastiklächeln, das zu seinem gelackten Tonfall passte. Ihr wurde ganz mulmig zumute. «Und jetzt bin ich hier. Wir sind zusammen hier.»

Wieder starrte er sie an und wartete.

«Es kostet Zeit, ein Haus zu kaufen», sagte sie.

Dieses Lächeln. Sie kam sich ganz dumm vor.

«Wir haben Kinder», erklärte sie. «Wir brauchen Platz. Und wie Sie sicher wissen, ist der Markt zurzeit …»

«Ich will keine Erklärung.» Sein öliger Tonfall war unerträglich süßlich geworden. «Nur die schriftliche Zusage, dass Sie vor Ende des Monats ausziehen.»

Blutsauger, hörte Alice Lauren sagen. *Ich beginne diese Blutsauger zu hassen für das, was sie uns zumuten.* Alice verabscheute diesen Mann, Julius Pollack, bereits aus ganzem Herzen, und dabei kannte sie ihn kaum. Dieser Mann, der sie in einem Monat aus dem Haus haben wollte; dieser Mann, dem sie ihre Lage erklären musste; den sie höflich bitten – nein: anbetteln – musste, damit er ihnen mehr Zeit ließ. Es war zu viel auf einmal – die Haussuche und der Verlust der geliebten Freundin. Lauren hätte seine Arroganz nicht toleriert. Sie hätte ihm schon die Meinung gesagt. Aber Alice war nicht Lauren. Sie stand nur sprachlos in der Eingangshalle, unfähig zu reagieren, während Julius Pollack sie einfach stehen ließ und durch die Eingangstür trat. Sie hörte, wie er den Möbelpackern zurief: «Bitte, seien Sie vorsichtig mit meinen Sachen!»

Sie trug die Tüten in ihre Wohnung. Auf dem Küchentisch lag eine Nachricht von Mike. Er war mit den Kindern ins Kino gegangen. Ohne sie war die Wohnung leer. Sie räumte die Lebensmittel weg und setzte sich in ihre stille Küche, die sich gar nicht mehr wie ihre Küche anfühlte. Nach fünfzehn Jahren kam ihr die Wohnung auf einmal nicht mehr wie ihr Zuhause vor. Es war Julius Pollacks Haus, das hatte er mit seiner Kündigung vollkommen klar gemacht.

Sie blickte auf den Notizblock, der auf dem Tisch lag, und ihr fiel ein, dass ihre Mutter ihr ja einen Termin bei der Maklerin gemacht hatte. Sie schlug die Seite auf, und es versetzte ihr einen Stich, als sie die runde Schrift ihrer

Mutter sah. *Montag, 10.00 Uhr, Pam Short, Garden Hill Realty, Treffen in ihrem Büro, Besichtigung von 3 Häusern.* Pam Short war die Maklerin, von der Sylvie behauptete, dass sie für jeden ein Haus finden würde. Alice hatte eigentlich nicht vorgehabt, den Termin einzuhalten – in ihrer wackeligen Gefühlslage hatte sie sich nicht vorstellen können, Häuser anzuschauen –, aber mittlerweile war ihr klar, dass sie gar keine andere Wahl hatte.

Sie konnte gegen den neuen Eigentümer nichts ausrichten. Ihr Vertrag war nicht mehr gültig, und es war sein Haus. Also griff sie zum Telefon und bestätigte den Termin, indem sie eine Nachricht auf Pam Shorts Anrufbeantworter hinterließ. So konnte sie es sich wenigstens nicht mehr anders überlegen.

KAPITEL 17

Garden Hill Realty lag an der Court Street neben der monolithischen Old St. Paul's Church, wo man samstags Bingo spielen, sonntags beten, unter der Woche abends zu Treffen der Anonymen Alkoholiker gehen und an Donnerstagnachmittagen im Sommer Bio-Produkte kaufen konnte. Auf einem Kupferstich der Brooklyn Bridge stand *Ihr Weg zu einem Brownstone in Brooklyn. Maklerlizenz: Judith Gersten.* Die abgebildeten Häuser kosteten zwei Millionen Dollar oder mehr. Sie konnten unmöglich etwas in ihrer Preisklasse haben, dachte Alice, aber dieses Mal würde sie sich vom Markt nicht entmutigen lassen. Irgendetwas würde es für sie schon geben, und wenn es wieder zur Miete wäre.

Alice blickte auf die Uhr. Es war zehn nach zehn: Pam kam zu spät. Sie musterte die Passanten auf der Court Street, um Pam Court zu entdecken, aber die Frau kam natürlich aus der anderen Richtung.

«Hallo!», rief sie mit glockenheller Stimme. «Entschuldigen Sie die Verspätung!»

Pam Short war eine große, üppige Frau – sie war mindestens fünfzig Pfund schwerer als Alice –, und ihr pink- und orangefarbener Kaftan erinnerte Alice an die Sachen, die ihre Mutter Ende der Sechziger getragen hatte, als sie ihrer damals sehr kleinen Tochter äußerst cool vorgekommen war. Pams schulterlange braune Haare hatten einen hellroten Schimmer, der kürzlich in Mode gekommen war, und ihr pinkfarbener Lippenstift passte zu der Farbe auf dem Kaftan. Zum Schluss fielen Alice die Schuhe der Frau auf: Ihre Füße quollen aus den gleichen roten, mit Strasssteinen besetzten Leder-Flipflops, die an Sylvies schlanken Füßen so hinreißend ausgesehen hatten.

Pam holte ein großes Schlüsselbund aus der Tasche und schloss die lange Metallbox an der Mauer auf, in der sich der Kettenzug für das Gitter vor der Ladenfront befand. Nachdem sie ein paarmal kräftig daran gezogen hatte, öffnete sich das Gitter. Drinnen fuhr Pam mit der Hand über eine Reihe von Schaltern, und alle Lampen im Laden gingen gleichzeitig an, sodass der Raum aufgeschlagen wie ein Pop-up-Buch vor ihnen lag. Die Wände waren in einem blassen Pink gestrichen, und die Stuckdecke war cremefarben. Zwei Deckenventilatoren drehten sich langsam. An den Wänden hingen angestrahlte Fotos von Alt-Brooklyn mit seinen Weiden, Farmen und Hütten und von Neu-Brooklyn mit seinen prachtvollen Villen und Gärten. Ein mit Orientteppichen ausgelegter Gang trennte zwei Reihen mit je vier Schreibtischen, alle sehr ordentlich und aufgeräumt, abgesehen von dem einen am hinteren Ende der rechten Seite, auf dem jede Menge Schnickschnack stand. Dahinter hingen drei gerahmte gestickte Sprüche, die Alice aus der Entfernung nicht lesen konnte.

Pam setzte sich an den ersten Schreibtisch auf der rechten Seite, von dem aus man den besten Blick auf die Straße hatte. Alice nahm auf einem Stuhl neben dem Schreibtisch

Platz. Pam faltete ihre molligen Hände auf einem weißen Aktenordner und blickte Alice an.

«Bevor wir anfangen, möchte ich Ihnen sagen, wie Leid es mir wegen Ihrer Freundin tut. Sylvie hat mir davon erzählt, und ich habe es auch in der Zeitung gelesen. Sie sind wahrscheinlich am Boden zerstört, und das in Ihrem Zustand. Ich fühle wirklich mit Ihnen.»

«Danke», erwiderte Alice. «Das ist nett von Ihnen. Meine Mom meinte, ich solle mich aufraffen, deshalb hat sie diesen Termin gemacht, aber ...»

«Wir können gerne einen neuen Termin machen», unterbrach Pam sie. «Es braucht nicht heute zu sein.»

«Doch, es muss sofort sein. Meine Mutter hat Recht. Unser neuer Vermieter hat uns schon die Kündigung geschickt. Er will uns auf jeden Fall heraushaben.»

Pam fuhr ihren Computer hoch und begann, den weißen Aktenordner durchzublättern. «Ihre Mutter sagte, Sie suchen nach einem Haus, mit mindestens zwei Schlafzimmern, aber wir wären blöd, wenn wir nicht von vorneherein nach einem mit drei Schlafzimmern suchen würden. Das doppelte Einkommen wirkt sich auf die Hypothek aus, und sie meinte, Sie könnten sich im Achthunderttausend-Dollar-Bereich umschauen, aber ich denke, Sie sollten höher anfangen. Das müssen Sie in diesem Markt einfach, aber machen Sie sich keine Sorgen, wir rechnen alles aus, und dann sehen Sie schon, was ich meine.»

Während Pam redete, markierte sie Seiten des Aktenordners mit pinkfarbenen Post-it-Zetteln. Sie trug vier Ringe an jeder Hand, unter anderem auch einen Ehering, der unter einer roten Plastikkugel beinahe verschwand.

«Sollen wir auch nach Mietobjekten schauen? Dann

hätten Sie mehr Zeit, um nach dem perfekten Haus zu suchen.»

Das perfekte Haus. Gab es so etwas überhaupt? Alice sah sich selbst, umgeben von Stapeln von Umzugskisten, die Lungen voller Staub, mit schmerzenden Muskeln von dem ständigen Hin- und Herräumen. Zwei fordernde Kinder und bald zwei schreiende Babys. «Ich bin doch keine Zigeunerin», hatte Lauren erst vor drei Wochen im Autumn Café zu Alice gesagt und die eine Hälfte von Alices Bagel entgegengenommen. Sie sah förmlich vor sich, wie Lauren hineinbiss, und spürte den kühlen, sahnigen Geschmack des Cream Cheese auf der Zunge. «In Amerika gibt es Rechte», hatte Lauren gesagt. «Oder etwa nicht?»

«Nein», erwiderte Alice Pam. «Wir wollen nur kaufen. Ich möchte nicht zweimal umziehen.»

Pam nickte. Alice war sich beinahe sicher, dass sie ein Lächeln unterdrückte, weil sich ein Grübchen in ihrer Wange bildete. Sie blätterte durch ihre Aktenmappe und betrachtete die Seiten, an die sie Post-its geklebt hatte.

«Es sieht ganz so aus, als gäbe es ein paar Möglichkeiten im Moment», sagte Alice.

Pam hielt inne und blickte Alice an. «Meine Liebe, es gibt immer Möglichkeiten. Mein Job ist es, Dinge geschehen zu lassen, und ich habe noch nie einen Kunden enttäuscht, der wirklich kaufen wollte.»

Rasch vereinbarte Pam Besichtigungstermine für Alice: zwei Häuser für den nächsten Morgen, eins später am Nachmittag und eins am Tag danach.

Am nächsten Tag setzte Alice die Kinder an der Schule ab und wanderte langsam zu der Adresse, die Pam ihr am

First Place zwischen Court und Clinton Street angegeben hatte. Weil sie viel zu früh für den Neun-Uhr-Termin war, machte sie einen Umweg über die Carroll bis zur Henry Street, wobei sie den langen Schatten der Häuser auf der Nordseite genoss. Jede Hausfassade erzählte von der Geschichte und den Leidenschaften der Menschen, die darin gewohnt hatten. Die meisten Häuser in dieser Gegend waren um 1800 gebaut worden, als Babys noch zu Hause geboren wurden, Besitz in der Familie blieb und Großeltern in denselben Betten starben, in denen sie schon als Kinder geschlafen hatten. An der Henry Street bog sie auf den First Place ein und kam an hohen, breiten Häusern vorbei, deren Vorgärten, von Eisengittern umgeben, vor Rosen überquollen.

Ein Blick auf ihre Armbanduhr ließ sie ihren Schritt beschleunigen. Rasch ging sie zur Ecke Clinton Street, wo sie auf dem Bürgersteig wartete, bis sie die Straße überqueren konnte. In diesem Moment bemerkte sie den großen grauhaarigen Mann, den Limousinen-Fahrer, den sie an dem Morgen am Kanal gesehen hatte. Er saß auf einem Poller auf der anderen Straßenseite und schien sie zu beobachten. Er nickte ihr zu, aber dieses Mal erwiderte sie den Gruß nicht. Er war seltsam, und sie mochte ihn nicht. Manchmal konnte dieses urbane Dorf wirklich zu klein sein. Hoffentlich wohnte der Mann nicht in diesem Häuserblock.

Pam hatte ihr gesagt, dass der Eigentümer des Hauses, das sie besichtigen wollte, siebenhunderttausend Dollar verlangte. Das war für diese Gegend das reinste Schnäppchen. «Im Herzen von Carroll Gardens», hatte Pam ihr aus dem Exposé vorgelesen. Vier Etagen, eine dreistöckige

Wohnung für den Eigentümer, eine Mietwohnung. Das Haus war zwar ungewöhnlich schmal und nicht besonders groß, aber laut Exposé besaß es viel Potenzial. Und es konnte sofort bezogen werden. Alice hatte auf dem Weg hierhin in allen möglichen Phantasien geschwelgt, aber als sie das Haus erblickte, sank ihr das Herz.

Viel Potenzial, begriff sie angesichts dieses schmalen Ziegelbaus, bedeutete *Kernsanierung erforderlich.* Pam wartete bereits auf sie vor dem Haus und kritzelte etwas in ihr Notizbuch. Als sie Alice erblickte, kam sie auf sie zu.

«Es tut mir Leid», sagte sie mit solchem Nachdruck, dass Alice keine Sekunde daran zweifelte, dass sie es ehrlich meinte. «Es ist neu hereingekommen, und ich habe es noch nie zuvor gesehen. Das glaubt man doch nicht, oder? Ich könnte es Ihnen noch nicht einmal zeigen, wenn Sie es unbedingt sehen wollten. Es hat keine Fußböden! Kommen Sie, wir trinken einen Kaffee vor dem nächsten Termin.»

Sie gingen um die Ecke ins La Traviata Café, stellten sich an die Theke und orderten Cappuccino für Pam und einen Orangensaft für Alice. An der Wand hingen Fotos von Frank Sinatra neben einem lebensgroßen Plakat von Placido Domingo. Es war ein ulkiges, ein wenig chaotisches Lokal, und ein starker, würziger Duft nach Kaffee lag in der Luft. Als Pams Cappuccino kam, war es Alice bereits wieder übel, und sie bedauerte, dass sie Orangensaft bestellt hatte. Die Säure würde ihrem unruhigen Magen nicht gut tun.

Sie nahmen ihre Getränke und setzten sich an einen Tisch vor der Tür. Pam blies Krater in ihren Milchschaum und schüttete ein ganzes Paket Zucker hinein.

«Dieses Haus da», sagte Alice, die über das Haus und den Limousinen-Fahrer nachdachte, als ob über dem Ort irgendwie eine dunkle Wolke schwebte.

«Vergessen Sie es.» Pam trank einen Schluck Kaffee. «Jedes Haus ist ein Blind Date. Entweder es passt oder es passt nicht. Die meisten passen nicht, und dann sucht man weiter.»

«Ich werde es mir merken.»

«Haben Sie vorher noch nie gesucht?»

«Wir wohnen seit fünfzehn Jahren im selben Haus. Bevor wir uns beide selbständig machten, hätten wir mit Leichtigkeit etwas kaufen können. Wir hätten es eigentlich tun müssen. Aber wir hatten ja eine schöne Wohnung, warum sollten wir also?»

Pam verzog das Gesicht. «Sie würden nicht glauben, wie oft ich das schon gehört habe. Damals, als noch niemand diese Gegend kannte, hätten Sie zuschlagen müssen. Aber jetzt?» Sie zuckte mit den Schultern. «Aber machen Sie sich nichts draus. Sie haben Ersparnisse, und Ihr Laden ist ein Erfolg, das spüre ich in den Zehenspitzen.» Pam brach in Lachen aus und streckte einen Fuß unter dem Tisch hervor. Alice erkannte ihre Schuhe sofort: rehbraune Schuhe mit Keilabsatz und runder Kappe.

«Ach, Sie haben die gekauft?» Es war eins der neuen Modelle, ziemlich teuer mit dreihundert Dollar. «Warum habe ich Sie denn noch nie im Laden gesehen?»

«Ich gehe immer erst spät am Tag, nach der Arbeit.»

Maggies Schicht. Die perfekte Mischung: Maggies Charme, eifrige Füße und eine offene Brieftasche.

Pam blickte auf ihre Uhr.

«Müssen wir los?», fragte Alice.

«Wir haben noch ein bisschen Zeit.» Pam schob ihre leere Tasse über den Tisch und lehnte sich zurück. «Sie könnten mir etwas über Ihren neuen Hauseigentümer erzählen.»

Ein Stadtbus hielt an, ließ zwei Frauen einsteigen und fädelte sich in einer Dieselwolke wieder in den Verkehr ein. «Er ist ein Albtraum», begann Alice. «Und gerade jetzt, zwischen der Geburt der Zwillinge und Laurens ...» Ihr wurde schwindlig, als sie daran dachte, wie sie Laurens Leiche aus dem Kanal gezogen hatten. «Ich habe morgens schon Schwierigkeiten, aus dem Bett zu kommen. Aber wir können mit diesem Mann nicht unter einem Dach wohnen bleiben. Lauren kämpfte gegen die Kündigung. Sie war eine Kämpferin. Aber ich bin das nicht.» Und dann flossen die Worte einfach so aus ihr heraus. Sie erzählte Pam alles über Lauren und ihre Freundschaft, beschrieb Laurens Verschwinden und die Entdeckung der Leiche in allen Einzelheiten und erwähnte auch Ivy. Sie erzählte Pam sogar, wie Ivy vielleicht aussah: klein, hellbraune Haare, Laurens hellblaue Augen. Dann hielt sie verlegen inne. Offensichtlich brauchte sie keine Maklerin, sondern eine Therapeutin. Pam Short wäre eine exzellente Therapeutin gewesen, dachte sie gerade, als Pam ihre Gedanken unterbrach.

«Wo wohnte sie denn?»

Alice nannte ihr Laurens Adresse. «Ihr Mann wohnt jetzt dort alleine mit seinem Sohn.»

Pam kniff die Augen zusammen. «Sagten Sie, sie wohnen im zweiten Stock Apartment 2 B? Drei Schlafzimmer, viele Extras, tolle Küche und Terrasse zum Garten?»

«Woher wissen Sie das?»

«Wir haben die Wohnung gerade hereinbekommen. Sie kann ab ersten Oktober bezogen werden. Wahrscheinlich hat er den Kampf aufgegeben.»

Alice war schockiert. Tim zog um? Wohin sollten er und Austin denn gehen? Würden sie in der Gegend wohnen bleiben? Warum hatte er ihnen nichts von seinen Plänen erzählt?

«Na ja, Sie werden keine Probleme haben, die Wohnung zu vermieten», murmelte Alice. «Sie ist mietpreisgebunden.»

«Ach was! Die Wohnung gehört zu den teuersten auf dem Markt. Wenn ich mich recht entsinne, verlangen sie 3200 Dollar dafür.»

«Aber Lauren und Tim haben nur elfhundert bezahlt», erwiderte Alice. «Ich weiß genau, dass sie mietpreisgebunden ist. So viel teurer kann sie doch dann nicht werden, oder?»

«Nur, wenn die Miete sich den zweitausend nähert oder umfangreiche Renovierungsarbeiten stattgefunden haben.» Pam schüttelte den Kopf. «Ich hasse es, wenn die Vermieter uns anlügen. Für was halten sie uns, für Idioten?»

«Aber Sie müssen doch nicht von sich aus wissen, ob eine Wohnung mietpreisgebunden ist oder nicht, oder?»

«Doch, wenn sie registriert ist, dann muss ich es wissen. *Scheiße.* Entschuldigung – zu Hause darf ich nicht fluchen. Ray kann das nicht leiden.» Pam trommelte mit den Fingern auf den Tisch. «Aber das soll im Moment nicht unsere Sorge sein, oder? Ich sehe nach, wenn ich wieder im Büro bin. Sind Sie bereit weiterzumachen?»

Auf dem Weg zum nächsten Haus überlegte Alice, wie

viel mehr ihre Wohnung wert war, wenn schon Laurens Wohnung so teuer sein konnte. Da ihre Wohnung sich in einem Zweifamilienhaus befand, unterlag sie keiner Mietkontrolle. Anscheinend bezahlten sie nur ein Drittel des Marktwertes, und anscheinend wollte Julius Pollack die Wohnung gar nicht für sich selbst, sondern um sein Einkommen aufzubessern. Ganz klar, das war doch immer der Grund. Sie waren ihm völlig egal, ihm ging es nur um Geld.

Das nächste Haus war besser als das erste, aber trotzdem ziemlich deprimierend. Niedergeschlagen trottete sie neben Pam her, die ihr aufmunternd versicherte: «Es ist ein ständiges Auf und Ab. Das nächste Haus ist viel besser, das verspreche ich Ihnen. Geben Sie Ihren prachtvollen Schuhen ein Küsschen von mir. Bis später dann!»

«Ja, mache ich», erwiderte Alice. Es war bereits nach elf, eigentlich zu spät, um Blue Shoes noch aufzumachen. Aber Alice hatte sowieso noch etwas anderes vor. Sie wollte bei Tims Wohnung vorbeigehen, um herauszufinden, was los war.

KAPITEL 18

Tim zögerte einen Augenblick lang, bevor er zu Alice sagte: «Komm herein», und ihr mit dem Summer die Haustür öffnete. Seine Stimme klang komisch, das erste schlechte Zeichen. Ein weiteres schlechtes Zeichen waren die Müllsäcke aus Plastik, die sich vor seiner Wohnungstür stapelten. Laurens Wohnungstür. Sortierte er etwa schon ihre Sachen aus?

Die Tür stand einen Spalt weit auf, also trat Alice einfach ein. Austin spielte im Wohnzimmer. Er hatte noch seinen Schlafanzug an. Sie beugte sich herunter, um ihn auf den Scheitel zu küssen.

«Wo ist Daddy?»

«In der Küche.» Er wandte den Blick nicht von seinem Spielzeug. Wie lange wollte Tim ihn wohl noch zu Hause behalten?

In der Küche stand Tim mitten in Bergen von Geräten, Geschirr, Töpfen und Pfannen. Der Starmix, den Alice Lauren vor kurzem geschenkt hatte, damit sie das Essen für das Baby pürieren konnte, stand noch unausgepackt auf der Theke. Tim wirkte entnervt und erschöpft.

«Was machst du da, Tim?»

«Das wollte ich dir und Mike morgen erzählen.» Tim griff in seine Hemdtasche und zog sein Päckchen Zigaretten heraus. Er nahm eine und wollte sie gerade anzünden.

«Tim, bitte nicht», protestierte Alice. «Ich bin schwanger.» Sie war überrascht über ihr forsches Auftreten, aber sie hatten eine Grenze überschritten: Sie hatte Tim bei etwas erwischt. Von nun an würde sie ihn nicht mehr wie ein rohes Ei behandeln. Er legte die Zigarette auf die Theke und steckte das Päckchen wieder in seine Hemdtasche.

«Es tut mir Leid.» Er hob flehend die Hände. «Alice, es tut mir wirklich Leid. Ich will hier nicht weg. Ich will gar nichts. Aber ich kann nicht wieder zur Arbeit gehen, und ich kann nicht hier bleiben.»

«Wir helfen dir, Tim. Bitte, lass uns ...»

«Du verstehst das nicht.» Er trat an die Spüle, drehte den Hahn auf, hielt seine Hände unter das kalte Wasser und trocknete sie an seinem Hemd ab. «Es hat nichts mit Geld zu tun. Was das Geld angeht, kann ich es mir leisten, zu Hause zu bleiben. Aber ich kann einfach nicht mehr hier sein. Verstehst du? Ich kann nicht mehr hier sein!»

Ja, Alice verstand. Ihr ging es nicht anders. Sie wäre auch am liebsten weggelaufen vor all den Erinnerungen an Lauren. Aber sie musste auch an ihre Familie denken. Und dasselbe galt für Tim.

«Was ist mit Austin?»

«Das wird schon gehen. Wir machen Urlaub und fangen irgendwo neu an.»

«Nimmst du ihn aus der Schule?»

«Alice, er ist im Kindergarten. Es wird schon gehen.» Irritiert ergriff Tim seine unangezündete Zigarette, drehte sie zwischen den Fingern und legte sie wieder zurück auf die Theke. «Wenn wir zurückkommen, suche ich uns eine neue Wohnung und gehe wieder zur Arbeit. Aber es wird nichts mehr so sein, wie es vorher war.»

«Wohin fährst du?»

Tim zuckte mit den Schultern, und Alice sah ihm an, dass er diese Frage nicht beantworten konnte. Aber sie konnte sie doch nicht einfach so gehen lassen! Wie konnte Tim Austin von den Leuten wegreißen, die sein ganzes Leben lang seine Familie gewesen waren?

«Richtung Westen wahrscheinlich. Den Winter über. Im Frühjahr kommen wir zurück.»

Alice nickte langsam. «Wie können wir dich erreichen?»

«Ich rufe euch an, wenn ich eine Adresse habe, okay? Alice, ich werde keinen von euch je vergessen. Wir verlassen nicht euch, sondern wir … wir gehen einfach.»

«Und was ist mit den Ermittlungen? Weiß die Polizei Bescheid?»

«Ja, das habe ich mit ihnen geklärt. Sie brauchen mich nicht mehr. Alice», fügte er mit solcher Bitterkeit hinzu, dass sie begriff, er glaubte, sie traue ihm nicht. Er nahm seine Zigarette und zündete sie an. «Hör zu. In zwei Tagen kommen die Möbelpacker. Das ganze Zeug hier wird eingelagert. Ich muss jetzt weiterpacken, sonst …» Er beendete den Satz nicht, aber Alice wusste sowieso, was er sagen wollte. *Sonst drehe ich durch.*

«Geh nicht, ohne dich zu verabschieden, Tim. Bitte!»

Er blickte sie aus seinen moosgrünen Augen an, legte seine Zigarette ab und trat zu ihr, um sie in die Arme zu nehmen. So nahe war der Geruch nach Rauch stechend.

«Natürlich sagen wir auf Wiedersehen.»

«Ich werde dich und Austin so sehr vermissen», flüsterte sie und vergrub ihr Gesicht ein letztes Mal in der Halsbeuge von Laurens Mann.

Auf dem Weg durchs Wohnzimmer blieb sie bei Austin stehen, der eine winzige Cowboy-Figur mit braunen Plastikkühen umringt hatte. Sie beugte sich zu ihm, um ihn auf seine weiche Wange zu küssen.

«Du riechst nach Zimt.» Wieder küsste sie ihn und flüsterte: «Ich liebe dich.» Austin erstarrte, als sie mit ihren Fingern sanft über sein Gesicht fuhr, um sich jede Linie einzuprägen.

Dann ging sie, ohne sich noch einmal umzublicken. Den ganzen Weg zum Blue Shoes ging sie zu Fuß. Auch wenn es schon spät war, sie würde den Laden aufmachen, dort sitzen, Kunden bedienen. Heute würde ihr alles schwer fallen, deshalb konnte sie genauso gut im Laden sein. Sie fühlte sich hilflos. In weniger als zwei Wochen hatte sich ein Drittel ihres Lebens – die Familie Barnet – in nichts aufgelöst, wie ein Stern, der einfach erloschen war.

Sie blieb vor einem Deli stehen, in dessen Schaufenster zahllose Zeitschriften lagen. Auf dem Bürgersteig stand ein Gestell mit Tageszeitungen. Lauren war eine kleine Meldung geworden, ein kleiner Kasten in der Ecke. *Polizei sucht nach Muttermörder, noch keine Spur. Ungeborenes Baby immer noch vermisst. Der Mörder der jungen Frau immer noch auf freiem Fuß in Brooklyn.* Morgen würde Lauren wahrscheinlich nicht einmal mehr auf der Titelseite erwähnt sein.

Alice ergriff die *New York Times* und schlug den Lokalteil auf. Zum ersten Mal seit Tagen hatte die Journalistin, die Laurens Fall verfolgt hatte, keine Meldung auf der ersten Seite. Alice versuchte sich an den Namen der Reporterin zu erinnern. Ach ja, Erin Brinkley.

Ob sie sie wohl anrufen sollte? Ob sie ihr verraten sollte, dass das Baby ein Mädchen war und Ivy hieß?

Aber dann dachte sie an Frannie und Giometti. Ivys Geschlecht wurde ja nicht ohne Grund geheim gehalten; die Ermittler wussten sicher, was sie taten. Entschlossen verdrängte Alice den Gedanken. Sie würde sich um das kümmern, was sie etwas anging: ihre Familie, die Suche nach einem neuen Zuhause und ihr Geschäft.

Nach drei Stunden im Blue Shoes dachte Alice immer noch pausenlos an Tim und Austin. Um zwei war Maggie gekommen, und sie hatten Tims Entscheidung, wegzugehen, pausenlos analysiert und darüber diskutiert, wie sie es am besten den Kindern beibringen sollten, dass Austin jetzt für eine Weile weg war.

«Es wird ihnen das Herz brechen», sagte Maggie. «Für sie wird es sein wie ein weiterer Tod.»

«Mags, das siehst du zu extrem. Er kommt ja zurück.»

«Ich glaube, Tim geht für immer. Er hat vermutlich die Nase voll.»

«Hoffentlich irrst du dich», sagte Alice.

«Ich weiß nur, dass ich es an seiner Stelle täte. Mir wäre hier alles viel zu schmerzlich.»

Möglicherweise hatte Maggie Recht. Je mehr Alice darüber nachdachte, umso mehr fragte sie sich, warum sie und Mike eigentlich hier in der Gegend blieben. Warum nutzten sie die Vertreibung durch Julius Pollack eigentlich nicht dazu, in eine ganz andere Stadt zu ziehen? In einen anderen Bundesstaat? Warum sollten sie unbedingt hier bleiben, dachte sie, als sie zur Schule fuhr, um Nell und Peter abzuholen. Sie konnten doch in den Süden ziehen, wo es immer warm war, oder in den Norden, wo sie im Winter Ski laufen konnten und die Sommer nicht so heiß waren. Oder sogar ins Ausland, wo ihre Kinder mehrsprachig aufwachsen konnten, weit weg von der krassen Kommerzialisierung der amerikanischen Kultur. Warum wollten sie überhaupt hier bleiben?

Weil, dachte Alice, als sie vor der Schule hielt, *wir hier zu Hause sind. Weil wir hier leben.* Von Anfang an hatte Alice sich in dieser Gegend zu Hause gefühlt. Außerdem wusste sie, seit ihre Mutter vor der Erinnerung an ihren Vater bis nach Kalifornien geflohen war, dass sie den Verlust von Lauren und Ivy doch nie vergessen würde. Er würde sie überallhin verfolgen. Und als die Kinder aus der Schule kamen, dachte Alice schon nicht mehr daran, aus Brooklyn wegzuziehen. Sie lebten hier, und hier würden sie bleiben.

Nell und Peter plapperten über das, was sie heute erlebt hatten, während sie zu Maggies Wohnung gingen. Sylvie hatte sich bereit erklärt, eine Stunde lang auf sie und Ethan aufzupassen; sie freute sich immer, wenn sie sich etwas dazuverdienen konnte. Und Alice hatte beschlossen, dass die Hausbesichtigung ohne quakende Kinderstimmen stressfreier sein würde. Ihr schwirrte ohnehin schon der Kopf.

Das nächste Haus war ein breites Brownstone in der Clinton Street. Mit großen Fenstern, die vom Boden bis zur Decke reichten und so sauber waren, dass sie das schimmernde Licht auf den Blättern der Weide vor dem Haus widerspiegelten. Es war ein großes, fünfstöckiges Haus mit einer hölzernen, mit Schnitzereien verzierten Flügeltür, die aussah, als sei sie kürzlich erst frisch lackiert worden. Es hatte sogar eine Garage innen – was bei Häusern in Brooklyn äußerst selten vorkam –, mit einer Einfahrt, die ins Souterrain führte. Ein alter Rosenstrauch, der über und über mit gelben Rosen bedeckt war, wuchs an der Hauswand. Alice verliebte sich sofort in das Haus. Sie setzte sich auf die Vordertreppe, wartete auf Pam und stellte sich vor, wie sie hierhin nach Hause kam. Es fühlte sich richtig an, perfekt sogar, aber sie wusste zugleich, dass es mit Sicherheit außerhalb ihrer finanziellen Möglichkeiten lag. Und wenn der Preis zu hoch war, beschloss sie, würde sie gar nicht erst hineingehen.

Als sie Pam in ihrem Kaftan und den neuen Schuhen auf das Haus zukommen sah, stand Alice auf und ging ihr entgegen. Sie küssten sich zur Begrüßung auf die Wange wie alte Freundinnen.

«Wie viel?», fragte Alice.

«Wir schauen es uns zuerst an.»

«Wie viel?»

«Sie werden es lieben. Und mit den Zahlen kommen wir schon klar.»

«Ich wusste es.»

«Kommen Sie erst einmal hinein.»

Alice schüttelte den Kopf. «Nein, sagen Sie es mir.»

«Eins Komma neun.» Pam warf Alice einen eindringlichen Blick zu. «Aber man kann über alles reden. Lassen Sie uns hineingehen.»

Alice war klar, dass man über eins Komma neun nicht reden konnte, aber die Versuchung war zu groß, und sie spürte, wie ihr Widerstand dahinschmolz. Sie würde es sich nur einmal anschauen, beschloss sie.

«Sind die Eigentümer zu Hause?» Alice konnte den

Gedanken nicht ertragen, sie kennen zu lernen, ganz gleich, wie sie sein mochten. Sie würden sofort wissen, dass das Haus eine Nummer zu groß für sie war.

Pam klimperte mit dem Schlüsselbund. «Beide bei der Arbeit.»

Alice folgte Pam die Treppe hinauf. Die Eingangshalle war geräumig, mit einem weißen Marmorboden und einem funkelnden Kristalllüster. Das riesige Wohnzimmer war stilvoll und schlicht eingerichtet. Alles im Haus vermittelte Wohlstand.

«Was machen die Hausbesitzer?», flüsterte Alice, als ob die Leute sie hören könnten.

«Wer weiß?» Pam zwinkerte. «Vielleicht krumme Geschäfte.»

Sie absolvierten einen raschen Rundgang durch die Küche, die Restaurant-Qualitäten hatte, das Elternschlafzimmer mit seinem renovierten Badezimmer und einem Ankleidezimmer sowie die drei Schlafzimmer oben. In den prächtigen Garten zu gehen traute Alice sich nicht; sie blickte nur aus einem der oberen Fenster hinunter.

«Warum haben Sie mich hierher gebracht?», fragte Alice Pam, als sie ins Parterre hinuntergingen.

Pam legte ihre Tasche auf den Esstisch. «Sie sollten sehen, was möglich ist.»

Die Frauen blickten einander an.

«Das Haus ist gar nicht zu verkaufen, oder?» Alice wurde es übel.

«Nein.»

«Ist es Ihr Haus?»

«Ganz genau. Wollen Sie wissen, wie viel ich dafür bezahlt habe?»

«Eins Komma neun vermutlich.» Alices Ton war scharf. «Ich gehe.»

«Irrtum!» Pam folgte ihr zur Haustür. «Ich habe einhundertfünfzigtausend Dollar für dieses Haus bezahlt, vor siebzehn Jahren. Damals kam mir das ziemlich teuer vor, und ich sagte, vergiss es, aber mein Mann hat mir dann alles vorgerechnet, und ich begriff, dass er Recht hatte.»

«Kein Vorrechnen auf der Welt könnte mich je davon überzeugen, dass ich mir ein Haus wie dieses leisten könnte, Pam.»

«Noch ein Irrtum! Kommen Sie, ich muss Ihnen etwas zeigen.»

Alice legte ihre Hand auf den Türknauf, drehte ihn jedoch nicht. Diese ganze Immobilienbranche war ihr zuwider. Vielleicht sollten sie doch lieber aus Brooklyn wegziehen.

«Schenken Sie mir fünf Minuten Ihrer Zeit!», rief Pam so pathetisch, dass Alice unwillkürlich lachen musste.

«Na gut», erwiderte sie. «Fünf Minuten.»

Pam dirigierte sie zum Esstisch und nahm Häuserblock und Rechner zur Hand. Zwanzig Minuten später war Alice überzeugt, dass sie und Mike sich ein Haus für eins Komma zwei Millionen Dollar leisten konnten, vorausgesetzt, es hatte zwei Mietwohnungen und lag in einer Gegend, in der man relativ hohe Mietpreise verlangen konnte. Sie war völlig verblüfft.

«Ihre eins Komma zwei Millionen heute waren damals meine hundertfünfzigtausend», erklärte Pam. «Und noch eine gute Neuigkeit. Ich habe heute Nachmittag ein wenig recherchiert. Obwohl die Wohnung Ihrer Freundin mietpreisgebunden war, war sie bei der Wohnungsbehörde nicht registriert, also liegt der Ball beim Vermieter, wenn irgendjemand mit ihm spielen will.» Pam warf die Hände hoch, sodass Alice ihre angeschwollenen Finger sah, in die die Ringe einschnitten. «Aber als ich gesehen habe, wer es ist, wusste ich, dass ich auf gar keinen Fall mit ihm spielen will. Julius Pollack ist der Schlimmste von dem ganzen Vermietergesocks, dem ich in meinem ganzen Leben begegnet bin. Aber eigentlich hat es mich nicht überrascht.»

KAPITEL 19

Alice war fassungslos darüber, dass Julius Pollack Laurens Vermieter gewesen war. Die ganzen Jahre über war der Mietvertrag über Metro Properties gelaufen, ein gesichtsloses Unternehmen. Jetzt, da ein Name dahinter stand, ergab es einen Sinn, warum so erbittert um Laurens und Tims Kündigung gekämpft worden war. Alice war so aufgebracht über diese Entdeckung, dass sie, als sie in die Warren Street einbog, beinahe in Laufschritt verfallen war.

Zahllose Fragen schwirrten ihr durch den Kopf. Hatte sie Julius Pollacks Namen heute früh im Café nicht Pam gegenüber erwähnt? Dieses wichtige Detail hatte sie doch bestimmt nicht ausgelassen? *Julius Pollack.* Ihr war nie in den Sinn gekommen, dass es in ihrer überschaubaren Wohngegend so etwas wie einen Grundbesitz-Tycoon geben könnte; dass die Mieter in Carroll Gardens Marionetten sein könnten, die ein einziger Mann nach seinem Gutdünken tanzen ließ. Alice lief noch schneller, der Schweiß rann ihr übers Gesicht, und als sie bei Maggie ankam, war sie so erschöpft, dass sie kaum die Treppe hinaufkam.

«Was ist los?», fragte Sylvie erschrocken, als sie ihr die Tür aufmachte.

«Ich dachte, ich sei zu spät», keuchte Alice. «Mit den Kindern alles in Ordnung?»

«Ja. Sie haben die ganze Zeit gespielt. Komm doch rein, ich hole dir etwas zu trinken.»

«Ja, ein Glas Wasser wäre toll.»

Alice folgte Sylvie in Maggies weiße Küche und setzte sich dort auf einen Hocker, während Sylvie ihr ein Glas Eiswasser einschenkte. Die plötzliche Kälte auf ihrer Zunge beruhigte sie. Sie trank in tiefen Schlucken.

«Ich habe gerade herausgefunden», sagte sie dann, «dass mein neuer Vermieter und Laurens alter Vermieter ein und dieselbe Person sind.»

Sylvie zog die Augenbrauen hoch. «Ach ja?»

«Pam hat es mir erzählt. Offensichtlich ist der Mann sogar noch schlimmer, als ich gedacht habe.»

Alice leerte ihr Glas und stellte es auf die Marmortheke. Sylvie setzte sich auf den Hocker neben sie. Die Stimmen der Kinder drangen aus dem Zimmer unten, hell und zeternd, aber dann löste sich alles in Gelächter auf.

«Ich habe das Gefühl, dass das etwas zu bedeuten hat», sagte Alice, «aber ich komme nicht darauf.»

Sylvie ergriff Alices Glas, um es nachzufüllen.

«Danke», sagte Alice. Dieses Mal trank sie nur die Hälfte. «Pam hat gesagt, sie überprüft ihn für mich. Sie ist eine tolle Person, oder? Danke, dass du uns zusammengebracht hast.»

«Bitte», erwiderte Sylvie. «Gern geschehen.»

Die Kinder kamen die Treppe herauf und stritten sich lautstark um ein Spielzeug, das jeder von ihnen haben wollte: ein winziger Lego-Astronaut mit einem Helm, dessen Visier man hochklappen konnte. Nell hielt die begehrte Figur fest in der Hand, und beide Jungen versuchten sie ihr zu entreißen.

«Ethan», sagte Sylvie, «du sollst dein Spielzeug doch mit deinen Gästen teilen.»

Alice trat zu den Kindern, um den Streit zu schlichten. «Nell, lass es los. Es gehört Ethan. Lass es los!»

«Siehst du?», triumphierte Ethan. «Es gehört mir!»

«Gib es mir, Nell», sagte Alice und zog Peter von seiner Schwester weg. «Sofort.»

Nell reichte ihr das kleine Plastikspielzeug. Alice hielt es hoch und schüttelte den Kopf.

«Ihr seid Freunde», sagte sie. «Und ihr streitet euch wegen so was?»

«Aber ...»

«Nein», unterbrach Alice Peter. «So viel Aufregung ist kein kleines Plastikspielzeug wert.» Sie reichte es Sylvie, die es in die Tasche ihrer gestreiften Schlaghose steckte.

«Aber es gehört doch mir!», protestierte Ethan.

«Jetzt gehört es mir!» Mit jedem Wort unterstrich Sylvie ihren hübschen französischen Akzent.

«Danke, Sylvie.» Alice ging mit Nell und Peter zur Haustür. «Tut mir Leid, dass sie sich jetzt doch noch gestritten haben.»

«Ach was.» Sylvie schürzte die Lippen. «In zwei Sekunden hat er alles vergessen.»

Auf der Straße redeten Nell und Peter die ganze Zeit von der kleinen Lego-Figur. Zu Hause machte Alice ihnen Abendbrot, und nach ihrem Bad kuschelten sie sich im Ehebett an Alice, die ihnen *Pu der Bär* von A. A. Milne vorlas. Sie schliefen in Alices Armen ein. Mike arbeitete heute lange, deshalb ließ sie sie im Ehebett, deckte sie zu und löschte das Licht.

Als sie den Abwasch gemacht hatte, holte sich Alice

den Laptop an den Küchentisch und schaltete ihn ein. Sie konnte der Versuchung nicht widerstehen, den Namen Julius Pollack bei Google einzugeben. Und was dabei herauskam, überraschte sie.

Zahlreiche Klageschriften, Artikel über Prozesse. Die Webpage einer Mieteranwaltsgruppe listete fast hundert Objekte auf, die ihm gehörten oder an denen er einen Anteil hatte. In allen Auflistungen oder Artikeln hieß es immer: «Julius Pollack und sein Partner bei Metro Properties».

Alice blickte auf die Uhr. Es war fast elf, zu spät, um Pam anzurufen und zu fragen, wer Pollacks Partner war. Sie lehnte sich zurück und lauschte auf die Stille, die sie umgab. Abends, wenn die Kinder schliefen, war sie eigentlich selten allein, und normalerweise lief der Fernseher. Als sich in der Haustür ein Schlüssel drehte, dachte sie: Endlich ist Mike zu Hause.

Sie stand auf und ging durch das Wohnzimmer zur Wohnungstür. Sie wollte gerade den Türknauf drehen, als sie hörte, wie jemand die Treppe hinauftrampelte. Leise öffnete sie die Tür einen Spalt weit und erblickte Julius Pollack von hinten. Er trug einen blassrosa Regenmantel und – trogen sie ihre Augen? – silberne High Heels. Sie zog sich in den dunklen Flur zurück und blickte ihm nach, bis er in seiner Tür verschwunden war.

Was hatte Julius Pollack dazu bewogen, ihr Haus zu kaufen? Es war ein schönes Haus in einem der besten, alten Häuserblocks im Viertel. Er war reich und wollte respektabel erscheinen, aber er wollte auch Privatsphäre. Er hätte sich ein Penthouse irgendwo in Manhattan leisten können. Höchstwahrscheinlich wollte er ihre Wohnung gar nicht, um sie zu vermieten, sondern er wollte sich in diesem großen, alten Haus in Brooklyn verstecken. Warum? Weil er ein Transvestit war? So schockierend war das heutzutage nun auch wieder nicht. Es musste noch mehr dahinter stecken.

Sie schlich in die Eingangshalle und ging leise zur Haustür, als sie auf einmal stehen blieb. Von oben hörte sie ein hohes, dünnes Schreien. Sie trat an den Fuß der Treppe und lauschte angestrengt. Das Schreien war weit weg, aber sie hörte, wie es zunahm. Sie war sich ganz sicher: Da oben musste ein Baby sein.

Langsam ging sie die Treppe hinauf, wobei sie sich schwer auf das Geländer stützte, damit die Stufen nicht knarrten. Dann blieb sie stehen und lauschte erneut. Jetzt war alles still. Leise schlich sie weiter.

«Alice!»

Mike stand im Foyer. «Was machst du da?»

«Psst!»

Rasch eilte sie die Treppe wieder hinunter. Sie hörte Schritte in der Wohnung oben, aber kein Geschrei mehr. Das Baby hatte sich wieder beruhigt.

«Was ist los?» Er klang erschöpft. Es war fast Mitternacht, und er war eben erst aus der Werkstatt gekommen.

«Komm rein», flüsterte sie.

Er folgte ihr in die Wohnung. Sie schloss die Tür und sperrte ab.

«Mike, das musst du dir anhören», sagte sie, und dann erzählte sie ihm alles über Julius Pollack, Metro Properties und das schreiende Baby oben.

«Na ja», sagte Mike schließlich, «das ist wirklich seltsam.»

«Wir sollten die Polizei informieren, findest du nicht auch?»

Mike stand auf, ging leise durch das Wohnzimmer und öffnete die Wohnungstür. Sie quietschte ein wenig.

«Pst!» Alice folgte ihm. «Was machst du jetzt?»

Mike blieb mucksmäuschenstill stehen, während Alice ihn hinter der halb offenen Tür beobachtete. Nachdem er eine Minute angestrengt gelauscht hatte, blickte er sie an, schüttelte den Kopf und formte mit den Lippen: «Nichts.»

Es war so still, dass Alice ihren eigenen Atem hören konnte. Ihr Körper fühlte sich auf einmal unerträglich schwer an. Sie ging ins Wohnzimmer, ergriff das Telefon und ihr Adressbuch und sank auf die Couch. Auch Mike kam wieder in die Wohnung zurück, und es knarrte und quietschte, als er die Tür schloss und absperrte.

«Ich habe kein Baby gehört», sagte er. «Bist du sicher, dass du es gehört hast?»

«Ganz bestimmt», erwiderte Alice. «Zumindest glaube ich es.»

«Alice ...»

«Mike.»

«Willst du wirklich die Ermittler anrufen?»

Sie nickte. Ja, sie würde Frannie auf jeden Fall anrufen, auch wenn sie jetzt auf einmal unsicher wurde.

«Es ist Mitternacht», wandte Mike ein.

«Sie haben ja auch Nachtschicht.» Alice suchte die Nummer aus ihrem Adressbuch heraus. «Entweder sind sie da oder nicht.»

Mike setzte sich neben Alice auf die Couch und beobachtete sie, als sie Detective Viola oder Detective Giometti verlangte. Sie wurde durchgestellt, und schließlich kam ein wachhabender Beamter ans Telefon und erklärte ihr, Frannie habe Frühschicht und fange um acht Uhr an, und Giometti käme normalerweise ein wenig später als sie.

«Kann ich Ihnen denn helfen?», fragte er.

Alice zögerte. «Nein, danke», erwiderte sie schließlich. «Es hat bis morgen früh Zeit. Könnten Sie Detective Viola bitte ausrichten, dass ich angerufen habe?» Sie wiederholte nochmal ihren Namen und ihre Telefonnummer und legte auf. «Vielleicht hätte ich es ihm doch sagen sollen, was meinst du?» Nachdenklich blickte sie Mike an.

«Nein, das war schon richtig so. Es hat Zeit bis morgen früh.» Mike beugte sich vor und ergriff ihre Hand. «Komm, lass uns zu Bett gehen. Sie rufen morgen früh schon wieder zurück.»

Sie gingen ins Bett, und Mike schlief sofort ein, aber Alice fand keinen Schlaf. *Und wenn nun Ivy genau hier in diesem Haus ist und ich brauche nur nach oben zu gehen, um sie zu finden?*, fragte sie sich immer wieder. Sie schlüpfte aus dem Bett und legte sich oben auf die Couch. Immer wieder lauschte sie angestrengt in Richtung Decke. Noch ein einziger Schrei, dachte sie, dann würde sie sofort wieder bei der Polizei anrufen.

Die Stunden vergingen, und draußen zeigte sich der erste helle Streifen am Horizont. Schließlich schlief sie doch noch ein und träumte von Ivy, die gierig an Laurens Brust trank. Als sie mit einem Ruck hochfuhr, war sie im ersten Moment erleichtert darüber, dass sie tatsächlich geschlafen hatte, aber dann wurde ihr mit zunehmender Verzweiflung bewusst, dass Lauren tot war. Und sie dachte an Ivy und das schreiende Baby gestern Abend.

Sie musste einfach wissen, ob Ivy den Mord überlebt hatte. Sie musste es wissen, damit sie sich an etwas klammern konnte. Aber war das Babygeschrei gestern Abend überhaupt real gewesen oder hatte sie es sich nur eingebildet?

Sie stand auf und trat an die Wohnungstür. Sie öffnete sie einen Spalt weit und lauschte nach oben. Aber da war nichts, nur die schwere Stille des frühen Morgens.

Es wurde acht Uhr, aber das Telefon klingelte nicht. Nell und Peter machten unten Lärm, als sie sich anzogen, und dann kam Mike hinauf. Er warf Alice, die vor dem Laptop saß, eine leere Teetasse neben sich, einen Blick zu.

«Heute Abend nimmst du eine Schlaftablette, Alice, ja?»

Seit sie ihn kannte, war seine Haut morgens besonders warm und glatt, und sie fasste ihn dann gerne an. Sie trat auf ihn zu und küsste ihn. Seine Lippen waren weich.

«Ja, okay.»

Alice machte den Kindern Waffeln, frische Erdbeeren und Milch zum Frühstück. In der Zwischenzeit bereitete Mike ihnen rasch ihren Lunch zu. Dann zog er sich die Arbeitsklamotten an, in denen er gestern Abend nach Hause gekommen war, und zwanzig Minuten später waren alle aus der Tür. Alice begann das Frühstücksgeschirr abzuräumen und wollte es gerade in die Spülmaschine stellen, als das Telefon klingelte.

«Ich rufe doch nicht zu früh an, oder?» Es war Pam, nicht Frannie, aber Alice freute sich trotzdem über den Anruf. «Unserer Besichtigungstermin heute früh verschiebt sich. Können Sie auch nachmittags um zwei?»

«Klar, kein Problem», erwiderte Alice. «Pam? Wer ist denn der Partner von Julius Pollack bei Metro Properties?»

«Er hat Angestellte ...»

«Nein, ich meine seinen Partner.»

«Was für einen Partner? Soweit ich weiß, arbeitet er allein.»

Alice erzählte Pam, was sie im Internet gelesen hatte.

«Ich sehe mal zu, was ich herausfinde. Wenn ich vor zwei Uhr auf etwas stoße, rufe ich Sie an, ansonsten reden wir hinterher darüber, ja?»

«Danke, Pam. Bis zwei dann.»

Alice legte auf. Dann fiel ihr ein, dass sie noch gar nicht versucht hatte, Frannie auf ihrem Handy zu erreichen. Sie nahm nach dem zweiten Klingeln ab.

«Was ist los, Alice? Man hat mir Ihre Nachricht von gestern Abend ausgerichtet. Ich hatte einen Einsatz, aber ich hätte Sie jetzt sowieso angerufen.»

Im Hintergrund rumpelte laut irgendeine Maschine, dann brach das Geräusch auf einmal ab. Stimmen waren zu hören.

«Ich habe gestern Abend ein Baby weinen hören.» Alice konnte Frannies Ungläubigkeit förmlich spüren.

«Ein Baby.»

«Hier, im Haus. Oben, in der Wohnung meines neuen Vermieters, Julius Pollack. Sagt Ihnen der Name was?»

«Durchaus», erwiderte Frannie. «Erzählen Sie weiter.»

Alice beschrieb ihr alle Einzelheiten: ihre Begegnung mit Julius im Foyer, als er einzog, ihre Suche nach einem Haus, Pam Shorts Entdeckung, dass Laurens Vermieter – Metro – und ihr neuer Hauseigentümer ein und dieselbe

Person waren, ihren Besuch bei Tim, der sich auf seinen Auszug vorbereitete, das schreiende Baby gestern Abend.

«Wussten Sie, dass er auch Laurens Vermieter war?», fragte Alice.

«Ja», erwiderte Frannie, «aber wir wussten nicht, dass er jetzt in Ihrem Haus wohnt.»

«Was ist mit Christine Craddock? Hieß ihr Vermieter auch Metro Properties? Sollte sie auch aus ihrer Wohnung vertrieben werden?»

Frannie schwieg, und Alice hörte, wie die Stimmen hinter ihr lauter wurden.

«Alice, ich muss jetzt los», sagte Frannie, «aber es war gut, dass Sie angerufen haben.»

«Glauben Sie, Ivy ist da oben?»

«Das bezweifle ich, aber wir werden es überprüfen.»

«Wie soll ich mich verhalten? Was soll ich tun, wenn ich das Baby wieder schreien höre?»

«Rufen Sie uns sofort an.»

KAPITEL 20

Es gab so viele Dinge, an die sie nicht denken wollte – Ivy, das schreiende Baby oben, die herzlosen Kündigungen von Metro, Pollacks Schuhe, Maggies Heimlichkeiten und Laurens Leiche, die im Kanal trieb. Und doch schwirrten ihr all diese Gedankenfetzen durch den Kopf. Das Einzige, was ihr Halt gab, war ihr unmittelbares Ziel: ein Haus zu finden, um von Julius Pollack und seinem mysteriösen Geschäftspartner wegzukommen. Und schließlich das größere Ziel: Ivy zu finden.

Während sie an diesem Mittwochmorgen die fünf Häuserblocks zum Blue Shoes ging, spürte Alice wieder einmal, wie Übelkeit in ihr aufstieg. Erschöpfung und Übelkeit schienen zusammenzuhängen, das eine bewirkte das andere. Sie hatte Mike zwar versprochen, heute Abend eine Schlaftablette zu nehmen, war sich aber nicht sicher, ob sie das auch tun würde. Es machte ihr einfach zu viel Angst. Contergan hatte damals auch als sicher gegolten, Wenn sie wirklich eine Schlaftablette brauchte, gelobte sie sich, würde sie schon eine nehmen. Jetzt schaute sie sich erst einmal mit Pam ein weiteres Haus an und versuchte, ihre Familie vor Julius Pollack in Sicherheit zu bringen.

Schließlich hatte sie das Gesetz auf ihrer Seite, rief sich Alice ins Gedächtnis. Und wenn Pollack wirklich Ivy in seiner Wohnung haben sollte, wenn er auf irgendeine Weise in den Tod von Lauren oder Christine Craddock verwickelt war, dann konnte er jetzt nicht mehr entkommen. Die Polizei hatte ihn im Auge.

Die Übelkeit war schlimmer geworden, und jetzt wurde ihr auch noch schwindlig. Das Nächste, was sie wusste, war, dass sie auf dem schmutzigen Pflaster des Bürgersteigs kniete.

Rasch vergewisserte sie sich, ob sie erbrochen hatte. Nein, zum Glück nicht. Vorsichtig stand sie auf und blickte sich verlegen um, um festzustellen, ob sie jemand gesehen hatte. Ein alter Mann in einem Türeingang auf der anderen Straßenseite nickte ihr zu und winkte. An der Ecke stand ein junges Mädchen mit riesigen Goldringen in den Ohrläppchen und dramatisch geschminkten Kleopatra-Augen und starrte sie an. Sie musste wohl wie eine Frau wirken, zu der solche Mädchen niemals werden wollten, dachte Alice. Am liebsten hätte sie ihr zugerufen: *Wart's ab, dir wird's auch noch so gehen!* Sie umklammerte ihre Handtasche und ging vorsichtig weiter. An der Kreuzung wartete sie, bis die Ampel umsprang, und dann überquerte sie die Straße, ohne ihren Zeugen noch einen weiteren Blick zu schenken.

Wieder stieg Übelkeit in ihr auf. O Gott, nicht schon wieder! Sie blieb stehen, um zu warten, bis das Gefühl vorbei war. Hinter sich hörte sie Schritte, die ebenfalls anhielten; es war wie die plötzliche Stille, die eintritt, wenn der Kühlschrank sein Summen einstellt.

Alice drehte sich um und sah ihn. Der Limousinenfahrer stand direkt hinter ihr, so nahe, dass sie ihn hätte berühren können. Er hatte früher sicher einmal gut ausgesehen, aber jetzt zerfurchten tiefe Falten sein Gesicht, und dann diese Augen: eins grün und eins blau. Er nickte ihr zu und lief rasch dicht an ihr vorbei. Er roch nach ungewaschener Kleidung und Zigaretten. Sie sah ihm nach, wie er über die Straße ging.

Die Teenager-Kleopatra war auf sie zugekommen und starrte Alice mit einer Mischung aus Empörung und Besorgnis an. Unter all dem Make-up waren ihre Augen von einem sanften Braun.

«Alles in Ordnung, Ma'am?», fragte das Mädchen.

Alice rieb sich die Augen. «Ich habe mich einen Augenblick lang nicht wohl gefühlt», erwiderte sie.

«Der Typ ist ja fast in Sie hineingerannt», sagte das Mädchen. «Das Arschloch hat Sie ja nicht mal gesehen!»

Also war der Limousinenfahrer zumindest real und keine Ausgeburt ihrer Phantasie. Alice bedankte sich bei dem Mädchen und setzte ihren Weg fort. Heute Abend würde sie doch eine Schlaftablette nehmen, dachte sie, und morgen, wenn sie wieder klar denken konnte, sähe bestimmt alles anders aus.

Kurz vor elf kam sie im Blue Shoes an und schaltete das Licht an. Die prächtigen Farben, die Maggie für den Laden ausgesucht hatte, das Blau und Silber und das helle Holz lenkten Alice von ihrer Übelkeit ab. Sie öffnete die Kasse und beantwortete schon einmal ein paar E-Mails. Jason kam kurz nach elf, mehr oder weniger pünktlich.

Mit seiner drahtigen Gestalt in T-Shirt und Jeans, seinen hellen Augen und seinen kurz geschnittenen blonden Haaren erinnerte Jason Alice immer an Peter Pan: jung und süß und lächerlich hoffnungsvoll.

«Guten Morgen, Chefin.» Er lächelte sie kokett an und blickte auf die Uhr. «Heute bin ich aber pünktlich!»

Als ob zehn Minuten zu spät pünktlich wären, dachte sie. Laut sagte sie jedoch: «Mann, bin ich froh, dass du hier bist!»

Er kam um die Theke herum und küsste Alice auf beide Wangen, was sie überraschte. Er roch nach Eau de Toilette, völlig unamerikanisch. Offensichtlich hatte er sich mit einer der jungen Französinnen herumgetrieben, die seit kurzem die Gegend bevölkerten. *Little France,* nannte Maggie es immer. Einen Moment lang genoss sie seine parfümierten Küsse, dann allerdings revoltierte ihr Magen. Sie sprang auf, rannte zur Toilette und erbrach sich.

Den Rest des Morgens verbrachte sie im friedlichen, schäbigen Hinterzimmer, lag auf der Couch und nahm ein bisschen Toast und Eiswasser zu sich. Sie hörte zu, wie Jason höflich eine Kundin bediente. Dreimal kam er wegen anderer Schuhe in der Größe der Frau nach hinten, und letztlich ging sie, ohne etwas gekauft zu haben. Aber das war nicht ungewöhnlich.

Eine Zeit lang war es ruhig. Dann kam Maggie. Kurz darauf läutete die Eingangsglocke schon wieder, und im Laden entspann sich ein lebhaftes Gespräch. Alice war sich sicher, Pam Shorts Stimme gehört zu haben. Entschlossen stand sie auf und ging nach vorne.

Pam saß auf der Mittelbank, wie eine Königin in einem fuchsienroten Kaftan mit unterschiedlich breiten grünen Streifen. Um ihre Haare hatte sie ein fuchsienrotes Band mit grünen Punkten geschlungen.

«Alice!» Pam breitete die Arme aus, stand aber nicht auf. «Kommen Sie her! Lassen Sie sich umarmen!»

Alice beugte sich vor und schlang die Arme um Pam. Sie roch nach Babypuder.

«Habe ich einen Termin versäumt?», fragte Alice. Die Übelkeit brachte anscheinend ihre innere Uhr völlig durcheinander.

«Nein», erwiderte Pam. «Der ist doch erst um zwei Uhr. Kann ich nicht meinem Lieblingsschuhladen einen Besuch abstatten? Ich habe früh Mittagspause gemacht.»

«Wenig los im Büro heute früh?», warf Maggie ein.

«Genau, meine Liebe.»

Maggie räumte gerade die Schuhe weg, die die andere Kundin anprobiert hatte, und legte einen Pumps in Dunkelorange zu seinem Gefährten in das Bett aus Seidenpapier. Vorsichtig setzte sie den Deckel auf den Karton und reichte ihn Jason.

«Warten Sie mal», sagte Pam. «Ich möchte mir die Süßen mal anschauen.»

Maggie öffnete den Karton und hielt ihn Pam hin, als wolle sie ihr die köstlichsten Pralinen anbieten.

«Sollen wir ihn in Ihrer Größe heraussuchen?»

«O ja, bitte», flüsterte Pam. Sie nahm einen der Schuhe aus der Schachtel und fuhr mit den Fingern über die Wildlederspitze.

Kurz darauf kam Jason aus dem Hinterzimmer und verkündete: «In neun haben wir ihn leider nicht mehr.»

«Können Sie ihn bestellen?», fragte Pam.

«Selbstverständlich», erwiderte Maggie.

«Ich sage Ihnen was», erklärte Alice. «Sie haben bis zum Wochenende das perfekte Haus für mich gefunden, und die Schuhe gehen auf mich.»

«Abgemacht.» Pam stand auf und glättete die Falten in ihrem Kaftan. «Wie wäre es, wenn wir außerdem noch Mittag essen gingen? Es sieht nicht so aus, als ob Sie hier gebraucht würden.» Sie zwinkerte Maggie zu, die eifrig nickte.

«Nun geh schon, Liebes», sagte Maggie. «Jason und ich werden mit den Massen alleine fertig.»

Alice holte ihre Tasche, verabschiedete sich und ging mit Pam essen. Hunger hatte sie zwar, aber sie war skeptisch, ob sie in ihrem jetzigen Zustand überhaupt etwas bei sich behalten konnte.

Als sie Arm in Arm mit Pam die Smith Street entlangging, fragte Alice: «Was möchten Sie denn gerne essen?»

«Julius Pollack.» Pam blieb stehen und drehte sich zu Alice.

«Wie bitte?»

«Er hat mich im Büro besucht. Ich musste einfach da raus. Ich wollte es Ihnen sagen, wusste aber nicht, wie offen ich vor den beiden anderen sein konnte, deshalb habe ich bis jetzt gewartet.»

«Er war heute früh bei Ihnen?»

«Ja. Er kam in mein Büro und bat mich freundlich, ich solle aufhören, herumzuschnüffeln. Er hatte so einen Blick in den Augen.» Pam kniff die Augen zusammen und machte ihn nach. «So ein total passiv-aggressiver Typ. Ich kann gut verstehen, warum Sie ihn verabscheuen, er ist wirklich ein fieser Kerl.»

«Aber warum ist er denn ausgerechnet zu Ihnen gekommen?»

«Keine Ahnung. Ich habe nur ein bisschen herumtelefoniert. Irgendjemand muss ihm das erzählt haben, die kennen sich ja alle untereinander.» Pam zuckte mit den Schultern. «Er ist unglaublich, was? Diese Brille.»

«Ich glaube, er ist Transvestit», sagte Alice. «Ich habe

ihn mit silbernen hochhackigen Schuhen gesehen, und gestern Abend hatte ich das Gefühl, in seiner Wohnung schreit ein Baby, aber er lebt allein und ...»

Pams Gesichtsausdruck stoppte Alices Redefluss. Sie blickte sie mit einer Mischung aus Mitleid und Besorgnis an.

«Machen Sie sich keine Gedanken», fuhr Alice fort. «Ich habe letzte Nacht höchstens zehn Minuten geschlafen. Wahrscheinlich bilde ich mir langsam Dinge ein.»

«Nein», erwiderte Pam und schob erneut ihren Arm unter Alices, «wenn Sie es gehört haben, ist es auch real.»

Sie entschieden sich für das französische Bistro an der Ecke der Dean Street. Als sie sich an einen der Tische draußen gesetzt hatten, sagte Pam: «Wir hatten einen Mitarbeiter im Büro, der Transvestit war, aber er hat es nicht geheim gehalten. Er hat jedem erzählt, was mit ihm los war, deshalb war es nichts Besonderes.»

«Ich glaube, Julius macht ein Geheimnis daraus, wenn man mal von der Brille absieht. Außer nachts natürlich», erwiderte Alice.

«Er ist ein Freak, ob mit oder ohne Frauenkleider.» Pam griff in ihre Tasche, holte eine kleine Tube Handcreme heraus und drückte sich ein wenig auf den Handrücken. «Ich habe nicht herausgefunden, wer sein stummer Partner ist, aber das werde ich noch. Einer vom Bauamt ist mir einen Gefallen schuldig. Er wollte mich zurückrufen.» Sie verteilte die Creme auf ihren Händen und lächelte zufrieden. «Man muss bloß wissen, welchen Knopf man drücken muss, dann gelingt einem alles, wie meine Mutter immer zu sagen pflegte.»

«Ihre Mutter muss eine kluge Frau gewesen sein.»

«Das ist sie immer noch. Sie hat Florida erobert, was bedeutet, dass sie diesen Bundesstaat erst in einer Urne verlassen wird, und das wird nie passieren, denn meine Mutter hat vor, ewig zu leben.»

Nach dem Essen gingen sie in die Hicks Street zu ihrer Hausbesichtigung.

«Da sind wir», sagte Pam und blieb vor einem weiteren 1,5-Millionen-Dollar-Haus stehen. Es war eingerahmt vom Brooklyn Queens Expressway, und auf der anderen Straßenseite befand sich die Einfahrt der Notaufnahme des Long Island College Hospital.

«Ganz schön laut hier», sagte Alice.

«Irgendeinen Haken gibt es immer, oder?» Pam verdrehte verschwörerisch die Augen. Alice fragte sich, ob sie wohl mit allen ihren Kunden so kameradschaftlich umging, oder ob zwischen ihnen beiden eine besondere Chemie herrschte. Sie konnte sich noch gut daran erinnern, wie viel Energie es sie als Cutterin immer gekostet hatte, ihre Werbefilm-Kunden zufrieden zu stellen.

«Nun, dann wollen wir es uns einmal anschauen.»

Alice ging die Treppe hinauf und Pam folgte mit den Schlüsseln. Die Treppe bröckelte ab, stellte Alice fest, aber sie erwähnte es nicht. Sie hatte noch nicht einmal Geduld mit ihren eigenen Beschwerden.

«Im Parterre befindet sich eine Einzimmerwohnung, die vermietet werden kann», sagte Pam und öffnete die Tür. Sie traten in einen dämmerigen Flur mit Stuckwänden, der nur von einer schwachen Glühbirne erhellt wurde. Trotzdem sah Alice deutlich das braune Linoleum auf der Treppe, von Rissen durchzogen und auf jeder Stufe an den Kanten aufgebogen. «Kosmetik», sagte Pam. «Ein bisschen Lippenstift macht einen ganz anderen Eindruck, wie meine Mutter immer zu sagen pflegte.»

Das hatte Alices Mutter auch immer gesagt; offensichtlich hatte es was mit der Generation zu tun.

«Hier geht es hinein.» Pam schloss eine Tür auf halber Treppe auf. Wieder traten sie in einen schmalen Flur, um den sich fünf kleine Zimmer drängten, die ziemlich dunkel waren, bis auf das letzte Zimmer, das zur Straße hinausging. Es war größer als die übrigen und das einzige, das ein wenig Licht bekam.

«Bedenken Sie doch, wie hübsch es sein könnte», sagte Pam, «wenn man alle Wände herausreißt. Wenn Sie die gesamten drei oberen Stockwerke nähmen, könnten Sie diese Etage hier völlig zur Treppe hin öffnen. Das Haus würde gleich ganz anders aussehen.»

«Geht es denn von dieser Wohnung nach oben?»

Verlegen schüttelte Pam den Kopf. Alice war klar, dass die Frau ja nur ihr Bestes tat, um ihr auf diesem lächerlichen Markt zu zeigen, was alles möglich war.

«In den beiden Stockwerken darüber sind auch abgeschlossene Wohnungen. Man kann hier eine Menge Geld mit Mieteinnahmen verdienen, wenn man seine Belastung niedrig halten will.»

«Oder viel Geld für Renovierung ausgeben, wenn man darauf keinen Wert legt», sagte Alice. Sie blickte sich um und versuchte, das Potenzial in diesem Haus zu sehen. Das Gebäude war breit und tief, die Decken schmucklos und einigermaßen hoch. Trotzdem kam es für sie nicht in Frage, weder im Hinblick auf den Preis noch auf den Renovierungsbedarf. Sie und Mike waren bereit, einen angemessenen Preis für ein hübsches Haus zu bezahlen, aber mehr als Anstreichen und Parkettböden abziehen konnten sie sich nicht leisten. Außerdem mussten sie schnell umziehen. Für größere Arbeiten hatten sie gar keine Zeit.

«Lassen Sie uns lieber weitersuchen», erklärte Alice.

«Sie sind der Boss.» Pam folgte Alice aus der Wohnung und schloss die Tür hinter ihnen ab.

«Es tut mir Leid ...», begann Alice.

«Was habe ich Ihnen gesagt?» Pam hob die Hand. Heute passten ihre Ringe farblich zu den grünen Streifen im Kaftan.

«Ich weiß, aber trotzdem.» Alice hakte sich bei Pam ein. «Danke für Ihre Geduld, Pam.»

«Gut. Ich bin die geduldigste Person, die ich kenne. Deshalb habe ich auch immer Erfolg.»

Aus der Nähe betrachtet wirkte Pams Haut durchscheinend in der Mittagssonne. Alice bemerkte einen Hauch von Puder in den Falten von Pams Hals. Sie standen auf der Hicks Street vor dem Haus, direkt neben dem lauten Highway. Pam holte ihren Terminkalender aus ihrer grünen Ledertasche, löste das Gummiband, mit dem er zusammengehalten wurde, und blätterte ihn durch, bis sie fand, wonach sie suchte.

«Morgen früh haben wir um zehn Uhr einen Termin.»

«Ach ja?» Alice blickte Pam über die Schulter.

«Hatte ich Ihnen das nicht gesagt?»

«Nicht dass ich wüsste», erwiderte Alice, «aber vielleicht hat Mike nur vergessen, es an mich weiterzugeben.»

Pam kritzelte die Uhrzeit und die Adresse rasch auf eine leere Seite in ihrem Planer, riss sie heraus und reichte sie Alice.

«Gibt es noch mehr Besichtigungstermine?», fragte

Alice, als sie auf einmal auf der anderen Straßenseite den Limousinenfahrer sah, der langsam auf dem Bürgersteig entlangschlenderte.

«Der Mann da!», flüsterte Alice, konnte aber die Hysterie in ihrer Stimme kaum unterdrücken. «Er verfolgt mich schon die ganze Woche.»

«Der?» Pam zeigte auf den Mann, der bemerkt hatte, dass man auf ihn aufmerksam geworden war, und jetzt rasch wegging. «Der Typ da? Sind Sie sicher?»

«Ja, bestimmt.»

«Hey!», schrie Pam, so laut sie konnte. «Hey, Sie da! Was machen Sie da?»

Sie rannte über die Straße hinter dem dicken, grauhaarigen Mann her und schrie dabei die ganze Zeit aus Leibeskräften: «Komm bloß her, du Scheißkerl! Mama will ein Wörtchen mit dir reden! Spanner!»

Der Mann begann zu laufen, und zu Alices Überraschung sprang er sogar über den hüfthohen Zaun, der die Hicks Street vom Highway trennte. Pam beugte sich über den Zaun, wobei sich ihr Kaftan in der Brise blähte wie ein Segel.

«Komm zurück, du Arschloch!», schrie sie. Dann drehte sie sich zu Alice um und zuckte die Schultern. «Ich habe mein Bestes getan.»

Pams Verhalten erschreckte und begeisterte Alice zugleich. Und plötzlich hatte sie keinen Zweifel mehr. Wenn sie etwas hörte, dann war es auch real. Und der Limousinenfahrer hatte sie tatsächlich verfolgt.

KAPITEL 21

«Sind Sie sicher, Alice?» Frannies Stimme klang blechern, die Handy-Verbindung war nicht besonders gut.

«Frannie? Sind Sie noch dran?»

«Wer ist Frannie, Mommy?» Nell war in die Küche gekommen und suchte etwas im Kühlschrank.

Alice winkte ab und flüsterte: «Ich bin am Telefon. Was brauchst du denn?»

«Apfelsaft, bitte.»

Sie goss Nell einen Becher Apfelsaft ein und zog sich ins Badezimmer zurück, um ungestört telefonieren zu können; die Kinder sollten nicht hören, dass sie verfolgt wurde.

Alice setzte sich auf die Toilette und lauschte dem Verkehrsrauschen am anderen Ende der Leitung. Wo war sie? Schließlich ertönte ihre Stimme wieder.

«Hallo?»

«Ich bin noch dran, Frannie. Wo sind Sie? Im Auto?»

«Paul sitzt am Steuer. Wir fahren gerade in einen Tunnel. Wenn die Verbindung wieder abbricht, rufe ich Sie zurück.»

Wenn sie gerade in einen Tunnel fuhren, dann waren sie wahrscheinlich auf dem Weg nach New Jersey. Was wollten sie da?

«Alice», sagte Frannie, «sagen Sie mir genau, was Sie gesehen haben.»

«Zuerst habe ich den Mann vor einer Woche bemerkt, an der Carroll Street Bridge. Dann hab ich ihn wieder auf der Clinton Street gesehen. Und ich glaube mittlerweile, dass er derselbe Mann war, den ich auch vor dem Parkplatz, auf dem unser Auto steht, gesehen habe. So, wie er heute weggerannt ist, bin ich mir ganz sicher, dass er mich verfolgt hat. Er ist unheimlich, Frannie. Er riecht nach schmutziger Wäsche.»

«So nahe ist er Ihnen gekommen?»

«Heute Morgen, zum ersten Mal», sagte Alice. «Ich dachte, ich kriege einen Herzinfarkt, als ich mich umdrehte und er hinter mir stand.»

«Beschreiben Sie ihn.»

Alice beschrieb ihn, so gut sie konnte. Dichte, stahlgraue Haare. Ein blaues und ein grünes Auge. Groß und massig, roch nach Tabak, schlecht gekleidet.

«Also», sagte Frannie, «wir können ja mal sehen, ob wir ihn in unserer Kartei finden. Es gibt nicht allzu viele Leute mit zwei verschiedenen Augenfarben. Wir schauen jetzt erst mal, wer er ist.»

«Danke.»

«Versuchen Sie, möglichst nicht allein aus dem Haus zu gehen, und meiden Sie unbelebte Straßen. Okay? Wenn er tatsächlich ein Spanner ist, kriegen wir ihn schon.»

«Frannie?», sagte Alice. «Und wenn er nun die andere Hälfte von Metro Properties ist? Wenn er Lauren umgebracht hat und jetzt hinter mir her ist?»

Am anderen Ende der Leitung herrschte Schweigen.

«Alice, in dem, was Sie gerade gesagt haben, stecken so viele Vermutungen und Annahmen, dass ich nicht einmal wüsste, wo ich überhaupt anfangen soll.»

«Ja, verstehe. Aber wenn …?»

«Glauben Sie, dass Sie in Gefahr sind?»

«Ich weiß nicht. Er versucht nie, mit mir zu reden.»

«Ich sage Ihnen, was wir tun werden.» Die Leitung wurde wieder schlechter, und Frannie redete schneller. «Wenn Sie ihn das nächste Mal sehen, rufen Sie uns sofort an. Sie erzählen uns alles. *Alles.* Den Rest erledigen wir.»

Dann verschwand ihre Stimme erneut im Tunnel.

Am nächsten Morgen brachte Mike die Kinder zur Schule und kam dann wieder nach Hause, um Alice zu ihrer Verabredung um zehn Uhr mit Pam zu bringen. Sie fand ihn am Küchentisch, in sauberer, aber zerrissener Arbeitskleidung, wie er ausdruckslos auf die Tageszeitung starrte.

«Mike?» Er zuckte zusammen. «Alles okay?»

«Ja, klar.» Er schob die Zeitung weg und erhob sich. «Bist du fertig?»

«Du hast die Zeitung gar nicht gelesen, oder?»

«Ich kann mich nicht konzentrieren», erwiderte Mike. «Ich habe nicht viel geschlafen letzte Nacht.»

«Das sieht dir gar nicht ähnlich.» Sie schlossen die Wohnungstür ab und gingen gemeinsam durch die dämmerige Eingangshalle. «Wir können doch jetzt nicht beide nachts wach liegen. Das wird nie was.»

Er lächelte ein wenig, lachte jedoch nicht.

Als er die Haustür hinter ihnen abschloss, steckte Alice das verblasste Schildchen seines waldgrünen T-Shirts zurück in den Ausschnitt. Sie wollte gerade die Treppe hinuntergehen, als er ihr Handgelenk ergriff. «Von jetzt an lässt du dich von Pam abholen, wenn ich nicht mitkommen kann, um Häuser zu besichtigen, okay?»

«Ja», erwiderte Alice. Es lag ein kühler Hauch in der Luft, ein erstes Anzeichen dafür, dass der Herbst nahte.

«Und Maggie oder Jason kommen dich zur Arbeit abholen.»

«Mike, ich brauche keinen Babysitter! Frannie hat nur gesagt, ich soll auf belebten Straßen bleiben, und das tue ich auch.»

«Ich begreife das nicht!» Er ging ein bisschen zu schnell für Alice, die Mühe hatte, mit ihm Schritt zu halten. «Warum darf ich mir keine Sorgen machen? Das ist doch nicht nur dein Privileg!»

«Mike, geh langsamer.»

Er hatte immer schon mit Schnelligkeit auf alles reagiert, was ihm Angst einjagte, und sie wünschte tatsächlich, er würde das Sorgenmachen ihr überlassen – sie konnte das wesentlich besser.

Er lief noch schneller.

«Mike, ich habe dir doch nur erzählt, was ich gesehen und gehört habe. Die Fakten. Du bist doch derjenige, der mir ständig predigt, ich solle nichts schönreden.» Sie wünschte, sie hätte ihn nicht an jeder Nuance und jedem Detail ihrer Gedanken und Ängste teilhaben lassen, sondern lieber ihrem Instinkt vertraut und nichts gesagt.

Sie hakte sich bei ihm ein, damit er nicht so rannte. «Du bist der einzige Mensch, den ich kenne, der auch ohne Schlaf genug Energie hat.»

Nach und nach wurde er ruhiger, und sie schlenderten eingehakt die Court Street entlang. Die Gegend hier erinnerte mehr an das alte Carroll Gardens als das prächtigere, edlere Viertel näher an der Atlantic Avenue. Hier gab es noch unauffällige Ladenfronten, ganz normale Friseurläden, unabhängige Videoläden und Imbissbuden, in denen man für fünf Dollar einen Hamburger bekam.

«Es ist nett hier», stellte Alice fest. «So ruhig.»

Mike summte zustimmend; die Gegend hatte auch auf ihn eine positive Wirkung.

Sie waren zu früh an dem Haus am Third Place. Es war ein hübscher, ruhiger Häuserblock mit einfachen Brownstones und prachtvollen Vorgärten, die Carroll Gardens die zweite Hälfte seines Namens beschert hatten. Die Adresse, die Pam aufgeschrieben hatte, war ein Eckhaus mit großem Garten. Riesige Büsche mit alten roten Rosen wuchsen am Zaun.

«Riech mal», sagte Mike und schnupperte an den Blüten.

Der Duft war betörend. «Hier kann man sich richtig auf den Frühling freuen», sagte Alice und stellte sich vor, wie sie im Haus hinter einem der glänzenden Fenster stand.

Sie standen vor dem dreistöckigen Haus und diskutierten das wenige, das sie von außen erkennen konnten. Es war offensichtlich erst kürzlich renoviert worden. Die Fenster sahen neu aus, mit blaugrau gestrichenen Holzrahmen. Die Fassade des Hauses war schokoladenbraun. Die Vordertreppe war breit und solide mit einem verschlungenen, schwarz gestrichenen Eisengeländer, das sich zu einem Vordach über der Haustür aus glänzender Eiche wölbte. Das ganze, gut gepflegte Haus strahlte Frieden aus.

«Von allen Häusern, die ich bisher gesehen habe, gefällt es mir am besten», sagte Alice.

«Von außen sieht es gut aus.» Mike grinste sie spitzbübisch an. «Aber das bedeutet, dass es von innen eine Ruine sein muss, oder? Poetische Gerechtigkeit sozusagen.»

«Ich hoffe nicht.»

«Wir sollten es vermutlich so oder so nehmen», sagte er. «Ganz gleich, wie es aussieht. Nur endlich umziehen!»

«Du klingst wie Maggie.»

Seine Augen glitzerten, und sie wusste, was jetzt kam. Mike konnte unglaublich gut Stimmen und Situationen nachmachen. «In der Tat, es war ein annus horribilis, in der Tat.» Er legte Alice eine Hand auf den Hintern und zog sie an sich. Lachend umarmten sie sich.

Eine halbe Stunde später war Pam immer noch nicht da. Alice versuchte, sie telefonisch zu erreichen, aber sowohl im Büro als auch zu Hause sprang nur der Anrufbeantworter an. Sie hinterließ an beiden Orten Nachrichten. Dann ging sie entschlossen die Treppe hinauf und läutete an der Haustür. Sie konnte das leise Echo der Glocke im Inneren des Hauses hören, aber niemand öffnete ihnen.

Als Alice am Nachmittag mit den Kindern zu Hause war, griff sie sofort zum Telefon und rief in Pams Büro an. Sie hatte es schon den ganzen Tag vom Blue Shoes aus probiert, hatte aber nie jemanden erreicht. Auch jetzt erwartete sie halb, dass wieder der Anrufbeantworter anspringen würde, stattdessen meldete sich jemand. «Garden Hill Realty. Was kann ich für Sie tun?»

«Ich möchte gerne Pam Short sprechen.»

«Einen Moment, bitte.»

Eine andere Frauenstimme, tiefer und ein wenig heiser, kam an den Apparat: «Judy Gersten.»

Alice erinnerte sich an den Namen aus dem Schaufenster des Ladens: *Maklerlizenz: Judith Gersten.*

«Ich vertrete Pam heute. Darf ich fragen, mit wem ich spreche?»

«Alice Halpern. Pam hat mir Häuser gezeigt. Wir hatten heute Morgen um zehn einen Besichtigungstermin, und sie ist nicht gekommen. Ich war überrascht ...»

«Ja, Alice. Pam erwähnte, dass sie Ihnen das Haus am Third Place zeigen wollte. Ich konnte Ihre Telefonnummer nicht finden. Ich wollte Sie eigentlich schon den ganzen Tag über anrufen.»

«Ist Pam krank?»

Judy schwieg. Dann sagte sie: «Sie hatte einen Unfall.»

«Geht es ihr gut?»

Wieder eine Pause, dieses Mal ein bisschen länger, und in diesem Moment wusste Alice, dass etwas Schreckliches passiert war.

KAPITEL 22

«Was ist passiert? Wo ist sie?»

«Alice, meine Liebe.» Judy senkte die Stimme. «Pam mochte Sie sehr, das hat sie mir erzählt.»

Mochte?

«Ich habe heute Ihre Nachrichten auf dem Anrufbeantworter gehört. Ich kümmere mich um das Haus am Third Place.»

«Bitte, sagen Sie mir, was passiert ist.»

Judy stieß einen tiefen Seufzer aus. Alice sah sie vor sich, wie sie an ihrem Schreibtisch saß, ganz hinten rechts in der Ecke, dem Schreibtisch mit dem Schnickschnack.

«Ein Nachbar hat sie heute Morgen in ihrem Auto gefunden, mit laufendem Motor. Der Mann hat das Benzin durch das Garagentor gerochen.»

Alice sah das schwarz gestrichene Tor von Pams Garage vor sich. «Aber das ist unmöglich», sagte sie. «Das würde Pam nie tun …»

Alice dachte an Pam, mit ihrem Lächeln, ihrem lauten, unbeherrschten Lachen, ihrem Duft nach Babypuder. Die Frau hatte noch so vieles vor. Sie hätte Alice nie heute früh zu dem Haus geschickt, wenn sie gewusst hätte …

Es sei denn, es wäre ein Abschiedsgeschenk gewesen, weil sie gewusst hatte, dass Alice das Haus gefallen würde.

Alice hatte keine Erfahrung mit Selbstmord, und wenn sie es recht bedachte, kannte sie auch Pam nicht wirklich.

«Wir stehen alle unter Schock», sagte Judy leise. «Pam liegt im Long Island College Hospital, wenn Sie Blumen oder eine Karte schicken möchten.»

«Ich verstehe nicht ganz», sagte Alice. «Lebt sie noch?»

«Ja. Es geht ihr sehr schlecht, aber wir hoffen.»

Alice notierte sich das Krankenhaus auf ihrem Küchenkalender, wobei ihr auffiel, dass schon wieder Donnerstag war. Noch ein Donnerstag.

Ihr wurde plötzlich übel. Sie verabschiedete sich rasch und legte auf. Peter spielte auf dem Teppich mit seinem kleinen Feuerwehrauto und fuhr damit durch ein Labyrinth, das er sich aus Schachteln und Holzklötzchen gebaut hatte. Froh darüber, dass er so in sein Spiel vertieft war, lief Alice an ihm vorbei ins Badezimmer und erbrach sich über der Kloschüssel.

Am Abend rief sie dreimal im Krankenhaus an, aber man sagte ihr lediglich, Pam läge auf der Intensivstation und dürfe außer Familienangehörigen keinen Besuch empfangen. Zumindest erfuhr Alice so, dass sie noch am Leben war.

Schließlich beschloss sie, sich zu beruhigen, indem sie wie eine gute Nachbarin handelte. Sie würde Pams Ehemann, Ray, einen Hühnereintopf bringen; der Mann musste ja schließlich etwas essen. Sie holte ein Hühnchen aus der Tiefkühltruhe und legte es in den Kühlschrank, damit es bis zum nächsten Tag auftaute. Dann stellte sie alle Zutaten auf die Küchentheke und ging in den Garten, um einen Zweig frischen Rosmarin zu holen.

Sie hörte die Kinder unten, die gerade aus dem Badezimmer kamen und sich für die Nacht fertig machten. Mike war an der Reihe, sie ins Bett zu bringen, und Alice hatte Küchendienst gehabt. Zwischendurch kam Mike in die Küche.

«Gibt es etwas Neues?», fragte er.

«Nichts.»

Er sah Alice zu, wie sie ihre Vorbereitungen beendete, die letzte Dose Tomaten aus dem Schrank nahm, Karotten und Kartoffeln aus dem Kühlschrank holte.

«Kochst du etwa jetzt noch?»

«Nein, aber ich dachte, ich fange gleich morgen früh an, wenn die Kinder aus dem Haus sind.» Sie nahm zwei Zwiebeln aus dem Schubfach im Kühlschrank.

Mike hockte sich vor den Eckschrank, holte den großen, schweren Suppentopf heraus, den sie zur Hochzeit geschenkt bekommen hatten, und stellte ihn auf den Herd. Dann trat er zu Alice und nahm sie in den Arm. «Alles wird gut», flüsterte er. «Es muss ja. Okay?»

Wollte er sie beruhigen? Oder bat er sie, ihn zu beruhigen?

«Okay», erwiderte sie leise. «Und wenn nicht, dann nehmen wir einfach die Kinder und gehen, ja? Irgendwohin. Wir gehen einfach.»

Er nickte. Lange würden sie diesen Kampf nicht führen.

«Ich bringe die Kinder ins Bett», sagte Mike.

«Ich komme mit», erwiderte sie und schaltete das Licht aus.

Pams Brownstone sah so prächtig und friedlich aus wie beim ersten Mal, als Alice es gesehen hatte. Das Garagentor war fest verschlossen. Der Anblick der gelben, duftenden Rosen im Vorgarten tat Alice im Herzen weh. Sie konnte immer noch nicht glauben, dass Pam versucht haben sollte, ihrem Leben ein Ende zu setzen. Sie waren doch erst vor zwei Tagen noch zusammen gewesen, und da hatte Pam so gewirkt, als ginge es ihr bestens.

Alice läutete an der Tür und wartete mit Jason auf der Treppe. Sie hatte ihn gebeten, ihr zu helfen, den schweren Suppentopf zu tragen, hatte dabei allerdings nicht erwähnt, dass Mike darauf bestand, dass sie keinen Schritt mehr allein ging, ehe der Limousinenfahrer nicht gefasst war.

Eine sehr alte Frau öffnete die Tür und blinzelte sie hinter dicken Brillengläsern, die ihre Augen unnatürlich vergrößerten, fragend an. Sie war so dünn, dass ihre Venen dick und bläulich durch die Haut schimmerten. Die Haare hatte sie wie in den fünfziger Jahren zu einer Bienenkorbfrisur hochgesteckt, und sie hatte dick blauen Lidschatten aufgetragen. Am besten aber war das psychedelische Marimekko-Kleid, das sie trug.

«Sie sind bestimmt Pams Mutter», sagte Alice.

«Kenne ich Sie?»

«Ich bin Alice, eine Kundin von Pam, und das ist Jason.»

«Esther. Der Topf sieht schwer aus. Geben Sie her.»

Energisch nahm Esther Jason den Suppentopf aus der Hand und trug ihn in die Küche. Alice folgte ihr. Sie verstand jetzt, von wem Pam die Entschlossenheit geerbt hatte. Größe und Umfang allerdings nicht. Jason blieb in der Diele stehen und wartete auf Alice.

«Kennen Sie Pammies Mann, Ray?» Esther stellte Alice'

Eintopf zu einer kleinen Ansammlung anderer Töpfe und Schüsseln auf der Küchentheke. Ein winziger Mann mit rasiertem Schädel, der weite olivgrüne Shorts und ein schwarzes T-Shirt trug, saß auf einem Hocker an der mit Marmor belegten Kücheninsel.

Ihm gegenüber saßen Frannie und Giometti.

Es war ein Schock, die beiden Detectives in Pams Küche zu sehen. Was hatten sie hier zu suchen? Verblüfft blieb Alice auf der Schwelle stehen.

Als Ray sich zu ihr umdrehte, sagte sie: «Ich heiße Alice. Pam hat mir bei der Suche nach einem Haus geholfen. Ich war in der letzten Zeit häufig mit ihr zusammen, und ich war schockiert, als ich erfahren habe …»

«O ja, sie hat Sie erwähnt!» Rays Gesicht hellte sich auf, und er erklärte den beiden Polizisten: «Pam war ganz wild darauf, für diese Dame ein Haus zu finden. Sie hat niemals aufgegeben. Sehen Sie? Genau das meinte ich. Es ergibt einfach keinen Sinn, dass sie sich selber etwas angetan haben soll.»

Dann wandte er sich wieder an Alice, die immer noch unschlüssig in der Tür stand. «Das ist einfach nicht Pams Art», sagte er. «Sie würde nie Selbstmord begehen.»

«Meinen Sie, jemand wollte sie ermorden?», fragte Alice und verstand im gleichen Augenblick, warum Frannie und Giometti da waren. Sie waren von der Mordkommission, sie untersuchten keine Selbstmorde. Offensichtlich hatte jemand versucht, Pam umzubringen.

«Wie geht es Pam?», fragte Alice.

«Sie liegt im Koma. Mein Baby liegt im Koma.» Er begann zu weinen.

Esther trat zu ihm und legte ihm ihren dünnen Arm

um die Schultern. «Schscht, wir bekommen unser Baby schon wieder zurück. Du wirst sehen.»

Giometti trommelte ungeduldig mit den Fingerspitzen auf die Küchentheke. Frannie saß ganz still da und machte ein ernstes Gesicht. Ihr Blick ruhte auf Alice, und Alice kam sich auf einmal vor wie ein Eindringling. Sie kannte Pam kaum. Sie sollte jetzt lieber wieder gehen.

Sie warf einen Blick auf ihre Armbanduhr und sagte: «Ich würde Pam gerne besuchen, wenn sie wieder Besuch empfangen kann.»

«Sagen Sie mir Ihre Telefonnummer», erwiderte Esther. «Ich habe ein hervorragendes Gedächtnis.»

Alice nannte ihr die Nummer, und Esther lauschte aufmerksam. Dann nickte sie und begann, die Töpfe und Schüsseln in den Kühlschrank zu räumen.

«Alles Gute», sagte Alice zu Ray.

Ihm liefen immer noch die Tränen über die Wangen, aber er stand auf und nahm ein mit Alufolie bedecktes Tablett von der Küchentheke.

«Das sind Brownies», sagte er. «Esther achtet auf ihre Figur, und ich darf so etwas wegen meines Herzens nicht essen. Pam hat erwähnt, dass Sie Kinder haben. Wir hätten auch gerne welche gehabt, aber es hat leider nicht geklappt. Hier.» Er reichte Alice das Tablett. «Wenn ich die Brownies esse, bringt sie mich um. Mit Sicherheit!»

«Danke! Nell und Peter werden sich freuen.» Alice küsste Ray auf die Wange und wandte sich zum Gehen.

«Gehen Sie gleich nach Hause», sagte Frannie. Verwundert drehte Alice sich um und blickte die junge Frau an.

«Aber ich muss den Laden aufmachen.»

Frannie beugte sich vor. «Lassen Sie sich von dem jungen Mann da draußen nach Hause bringen. Er kann den Laden allein aufmachen.»

«Warum?», fragte Alice.

Frannie antwortete nicht, aber ihr angespannter Gesichtsausdruck verhieß nichts Gutes.

TEIL III

KAPITEL 23

Mörder in Carroll Gardens noch nicht gefasst von Erin Brinkley.

Alice schlug das Herz bis zum Hals, als sie die Schlagzeile las. Sie war den ganzen Morgen über so beschäftigt gewesen, dass sie erst jetzt, nachdem sie von Ray nach Hause zurückgekehrt war, dazu kam, einen Blick in die Zeitung zu werfen.

Der Leitartikel war nicht lang, aber es gab noch eine Reihe anderer Berichte dazu, und sie machte sich daran, alle aufmerksam zu lesen.

> Eine Immobilienmaklerin aus Brooklyn, die am Donnerstag von einem Nachbarn beinahe erstickt in ihrem Auto gefunden wurde, ist das Opfer eines Mordanschlags. Der mutmaßliche Mörder schoss Pam Short in den Hals und ließ sie dann bei laufendem Motor in ihrem Auto zurück, damit sie in ihrer Garage erstickte. Die .22er-Kugel, mit der Ms. Short getötet werden sollte, prallte aber an ihrem Kieferknochen ab und drang in eine Fetttasche seitlich an ihrem Hals ein.

Entsetzt las Alice den Artikel, der auch Bezug nahm auf die jüngsten Ereignisse in ihrer Umgebung.

Pam Short hatte anscheinend keine Feinde in der Gegend, in der sie seit über zwanzig Jahren lebt und arbeitet. Mit ihrem Mann, Ray Short, einem Antiquitätenhändler, ist sie seit siebzehn Jahren verheiratet.

Obwohl die Lage der Kugel auf eine selbst verursachte Verletzung hindeuten könnte, ist bei der gerichtsmedizinischen Untersuchung versuchter Selbstmord ausgeschlossen worden, da man an Ms. Shorts Händen keine Schmauchspuren gefunden hat. Es gab auch keine Anzeichen von Blutspritzern oder Gewebepartikeln, die bei zehn Prozent aller Selbstmorde gefunden werden.

Die Polizei hat weiterhin festgestellt, dass der Schuss auf Ms. Short aus der gleichen Waffe abgegeben wurde, mit der vor zwei Wochen Lauren Barnet, ebenfalls aus Carroll Gardens, erschossen wurde. Ms. Barnet war im neunten Monat schwanger, und bis heute fehlt von ihrem ungeborenen Baby jede Spur.

Der Artikel setzte sich im Lokalteil fort, und dort wurden auch Christine Craddock und noch einmal Lauren erwähnt. Der Anblick von Laurens Foto wirkte auf Alice wie ein endgültiger Abschied. Sie konnte sich nicht überwinden, den dazugehörigen Artikel zu lesen, deshalb widmete sie sich zunächst Christine Craddock.

In ihrer Geschichte gab es neue Erkenntnisse, seit Erin Brinkley sich dafür interessiert hatte. Offensichtlich war die junge Reporterin *hungrig*, wie man in der Branche sagte, und ließ sich in ihrer Recherche durch nichts aufhalten. Sie hatte jemanden aufgetan, der am Morgen ihres Verschwindens mit Christine gesprochen hatte. Das musste eine ganz neue Information sein, denn Alice konnte sich nicht erinnern, davon etwas auf Christines Website oder in den früheren Artikeln gelesen zu haben. Offensichtlich war nicht der Mann, bei dem Christine im Deli eine kleine Flasche Wasser gekauft hatte, kurz bevor sie verschwand, der Letzte gewesen, der sie gesehen hatte, sondern Andre Capa, der in dem runden Haus am Gowanus-Kanal lebte.

Andre Capa – so hieß er also. Der Künstler, dessen Giftwasser sprühende Skulpturen die Passanten betrachteten und bewunderten. Der gelegentlich mit seiner Staffelei auf der Brücke saß und den Horizont malte. Andre Capa. Der letzte Mensch, der Lauren, acht Minuten vor ihrem Tod, lebend gesehen hatte. Und jetzt auch der letzte Mensch, der Christine Craddock gesehen hatte.

Andre Capa hatte auf der Carroll Street Bridge gestanden und Aufnahmen für seine damalige Brunnenskulptur gemacht – einen Engel aus Draht, der Kanalwasser aus dem Mund spritzte –, als er ungefähr zweihundertfünfzig Meter flussabwärts eine hochschwangere Frau auf der Union Street Bridge bemerkte. Er sah, dass sie offensichtlich Schmerzen hatte und sich nach vorne beugte, und statt den Engel weiter zu fotografieren, richtete er seine Linse auf die Frau, die anscheinend Wehen hatte. Eines der Fotos war neben dem Artikel abgedruckt. Man konnte verschwommen die Brücke und eine Frau erkennen, die sich auf dem Geländer abstützte. Ihr Kopf war vornübergebeugt, und sie hatte die Ellbogen angewinkelt, als wolle sie verhindern, dass sie fiel. Man fragte Capa, ob sie gefallen sei, und er antwortete, nein, sie habe sich wieder aufgerichtet und sei langsam weitergegangen. Als man ihn fragte, warum er diese Information damals zurückgehalten habe, erklärte er, er läse keine Zeitungen und besäße keinen Fernseher, außerdem sei er kurz nach Christines Verschwinden nach Bali gereist, wo er ein Haus besitze.

«Ich rief ihr zu, ob sie Hilfe brauche», wurde Capa im Artikel zitiert, «aber sie sagte, nein, sie habe Wehen und sei auf dem Weg ins Methodist Hospital.» Die naheliegende Frage, warum Christine Craddock sich nicht selbst ein Taxi gerufen hatte, beantwortete Erin Brinkley damit, dass Frauen im Anfangsstadium der Wehen gerne geraten wurde, herumzulaufen.

Alice dachte an ihre eigenen Entbindungen, wie sie sich, wenn die Wehen kamen, alle paar Minuten vor Schmerzen gekrümmt hatte. Zum Schluss hatte sie nicht mehr laufen können. Wie weit mochte Christine gekommen sein, bevor sie nicht mehr weitergehen konnte?

Sie wandte sich zu dem Artikel über Lauren, und ihr tat das Herz weh, als sie las: *Lauren Barnet machte ihr Examen an der Harvard Law School, gab jedoch ihren Beruf auf, um zu Hause bei ihren Kindern zu bleiben. Sie hinterlässt ihren Ehemann, Tim Barnet, und einen fünfjährigen Sohn, Austin.*

Und auch sie gingen jetzt weg, und Alice blieb nichts mehr aus ihrem Leben mit Lauren.

Angewidert schob Alice die Zeitung weg. Warum musste das alles Menschen passieren, die sie kannte? In ihrer Nachbarschaft? In ihrem *Zuhause*?

Im Haus war es unheimlich still. Noch nicht einmal Julius schien zu Hause zu sein, oder aber er bewegte sich so leise in seiner Wohnung, dass sie ihn nicht hören konnte.

Draußen fuhr ein Auto vorbei, und die Balken des Hauses knarrten und ächzten.

Sie rief im Polizeipräsidium an und hinterließ eine Nachricht auf Frannies Anrufbeantworter: «Bitte rufen Sie mich zurück. Ich sitze hier und drehe durch. Haben Sie heute die Zeitung gelesen? Ich glaube, es ist der Künstler, der mich verfolgt.» Sie wusste, dass ihre Nachricht paranoid klang, und sie schämte sich auch dafür, aber andererseits war sie wütend, weil sie das Gefühl hatte, mit ihren Ängsten nicht ernst genommen zu werden.

Nachdenklich schob sie die Krümel auf dem Küchentisch zu einem kleinen Berg zusammen.

Andre Capa.

Vielleicht war er der Limousinenfahrer. Vielleicht arbeitete er für Metro. Vielleicht war es ja sein Job, Julius Pollack von seinen eigensinnigen Mietern zu befreien. Aber was wollten sie mit den Babys?

Um auf andere Gedanken zu kommen, griff sie zu einem Block und begann mit einer Einkaufsliste. *Milch, Brot, Orangen, Vollkorn-Cracker,* ganz alltägliche Dinge. Ohne den Stift abzusetzen, schrieb sie auf ein anderes Blatt *Umzug, Baby-Vorbereitungen, Kinder/Schule, Blue Shoes.* Für jeden Punkt, der ihr einfiel, erstellte sie eine neue Liste. *Lauren/Ivy. Phantom-Baby. Pam. Julius/Partner. Capa/Spanner. Ermittlungen. Neuigkeiten. Angst davor, die Nächste zu sein.*

Sie rief bei Frannie an, bei Giometti, und hinterließ weitere Nachrichten. «Rufen Sie mich an.» Auch bei Mike sprang nur der Anrufbeantworter an. «Ruf mich an. Bitte.» Dann fiel ihr Maggie ein.

Maggie kam sofort ans Telefon.

«Hast du heute früh Zeitung gelesen?»

«Alice? Nein, noch nicht. Was ist los?»

Sie beschrieb Maggie, wie ihr Vormittag verlaufen war, und die Freundin hörte ihr zu, ohne sie zu unterbrechen. Fünfzehn Minuten später stand sie vor Alices Wohnung.

«Wenn Mohammed nicht zum Berg kommen kann ...» Maggie küsste Alice zur Begrüßung auf die Wange und trat ein.

«Jason macht den Laden auf», sagte Alice. «Ich darf nicht aus dem Haus gehen. Man hat mir befohlen, hier zu bleiben und zu warten, aber ich weiß nicht, worauf ich eigentlich warte. Ich ...»

«Ganz langsam, Liebes. Beruhige dich erst mal.» Maggie drückte Alice auf einen Stuhl, brachte ihr ein Glas Wasser und setzte sich neben sie. «Um den Laden mache ich mir keine Gedanken, ich mache mir Sorgen um dich. Du bist ja völlig außer dir. Hast du denn nicht geschlafen?»

Alice schüttelte den Kopf. «Nicht viel.»

«Aber du hast doch die Schlaftabletten!»

«Ich bin schwanger, Mags ...»

«Hat deine Ärztin nicht gesagt, sie wären ungefährlich?»

«Das hat man von Thalidomid auch gesagt.» Das erste Mal seit Tagen verlieh Alice auch dieser Angst Ausdruck. Erschöpft rieb sie sich das Gesicht. «Du weißt doch noch, all die Contergan-Kinder.»

«Das ist Jahrzehnte her.» Maggie fuhr mit der Fingerspitze sanft über Alices Wange. «Denk an deinen Autounfall. Deine Schlaflosigkeit ist gefährlich. Du musst die Dinge ein bisschen abwägen.»

«Heute Abend nehme ich eine», versprach Alice halbherzig. «Ganz bestimmt.»

«Weißt du was?» Maggie stand auf. «Ich lade dich zum Lunch ein. Komm, hol deine Tasche. Draußen ist es so schön. Lass uns gehen.»

«Ich bin schon zum Lunch eingeladen», versuchte Alice zu scherzen. «Mags, ich kann nicht weg. Frannie hat mir gesagt, ich soll zu Hause bleiben.»

«Auch gut. Dann wollen wir doch mal sehen, was ich dir hier auftischen kann.» Maggie stand auf und begann, die Schränke und den Kühlschrank zu durchsuchen. «Ich persönlich verstehe ja nicht, warum der Amerikaner an sich so auf Thunfisch versessen ist, aber in der Not ...» Sie öffnete zwei Dosen Thunfisch, mischte Mayonnaise darunter, wusch Salat und toastete Brot.

«Maggie, ich muss dir etwas gestehen», sagte Alice zu Maggies Rücken.

Maggie drehte sich kurz um. «Ja?», erwiderte sie, dann wandte sie sich wieder ihrer Arbeit zu.

Alice erzählte ihr alles: von ihrem Besuch bei Frannie, von dem schreienden Baby, dem Mann, der sie verfolgte. Als sie fertig war, fühlte sie sich ungeheuer erleichtert. «Ich weiß nicht, warum ich nicht schon viel früher mit dir darüber gesprochen habe, Mags. Ich war wie zugeschnürt. Es tut mir Leid.»

«Ach, Quatsch», erwiderte Maggie. Sie stellte zwei Teller mit Sandwiches auf den Tisch und eine Schüssel mit Karottenstäbchen. «So schlimm ist es auch wieder nicht. Aber wirklich, Alice. Du hast ein Baby schreien gehört? Und du wirst verfolgt? Na, du bist echt verschwiegen.»

«Eigentlich nicht», sagte Alice. «Nur müde und hormonell belastet.»

«Ich finde, du hältst dich toll», erwiderte Maggie. «Jedenfalls unter diesen Umständen.» Sie tätschelte Alices Hand.

«Wie meinst du das?»

«Das mit Lauren war auch für mich ein Albtraum. Ich schlafe auch schlecht und muss auch immer an die kleine Ivy denken. Aber, Alice, Liebes, du bist im sechsten Monat schwanger und lebst mit dem fiesen Vermieter von Lauren unter einem Dach. Ehrlich gesagt, an deiner Stelle würde ich sofort meine Koffer packen und irgendwo anders hinziehen.»

Alice wusste, dass Maggie Recht hatte – Mike sagte ja nichts anderes –, aber sie reagierte trotzdem defensiv. «Was meinst du, was wir die ganze Zeit versuchen?», erwiderte sie, wobei ihr klar war, wie scharf das klang. «Ich bemühe mich, nicht zu hysterisch zu werden, aber anscheinend habe ich nicht viel Erfolg dabei.»

«Hör mal», sagte Maggie und legte ihr Sandwich beiseite, «ich sage viele Dinge, die ich gar nicht so meine, aber lass dich davon nicht beirren, Liebes. Ich weiß, was du durchmachst. Die Freundschaft zwischen dir und Lauren war etwas ganz Besonderes, vermutlich weil ihr beide so amerikanisch ernsthaft wart. Aber jetzt bin ich für dich da. Ich mag dich sehr. Du bist meine beste Freundin, und wenn ich irgendetwas sage, womit ich dich verletze, dann Asche auf mein Haupt! Einverstanden?»

So offen war Maggie noch nie gewesen. Im Grunde hatte sie Recht. Sie mussten jetzt füreinander da sein.

Sie aßen ihr Mittagessen und warteten gemeinsam darauf, dass das Telefon klingelte, dass Frannie oder Giometti anriefen und Alice erklärten, warum sie zu Hause bleiben sollte. Es beruhigte Alice immens, dass Maggie da war, und sie war dankbar, als Maggie ihr einen Kräutertee und für sich selbst einen starken Kaffee kochte und sie sich einfach nur unterhielten.

«Glaubst du, dass du mit Simon wieder zusammenkommst?», fragte Alice.

Maggie grinste. «Als Liebhaber ist er viel besser. Warum sollte ich das mit häuslichem Alltag verderben?»

«Weiß Ethan Bescheid? Ist er dabei, wenn ihr zusammen seid?»

«Ist das nicht ulkig? Einer von uns beiden engagiert immer Sylvie, wenn wir uns abends treffen wollen. Wir wollen nicht zu viele Hoffnungen bei ihm schüren, der arme Schatz. Er würde mich dauernd damit quälen, dass wir wieder ins Haus zurückziehen sollen.»

«Maggie.» Alice beugte sich vor und senkte die Stimme. «Ist dir schon mal der Gedanke gekommen, dass du dir Simons Untreue nur eingebildet hast? Ich meine, er leugnet es doch immer noch, oder?»

«Ja, das tut er, der Mistkerl.»

«Und?»

Maggie zögerte. Diese Frage hätte sie offensichtlich lieber vermieden.

«Ich habe daran gedacht, ja.»

«Und?»

«Es gab Beweise.» Auch Maggie beugte sich jetzt vor. «Da war der Knopf ...»

«Ein Knopf, Maggie!» Alice würde diesen Knopf nie vergessen, eine rote Plastikrose, so wie Maggie sie nie besessen hatte. Sie hatte ausführlich mit Lauren und Alice darüber diskutiert und ihn ständig bei sich getragen. Was sie sich allerdings nie eingestehen wollte, war die Möglichkeit, dass jeder von Ethans Spielgefährten diesen Knopf ins Haus geschleppt haben konnte. Alice selbst war immer äußerst überrascht, was sie alles so in den Taschen ihrer Kinder fand, und sie hatte auch schon beobachtet, wie sie Dinge von der Straße aufhoben und in die Tasche steckten.

«Ja, ein Knopf. Und all diese Besorgungen, die stundenlang dauerten.» Maggies Augen glänzten, so sehr bemühte sie sich um Glaubwürdigkeit. «Hör mal, es ist ja keine große Sache, wenn ich Sex mit ihm haben will, oder wenn ich ihn sogar wieder liebe. Ich will eben nur nicht mit ihm leben, weil ich ihm nicht mehr vertraue. Es würde wieder passieren, aus was für einem Grund auch immer.»

«Ja», erwiderte Alice, «ich verstehe.»

Es war egal, wem der Knopf gehörte. Der Knopf war nur der Auslöser gewesen, in Wirklichkeit hatten Maggies Eifersucht und ihre Ängste die Ehe beendet.

Ob ihre eigenen Ängste ihr wohl auch so einen Streich gespielt hatten? Hatte es doch kein Babygeschrei im oberen Stockwerk gegeben? War der Mann, der sie verfolgte, wirklich real? Eins war klar: Maggie fühlte sich mit der Ambivalenz ihrer Aussagen wohl, aber Alice wusste nicht so genau, ob das auch für sie selbst galt. Sie wollte lieber die Wahrheit wissen.

Plötzlich begann ihr Handy zu vibrieren und zu klingeln. Sie klappte es auf und nahm den Anruf an.

«Alice, ich bin es, Frannie. Entschuldigung, dass es

so lange gedauert hat, bis ich Sie zurückgerufen habe. Es war wie verhext. Aber jetzt haben wir Zeit. Wo sind Sie?»

KAPITEL 24

Giometti saß am Steuer der blauen Limousine, als sie vor dem Haus in der President Street anhielten. Als sie hörten, dass Maggie da war, wollten sie nicht im Haus mit ihr sprechen, sondern bestanden darauf, mit ihr zur Schule zu fahren, damit sie die Kinder dort um drei Uhr abholen konnte. Mühsam stieg Alice hinten im Wagen ein. Ihr wachsender Umfang machte es ihr immer schwerer, sich normal zu bewegen.

Alice sah Giomettis ruhigen Blick im Rückspiegel. Er blickte sie kurz an, dann wandte er seine Aufmerksamkeit wieder dem Verkehr zu. Frannie drehte sich zu ihr herum.

«Sie haben die Zeitung gelesen.» Sie klang erschöpft. Es war ein anstrengender Tag gewesen, und er war noch nicht vorbei.

«Ja.»

«Dann wissen Sie es also.»

«Ist er es?» Alice beugte sich vor. «Ist er der Mann, der mich verfolgt hat? Bin ich als Nächste dran?»

Zögernd antwortete Frannie: «Das wissen wir nicht genau.»

«Haben Sie ihn denn noch nicht gefunden? Sie hatten doch genug Zeit. Ist es Andre Capa?»

Weder Frannie noch Giometti antworteten auf ihren

Gefühlsausbruch, aber es war ihr egal. Sie hatte Angst, und sie verheimlichten ihr etwas.

Schweigend fuhren sie die Smith Street entlang und bogen in die Atlantic Avenue ab. Das Meer kam in Sicht, und wie immer war Alice fast ein bisschen überrascht, weil es sie daran erinnerte, dass sie auf einer Insel lebte.

«Wir haben ihn festgenommen», sagte Frannie schließlich.

«Weswegen?», fragte Alice. «Wegen Mord? Weil er mich verfolgt? Wegen schlechter Manieren? Wegen was?»

«Alice, bitte, beruhigen Sie sich.» Frannie verlor die Geduld. «Es ist einiges los im Moment, und ich sage Ihnen, was Sie wissen müssen.»

«Und?»

«Um Ihre Frage zu beantworten: Ja, es war Andre Capa, der Ihnen gefolgt ist. Wir lassen ihn von der Spurensicherung in jeder erdenklichen Weise überprüfen, und wenn er der Mörder ist, führt er uns hoffentlich zum Tatort.»

«Wenn er es ist», fragte Alice, «glauben Sie, er hat Ivy?»

«Das wissen wir nicht.»

«Was ist mit Julius Pollack? Mit dem Babygeschrei, das ich gehört habe?»

«Wir warten auf den Durchsuchungsbefehl für seine Wohnung und sein Büro. Vorher können wir nichts tun.»

«Warum dauert das alles so lange, Frannie? Glauben Sie, dass Capa irgendetwas mit Metro zu tun hat? Könnte er Pollacks Partner sein?»

«Ich sage Ihnen doch», erwiderte Frannie, «das wissen wir noch nicht.»

Giometti fuhr im Schatten der Bäume die Clinton

Street entlang, vorbei an unbezahlbaren Brownstones, mitten ins Herz von Carroll Gardens hinein.

«Für Sie bedeutet es auf jeden Fall, dass Sie nicht mehr solche Angst haben müssen.» Frannie lächelte sie warm an. «Okay? Wir dachten, diese Information nützt Ihnen schon einmal etwas. Aber sprechen Sie bitte mit niemandem darüber. Wir möchten nicht, dass etwas an die Öffentlichkeit gelangt, bevor wir uns nicht sicher sind.»

Alice nickte. Sie hielten vor der Schule, wo sich bereits die anderen Eltern und Babysitter um den Eingang drängelten.

«Das Wichtigste für Sie ist, dass wir den Mann festgenommen haben, der Sie verfolgt hat. Wir kennen seinen Namen, wir wissen, wo er wohnt. Wir wissen zwar nicht, warum er das getan hat, aber wir haben ihn zumindest. Es kann Ihnen nichts passieren, Alice.»

Alice fragte sich, woher Frannie diese Gewissheit nahm. Sie stieg aus. Peter kam gerade die Treppe herunter, und als er sie sah, strahlte er übers ganze Gesicht.

KAPITEL 25

Als Alice am Samstagmorgen die Zeitung und das Internet durchforstete, konnte sie sich mit eigenen Augen davon überzeugen, dass es der Polizei gelungen war, die Verhaftung Andre Capas geheim zu halten.

«Es überrascht mich, dass diese Reporterin nichts über Capa herausgefunden hat.» Alice faltete die Zeitung wieder zusammen und wandte sich an Mike, der Peters sirupverschmierten Mund gerade mit einem feuchten Küchentuch abwischte. «Sie hat doch sonst alles herausgefunden.»

«Sie hat das herausgefunden, was wir gelesen haben», erwiderte Mike. «Manches wissen wir vielleicht gar nicht.»

«Ja, sicher.» Natürlich, dachte Alice, die Polizei hielt Informationen zurück, zum Beispiel so wichtige Fakten wie Ivys Geschlecht und Namen. Vielleicht verfügten sie ja über noch mehr Erkenntnisse. «Aber sie haben uns immerhin gesagt, dass er verhaftet ist», fuhr sie fort, «dann brauchen wir uns wenigstens keine Sorgen zu machen.»

«Los, putz deine Zähne und sag Nell, sie soll sich auch die Zähne putzen.» Mike scheuchte Peter zur Treppe. «In fünf Minuten fahren wir.»

«Wir brauchen uns doch keine Sorgen mehr zu machen, Mike, oder?»

«Fragst du mich das oder sagst du es mir?» Sein Lächeln war spitzbübisch, und sie stellte mit Erleichterung fest, dass er tatsächlich weniger angespannt wirkte.

«Ein bisschen von beidem, glaube ich.»

«Wir sollten uns lieber beeilen, wenn wir pünktlich sein wollen», ermahnte Mike seine Frau, die als Einzige noch nicht angezogen war. Um zehn Uhr waren sie mit Judy Gersten zur Hausbesichtigung am Third Place verabredet.

Alice machte sich fertig, so schnell sie konnte, aber sie merkte wieder deutlich, wie ihr Umfang ihr zu schaffen machte. Selbst die alltäglichsten Verrichtungen fielen ihr immer schwerer.

Ihre Familie wartete vor dem Haus auf sie. Nell und Peter waren eifrig damit beschäftigt, die Treppenstufen mit Kreide zu bemalen.

«Oh, das wird Julius aber gefallen», sagte Alice.

Mike grinste. «Mehr Farbe, Kinder!»

Sofort begannen sie, die leeren Flächen mit bunter Kreide auszumalen. Alice lächelte und sagte dann: «Wir müssen jetzt wirklich los!»

Mike zog die Augenbrauen hoch: «Ach, entschuldige, dass wir dich aufgehalten haben!»

«Ja, Mom, entschuldige!» Nell hatte die Hände in die Hüften gestemmt und sah sie aus blitzenden Augen an.

«Entschuldige, Mommy», sagte auch Peter, dem jedoch die Ironie völlig entging. Er streckte die Arme nach seiner Mutter aus.

Judy Gersten stand vor dem vom Rosenbusch überwucherten Zaun und wartete auf sie. Alice schätzte sie auf Mitte fünfzig. Sie hatte einen grauen Pagenkopf und trug einen dunkelblauen Rock, der bis kurz über die Knie reichte, eine weiße Bluse und einen blauen Blazer, der fast, aber nicht ganz, im Farbton zum Rock passte. Sie hielt eine große Stofftasche fest an sich gepresst. Als Alice ihr gegenüberstand, stellte sie verblüfft fest, dass Judy blaue Wimperntusche aufgetragen hatte, sonst aber völlig ungeschminkt war.

«Sie müssen Judy sein.» Alice schüttelte ihr die Hand. «Das ist mein Mann, Mike, und unsere Kinder …»

Nell und Peter warteten gar nicht erst ab, bis sie vorgestellt wurden, sondern rannten sofort auf die Vordertreppe zu. Peter setzte sich genau vor die Haustür und ließ sein Feuerwehrauto über die Stufe fahren.

«Ich habe heute früh mit Pams Mann gesprochen», sagte Alice zu Judy. «Er meinte, sie könne außer der Familie noch keinen Besuch empfangen. Waren Sie schon bei ihr?» Schließlich arbeiteten Pam und Judy ja schon viele Jahre zusammen, da gehörte sie vermutlich auch zum Familienkreis, dachte Alice.

«Ja, heute früh.»

«Wie geht es ihr?»

«Unverändert.» Judy kniff die Lippen zusammen und lächelte säuerlich. Mehr wollte sie offensichtlich nicht sagen.

«Ach, übrigens», setzte Alice an, als sie auf das Haus zugingen, «ist Pam eigentlich vom Bauamt zurückgerufen worden?»

«Haben Sie mich das nicht schon einmal gefragt?»

«Wirklich?»

Wieder das verkniffene Lächeln, das nichts preisgab.

«Bestimmt.» Judy runzelte die Stirn. «Nein, sie hat

keine Nachrichten aus dem Bauamt erhalten, nicht dass ich wüsste.»

Sie stiegen die Treppe hinauf, und Peter begann, mit seinem Feuerwehrauto über die glänzende Eichentür zu fahren, wobei er mit lauter Stimme eine Sirene nachmachte.

«Hey hey hey, Peter», protestierte Mike. «Nicht auf der Haustür.»

«Daddy hat gesagt, du sollst aufhören.» Nell versuchte, ihm das Auto zu entreißen, aber er wehrte sich.

Mike trennte die beiden Streithähne. «Noch ein Problem mit dem Feuerwehrauto, Petie», sagte er, «und ich stecke es den ganzen Tag in die Tasche. Okay?»

Peter, der das Auto fest umklammert hielt, nickte.

Judy läutete an der Tür, wartete einen Augenblick, um sicherzugehen, dass niemand zu Hause war, dann schloss sie auf. Sie wirkte sehr beherrscht, stellte Alice fest, die sie von der Seite beobachtete.

«Im Souterrain befindet sich eine Zweizimmerwohnung, die vermietet werden kann», sagte sie. «Sie hat einen eigenen Eingang. Wir können später dort hinuntergehen, wenn Sie möchten. Die Mieteinnahmen sind beachtlich.»

Die Kinder liefen voraus, durch das Wohnzimmer und direkt in die Küche. Alice hörte sie aufgeregt schnattern. Offensichtlich fühlten sie sich schon wie zu Hause. Sie und Mike folgten Judy in das Wohnzimmer, das nur durch einen Bogendurchgang von der Küche getrennt war. Breite Dielen vermittelten Bauernhaus-Atmosphäre, zu der der Marmorkamin einen schönen Gegensatz bildete. Ein einfacher, aber wunderschöner Kronleuchter hing von einer Stuckrosette an der Decke herab. Zwei deckenhohe Fenster ließen sanftes Licht in den Raum.

In der Küche hatten sich die Kinder bereits an den Tisch gesetzt, und Alice hatte den Eindruck, sie fühlten sich dort wohl. Es war eine schöne Küche, nicht besonders schick und auch nicht neu. Aber die Geräte waren modern, die Schränke aus hellem Holz und die Arbeitsplatte aus einem rosafarbenen Kunststoff, der in der letzten Zeit wieder in Mode gekommen war. Alles sah aus, als ob es in gutem Zustand sei; entweder hatte jemand diese Küche im alten Stil nachgebaut, oder sie war nicht häufig benutzt worden.

«Nicht renoviert», stellte Mike sachlich fest. Das war ein ganz neuer Zug an ihm: der vorsichtige Käufer.

«Dieses Haus ist über die Jahre sehr gut instand gehalten worden», erwiderte Judy. «Rohre und Leitungen sind in exzellentem Zustand. Der Keller ist trocken, es sind neue Fenster eingebaut worden. Die Küche ist zwar nicht neu, aber es ist alles in Ordnung.»

Alice hätte ihr am liebsten begeistert zugestimmt, aber sie hielt sich zurück. Sie war froh, dass die Küche nicht renoviert war, und hoffte, dass es bei den Badezimmern ebenso war. Bei diesem Haus ging es nicht um neue Armaturen, sondern um das tägliche Leben ihrer Familie und ihr Glück. Renovierte Küchen und Badezimmer mochten mondän sein, aber sie trieben den Preis in die Höhe, und wirklich wichtig waren sie nicht.

Rechts vom Tisch führte eine Glastür auf einen Küchenbalkon mit einer Treppe in den Garten. Auf einer kleinen Terrasse am Fuß der Treppe stand ein schmiedeeiserner Tisch mit vier dazu passenden Stühlen.

«Ein gutes Haus für eine Familie», sagte Judy, obwohl sie das nicht ausdrücklich hätte betonen müssen.

«Können wir uns auch das Obergeschoss anschauen?», bat Alice.

Nell und Peter standen vom Küchentisch auf und folgten den Erwachsenen nach oben.

Judy ging als Erste die Treppe hinauf, dann kamen die Kinder, gefolgt von Alice und Mike. Alice stupste ihren Mann an, und als er sie anblickte, zog sie die Augenbrauen hoch und nickte. Er zwinkerte, und sie wusste, sie hatten ihr Haus gefunden.

Oben waren drei Schlafzimmer, zwei durchschnittlich groß, das dritte sehr klein, aber mit Fenster. Alles sah ordentlich und sauber aus und war frisch gestrichen. In die Nischen waren Regale eingepasst, wodurch die Zimmer sehr aufgeräumt wirkten.

Im Flur befanden sich eingebaute Wandschränke, einer neben dem Badezimmer und einer neben einem der größeren Schlafzimmer. «Und oben ist noch ein großer Einbauschrank.»

«Es gibt noch ein Stockwerk?», fragte Mike.

Judy lächelte. «Folgen Sie mir.»

Über eine weitere Treppe stiegen sie ins Dachgeschoss. Dort gab es keinen Flur, aber zwei große Zimmer, die durch einen offenen Durchgang miteinander verbunden waren. Eines der Zimmer wurde als Büro genutzt, das andere offenbar als Nähzimmer. Alice blickte sich um und sah im Geiste ein weiteres Schlafzimmer und ein Spielzimmer vor sich.

«Wenn Sie möchten, kann ich Ihnen auch den Keller zeigen», bot Judy an.

Mike nickte. «Ja, bitte», erwiderte er.

Sie folgten Judy die Treppe hinunter, und Mike ließ sich alles zeigen. Alice blieb mit den Kindern im Untergeschoss zurück, damit sie keinen Schaden anrichten konnten. Aber auch von hier aus konnte sie sehen, dass es ein normaler, steinerner Keller war. An einer Wand standen Vorratsregale, Fahrräder hingen an einer anderen Wand, und in der Ecke befand sich ein großer Heißwasser-Boiler.

«In technischer Hinsicht ist alles vollkommen in Ordnung», erklärte Judy. «Aber Sie sollten natürlich trotzdem einen Gutachter zurate ziehen. Wenn Sie möchten, kann ich Ihnen einige Namen nennen.»

Ja, dachte Alice, sie wollten einen Gutachter bestellen. Und einen Notar, um den Kaufvertrag zu machen. Und einen Spediteur für den Umzug. Sie konnte es kaum erwarten, aus Julius Pollacks Haus auszuziehen. Aber eines musste sie vorher noch wissen.

«Judy», rief Alice hinunter. «Pam hat mir noch keinen Preis für dieses Haus genannt.»

Judy blickte hinauf und nickte, ohne zu lächeln, was in Alice die schlimmsten Befürchtungen weckte. Sicher würde der Preis für ein solches Schmuckstück astronomisch hoch sein. Wahrscheinlich eins Komma sieben oder eins Komma acht Millionen, eine Summe, die sie nie würden aufbringen können. Die Enttäuschung schnürte ihr fast die Kehle zu.

Judy griff in ihre Tasche und holte das Exposé heraus. «Sie wollen wohl neunhundertfünfundneunzigtausend haben.» Sie blickte Alice an. «Aber wir haben bestimmt noch Verhandlungsspielraum.»

«Mike.» Alice winkte ihren Mann zu sich. «Können wir mal kurz miteinander reden?»

Er nickte, und sie scheuchten Nell und Peter in die Küche. Judy blieb im Untergeschoss zurück und wartete auf sie.

«Was meinst du?», flüsterte Alice. «Ich finde, das ist ein wirklich guter Preis.»

Mike blickte sich in der Küche um. «Mir gefällt es sehr.»

«Dieses Haus ist perfekt.»

«Okay», sagte er. «Los. Wir nehmen es.»

Alice rief Judy, die sich ein Lächeln kaum verkneifen konnte, als sie die Treppe hinaufkam. Sie war gut in ihrem Job, wenn auch auf eine andere Art als Pam, dachte Alice. Sie war beherrscht und gefasst, wo Pam vor Begeisterung losgeschrien hätte. Pam hätte nicht abgewartet, bis Alice ihre Meinung kundgetan hätte; sie hätte es von vorneherein gewusst und darauf bestanden, dass sie das Haus nähmen. *Schätzchen, seien Sie nicht blöd. Nehmen Sie es!*

«Wir möchten den verlangten Preis bieten», sagte Alice.

«Na! Ich freue mich, das dem Verkäufer mitteilen zu können.»

Sie verließen das Haus, Judy schloss ab und sie verabschiedeten sich.

«Ich rufe Sie an, sobald ich etwas höre», sagte Judy und wandte sich zum Gehen.

«Judy, entschuldigen Sie, wissen Sie vielleicht, wer Julius Pollacks Partner ist?» Die Frage war Alice im letzten Moment eingefallen. Bisher war sie nicht auf die Idee gekommen, dass die Maklerin vielleicht etwas darüber wissen könnte.

Judy blickte sie ausdruckslos an.

«Julius Pollack», erklärte Alice, «dem Metro Properties gehört. Sie vermitteln doch bestimmt ein paar seiner Wohnungen.»

«Ja», erwiderte Judy. «Natürlich. Soweit ich weiß, arbeitet er allein.»

«Sind Sie sicher? Ich bin ein paarmal auf Erwähnungen eines Partners gestoßen, aber niemand scheint zu wissen, wer er ist. Ich dachte, Sie wüssten es vielleicht.»

«Nein, meine Liebe. Tut mir Leid.» Die Ampel sprang auf «Walk» um, aber Judy schien es gar nicht zu bemerken. Sie blickte Alice fragend an. «Warum haben Sie solches Interesse an seinem Partner, oder ob es überhaupt einen gibt?»

Die Frage kam Alice seltsam vor. Warum sollte es sie nicht interessieren, ob hinter ihrem und Laurens Vermieter ein Partner stand? Und Pam war überfallen worden, als sie versucht hatte, etwas darüber zu erfahren.

«Das Haus, in dem Sie wohnen, gehört Julius Pollack allein», fuhr Judy fort, die auf einmal erstaunlich gut informiert war. «Nicht Metro. Ich habe den Eindruck, dass Ihre Kündigung eine sehr persönliche Angelegenheit ist und überhaupt nichts mit Metro Properties zu tun hat.» Sie lächelte Alice an und zeigte dabei überraschend schöne, weiße Zähne.

«Alice!», rief Mike. Er war schon ein ganzes Stück entfernt, weil die Kinder nicht stehen bleiben wollten.

Judy wandte sich zum Gehen. «Wegen des Angebots sage ich Ihnen Bescheid. Es ist ein wunderschönes Haus, finden Sie nicht?» Dann überquerte sie die Straße, ohne Alices Antwort abzuwarten.

Am Eingang zum Carroll Park holte Alice ihre Familie ein. Nell und Peter liefen zwei getrennte Wege zur Parkmitte, aber kaum war er losgelaufen, kam Peter auch schon wieder weinend zu seinen Eltern zurück.

«Wo ist mein Feuerwehrauto?» Er drückte sein Gesicht an Alices Bauch.

Alice streichelte ihm über die Haare. «Hast du es jetzt gerade verloren? Hier im Park?»

«Nein!» Er weinte lauter.

Nell kam ebenfalls zurückspaziert, mit dem überlegenen Gesichtsausdruck, der bedeutete, dass sie etwas wusste, was ihnen entgangen war.

«Er hat es im Haus vergessen», sagte sie. «Als wir nach oben gegangen sind.»

«Wusstest du, dass er es da gelassen hat?», fragte Mike verärgert.

«Ich habe gesehen, wie er es hingelegt hat, aber ich habe nicht geglaubt, dass er es da lässt.»

«Okay, Süßer», sagte Alice. «Ich rufe Judy an und bitte sie, uns das Auto wiederzubeschaffen. Wenn wir wissen, wo es ist, ist es nicht wirklich verloren. Du bekommst es wieder zurück, das verspreche ich dir.»

Beruhigt rannte Peter zum Spielplatz und kletterte die Leiter zur Rutsche hinauf. Alice zog die Visitenkarte hervor, die Judy ihr gegeben hatte, weil sie hoffte, darauf eine Handynummer zu finden, unter der sie die Frau erreichen konnte, aber es war nur eine Büronummer angegeben. Insgeheim erleichtert darüber, dass sie nicht schon wieder mit der etwas merkwürdigen Frau sprechen musste, hinterließ Alice eine Nachricht auf dem Anrufbeantworter im Büro.

Judy erwiderte ihren Anruf erst am darauf folgenden Abend. Alice fand, dass ihre Stimme sehr undeutlich klang, als sie ihr eine Nachricht hinterließ.

«Herzlichen Glückwunsch, sie haben Ihr Angebot akzeptiert! Außerdem habe ich das Feuerwehrauto Ihres Sohnes gefunden. Es steckt jetzt in meiner Tasche. Ich bin morgen den ganzen Tag zu Hause, weil ich auf den Reparaturdienst für meine Spülmaschine warten muss, als ob ich zwischen acht und fünf nichts Besseres zu tun hätte! Zwischen acht und fünf! Als ob ich nichts Besseres zu tun hätte!»

Alice war sich nicht ganz sicher, aber bevor Judy den Anruf mit ihrer Privatadresse beendete, schien ihre Stimme zu brechen. Weinte sie etwa?

KAPITEL 26

Judy Gersten wohnte an der Douglas Street, in einem der blauen Häuser, die sich von den typischen Brownstones abhoben. Alice stieg die Vordertreppe hinauf, läutete und wartete. Es war erst Viertel vor neun, aber Judy hatte ja ausdrücklich erwähnt, dass sie von acht bis fünf auf den Reparaturdienst warten müsse, also konnte Alice ja nicht zu früh vorbeigekommen sein. Aber niemand öffnete. Alice ging durch den Kopf, dass sie gar nichts über Judy wusste, ob sie allein lebte oder eine Familie hatte. Und sie hatte gestern Abend so durcheinander geklungen, vielleicht war ja etwas geschehen. Alice läutete noch einmal.

Endlich ging die Haustür einen Spalt weit auf und Judy musterte ihren Besuch. Anscheinend erkannte sie Alice nicht. Alice wollte sich fast schon entschuldigen und zurückziehen, aber sie hatte Peter versprochen, dass er heute nach der Schule sein Feuerwehrauto zurückbekommen würde.

«Bin ich zu früh?», fragte sie. «Ich komme wegen des Spielzeugautos meines Sohnes.»

Judy öffnete die Tür. Sie trug einen champagnerfarbenen Satin-Morgenmantel, der über einer Jogginghose und einem Männerunterhemd auseinander klaffte. Ohne die Fassade aus Berufskleidung wirkte sie ungeschützt. Seltsamerweise sah sie älter und jünger zugleich aus, und Alice fühlte sich zu dieser Judy wesentlich mehr hingezogen als zu der Immobilienmaklerin, die ihr das Haus gezeigt hatte. Allerdings änderte sich das, als sie anfing zu reden.

«Es ist gleich da drüben», sagte Judy. «Ich hole es.»

Sie stank nach Whiskey. Das war es also: Judy war betrunken. Aber Alice wollte Peters Feuerwehrauto wiederhaben, also folgte sie ihr nach drinnen. Das Wohnzimmer war gemütlich-chaotisch, im französischen Landhausstil eingerichtet und ein bisschen abgewohnt.

«Wenn Sie mir das Feuerwehrauto geben, bin ich gleich wieder weg.»

Judy gab einen Laut von sich, als wolle sie wieder anfangen zu weinen.

Es war anscheinend noch schlimmer, als Alice befürchtet hatte. «Vielleicht sollte ich später wiederkommen.»

«Warten Sie bitte, ja?» Judys Stimme klang jämmerlich, Mitleid erregend.

Die Morgenzeitung lag aufgeschlagen auf einem Diwan vor einem großen Fenster. Daneben auf dem Boden stand ein Becher mit Judys *Kaffee*, einer öligen, bernsteinfarbenen Flüssigkeit, die jeder sofort als Whiskey erkannt hätte.

Judy durchwühlte ihre Tasche, als Alices Blick auf ein Foto in der Zeitung fiel, das ihr einen Schlag versetzte. Es war ein Foto von Julius, eine seltsame Aufnahme, weil er lächelte. Sie hatte ihn noch nie lächeln gesehen. Er hatte den Arm um einen anderen Mann gelegt. Die Schlagzeile über dem Foto konnte Alice nicht lesen, da in diesem Augenblick schon wieder Judy neben ihr stand.

«Danke.» Alice nahm das kleine rote Auto entgegen.

Aus der Nähe sah Judy nicht nur betrunken, sondern auch gepeinigt aus, und Alice fragte sich, ob wohl etwas anderes als der Whiskey an ihrem Zustand schuld war. «Ist alles in Ordnung?», fragte sie.

«Oh, mir geht es wunderbar», erwiderte Judy dramatisch. Sie trat zu einer Couch, die an einer Ziegelwand stand, und sank in die weichen Polster. Alice blickte auf die zusammengesunkene Gestalt. Die arme Frau. Hinter einer besonders beherrschten Fassade verbarg sich wie so oft der größte Aufruhr.

«Es ist etwas passiert», schluchzte Judy und schlug sich die Hände vors Gesicht, «und jetzt ist alles vorbei.»

«Das tut mir Leid», flüsterte Alice. Und das stimmte auch, obwohl sie nicht wusste, wovon Judy redete. Sie stand da und wartete darauf, dass das Schluchzen nachließ, damit sie sich verabschieden konnte.

Als sie sich in dem hübschen, unordentlichen Zimmer umblickte, entdeckte sie überall ähnliche Handarbeiten wie auf Judys Schreibtisch im Büro. Jede weiche Fläche im Zimmer, abgesehen vom Teppich und dem silbrigen Jacquard-Bezug des Sofas, war von Judy bearbeitet worden. Die Sitzflächen von zwei antiken Sesseln waren mit Petit-Point-Stickerei bezogen. Zwischen den Sesseln stand ein kleiner Tisch mit einer großen, gerahmten Fotografie von Judy und einem Mann, der Alice irgendwie bekannt vorkam. Sie standen Arm in Arm da, wie ein altes Ehepaar, und lächelten breit in die Kamera. Aber nichts sonst im Zimmer gab einen Hinweis darauf, dass Judy verheiratet war. Es war eindeutig das Zimmer einer Frau. Auf der Couch, auf der Judy saß, lagen zahlreiche gestickte Kissen, alle bis auf eins mit symmetrisch angeordneten winzigen

Blumen, was wie eine Art Gartenfeuerwerk wirkte. Die Ausnahme war ein Kissen, auf das nur eine einzige Blume gestickt war, in der Art eines Georgia-O'Keeffe-Gemäldes.

Alice musste das Kissen unwillkürlich angestarrt haben, denn Judy hörte abrupt auf zu schluchzen. «Es sollte eine Pfingstrose werden», sagte sie, «aber wahrscheinlich habe ich auch das, wie alles andere, nicht richtig hingekriegt.»

Erst jetzt erkannte Alice, dass es tatsächlich eine Pfingstrose war. «Es ist wunderschön», sagte sie.

Judy ergriff das Kissen und strich mit zitternden Fingern über die Oberfläche. Dabei blickte sie Alice an. «Es war die Idee dieses französischen Mädchens.» Ihre Stimme war rau vom Weinen. «Sylvie. Sie hat mir von der Frau erzählt, die Pfingstrosen geliebt hat, die, die sie im Kanal gefunden haben. Eine Frau, die wie Abfall weggeworfen wurde.» Wieder begann sie zu weinen. «Hier.» Sie warf Alice das Kissen zu. «Sylvie hat mir auch erzählt, dass die Frau Ihre Freundin war. Ihnen bedeutet es sicher mehr als mir.»

Alice fing das Kissen auf. «Das kann ich nicht annehmen.»

«Mir bedeutet es nichts.» Judy holte tief Luft. Flehend blickte sie Alice aus ihren verquollenen Augen an. «Ich mache sie nur, weil ich etwas zu tun haben will. Sylvie bringt sie in den Frauenladen. Ich verkaufe sie, weil sie mir nichts bedeuten. Ich brauche das Geld nicht. Nehmen Sie es, bitte.»

Judy stand auf und trat zum Diwan. Dort ergriff sie ihren Becher und leerte ihn in einem Zug. Die Zeitung beachtete sie gar nicht.

«Danke», sagte Alice. «Ich weiß schon genau, wo ich es hintun werde.»

Judy entließ sie mit einer nonchalanten Handbewegung, und Alice eilte mit Peters Feuerwehrauto und dem Kissen aus dem Haus.

Zu Hause holte sie sofort die Zeitung aus ihrer Plastikhülle und breitete sie auf dem Küchentisch aus. Im Lokalteil fand sie das Foto von Julius und seinem Gefährten unter der Schlagzeile *Gegen Brooklyner Immobilienhai wird wegen Angriff auf Maklerin ermittelt.* Von Erin Brinkley.

Alice war erstaunt darüber, wie schnell Erin Brinkley auf Julius Pollack gestoßen war. In der letzten Zeit konnte die Reporterin offenbar Alices Gedanken lesen. Der Mann auf dem Foto wurde als Pollacks Partner, Sal Cattaneo, identifiziert. Er war in den Fünfzigern, schätzte Alice, mit einem wirren Haarkranz aus weißen Haaren und Lachfältchen um die Augen. Er sah freundlich aus, im Gegensatz zu Julius, der trotz seines Lächelns hart wirkte. Alice betrachtete Sal Cattaneo, den Mann, über den Pam erfolglos Nachforschungen angestellt hatte. Wie war es Erin Brinkley gelungen, ihn so einfach zu entdecken? Der Name und auch das Gesicht kamen ihr bekannt vor, aber sie konnte ihn nicht einordnen.

Sie setzte sich an den Küchentisch und las den Artikel.

> Wegen Übereinstimmungen in drei ungelösten Fällen hat die örtliche Polizei begonnen, die berüchtigten Immobilienhaie Julius Pollack und Sal Cattaneo, seit langem Partner bei Metro Properties, unter die Lupe zu nehmen, auch im Hinblick auf den Tod von Lauren

Barnet und das Verschwinden ihres ungeborenen Babys. Gegen die beiden Männer wird auch in Verbindung mit dem Verschwinden von Christine Craddock, die ebenfalls schwanger war, ermittelt. Ms. Craddock verschwand vor zwei Jahren am errechneten Geburtstermin ihres Babys. Sowohl Ms. Barnet als auch Ms. Craddock waren Mieter bei Metro Properties und wehrten sich zur Zeit ihres Verschwindens gegen die Bemühungen von Metro, sie aus ihren mietpreisgebundenen Wohnungen in der Gegend Carroll Gardens-Cobble Hill zu vertreiben. Gut informierte Kreise berichten, dass die Polizei Mr. Pollack und Mr. Cattaneo auch im Zusammenhang mit dem Überfall auf Pam Short verhört hat. Ms. Short ist Immobilienmaklerin in Brooklyn und hat möglicherweise etwas über Metro erfahren, das sie in Gefahr gebracht hat. Sie liegt immer noch im Koma im Long Island College Hospital.

Nach Angaben der Polizei gelten Ms. Barnets Ehemann, Tim Barnet, und Ms. Craddocks Freund, David Jonstone, nicht mehr als Hauptverdächtige. Man sah sich gezwungen, die Suche wesentlich zu erweitern, als deutlich wurde, dass die drei Fälle offenbar miteinander in Verbindung stehen.

Im Rahmen der Ermittlungen kursieren verschiedene Hypothesen, die von der des einsamen Serienkillers über die eines Komplotts in der Immobilienbranche bis hin zu jener eines schwarzen Markts für Babys reichen. Die Angelegenheit scheint eine harte Nuss für die Polizei zu sein.

«Offensichtlich spielt jemand mit uns», sagt Detective Francesca Viola vom 76. Revier. «Wir suchen nach dem gemeinsamen Nenner, und im Moment sind das zwei schwangere Frauen, die verschwanden, ihr Vermieter Metro Properties, und eine Immobilienmaklerin, die möglicherweise einer Sache auf der Spur war.»

Alice las den Artikel noch zweimal durch. Andre Capa wurde immer noch nicht erwähnt, diese Information hielten Frannie und Giometti offensichtlich zurück. Aber warum? Einen Augenblick lang war Alice wieder versucht, die Reporterin anzurufen, um die Lücken aufzufüllen. Aber schließlich entschied sie sich doch dagegen. Sie hatte Frannie versprochen, nichts zu sagen.

Als könne die Polizistin Gedanken lesen, klingelte in diesem Moment ihr Handy, und das Display kündigte das 76. Revier an. Alice wollte das Gespräch gerade entgegennehmen, als ihr noch etwas klar wurde.

Sie wusste jetzt, wo sie Sal Cattaneo gesehen hatte: vor einer halben Stunde in Judy Gerstens Wohnung in dem Rahmen auf dem hübschen Tischchen. Wie ein Ehemann, Partner oder langjähriger Freund hatte er neben Judy gestanden.

Und dann fiel Alice ein, wo sie den lächelnden Mann auf Judys Foto noch gesehen hatte; plötzlich wusste sie ganz genau, wer er war.

KAPITEL 27

Judy Gerstens lieber Freund und Julius Pollacks Partner war auch der Metzger des Viertels. Sie sah die blaue Markise über dem Laden in der Court Street vor sich, auf der in weißer Schrift stand *Cattaneo & Sohn*. Der Sohn schien allerdings eine Erfindung zu sein. Und jetzt gab es mindestens drei Sal Cattaneos. Der, den sie kannte, war immer so nett und freundlich, aber was war mit den anderen beiden?

Sie griff zum Handy, in der Hoffnung, Frannies Anruf noch entgegennehmen zu können, bevor sie ihre Nachricht zu Ende gesprochen hatte. Aber es war schon zu spät.

Gerade wollte sie die Nummer wählen, um Frannie zurückzurufen, als auf einmal jemand heftig gegen ihre Wohnungstür donnerte.

«Sie! Sie verdammtes Luder, machen Sie die Tür auf, oder ich trete sie ein!», brüllte Julius Pollack.

«Hören Sie auf, Julius!», schrie Alice.

Sie stellte sich mit dem Handy neben die Gartentür, damit sie nach draußen entkommen konnte, wenn er die Tür wirklich einschlagen würde. Wie es dann weitergehen sollte, wusste sie allerdings nicht. Seine Faustschläge dröhnten durch das ganze Haus.

«Hören Sie auf! Ich rufe die Polizei!»

Kaum hatte sie die Drohung ausgesprochen, als der Lärm verstummte. Plötzlich war es, als sei Julius gar nicht mehr da.

Sie wählte Frannies Nummer, und während sie wartete, dass sie an den Apparat ging, schien sich die Küche mit Stille zu füllen. Sie traute sich kaum zu atmen und lauschte angestrengt auf Pollacks Schritte, die sich nun die Treppe hinauf bewegten.

«Alice?», meldete sich Frannie.

Alice erklärte ihr rasch, was passiert war.

«Wo sind Sie jetzt?», fragte Frannie.

«In der Küche.»

«Ist er noch draußen?»

«Er ist gerade nach oben gegangen.»

«Bleiben Sie, wo Sie sind. Machen Sie die Tür nicht auf und gehen Sie auch nicht ans Telefon. Wir sind in zwei Minuten bei Ihnen.»

Die Zeit dehnte sich endlos, als Alice wartend in der Küche stand. Offensichtlich dachte Julius, sie habe etwas mit dem Artikel in der Zeitung zu tun. Hatte er sie mit Pam Short in Verbindung gebracht? Wusste er, dass Pam auf Alices Bitte hin Erkundigungen eingezogen hatte? Arbeitete Andre Capa auch für ihn? Hatte Capa ihm alles berichtet, bevor man ihn verhaftet hatte?

Alice dachte an den alten Mann, der nach dem Autounfall zu ihr gesagt hatte: *Atmen Sie tief durch, Lady, eins, zwei, drei.* Das tat sie jetzt. Zwar schlug ihr das Herz immer noch bis zum Hals, aber sie merkte doch, wie sie sich langsam beruhigte.

Mit zitternden Fingern wählte sie die Nummer von

Mikes Handy. Nach dreimaligem Klingeln sprang die Mailbox an. Offensichtlich sägte er gerade, oder aber er hörte das Handy nicht, weil er die Musik so laut gestellt hatte. «Mike», flüsterte sie auf seine Mailbox. «Julius hat versucht, in die Wohnung zu kommen. Komm nach Hause. *Bitte!*»

In diesem Moment hörte sie Pollacks Schritte erneut auf der Treppe. Sie umklammerte das Handy so fest, dass ihre Finger taub wurden. Wo blieben Frannie und Giometti nur? Als er an ihrer Wohnungstür angelangt war, wählte sie panisch die Notrufnummer. Aber Julius ging vorbei, und sie hörte, wie er die Haustür öffnete.

Leise schlich sie ins Wohnzimmer. Dort konnte sie hören, dass er mit jemandem redete. Die Stimme kannte sie. Es war Frannie.

Aus dem Handy drang eine blecherne, ferne Stimme: «Hallo? Hallo? Was ist passiert?» Alice drückte auf den AUS-Knopf.

Julius widersprach Frannie anscheinend, aber dann mischte sich Giometti ein, und was immer er sagte, schien Pollack zur Räson zu bringen. Alice hielt den Atem an. Sie verhandelten über irgendetwas. Sie hörte, wie Frannie sagte «einstweilige Verfügung».

«Gut», hörte Alice Julius sagen. «Wie viel?»

Die nächsten Worte konnte sie nicht verstehen, dann jedoch erhob Pollack die Stimme und stieß hervor: «Wenn Sie das tun, werden Sie es bereuen.» Mit festen, wütenden Schritten marschierte er wieder die Treppe hinauf.

Alice wartete angespannt. Als die Polizisten an ihre Wohnungstür klopften, riss sie sie erleichtert auf.

«Alles in Ordnung?», fragte Giometti.

«Ja, ich hatte nur Angst.»

Frannie schob ihre Sonnenbrille auf den Kopf, sodass ihr die Haare nicht in die Stirn fielen. «Wir möchten, dass Sie eine einstweilige Verfügung erwirken.»

«Aber er wohnt hier.»

«Ja, das stimmt.» Giomettis Stimme war sanft. «Aber Sie nicht mehr.»

Er hatte Recht – sie konnte mit den Kindern hier nicht länger wohnen bleiben.

«Aber er wird mich überall finden», wandte Alice ein. «Er ist wütend wegen des Zeitungsartikels von heute. Er glaubt, ich hätte etwas damit zu tun. Würde eine einstweilige Verfügung nicht nur alles schlimmer machen?»

«Das wissen wir nicht», erwiderte Giometti.

«Also», warf Frannie ein, «es geht vor allem darum, dass es sofort aktenkundig wird, wenn er irgendetwas gegen Sie oder sonst jemanden unternimmt. Es bedeutet nicht, dass er aufhört, aber wir können es damit lückenlos dokumentieren, was eines Tages vor Gericht sehr nützlich sein könnte.»

«Das heißt, wenn er jemandem etwas angetan hat», sagte Alice. «Mir zum Beispiel.»

Frannie blickte ihr fest in die Augen. «Genau», erwiderte sie.

«Kommen Sie, wir gehen», sagte Giometti, die Hand bereits auf dem Türknauf.

«Warten Sie», erwiderte Alice. «Ich muss noch rasch ein paar Sachen mitnehmen.»

Sie lief nach unten und packte eine Reisetasche für sich und die Familie. Nach fünfzehn Jahren wohnten sie hier nicht mehr. Einfach so.

Giometti saß am Steuer und Frannie auf dem Beifahrersitz. Sie hatte sich zu Alice umgedreht, die ihr alles über den Besuch bei Judy Gersten und das Foto mit Sal Cattaneo erzählte. Frannie und Giometti hatten den Artikel in der *Times* bereits gesehen, aber offensichtlich hatte der Inhalt sie nicht überrascht. Sie hielten auf dem Parkplatz des Polizeireviers, die beiden Ermittler stiegen aus, und Frannie öffnete Alice die Wagentür.

Frannie und Giometti führten sie in ein Zimmer hinter der Empfangstheke und blieben bei ihr, während sie bei einem Beamten Anzeige erstattete und die einstweilige Verfügung beantragte. Es dauerte nur ungefähr zehn Minuten, und dann musste Alice unten auf dem Protokoll unterschreiben.

Anschließend fuhren die Detectives mit ihr zum Gericht, wo sie ihre Limousine auf der Adams Street in zweiter Reihe parkten, mit einer Selbstverständlichkeit, die Alice seltsam faszinierend fand. Es war eine Geste der Macht, des Schutzes. Sie eilten mit Alice durch eine Drehtür und einen langen Korridor entlang. Die Richterin, die für Alice zuständig war, war eine Frau um die sechzig, die ungeduldig wirkte.

«Machen Sie es nicht so kompliziert», flüsterte Frannie Alice zu, als sie aufgerufen wurde.

So einfach wie möglich schilderte sie ihren Fall. «Mein Vermieter heißt Julius Pollack. Er hat begonnen, mir zu drohen. Ich habe Angst um meine Kinder.»

Die Richterin stellte einige Fragen über ihre Beziehung zu Julius, dann trat Giometti vor und beantwortete verfahrenstechnische Fragen. Alice verstand so gut wie gar nichts. Schließlich nickte die Richterin, unterschrieb ein

Gesuch auf Personenschutz, knallte ihren Stempel darauf, und sie waren fertig.

Alice war es schwindlig, so schnell war alles gegangen. Benommen saß sie hinten im Polizeiwagen, als endlich Mike anrief.

«Ich bin zu Hause», sagte er. «Was zum Teufel ist eigentlich los?»

Alice erklärte ihm alles. «Ich habe schon für dich gepackt. Wenn du sonst noch etwas mitnehmen willst, dann tu es jetzt. Ruf Simon an, ja? Frag ihn, ob wir bei ihm wohnen können.»

«Das ist doch unrealistisch, Alice.» Sie hörte ihm an, wie beunruhigt er war. «Lass uns einfach abhauen, okay? Wir nehmen das nächste Flugzeug und fliegen irgendwohin.»

Es war ein reizvoller Gedanke, und einen Augenblick lang lockte sie das Bild von blauem Meer und weißem Strand. Ja, es wäre schön, für eine oder zwei Wochen hier rauszukommen.

«Sie fahren mich jetzt wieder zum Revier zurück», sagte sie. «Ruf bitte Simon an. Und holst du die Kinder von der Schule ab? Ich bin nicht sicher, ob ich es rechtzeitig schaffe.»

Auf dem Revier führten Frannie und Giometti Alice sofort die Treppe hinauf in das Büro der Ermittler. «Wir wollen aufrichtig mit Ihnen sein, Alice.» Ein Schatten des Unbehagens glitt über ihr Gesicht.

«Gut», erwiderte Alice. «Ich muss jetzt auch wirklich wissen, was los ist.»

Giometti steckte die Hände in die Taschen und rutschte auf seinem Stuhl hin und her. Frannie warf ihm einen Blick zu, dann richtete sie ihre Aufmerksamkeit wieder auf Alice.

«Es war nicht Andre Capa, der Ihnen gefolgt ist», sagte sie. «Andre Capa ist ein Künstler, der am Gowanus-Kanal wohnt. Er hat mit diesem Fall nichts zu tun.»

Alice war verwirrt. Andre Capa war der Letzte, der Lauren lebend gesehen hatte. Und Erin Brinkley hatte doch erwähnt, dass er auch Christine Craddock am Tag ihres Verschwindens am Kanal gesehen hatte. Außerdem hatte Alice ihn doch auch selbst bei ihrem einsamen Morgenspaziergang bemerkt.

«Wer ist mir denn dann gefolgt?» In Alice stieg Panik auf, als sie daran dachte, dass der Limousinenfahrer vielleicht noch frei herumlief.

«Einer von unseren Leuten», antwortete Giometti.

«Ein Polizist?» Alice blickte ihn entgeistert an. «Wie bitte? Wieso denn das?»

«Alice.» Frannie beugte sich vor. «Wir haben Sie im Auge gehabt, seit Lauren verschwunden ist. Zuerst Christine Craddock, dann Lauren, dann ...»

«Ich?»

«Wir durften kein Risiko eingehen», erwiderte Frannie.

«Und war ich tatsächlich in Gefahr?», fragte Alice. «Bin ich es immer noch?»

«Wir kommen der Lösung des Falls immer näher, aber es fehlen noch wichtige Erkenntnisse», sagte Frannie.

«Warum haben Sie mich in Bezug auf Andre Capa angelogen?» Alice spürte leise Empörung in sich aufsteigen. Schließlich hatte sie versucht, der Polizei immer die Wahrheit zu sagen, und sie hatten ihr frech ins Gesicht gelogen. «Warum haben Sie behauptet, er würde mich verfolgen und Sie hätten ihn verhaftet? Warum?»

Giometti schaltete sich ein. «Haben Sie Zeitung gelesen?»

«Ja.»

«Alle Artikel über die Fälle?»

Alice nickte.

«Einiges von dem, was in den Artikeln stand, war als Information noch nicht freigegeben», sagte er. «Wir haben mit Erin Brinkley, der Reporterin, gesprochen. Sie behauptete, eine Frau würde sie anonym anrufen und ihr Hinweise geben. Allerdings stimmt nicht alles.»

«Wir mussten einfach wissen, ob Sie die undichte Stelle sind», erklärte Frannie. «Es tut uns Leid, Alice, aber wir mussten Sie einfach auf die Probe stellen.»

So langsam begriff Alice. «Sie meinen, Sie haben mich absichtlich angelogen, um zu sehen, ob die Geschichte mit Capa, der mich verfolgt hat und deshalb verhaftet wurde, in der Zeitung auftaucht?»

«Genau», bestätigte Giometti.

«Aber sie ist nicht erwähnt worden. Und wenn Sie bereit sind, können wir jetzt mit Ihnen zusammenarbeiten.»

«Wie?» Alice fröstelte auf einmal, als ob jemand die Klimaanlage auf kalt gestellt hätte. Sie blickte sich um, aber alle anderen Detectives im Raum saßen in Hemdsärmeln da. Am Schreibtisch nebenan ließ sich ein Polizist sogar von einem kleinen Tischventilator direkt das Gesicht anpusten.

«Wir haben einen Plan, Alice», sagte Frannie. «Wir

glauben, dass Sie möglicherweise in Gefahr sind. Wir werden Ihnen helfen, und wir hoffen, dass Sie einverstanden sind.»

KAPITEL 28

«Das ist Dana», sagte Frannie zu Alice. «Sie ist über den Fall informiert.»

Dana war eine hellhäutige Schwarze mit einer Frisur aus unzähligen dünnen Zöpfchen. Sie war mittelgroß, schlank und sportlich, eine Kollegin Giomettis aus dem Morddezernat im 60. Revier. In Carroll Gardens war sie als Polizistin noch nie in Erscheinung getreten, und deshalb konnte sie sich ohne weiteres als Alices Freundin ausgeben, zumal man unter ihrer fließenden roten Batikhose nie im Leben eine Pistole vermutet hätte, die in einem Schaft am Knöchel saß.

«Sie dürfen Danas Identität niemandem verraten», sagte Frannie. «Erzählen Sie bitte keinem Menschen davon.»

«Und was ist mit Mike?» Er wäre bestimmt enttäuscht, wenn er erführe, dass Alice eingewilligt hatte, die Polizei bei ihren Ermittlungen zu unterstützen. Wegfahren konnten sie nun nicht mehr.

«Nur Mike.»

«Und den Kindern?»

«Tun Sie ihnen einen Gefallen», warf Dana ein. «Sagen Sie es ihnen nicht. Sie werden sich mit mir bestimmt wohler fühlen, wenn Sie glauben, ich sei eine Ihrer alten Schulfreundinnen. Kinder, die ein Geheimnis für sich behalten sollen, platzen beinahe immer, wenn sie es niemandem erzählen dürfen.»

«Okay», erwiderte Alice. «Sind Sie eine alte Schulfreundin, die bei uns wohnt, oder bleiben Sie die ganze Zeit vor der Haustür stehen?»

Dana und Frannie lachten. «Das war gut», sagte Dana, «das gefällt mir.»

«Sie wird nicht bei Ihnen wohnen», erklärte Frannie. «Sie ist eine alte Freundin vom College, die Sie ab und zu besucht. Wenn sie nicht bei Ihnen ist, wird jemand anderer ein Auge auf Sie haben.»

«Okay, College-Freundin.» Alice und Dana schüttelten einander die Hand.

«Und wo sind wir zur Schule gegangen?»

«Sarah Lawrence College in Bronxville, New York.»

«Okay.»

«Was waren unsere Hauptfächer?»

«Bei mir Film, und bei Ihnen … Tanz.»

Dana nickte. «Okay, Tanz. Warum nicht?»

«Wir werden bei unserem Freund Simon wohnen», sagte Alice. «Auch seine Frau Maggie wird häufiger da sein, obwohl sie getrennt leben … Ich fürchte, dass Maggie mir die Geschichte von der alten Freundin nicht abkaufen wird, dazu kennt sie mich schon viel zu lange.»

«Da bin ich mir nicht so sicher.» Frannie lehnte sich zurück und verschränkte die Hände hinter dem Kopf. «Sie können sich gar nicht vorstellen, was die Leute alles zu glauben bereit sind.»

Es war schon fast vier, als Alice endlich fertig war. Sie ging mit Dana zu Fuß zu Simons Haus. Der Tag, der so kühl begonnen hatte, war feucht und warm geworden, und als sie an Simons Haus ankamen, war Alice schweißgebadet.

«Hübsches Haus», sagte Dana anerkennend.

Mike öffnete. Nell und Peter standen neben ihm. Peter hatte die Hände voller Popcorn und hatte auf dem blauen Teppichboden der Treppe, die zum Wohnzimmer im ersten Stock führte, eine deutliche Spur hinterlassen.

«Mommy!», schrien beide Kinder aufgeregt und umarmten sie stürmisch.

«Wir schlafen heute Abend hier!», sagte Nell.

«Ich auch?», fragte Peter.

«Wir alle», erwiderte Mike und zwinkerte Alice zu.

Sie reichte ihm die Reisetasche.

«Hast du meinen Schlafanzug dabei?», wollte Nell wissen?

«Meinen auch?», fragte Peter.

«Ja, ja, ja», erwiderte Alice.

Mike öffnete die Tür weiter, während die Kinder bereits wieder die Treppe hinaufrannten. Alice hörte Jubelrufe aus dem Wohnzimmer, offensichtlich lief der Fernseher.

«Ist Ethan zu Hause?» Sie konnte sich nicht erinnern, ob heute Maggie oder Simon an der Reihe war.

«Sylvie hütet ihn drüben bei Maggie, aber sie kommen nachher alle zum Abendessen vorbei. Ich muss rasch noch etwas einkaufen, ich habe nur auf dich gewartet.» Er küsste Alice, dann streckte er Dana die Hand hin. «Mike Halpern.»

«Das ist Dana», sagte Alice und fügte laut hinzu, «meine alte Freundin vom College.» Dann flüsterte sie

Mike zu: «Mordkommission. Sie arbeitet mit Frannie und Giometti zusammen. Das darf sonst niemand wissen.»

«Na, das kann ja heiter werden!», sagte Mike.

Dana lächelte ihm zu. «Nett, Sie kennen zu lernen, alter Freund.»

«Möchten Sie nicht hereinkommen?» Mike trat einen Schritt zur Seite.

«Sehr gern.» Dana trat in die Eingangshalle. Alice konnte sich noch gut daran erinnern, wie sie das erste Mal hier gewesen war. Maggie, Lauren und zwei andere Mütter hatten eine Spielgruppe gegründet, als die Jungen noch Babys waren. Damals war sie ganz überwältigt von der Ausstattung des Hauses gewesen, aber mittlerweile kannte sie auch ein paar Mängel.

Seit Maggies Auszug hatte sich nur wenig verändert. Sie hatte dem Haus ihren Stempel aufgedrückt mit ihrer Vorliebe für wuchtige Möbel, extravagante Farben und Kunstwerke. Simons geliebter Steinway-Flügel dominierte das Wohnzimmer, unter einem Kristalllüster, den Maggie in Österreich gekauft hatte. Weiße Wände, Orientteppiche auf glänzenden Walnussböden, moderne Halogenlampen an den viktorianischen Stuckdecken. Maggie hatte dieses Haus geliebt. In einer dramatischen Geste hatte sie darauf bestanden, dass Simon es behielt, und betont, sie sei durchaus in der Lage, sich eine schicke neue Eigentumswohnung auf der Warren Street zu leisten, wohingegen er kaum für irgendetwas zahlen könne.

Wieder ertönten Jubelschreie von oben.

«Was ist denn da los?», fragte Alice Mike.

«Yankees gegen Red Sox, vier zu vier, Ende der neunten Runde.»

«So knapp?», sagte Alice. «Aber glaubst du …?»

«Ach was, Liebling. Heute machen wir sie fertig.»

Mike war ein glühender Red-Sox-Fan, da er in der Nähe von Boston aufgewachsen war. Simon hingegen war als geborener New Yorker natürlich eingefleischter Anhänger der Yankees.

«Mike, hör mal …», begann Alice, aber bevor sie weitersprechen konnte, unterbrach ihr Mann sie flüsternd.

«Ich habe beim Reisebüro angerufen. Wir können heute Abend noch fliegen …»

«Nein, das können wir nicht», erwiderte Alice. «Das muss ich dir erklären. Komm bitte.»

Sie ergriff seine Hand und führte ihn ins Wohnzimmer, wo Dana bereits am Flügel saß und wunderschön zu spielen begann. Eine Sonate. Alice glaubte, Mozart zu erkennen.

«Beeindruckend», sagte Alice, als sie zu Ende gespielt hatte.

«Ich wünschte, ich hätte den Unterricht ernster genommen.» Dana schloss den Deckel über den Tasten und fuhr mit der Hand zärtlich über das glänzende Holz. «Meine Mutter hat mich damals immer gewarnt, ich würde es nochmal bereuen, und sie hatte Recht.»

Mike und Alice saßen nebeneinander auf dem smaragdgrünen Sofa. Dana erhob sich vom Klavierhocker und setzte sich ihnen gegenüber in einen saphirblauen Lehnsessel, von dessen Sitzfläche Fransen baumelten. Sorgsam stellte sie die Füße nebeneinander, und Alice dachte sofort, dass man die Pistole sähe, wenn sie die Beine übereinander schlagen würde. Alice berichtete Mike von ihrem Besuch bei Judy Gersten, den Artikeln in der Zeitung, Pollacks

Angriff auf ihre Wohnungstür, der einstweiligen Verfügung, ihrem anschließenden Gespräch mit den Ermittlern und der wahren Identität des Mannes, der sie verfolgt hatte. Sie ließ nichts aus, und wenn sie doch etwas vergaß, dann kam ihr Dana zu Hilfe.

Am nächsten Morgen sollten sie wieder aufs Revier kommen, damit die Polizei Alice auf den Besuch bei Cattaneo & Sohn vorbereiten konnte. Sie sollte versuchen herauszufinden, welche Rolle Sal Cattaneo in dem Netz spielte, das drei Frauen und ein Baby verschluckt hatte.

KAPITEL 29

Händchen haltend gingen Mike und Alice zusammen mit Dana an diesem zunehmend schwülen Morgen zum Polizeirevier. Mike hatte darauf bestanden, mitzukommen, und Alice war dankbar dafür. Sie hatte schlecht geschlafen, und ihre heldenmütige Entschlossenheit war ziemlich ins Wanken geraten. «Ich kann doch nicht einfach in die Werkstatt fahren, während du als verdeckte Ermittlerin arbeitest», hatte er zu ihr gesagt, und es tröstete sie zwar, dass er bei ihr war, aber sie hatte doch auch Angst davor, mit einem versteckten Mikrophon zu Sal Cattaneo, dem Metzger, zu gehen.

Auf dem Revier begaben sie sich in einen kleinen Raum im Keller, der leer war bis auf einen Tisch und einen großen Metallschrank, dessen Doppeltüren mit einem Vorhängeschloss gesichert waren. Giometti öffnete ihn, und Alice sah, dass er voller elektronischer Geräte steckte. Frannie und Giometti wählten verschiedene Stücke aus und legten sie nebeneinander auf den Tisch, während Dana aus einem anderen Schrank Batterien holte. Sie schlossen lange, dünne Drähte an eine rechteckige Vorrichtung an. Am Ende eines Drahtes befand sich ein winziges schwarzes Mikrophon, von der Größe eines Knopfes.

Giometti hockte sich hin und wühlte im untersten Schrankfach herum. «Da ist ja das Band.» Er reichte Frannie eine Rolle schwarzes Isolierband.

«Wir haben moderne, also drahtlose Ausrüstung beantragt», erklärte Frannie Alice und Mike, «aber da wir hier in New York sind, wird es vor nächstem Jahr nichts werden.»

«Aber wir wissen zumindest, dass dieses Set hier funktioniert», warf Giometti ein. «Das Altbewährte hat doch etwas für sich.»

Während die Polizisten alles für ihre Verkabelung vorbereiteten, dachte Alice darüber nach, wie sie von den Ereignissen der letzten beiden Wochen überrollt worden war. Offensichtlich sah Mike ihr an, was ihr durch den Kopf ging, denn er drückte ihre Hand. Dankbar schmiegte sie sich an ihn. Es wäre schön, wenn er sie zu Cattaneo begleiten könnte, aber das ging natürlich nicht.

«Okay, meine Damen», sagte Giometti schließlich. «Wir können beginnen.»

Er verließ das Zimmer, und Alice zog sich das Kleid aus, damit Frannie und Dana die Vorrichtung auf ihrer Haut befestigen konnten. Als sie fertig waren, trat Frannie ein paar Schritte zurück und sagte mit normaler Stimme, als würden sie über Belangloses plaudern: «Test, Test. Mary hat ein kleines Lamm.»

Giometti klopfte dreimal an die Tür. «Alles klar!», rief er.

Alice zog sich wieder an, und Dana öffnete die Tür. Giometti stand da mit den Händen in den Hosentaschen. Er lächelte Alice herzlich an und gab ihr dadurch das Gefühl, dass vielleicht doch nicht alles ganz so schlimm war.

Möglicherweise würde ja am Ende doch niemand zu Schaden kommen.

Alice holte tief Luft, wobei sie die Drähte auf der Haut spürte.

«Fertig?», fragte Frannie.

«Fertig.»

KAPITEL 30

Alice ging die Court Street entlang und kam sich vor wie in einem anderen Körper, einem anderen Leben. Dana befand sich zusammen mit Frannie, Giometti und einem Techniker in einem weißen Lieferwagen mit der Aufschrift *Van Brunt Bakery*, der gegenüber von Sal Cattaneos Laden geparkt hatte. Alice vermisste Mike, der auf dem Revier geblieben war und dort auf sie wartete.

Schwitzend lief sie weiter. Nichts an dieser vertrauten Straße war real, sie kam sich vor wie in einem Film und hatte das Gefühl, eine Rolle zu spielen. Sie winkte der alten Mrs. Foglia zu, die auf der anderen Straßenseite mit ihren Einkaufstüten entlanghumpelte, grüßte im Vorbeigehen eine Bekannte aus dem Park. *Sie ging zum Metzger, um herauszufinden, ob der geheime Partner ihres Vermieters ihre Babys oder ihr Blut wollte.*

Alice lief weiter.

Sie hatte schon so einiges überstanden: einen Vater, der sie verlassen hatte, und den Job als Cutterin in der Filmbranche. Im Augenblick war sie dabei, das Dasein als Mutter zu überstehen. Bisher war es ihr gelungen, jede Hürde zu nehmen, und das musste sie auch weiterhin schaffen. Sie musste ihre Angst beiseite schieben.

Es konnte ihr nichts geschehen; sie wurde beschützt.

Die Verkabelung klebte an ihrer verschwitzten Haut.

Sie lief weiter.

Zwei kleine Jungen, die sie vom Spielplatz kannte, flitzten auf ihren Fahrrädern an ihr vorbei. Das Kindermädchen lief hinter ihnen her und lächelte Alice an.

Sie überquerte die Warren Street, ging am Schlosser, am Antiquitätenladen und am alten Gemüseladen vorbei. Die Tür zur Metzgerei war geschlossen, damit die Klimaanlage funktionierte. Sie öffnete sie und fühlte sich auf einmal ganz schwach. Dann aber holte sie tief Luft und trat entschlossen ein.

Der rundliche junge Mann hinter der Theke lächelte sie an. «Was kann ich für Sie tun?»

«Ist Sal in der Nähe?»

«Ja, er ist hinten.»

Alice wappnete sich. «Kann ich ihn bitte sprechen?»

Der junge Mann verschwand durch die Schwingtür, die den Verkaufsraum vom hinteren Teil des Ladens trennte. Einen Moment später erschien Sal Cattaneo, der heute mehr denn je wie ein Metzger aussah. Seine weiße Schürze war blutverschmiert, und an seinen durchsichtigen Plastikhandschuhen klebte irgendetwas Gelbliches.

«Was kann ich für Sie tun?» Er lächelte Alice freundlich an.

«Können wir unter vier Augen miteinander sprechen?», fragte Alice.

Sal zögerte einen Augenblick lang, verlor jedoch sein höfliches Lächeln nicht. «Kommen Sie mit nach hinten.»

Sie folgte ihm durch die Schwingtür in den hinteren Raum, der zugleich Büro und Vorratslager für trockene Waren war. Er wirkte auf raue Art gemütlich und hatte so gar nichts von dem schicken Gourmet-Ambiente des Ladens. Links befand sich eine Metalltür mit einem langen Griff, an dem Sal zog. Er hielt sie für Alice offen, die den Kühlraum nur zögernd betrat.

Rinder- und Schweinehälften hingen von der Decke, und auf dem Fußboden lagen große Plastiksäcke voller Geflügel. Es roch stechend nach Fleisch und Blut. Mitten im Raum standen zwei Metzgertische aus Stahl. Auf dem einen lag ein halb zerlegtes Schwein. Daneben ein blutiges Hackbeil.

«Nach Ihnen», sagte Sal.

Alice hielt die Luft an und trat ein.

Die Kälte traf sie wie ein Schlag. Sal schlug die Tür hinter ihr zu, und sie drehte sich erschreckt um, weil sie sich plötzlich fragte, ob er sie vielleicht allein hier eingeschlossen hatte und ob man die Tür von innen überhaupt öffnen konnte. Aber da trat Sal schon langsam an den Metzgertisch und ergriff das Hackbeil. Und an der Tür war ein Hebel.

Sal fuhr mit seiner Arbeit fort, und während Alice ihm zusah, dachte sie, dass sie die köstlichen Schweinswürstchen, die sie manchmal hier kaufte, weil sie gegrillt so lecker schmeckten, wahrscheinlich nie wieder in ihrem Leben essen konnte.

«Was kann ich für Sie tun?», fragte Sal erneut und blickte sie an. Unter seinem Ehering klebte Blut.

Alice sammelte sich. «Ich habe gehofft, Sie könnten Julius Pollack für mich zur Vernunft bringen», begann sie.

Er lachte leise in sich hinein, sagte aber nichts, sondern konzentrierte sich ganz auf seine Arbeit.

«Julius ist mein Vermieter.»

Er legte das Messer beiseite, griff mit den Fingern in den Schnitt am Brustbein, den er gerade gemacht hatte, und riss den Brustkorb auseinander.

«Nicht über Metro», fuhr Alice fort. «Ich wohne in seinem Haus.»

Sal nahm das Schweineherz heraus und warf es in einen Eimer. Dann lachte er.

«Darum beneide ich Sie nicht!»

«Sal, Julius soll wissen, dass wir auf jeden Fall ausziehen werden. Wir haben schon ein Haus gefunden, aber die Formalitäten werden natürlich noch eine Weile dauern. Seine Ungeduld war ...» Beinahe hätte sie *grausam* gesagt, besann sich jedoch im letzten Moment eines Besseren. «... unnötig.»

«Damit habe ich nichts zu tun.» Sal ergriff ein kleineres Messer und stach dem Schwein die Augen aus. Alice wurde übel.

«Wir wissen, dass Julius uns dort nicht haben möchte und wir ziehen auf jeden Fall aus. Es dauert nur noch ein bisschen. Ich hatte gehofft, dass Sie ihm das vermitteln könnten, damit er mit sich reden lässt.»

«Wer sagt denn, dass Julius nicht mit sich reden lässt?»

Sie hatten also doch darüber gesprochen. Ein Schauer lief Alice über den Rücken.

«Er benimmt sich, als ob ...»

«Er ist ein alter Schauspieler», unterbrach Sal sie. Er zwinkerte ihr zu. Was sollte das denn jetzt bedeuten?

«Unser neues Haus kaufen wir über Garden Hill Realty», begann Alice einen neuen Versuch. Vielleicht konnte sie ihn ja damit aus der Reserve locken. «Ich war gestern bei Judy Gersten zu Hause.»

Sal hielt inne und warf Alice einen Blick zu. Das höfliche Lächeln war aus seinem Gesicht gewichen, und seine freundlichen blauen Augen wirkten auf einmal stahlgrau.

Im gleichen Moment wusste Alice, dass Judy nicht Sals Frau war. Sie war auch mehr als nur eine Freundin. Sie war seine Geliebte oder Teil von Metro oder beides.

«Sie war in schlechter Verfassung», fuhr sie fort.

Trotz der Kälte im Raum brach ihr erneut der Schweiß aus.

«Sie war betrunken, und dabei war es noch ganz früh am Morgen. Die Zeitung lag aufgeschlagen da. Ich glaube, sie hat diesen langen Artikel in der *Times* gelesen.»

Sal legte das Messer weg.

«Gehen Sie da nicht mehr hin», sagte er ruhig.

Alice nickte, aber dann fiel ihr ein, dass sie ja etwas sagen musste, damit man sie draußen im Van hörte. «Okay.»

«Ich rede mit Julius, machen Sie sich wegen der Kündigung keine Gedanken. Lassen Sie sich Zeit.»

Er ging zur Tür und entriegelte sie. Alice trat aus der eisigen Kälte in den Vorraum, durchquerte den Laden und war wieder in der Sommerhitze auf der Straße.

Sie ging auf direktem Weg zurück zur Union Street, zum 76. Revier. Der weiße Bäcker-Lieferwagen fuhr langsam an ihr vorbei. Dann bog er rechts ab, und sie sah ihn nicht mehr.

KAPITEL 31

Mike, Frannie, Giometti und Dana standen zusammen in der Lobby der Polizeiwache, als Alice hereinkam. Mike eilte sofort zu ihr. Seine Haare waren so zerzaust, dass sie ihm förmlich ansah, was für Sorgen er sich gemacht hatte. Er schob ihr eine verschwitzte Haarsträhne aus der Stirn.

«Wie war es?», fragte er.

Alice schüttelte sich. «Lass uns nie mehr Fleisch essen», sagte sie.

Lächelnd legte Mike den Arm um sie und führte sie zu einem Stuhl, damit sie sich hinsetzen konnte. Frannie holte ihr eine Flasche Wasser aus dem Getränkeautomaten, und erst als sie sie mit drei Schlucken leer getrunken hatte, merkte sie, wie durstig sie gewesen war.

«Sie haben Ihre Sache gut gemacht», sagte Frannie anerkennend.

Dana streichelte ihr über den Nacken. «Hervorragend.»

Langsam entspannte sich Alice, aber immer noch brach ihr der Schweiß aus.

«Das ist die verspätete Reaktion auf den Stress», erklärte Dana. «Kommen Sie, wir nehmen Ihnen die Kabel ab.»

Sie führten sie wieder in den kleinen Raum im Keller,

wo der Techniker gerade die Geräte aus dem Lieferwagen in den Schrank räumte.

«Hast du alles, Eddie?», fragte Frannie ihn.

«Ja. Alles da.»

«Wir können nichts im Wagen lassen.» Frannie verdrehte die Augen. «Noch nicht einmal auf unserem eigenen Parkplatz.»

«War es denn gut?», fragte Alice.

«Ja, es war sehr gut.» Frannie wandte sich an Eddie. «Okay, Kumpel, raus mit dir.»

Eddie verschwand, und die beiden Polizistinnen befreiten Alice von den Kabeln und dem Mikrophon.

«Wir haben erfahren», sagte Frannie, «dass Garden Hill Realty involviert ist. In dem Moment, als Sie Judy Gersten erwähnt haben, wurde Cattaneo nervös. Warum, wissen wir nicht genau. Aber mein Gefühl sagt mir, dass die Verhältnisse auf dem hiesigen Immobilienmarkt nun gehörig durcheinander geraten werden.»

«Und jetzt?», fragte Alice.

«Wir warten ab», erwiderte Frannie.

«Soll das heißen, wir sollen einfach ganz normal weitermachen, obwohl von normal gar keine Rede sein kann?»

«Ich will damit nur sagen, dass Sie versuchen sollten, so alltäglich wie möglich weiterzuleben, und dann sehen wir mal.»

«Und wenn wir eine Zeit lang verreisen würden?», fragte Mike. «Ich würde gerne mit Alice und den Kindern irgendwohin fliegen.»

In der Pause, die entstand, blickte Alice ihren Mann voller Mitgefühl an. Er hatte ihr gegenüber nichts davon erwähnt, aber sie konnte sich denken, dass er seinen Plan, nach Las Vegas zur Möbelmesse zu fahren, aufgegeben hatte. Jeden Tag mussten sie im Augenblick neue Prioritäten setzen, und ihr war klar, dass er «weit weg» meinte, wenn er von «irgendwohin verreisen» sprach. Er würde sicher in ein ganz anderes Land wollen.

«Uns wäre es lieber, Sie blieben hier.» Frannie setzte sich an den Tisch. «Es könnte für die Ermittlungen wichtig sein.»

«Warum?» An Mikes Hals pochte eine Vene. «Damit dieser Irre meine Frau abschlachten kann? Damit Sie ihn auf frischer Tat ertappen können, wenn es für uns zu spät ist?»

Frannie seufzte tief und lehnte sich auf dem Stuhl zurück. Sie schloss die Augen. Sie hatte lange Wimpern, stellte Alice fest. Und ihr war eins klar: Auf Mikes Vorwürfe gab es keine Antwort, weil sie berechtigt waren.

«Sagen Sie uns nur», bat Alice Frannie leise, «was als Nächstes passiert, damit wir uns darauf einstellen können. Wir müssen es einfach wissen, damit wir unsere Entscheidungen treffen können.»

Frannie öffnete die Augen. Sie schwieg einen Moment lang, dann sagte sie: «Wir haben uns ein paar Dinge überlegt, aber darüber dürfen wir im Augenblick noch nicht sprechen.»

Ach, so weit war es also schon wieder! Alice presste die Lippen zusammen. Frustration und Ärger schnürten ihr die Kehle zu.

«Ich will nach Hause», flüsterte sie Mike zu.

«Ich auch», erwiderte er ärgerlich. «Das geht aber nicht.»

Alice vermisste ihr altes Zuhause in der President Street und sehnte sich nach dem neuen Zuhause am Third Place. Aber nun, da sie in Simons Haus lebte, hatte sie entdeckt, dass Zuhause immer dort war, wo ihre Familie sich aufhielt. Zuhause, das waren Nell und Peter und Mike und auch die Zwillinge. Zuhause war das dunkle Loch in ihrem Leben, wo sie Lauren vermisste und wo es schmerzte. Zuhause war eine gute Mahlzeit, eine heiße Dusche, ein sauberes Bett. Zuhause konnte überall sein.

Und dennoch fehlte ihr die Wohnung in der President Street. Obwohl sie sich ein wenig davor fürchtete, wandte sie sich mit einer Bitte an Frannie.

«Ich muss in unsere alte Wohnung.» Unerschrocken blickte sie Frannie in die Augen. «Ich muss ein paar Sachen dort holen.»

Und sie musste sich verabschieden.

Frannie nickte. «In Ordnung. Morgen. Ich arrangiere das.»

KAPITEL 32

Mike setzte die Kinder an der Schule ab und fuhr in die Werkstatt. Um elf Uhr schloss Alice zusammen mit Dana das Blue Shoes auf. Kurz nach zwei signalisierte man ihnen, die Luft sei rein, und sie fuhren rasch in die Wohnung in der President Street, um Kleider, Spielzeug und ein paar andere Dinge zusammenzupacken. Sylvie hatte sich einverstanden erklärt, die Kinder von der Schule abzuholen, für den Fall, dass Alice nicht rechtzeitig da sein konnte.

«Das ist er», flüsterte Dana Alice zu, als sie an einem grauen Ford vorbeikamen, der vor dem Haus geparkt war. Ein einzelner Mann mit einer Yankees-Kappe saß darin und tat so, als ob er Zeitung läse. «Er» war natürlich der Polizist, der das Haus beobachtete, aber er blickte nicht auf, als die beiden Frauen die Treppe hinaufliefen und eintraten.

Sie waren erst wenige Tage weg, doch das Haus wirkte auf unheimliche Weise verlassen. Alles stand genau, wo es gestanden hatte, als sie so überstürzt gegangen waren. In der Spüle lag schmutziges Geschirr, Alices halb voller Teebecher stand auf der Theke beim Telefon. Überall lag Spielzeug herum.

Alice blickte auf die Uhr. «Wie viel Zeit haben wir denn?»

«So viel Sie brauchen.» Dana setzte sich an den Küchentisch und wartete.

Alice zwang sich, das schmutzige Geschirr und auch den Müll, der bereits zu stinken begann, zu ignorieren. Sie ging direkt nach unten, packte Kleider für alle, einen Stapel Kinderbücher, die Nell noch nicht gelesen hatte, und eine kleine Tasche mit Peters Lieblingsautos und Action-Figuren. Als sie nach oben kam, machte Dana ein komisches Gesicht.

«Was ist?», fragte Alice.

«Pst.» Dana lauschte angestrengt, und jetzt hörte es auch Alice. Über ihnen waren Schritte zu hören.

«Er ist zu Hause», flüsterte Alice. «Er sollte doch gar nicht zu Hause sein.»

«Er ist gerade zurückgekommen. Kommen Sie, wir müssen weg hier. Leise.»

Als sie durch das Wohnzimmer schlichen, fiel Alices Blick auf Judy Gerstens Pfingstrosenkissen, das sie auf die Couch gelegt hatte. Rasch stopfte sie es in die Tasche. Es war vielleicht die letzte Chance, es noch mitzunehmen. Sie wollte es im Blue Shoes zur Erinnerung an Lauren zu den Pfingstrosen legen, damit es so eine Art Altar wurde.

Dana öffnete die Wohnungstür so vorsichtig wie möglich und Alice folgte ihr in die Eingangshalle. Abgesehen von den Schritten war alles still. Dann verstummten auch die Schritte, und oben weinte wieder das Baby.

Alice warf Dana einen eindringlichen Blick zu, als wolle sie sagen: *Hörst du das auch? Das musst du doch hören! Da oben schreit ein Baby.*

Aber Dana schüttelte den Kopf. *Nicht jetzt,* formte sie mit dem Mund und ging zur Haustür.

Doch, genau jetzt, dachte Alice. Wann sonst? Die Polizei hatte immer noch nichts unternommen, und soweit Alice wusste, gab es auch noch keinen Durchsuchungsbefehl für Pollacks Wohnung.

Aber jetzt war sie hier. Und das Baby schrie genau über ihren Köpfen.

Alice stellte ihre Reisetaschen ab und wandte sich zur Treppe.

«Halt!», zischte Dana. «Sie verderben alles, wenn Sie jetzt dort hinaufgehen. Überstürzen Sie nichts.»

Aber Alice war bereits auf halbem Weg die Treppe hinaufgeeilt, und Dana blieb nichts anderes übrig, als ihr hinterherzulaufen. «Nein, Alice! Lassen Sie uns …»

Keuchend stand Alice vor Pollacks Wohnungstür und hämmerte mit den Fäusten dagegen. Die Tür öffnete sich und Julius stand vor den Frauen, in seinem weißen, ärmellosen Unterhemd. Seine Haare waren völlig zerzaust, und er sah elend aus. Die rechteckige lila Brille hing ihm halb auf der Nase.

Böse musterte er sie. «Was tun Sie in meinem Haus?»

Das Babygeschrei hinter ihm war jetzt lauter, aber auch irgendwie irrealer. Alice hörte eine Frauenstimme ein Schlaflied summen. Das Baby beruhigte sich und das Geschrei ließ nach.

Dana stand neben Alice, die Pistole in der Hand, und zielte auf Julius Pollacks schäbige Küche. Auf einem weißen Kunststofftisch stapelten sich Post und Zeitungen. Überall standen Kisten. Hinter dem Tisch stand neben einer alten, tiefen Porzellanspüle eine Schneiderpuppe mit üppigen Maßen. Sie war in viele verschiedene, nicht zueinander passende Frauenkleider gekleidet, und davor standen die silbernen Schuhe, die Alice in jener Nacht, als sie das Baby zum ersten Mal hatte schreien hören, an Julius gesehen hatte.

Auf einer freien Stelle auf dem Tisch stand ein Teller mit einem angebissenen Sandwich. Julius war offensichtlich gerade beim Essen gewesen, als sie an die Tür geklopft hatte. Auf einer Theke gegenüber dem Tisch stand ein Fernseher. Julius hatte beim Essen ferngesehen. Über den Bildschirm flimmerten Szenen eines Home-Videos. Das winzige, rosa Gesicht eines Babys in den Armen einer Frau, die nicht auf die Kamera achtete. Eine Nahaufnahme ihrer Fingerspitze, die das Gesichtchen des Babys streichelte, als es sich beruhigte. Dann Julius' Stimme, entspannt und zufrieden, die sagte: «Sie schläft schon. Lass sie einfach in Ruhe.»

Alice erkannte das Babygeschrei, das zu einem leisen Wimmern wurde. Sie hatte diese Laute Ivy zugeschrieben, aber jetzt merkte sie, dass es genau die Töne waren, mit denen Säuglinge sich selbst in den Schlaf weinten. Sie hatte etwas anderes darin hören wollen.

Es war nicht Ivy. Es war ein anderes Baby. Möglicherweise sogar Pollacks eigenes Kind, nach dem er sich in seiner einsamen Wohnung sehnte.

«Was zum Teufel», sagte Pollack. Sein Tonfall war leise und beherrscht.

«Entschuldigen Sie, bitte», erklärte Dana verlegen. «Alice, entschuldigen Sie sich bitte bei dem Herrn.»

«Es tut mir Leid», sagte Alice.

«Nein, das stimmt nicht», erklärte Julius. Er hatte Mayonnaise auf der Oberlippe. «Aber es wird Ihnen noch Leid tun.»

KAPITEL 33

Rasch gingen Dana und Alice die President Street hinauf. Der Himmel hatte sich bewölkt. Es sah nach einem Gewitter aus.

«Was haben Sie sich bloß dabei gedacht?» Danas Ton war streng; sie gab noch nicht einmal mehr vor, Alices Freundin zu sein.

«Ich habe gedacht, dass dort oben ein Baby sei, das meine Hilfe braucht.»

«Und wenn dort wirklich eines gewesen wäre? Warum hätte es gerade Ihre Hilfe brauchen sollen?»

«Weil ich es gehört habe», erwiderte Alice, «deshalb wollte ich ihm auch helfen.»

«Sie hätten die Ermittlungen ernsthaft gefährden können. Ist Ihnen das eigentlich bewusst?»

Alice nahm ihre schwere Tasche in die andere Hand. «Ich konnte nicht anders handeln.»

«Warum nicht? Ich habe Ihnen doch ausdrücklich verboten, nach oben zu gehen.»

«Ich bin eine Mutter, darum.»

Sie bogen auf die Smith Street ein, und der Spielplatz kam in Sicht. Sie konnte Nell auf der Rutsche erkennen. Peter wurde auf der Schaukel von Sylvie angeschubst. Sie wünschte, sie könnte in den Park laufen, ihre Kinder küssen und mit Sylvie über irgendwelche Belanglosigkeiten sprechen. Aber sie musste diese Sache zu Ende bringen; sie musste ihr Verhalten Dana begreiflich machen. Und sie musste sich selbst klar machen, dass das Babygeschrei, das sie verfolgt hatte, nicht Ivy gewesen war, sondern eine liebe Erinnerung des Mannes, den sie verabscheute. Eines Mannes, den sie für unfähig gehalten hatte, menschliche Wärme zu empfinden, der aber offenbar eine Vergangenheit hatte, in der es Liebe und Verlust gegeben hatte. Alice hatte auf einmal das Gefühl, über vieles nachdenken zu müssen.

Mit ruhiger Stimme sagte sie zu Dana: «Wenn Sie selbst einmal Mutter sind, werden Sie mich verstehen.»

«Oh, bitte, kommen Sie mir bloß nicht damit!»

Es ist aber so, dachte Alice, doch sie schwieg. Das Leben als Mutter verwandelte einen, und jemand, der diese Erfahrung nicht gemacht hatte, konnte sie auch nicht nachvollziehen. Das konnte sie Dana nicht begreiflich machen, das war ein hoffnungsloses Unterfangen.

«Ich hätte nicht hinaufgehen sollen», sagte Alice. «Sie haben mir gesagt, ich sollte nicht gehen, und ich habe es trotzdem getan.»

«Ganz genau», sagte Dana. «Sie haben eine einstweilige Verfügung gegen Julius Pollack erwirkt und sind geradewegs in seine Wohnung marschiert. Frannie wird stinksauer sein!»

«Aber ich habe ein Ergebnis für sie», sagte Alice.

«Und was bitte?», fragte Dana.

«Das Baby, das ich gehört habe, war noch nicht einmal real.»

Dana verzog das Gesicht. «Wir wussten, dass es da

oben kein Baby gab. Glauben Sie, Frannie hat das nicht überprüfen lassen? Es beweist nur, dass Sie sich das Geschrei nicht eingebildet haben.»

Alice blickte sie erstaunt an. «Aber sie wusste doch, dass mich das Babygeschrei wahnsinnig gemacht hat. Warum hat sie mir das denn nicht gesagt?»

Zögernd antwortete Dana: «Julius Pollack hatte eine Frau und eine kleine Tochter. Sie kamen vor zwei Jahren bei einem Autounfall ums Leben.»

Alice sah das winzige Gesicht des Babys vor sich, das sich unter der zarten Berührung der Mutter beruhigte. Julius' halb gegessenes Sandwich in der einsamen Wohnung. Seine Wutausbrüche.

«Es hätte mir geholfen, wenn sie es mir gesagt hätte», erwiderte Alice leise.

«Ja, wir haben darüber gesprochen», sagte Dana. «Frannie wollte Ihnen natürlich helfen, aber sie ist Polizistin. Die Ermittlungen gehen vor.»

«Ja.» Alice dachte an Frannies Worte. *Wir mussten Sie auf die Probe stellen, Alice.*

Sie starrten einander schweigend an. Vom polizeilichen Standpunkt aus hatte Dana natürlich Recht, und Alice war klar, dass sie sich dem beugen musste.

«Es tut mir Leid», sagte sie.

Dana lächelte schief. «Ich würde es ja für mich behalten, aber Hank hat Sie hineingehen sehen.»

Hank. Der Mann in dem grauen Ford.

«Glauben Sie, er wird es ihr sagen?»

«Ich weiß, dass er das tun wird», erklärte Dana. «Vermutlich hat er sie bereits informiert.»

Ein rascher Anruf bei Frannie bestätigte ihre Vermutung. Aber dass Dana auf einmal so alarmiert wirkte, konnte nicht an einem beruflichen Verweis liegen. Sie beendete das Gespräch, nahm Alice am Ellbogen und schob sie die President Street in Richtung Court entlang, vom Spielplatz weg.

«Warten Sie! Ich muss meine Kinder abholen.»

«Hat die Babysitterin ein Handy?»

«Ja, aber ...»

«Rufen Sie sie an und sagen Sie ihr, sie soll die Kinder zu Simons Haus bringen. Wir gehen auf direktem Weg dorthin.»

Dana nahm Alices Taschen, damit sie ihr Handy aus ihrer Handtasche holen konnte. Als sie Sylvies Nummer wählte, konnte sie das Handy auf dem Spielplatz klingeln hören und sah, wie Sylvie den Anruf annahm.

«Sylvie, ich bin es, Alice.» Sie versuchte, so ruhig wie möglich zu klingen, konnte aber die Angst in ihrer Stimme nicht verbergen. «Ich musste meine Pläne ändern. Können Sie die Kinder bitte direkt zu Simon bringen?»

«Klar», erwiderte Sylvie. «Soll ich sie jetzt gleich rüberbringen? Es sieht nach Regen aus.»

«Ja, wir sehen uns dann da.» Alice beendete den Anruf und steckte ihr Handy wieder in die Tasche. «Was ist los, Dana? Sagen Sie es mir!»

Der Himmel bewölkte sich jetzt rasch.

«Frannie sagt, Pollack ist durchgeknallt. Er hat alle möglichen Leute angerufen und ihnen gesagt, dass die Bullen unrechtmäßig in sein Haus eingedrungen sind. Dann ist er aus dem Haus gerannt.»

«Wo ist er?»

Dana schüttelte den Kopf. Sie wusste es nicht.

«Ist Hank ihm gefolgt?» Alice bemühte sich, mit Dana Schritt zu halten. Ihr Körper fühlte sich schwerfälliger denn je an.

«Heute waren Sie sein Auftrag», erwiderte Dana. «Wir haben zu wenig Personal, Alice, aber wir tun unser Bestes, vertrauen Sie mir.»

«Können Sie Julius nicht festnehmen?» Alice rang nach Luft, Dana ging viel zu schnell. «Er hat mich bedroht. Reicht das nicht aus?»

Die Antwort darauf war Danas Zögern. Ohne einen soliden, überprüfbaren Grund konnte Pollack nicht festgenommen werden.

In diesem Augenblick öffnete der Himmel sämtliche Schleusen, und ein Wolkenbruch setzte ein. Alice wäre am liebsten sofort umgekehrt, um die Kinder abzuholen. Sie würden pitschnass werden, und sie wollte sie heil nach Hause bringen.

«Ich gehe die Kinder holen.» Alice drehte sich um. «Sie werden ja ganz nass.»

Und wenn Julius Pollack ihnen am Spielplatz auflauerte?

«Alice!», schrie Dana. «Die Babysitterin soll sie nach Hause bringen; wahrscheinlich sind sie sowieso schon auf dem Weg. Frannie erwartet uns vor Simons Haus, wenn sie schon aus New Jersey zurück ist. Kommen Sie!»

Da sie erst vor einer halben Stunde nicht auf Dana gehört und dadurch so dramatische Ereignisse heraufbeschworen hatte, beschloss Alice, ihr dieses Mal zu gehorchen. Sie hatte ja Recht: Sylvie war durchaus in der Lage, die Kinder nach Hause zu bringen, und es wäre sicher klug, wenn Alice schon da wäre, wenn sie kamen. Dann konnten sie absperren und drinnen in aller Ruhe abwarten, bis man Julius gefunden hatte. Abwarten, bis das alles hier endlich ein Ende hatte.

«Warum ist Frannie in New Jersey?», fragte Alice, während sie durch den strömenden Regen liefen. «Was macht sie da so häufig?»

«Später», antwortete Dana.

Blitze zuckten und Donner grollte. Es war eines dieser typischen Sommergewitter, die genauso plötzlich vorbei sind, wie sie angefangen haben. Als sie an Simons Brownstone ankamen, hatte es aufgehört zu regnen, und um sie herum war es unheimlich still. Und auf Simons Vorderfenster hatte jemand mit dem Finger geschrieben:

HÖR AUF, SONST SIND SIE DIE NÄCHSTEN

Dana hatte die Schlüssel und öffnete bereits die Haustür. Aber Alice verharrte regungslos. Sie stand auf Simons Treppe und starrte den Satz an, der auf das nasse Glas gekritzelt war. Ihre Hände glitten wie von selbst unter ihr durchnässtes T-Shirt und strichen über die straff gespannte Haut ihres Bauches.

TEIL IV

KAPITEL 34

Innerhalb weniger Minuten war ein Polizeiwagen da, gefolgt von einem zerbeulten Kombi mit Beamten von der Spurensicherung, die sich das Fenster vornahmen.

Alice kauerte auf der Couch, erstarrt und zitternd unter einer roten Wolldecke, und streichelte unablässig ihren Bauch. Sie hatte immer schon das Gefühl gehabt, dass ihre ungeborenen Babys in ihrem Körper sicherer waren, als sie es nach der Geburt jemals wieder sein würden. Sie litt an der Verletzlichkeit ihrer Kinder umso mehr, je weiter sie von ihr weg waren. Und während jetzt ihre Hände über ihren Bauch strichen, gelobte sie den Zwillingen im Stillen ihren Schutz. Aber als sie den Technikern zuschaute, die versuchten, Spuren zu sichern, wusste sie, dass sie dieses Versprechen vielleicht nicht würde halten können.

Mit zitternden Händen holte sie ihr Handy aus der Tasche. Sie würde Mike bitten, nach Hause zu kommen, und wenn Nell und Peter erst einmal da waren, dann hatte sie alles, was sie brauchte. Sie würde mit Mike darüber reden, von hier fortzugehen. Es war alles viel zu gefährlich und zu unüberschaubar.

Als Mike abnahm, hörte sie sofort die Anspannung in seiner Stimme. «Ich stehe hier in der Bronx im Stau. Ich musste in Westchester ausliefern, und eigentlich hätte ich

Diego darum bitten sollen, aber er musste in der Werkstatt noch was erledigen.»

Sie erzählte ihm, was passiert war, und er begann, auf die Hupe zu drücken. Immer wieder. Alice bekam Angst.

«Hör auf, Mike! Dadurch bist du auch nicht schneller hier!»

«Aber ich muss zu dir, ich kann doch hier nicht so feststecken.» Noch einmal heulte die Hupe auf, dann hörte sie ein Rascheln und das Schlagen einer Autotür. «Scheiß drauf, ich fahre mit der Subway.»

«Du kannst doch den Wagen nicht einfach so da stehen lassen, Mike!»

«Sollen sie ihn doch abschleppen. Ich bezahle die Strafe schon.»

«Ich bin doch nicht allein, Mike. Die Polizei ist hier, ein ganzer Haufen Leute, und Dana ...»

«Wo sind die Kinder?»

«Bei Sylvie. Sie bringt sie nach Hause.»

Sie hörte ihn keuchend atmen und sah ihn vor sich, wie er rasch durch die Straßenschluchten der Bronx eilte, das Handy ans Ohr gepresst.

«Mike, Liebling, geh wieder zurück zum Auto.»

Er seufzte, und um ihn herum schien es ein wenig ruhiger zu werden.

«Es bringt ja nichts, wenn du dich jetzt so beeilst, um zu mir zu kommen», fuhr Alice fort. «Dana hat alles im Griff.»

«Wahrscheinlich hast du Recht.»

«Ich liebe dich.» Wieder hörte sie eine Autotür schlagen. «Bist du jetzt wieder im Pick-up?»

«Ja.»

«Fließt der Verkehr wieder?»

«Nein, aber gleich bestimmt.»

«Ruf mich an, wenn du dir Sorgen machst, Mike. Ich bin ja hier.»

Sie legten auf, und Alice hielt nachdenklich ihr Handy in der Hand. Es überraschte sie, dass sie sich jetzt weniger panisch fühlte. Sie zog die Decke fester um sich und schaute zu, wie Dana die Ermittlungen leitete.

Ein Labortechniker sprühte etwas auf das Fenster, damit das Wasser verdunstete, und untersuchte sorgfältig jeden Quadratzentimeter der Glasscheibe. Ein Fotograf machte Aufnahmen von jeder Phase des Prozesses.

Alice fragte sich, wann Frannie wohl endlich eintreffen mochte. Und wo blieben Nell und Peter?

Um sich abzulenken, sagte sie zu Dana: «Das war doch offensichtlich Julius.»

Dana warf Alice einen Blick zu. «Nichts ist offensichtlich», antwortete sie. «Wir sammeln Beweise und schauen sie uns an. Und wir arbeiten mit dem, was wir vorfinden. Entscheidend sind die Fakten.»

Aber es konnte doch gar kein anderer sein als Julius. *Du bist bestraft worden,* dachte Alice, *bestraft für deinen bösen Charakter und den Schmerz, den du anderen Menschen zugefügt hast.* Andererseits war er natürlich nicht immer so gewesen. Der Verlust seiner Familie hatte Julius Pollack zu dem Misanthropen gemacht, der er war.

«Ja», sagte Dana gerade. Alice hatte gar nicht gemerkt, dass sie am Telefon war. «Wir sehen uns dann in zwanzig Minuten, wenn der Tunnel nicht gesperrt ist.»

«Warum ist Frannie eigentlich in New Jersey?» Alice versuchte vergeblich, eine bequeme Sitzposition auf der Couch zu finden.

Dana drehte sich zu Alice um. «Sie haben den Tatort gefunden, und die Spurensicherung ist gerade eingetroffen. Paul bleibt da und leitet die Ermittlungen.»

Sie haben den Tatort gefunden. Den Ort, an dem Lauren ihr Leben verloren hatte – nein, an dem es ihr genommen wurde.

«Was ist mit dem Baby?», fragte Alice. «Haben sie …?»

«Nein.» Dana setzte sich neben sie auf die Couch. «Kein Baby. Nur viel Blut.»

Alice starrte durch Simons Wohnzimmer. «Was haben sie sonst noch gefunden?»

«Sie sind ja ganz nass. Sie sollten sich umziehen.»

«Sagen Sie es mir. Was haben sie sonst noch gefunden?»

«Die Spurensicherung hat ja gerade erst angefangen. Frannie kann uns bestimmt mehr sagen, wenn sie hier ist. Sie muss jetzt gleich kommen, Alice. Sie ist schon auf dem Weg.»

Alice begriff nicht: Wie konnte Lauren um Viertel vor zwölf über die Carroll Street Bridge in Brooklyn gehen und sieben Minuten vor zwölf in New Jersey sterben? Sie fragte Dana, wie diese Diskrepanz zu erklären sei.

«Die Tat wurde in Brooklyn begangen», antwortete Dana, «in einem Fahrzeug, das nach New Jersey fuhr.»

«Ein Fahrzeug?» Alice schloss die Augen und sah es im Geiste vor sich. Es musste ein Auto mit getönten Scheiben oder ein geschlossener Lieferwagen gewesen sein. Eine Tür glitt geräuschlos auf, starke Hände zerrten Lauren hinein und zerstörten ihr Leben, das Leben ihrer Familie.

Julius Pollack, das Schwein.

Aber Dana korrigierte Alices Vorstellung kühl. «Es war

ein Eiscreme-Wagen. Man hat ihn auf einem einsamen Parkplatz in der Nähe von Trenton gefunden.»

Alice wurde es schwindlig, und sie atmete tief durch.

Wie oft hatten sie und die anderen beiden Frauen ihren Kindern an solchen Wagen Eis gekauft? Nell hatte Alice einmal gestanden, sie glaube, es gäbe nur einen einzigen Eiscreme-Wagen, und er tauche wie durch ein Wunder immer genau zum richtigen Zeitpunkt auf. Sie war völlig desillusioniert, als sie zum ersten Mal den großen Parkplatz von Mr. Frosty kurz hinter der Carroll Bridge sah. Es war also gar keine Magie, es gab einfach nur jede Menge Wagen.

Alice zitterte unter der Decke. Sie sehnte sich danach, ihre Kinder in die Arme zu schließen, und sie wünschte, sie kämen ins Zimmer gerannt.

Wo waren sie überhaupt?

Sie wählte Sylvies Handynummer und lauschte dem elektronischen Klingelton.

Dana hob das Pfingstrosenkissen auf, das aus der Tasche herausgefallen war. Sie betrachtete die Stickerei, fuhr mit den Fingerspitzen darüber und drehte und wendete das Kissen, um es sich von allen Seiten anzuschauen.

Endlich ging Sylvie ans Telefon. «Ich habe die Kinder in Maggies Wohnung gebracht», erklärte sie. «Es war näher, weil es doch so geregnet hat. Bist du jetzt böse, Alice?»

«Nein, ich bin nicht böse.»

«Ist alles okay?»

Sylvies Tonfall gefiel Alice nicht. Sie war jung, und manchmal nahm sie die Dinge nicht ernst genug. Aber sie ließ sich ihre Irritation nicht anmerken.

«Ja, es ist alles in Ordnung. Du brauchst sie nicht herzubringen, Sylvie, Mike ist schon auf dem Weg nach Hause. Ich bitte ihn, kurz bei Maggie vorbeizufahren und sie abzuholen.»

«Ich höre doch, dass du dir Sorgen machst», sagte Sylvie. «Das ist unnötig, und es macht unattraktiv, wie meine Mutter immer sagte.»

«Mike wird gleich vorbeikommen.» Alice wollte das seltsame Gespräch beenden. Sie wollte, dass endlich alles vorbei war, dass Mike kam und die Kinder mitbrachte.

«Tschüs, Alice», sagte Sylvie, in einem Ton, der Alice merkwürdig munter vorkam.

Sofort anschließend rief sie Mike an.

«Ich kann jetzt nicht reden – der Verkehr», sagte er.

«Hol bitte auf dem Heimweg die Kinder ab», bat sie ihn. «Sie sind bei Maggie, mit Sylvie.»

«Mache ich. Geht es dir gut?»

«Ja.» Dass man den Tatort gefunden hatte, würde sie ihm erst später erzählen.

«Bis gleich», sagte er. «Ich bin fast da.»

Sie ließ den Kopf zurücksinken und schloss die Augen. Auf einmal fragte Dana: «Wo haben Sie das denn her?»

Alice öffnete die Augen und blickte auf das Pfingstrosenkissen.

«Von Judy Gersten», erwiderte sie. «Sie macht sie selbst.»

«Sie, Plural?», fragte Dana. «Gibt es noch mehr?»

«Sie macht lauter so ein Zeug. Sticken, stricken, häkeln und nähen. Ihr ganzes Haus und auch ihr Schreibtisch im Büro sind voll davon. Sie sagt, sie muss ihre Hände beschäftigt halten. Sie hat gesagt, Sylvie macht die Kissen für sie fertig.»

«Was bedeutet das?»

Alice war überrascht von Danas plötzlichem Interesse. «Sie wissen schon, die Füllung und das Futter und so. Und dann bringt Sylvie sie zum Frauenladen und verkauft sie da.»

«Warum?» Dana beugte sich vor, das Kissen auf ihrem Schoß.

«Nur aus Hilfsbereitschaft, glaube ich», erwiderte Alice. «Sylvie arbeitet als Teilzeitkraft bei Garden Hill. Judy sagt, sie habe die Idee mit der Pfingstrose gehabt. Als Tribut an Lauren sozusagen. Lauren liebte Pfingstrosen.»

«Dann haben Sie das Kissen also gekauft?»

«Nein, Judy hat es mir geschenkt. Das heißt, sie hat es mir eigentlich *zugeworfen*. Sie meinte, ich solle es nehmen, weil ich Laurens Freundin war.»

Dana hielt Alice das Kissen hin und deutete in die untere linke Ecke. «Sehen Sie mal.»

Alice hatte die Stickerei noch nie aus der Nähe betrachtet, weil die Pfingstrose am besten von weitem wirkte. Und je genauer sie nun hinsah, desto deutlicher wurde, dass der Hintergrund nicht so simpel war, wie es aussah. Er bestand aus zwei Farben, nicht nur aus einer, wie sie zunächst geglaubt hatte, und in der Ecke, auf die Dana zeigte, war noch etwas anderes zu sehen.

Alice musterte das Kissen ganz aus der Nähe. In der unteren linken Ecke waren, eine Schattierung dunkler als der Hintergrund, zwei winzige Buchstaben eingestickt: LB.

KAPITEL 35

«Das sind Laurens Initialen», sagte Alice. «Lauren Barnet.»

«Wo ist dieser Frauenladen?», fragte Dana. «Ich möchte gern die anderen Kissen sehen.»

«Aber Judy hat gesagt, sie hat dieses Kissen extra im Gedenken an Lauren gemacht», erwiderte Alice. «Deshalb stehen dort auch Laurens Initialen, meinen Sie nicht, Dana?»

«Vermutungen bringen uns nicht weiter», sagte Dana und stand auf.

«Der Laden ist auf der Pierrepont Street in Brooklyn Heights», erklärte Alice. «Ich glaube, zwischen Monroe Place und Henry Street.»

Dana ließ das Kissen auf dem Boden liegen. «Wenn Frannie kommt, sagen Sie ihr, ich bin gleich wieder zurück. Und bleiben Sie hier, Alice, gehen Sie nicht weg. Haben Sie gehört?»

«Ja, verstanden», erwiderte Alice. Im Geiste sah sie sich, Mike, Nell und Peter an einem breiten, weißen Sandstrand entlanglaufen. Die Luft war warm und weich, und das Meer rauschte.

Der uniformierte Beamte an der Tür stand da wie ein Wachtposten, die Hände auf dem Rücken. Alice streckte sich aus, zog sich die Decke bis ans Kinn und schloss die Augen. Mike würde gleich in Brooklyn sein, die Kinder abholen und zu ihr kommen. Wo mochte Simon wohl sein, und was würde er sagen, wenn er bei seiner Rückkehr entdeckte, dass es in seinem Haus von Polizei wimmelte? Aber vermutlich würde es ihn kaum erschüttern. Jemand, der die Kraft und Größe besaß, Maggie zu lieben, besaß vollkommene innere Ausgeglichenheit.

Kurz darauf knarrte die Haustür, und sie hörte Schritte, die sich näherten. Sie öffnete die Augen, als sie Frannies Stimme hörte. Alice setzte sich auf und schob die Decke weg.

«Frannie», sagte sie, «wir haben schon auf Sie gewartet.»

«Ja, Dana hat mir Bescheid gesagt.» Frannie trat auf Alice zu. «Sie kauft Sofakissen, was?»

Alice ergriff das Pfingstrosenkissen und reichte es Frannie. «Judy Gersten hat es gemacht. Als ich Dana erzählte, dass Sylvie die Kissen fertig macht und sie zum Frauenladen bringt, wurde sie ganz aufgeregt und ist direkt dorthin gerannt.»

«Ich halte sie eigentlich gar nicht für den Einkaufstyp», versuchte Frannie zu scherzen. Ihre dunklen Augen glänzten, aber sie lächelte nicht. «Tut mir Leid, aber das war ein anstrengender Nachmittag. Dana hat einen guten Instinkt.» Frannie setzte sich neben Alice auf die Couch und rieb sich übers Gesicht. «Ich könnte einen Kaffee vertragen.»

«Ich mache Ihnen welchen.» Alice ging in die Küche und schaltete die Kaffeemaschine ein. Frannie war ihr gefolgt und setzte sich an den großen, runden Tisch. «Dana hat Ihnen also mitgeteilt, dass wir den Tatort gefunden haben.»

«Ja, aber viel mehr hat sie mir auch nicht gesagt», erwiderte Alice. «Sie meinte, Sie würden mir schon alles erklären, wenn Sie hier wären.»

«Vieles werden wir selbst erst wissen, wenn wir alle Spuren ausgewertet haben», sagte Frannie. «Das wird ein paar Tage dauern.» Sie warf einen sehnsüchtigen Blick auf die Kaffeekanne, in die zischend und blubbernd der Kaffee sprudelte.

«Aber?», fragte Alice.

Frannie seufzte. «Aber wir haben bereits viel erfahren. Und es war nicht besonders schön, Alice. Sind Sie sicher, dass Sie es überhaupt wissen wollen?»

«Vielleicht will ich es nicht wissen», erwiderte Alice, «aber ich muss es wissen.»

«Okay, dann setzen Sie sich», forderte Frannie sie auf.

Alice gehorchte und ließ sich auf einen Stuhl gegenüber von Frannie nieder.

In bewusst ruhigem Tonfall begann Frannie: «An der inneren Seitentür waren Blutspritzer, was darauf schließen lässt, dass sie wahrscheinlich direkt, nachdem sie in den Wagen gezogen wurde, erschossen wurde. Der Kaiserschnitt wurde auf dem Boden des Wagens durchgeführt, mit einem gewöhnlichen Küchenmesser, was einen großen Blutverlust zur Folge hatte.» Sie sah Alice eindringlich an.

Alice nickte. «Reden Sie weiter.»

«Wir haben das Messer und auch das Klebeband gefunden, mit dem ihre Wunden zugeklebt wurden. Wenn der Täter so chaotisch war, wie es am Tatort aussah, werden wir überall Fingerabdrücke finden. Das war kein erfahrener Täter, keiner, der viel nachgedacht hat.»

«Aber es ist doch vorher auch schon passiert», wandte Alice ein. «Was ist denn mit Christine Craddock?»

«Christine haben wir nie gefunden. Abgesehen von dem Überfall auf Pam Short haben wir keinen Beweis dafür, dass der Täter irgendwelche Erfahrung mit Gewalt hat.»

«Ich habe zugesehen, wie Sal Cattaneo ein Schwein geschlachtet hat», erwiderte Alice heftig. «Er weiß genau, was er tut.»

«Ja, wenn er ein Tier zerlegt», sagte Frannie. «Der größte Fehler, den ein Ermittler machen kann, ist, sich auf den Täter festzulegen, bevor er alle Beweise ausgewertet hat», erklärte Frannie. «Wir haben jetzt Beweise, und wir haben endlich einen Tatort. Nur ein Teil von allem deutet auf Metro hin, und deshalb ist zurzeit alles noch offen.»

Sie stand auf, suchte nach einem Kaffeebecher in Simons Schränken und schenkte sich einen Kaffee ein. «Stellen Sie es sich einfach wie ein Puzzle vor. Sie sammeln alle Teile, was manchmal schwierig sein kann. Sie setzen die einzelnen Teile zusammen. Und dann betrachten Sie es.»

«Bin ich auch ein Puzzleteilchen?» Alice beobachtete Frannie, die ihren Kaffee trank.

«Sieht so aus.» Sie stellte ihren Becher ab. «Sehen wir den Tatsachen ins Gesicht: Wir wissen nicht, wer den Satz ans Fenster geschrieben hat. Es mag uns ja ganz gut in den Kram passen anzunehmen, dass es Pollack war, aber mit Sicherheit wissen wir es erst, wenn wir ihn gefasst haben und ihn fragen können.»

«Was ist mit Ivy?»

«Die Nabelschnur ist vermutlich durchgeschnitten worden», sagte Frannie, «wir haben Gewebe gefunden, das darauf hindeutet. Wenn das tatsächlich der Fall sein sollte, dann können wir davon ausgehen, dass jemand das Baby haben wollte, beziehungsweise, dass das Baby das Tatmotiv war.»

Wer außer Lauren und Tim konnte denn Ivy so sehr haben wollen?, fragte sich Alice. Und ging es um Ivy oder irgendein Baby?

«Was ist mit Pam?», fragte sie. «Sie wurde doch mit der gleichen Waffe angeschossen.»

Frannie trank einen Schluck Kaffee, dann nickte sie. «Ja. Das auch.»

In diesem Moment kam einer der Labortechniker, die draußen gearbeitet hatten, an die Küchentür und klopfte leicht an den Rahmen. Frannie drehte sich zu ihm um.

«Hey, Jerry.»

«Wir sind hier fast fertig», sagte er. «Wir haben einen ganz guten Abdruck. Ist es eilig?»

«Oberste Priorität.»

«Wir bringen ihn gleich ins Labor und bitten sie, ihn ganz oben auf die Liste zu stellen, wenn es geht», erwiderte er.

«Danke», sagte Frannie. «Rufen Sie mich an, sobald das Ergebnis da ist.»

Jerry nickte und ging wieder hinaus.

Frannie wandte sich an Alice. «Das war alles ein bisschen viel für Sie, oder?»

«Für uns alle, glaube ich.»

«Ja», erwiderte Frannie, «aber in gewisser Weise ist das

erst der Anfang. Sie sollten sich ausruhen, Sie sehen erschöpft aus.»

«Ich warte auf Peter und Nell», erwiderte Alice. «Mike holt sie ab, und ich kann mich nicht entspannen, ehe ich sie nicht gesehen habe.»

«Dann legen Sie sich zumindest ein bisschen hin», schlug Frannie vor. «Ich muss ein paar Anrufe machen, mit Dana und mit Paul sprechen.»

Gehorsam legte Alice sich auf die Couch. Sie hatte das Gefühl, als ob in der letzten Stunde die Zwillinge ihr Gewicht vervierfacht hätten. Sie bückte sich gerade mühsam nach der Decke, die zu Boden gefallen war, als jemand zur Haustür hereinkam.

Dana trat ins Wohnzimmer und schüttete zwei große Einkaufstüten auf dem Boden aus. Sie hatte im Frauenladen drei weitere Kissen von Judy Gersten gekauft, winzige Blumenmuster auf pastellfarbenem Hintergrund: rosé, babyblau, taubengrau. Alle drei waren so makellos gestickt wie das Pfingstrosenkissen.

Frannie ergriff eines der Kissen und musterte es eingehend. Sie hielt es dicht vor die Augen und drehte es hin und her. «ZL», sagte sie schließlich und reichte es Alice. Mit bloßem Auge waren die Initialen, die Ton in Ton gestickt waren, kaum zu erkennen.

Dana reichte Frannie ein weiteres Kissen. «PS.»

Auf dem dritten Kissen stand CC in der Ecke.

«Lauren Barnet, Pam Short, Christine Craddock», sagte Frannie nach einer Pause. «Das kann kein Zufall sein.»

«Wer ist ZL?», fragte Alice.

«Keine Ahnung», antwortete Frannie, «das werden wir herausfinden müssen.»

«Judy Gersten steckt hinter dem Ganzen», sagte Alice, der lebhaft die gerahmte Fotografie vor Augen stand, auf der Judy und Sal Cattaneo in die Kamera lächelten wie ein altes Ehepaar – nur dass er mit einer anderen verheiratet war.

Frannie und Dana warfen einander einen Blick zu. Ja, natürlich. *Keine Vermutungen.*

«Machen wir sie auf», sagte Frannie.

Alice holte eine Schere aus der Küche und Dana begann vorsichtig, das Pfingstrosenkissen aufzutrennen. Als sie die ersten Stiche gelöst hatte, riss sie die beiden Stoffhälften auseinander und spähte hinein.

«Können Sie mir bitte ein sauberes Laken bringen?», bat sie Alice.

Alice ging nach oben zum Wäscheschrank, holte ein Bettlaken heraus und brachte es nach unten. Frannie breitete es auf dem Fußboden aus.

Dana kniete sich hin und leerte das Füllmaterial des Kissens aus.

Massen von langen braunen Haaren fielen heraus.

KAPITEL 36

«Das sind Laurens Haare.» Alice hatte sich ebenfalls hingekniet. Sie hätte die Haare am liebsten angefasst, aber sie wusste nicht, ob sie es durfte. Sie waren ja jetzt Beweismaterial.

«Sind Sie sicher?», fragte Frannie.

Die Polizisten und die Labortechniker, die sich immer noch im Zimmer befanden, wurden ganz still und beobachteten sie. Alice nickte. Ihr versagte die Stimme.

«Lassen Sie uns die anderen Kissen aufmachen», sagte Frannie ruhig.

Dana begann, eines der anderen Kissen aufzutrennen. ZL. Als es offen war, blickte sie hinein.

«Es ist weiß.»

Auch Frannie spähte hinein. «Das sind keine Haare.»

«Ich glaube, das ist so eine Schaumfüllung.» Dana machte das nächste Kissen auf. CC. «Auch Schaum.»

«Was ist das denn hier?» Frannie blickte in das PS-Kissen. «Es ist grau.»

«Sieht auch wie Füllmaterial aus», meinte Dana.

«Geben Sie das mit ins Labor», wies Frannie Dana an.

Alice kniete vor Laurens Haaren und bemühte sich, die Tränen zurückzuhalten. Sanft half ihr Dana auf, als die Techniker mit einer großen Papiertüte ankamen und begannen, die Haare einzusammeln. Dann versiegelten sie die Tüte und beschrifteten sie. *Mommy Killer.* Das war offensichtlich der Codename für den Fall.

«Bringt es ins Labor.» Frannies Stimme klang brüchig, aber sie wirkte sehr kontrolliert. «Ich rufe den Typen an, der mir einen Gefallen schuldet. Ich möchte, dass die DNA von jeder einzelnen Haarsträhne festgestellt wird.»

An Alice rauschte alles wie im Nebel vorbei. Auf einmal dachte sie nur noch an die Kinder. *Nell und Peter.*

«Der Babysitter», hörte sie Dana sagen. «Sylvie. Wie lautet ihr voller Name?»

«Sylvie Devrais», antwortete Frannie.

Wo waren die Kinder?

Die Haustür ging auf und wurde wieder zugeschlagen. Schritte näherten sich durch die Eingangshalle.

«Alice!» Es war Mike. Endlich.

«Wir sind hier drin!», rief Alice.

Mike kam herein. Er sah verschwitzt und müde aus.

Warum war es so still? Wo waren die Kinder?

«Bist du nicht bei Maggie vorbeigefahren?», fragte Alice.

«Dort ist niemand zu Hause», erwiderte Mike.

«Aber Sylvie hat doch gesagt, sie wären da. Sie hat doch gewusst, dass du vorbeikommst.»

«Ich habe immer wieder an der Tür geläutet. Niemand hat aufgemacht, und da habe ich gedacht, sie sind vielleicht schon hier.»

«Vielleicht habe ich Sylvie auch falsch verstanden», sagte Alice. «Möglicherweise hat sie ja gemeint, sie seien bei Maggie im Laden.»

«Nein», erwiderte Mike, «das habe ich mir auch gedacht. Ich habe Maggie angerufen, und sie sagte, sie habe sie nicht gesehen. Ethan ist heute Nachmittag irgendwo mit Simon unterwegs. Sylvie passt nur auf unsere Kinder auf.»

Was erzählte er da? Das stimmte doch nicht.

«Wo sind meine Kinder?» Sie wandte sich an Frannie. «Wo sind sie?»

Auch Mike blickte Frannie an. Schweißperlen standen ihm auf der Stirn.

«Hallo?», ertönte Maggies Stimme von der Haustür her. Sie stürmte ins Wohnzimmer. «Sind die Kinder aufgetaucht? Warum ist die Polizei hier? Kann mir mal jemand sagen, was hier überhaupt los ist?»

«Mags», sagte Alice, «Sylvie hat gesagt, sie sei mit den Kindern vor dem Regen zu dir geflüchtet. Ich dachte, sie würde heute auf Ethan aufpassen, und ich habe sie gebeten, Nell und Peter mit in den Park zu nehmen, während ich …»

«Simon ist mit Ethan beim Zahnarzt. Sylvie wusste davon.»

Maggie blickte zum Fenster, auf dem die Worte immer noch sichtbar waren. Es dauerte eine Weile, bis sie sie entziffert hatte, aber dann las sie laut: «‹Hör auf, sonst sind sie die Nächsten.› *Sie?*»

Und plötzlich wusste Alice es. *Sie* waren nicht ihre ungeborenen Zwillinge, sondern Nell und Peter. Alice rannte zum Fenster und schlug mit beiden Händen gegen die Scheibe. «Du verdammtes Schwein!»

Mike zog sie weg. Mit starrem Gesichtsausdruck sagte er: «Ich suche nach ihnen.»

«Warten Sie», warf Frannie ein. Sie tippte eine Nummer in ihr Handy ein. «Sylvie Devrais. Ist unser Mann noch hinter ihr her?»

«Ihr Mann?» Mike blickte Alice an, und sie dachten beide dasselbe. Offensichtlich stellte die Polizei Sylvie genauso auf die Probe, wie sie es mit Alice gemacht hatte. Wurden sie denn alle überwacht? Hatte Frannie von Anfang an den Verdacht gehabt, dass der Mörder einer von ihnen war?

«Wann?», fragte Frannie. Eine kurze Pause trat ein.

Alice hatte das Gefühl, keine Luft zu bekommen.

«Hatte sie zwei Kinder bei sich, einen Jungen und ein Mädchen?» Frannie lauschte einen Moment lang, dann befahl sie: «Stellt einen Haftbefehl für Sylvie Devrais aus. Und schickt eine Fahndung nach den Kindern raus. Sofort!»

«Ich wusste, dass sie Ärger macht», sagte Maggie in das Schweigen, das folgte. «Ich wusste es einfach. Dieses kleine Miststück!»

KAPITEL 37

«Ich gehe nach ihnen suchen», sagte Mike.

«Ich komme mit dir.» Alice wandte sich zum Gehen, aber eine Welle der Übelkeit zwang sie dazu, stehen zu bleiben.

«Alice?» Mike legte den Arm um sie. «Setz dich hin, Schatz.»

«Sie bleibt lieber hier», erklärte Frannie und führte Alice zur Couch. «Mike, machen Sie sich auf den Weg. Ich versuche, den Beamten zu erreichen, der Sylvie beschattet; er ist nicht ans Telefon gegangen, aber wenn er sich meldet, wird er uns sagen, wo wir suchen müssen. Geben Sie mir Ihre Handynummer.»

Sie tauschten die Nummern aus, und Mike ging. Alice sank auf die Couch. «Ich halte das nicht mehr aus», weinte sie. «Wir hätten letzte Woche die Stadt verlassen sollen.»

Niemand widersprach ihr. Und es stimmte ja auch – es wäre besser gewesen, wegzufahren. Jetzt war es zu spät.

Es war die längste Stunde in der Geschichte – der Albtraum einer jeden Mutter. Alice hatte nicht ein einziges Mal um die Sicherheit ihrer Kinder gefürchtet. Die ganze Zeit über hatte sie in die falsche Richtung geblickt. Vermutungen angestellt. Blind vertraut.

Sylvie.

Wie konnte das sein? Hatte sie sich denn völlig geirrt?

Alice dachte an all die Stunden, in denen sie Sylvie ihre Kinder anvertraut hatte.

Waren nicht auch Julius Pollack, Sal Cattaneo und Judy Gersten in diese Sache verwickelt? Sylvie arbeitete für Judy. Judy stand Sal nahe. Sal war Julius' geheimer Partner. Alle Opfer hatten etwas mit Metro Properties zu tun.

Welches Geheimnis verband sie?

Hör auf, sonst sind sie die Nächsten.

Nell. Peter.

Und womit sollte sie aufhören? Ärger zu machen? Mit der Polizei zusammenzuarbeiten?

Und warum um Gottes willen hatte die Polizei ihr nicht gesagt, dass ihre Kinder möglicherweise in Gefahr waren? Wenn sie Sylvie beschatten ließen, dann hatte das doch einen Grund. Sie hatten es von vorneherein gewusst. Der Täter war einer von ihnen.

Und sie beobachteten und warteten, bis etwas passierte.

Alice saß wie erstarrt neben Maggie auf der Couch, während im Wohnzimmer um sie herum hektische Betriebsamkeit herrschte. Simon kam mit Ethan nach Hause, setzte den Jungen oben im Familienzimmer vor dem Fernseher ab und gesellte sich zu den beiden Frauen. Er saß dicht neben Maggie und hielt ihre Hand, um sie zu trösten, und die Tatsache, dass sie einander Trost spendeten, tröstete auch Alice.

Die Zeit dehnte sich unendlich, aber dann kamen die ersten Neuigkeiten.

«Sie haben Pollack», sagte Frannie. «Er ist kooperativ. Dana, Sie bleiben hier. Paul kommt ins Revier, und wir treffen uns da. Wir werden das FBI einschalten.»

Dana nickte. Sie stand in der Nachmittagssonne, die durch das große Fenster fiel, und wirkte wie in Gold getaucht, fast irreal.

«Ich halte Sie auf dem Laufenden.» Frannie wandte sich zum Gehen. «In Kürze haben wir sicher auch Sal Cattaneo und Judy Gersten zum Verhör da. Und die ersten Ergebnisse aus dem Labor werden reinkommen. Es wird eine lange Nacht, aber wenn wir Glück haben, bekommen wir heute Abend die ersten Antworten.»

Wenn sie Glück hatten? Was sollte dieses Wort in diesem Zusammenhang? Alice hätte am liebsten geschrien, aber sie blieb stumm.

Als Frannie gegangen war, sagte Maggie: «Und was nun?» Aber niemand antwortete. Es gab keine Antwort.

Bald kam die Nachricht, dass auch Sal und Judy von der Polizei verhört wurden. Alice schloss die Augen und lehnte den Kopf an Maggies Schulter. Plötzlich wurde es im Zimmer blendend hell.

«Was zum Teufel ist das denn?» Simon sprang auf und trat ans Fenster. «Fernsehreporter», zischte er und zog die Vorhänge vor.

Im Zimmer war es jetzt dunkel, und Maggie schaltete alle Lampen ein.

«Ich gebe lieber eine Erklärung ab», sagte Dana, «sonst lassen sie uns die ganze Nacht über nicht in Ruhe.»

Die ganze Nacht über, dachte Alice. Würde es wirklich so lange dauern?

Dana rief Frannie an, um sich die Genehmigung zu holen. «Ja, laufende Ermittlungen, ich verstehe», sagte sie ins Telefon. Dann trat sie vor die Haustür.

In der Zwischenzeit zermarterte Alice sich den Kopf,

wo Sylvie mit ihren Kindern wohl sein mochte. Hatte sie sich mit ihnen in ein Taxi gesetzt und war hierher gefahren, um ihr die Nachricht auf dem Fenster zu hinterlassen? Hatten Nell und Peter vom Rücksitz aus zugesehen? Sie hatten ihr einmal gesagt, Sylvie sei immer so lustig. Hatten sie in völliger Verkennung der Situation ihre einzige Chance vertan, ihr zu entkommen?

Vielleicht war sie ja schon ganz woanders, und Mike suchte vergeblich die gesamte Nachbarschaft ab. Und sie saß hier, untätig und hilflos, während ihr die Panik die Kehle zuschnürte.

Nein, sie durfte so nicht denken. Sie musste sich auf Fakten stützen. Vermutungen brachten sie nicht weiter.

In die Stille hinein klingelte Danas Handy. Sie nahm den Anruf an. «Wir haben versucht, Sie zu erreichen! … Was? … Sie waren in der Subway? Wo ist sie? … Sie haben was …?»

Sie legte auf und wandte sich zu Alice und den anderen. «Das war Danny, Ihr Andre Capa», sagte sie. «Er hat Sylvie vor dem Kennedy-Airport aus den Augen verloren.»

«Sie ist mit Nell und Peter zum Flughafen gefahren?» Alice stand auf. Eine Welle von Übelkeit überschwemmte sie, aber es war ihr egal. Sie konnte nicht eine Sekunde länger untätig hier sitzen bleiben.

KAPITEL 38

«Warten Sie.» Dana packte Alice am Arm. «Die Kinder waren nicht mehr bei Sylvie, als sie zur Subway gegangen ist. Sie war allein. Alice, sie sind nicht bei ihr.»

«Wo sind sie denn? Lassen Sie mich gehen!»

«Komm!» Simon stand neben ihr. «Ich gehe mit dir, Alice.»

Sie stieß die Haustür auf und hielt sich am Geländer fest, als sie so schnell wie möglich die Treppe hinunterging. Auf der letzten Stufe versagten ihr die Beine den Dienst, und sie wäre beinahe gestürzt, wenn Simon sie nicht aufgefangen und sicher gehalten hätte.

«Langsam», sagte er. «Lass es ganz ruhig angehen.»

Er streckte die Hand aus, und Alice sah, dass sein goldener Ehering ganz verschrammt war. Hatte er ihn nie abgelegt? «Jetzt komm», sagte er.

Alice stand auf und ging, gestützt von Simon, die Clinton Street in Richtung ihrer alten Wohnung entlang.

«Wo sollen wir suchen, Alice?»

«Ich glaube, wir sollten zur President Street gehen, das ist die einzige Adresse, die sie sich gemerkt haben.»

Sie wohnten noch nicht lange genug bei Simon, als dass sich die Kinder diese Adresse hätten einprägen können. Mike und sie hatten zwar schon begonnen, ihnen ihre neue Adresse am Third Place beizubringen, aber an das Naheliegendste hatten sie dummerweise nicht gedacht.

«Sollten wir nicht die Court Street entlanggehen?», fragte Simon.

«Ja, okay», stimmte Alice zu. «Vielleicht sind sie ja in ein Geschäft gegangen.»

Sie gingen in jeden Laden auf der Court Street und fragten, ob zwei Kinder, ein kleiner braunhaariger Junge und ein etwas größeres blondes Mädchen, da gewesen seien. Die Antwort lautete immer wieder *Nein. Was ist denn los?,* fragten die Leute. *Die Polizei war auch schon hier und hat uns dieselbe Frage gestellt.* Simon blieb auf der Straße, hielt die Augen offen und sprach jeden Bekannten an, der vorbeikam. Aber niemand hatte die Kinder gesehen. Sie gingen weiter, so schnell Alice konnte. Der Schweiß lief ihr übers Gesicht. Sie waren jetzt ganz in der Nähe der President Street, bei ihrem alten Haus. *O Kinder,* flehte sie im Stillen, *bitte seid da, bitte seid da.*

Keuchend marschierte sie vorwärts. «Langsam», ermahnte Simon sie und packte sie am Arm. Aber sie achtete nicht auf ihn und ging immer weiter, bis sie schließlich fast vor ihrem Haus war. Mikes hastig geparkter Lieferwagen stand dort, mit weit offener Fahrertür und laufendem Motor. Vor dem Pick-up stand ein Polizeiwagen mit blinkendem Blaulicht.

Vom Park her ertönte eine Sirene, und ein weiterer Polizeiwagen bog um die Ecke und hielt hinter Mikes Auto. Alice und Simon begannen zu laufen.

«Mike!», schrie Alice. Ihre Stimme schien vom Pflaster widerzuhallen. «Mike!»

«Alice!» Da war Mike. Und dann, im Duett, vom Spielplatz her: «Mommy!»

Simon rannte an ihr vorbei, und Alice keuchte hinter ihm her, so schnell es ihr schwerer Bauch zuließ. Nachbarskinder und ihre Mütter und Babysitter hatten sich versammelt und beobachteten die Szene. Alice blickte sich suchend nach den Kindern um.

«Mommy!», rief Peter lachend. «Hier sind wir! Siehst du uns denn nicht?»

Er hatte sein Gesicht gegen die Eisenstäbe gedrückt, die den Bereich für die großen Kinder auf dem Spielplatz abtrennten. Er kniete rückwärts auf einer Bank, und neben ihm schmiegte sich Nell an Mike. Auch sie drehte sich jetzt um und winkte. Alice stürmte durch das Tor und riss ihre Kinder in die Arme.

«Sylvie hat sie während des Unwetters ins Autumn Café gebracht», sagte Mike, als Alice den Kopf hob. Seine Augen waren nass, auch er hatte geweint.

Das Autumn Café, wo sie zahllose Nachmittage mit ihren Freundinnen verbracht hatte. Die Kinder waren in dem Laden praktisch aufgewachsen, und man kannte sie dort mit Namen.

Simon stand neben der Bank und blickte lächelnd auf seine wiedervereinten Freunde. «Ich rufe Maggie an und sage ihr Bescheid», erklärte er.

«Sie weiß es wahrscheinlich schon», erwiderte Mike. «Frannie hat gerade vom Revier aus angerufen. Sie sagte, wir sollten mit den Kindern zurück zu dir gehen. Sie kommt auch zum Haus, damit sie selbst mit ihnen reden kann.»

«Sylvie hat gesagt, sie kommt gleich zurück.» Nell

zuckte mit den Schultern. Ihr dunkelrotes T-Shirt war vorne völlig durchnässt, und auch Peter sah so aus, als seien sie lange im Regen umhergeirrt.

«Wie lange wart ihr denn allein?» Alice fuhr mit den Fingern durch Peters Haare, die ihm in die Stirn fielen.

Peter zuckte mit den Achseln. «Ich weiß nicht.»

«Hat euch denn niemand gefragt, warum ihr allein seid?» Sie wollte nicht direkt fragen, ob die Polizei sie im Café gefunden hatte oder erst auf dem Spielplatz, sondern hoffte, dass die Kinder es von sich aus erzählen würden.

Nell zuckte erneut mit den Schultern. «Wir sind nach Hause gegangen, als es aufgehört hatte zu regnen», sagte sie. «Dann haben wir draußen gewartet, aber es ist keiner gekommen.»

«Wir hatten es nämlich vergessen!», kicherte Peter.

«Dann sind wir auf den Spielplatz gegangen», fuhr Nell fort. «Ich habe Peter an der Hand genommen, als wir über die Straße gegangen sind, Mommy, du brauchst dir keine Sorgen zu machen. Okay?»

«Okay, Süße. Danke.»

Frannie wollte, dass die Kinder in einem der Polizeiwagen zum Haus zurückgefahren werden sollten, aber Alice protestierte. «Es geht ihnen gut», sagte sie zu Frannie am Telefon. «Wir gehen zu Fuß mit ihnen dorthin. Wir müssen uns alle erst einmal ein bisschen beruhigen. Bitte.»

«Wir müssen sie vernehmen, Alice.»

«Das ist mir klar.»

«Ich weiß, dass es Ihnen schwer fällt, Alice, aber versuchen Sie, die Kinder nicht so viel zu fragen. Je mehr wir beim ersten Gespräch aus ihnen herausbekommen, desto besser.»

KAPITEL 39

Simon fuhr mit dem Pick-up nach Hause, und so konnten die Halperns gemeinsam dorthin spazieren, wobei ein Polizeiwagen im Schritttempo hinter ihnen herfuhr. Sie hielten einander an den Händen und gingen langsam den Bürgersteig entlang. Alice hatte das Gefühl, sich aufzulösen, der Nachmittag war zu anstrengend und quälend gewesen. Peters kleine, feuchte Hand in ihrer fühlte sich so zerbrechlich an, dass sie am liebsten geweint hätte. Sie waren zwei Stunden lang allein gewesen, zwar allein in einer vertrauten Umgebung, aber in New York gab es immer Fremde.

Doch Fremde brauchte man wohl nicht immer zu fürchten.

Am anderen Ende der Familienkette lief Mike, Nell fest an der Hand. Er bemühte sich sehr, die Ängste der Kinder gar nicht erst entstehen zu lassen, und erzählte einen blöden Witz nach dem anderen. Sie lachten fröhlich, während Alice tausend Fragen durch den Kopf gingen. Warum hatte Sylvie die Kinder so abrupt allein gelassen? Die Tatsache, dass sie sie an einem vertrauten Ort zurückgelassen hatte, zeigte Alice, dass sie die Kinder wohl trotz allem gern hatte. Aber was hieß gern haben für Sylvie?, fragte sich Alice voller Abscheu. Immerhin hatte sie

Laurens Haare in ein Kissen gestopft und die winzigen Initialen in die Ecke gestickt. Oder hatten sie und Judy zusammengearbeitet? Aber Judy machte in ihrem betrunkenen Elend nicht den Eindruck, als ob sie zu konsequentem Handeln fähig wäre. Also musste Sylvie Lauren getötet haben. Warum nur? Der Kopf schmerzte Alice von all den bohrenden Fragen. Warum hatte Sylvie es getan? Warum war sie anschließend noch geblieben? Hatte es etwas mit Ivy zu tun? War Ivy noch in Brooklyn?

Als sie die Treppe zu Simons Haus hinaufstiegen, öffnete Frannie ihnen die Tür. Dana stand neben ihr, und sie lächelten beide.

«Willkommen zu Hause! Ich habe Popcorn und Limonade besorgt!» Sie gab sich wie die liebe Tante Frannie, schlug vor, die Kinder sollten sich etwas Trockenes anziehen, und sie würde in der Küche auf sie warten.

Als ihr die beiden am Küchentisch gegenübersaßen, beugte Frannie sich vor. «Na, das war aber ein Gewitter heute, was? Wie fandet ihr das denn da draußen, als ihr darauf gewartet habt, dass eure Mom euch abholen kommt?»

Nell nahm sich eine Hand voll Popcorn und ließ es sich in den Mund tröpfeln. «Sylvie ist mein Lieblingsbabysitter. Sie hat gesagt, ich sei schon alt genug, um selbst babysitten zu können. Sie hat gesagt, ich könnte heute schon mal an Peter üben.»

«Das hat Spaß gemacht», warf Peter ein. «Wir sind schon groß.»

Stückchen für Stückchen entlockte Frannie ihnen die Geschichte. Dana saß dabei und machte sich Notizen.

Die Kinder erinnerten sich an den ersten Anruf, kurz

vor dem Regen. Auch Alice erinnerte sich nur zu gut daran: wie sie sich umgedreht und gesehen hatte, wie Sylvie im Park an ihr Handy ging. Da hatte es zum ersten Mal gedonnert. Nach dem Anruf war sie mit ihnen zum Parkausgang in Richtung von Simons Haus gegangen.

Dann hatte ihr Telefon erneut geklingelt.

Danach war sie mit den Kindern in die entgegengesetzte Richtung zum Autumn Café gegangen. Es hatte angefangen zu regnen und sie waren klatschnass geworden. Bei dieser Schilderung wurde auch Alice klar, dass Sylvie offensichtlich schnell irgendwohin musste, und das Autumn Café lag in der Nähe der Subway. Aber zuerst brachte sie die Kinder ins Café, sagte dem Mädchen hinter der Theke, sie müsse rasch noch etwas erledigen und wäre gleich zurück. Sie drückte Nell zehn Dollar in die Hand und verschwand.

Eines allerdings blieb unklar.

Hör auf, sonst sind sie die Nächsten.

Das war schon geschrieben worden, bevor sie im Regen nach Hause kamen. Wenn Sylvie aber direkt zur Subway gegangen war, konnte sie es nicht geschrieben haben. Und wenn sie es nicht gewesen war, wer dann?

KAPITEL 40

«Julius Pollack», klärte Frannie sie auf. «Wir haben vor einiger Zeit eine Schriftprobe von ihm genommen.»

«Es war also doch Julius?» Alice blickte Mike an. «Julius und Sylvie? Vielleicht war Ivy wirklich eine Zeit lang in seiner Wohnung, vielleicht war es nicht nur das Video.»

«Darüber wissen wir noch nichts Konkretes», belehrte Dana sie. «Zum jetzigen Zeitpunkt sollten wir keine Hypothesen aufstellen.»

«Dana hat Recht.» Frannie schlug die Beine übereinander. «Die Fingerabdrücke am Tatort werden noch untersucht.»

Aber Alice bekam den Gedanken nicht aus dem Kopf. Waren Julius und Sylvie gemeinsam an Laurens Tod beteiligt? Irgendwie ergab es Sinn: der ältere Mann, zynisch und reich, und die naive, junge Frau.

Mike marschierte mit geballten Fäusten durch die Küche. «Ich bringe ihn um.»

«Schscht!», sagte Alice. «Die Kinder!» Sie spielten nebenan mit Ethan. Maggie und Simon passten auf sie auf.

«Ich kann verstehen, was Sie empfinden», sagte Frannie zu Mike. Um ihre Mundwinkel hatten sich tiefe Falten eingegraben, die das junge Gesicht um Jahre gealtert erscheinen ließen. «Aber das brauchen Sie nicht selbst zu machen, Mike. Wenn Pollack schuldig ist, dann wird sich das FBI schon damit befassen.»

Sie blickte auf die Uhr und stürzte ihre dritte Tasse Kaffee hinunter. Dann verkündete sie: «Ich fahre jetzt aufs Revier. Es gibt viel zu tun. Dana bleibt hier.»

«Bis später, Chefin!» Dana salutierte vor der anderen Frau. Frannie lächelte, und auf einmal sah sie wieder sehr jung aus. Sie zeigte auf einen Beamten an der Tür. «Nestor fährt mich, aber Rula steht immer noch draußen.»

Es erschien Alice absurd, dass Dana immer noch bei ihnen bleiben musste – Sylvie war weg und Pollack in Haft –, aber sie verstand doch, dass das gesamte Gebilde wesentlich komplizierter war und sie immer noch nicht genau wussten, was eigentlich passiert war.

Am späten Abend – sie hatten sich thailändisches Essen nach Hause bestellt und zwei Flaschen Wein getrunken, nur Alice hatte zu ihrem Bedauern verzichten müssen – erhielt Dana weitere Neuigkeiten. Die erste kam herein, als die vier Eltern oben gerade dabei waren, die Kinder ins Bett zu bringen. Alice und Mike kuschelten mit Nell und Peter im Gästezimmer auf dem Doppelbett. Allerdings würden die Kinder später mit ihren Schlafsäcken auf dem Boden schlafen, damit ihre Eltern eine ungestörte Nacht verbringen konnten. Maggie und Simon brachten in der Zwischenzeit Ethan ins Bett und waren vor Alice und Mike schon wieder im Wohnzimmer. Als die beiden gähnend die Treppe herunterkamen, rief Maggie ihnen die Nachricht entgegen.

«Sie hat es geschafft! Sie ist uns entwischt!» Sie klang wütend.

«Sylvie?», fragte Mike.

«Ja, es sieht so aus», antwortete Simon.

«Was ist passiert?» Alice wandte sich an Dana, um eine verlässliche Auskunft zu bekommen.

Dana saß auf dem Klavierhocker, die Beine in der Lotusposition verschränkt. «Frannie hat mich gerade angerufen. Danny hat sie im Zug zum John-F.-Kennedy-Flughafen verloren, aber jetzt haben wir einen Augenzeugen, der sie am Air-France-Schalter gesehen hat.»

«Also hat sie das Land verlassen», sagte Alice.

«Jemand hat sie angerufen und ihr gesagt, dass das Tatfahrzeug entdeckt worden ist.» Mikes Augen glänzten in seinem blassen Gesicht. «Der zweite Anruf heute im Park.»

«Der Anruf hat ihr Angst eingejagt», warf Alice ein. «Sie musste weg.»

«Und deshalb ist sie zurück nach Frankreich geflogen, wo man sie nicht ohne weiteres ausliefert», ergänzte Simon.

Dana hörte ihnen zu, schwieg aber. Schließlich sagte sie: «Frannie und Paul geben in ein paar Minuten eine Pressekonferenz. Dann können Sie alle Fakten erfahren.»

Sie gingen nach oben, und Simon schaltete den Fernseher ein. Die meisten Lokalsender hatten sich zu der Pressekonferenz zugeschaltet. Frannie und Giometti standen vor der blau gefliesten Polizeiwache, vor sich das unvermeidliche Gewirr von Mikrophonen. Sie sahen beide todmüde aus.

«Heute Nachmittag haben wir eine Suchmeldung für zwei Kinder herausgegeben, die offenbar in Brooklyn von ihrem Babysitter entführt wurden. Die Kinder wurden mittlerweile gefunden und sind jetzt wieder zu Hause. Der

Babysitter heißt Sylvie Devrais. Von Ms. Devrais fehlt bisher jede Spur.»

Ein Foto von Sylvie erschien auf dem Bildschirm. Sie so, als Verdächtige, zu sehen, beraubte sie der süßen Unschuld, die Alice immer in ihr gesehen hatte. Dann kamen die beiden Ermittler wieder ins Bild und erklärten, sie werde wegen Mordes gesucht und habe möglicherweise einen Komplizen.

«Wir haben eine Liste von Verdächtigen, die Sylvie Devrais unter Umständen geholfen haben, aber ohne relevante Beweise werden wir niemanden festnehmen.»

Alice las zwischen den Zeilen. Frannie hatte ihre Worte sorgfältig gewählt: *wir werden nicht* statt *wir können nicht.* Freier Wille statt Hilflosigkeit. Als Frannie auf die nächste Frage eines Reporters antwortete, wurde noch deutlicher, wie genau sie kalkulierte, was sie der Presse sagte.

«Ich habe gehört, dass JFK abgeriegelt wurde. Es kommen weder Flüge an, noch gehen welche raus. Wie lange soll das anhalten?», fragte ein Reporter.

«So lange wie nötig», erwiderte Frannie. Schärfer fügte sie hinzu: «Wir suchen nach einem Mörder.»

«Was ist mit Tim Barnet?»

Frannie zögerte den Bruchteil einer Sekunde, also musste irgendetwas mit Tim sein.

«Tim Barnet ist einer der vielen, mit denen wir gesprochen haben», erwiderte Frannie. «Aber wir haben keine Veranlassung, ihn mehr als jeden anderen zu verdächtigen.»

«Er hat die Stadt verlassen.»

«Wir stehen in engem Kontakt zu ihm», erwiderte Frannie eine Spur zu schnell.

Hatte der Mann, der Tim überwachte, ihn etwa auch

verloren? War mit Austin alles in Ordnung? Alice spürte schon wieder die ersten Vorboten der Schlaflosigkeit. Sie würde heute Nacht gar nicht erst versuchen zu schlafen, dachte sie. Solange Frannie auf dem Revier war, würde sie auch wach bleiben, um sofort Neuigkeiten zu erfahren.

«Was ist mit Simon Blue?», fragte eine Reporterin.

«O nein, das darf doch nicht wahr sein!», heulte Simon, der zwischen Maggie und Mike auf der Couch saß, auf. «Hast du etwa jeden gegen mich aufgehetzt, Maggie?»

Lachend versetzte Maggie ihm einen Schlag aufs Knie. «Wenn ich das nur könnte!»

«Ms. Devrais hat für ihn gearbeitet», sagte Frannie in die Mikrophone, «deshalb gibt es im ganzen Haus Spuren von ihr, aber wir haben keinen Beweis dafür gefunden, dass er in diesen Fall involviert ist.»

«Da hast du verdammt Recht!», rief Simon aus.

«Gibt es eine Spur des Geldes? Wie passt Metro Properties in den Fall hinein?», fragte ein Reporter.

«Wir haben alle Konten von Metro Properties überprüft.» Ein Lichtstrahl blendete Frannie kurz, und sie beschattete die Augen mit der Hand. Dann fuhr sie fort: «Es gibt keinen Hinweis darauf, dass jemand eine außergewöhnlich große Summe Geld erhalten hat. Wir konnten nichts Ungewöhnliches feststellen. Wir haben allerdings ...», hier zögerte sie, «keine Bankkonten von Sylvie Devrais finden können.»

«Dann ist der Babyhandel also ...»

«Das wissen wir nicht», unterbrach Frannie den Reporter. Über dieses Thema ärgerte sie sich offensichtlich. Es war eine der vielen Hypothesen, die Erin Brinkley als Erste mit ihren Artikeln ins Spiel gebracht hatte. «Wir arbeiten mit Beweisen und geben uns nicht mit Vermutungen ab.»

«Noch eine Frage ...», rief eine Reporterin, wurde jedoch von einer lauteren Stimme übertönt: «Was für eine Verbindung besteht zwischen Sylvie Devrais und Julius Pollack?»

Frannie kniff die Augen zusammen. «Nach unseren Erkenntnissen zurzeit überhaupt keine», erwiderte sie.

«Was ist mit ...»

Giometti trat vor und sagte: «Das ist alles für den Moment.»

Sie drehten sich um und gingen in die Polizeiwache hinein.

Simon schaltete den Fernseher mit der Fernbedienung aus, machte ihn aber sofort wieder an.

«Ich bin viel zu aufgedreht, um jetzt ins Bett zu gehen», sagte er. «Ich sehe mir noch die Sportergebnisse an.»

«Ich mache uns eine heiße Milch, meine Damen», erklärte Maggie. «Ich glaube, wir haben auch noch ein paar Ingwerplätzchen.»

Dana stand auf und reckte sich. «Ich fahre rasch zum Revier. Wenn Sie etwas brauchen, wenden Sie sich an Rula. Er steht vor der Tür.»

Mike warf ihr einen Blick zu. «Holt er einem auch Pizza?»

Dana zwang sich zu einem spöttischen Lächeln. «Mein Lieber, wir sind hier in Brooklyn. Hier bekommen Sie vierundzwanzig Stunden am Tag Pizza ins Haus geliefert. Auch ohne Hilfe der Polizei.»

Alice brachte Dana zur Tür, während Maggie in die Küche eilte.

«Danke für alles», sagte sie.

«Ich mache nur meine Arbeit.» Dana beugte sich vor, um sich von Alice mit einem Kuss auf die Wange zu verabschieden, zog sich aber im letzten Moment verlegen zurück und beschränkte sich darauf, Alice fest die Hand zu drücken.

Alice sah ihr nach, wie sie die Vordertreppe hinunterging. Rula, ein junger Latino, schien in dem verbeulten Honda, der am Straßenrand stand, zu schlafen.

Maggie hatte zwei rote Keramikbecher mit heißer Milch und einen Teller mit Ingwerplätzchen auf den Couchtisch im Wohnzimmer gestellt. Alice machte es sich auf der Couch gemütlich. Sie ergriff einen Becher und pustete in die heiße Milch, stellte sie aber dann noch einmal auf den Tisch, um auf Maggie zu warten.

Sie ließ die Ereignisse des Nachmittags noch einmal Revue passieren. Gott sei Dank waren die Kinder wieder heil zu Hause und lagen schlafend in ihren Betten. Auch um sie herum war alles still. Ob wohl in der Nachbarschaft alle schliefen? Wie viele Menschen in dieser Stadt mochten jetzt wohl ebenso wach sein wie sie?

«Weißt du», sagte Maggie und warf sich neben Alice auf die Couch, «ich glaube, Simon und ich versuchen es noch einmal.»

«Na ja», erwiderte Alice, «ihr seid ja auch füreinander geschaffen.»

«Findest du?» Maggie blickte Alice an. «Sag die Wahrheit. Glaubst du, Tim hat etwas mit der Sache zu tun?»

Bei dem furchtbaren Gedanken erschauerte Alice. «Ich möchte es mir lieber nicht vorstellen», erwiderte sie.

Maggie beugte sich vor. «Aber du glaubst es?»

«Vielleicht», antwortete Alice zögernd. «Und du?»

Maggie nickte entschlossen. «Ich fand den Mann schon immer zu gut, um wahr zu sein. Er war zu unbeschwert, weißt du, was ich meine? Beklagte sich nie und war am Boden zerstört, als Lauren tot war. Aber dann verließ er die Stadt.»

«Er sagte, er könne hier nicht mehr bleiben.» Alice wollte gerne glauben, dass Tim zu etwas so Grauenhaftem nicht fähig war. «Es ergab doch Sinn, Mags, oder? Selbst du hast ihn ja verteidigt. Er musste einfach gehen.»

«Ich habe darüber nachgedacht», erwiderte Maggie. «Simon ist hier geblieben, als es wirklich schwierig wurde, und ich habe ihm bestimmt die Hölle heiß gemacht.»

«Er ist wegen Ethan geblieben.»

«Zum Teil, ja», erwiderte Maggie. «Aber er ist auch geblieben, weil das hier sein Zuhause ist. Tim ist gegangen, weil er sich hier, mit uns, nicht mehr wohl fühlte. Es hatte sich noch etwas anderes geändert. Verstehst du?»

Wenn Maggie Recht hatte, dachte Alice, dann hatte die Polizei richtig gelegen, als sie von Anfang an einen aus dem Freundeskreis für Laurens Mörder gehalten hatten. Sie hatten schon festgestellt, dass Sylvie in das Verbrechen verwickelt war. War das denn noch nicht genug?

Wenn Alice etwas aus den Ereignissen gelernt hatte, dann, dass es nicht ratsam war, voreilige Schlüsse zu ziehen. Und sie wusste, dass die Menschen, die den Fall aufklären wollten, die ganze Nacht durcharbeiten würden, wenn es sein musste. Frannie, Giometti und Dana waren auf dem Revier; das FBI war eingeschaltet. In der ganzen Stadt und am Kennedy-Airport suchte die Polizei nach Sylvie, um die Spur zu dem vermissten Baby zu finden.

KAPITEL 41

«Wie spät ist es?» Pam blickte an sich herunter. Selbst unter der weißen Bettdecke war zu erkennen, dass sie mindestens zwanzig Pfund abgenommen hatte. «Wo bin ich?»

«Du meinst, welcher Tag heute ist?», korrigierte sie Ray.

«Nein, Raymond», warf Esther ein, «sie meint, welche Woche wir haben.»

«Na, wie ich sehe, kommt ihr immer noch prächtig miteinander aus.» Pam zwinkerte Alice zu, die gerade hinter Frannie und Giometti ins Krankenzimmer getreten war. Sie hatte sie überredet, sie mitzunehmen, weil sie hoffte, dass Pam sich bei ihrem Anblick an die Zeit vor dem Überfall erinnerte.

«Na, ich muss ja länger weg gewesen sein», sagte Pam und legte die Hand auf Alices Bauch. «Hassen Sie es eigentlich, wenn die Leute das machen? Sie sehen so aus, als ob Sie zugelegt hätten. Hatten wir zwei nicht eine Verabredung?»

«Wir haben uns das Haus angesehen», erwiderte Alice. Sie wusste nicht so recht, wo sie beginnen sollte. Das Haus interessierte sie im Augenblick eigentlich am wenigsten.

«Seltsam», sagte Pam erschöpft, obwohl ihrer Stimme die Lebensfreude bereits wieder anzumerken war. «Mom behauptet, ich hätte lange geschlafen, aber um ehrlich zu sein, fühle ich mich nicht besonders ausgeruht.» Sie sank in die Kissen zurück. «Hört mal, Leute, ich muss euch was sagen. Alice, Ihnen wird es nicht gefallen. Setzen Sie sich.»

Ray schob Alice sofort einen Stuhl ans Bett und drückte sie sanft darauf.

«Für euch zwei Bullen könnte es auch interessant sein», fuhr Pam augenzwinkernd fort.

Frannie lächelte. Alice fiel auf, dass Frannies Ponyfransen in den letzten zwei Wochen lang geworden waren und ihr fast in die Augen fielen. Sie musste dringend zum Friseur, und außerdem brauchte sie vermutlich Schlaf und etwas Ordentliches zu essen. Wenn sie alles überstanden hatten, dachte Alice, dann würde sie Frannie zum Abendessen in ihr neues Haus einladen, um zu versuchen, sie als Freundin zu gewinnen.

«Legen Sie los», ermunterte Frannie Pam. Giometti zückte bereits Füller und Notizblock.

«Es könnte sie zu sehr anstrengen, wenn sie zu viel redet», wandte Esther ein. «Wir dürfen nicht vergessen, was sie durchgemacht hat.»

«Wenn sie müde wird, hören wir sofort auf», erwiderte Frannie. «Aber es könnte wirklich wichtig sein.»

«Hast du gehört, Mom? Es ist wichtig. Also lass mich reden.» Pam räusperte sich und wollte gerade beginnen, als Ray sie unterbrach.

«Soll ich fotografieren?», fragte er, «um das Gespräch zu dokumentieren? Ich habe meine Kamera dabei.»

«Funktioniert sie denn auch?», fragte Pam.

«Liebling, ich habe dich mit jedem Besucher, jedem

Arzt und jeder Krankenschwester fotografiert. Ich habe schon ein ganzes Album voll!»

«Hoffentlich nicht das blöde rotschwarze, oder?»

«Nein. Ich habe extra ein neues gekauft, das wird dir gefallen.»

Pam und Ray tauschten einen innigen Blick.

«Ist schon okay», warf Giometti ein und zeigte auf seinen Notizblock. «Das hier reicht.»

Achselzuckend lehnte Ray sich an die Wand am Kopfende von Pams Bett und legte ihr die Hand auf die Schulter, als sie sagte: «Unsere süße kleine Sylvie ist kein Engel.»

Sie berichtete, was am Morgen ihres angeblichen Selbstmordversuchs geschehen war.

«Ich habe versucht herauszufinden, wer der Partner Ihres Vermieters ist», sagte sie zu Alice. «Zuerst fragte ich im Büro herum, aber niemand wusste etwas. Judy war an dem Tag nicht da, und da sie die Chefin ist, reichen ihre Akten natürlich am weitesten zurück, deshalb dachte ich, ich schaue mal bei ihr im Computer nach. Ich stocherte also so herum und geriet zufällig in das Netzwerk, das mit ihrem Computer zu Hause verbunden ist.»

«Zufällig absichtlich, oder?», warf Esther ein. «So wie ich es dir beigebracht habe.»

Pam grinste. «Judy arbeitet viel zu Hause.»

«Arbeitet.» Ray verdrehte die Augen. «Trinkt würde es wohl eher treffen. Pam leitet dieses Büro seit Jahren.»

«Na ja», fuhr Pam fort, «ich schaute mich also ein bisschen um und entdeckte ein paar interessante Dinge. Auf Judys Dateien zu Hause gab es eine ganze Menge über Metro, das sage ich euch, eine ganze Menge. Es stellte sich heraus, dass sie nicht nur Geschäfte mit den Typen macht, sondern auch eine starke persönliche Beziehung zu der Firma hat.»

Natürlich war ihnen mittlerweile allen klar, dass Judy Sal Cattaneos Geliebte war, aber sie ließen Pam weitererzählen, um ihr nicht die Überraschung zu verderben.

«Der Partner ist niemand anderer als Sal Cattaneo», fuhr Pam fort, «und meine altjüngferliche Chefin Judy scheint auch nicht gerade ein Engel zu sein.» Pam schwieg, um die dramatische Wirkung ihrer Worte zu erhöhen. «Ich fand heraus, dass Judy und Sal ein Paar sind, und zwar schon seit vielen, vielen Jahren.»

Letzteres war Alice dann doch neu, aber Frannie wirkte nicht besonders überrascht, als sie sich erkundigte: «Wie lange denn schon?»

«Seit mindestens dreißig Jahren, seit Sal verheiratet ist. Es hat sogar schon angefangen, bevor er heiratete. Judy hat alles aufgeschrieben und im Computer gespeichert. Es liest sich wie ein herzzerreißender Liebesroman. Ich konnte gar nicht aufhören.»

«Warum auch?», warf Esther ein. «Sie hat es doch extra da hineingeschrieben, damit es jeder lesen kann.»

«Das befand sich in einer ihrer persönlichen Dateien auf ihrem Computer zu Hause, Esther.» Ray presste die Lippen zusammen, offensichtlich war er mit den Ermittlungsmethoden seiner Frau und seiner Schwiegermutter nicht einverstanden.

«Jedenfalls war Sal verlobt mit seiner Sandkastenliebe, Angie, ließ sich aber mit Judy ein, als sie in die Nachbarschaft zog. Zu dieser Zeit waren Leute, die von woanders hierher zogen, noch richtige Außenseiter.»

«Heute immer noch», warf Alice ein.

«O nein, meine Liebe, damals war es viel, viel schlimmer. Judy Gersten war eine unabhängige Frau. Sie war Jüdin, und sie kam aus Michigan. Sie war eine Ausländerin!»

«Beeil dich», drängte Esther. «Komm endlich zum interessanten Teil.»

«Kennst du die Geschichte schon?», fragte Ray.

«Nein, ich höre sie zum ersten Mal, genau wie du.»

«Woher weißt du denn dann, dass es noch einen interessanten Teil gibt?»

«Weil ich weiß, wie man eine Geschichte richtig aufbaut. Und meine Pammie weiß das auch.»

«Wollt ihr zwei mich jetzt endlich weiterreden lassen?» Pam blickte ihren Mann und ihre Mutter liebevoll an.

«Ja, mach weiter», erwiderte Esther.

«Sal ist also mit Angie verlobt, und dann kommt Judy Gersten daher, die auf der Court Street eine Immobilienagentur eröffnet. Eine Außenseiterin. Mittlerweile hat Sal angefangen, Immobilien in der Nachbarschaft zu kaufen. Er mag Judy, deshalb gibt er ihr ein paar Geschäfte ab. Dann gibt er alle Geschäfte an sie ab. Als er sich mit Julius Pollack zusammentut und sie gemeinsam Mietshäuser kaufen, bekommt Judy einen großen Anteil an ihren Geschäften. Und die drei werden gemeinsam reich. Und Judy und Sal? Sie lieben sich.»

«Aber der Typ heiratet Angie trotzdem, oder?», fragte Ray.

«Darauf kannst du wetten», erwiderte Judy mit Nachdruck. «Angie erklärt ihm, sie sei schwanger.»

«Aber ich dachte, Sal und seine Frau hätten keine Kinder?», sagte Alice.

«Haben sie auch nicht.»

«Dann hat sie eine Fehlgeburt erlitten», vermutete Esther.

«Nein», sagte Pam.

«Sag es uns doch einfach», drängte Ray. «Was ist denn passiert?»

«Angie hat zwar behauptet, sie sei schwanger, war es aber gar nicht.»

«Wieso denn das?», fragte Ray.

Pam kostete den Moment aus und blickte triumphierend von einem zum anderen. «In Wahrheit war Judy schwanger.»

Schweigend verdauten alle diese Information. Alice fiel auf, dass nur Frannie ungerührt wirkte. Sie hatte Judy Gersten auf dem Revier vernommen, und vermutlich hatte sie ihr die Wahrheit entlockt.

«Es war neunzehnhundertdreiundsiebzig», fuhr Pam fort. «Abtreibung war gerade legalisiert worden. Aber Judy liebte Sal ...»

«Judy Gersten bekam das Baby? Und Sal heiratete Angie trotzdem?», sprudelte Alice hervor.

«Weil er glaubte, Angie sei schwanger, und sie war ihm als Frau nun mal bestimmt. Damals war es eben so. Noch bevor er überhaupt die Chance hatte herauszufinden, dass Angie gar nicht schwanger war, stand er schon vor dem Traualtar ... sagen wir mal, Angies Vater ließ ihm keine andere Wahl.»

«Warte mal», warf Ray ein. «Ist ihr Vater nicht Anthony Scoletto?»

«Genau.» Pam holte tief Luft. «Der Familie Scoletto schlägt man besser nichts ab. Und Sal liebte Angie wahrscheinlich auch. Sie kannten einander seit ihrer Kindheit, also heirateten sie. Aber sie hat nie Kinder bekommen. Judy aber bekam ihr Kind.»

«Und wo ist es?», fragte Ray. «Es müsste ja mittlerweile erwachsen sein.»

«Dreißig», sagte Alice. Ihre einfache Frage an Pam – wer Julius Pollacks Partner war – hatte dazu geführt, dass jemand Pam umbringen und es als Selbstmord hinstellen wollte. «Hat Judy das Kind aufgezogen?»

«Sie hat im letzten Augenblick einen Rückzieher gemacht. Damals gab es nur sehr wenige allein erziehende Mütter. Es gab noch nicht einmal eine Bezeichnung dafür. Man nannte die Babys, die in außerehelichen Beziehungen gezeugt wurden, immer noch Bastarde.»

Alice schlug die Hände vors Gesicht.

«Sie gab es zur Adoption frei. Es war ein kleines Mädchen, das von einer französischen Familie adoptiert wurde – der Vater war Diplomat. Sie kehrten nach Frankreich zurück, als Judys Tochter noch ein Säugling war.»

Über Frannies Gesicht lief ein leichtes Zucken. Diesen Teil hatte Judy offensichtlich nicht zugegeben. Warum hatte sie gerade das verbergen wollen?

«Judy versuchte, das Baby zu finden, es gelang ihr aber nicht», fuhr Pam fort. «Das tat ihr weh, und ich glaube, in dieser Zeit fing sie an zu trinken. Sie ist im Übrigen immer noch mit Sal zusammen, und sie machen auch noch gemeinsame Geschäfte – aber er ist auch immer noch mit Angie verheiratet.»

«Das muss man sich mal vorstellen!» Esther schüttelte den Kopf.

«Lassen Sie mich raten.» Alice blickte Pam an. «Judy hat ihre Tochter nie gefunden. Aber ihre Tochter fand sie.»

«Bingo», erwiderte Pam.

Pams größter Fehler war nicht gewesen, dass sie die geheime Geschichte von Judy Gersten und Sal Cattaneo entdeckt hatte, sondern dass sie das am Ende des Arbeitstages Sylvie gegenüber erwähnte. «Das war vielleicht ein Tag», hatte sie zu Sylvie gesagt, als sie am Abend vor dem Überfall das Büro zusammen abschlossen. «Bitte, erzähl mir nicht auch noch, dass du adoptiert bist.» Sylvie hat sie so fassungslos angeschaut, dass Pam das Thema nicht weiterverfolgte, und natürlich erzählte sie der Aushilfe auch nicht, was sie über ihre Chefin herausgefunden hatte.

Am nächsten Morgen erschien Sylvie unangekündigt bei Pam zu Hause, kurz vor ihrem Termin mit Alice am Third Place.

«Judy hat mir gesagt, ich solle mitkommen», erklärte sie mit ihrem süßen Lächeln.

Sie trank noch einen Kaffee mit Pam. Pam hatte eigentlich vorgehabt, zu Fuß zum Third Place zu gehen, aber Sylvie gab vor, sich beim Sport am Fuß verletzt zu haben, deshalb beschlossen sie, mit dem Auto zu fahren. Gemeinsam gingen sie in die Garage und setzten sich ins Auto.

«Und auf einmal schaute Sylvie mich mit einem Furcht erregenden Gesichtsausdruck an und drückte mir den Lauf einer Pistole an den Hals», sagte Pam.

Das war das Letzte, an das sie sich erinnerte.

Danach blieben sie nicht mehr lange im Krankenhaus. Pam war völlig erschöpft, und die Ermittler hatten alles, was sie brauchten. Alice küsste Pam zum Abschied auf die Stirn und versprach ihr, sie bald wieder zu besuchen. Sie roch nach Krankenhaus, und Alice fehlte der Duft nach Babypuder.

«Wenn Sie das nächste Mal kommen, fotografiere ich Sie für das Album», sagte Ray.

«Okay.» Alice schüttelte ihm die Hand und umarmte Esther. «Passen Sie gut auf sie auf.»

«Auf jeden Fall.» Esther lächelte und enthüllte dabei gelbliche, schiefe Zähne, die so aussahen, als seien es alle noch ihre eigenen. «Abgesehen von Ray ist sie alles, was ich habe.»

Frannie und Giometti bestanden darauf, Alice an Simons Haus abzusetzen. «Gehen Sie nirgendwohin», sagte Frannie, als Alice ausstieg.

Alice zögerte. «Ist das ein Befehl?» Sie lächelte, als ob sie einen Witz machte, aber alle wussten, dass das nicht der Fall war.

«Eigentlich nicht.» Frannie beugte sich aus dem Fenster. Man sah ihr an, wie erschöpft sie war. «Aber es könnte sein, dass wir Sie brauchen, Alice. Die Spurensicherung hat die Fingerabdrücke am Tatort analysiert. Wir haben nur die von Sylvie gefunden, abgesehen von einem Dutzend Fahrern von Mr. Frosty, die wir alle einzeln verhört haben.»

«Und von Julius Pollack oder Sal Cattaneo haben Sie nichts gefunden?»

«Nein. Auch nicht von Judy Gersten, falls Sie sich das gefragt haben sollten.»

«Dann hat Sylvie die Tat also allein begangen?»

Die Polizistin schüttelte den Kopf, aber obwohl sie es nicht aussprach, hörte Alice sie förmlich sagen: *Keine Vermutungen.*

KAPITEL 42

Die Freunde beschlossen, ihr normales Leben wieder aufzunehmen; das war nach Meinung aller am besten für die Kinder und auch für sie selbst. Und so brachten Mike und Simon Ethan, Nell und Peter am nächsten Tag in ihre jeweiligen Schulen. Mike fuhr in seine Werkstatt und Simon gab Unterricht. Maggie und Alice hatten ein wenig Ruhe allein im Haus, bevor sie um elf Uhr das Blue Shoes aufmachen mussten. Zwei Tage waren seit Sylvies Flucht vergangen und einer, seitdem Pam aufgewacht war. Wenn heute etwas Entscheidendes passieren sollte, dann wussten die Ermittler, wo sie zu finden waren.

Kurz nach neun läutete es an der Tür. Alice und Maggie, die gerade in der Küche frühstückten, blickten einander an.

«Vielleicht sollten wir gar nicht erst aufmachen», meinte Maggie.

«Wahrscheinlich ist es nur irgendein Bote.» Alice zog ihren rosafarbenen Chenille-Morgenmantel fester um ihren dicken Bauch. «Oder», sie lächelte verschmitzt, «es ist Simons Geliebte.»

«Oder ein Irrer, der dich umbringen will.» Maggie lachte, und die beiden Frauen liefen in die Halle. Maggie war als Erste an der Tür und machte sie auf.

Vor der Tür stand Lizzie in voller kalifornischer Pracht – gebräunt in einem blassgelben Overall – und streckte ihnen die Zeitung entgegen.

«Mom!», rief Alice.

«Mein Liebes.» Lizzie umarmte Alice, die sich glücklich an ihre Mutter schmiegte. «Unter den Umständen konnte ich doch nicht zu Hause bleiben.»

Alice wischte ihrer Mutter die Mascara-Tränenspuren von den Wangen. «Den Kindern geht es gut», sagte sie. «Sie sind schon wieder in der Schule. Alles ist in Ordnung.»

«Das ist ja wohl kaum möglich.» Lizzie gewann die Fassung wieder. «Wie kann denn alles in Ordnung sein?»

Maggie ergriff Lizzies roten Koffer, der oben an der Treppe stand, und trug ihn in die Eingangshalle.

«Hallo, Maggie.» Die beiden Frauen tauschten Luftküsse. «Wie geht es Ihnen?»

«Ein bisschen durcheinander, wie üblich. Immer dieselben Probleme mit den Männern.» Maggie lächelte Lizzie strahlend an.

«Sie und Ihr Mann sind also wieder zusammen.» Lizzie trat ins Wohnzimmer und blickte sich um. «Sehr hübsch. Ein bisschen barock, aber eigentlich gefällt es mir.»

«Also, offiziell sind Simon und ich eigentlich nicht zusammen. Das Haus habe übrigens ich eingerichtet, und bis jetzt hat Simon noch nichts verändert.»

Lizzie warf ihr einen Blick über den Rand ihrer Hornbrille zu und lächelte ein wenig spöttisch. «Es ist prachtvoll, meine Liebe.»

Maggie erwiderte das Lächeln und sagte gelassen: «Ich glaube, ich mache uns Frühstück. Sie sterben bestimmt vor Hunger, Lizzie. Soll ich auch Eier und Speck braten?»

«Ja, das wäre wunderbar.» Lizzie ließ sich seufzend auf die Couch sinken.

Alice setzte sich neben ihrer Mutter aufs Sofa und umklammerte die Zeitung, die noch in ihrer blauen Plastikhülle steckte. Sie hätte sie schrecklich gerne aufgemacht, um zu erfahren, was Erin Brinkley über die Ereignisse der letzten Tage geschrieben hatte, traute sich jedoch nicht, weil sie wusste, dass ihre Angst dann wieder zunehmen würde.

«Wie war dein Flug, Mom?»

Lizzie streichelte ihr über die Wange. «Wie geht es dir, mein Liebling? Ich habe mir solche Sorgen gemacht.»

«Mir geht es gut. Es war ein Albtraum, aber jetzt ist es ja vorbei.»

«Hoffentlich.» Lizzie gähnte. «Ob eine alte Frau hier wohl einen starken Kaffee bekommen kann?»

«Ich bringe dir sofort einen.»

Als Alice fünf Minuten später wieder ins Wohnzimmer kam, hatte Lizzie sich die Schuhe ausgezogen, sich auf der Couch ausgestreckt und las die Zeitung. Die blaue Plastikhülle lag zerknüllt neben dem Lokalteil auf dem Couchtisch. Alice stellte den Kaffeebecher ab und ergriff die Zeitung. Und da stand es.

In ihrem Artikel unter der Schlagzeile *Falsche Identität führt Polizei in die Irre* behauptete Erin Brinkley, dass es Sylvie Devrais nie gegeben habe. Das Baby, das Judy Gersten zur Adoption freigegeben habe, sei in Paris unter dem Namen Christina Dreux aufgewachsen, aber es gebe keinen Anhaltspunkt dafür, dass sie jemals in New York gewesen sei. Laut ihrer Adoptiveltern war sie ein rebellischer Teenager gewesen und hatte mit siebzehn ihr Elternhaus verlassen, war allerdings nach einem Jahr demütig wieder zurückgekehrt. Sie hatte eine Ausbildung als Krankenschwester gemacht, diesen Beruf aber nie ausgeübt, und es blieb unklar, womit sie ihren Lebensunterhalt verdiente. Auch die französischen Behörden rollten zurzeit ungeklärte Fälle wieder auf, bei denen schwangere Frauen verschwunden waren.

Unter der Überschrift «Internationaler Schwarzmarkt für Babys» erläuterte Brinkley, dass das Fehlen einer zusammenhängenden Datenbank illegale Adoptionen erleichtere, weil jeder Fall mit großem Zeitaufwand einzeln untersucht werden müsse. Und sobald ein Kind über eine Grenze gebracht werde, sei es fast unmöglich, es wiederzufinden.

In einem weiteren Artikel «Miethai vor Gericht» prangerte Brinkley erneut die Praktiken von Julius Pollack und Sal Cattaneo an und beschrieb ihre schlimmsten Kündigungsmethoden. Alice lief ein Schauer über den Rücken. Was sie mit Pollack erlebt hatte, war nichts im Vergleich zu dem, was andere Mieter hatten aushalten müssen: abgestellte Heizungen, zerbrochene Fensterscheiben, Ratten.

Und in dem Artikel «Eine geheime Geschichte» beschrieb Brinkley schließlich, wie Metro Properties und Garden Hill Realty zusammenhingen, wobei sie die langjährige Beziehung von Sal Cattaneo und Judy Gersten offen legte. Irgendwie hatte sie die Fotos in die Hand bekommen, die Alice in Judys Wohnung gesehen hatte. Sie schrieb auch über Angie Cattaneo und ihre kinderlose Ehe, und sie stellte die Verbindung zu Sylvie her, die als uneheliche Tochter nach vielen Jahren zurückkehrt und ihren Anteil haben will. Ihrer Meinung nach war Sylvie von den uralten Motiven Rache und Geldgier getrieben. Brinkley stellte die These auf, dass Sylvie ihre leiblichen Eltern vernichten wollte, indem sie hochschwangere Mieterinnen, denen gekündigt worden war, ermordete, ihnen die Babys wegnahm und sie auf dem Schwarzmarkt verkaufte.

Alice kam das alles viel zu kompliziert vor. Sie konnte sich nicht vorstellen, dass Sylvie ihnen so lange etwas vorgelogen hatte. Frannie bestätigte sie in ihrer Skepsis, als sie am Abend mit ihr telefonierte. «Brinkley ist viel zu dramatisch», erklärte Frannie. «Sie hat manchmal gute Ansätze, aber die meiste Zeit lachen wir doch über sie.»

«Kennen Sie sie, Frannie?»

«Ja, ich bin ihr einige Male begegnet. Sie ist Anfang zwanzig und versucht mit allen Mitteln, sich den Pulitzer-Preis zu erschreiben, damit sie ihr endlich einen eigenen Schreibtisch geben. Na ja, es gibt immer eine Geschichte hinter der Geschichte.»

«Erzählen Sie mir jetzt bitte alles, ja?», bat Alice.

Als Frannie zögerte, dachte sie zunächst, dass sie noch auf dem Revier sei und nicht sprechen könne, aber als Frannie gestand, sie sei schon zu Hause, wiederholte Alice ihre Bitte.

«Gut, dann können Sie ja offen mit mir reden, Frannie. Ich war von Anfang an in den Fall verwickelt und wäre wahrscheinlich das nächste Opfer gewesen. Er ist Teil meiner Lebensgeschichte, und ich möchte jetzt alles wissen.»

«Okay. Erst einmal sind wir der Frage nachgegangen, wer ZL ist. Das führte allerdings zu nichts, weil niemand mit diesen Initialen als vermisst gemeldet war.»

«Dann gab es also keine weitere schwangere Frau, die verschwunden war?», fragte Alice.

«Und es gab auch nichts über Christine Craddock. Soweit wir wissen, gehört sie also nicht in dieses Bild hinein. Und die Füllung in den Kissen war Standardmaterial, außer in Laurens Kissen.»

«Sie haben die Haare in dem Kissen untersucht», warf Alice ein, die sich fragte, ob vielleicht Ivys Haare dabei gewesen waren.

«Wir haben auch Sylvies Haare darin gefunden, aber das war kein Wunder: Ihre Fingerabdrücke waren überall am Tatort.»

«Sie meinen Christina», sagte Alice. «Ich habe nämlich die Zeitung gelesen.»

«Ja, okay. Ich sage das auch nur aus Gewohnheit», erwiderte Frannie. «Christina Dreux war das Baby, das Judy Gersten zur Adoption freigegeben hat.»

«Dann hat Erin Brinkley also Recht?», fragte Alice. «Ist sie wirklich zurückgekommen, um sich zu rächen?»

«Das hätte Erin Brinkley gern, weil es so eine tolle Story ergäbe.»

«Ich finde ja auch, dass es ziemlich verworren klingt», antwortete Alice.

«Es klingt deshalb verworren, weil es nicht stimmt», sagte Frannie. «Christina Dreux war nie hier, sondern eine Frau namens Analise Krup. Das ist eine Deutsche, die in Paris aufgewachsen ist. Ihre Mutter war Übersetzerin, und sie haben allein gelebt. Analise hat Christina auf der Krankenschwesternschule kennen gelernt, und sie haben sich angefreundet. Christina wollte gern wissen, wer ihre leiblichen Eltern sind, und ihr Adoptivvater half ihr dabei. Er ist Diplomat, deshalb hat er Zugang zu allen möglichen Informationen. Ihre Eltern respektierten ihren Wunsch, etwas über ihre Vergangenheit zu erfahren, aber als sie es herausgefunden hatten, beschloss sie, nichts zu unternehmen.»

«Aber Analise tat etwas, nicht wahr?», fragte Alice.

«Genau.»

«Ihre Mutter hat uns mit ihrem Therapeuten zusammengebracht», sagte Frannie. «Er sagte, Analise sei eine klassische Psychopathin. Verstehen Sie etwas davon, Alice?»

«Nein, nicht wirklich.» Sie wusste nur aus dem Fernsehen, dass das allesamt irre Killer waren, aber das war wahrscheinlich eine viel zu vereinfachende Aussage.

«In erster Linie sind sie Verwandlungskünstler, äußerst manipulativ, aber selten gewalttätig. Sie passen sich sehr gut an.» Frannie gähnte. «Deshalb sind sie ja so gefährlich.»

Alice zog sich die rote Decke über die Knie. Sie fröstelte ein wenig.

«Also hat diese Analise sich als Christina ausgegeben, die so tat, als ob sie Sylvie sei.»

«Genau.»

«Und Analise wollte Christinas leibliche Eltern vernichten, indem sie es so aussehen ließ, als ob sie unliebsame Mieter umbrächten?» Alice schwirrte der Kopf.

«Pst!» Lizzie, die mit den Kindern auf dem Teppich saß und ihnen beim Spielen zuschaute, mahnte sie mit einem zurechtweisenden Blick, den Kindern keine Angst einzujagen.

Alice stand auf, schlang sich die rote Decke um die Schultern und ging ins Gästezimmer, um das Gespräch in Ruhe weiterführen zu können.

«Das glauben wir nicht», sagte Frannie. «Wir wissen es nicht genau, aber wir nehmen an, dass sie ursprünglich Geld von ihnen wollte, indem sie so tat, als sei sie ihre Tochter. Aber dann hat sie ihre Pläne geändert.»

«Warum?» Alice legte sich auf das Bett im Gästezimmer.

«Wir wissen es nicht genau», erwiderte Frannie. «Aber sie hat sie nie um Geld gebeten. Sie sammelte Informationen und hat ein ziemlich kompliziertes Netz gestrickt, um zu verbergen, was sie mit Lauren getan hat.»

«Sie meinen, sie beschloss, Lauren umzubringen, um an Ivy heranzukommen?», fragte Alice ungläubig. «Warum?»

«Das wissen wir im Moment noch nicht genau.»

Aber Alice war auf einmal alles klar. Maggie hatte wieder einmal Recht gehabt. Das kleine Luder hatte sich verliebt, und sie wollte den Mann unbedingt haben. Aber er liebte seine Kinder und hätte sie nie verlassen.

«Frannie?»

«Sprechen Sie es aus, Alice.»

«Dann war es doch einer von uns.»

Im Hintergrund hörte Alice, wie es bei Frannie an der Tür läutete. Eine Frau sagte: «Ich mache schon auf.» Ihr wurde klar, dass sie überhaupt nichts über Frannie wusste.

«Wissen Sie, wo er ist?», fragte Frannie ruhig.

Einen Augenblick lang war Alice von der Frage schockiert. Glaubte Frannie allen Ernstes, sie würde einen Komplizen an Laurens Ermordung decken?

«Sie machen Witze, Frannie, oder?»

«Nein, eigentlich nicht.»

«Aber wenn ich die Antwort auf die Frage wüsste, dann

würde ich sie Ihnen geben. Ich würde es Ihnen doch sagen.»

«Ja, ich weiß», erwiderte Frannie.

Alice beließ es dabei. Sie hatte keine Ahnung, was Frannie wirklich von ihr dachte. Und es spielte auch keine Rolle. Frannie war eine gute Polizistin, klug und entschlossen, und Alice respektierte sie, auch wenn sie keine neue Freundin gewonnen hatte.

In der Woche, die folgte, wurde unermüdlich nach Tim Barnet und Analise Krup gefahndet. Man ging davon aus, dass sie Ivy bei sich hatten und sich in irgendeinem fernen Land aufhielten. Aber wie war es ihnen gelungen, so spurlos zu verschwinden? Warum hatte niemand sie gesehen? Es gab einige Hinweise, aber alle verliefen im Sand. Waren sie vielleicht zu unauffällig, um bemerkt zu werden? Amerikanischer Vater, französische Mutter, ein kleiner Junge und ein Baby? Und was war mit ihrem süßen Austin, dachte Alice. Was hatten sie mit ihm gemacht?

Nach einer Zeit, in der Alice noch einmal sämtliche Qualen der Erinnerung durchlebte, verliefen die Tage ereignislos, und jede ruhige Stunde war ein Versprechen, dass die Normalität zurückkehren würde. Schließlich dachte Alice, es sei überstanden, es sei endlich vorbei. Und dann kam sie eines Nachmittags allein zu Simons Haus, kurz bevor sie Nell und Peter von der Schule abholen musste.

In dem Augenblick, als sie seine Stimme hörte, wusste sie, es war unvermeidlich.

KAPITEL 43

«Pst!»

Der Laut war kaum zu hören, aber Alice wusste sofort, dass er real war.

Sie blieb einen Augenblick lang still stehen, dann machte sie einen Schritt durch die Eingangshalle.

«Pst.»

Sie blieb wieder stehen, lauschte angestrengt. «Simon?» Sie trat an den Bogen, der ins Wohnzimmer führte. Es hatte ein Gewitter gegeben, und jetzt kam gerade wieder die Sonne durch und tauchte Simons Flügel in goldenes Licht.

«Alice, bist du allein?», flüsterte die Stimme.

Es klang nicht nach Simon, aber Alice hoffte dennoch verzweifelt, er möge es sein.

«Simon, bist du das?»

«Bist du allein?»

«Wer ist da?»

«Antworte mir.»

Er saß in der Ecke, im Schatten. Jemand kauerte neben ihm.

Ein Sonnenstrahl glitt langsam über ihn hinweg. Er beugte sich vor.

In der hohlen Hand hielt er eine kleine schwarze Pistole mit weißem Griff.

Alice wich zurück und griff nach ihrem Handy.

«Simon!», rief sie, in der Hoffnung, dass er oben war. «Simon!»

«Pst!» Er beugte sich noch weiter vor, seine grünen Augen glänzten. Er hatte einen üblen Sonnenbrand. «Simon ist nicht zu Hause.»

«Daddy», flüsterte eine kleine Stimme, «darf ich bitte herauskommen?»

Tim verbarg die Pistole unter einem Kissen. «Ja, komm», sagte er dann.

Austin glitt aus dem Schatten. Er wirkte dünner. Sein Gesicht, sein Hals und seine Arme waren ebenfalls sonnenverbrannt. Er kauerte neben seinem Vater und blickte Alice flehend an.

Ohne auf Tim zu achten, ließ sie sich auf die Knie sinken und breitete die Arme aus. Austin stürzte sich hinein. Liebevoll umfing sie seinen kleinen Körper und wiegte ihn.

«Ich kann es nicht glauben», flüsterte Alice an Austins Nacken. Tief atmete sie seinen Zimtduft ein. «Ich kann nicht glauben, dass es wahr ist.»

«Du hast es doch von Anfang an vermutet.» Tim schlug die Beine übereinander. Sorgfältig achtete er darauf, dass sein Sohn die Pistole nicht sah.

«Nein, ich habe es nie wirklich geglaubt, Tim.» Seine Augen waren feucht. Das sollte er lieber lassen. Sie würde es nicht dulden, dass er weinte.

«Das ist egal», sagte er. «Dein Instinkt hat dich nicht getrogen.»

«Wo ist das Baby, Tim? Wo ist sie?»

Sein Blick wurde hart. «Auf der Beerdigung wollte ich dich etwas fragen», sagte er, «aber ich wusste nicht wie.»

«Ich mag das nicht», flüsterte Austin Alice ins Ohr.

«Lass Austin nach oben gehen, Tim», verlangte Alice. Sie verabscheute ihn. Sie würde ihm jetzt die Meinung sagen. Wenn die Pistole nicht gewesen wäre, hätte sie schon längst die Polizei gerufen.

Tim nickte Austin zu, der sich aus Alices Armen wand und wie der Blitz zur Treppe schoss.

«Warum tust du das, Tim?»

Er veränderte seine Position im Sessel, und die Hand, die die Pistole hielt, kam wieder zum Vorschein. Lauren hatte sie gesehen, Pam hatte sie gesehen und jetzt Alice.

Wenn sie doch nur ihr Handy zu fassen bekäme, bevor er sie erschoss. Vielleicht konnte sie ja eine Leitung zu jemandem herstellen, der Zeuge ihres Todes wurde. Nicht Mike natürlich. Das konnte sie ihm nicht antun. Aber Frannie, oder Maggie.

«Ich will das nicht tun.» Er verzog das Gesicht und begann tatsächlich zu weinen.

Alices Angst schlug in Wut um. Was für ein Recht hatte Tim Barnet zu weinen?

Entschlossen zog sie ihr Handy aus der Tasche und drückte die Kurzwahl für Maggie.

Er stand auf und zielte auf Alice. Der Abzug klickte.

«Sag mir nur, warum.» Ihre Stimme klang brüchig, aber sie hatte keine Angst vor diesem Mann.

Er hob den Arm höher und richtete die Pistole plötzlich auf sich selbst.

«Nein!», rief Alice.

Tim war ihr egal, aber sie dachte an Austin, der oben war. Das würde ihn vernichten.

«Warum?», fragte sie noch einmal.

Tims Hand zitterte, als er die Waffe an seine Schläfe presste. Ganz langsam begann er, auf den Abzug zu drücken, aber dann hielt er plötzlich inne. Der Feigling. *Tu es,* drängte sie ihn im Stillen. *Tu es, du Schwein.*

Weinend brach er zusammen und ließ die Pistole los, als könne er es nicht mehr ertragen, sie zu berühren. Alice trat rasch hinzu und schob die Waffe mit der Fußspitze von ihm weg. Sie rutschte in die Ecke neben einen vergessenen Power-Ranger in Kampfpose.

Mitleidslos betrachtete sie Tim.

«Warum, Tim? Warum hast du Lauren umgebracht?»

«Ich habe sie nicht umgebracht», weinte er.

Am liebsten hätte sie ihm für diese Lüge einen Tritt versetzt; auch wenn er nicht am Tatort gewesen war, so hatte er sie doch umgebracht.

«Warum?»

Er stand auf und wischte sich mit dem Ärmel über die Augen.

«Bitte, nimm Austin», bat er sie. *«Bitte.»*

«Was hast du mit dem Baby gemacht?», fragte Alice.

«Nimmst du ihn, Alice?»

«Ja. Und jetzt sag es mir.»

Er griff in seine Hosentasche und zog einen zerknitterten Briefumschlag heraus. «Mit diesem Schreiben übertrage ich dir das Sorgerecht.»

Am liebsten hätte sie ihn geohrfeigt. Stets der Anwalt, der an alles dachte.

«Meine Tochter ist irgendwo auf dieser Welt.» Tim legte den Umschlag neben sich auf den Boden. «Wir haben überall nach ihr gesucht.»

Irgendwo, wo es heiß sein musste, dachte Alice, sonst hätten sie nicht beide einen solchen Sonnenbrand.

«Woher weißt du, dass sie lebt, Tim?»

Traurig schüttelte er den Kopf. «Ich muss sie jetzt finden.» Er stand auf und ging an Alice vorbei zum Fuß der Treppe. «Austin!»

Der Junge antwortete nicht, obwohl er seinen Vater gehört haben musste.

«Ich gehe jetzt!»

Stille. Austin war erst fünf Jahre alt, aber er wusste es. Er wusste es.

«Ich liebe dich!», rief Tim.

Er wandte sich wieder zu Alice und machte eine Bewegung, als wolle er gehen.

Alice trat in die Ecke des Wohnzimmers, in der die Pistole lag. Sie hob sie auf, hielt sich an der Wand fest, um nicht das Gleichgewicht zu verlieren, und richtete die Waffe auf Tim. «Nein, du gehst noch nicht!», erklärte sie.

«Alice ...»

«Sag mir erst, warum. Dann kannst du gehen.»

«Ich habe einen schrecklichen Fehler gemacht.» Sein Blick irrte erneut zur Tür.

«Hast du mit ihr geschlafen?»

Er antwortete nicht.

Sie hob die Waffe und fragte noch einmal: «Hast du mit Sylvie geschlafen? Hat damit alles angefangen?»

«Ja», flüsterte er. «Ich habe Lauren noch nie zuvor betrogen. Sylvie hätte sich nicht in mich verlieben dürfen.»

Am liebsten hätte Alice geschrien: *Das ist keine Liebe!*

«Warum hast du sie denn nicht einfach verlassen,

Tim? Warum musstest du sie ermorden?» Die Tränen schnürten ihr die Kehle zu, aber sie schluckte sie hinunter. Erst musste sie das hier erledigen. Weinen konnte sie später.

Er schüttelte den Kopf. «Ich habe Sylvie gesagt, dass ich meine Frau nie verlassen würde. Dass ich auch meine Kinder nie verlassen würde.» Er hob das Gesicht und blickte Alice an. «Ich habe Lauren geliebt.»

«Vergangenheit», erwiderte Alice. «Du hast gesagt *habe geliebt.*»

«Ich wusste es erst, als alles vorbei war.» Er spannte die Kiefernmuskeln an und schluckte. Dann zwang er sich, weiterzusprechen. «Sylvie hat es getan, damit sie mich haben konnte, ohne dass ich meine Kinder aufgeben musste.»

Alices Hand begann zu schwitzen, aber es gelang ihr, die Pistole weiterhin auf Tim zu richten.

«Wo ist das Baby?»

«Irgendwo da draußen.» Er wies mit dem Kopf auf die Tür. «Ich habe sie überall gesucht.»

«Aber Sylvie war doch noch so lange hier, nachdem ... nachdem sie Lauren ermordet hat. Warum hast du sie nicht einfach gefragt?»

«Sie hätte es mir nicht gesagt.» Er verzog bitter das Gesicht. «Sie wollte es mir erst sagen, wenn ich sie mitnähme. Sie hat auf mich gewartet.»

«Sie ist weg.»

«Ich weiß. Ich bin nur zurückgekommen, um dir Austin zu bringen. Er kann so nicht leben.» Eine Andeutung von Scham glitt über Tims gequältes Gesicht.

«Ich sollte dich erschießen.»

«Lass mich meine Tochter finden, und dann hat das alles ein Ende. Ich verspreche es dir. Bitte, Alice, lass mich gehen, damit ich sie finden kann.»

Von der Treppe her kam ein Geräusch. Austin stand da und beobachtete sie.

Alice ließ die Pistole sinken und steckte sie in die Tasche.

«Sie heißt Ivy», sagte sie zu Tim, bevor er ging.

EPILOG

ZWEI JAHRE SPÄTER

Der Minivan holperte die Küstenstraße in Mexiko entlang, von Puerto Vallarta nach Cruz de Loreto. Seit zwei Stunden fuhren sie nun schon die kurvenreiche Strecke, und Alice machte sich langsam Sorgen. Als Lizzie ihnen die Reise zu Weihnachten geschenkt hatte, hatte sie ihnen nicht gesagt, wie unwirtlich die Gegend war. Sie hatte im letzten Frühjahr mit ihrem frisch gebackenen Ehemann George die Flitterwochen im Hotelito verbracht und hatte in ihrer Begeisterung sofort einen Urlaub für die gesamte Familie gebucht; ihr letzter Film war so erfolgreich gewesen, dass sie sich solche Extravaganzen leisten konnte. Angeblich handelte es sich um ein Luxushotel ohne Elektrizität, mit fabelhaftem Essen und Kerzenlicht jeden Abend – ein wunderbarer Gedanke. Und auf der Website hatte es auch hinreißend ausgesehen. Aber je tiefer sie ins ländliche Mexiko vordrangen, desto weniger wohl fühlte Alice sich. Das Land war ausgedörrt von der Hitze. Die Häuser, an denen sie vorbeikamen, konnte man bestenfalls als Hütten bezeichnen, und die gelegentlich auftauchenden Raststätten waren nicht mehr als Blechdosen, die vor Fliegen summten.

Mike saß vorne beim Fahrer, Miguel, und sie konnte seine Reaktion auf die verlassene Gegend, durch die sie fuhren, nicht sehen. Vor Jahren, als sie noch allein waren, hätte sie so ein Abenteuer gereizt, aber jetzt war sie Mutter von fünf Kindern. Wenn nun eins von ihnen krank wurde? Lizzie hatte behauptet, dass es im Hotelito ärztliche Hilfe gab, aber Alice sah hier nirgendwo ein Anzeichen dafür.

Nell, Peter und Austin, die in der dritten Sitzreihe des Vans saßen, schienen die Schlaglöcher zu gefallen. Aber die Zwillinge, die in der Reihe davor bei Alice saßen, wirkten ein wenig grün im Gesicht. Henry schlief in seinem Kindersitz, aber Oscar wurde immer quengeliger, vermutlich brauchte er eine frische Windel.

Alice hätte es lieber vermieden, Miguel abzulenken, damit er sich auf die holperige Straße konzentrieren konnte, aber sie würden trotzdem anhalten müssen. Sie beugte sich vor und sagte mit lauter Stimme, damit er sie über dem Rumpeln der Reifen auch verstand: «Entschuldigung, ich müsste Oscar die Windeln wechseln. Könnten wir mal kurz anhalten?»

Miguel, der ziemlich gut Englisch sprach – er arbeitete im Hotelito und hatte sie am Flughafen in Empfang genommen –, drehte sich um und erfasste die Situation mit einem Blick. Er bog abrupt ab und hielt vor einer verfallenen Hütte mit dem handgeschriebenen Schild «Café». Dort stieg er aus dem Wagen und öffnete ihr die Seitentür. Die drei älteren Kinder sprangen sofort heraus. Mike blieb im Auto, um auf den schlafenden Henry aufzupassen, während Alice Oscar aus dem Kindersitz hob und sich die Windeltasche schnappte.

Die Luft war wunderbar und tat Alice gut. Da die Luftfeuchtigkeit nicht so hoch war wie in New York, hatte man nicht das Gefühl zu ersticken, sondern fühlte sich eher von der trockenen Wärme liebkost. Auf einmal freute Alice sich darüber, so weit weg von zu Hause zu sein.

Miguel war mit den großen Kindern ins Café gegangen und hatte ihnen Orangenlimonade in Glasflaschen gekauft. Jetzt standen sie da und beäugten einige mexikanische Kinder, die sie ihrerseits ebenfalls musterten. Aber als einer der Jungen seine Yu-Gi-Oh-Karten herauszog, war der Bann sofort gebrochen.

«Sehen Sie?», sagte Miguel lächelnd. «Kinder finden überall auf der Welt zueinander.»

«Sie sollten bei den Vereinten Nationen arbeiten.» Mike war aus dem Van gestiegen und reckte sich.

Alice setzte Oscar ab, der sich sofort an ihre Beine klammerte. Henry war der Unternehmungslustigere von den beiden. Oscar hielt sich die meiste Zeit in ihrer Nähe auf. An der Seite war ein Fleckchen Rasen, das so aussah, als sei es gut zum Windelnwechseln geeignet. Oscar legte sich bereitwillig hin und reckte ihr die Beinchen entgegen. Er wollte seine schmutzige Windel loswerden. Rasch machte Alice ihn sauber und kitzelte sein weiches Bäuchlein dabei. Dann stellte sie ihn wieder hin und packte zusammen.

In diesem Moment ertönte Motorengeräusch, das sich von hinten dem Café näherte. Auf einem schmalen Feldweg, der hinter einem Hügel verschwand, näherte sich ein Auto. Es war ein alter Saab, kein Geländewagen, mit dem man hier bestimmt besser vorwärts gekommen wäre.

Alice drehte sich nach Oscar um, der zu den anderen Kindern wackelte. Auch Miguel hatte das andere Auto gesehen und lächelte sie an. «Das sind Gringos, wie Sie.»

Alice lachte. Ja, Gringos wie sie. Wieder blickte sie zu dem Auto, das mittlerweile vor dem Café angehalten hatte. Auf dem Beifahrersitz saß eine sehr gelangweilt aussehende, gebräunte Frau mit kurzen schwarzen Haaren. Sie kam Alice irgendwie bekannt vor – und dann sah sie den Mann, der gerade ausgestiegen war.

Er war schlank, und seine etwas längeren, blonden Haare kräuselten sich im Nacken. Er hatte sehr grüne Augen und ein strahlendes Lächeln.

Die Frau gähnte und stieg ebenfalls aus. Sie trug ein schwarzes Bikini-Oberteil und einen langen, weißen, fließenden Rock, der tief auf ihren Hüften saß. Ein rubinroter Stein schmückte ihren Bauchnabel, und um den Knöchel wand sich ein Tattoo.

Hinten im Auto saß ein ungefähr zweijähriges kleines Mädchen im Kindersitz und schlief. Sie hatte den Kopf abgewandt, und Alice konnte ihr Gesicht nicht erkennen, aber ihre braunen Haare waren zu Rattenschwänzchen zusammengebunden, und man konnte das rote Muttermal an ihrem Nacken deutlich sehen. Das war so gut wie ein Gesicht und ein Name. Es war exakt Laurens Muttermal in Miniatur. Das Muttermal, das sich seit mittlerweile vier Generationen auf jedes weibliche Mitglied der Familie vererbte.

Mike machte einen Schritt nach vorn. Also hatte auch er sie gesehen. Tim, Analise, Ivy. Sie standen direkt vor ihnen.

Auch Austin hatte sie gesehen. Er war jetzt sieben, ein schlaksiger, selbstbewusster Junge. Er ließ seine Limonadenflasche fallen und machte ein paar Schritte vorwärts.

Analise drehte sich abrupt zu Tim, der sie mit einem

Nicken zurück in den Wagen schickte. Dann ging Tim mit raschen Schritten auf Austin zu, wobei seine Strohsandalen kleine Staubwolken aufwirbelten. Seine Zehennägel waren schmutzig. Er packte Austin an der Hand und versuchte, ihn zum Auto zu zerren.

«Nein!», protestierte Austin.

«Bitte!», bat Tim. «Ich kann dich nicht schon wieder zurücklassen.»

Austin riss sich los und rannte zu Alice, die sich wie ein Schutzschild vor ihn stellte. Für sie war die Sache klar: Austin war jetzt *ihr* Sohn. Sie würde ihn nie gehen lassen.

«On y va!», rief Analise Tim zu. Ihr Tonfall war hart, nicht so süß und weich wie damals in Brooklyn.

Mike stand am Wagen und versuchte verzweifelt, sein Handy in Gang zu bringen, aber er bekam keinen Empfang. Tim drehte sich um und lief zum Auto zurück. Mike ließ sein Handy fallen und setzte ihm nach. Kurz bevor Tim das Auto erreichte, packte er ihn am T-Shirt.

«Bleib stehen!», schrie Mike. «Es reicht!»

Tim wand sich aus seinem Griff, und es gelang ihm, sich in sein Auto zu setzen und den Motor zu starten. Aber bevor er losfuhr, sagte er noch etwas zu Mike. Es war ein seltsamer Moment: Tim redete drängend auf Mike ein, Mike hörte zu, beide Männer verschwitzt und erschöpft, verängstigt und wütend; was von ihrer alten Freundschaft übrig war, zerbrach in diesem Augenblick ganz.

Kurz bevor das Auto losfuhr, bemerkte Alice, dass Analise sie aus kalten, leeren Augen ansah. Als sie Tim anherrschte, *«Vite!»,* wachte Ivy auf und drehte sich um.

Alice prägte sich ihr Gesicht ein. Sie war wunderschön. Runde Wangen und Laurens sandbraune

Haare, die ihr fransig in die Stirn fielen. Lebhafte grüne Augen.

Tims Augen. Sie würde die Welt mit seinen Augen sehen.

Mike zog einen Zettel und einen Stift aus der Tasche und schrieb sich das Kennzeichen des weißen Saab auf.

«Ich habe es mir notiert», rief er Alice zu, als der Wagen verschwand.

«Kennen Sie diese Leute?», fragte Miguel.

«Sehr gut sogar», erwiderte Alice. «Können wir hier irgendwo telefonieren?»

Bis das Telefon im Café eingestöpselt war und Empfang hatte, damit sie die örtliche Polizei anrufen konnten, die dann ihrerseits Interpol, das FBI und schließlich Francesca Viola im 76. Revier in Brooklyn, New York, informierte … bis alle Landstraßen, Highways und Flughäfen in Puerto Vallarta und Mexico City abgeriegelt waren … war es zu spät.

Sie waren weg.

Als sie später am Abend im Bett unter einem weißen Moskitonetz lagen, fragte Alice Mike: «Was hat Tim eigentlich zu dir gesagt?»

Mike lag auf dem Rücken, die Hände hinter dem Kopf verschränkt. Er verzog das Gesicht. «Ich liebe sie.» Er rollte sich auf die Seite, um Alice anzusehen. «Was glaubst du, wen er damit gemeint hat? Ivy oder Analise?»

«Ich weiß nicht», erwiderte Alice. Sie schob die weiße Bettdecke beiseite und schloss die Augen.

3 WOCHEN
BIS ZUR WAHRHEIT

Thriller

Aus dem Englischen
von Tanja Handels

Immer für Oliver, Eli und Karenna

DANKSAGUNG

Ein großer Dank gilt meiner Lektorin Claire Zion, die dieses Buch von Anfang an mit ihrem Einfühlungsvermögen, ihrem Geschick und ihrer Geduld geprägt hat, sowie meinem Agenten Matt Bialer, der jede neue Fassung mit großem Verständnis und zahlreichen Ermutigungen entgegennahm. Dank geht auch an Matts Assistentin Anna Bierhaus, die eine frühe Fassung des Romans gelesen und kommentiert hat, an Dr. med. D. P. Lyle für fachlichen Rat hinsichtlich der forensischen Aussagekraft von Blutspuren und an meinen Anwalt und Freund Michael Fay, der mich mit juristischen Unterlagen bombardiert hat, in der Hoffnung, dass ich das alles auch tatsächlich lese. Ein ganz besonderer Dank gebührt Jessie Lief für ihre wertvollen Anregungen und den blitzgescheiten Mitarbeitern bei New American Library und Penguin für ihren Einsatz und all ihre harte Arbeit. Und last but not least geht ein ganz großer Dank an meinen Mann Oliver, der den gesamten Entstehungsprozess dieses Romans mit seiner Bereitschaft zum Zuhören, seinen Ratschlägen, seiner Lektüre und seinen Kommentaren begleitet hat.

TEIL EINS

KAPITEL 1

Durch den bunten Glaseinsatz unserer Haustür fiel Sonnenlicht herein und malte einen impressionistischen Regenbogen auf den Boden der Diele. Meine beiden großen Koffer standen bereit. Sie enthielten alles, was ich in den nächsten paar Monaten brauchen würde, und dazu Kinderkleidung in verschiedenen Größen, in die Lexy hineinwachsen konnte. Ich stand daneben, ganz benommen von der Erkenntnis, dass das alles wirklich geschah. Ich war im Begriff, es zu tun: Ich würde meinen Mann verlassen. Da stand ich, gefangen in einem Augenblick, der mir viel zu lang und viel zu lastend vorkam, hin- und hergerissen zwischen dem Wunsch, meine Tochter in Ruhe ihr Morgenschläfchen beenden zu lassen, und dem Impuls, sie einfach aufzuwecken und zu gehen.

Schließlich beschloss ich, sie zu wecken, weil wir sonst das Flugzeug verpassen würden. Wenn ich ehrlich war, hatte ich auch Angst vor einer weiteren Auseinandersetzung mit Bobby. Unsere Streitereien waren inzwischen reine Füllmasse geworden, wir kauten das alles seit Monaten durch, immer und immer wieder, und kamen trotzdem keinen Schritt weiter. Aber noch bevor ich an der Treppe war, hörte ich seine gleichmäßigen Schritte von der Küche her. Ich drehte mich um und sah ihn an.

«Was wird das denn?», fragte er.

«Ich kann nicht mehr.»

Da stand er, mein gutaussehender Ehemann. Hellbraunes Haar, noch ganz verwuschelt vom Schlafen. Karierte Schlafanzughose und ein altes T-Shirt mit dem Logo einer Zahnarztpraxis aus Oregon. Meerblaue Augen, die mich prüfend musterten. Er war schockiert, dass ich meine Drohung, ihn zu verlassen, nun tatsächlich wahr machte. An der Wange hatte er etwas Druckerschwärze, er hatte wohl in der Küche Zeitung gelesen. Am liebsten wäre ich in Tränen ausgebrochen. Aber ich ließ es. Bobby war die große Liebe meines Lebens – selbst jetzt, wo wir in dieser Sackgasse steckten, wollte ich eigentlich nur auf ihn zugehen. Ich wollte seine Hände auf meiner Haut fühlen, mein Gesicht an seinem Hals vergraben und seinen Atem am Ohr spüren. Aber er hatte eine Affäre, mit irgendeiner Frau, die offenbar Hals über Kopf in ihn verliebt war. Er führte sie in teure Restaurants aus, überschüttete sie mit romantischen Geschenken – lauter Dingen, die ich ihm während unserer kurzen Romanze nicht wert gewesen war. Und er bezahlte das alles mit unseren gemeinsamen Kreditkarten, wodurch es so offensichtlich wurde, dass er sie ebenso gut zum Abendessen mit nach Hause hätte bringen können. Er hatte die Affäre abgestritten und weit von sich gewiesen, all die phantasielosen Ausgaben gemacht zu haben (Gedichtbände, Blumen, Pralinen, nicht ein originelles Geschenk darunter, aber dennoch …). Und ich hatte ihm glauben wollen, ich hatte es wirklich versucht. Aber wenn er tatsächlich die Wahrheit sagte, warum tauchten derartige Ausgaben dann auch auf den Abrechnungen unserer neuen Karten wieder auf, nachdem wir die alten hatten sperren lassen? Warum schrieb sie ihm immer noch, gerade heute erst wieder?

«Annie, ich bitte dich.» Er machte einen Schritt auf mich zu. Ich schüttelte nur den Kopf.

«Lies das.» Ich öffnete meine Handtasche, die auf dem

einen Koffer stand, zog die E-Mail hervor, die ich frühmorgens ausgedruckt hatte, und gab sie ihm. Er mochte Computer nicht, checkte seine Mails fast nie selbst. Und in letzter Zeit, seit das alles angefangen hatte, hatte ich diese Aufgabe ganz für ihn übernommen.

Ich stand mitten in einer Pfütze aus buntem Licht und sah ihm dabei zu, wie er den Brief las. Es war der schmerzhafteste bisher, ohne jeden Zweifel: Er enthielt detaillierte Beschreibungen von Bobbys Körper, von seinen Schlüsselbeinen, die sich wie Flügel auszubreiten schienen, wenn er beim Sex oben war. Beim ersten Lesen hatte mir die Vorstellung von ihm über *ihr* so heftigen Schmerz bereitet, dass ich den Blick vom Bildschirm abwenden musste. Nach dem dritten oder vierten Mal berührte es mich schon kaum noch, und nach dem fünften Mal Lesen sah ich ihn in meiner Vorstellung auf seinen Flügeln davonfliegen. Sie sprach ihn in der Mail mit seinem Spitznamen aus der Kindheit an, Bobbybob, und unterschrieb mit einer wahren Salve an Intimität, die mir zugleich ihren richtigen Namen verbarg: Lovyluv.

Bobby ließ den Brief sinken. «Wie oft soll ich es dir denn noch sagen? Ich habe nicht die leiseste Ahnung, wer mir diese E-Mails schickt.»

«Ich hätte nie gedacht, dass du mich so belügen kannst.»

«Tue ich doch auch gar nicht.»

«Diese ganzen Liebesbriefe sind also reine Erfindung?»

«Bitte, Annie …»

«Und die Kreditkartenabrechnungen?»

«Warum willst du mir denn nicht glauben?»

«Eins will ich dich schon lange fragen», sagte ich. «Und sag mir bitte die Wahrheit: Hättest du mich überhaupt geheiratet, wenn ich nicht schwanger geworden wäre?»

«Das führt doch zu nichts, Annie.»

«Es würde mir aber helfen, es zu wissen.»

«Ich habe dich nicht geheiratet, weil du schwanger warst. Ich habe dich geheiratet, weil ich dich liebe. Die Schwangerschaft hat alles nur ein bisschen beschleunigt.» Er kam noch näher, fasste mich am Arm und sagte: «Geh nicht.»

Instinktiv wich ich ihm aus, stolperte dabei über den vorderen Koffer und fiel gegen die Haustür. Dabei stieß ich mit dem pullovergepolsterten Ellbogen gegen die Buntglasscheibe. Mein erster Gedanke war, wie empfindlich diese Scheibe doch sein musste, deren Bleieinfassung schon unter diesem leichten Druck nachzugeben schien. Dann dachte ich: *Wer könnte eine solche Scheibe wohl reparieren?* Und dann richtete ich mich wieder auf und trat einen Schritt von der Tür weg. Eine Reparatur war nicht mehr mein Problem. Ich würde ja bald fort sein.

«Und was ist mit Kent?», fragte Bobby. «Wann willst du es ihm sagen?»

Draußen stimmte ein Vogel sein abruptes, bebendes Frühlingslied an. Ich gab mir Mühe, meine Stimme leise und ruhig zu halten. Was ich jetzt sagte, würde ihm endgültig klarmachen, wie ernst ich es meinte. «Ich habe bereits gekündigt, Bobby. Ich habe Kent noch heute Morgen zu Hause angerufen. Schließlich denke ich schon eine ganze Weile darüber nach. Und ich habe auch schon eine neue Stelle in New York in Aussicht.»

Sein Gesicht, ohnehin noch blass vom Winter, wurde aschfahl. Bobby arbeitete seit neunzehn Jahren im Staatsdienst, als Physiotherapeut. In einem guten Jahr würde er sich mit einer großzügigen, lebenslangen Rente zur Ruhe setzen können. Ich selbst hatte erst zwei Jahre hinter mir, aber mir war inzwischen ohnehin alles egal. Nach Lexys Geburt hatte ich nur sechs Wochen Pause gehabt, bevor ich wieder in die Tretmühle zurückmusste. Unser Arbeitstag im Gefängnis begann um sieben Uhr morgens. Ich hatte genug davon, mein Kind frühmorgens, im Stockdunkeln, in der Kinderkrippe abliefern zu müssen.

«Verlass mich nicht, Annie.» Es tat mir weh zu hören, wie gepresst seine Stimme klang, wie verzweifelt, wie sehnsüchtig. «Ich werde einen Weg finden, dir zu beweisen, dass du dich irrst.»

Dann beweis es mir doch!, wollte ich rufen. Aber ich schwieg. Die ganze Zeit hatte ich diese Bitte gebetsmühlenartig wiederholt, und dennoch: nichts. Ich wollte nicht noch länger warten. Die heutige Mail hatte das Fass zum Überlaufen gebracht. In letzter Zeit hatte ich häufig darüber nachgedacht, ob er die andere vielleicht kennengelernt hatte, als ich mit Lexy schwanger war, gegen Ende, als wir nicht mehr miteinander schliefen. Meine Zwillingsschwester Julie hatte erzählt, einer Freundin von ihr sei genau dasselbe passiert: eine glückliche Ehe, ein Wunschkind, und dann konnte der Mann sich plötzlich nicht mit ein paar Monaten sexueller Abstinenz abfinden und war auf *Abwege* geraten. Für mich klang das irgendwie nach einer Kuh, die durch einen kaputten Zaun von der Weide lief. Bobby hätte ich so etwas niemals zugetraut. Niemals. Aber auch das ging Julies Freundin genauso – wahrscheinlich ist es einfach immer so.

«Ich gehe sie jetzt wecken», sagte ich. «Sonst verpassen wir noch das Flugzeug.»

«Wo wollt ihr denn hin?»

«Zu Julie.»

Sein Gesicht verkrampfte sich, als ich ihren Namen sagte. Das wunderte mich nicht. Eigentlich hatte ich immer vermutet, dass er ganz tief drinnen eifersüchtig war auf meine enge Beziehung zu meiner Zwillingsschwester.

Als ich zur Treppe ging, kam er mir nach. «Annie, bitte … bitte nimm mir Lexy nicht weg.»

«Es tut mir leid», sagte ich. Das stimmte sogar. Es tat mir leid. Ich war traurig. Aber ich war mit meinem Latein am Ende. Und ich konnte nicht ewig weiter um etwas betteln, wozu er offensichtlich nicht in der Lage war: mir einfach nur die Wahrheit zu sagen und diese Affäre zu beenden.

Ich ging nach oben, um Lexy zu holen. Der helle Teppich im Flur, den Bobby und ich gemeinsam ausgesucht hatten (ein unpraktischer, aber wunderschöner Champagnerton), schluckte meine Schritte. Ob er *sie* jetzt wohl herbringen würde? Er musste sich doch einsam fühlen, so ganz allein in diesem Haus. Selbst ich spürte die Leere schon, dabei war ich noch gar nicht fort. Ich war immer noch hier, Lexy lag immer noch schlafend in ihrem eigenen Bettchen. Noch konnte ich mich umentscheiden. Wir konnten immer noch bleiben. Bleiben …

Der Türknauf von Lexys Zimmer lag kühl in meiner Hand, er klickte leicht, als ich ihn drehte.

An den Rändern der heruntergelassenen Jalousien drang das Morgenlicht herein und erfüllte den Raum mit einem silbrigen Halbdunkel. Ich hörte Lexys gleichmäßige, tiefe Atemzüge, das ganze Zimmer roch süß nach Baby. Es war ein geräumiges Zimmer, butterblumengelbe Wände mit weißen Zierleisten. Zwei Einbauregale in den Zimmerecken enthielten die Habseligkeiten, die Lexy in ihrem fünfmonatigen Leben bereits angesammelt hatte: Puppen, Bücher, kunterbunte Objekte, die alle möglichen Töne von sich gaben, wenn man sie bewegte.

Im obersten Fach des einen Regals standen die winzigen, mundgeblasenen Glaskatzen und -kätzchen aus dem Sommer, als unsere Eltern mit uns nach Italien gefahren waren. Julie und ich waren sieben gewesen. Es war der Sommer vor der Scheidung, ein letzter, dramatischer Versuch, die Ehe doch noch zu retten. Für uns war es trotzdem ein schöner Sommer gewesen: Die ehelichen Gewitterwolken in den jahrhundertealten Steinwänden des florentinischen Sommerschlosses, wo wir ganze vier Wochen verbrachten, hatten Julie und mich nicht daran gehindert, unbeschwert zu spielen. Als Kinder sorgten wir uns nur um etwas, wenn es gar nicht mehr anders ging, und wir glaubten fest daran, dass unser Zwillingsband uns vor allen Übeln schützen würde. (Möglicherweise glaub ten wir das auch heute noch, mit dreiunddreißig.) Wenn wir zusammen waren, war das wie eine Zuflucht vor jedem Sturm.

Als unsere Eltern uns schließlich sagten, was los war, lief das folgendermaßen ab: Dad ging aus dem Haus, und Mom zitierte uns ins Wohnzimmer. Wir trugen unsere identischen rosa Nachthemden, das neue Schuljahr hatte noch nicht angefangen. Dann verkündete sie uns in ihrem gewohnten, fröhlichen Ton: «Daddy und ich haben beschlossen, dass es genug ist. Von jetzt an wird es keinen Streit mehr geben.»

Noch vor Weihnachten waren sie geschieden. Unter dem Weihnachtsbaum lag in jenem Jahr ein Päckchen für mich, lila Geschenkpapier und grünes Geschenkband, in das unsere Mutter meine Glaskatzen verpackt hatte. Julies Katzen waren in grünes Geschenkpapier mit lila Band eingewickelt. Im Sommer hatten wir fasziniert zugeschaut, wie der Glasbläser die winzigen Katzen und die noch viel winzigeren Kätzchen hergestellt hatte, wir hatten aber keine Ahnung gehabt, dass unsere Eltern anschließend noch einmal zurückgegangen waren, um sie für uns zu kaufen.

Jetzt wickelte ich meine Glaskatzen in ein paar Kosmetiktücher und schob das weiche Päckchen in die Tasche meiner Wolljacke. Streng genommen war es Julies Jacke. Sie hatte sie bei ihrem letzten Besuch im März hier vergessen, und ich hatte sie jetzt angezogen, um sie ihr am Abend zurückgeben zu können. Es war eine wunderschöne Jacke, ein teures Stück von Oilily, mit pink- und orangefarbenen Blüten. Je nachdem, wie das Licht darauf fiel, gewann entweder die eine oder die andere Farbe die Oberhand. Das Ganze hatte eine fast psychedelische Wirkung. Es erinnerte mich an die alten, bunten Cheerios-Schachteln, die Julie und ich früher beim Frühstück immer angestarrt hatten, um je nach Blickrichtung noch ein weiteres, unsichtbar schwebendes O darauf zu entdecken. Plötzlich merkte ich, dass einer der sechs großen, auffälligen, blütenförmigen Knöpfe der Jacke abgefallen war. Kurz geriet ich in Panik, aber ich hatte jetzt wirklich keine Zeit mehr, nach einem Knopf zu suchen.

Lexy lag auf dem Bauch, obwohl ich sie auf den Rücken gelegt hatte. Sie hatte erst vor kurzem gelernt, sich im Liegen umzudrehen. Ich strich ihr sanft mit der Hand über den Rücken, damit sie spürte, dass Mama da war, dann hob ich sie vorsichtig hoch und legte sie so an meine Schulter, dass sie noch weiterschlafen konnte. Ihre Lider flatterten kurz, schlossen sich aber gleich wieder. Ein letztes Mal trat ich in mein Zimmer, um sicherzugehen, dass ich auch nichts vergaß, und stellte fest, dass da tatsächlich noch etwas war: das Buch, das ich gerade las, *Der talentierte Mr. Ripley*. In den letzten Tagen hatte es mich auch spätabends noch wach gehalten und mich von meinen Problemen abgelenkt – ich musste es unbedingt fertig lesen. Ich hielt Lexy mit einer Hand fest, bückte mich und hob das Taschenbuch mit der freien Hand auf.

Unten reichte ich Lexy an Bobby weiter, damit er sie noch ein Weilchen halten konnte, während ich das Gepäck in den Kofferraum des Wagens verfrachtete. Das war ich ihm schuldig, fand ich. Erst schien er gar nicht mit nach draußen in den sonnigen Morgen kommen zu wollen und blieb lieber in der Diele, während unser Baby entspannt an seiner Schulter schlief. Der Kirschbaum stand in dieser Woche in voller Blüte, rosa Blütenblätter sprenkelten den Rasen des Vorgartens zwischen den Schattenflecken. Vielleicht bereiteten die perfekte Schönheit des Baumes und der helle Sonnenschein Bobby ja mehr Schmerz, als er im Augenblick verkraften konnte. Er tat mir wirklich leid. Aber ich musste einfach gehen.

«Also», flüsterte ich ihm zu. «Ich nehme sie jetzt wieder.»

Er rührte sich nicht von der Stelle. Ich sah genau, dass er sie förmlich in sich einsog, ihren Geruch, wie sie sich anfühlte. Einen Augenblick Zeit ließ ich ihm noch, ehe ich die Hände unter ihre Achseln schob und sie wieder an meine Schulter hob. Diesmal wachte sie richtig auf, gähnte ausgiebig und schmiegte sich enger an mich.

«Ich stelle den Wagen auf den Langzeitparkplatz und lege den Parkschein unter die Fußmatte, dann kannst du ihn wieder abholen», sagte ich.

«Und wie soll ich ohne Wagen zum Flughafen kommen? Ich bin jetzt ganz allein.» Tränen traten ihm in die Augen, und zum ersten Mal entdeckte ich ein bisschen Grau an seiner linken Augenbraue, nur ein einzelnes Haar. In den letzten Monaten war er schon an den Schläfen grau geworden, und sein Gesicht war eine wahre Landkarte der Sorge. Er war zwölf Jahre älter als ich, es war nur natürlich, dass er früher alterte. Das hatte ich von Anfang an gewusst, und es hatte mich nie gestört. Jetzt fragte ich mich, ob diese Affäre vielleicht eine Art Midlife-Crisis war. Ging es am Ende wirklich nur darum?

«Ach, Bobby, du wirst schon eine Lösung finden. Du kannst ja einfach irgendwen bitten, dich hinzufahren.»

Er wusste, wen ich meinte. *Sie*. Die geheimnisvolle Frau. Lovyluv.

«Du machst einen ganz großen Fehler», sagte er. «Wir sind verheiratet. Wir haben ein Kind.»

Aber wenn er keine Affäre hatte, wenn diese Liebesbriefe, die Posten auf den Kreditkartenabrechnungen, tatsächlich nur Teil irgendeines bösen Streichs waren, dann hätte er doch auch einen Weg finden können, mir das zu beweisen. Davon war ich überzeugt. Selbst jetzt hoffte ich noch darauf, dass er etwas tun würde. Noch in dieser letzten Minute, als ich Lexy schon in ihrem Kindersitz festgeschnallt hatte, wartete mein Herz darauf ... Aber als ich in den Wagen stieg, drehte er sich einfach nur um und ging ins Haus zurück. Er hielt den Blick starr auf den gepflasterten Weg gerichtet und würdigte den Kirschbaum keines Blickes. Ich fuhr los. Im Rückspiegel sah ich, wie sich sein Brustkorb krampfhaft hob und senkte.

Er weinte. Und ich weinte auch.

Dann machte er die Haustür zu.

Ich bog aus unserer Straße ab und begann die lange Tagesreise von unserem Heim in Lexington, Kentucky, zum Haus meiner Schwester in den Berkshire Mountains von Massachusetts.

Es war bereits fünf Uhr, als ich am Flughafen von Albany mit meinem zappeligen Baby aus dem Flugzeug stieg. Auf der Damentoilette wechselte ich Lexy die Windeln, bürstete mir das Haar und trug hellrosa Lippenstift auf. Sonst schminkte ich mich kaum, doch Lippenstift war für mich ein vollkommen irrationaler und dennoch wirksamer Quell der Zuversicht. Wie oft hatten wir unserer Mutter dabei zugesehen, wie sie sich vor dem Spiegel die Lippen nachzog: der gespannte Mund, der konzentrierte Blick, der weiche Schwung, mit dem sie die Farbe auftrug.

Als ich fertig war, holte ich das Gepäck und nahm mir zwanzig Minuten Zeit, um Lexy zu stillen. Mein Handy hatte so weit im Osten kein Netz mehr, also suchte ich mir eine intakte Telefonzelle, um Julie Bescheid zu sagen, dass wir pünktlich gelandet waren.

«Du kannst gegen sieben mit uns rechnen. Aber nicht mit dem Abendessen warten, ja, Julie?»

«Vor sieben esse ich sowieso nicht.»

Ich war nur noch an spätnachmittägliche Abendessen gewöhnt (Bobby und ich lagen immer schon um halb neun im Bett, um dann um fünf aufstehen, um halb sieben bei der Kinderkrippe und um sieben bei der Arbeit sein zu können), und ich hatte längst das Gefühl dafür verloren, wie verschoben mein Rhythmus eigentlich war. Vor Kentucky, Bobby und Lexy und der Arbeit beim guten alten Vater Staat hatte auch ich nie vor sieben oder acht zu Abend gegessen, manchmal auch erst um neun.

«Wenn wir angekommen sind, muss ich erst mal Lexy stillen und sie dann so schnell wie möglich ins Bett verfrachten. Iss also einfach, wenn du hungrig bist. Hast du das ...»

«Das Bettchen steht bereit, und ich habe auch eine total süße Bettwäsche gefunden.»

Ich hatte Julie gebeten, für den Sommer ein Babybettchen zu leihen. Aber da sie nun einmal Julie war – sie arbeitete freiberuflich als Marketingberaterin und war damit ungeheuer erfolgreich, eine Art Guru anscheinend, alle Welt riss sich um sie –, war sie natürlich sofort losgezogen und hatte eins gekauft.

«Und hast du sie auch ...»

«Ja, Annie, ich habe die Bettwäsche vorher gewaschen. Steig einfach ins Auto und komm her, okay?»

Als wir vor dem Mietwagen standen, hatte Lexy längst genug vom Reisen und wollte sich nicht in den Kindersitz setzen lassen. Sie wollte viel lieber auf dem Fußboden herumkullern und üben, nach ihrem Spielzeug zu greifen.

«Es dauert nicht mehr lange, meine Süße, versprochen.»

Ich fuhr ihr mit der Hand durch das flaumweiche Haar, küsste sie auf die Stirn, auf beide Wangen, auf das Grübchen am Kinn und auf ihre kleine Stupsnase. Sie lachte, fing aber unmittelbar danach an zu weinen, und als sich ihr kleines Gesicht so plötzlich verzog, kamen mir selbst die Tränen. Mir war schon seit Stunden zum Heulen zumute, aber im Flugzeug hatte ich keine übermäßige Aufmerksamkeit erregen wollen. Ich hatte ohnehin schon den ganzen Tag das Gefühl, dass alle Welt mir ansah, was ich getan hatte. Ich war eine Ehefrau, die ihren Mann verlassen, eine Mutter, die ihrem Kind den Vater genommen hatte. Eine Frau, die von einem Mann enttäuscht worden war. Sah man mir das wirklich an? Von nun an würden alle, die von den Goodmans sprachen, das nur noch mit dem Zusatz tun: «Die Familie ist ja leider zerbrochen.» Noch war ich Anais (Annie) Milliken-Goodman – *Annaiis*, französisch ausgesprochen: Unsere Eltern hatten uns aus einer romantischen Laune in den ersten, glücklichen Jahren ihrer Ehe Anais und Juliet genannt. Sollte ich das «Goodman» jetzt aus meinem Namen streichen und auch den nutzlosen Bindestrich verschwinden lassen? Alles wieder auf Anfang stellen? Wenn ich das tat, würden Lexy und ich offiziell als Alexis Goodman und Anais Milliken firmieren. Dabei hatte ich doch immer denselben Nachnamen haben wollen wie mein Kind. Vielleicht konnten wir ja unsere Nachnamen ganz ablegen, dann wäre sie nur noch Lexy und ich nur noch Annie. Wir könnten eine Band gründen. Ein Schluchzer fing sich in meiner Kehle und bahnte sich als Schrei den Weg nach draußen. Ich kam mir vor wie die letzte Idiotin. Was hatte ich nur getan?

Als ich den Motor des kleinen blauen Autos anließ, merkte ich, dass ich Kopfschmerzen bekam. Immerhin beruhigte die tuckernde Anfahrt Lexy, und ich war dem plötzlichen, enervierenden Motorenlärm auf eine seltsam schuldbewusste Weise dankbar. Arme Kleine. Wie mochte das alles auf sie wirken? War ihr klar, dass ihr gerade etwas Schwerwiegendes widerfuhr? Dass dieser Tag einen Einschnitt darstellte, der unser beider Leben in ein Vorher und ein Nachher unterteilte? Vielleicht täuschte ich mich ja, aber ich hatte das Gefühl, dass sie dieses Ereignis, diese Trennung, genauso tief empfand wie ich.

Warum hatte Bobby das nur getan? War ich ihm denn nicht genug gewesen? Es hatte einmal eine Zeit gegeben, da hätte ich meine Seele darauf verwettet, dass wir füreinander bestimmt waren, er und ich. Mit ihm hatte ich mich fast so vollständig gefühlt wie mit meiner eineiigen Zwillingsschwester: ein Mensch in zwei verschiedenen Körpern.

Ich schaltete das Radio ein, und wir verließen Albany zu den Klängen klassischer Musik, in Anfahrt auf die Grenze zwischen den Staaten New York und Massachusetts. Als Lexy tief aufseufzte, spürte ich, wie auch ich mich ein klein wenig entspannte. Dann sah ich im Rückspiegel, dass sie eingeschlafen war, und hauchte ein tonloses «Danke» gegen die Windschutzscheibe. Wir brausten über die Autobahn und näherten uns mit jedem Kilometer Great Barrington und damit auch Julie. Obwohl ich ihr neues Haus noch gar nicht kannte, hatte ich das Gefühl, auf dem Heimweg zu sein. Ich konnte es kaum erwarten, endlich dort anzukommen. Es war wie von der Arbeit heimzukehren, wie nach einem langen Tag ins Bett zu fallen. Wie eine Geburt nach den Wehen, wie Liebe nach langer Einsamkeit, wie ein Entschluss nach langem Zweifel.

Nach Wochen der Qual hatte ich endlich eine Entscheidung getroffen. Ich konnte nicht einfach bleiben, weiter mit Bobby zusammenleben, neben ihm schlafen, Tag für Tag mit ihm zusammenarbeiten und mich die ganze Zeit fragen, wer *sie* wohl war. Ich war einfach nicht fähig, Schwarz für Weiß oder Weiß für Schwarz zu erklären, während ich selbst doch nur verschiedene Graustufen sah. Und auf keinen Fall würde ich denselben Fehler machen wie meine Mutter, die die Lügen meines Vaters jahrelang hingenommen hatte, bis sich ihr Verdacht schließlich doch als berechtigt erwies. Er hatte sie betrogen. Es war furchtbar gewesen mit anzusehen, wie sie darum rang, sich von dem ganzen Selbstbetrug zu befreien, von der eigenen Bereitschaft, seinen Lügen zu glauben. Und es war ihr auch nie gelungen, das alles ganz loszuwerden – der Krebs war schneller gewesen. Wir waren erst zehn, als unsere Mutter starb, und ich blieb mit der festen Überzeugung zurück, dass man als Frau keine Zugeständnisse machen durfte, wenn es um die Wahrheit ging. Und als wir zwölf waren und unser Vater ganz unerwartet bei einem Autounfall ums Leben kam, lernte ich, dass im Grunde nichts real oder von Dauer war, bis auf das, was man selbst im Herzen trug. Man musste sich seine eigene Wirklichkeit erschaffen, an die man glaubte, aus der man Kraft ziehen konnte. So wurde das alte Sprichwort, dass das Leben zu kurz ist, um es zu verschwenden, zu einer ständigen Mahnung für mich, immer sofort zu handeln, wenn ich von etwas überzeugt war.

Solange Bobby mir nicht die Wahrheit sagte, gab es auch keinen Weg zurück.

Auf der Fahrt fiel mir wieder ein, wie Julie einmal zu mir gesagt hatte, dass wir beide uns so nah seien, wie zwei Menschen einander nur sein konnten. Näher noch. Und dass selbst eine Ehe damit nicht zu vergleichen sei. Es war am Tag meiner Hochzeit gewesen, ein kühler Mainachmittag in Kentucky. Ich war im zweiten Monat schwanger. (Vor nicht ganz einem Jahr … Bobby und ich hatten es nicht einmal bis zu unserem ersten Hochzeitstag geschafft.) Am Abend zuvor hatte Julie mein Hochzeitskleid anprobiert, das ihr zu weit gewesen war. Ich hatte bereits zugenommen, auch wenn man noch kaum etwas sah, und zum ersten Mal in unserem Leben hatten wir nicht mehr dieselbe Kleidergröße. Und als ich dann selbst in meinem Hochzeitskleid dastand und auf den musikalischen Einsatz wartete, um zum Traualtar zu schreiten, hatte sie mir die Hand auf den Bauch gelegt und gesagt: «Noch näher.»

Meine Hochzeit. Unsere erste. Julie hatte im Jahr zuvor ihre Verlobung gelöst und war in die Single-Szene zurückkatapultiert worden, wo es immer erbarmungsloser zuging, je älter man wurde. Als ich dann schwanger wurde und Bobby und ich beschlossen zu heiraten, freute sich auch Julie an unserem Glück. Mit der tiefen, unaussprechlichen Intuition einer Zwillingsschwester spürte sie, wie sehr ich Bobby liebte. Letztlich ließ sich nur das Muttersein mit der absoluten Verbundenheit vergleichen, die Julie und ich miteinander teilten. Romantische Liebe war schwindelerregend. Und reiner Schwindel. Ich hatte Mitleid mit allen, die keine Zwillingsschwester hatten, mit der sie verschmelzen konnten, wenn das Leben ihnen einmal zu viel abverlangte, keine solche Liebe, keine gemeinsamen Erinnerungen, aus denen sie immer wieder Kraft schöpfen konnten. Und ich beschloss, dass ich kein Recht auf Selbstmitleid hatte, nicht einmal an einem solchen Tag. Schließlich hatte ich ja eine Tochter *und* eine Zwillingsschwester. Unser Leben lang hatten Julie und ich in jeder Lage zusammengehalten. In gewisser Weise hatten wir uns sogar gegenseitig großgezogen: in dem grauenvollen Internat auf Long Island, in das unsere unsensible Tante Pru, die die Vormundschaft für uns übernommen hatte, uns gleich nach der Beerdigung unseres Vaters steckte, in den Feriencamps, in die sie uns jeden Sommer für zwei

Monate schickte, und während der einen trostlosen Woche, die wir alljährlich bei ihr in Kalifornien verbrachten. Das alles hatten wir gemeinsam überstanden. Ich würde auch das hier überstehen.

Als wir die Grenze zwischen New York und Massachusetts überquerten, waren wir schon mehr als zwei Stunden unterwegs. Von den siebenundfünfzig Minuten, von denen das mit Saugnäpfen an der Windschutzscheibe befestigte GPS gesprochen hatte, konnte keine Rede sein. Trotz Navigationssystem hatte ich es geschafft, mich gleich zweimal zu verfahren. Eine kurze Pause, um Lexy zu stillen und zu wickeln, war zu einer längeren Essenspause geworden, weil ich plötzlich gemerkt hatte, wie hungrig ich war. Und als wir endlich in die Division Street, Julies Straße, einbogen, hatte sich die sanfte, ländliche Abenddämmerung bereits in das tiefe Dunkelrot verwandelt, das dem Einbruch völliger Dunkelheit direkt vorausgeht. Es war fast acht Uhr. Mein ganzer Körper schrie nach Schlaf – und Lexy hinter mir schrie ebenfalls.

Julie hatte mir gesagt, dass die alte Scheune, die sie im Jahr zuvor gekauft und den ganzen Winter hindurch umgebaut hatte, sich an der Kreuzung Division Street/Alford Road befand. Ein rotes Haus, das man unmöglich übersehen könne. Die Division Street war lang, kurvig und stockfinster, wie es sich für eine Straße auf dem Land am späten Abend gehört. Doch plötzlich lichtete sich das Dunkel nach und nach, als hätte jemand Licht über der Straße ausgegossen – ein Licht, das sich langsam auf mich zu bewegte. Wie eine Welle schwappte es über mich, füllte den ganzen Wagen. Und wie die ruckelnde Anfahrt am Flughafen, so schien auch die plötzliche Helligkeit Lexy zu beruhigen. Ihr Geschrei verstummte abrupt, als wir hineinfuhren in blinkende Bögen aus rot-weiß-blauem Licht.

Die Lichter eines Streifenwagens.

Als ich hinter dem letzten der drei Einsatzwagen hielt, die vor der großen, roten Scheune standen, spürte ich, wie etwas in mir nachgab, wie sich eine schreckliche Angst in mir ausbreitete. Ich sah einen Krankenwagen. Ein paar körperlose Kameras blitzten auf. Ein gedrungener Mann mit einer Red-Sox-Baseballkappe wickelte gelbes Absperrband um einen Baum und sah sich dann suchend nach einem weiteren um. Aus dieser Nähe blendeten uns die blinkenden Lichter jedes Mal, wenn sie den Wagen streiften.

KAPITEL 2

Als ich die Fahrertür öffnete, drang süße Landluft ins Auto, Landluft und eine eigentümlich gedämpfte Geräuschkulisse aus redenden Stimmen, zirpenden Grillen und meinen eigenen Gedanken, die surrten wie ein kaputtes CD-Rom-Laufwerk. Was war hier bloß los?

Lexy drehte sich zur Seite, kniff vor dem grellen Licht die Augen zu. Ich hatte schon einen Fuß auf den Boden gesetzt und hielt mit einer Hand noch das Steuer umfasst. Natürlich wollte ich mein Kind nicht allein im Wagen lassen, ich wollte es aber auch nicht mitnehmen, in eine Situation hinein, die zwar undurchsichtig, aber doch sehr schlimm zu sein schien. Am Straßenrand konnte ich ein Grüppchen von Leuten erkennen, einige standen, andere hatten sich hingehockt. Sie schienen alle auf denselben Fleck zu starren.

«Mama ist gleich wieder da», flüsterte ich Lexy zu. «Schön brav sein, hörst du?»

Ich ging dorthin, wo ich das Zentrum des Geschehens vermutete. In einem mit straff gespanntem, gelbem Band abgesperrten Areal drängten sich Uniformierte und ein paar Polizisten in Zivil, die trotzdem sehr offiziell wirkten. Das lag vor allem an ihren Mienen: ernst, konzentriert, im Einsatz. Vor der Absperrung standen mehrere Leute, vermutlich Nachbarn. Im Gegensatz zu den Polizisten schienen sie in heller Aufregung zu sein.

Ich trat so weit zur Seite, dass ich sehen konnte, was hinter dem Absperrband vor sich ging. Gleichzeitig löste sich jemand aus dem zusammengedrängten Grüppchen, und jemand anders trat zur Seite. Und dann sah ich, was auch sie sahen. Auf der Straße lag eine Frau. Sie rührte sich nicht. Ihre Augen standen offen, die Pupillen blickten groß und starr, das eine Bein war eigenartig verdreht, der Kopf theatralisch nach hinten gebogen, und auf dem Hals schien ein Schatten zu liegen. Oder nein … das war gar kein Schatten … es war … der Hals selbst, aufgeschlitzt mit kalter Präzision, ein Spalt in ihrem Fleisch, voll mit dunklem, glänzendem Blut. So ungeheuer viel davon! Sie lag mitten in einer Blutlache, die immer größer wurde.

Ich verspürte ein furchtbares Gefühl der Vertrautheit, fast wie ein Déjà-vu, nur war ich mir ganz sicher, eine solche Szene noch nie erlebt zu haben. Sie war mir völlig fremd und vollkommen verkehrt. Und dann begriff ich plötzlich, woher die eigenartige Reaktion kam. Diese Frau … das waren *wir*. Ein Schrei brach aus mir heraus: «Julie! *Julie*!»

Das Stimmengewirr ringsum verstummte, aller Augen waren plötzlich auf mich gerichtet. Ich wusste selbst nicht, ob ich mich bewegte oder still dastand – ich fühlte mich von einer bleiernen Schwere erfüllt, die ich kaum beschreiben kann. Dann, als der Schock ein wenig nachließ, erkannte ich die Unterschiede zwischen dieser Frau, dieser Toten da auf dem Boden, und uns. Sie hatte kräftigere Beine als wir, ihr ganzer Körper war rundlicher, das Haar dichter, obwohl es ganz genau unseren rötlichbraunen Farbton hatte.

Einer der Uniformierten richtete sich auf und kam zu mir herüber. «Alles okay mit Ihnen, Ms. Milliken?»

«Ich bin die Zwillingsschwester.»

«Oh.» Er bedachte mich mit dem prüfenden Blick, den ich schon hundertmal gesehen hatte, wenn jemand in seiner Überraschung an uns zweifelte.

«Wer ist das?», fragte ich.

«Eine Frau aus der Gegend. Sie hat für ein paar Leute hier in der Straße geputzt.»

«Und was ist passiert?»

«Sie wurde umgebracht.»

Umgebracht. Das klang fast noch zu freundlich. Man hatte dieser Frau die Kehle durchgeschnitten, ihr Blut ergoss sich auf die Straße, und so, wie sie dalag, wie hintenübergefallen, musste man annehmen, dass der Angreifer von hinten gekommen war und ihr damit nicht nur das Leben genommen hatte, sondern auch jede Möglichkeit zu wissen, wie ihr geschah. Es war das Schlimmste, was ich je mit eigenen Augen gesehen hatte.

«Wann?»

«Keine Ahnung. Kann aber noch nicht lange her sein. Hören Sie, Ma'am, Sie sollten ein bisschen Abstand halten. Schauen Sie, da drüben ist Ihre Schwester.» Er deutete über meine Schulter, zu meinem Auto. Ich drehte mich um und sah Julie, die sich gerade zur hinteren Tür hineinbeugte und ihre Nichte aus dem Kindersitz nahm.

Mein Herz klopfte heftig, als ich Julie sah, und füllte sich mit Sehnsucht beim Anblick von Lexy, die inzwischen wieder brüllte. Ich konnte nicht recht sagen, wie viel Zeit vergangen war. Wahrscheinlich nur ein, zwei Minuten, doch mir kam es sehr viel länger vor. Mein armes kleines Mädchen war erschöpft und hatte sicher Angst. Julie hob sie hoch in die Luft, um sie aufzuheitern, doch Lexy zappelte und fühlte sich sichtlich unwohl. Ob sie wohl glaubte, Julie sei ich, eine Mama, die aussah wie Mama, es aber doch nicht war? Eine Mama, die ein ganz klein bisschen anders roch, ein ganz klein bisschen anders klang und ein ganz klein bisschen dünner war, ansonsten aber in nichts von der eigentlichen Mama zu unterscheiden? Mama und doch nicht Mama. Nach diesem langen, schwierigen Tag musste das doch wie ein Schlag ins Gesicht für sie sein. Sie war noch viel zu klein, um zu begreifen, was eineiige Zwillinge waren. Ich eilte hinüber, um sie in die Arme zu nehmen und sie zu trösten.

Ich küsste Julie auf die Wange, während Lexy schon zu mir hinstrebte. Nie zuvor in meinem Leben hatte jemand Julie und mich so klar voneinander unterscheiden können, wenn wir direkt nebeneinander standen. Es erfüllte mich mit tiefer Befriedigung, dass Lexy so gar nicht zögerte. Trotzdem sagte ich zu Julie: «Erst hat sie gedacht, du bist ich.» Julie konnte keine Kinder bekommen, ich dagegen schon – wir würden also auch das teilen müssen.

«Hat sie nicht», sagte Julie. «Aber es ist lieb, dass du das sagst.» Sie lächelte Lexy an, die sichtlich verblüfft von einer zur anderen schaute. Dann legte Julie einen warmen Arm um mich, und ich spürte ihren einzigartigen, vertrauten Duft, halb Parfüm und halb sie selbst, ein warmes Moschusaroma, das mehr ein zärtliches Gefühl war als ein konkreter Duft. Es bedeutete, dass ich zu Hause war.

«Was ist da passiert, Julie?», fragte ich. «Das ist ja schrecklich.»

«Ich kann es selbst noch gar nicht glauben. Die arme Frau. Kannst du dir so was vorstellen?»

«Wer ist sie denn?»

«Sie heißt Zara Moklas», sagte Julie. «Sie ist … *war*, meine ich natürlich … Ungarin, eine Einwanderin. Sie hatte einen Teilzeitjob als Sekretärin im Ort, außerdem hat sie hier in der Straße geputzt. Ich habe selbst schon darüber nachgedacht, sie einzustellen. Eine Nachbarin hat gerade erzählt, sie wohnt bei ihrem Bruder, der in alle möglichen zwielichtigen Bauvorhaben verwickelt ist. Er soll sogar mit der Mafia zu tun haben.»

«Was, hier?»

«Würde man nicht denken, oder?»

«Und die Schwester, Zara, musste jetzt dafür bezahlen?»

«Wer weiß das schon?»

«Auf jeden Fall ist es schrecklich», sagte ich.

«Ja, schrecklich», echote Julie.

Schweigend sahen wir zu, wie die Sanitäter Zaras Leiche auf eine Bahre legten, sie mit einem Tuch zudeckten und sie dann hinten in den Krankenwagen schoben. Julie streckte die Hand aus und strich mit dem Finger über Lexys unglaublich weiche Wange. Dann sah sie mich an. «Du weißt ja noch gar nicht, wer sie gefunden hat.»

«Du?»

«Nein. Bobby.»

«Bobby ist hier?»

Julie nickte und verzog dabei einen Mundwinkel. Ich wusste nur zu gut, was das bedeutete: unglaublich, aber wahr.

«Was will er denn hier?», fragte ich.

«Dreimal darfst du raten.»

«Und wie ist er überhaupt so schnell hergekommen?»

«Er hat das Flugzeug gleich nach dir genommen», sagte Julie. «Dann hat er sich ein Auto gemietet und ist direkt hierhergefahren. Er ist schon seit einer halben Stunde hier. Warum hast du denn so lange gebraucht? Hast du wieder Pausen gemacht?»

Es war eine rhetorische Frage, also antwortete ich nicht. Ich machte immer Pausen bei meinen Autofahrten, das wusste sie.

«Glaubt der etwa, ich kehre einfach um und komme mit ihm zurück, nur weil er hier auftaucht?»

«Und, machst du's?»

Mein Herz rief *Ja*, mein Verstand *Nein*. «Wo steckt er denn?»

«Drinnen, im Haus. Ich habe ihm einen Drink gemacht. Er ist völlig fertig.»

«Dann hat er die Frau also gefunden? War sie da schon …?»

Julie nickte. «Ja, gerade erst. Hör mal, Annie, bevor du ihn siehst, solltest du wissen, dass er hier draußen ziemlich ausgeflippt ist. Deshalb sind überhaupt die ganzen Nachbarn zusammengelaufen. Bobby war völlig außer sich.»

«Wie meinst du das?»

«Er hat dasselbe gedacht wie du.»

«Er dachte, du wärst es?»

«Nein, er dachte, *du* wärst es.»

Vor einer halben Stunde musste es gerade angefangen haben, dunkel zu werden. Die Dämmerung, jener Moment zwischen Tag und Nacht, in dem man am allerwenigsten sieht, dieser seltsame, zartlilafarbene Augenblick halber Erblindung. Bobby musste gerade so hier angekommen sein, dass das Zwielicht ihn zum Narren halten konnte, als er die Frau am Boden erblickte. Ich konnte förmlich fühlen, wie er mich dort liegen sah, diese innere Kälte, die auch ich gespürt hatte, als ich glaubte, Julie dort in ihrem Blut liegen zu sehen.

Der Krankenwagen fuhr davon, die Nachbarn kehrten langsam in ihre Häuser zurück. Ein paar Polizisten schlenderten umher und erledigten die letzten Handgriffe. Plötzlich war die Nachtluft empfindlich kühl.

Mit Lexy auf dem Arm lief ich über den Rasen zum Haus. Julie ging neben mir, und ich wusste, was sie dachte: dass ich ja nicht einmal wusste, wo die Haustür war. Und ich hatte auch tatsächlich keine Ahnung. Schließlich war das ja kein herkömmliches Haus, sondern eine umgebaute Scheune. Sie führte uns um eine Hausecke zu einer Veranda mit zwei Stufen und einer Fliegengittertür, durch die ich einen verschwommenen Blick auf genau die Sorte hochmoderner Küche erhaschte, die man bei Julie vermuten würde. Julie ging als Erste hinein und hielt uns dann die Tür auf. Wir betraten einen großen Raum mit Mahagonischränken, steinernen Arbeitsflächen und Haushaltsgeräten aus Edelstahl, allesamt glänzend und nagelneu. Auf dem Küchentresen stand ein kleiner Flachbildfernseher, der zu einem Holztisch unter dem von Dunkelheit erfüllten Fenster gedreht war. Hier verzehrte Julie dann wohl ihre einsamen Mahlzeiten in Gesellschaft des Fernsehers. Der Anblick dieser schicken, kaum genutzten Küche stimmte mich besorgt. Es war ein großer Schritt für Julie gewesen hierherzuziehen: Sie hatte die Scheune ganz spontan gekauft, während eines Herbstwochenendes auf dem Land, das sie von ihrem Liebeskummer ablenken sollte, hatte sie vollständig umgebaut, alle Verbindungen zu ihrem bisherigen Leben in Connecticut gekappt und ganz allein dieses riesige Haus bezogen. Sie war noch nicht lange genug hier, um neue Freunde gefunden zu haben, und aus unseren Telefonaten wusste ich, dass sie eigentlich nicht viel mehr hatte als ihre Arbeit, gelegentliche Treffen mit alten Freunden und Internet-Flirts, die den virtuellen Raum allerdings nie verließen. Und mich.

Julie ging durch eine Tür, die aus der Küche hinausführte, und ich folgte ihr. Trotz der Eile merkte ich doch, was für ein wunderschönes Haus es war. Wir durchquerten ein mit antiken Möbeln ausstaffiertes Esszimmer, einen kleinen Salon mit einem vollkommen quadratischen Fenster ohne Vorhänge und gelangten schließlich in ein großes, gemütliches Wohnzimmer mit einem kuscheligen, mokkafarbenen, L-förmigen Sofa, einem großen quadratischen Couchtisch voller Zeitungen, Zeitschriften und Bücher, einem offenen Kamin und einem großen Flachbildfernseher, der darüber an der Wand befestigt war. Dazu verschiedene Sessel, Beistelltischchen und Lampen. Und ein großer Strauß Frühlingsblumen.

In der hintersten Ecke, wo sich zwei Fenster an der Nahtstelle zwischen den beiden Wänden trafen, saß Bobby mit einem fremden Mann an einem kleinen, runden Tisch. Bobby redete, der Fremde hörte zu und machte sich Notizen.

Lexy versuchte inzwischen nachdrücklich, an meine Brust zu kommen, und ich musste sie sehr festhalten. Es war mir gar nicht recht, sie warten zu lassen, doch erst musste ich Bobby begrüßen, der aufgestanden war, als er mich sah. Er trug Jeans und das rote Sweatshirt mit dem aufgedruckten Fisch, das wir letzten Sommer im Urlaub in Cape Cod gekauft hatten. Er kam auf uns zu und nahm Lexy auf den Arm. Der fremde Mann folgte jeder seiner Bewegungen mit den Augen. Lexy schmiegte sich kurz an Bobbys Brust, während er ihr über den Rücken strich, doch dann drehte sie sich um und streckte die Arme wieder nach mir aus.

«Am besten stillst du sie erst mal», sagte Bobby. Seine leise, leicht kratzige Stimme erfüllte mich mit Sehnsucht. Ich hatte ihn verlassen. Wir waren getrennt.

«Geht's dir gut?», fragte ich.

Er sah mich mit furchtbar trauriger Miene an und gab keine Antwort. Ich hörte ihn aufseufzen, als ich mich umdrehte und mich neben Julie auf das Sofa setzte, die bunte Jacke aufknöpfte und mich so drehte, dass sie mir heraushelfen konnte. Julie legte die Jacke auf ihrem Schoß zusammen, und ich ließ Lexy an meine Brust. Sie trank begierig, die kleinen Hände gegen meine geschwollene Brust gepresst, und ich spürte, wie die warme Milch aus meinem

Körper heraus in ihren floss, mir Erleichterung und ihr Befriedigung verschaffte. Julie sah aufmerksam zu, während ich Lexy stillte. Ich hörte, wie der Fremde hinter uns aufstand und um das Sofa herumkam, bis er vor mir stand.

Er war nicht besonders groß und eher schmal. Sein Haar, das er offensichtlich färbte, war zerzaust und pechschwarz, und der Kontrast zu seinem blassen Teint ließ ihn älter wirken, als er vermutlich war. Ich schätzte ihn auf etwa fünfundfünfzig. Seine grauen Augen blickten müde, aber er hatte einen freundlichen Zug um den Mund. Er schenkte mir ein halbes Lächeln und schien etwas sagen zu wollen, wusste aber offenbar nicht recht, wie man mit einer stillenden Frau ein Gespräch anfängt. Er bemühte sich, nicht direkt auf meinen nackten Busen zu schauen. Lexy allerdings hatte offenbar gemerkt, dass er hinter ihr stand, denn sie ließ einen Augenblick von meiner Brust ab, um ihn zu mustern. Dann wandte sie sich wieder meiner freiliegenden Brustwarze zu und dockte erneut an. Errötend stellte der Mann sich vor. «Detective Gabe Lazare, von der Polizei in Great Barrington.»

Natürlich: ein Polizist.

«Ich bin Annie», sagte ich.

«Das hatte ich mir schon gedacht.» Er streckte die Hand aus, zog sie aber gleich wieder zurück, als ihm klar wurde, dass ich ihm mit Lexy im Arm nur umständlich die Hand geben konnte.

Hinter mir wanderte Bobby auf und ab. Detective Lazare setzte sich an das andere Ende des Sofas, in einigem Abstand zu Julie und mir. Er wirkte ruhig, vollkommen ruhig, und ich spürte, wie die angespannte Atmosphäre im Zimmer in eine eigenartige Gelassenheit umschlug. Irgendwie vermittelte dieser Mann mir den Eindruck, ein guter Polizist zu sein, mit dieser Fähigkeit, die ganze Stimmung zu verändern, indem er sich nur neben uns setzte, einfach da war und wartete. Worauf wir wohl warteten? Darauf, dass der Mörder dieser Frau hereinspaziert kam und uns zurief: *Da bin ich! Sorry, dass ich euch so viele Umstände mache?* Das würde ja wohl kaum passieren. Es waren bereits mehrere Minuten verstrichen, ohne dass jemand ein Wort gesagt hätte. Das konnte eine ganz schön lange Wartezeit werden. Und je länger ich darüber nachdachte, desto mehr fragte ich mich, was das Ganze überhaupt mit uns zu tun hatte. Die Frau war im Vorgarten meiner Schwester ermordet worden ... oder nein, am Straßenrand vor ihrem Vorgarten. Der offiziell gar nicht mehr zum Grundstück gehörte. Es war eine furchtbare Geschichte – die arme Frau war wirklich zu bedauern. Aber für uns würde das Ganze, nüchtern betrachtet, morgen schon wieder vorbei sein.

Lexy trank inzwischen langsamer, sie seufzte und hing weich und schläfrig in meinem Arm. Als ich ihre zunehmende Entspannung fühlte, entspannte auch ich mich ein wenig. Im Chaos unserer Ankunft hier war in der Dunkelheit alles ineinandergeflossen, doch jetzt nahm ich nach und nach einzelne Details wahr. Ich sah, dass Julie ihr übliches Outfit trug: Designer-Jeans und enganliegendes T-Shirt, dazu braune Cowboy-Stiefel, die abgetragen aussahen, aber noch neu sein mussten, weil ich sie noch nie an ihr gesehen hatte. Neben meiner schlanken Schwester kam ich mir fett und unförmig vor, und in einem schlimmen Moment der Klarheit erkannte ich, wie sehr ich seit Lexys Geburt aus dem Leim gegangen war. Ich fühlte mich völlig fehl am Platz: eine Mama aus Kentucky in einem eleganten Wohnzimmer oben auf einem schicken Hügel, neben einer anziehenden Frau, die mir offenbarte, wie ich früher einmal ausgesehen hatte. Aber dann dachte ich an Zara, die arme Zara, die gerade gestorben war, und plötzlich fühlte ich mich ungemein lebendig, glücklich sogar, weil ich hier mit meiner Familie saß. Mit einem Schaudern des Entsetzens rief ich mir das Bild von Zaras Leiche wieder vor Augen: so grauenvoll regungslos, so gewaltsam verunstaltet. War sie tatsächlich gezielt ermordet worden? Oder war es einfach ein Unglück gewesen – der blinde Zufall, zur falschen Zeit am falschen Ort zu sein? (Was, wenn ich früher angekommen, was, wenn Julie nach draußen gelaufen wäre? Hätte es dann nicht ebenso gut *unser* Blut sein können, da auf der Straße?) Ich strich mit der Hand über Lexys weiche Haut, und gerade, als ich dachte, dass ihr vielleicht kalt sein könnte, nahm Julie die Jacke und deckte sie damit zu.

«Hübsche Jacke. So schön bunt», sagte Detective Lazare und gab mir damit das Gefühl, dass er sie keineswegs schön fand, sondern einfach nur auffällig, weil sie so bunt war. «Ich nehme nicht an, dass eine von Ihnen beiden das Opfer näher kannte.»

«Gar nicht.» Julie beugte sich vor, die Hände auf den eng zusammengepressten Knien verschränkt. «Oder zumindest fast gar nicht. Ich habe einmal mit ihr telefoniert, sie klang nett. Ich wollte sie als Putzhilfe einstellen. Wir hatten ausgemacht, dass sie mich zurückruft, um einen Termin zu vereinbaren, damit ich ihr genau sagen kann, was zu tun ist.»

«Und, hat sie zurückgerufen?»

«Nein.»

«Kann es vielleicht sein, dass sie heute Abend vorbeikommen wollte?»

«Das kann ich mir nicht vorstellen. Ich meine, das wäre doch irgendwie seltsam gewesen, sie wollte doch vorher anrufen. Vielleicht hat sie heute bei irgendwelchen Nachbarn gearbeitet und war gerade auf dem Heimweg. Soviel ich weiß, hatte sie kein Auto.»

«Haben Sie sie vorbeigehen sehen?»

«Nein», sagte Julie. «Ich war oben, beim Arbeiten, und bin erst nach draußen gekommen, als ich Bobby schreien hörte.»

«Ist Ihnen heute sonst etwas Außergewöhnliches aufgefallen?»

«Nein, gar nichts. Ich war die meiste Zeit am Computer und bin überhaupt nicht vor die Tür gekommen.»

«Wie schade. Da haben Sie einen schönen Frühlingstag verpasst.»

«Ich weiß.» Julie seufzte. Frühlingstage und andere schöne Dinge zu verpassen war seit langem der Preis, den sie für ihren Erfolg zahlte. «Ich würde zu gern wissen, wer so etwas tut. Ich wohne noch nicht lange in der Gegend, aber irgendwie hatte ich doch den Eindruck, dass solche Dinge hier nicht passieren.»

«Normalerweise stimmt das auch», sagte Lazare.

«Es tut mir ehrlich leid, dass ich heute nicht aufmerksamer war. Ich wünschte wirklich, ich könnte Ihnen weiterhelfen.»

Der Detective lächelte, zeigte uns dabei seine schiefen Zähne und sagte: «Machen Sie sich keine Gedanken.»

Unter den gegebenen Umständen fand ich diese Bemerkung ein wenig eigenartig. Trotzdem war es nett von ihm, Julie keine Vorhaltungen zu machen, weil sie zu sehr in ihre Arbeit vertieft gewesen war, um mitzubekommen, was um sie herum vorging. Sie war schon immer ein Computerfreak gewesen, lange, bevor das chic wurde. Das war mit ein Grund, warum sie kaum neue Leute außerhalb des Internets, aus Fleisch und Blut kennenlernte.

Lazare drehte eine Runde durchs Zimmer und gab jedem von uns eine Visitenkarte. «Falls Ihnen noch etwas einfällt, können Sie mich jederzeit anrufen.» Dann blieb er vor Bobby stehen, der seinerseits innehielt, wie fixiert vom

Blick des Polizisten. «Wie wäre es, wenn Sie gleich mitkommen? Dann könnten wir unser Gespräch heute noch beenden.» Es war im Grunde keine Frage, auch keine Aufforderung, sich wieder an den Tisch in der gemütlichen Zimmerecke zu setzen. Er zitierte Bobby aufs Polizeirevier, und zwar noch heute Abend.

Kaum waren Julie und ich allein im Haus, fingen wir an zu reden.

«Es ging alles so furchtbar schnell», sagte Julie. «Es war ganz still draußen, wie immer, und dann steht plötzlich Bobby vor dem Haus und brüllt herum.»

Ich konnte seine qualvollen Schreie direkt hören, als er geglaubt hatte, mich tot dort liegen zu sehen. Es war ein furchtbarer Gedanke, dass er jetzt auf ein fremdes Polizeirevier gebracht wurde, in einer Stadt, in der er noch nie gewesen war, um dort von einem Polizisten verhört zu werden.

«Warum kann dieser Detective Lazare denn nicht morgen weiter mit Bobby reden?», fragte ich. «Er ist erschöpft und fertig mit den Nerven, und es ist doch schon so spät.»

«Wahrscheinlich, weil er sie gefunden hat, die …»

«Stimmt, er hat sie gefunden, die …»

Die Leiche. Wir brachten das Wort beide nicht über die Lippen.

«Ich kann gar nicht glauben, dass das wirklich passiert», sagte Julie. «Wenn ich nur einmal aus dem Fenster geschaut hätte oder rausgegangen wäre, irgendwas. Wenn jemand zugeschaut hätte, hätte der Kerl es vielleicht gar nicht getan.»

Ein sorgenvoller Schatten zog über ihr bleiches, ovales Gesicht. *Unser* Gesicht. Und weil man in Augenblicken großer Belastung seltsamerweise oft die unwichtigsten Details bemerkt, fiel mir auf, dass sie sich die linke Augenbraue ein bisschen zu schmal gezupft hatte. Außerdem hatte sich ihr kastanienbraunes Haar teilweise aus dem Pferdeschwanz gelöst – *unser* Haar, dicht und leicht lockig, das an guten Tagen, wenn die Mischung aus so unterschiedlichen Faktoren wie Wetter, Shampoo und vielleicht sogar Stimmung ganz perfekt war, wunderschön rotgolden schimmerte. Und ihre bloßen Arme waren von einer Gänsehaut bedeckt. All diese Einzelheiten fanden sich in meinem Herzen zu dem Wunsch zusammen, sie zu trösten, so wie sie es früher immer mit mir gemacht hatte, als wir noch Kinder waren und ich stets als Erste und besonders tief ins Unglück stürzte. Heute war das Unglück über ihr Haus hereingebrochen, und jetzt war es meine Aufgabe, für sie stark zu sein. Am liebsten hätte ich mich zu ihr gebeugt und ihr mit den Händen über die Arme gerubbelt, damit ihr wieder wärmer wurde. Doch Lexy lag schwer in meinem Arm.

«Du kannst doch wirklich nichts dafür, Jules», sagte ich. «Es war einfach Pech, dass es ausgerechnet hier passiert ist. Vielleicht ist es sogar besser, dass du ihn nicht gesehen hast … sonst hätte er dich ja schließlich auch gesehen.» Ich musste an die fürchterlichen Sekunden denken, als ich überzeugt gewesen war, es wäre Julie, die da in ihrem Blut auf der Straße lag, und versuchte, den Gedanken gleich wieder beiseitezuschieben. Doch stattdessen spannte mein Gehirn die beiden unterschiedlichen Ereignisse zusammen, und Bobbys Schreie, die ich gar nicht gehört hatte, hallten durch meine Erinnerung.

«Da hast du sicher recht», sagte Julie. «Es war reiner Zufall, dass er sie gerade vor meinem Haus erwischt hat. Fünf Minuten später, und es wäre ein anderes Haus gewesen.» Sie versuchte sich an einem tapferen Lächeln, das die Unruhe jedoch nicht aus ihren dunkelbraunen Augen vertreiben konnte. Ich erwiderte ihren Blick mit meinem eigenen Paar dieser Augen, nahm ihre Schuldgefühle in mich auf und teilte sie mit ihr.

«Weißt du, Jules, was ich die ganze Zeit denke, wenn ich ehrlich bin? Wenn ich Bobby heute Morgen nicht verlassen hätte, dann wäre er niemals in die Lage geraten, sie zu finden. Er hätte sein Leben weiterführen können, ohne auf ewig dieses Bild im Kopf zu haben.»

«Die arme Frau», sagte Julie. «Ich sehe sie auch immer noch vor mir.»

Ich lehnte mich an ihre Schulter, und wir blieben ein paar Minuten lang schweigend so sitzen. Dann streckte Julie die Hand aus, strich Lexy sanft über die Stirn und flüsterte: «Sie ist eingeschlafen.»

«Bringen wir sie ins Bett.»

Julie nahm Lexy die Jacke ab und zog sie selbst über. Langsam und vorsichtig verließen wir das Zimmer.

Es gab zwei Treppen im Haus. Julie ging mit mir zu der hinteren, die gleich neben dem Wohnzimmer direkt nach oben in eine Art Loft hinaufführte. Auf dem Boden lag eine breite Doppelmatratze mit einer mexikanischen Tagesdecke, daneben stand ein kleiner Schreibtisch mit einem Computer unter einem vorhanglosen Fenster. Ein Raum, wie Teenager ihn lieben – ein Erwachsener würde es darin notgedrungen maximal eine Nacht aushalten. Von dort aus führte ein kleiner Flur in ein hübsch möbliertes Zimmer, das ganz in Hellbraun und Weiß mit ein paar Tupfern Hellblau gehalten war. Die aufeinander abgestimmten Möbel wirkten, als hätte man sie als Set bei einem Versandhaus für Landhausmöbel bestellt. Ich hatte immer davon geträumt, einmal so eine gebührenfreie Bestellnummer anzurufen und *alles von Seite vier* zu ordern, aber dafür fehlte mir immer das nötige Geld. Als Julie mich durch diesen Teil ihres neuen, großen Hauses führte, verspürte ich eine Art stellvertretende Genugtuung über ihre finanzielle Unabhängigkeit. Meine Schwester, die ganz allein auf sich gestellt war, hatte das alles geschafft!

«Das ist das Gästezimmer.» Sie merkte, wie ich mich nach dem Babybettchen umschaute. «Aber Annie, du bist doch kein Gast. Du hast dein eigenes Zimmer. Komm mit.»

Während wir einen zweiten Flur durchquerten, deutete Julie auf ein paar weitere Türen: «Bad, Wäschekammer, Abstellkammer, noch ein Gästezimmer.»

Die Tür des zweiten Gästezimmers war nur angelehnt, und ich blieb stehen, um einen Blick hineinzuwerfen. Trotz des Dämmerlichts sah ich, dass der Raum recht klein war. Die Wände waren hellgrün gestrichen, und es standen zwei Messingbetten mit Tagesdecken darin. Die beiden Fenster waren von Vorhängen in einem dunkleren Grünton umrahmt, die an Gardinenstangen mit gusseisernen Blattornamenten befestigt waren. Zwischen den Fenstern hing in einem vergoldeten Rahmen das Bild eines riesigen Pinienzapfens an der Wand, zwischen den Betten lag ein ovaler Webteppich, und an der Wand gegenüber stand eine hohe Kommode aus dunklem Holz. Ich war erstaunt darüber, wie vollkommen symmetrisch das Zimmer wirkte, und plötzlich wurde mir klar, warum: Es sah aus wie ein Zimmer für ein Zwillingspärchen – für Zwillingsbrüder allerdings.

«Dein Zimmer ist gleich hier drüben», sagte Julie zu mir. «Ich dachte mir, du möchtest Lexy sicher bei dir haben.»

Das Gelbe Zimmer. Es war wunder-wunderschön! In der hintersten Ecke stand ein Doppelbett mit einer schweren, weißen Jacquarddecke. Das Zimmer hatte fünf Fenster, zwei nach Osten und drei nach Süden hin. Vor jedem Fenster hing ein hauchzarter, hellgelber Vorhang, dahinter schauten die troddelbewehrten Schnüre schwerer

Jalousien hervor, die alle nur halb heruntergelassen waren. Die gelbe Tapete war übersät mit winzigen roten Rosenknospen. Kein Teppich lag auf dem hellen, lackierten Holzboden, nur ein Bettvorleger aus Chenille. Das Kopfteil des Bettes, die Nachtschränkchen, die Leselampe, die Kommode, ja, selbst der Stuhl an der Wand passten perfekt zusammen (*einmal Seite sieben, bitte*), und alles war in Gelb-, Cremeweiß-, Messing- und Bronzetönen gehalten. Auch das weiße Babybettchen und der Wickeltisch passten dazu. Das Bettchen stand frei mitten im Raum, sodass es von allen Seiten leicht erreichbar war, der Wickeltisch befand sich in einer Ecke, halb hinter der Tür. Julie hatte ihn bereits mit Windeln der richtigen Marke und Größe, mit Reinigungstüchern, Cremes und Puder ausgestattet: Es war alles da, was wir brauchten. Trotzdem beschloss ich, Lexy jetzt nicht noch einmal zu wickeln, um sie nicht aufzuwecken.

Die Seitenwand des Bettchens war bereits heruntergeklappt, die Decke zurückgeschlagen. Ich bettete die Kleine sanft auf das Laken, hellrosa, mit liebevoll gezeichneten, cremeweißen Schäfchen darauf. Die Seitenwand ließ sich problemlos nach oben schieben und befestigen. Ich nahm das Stofftier, einen süßen, gelben Hasen, den Julie in eine Ecke des Bettchens gesetzt hatte, und legte ihn Lexy in die rundliche Armbeuge. Mit einem Seufzer rollte sie sich halb darauf.

Ich drehte mich um und umarmte meine Schwester. «Was für ein schönes Zimmer. Tausend Dank.»

«Du kannst natürlich alles so verändern, wie du es gern hast.»

«Nein. Es ist genau richtig so.»

«Was ist denn da in der Tasche?»

Julie löste sich von mir und tastete nach ihrer Jackentasche, in der ich vor vielen Stunden die Glaskatzen verstaut hatte. Ich griff hinein, zog das Päckchen heraus und faltete es auf. Dann legte ich Julie die Katzen und die Kätzchen eins nach dem anderen auf die Handfläche.

Julie lächelte. «Ich habe meine auch noch.»

«Ich hebe sie für Lexy auf», sagte ich.

«Wahrscheinlich kriegt sie meine auch, ich werde ja schließlich keine eigenen Kinder haben.»

«Du kannst immer noch welche adoptieren.»

Das hatte ich ihr schon hundertmal gesagt, seit sie ihre Verlobung gelöst hatte, und sie hatte mir immer wieder dasselbe geantwortet: «Allein?»

«Du kannst dir das doch problemlos leisten, Jules. Im Ernst, du brauchst nicht auf einen Mann zu warten. Das ist heutzutage gar nicht mehr nötig.»

In Wahrheit war es natürlich deutlich komplizierter. Julie konnte keine Kinder bekommen, weil sie sich an der Uni mit Chlamydien infiziert hatte und dadurch unfruchtbar geworden war. Der Uni-Arzt hatte ihr damals sinngemäß erklärt: *Pech gehabt, Kleine, da kann man jetzt auch nichts mehr machen* – ein wenig sensibles Verhalten, das zeigte, dass er die Nase gestrichen voll hatte von diesen jungen Leuten und ihrer sexuellen Freizügigkeit. Julie hatte sich stoisch in ihr Schicksal gefügt, und wir hatten daraufhin die Karten neu gemischt und beschlossen, dass ich für uns beide Kinder bekommen würde. Da unsere DNA wohl genauso identisch war wie unsere Gesichter, konnte auch Julie rein genetisch als Lexys Mutter gelten. Meine Schwester würde sich nicht mehr den Kopf darüber zerbrechen müssen, dass sie ihr Erbgut nicht weitergab: Das würde ich einfach für uns beide tun. Und um selbst ein Kind großzuziehen, konnte sie eines adoptieren. Alles kein Problem. Bis zu dem Moment, als sie mit Paul verlobt war und sie bereits kurz davorstanden, die Hochzeitseinladungen zu verschicken. Da hatte er einen Nervenzusammenbruch gehabt und ihr gestanden, wie sehr er sich nach leiblichen Kindern sehnte und wie sehr es ihn quälte, dass er diese Möglichkeit nicht mehr haben würde, wenn er sie heiratete. Julie hatte ihn freigegeben, und er war gegangen. Vergangenes Jahr hatte er eine andere Frau geschwängert und geheiratet, inzwischen erwarteten sie schon das zweite Kind.

«Na ja …» Julie warf einen letzten Blick auf Lexy. «Wir werden sehen. Sag mal, bist du eigentlich hungrig? Oder willst du lieber gleich ins Bett?»

«Ich habe unterwegs gegessen, und ich bin todmüde. Aber ehrlich gesagt glaube ich nicht, dass ich schlafen kann.»

«Ich weiß genau, was du meinst.»

«Lass uns auf Bobby warten.»

Julie schloss die Hand – unsere langen Finger – um die Glaskatzen und sagte: «Dann zeige ich dir jetzt mein Zimmer.»

Ich ließ die Tür angelehnt – das Babyphon würde ich einstöpseln, sobald ich das Gepäck nach oben gebracht hatte – und ging hinter Julie zurück auf den Flur. Sie öffnete eine Tür gleich neben dem Zimmer mit dem Pinienzapfen, die mir vorher gar nicht aufgefallen war. Von einem kleinen Treppenabsatz führten zwei schmale Treppen weg, eine nach oben, eine nach unten.

«Die da führt direkt in die Küche hinunter», erklärte Julie. «Und die hier führt rauf zu mir.»

Die Treppe zu ihrem Zimmer beschrieb zwei Kurven, ehe man am Ziel war. Ich musste wieder an Italien denken (vielleicht ja auch wegen der mundgeblasenen Kätzchen?), wo wir einmal hinter unseren Eltern eine uralte, steinerne Wendeltreppe hinaufgeklettert waren, mit nichts als einem Pfeiler in der Mitte und leerem Raum ringsum. Es gefiel mir nicht, so weit nach unten schauen zu können, diese unausweichliche Höhe machte mir Angst, und auf dem Weg nach oben musste ich ständig gegen den Impuls ankämpfen, einfach stocksteif stehen zu bleiben. Aber das tat ich natürlich nicht, ich war ja ein braves Mädchen und kämpfte mich tapfer weiter. Und dann, am Ende dieses Treppenbands, war da … gar nichts. Das war wirklich eigenartig gewesen: Die Treppe hörte einfach auf, als wären dem Architekten plötzlich die Ideen ausgegangen. Wir stiegen wieder hinunter, und das war's. Während ich noch daran dachte, fiel mir Zara Moklas wieder ein, deren Leben heute vor diesem Haus genauso abrupt geendet hatte wie die steinerne Treppe in jener alten italienischen Ruine, von der man nicht wusste, was sie einmal gewesen war (zumindest ich hatte das niemals erfahren).

«Jules? Was glaubst du, wer hat sie umgebracht?»

Julie war ein paar Stufen vor mir und drehte sich um. Es war so dunkel auf der Treppe, dass ich ihr Gesicht kaum erkennen konnte. Nur auf ihre Hand auf dem Holzgeländer fiel Licht. Ich konnte nicht erkennen, woher dieser Lichtschein kam.

«Das hatte ich mich auch gerade gefragt», sagte sie. «Ich kann einfach nicht aufhören, daran zu denken.»

«Ich frage mich, ob es wohl um etwas Persönliches ging, irgendetwas mit ihrem Bruder, oder ob es etwas anderes war.»

«Manche Leute hier in der Gegend sind ziemlich reaktionär. Aber vielleicht war es ja auch jemand auf der Durchreise. Reiner Zufall. Glaubst du nicht?»

Ein zufälliger Mord … diese Vorstellung machte mir am allermeisten Angst. «Da wäre es doch noch besser, wenn es etwas Persönliches war. Oder? Jemand hat ganz gezielt sie umgebracht.»

Julie zögerte. «Weißt du, Annie …»

Ich wusste, was sie sagen wollte: Zara Moklas sah so aus wie wir.

«Ich weiß schon», sagte ich. «Das geht mir auch nicht aus dem Kopf.»

Julie öffnete eine Tür oben an der Treppe, und dann standen wir in dem riesigen, offenen Raum ihres Zimmers. Die hohe Decke sah aus wie die obere Hälfte eines Achtecks (das alte Scheunendach), darunter kreuzten sich lange, freischwebende Balken. Lichtspots erleuchteten den unteren Teil des Zimmers und schienen die Dunkelheit und die Schatten in den abgetrennten oberen Teil zurückzudrängen. Von den Balken abwärts war alles weiß gestrichen, die Möbel aber waren schwarz und bildeten einen scharfen Kontrast. Statt Bildern, Zeichnungen oder anderen hübschen Wandverzierungen hingen lauter Spiegel an Julies Wänden, in allen Formen und Größen. Sie reflektierten die hellen Lichtstrahlen und ließen den ganzen Raum glitzern.

Und noch zwei weitere Überraschungen hielt dieses loftartige Zimmer direkt unter dem ländlichen Himmel bereit: ein riesiges Bad, in dem man locker noch ein Sofa untergebracht hätte, und ein Büro, das sogar noch ultramoderner war als die Küche. Es war geräumig, hatte vier Fenster, die zur Rückseite und den beiden Seiten des Hauses hinausgingen, und ich vermutete, dass es tagsüber sehr hell war. Auf einem breiten Schreibtisch vor einer rotgestrichenen Wand lagen ihre Arbeitsunterlagen, wie immer äußerst akkurat gestapelt, neben einem Computer, auf dessen Monitor die dreidimensionalen Bälle des Bildschirmschoners umherhüpften. An der Wand gegenüber stand ein großes Bücherregal mit Marketing-Literatur, Sammelbänden von Branchenzeitschriften und den Biographien, die sie so gern las. Dazwischen standen ein paar Auszeichnungen, die sie im Lauf ihrer Karriere bekommen hatte. Eine kannte ich noch nicht: eine goldene Statuette, die ein schimmerndes gläsernes Dreieck in den erhobenen Händen hielt.

«Ist das dein Stevie?», fragte ich, konnte mir die Frage dann aber schon selbst beantworten, als ich Julies Namen auf der goldenen Plakette am Sockel sah. Der Stevie Award gehörte zu den wichtigsten Preisen der Branche und wurde alljährlich an selbständige Unternehmer verliehen, die sich im Bereich Marketing besonders hervorgetan hatten.

«Herzlichen Glückwunsch, Jules.» Ich umarmte sie. «Ich bin ja so stolz auf dich.»

«Danke.» Sie versuchte, möglichst unbeteiligt dreinzuschauen, aber bald wurde ein Grinsen daraus.

Auf der anderen Seite des Zimmers stand ein kleinerer Schreibtisch. Er wirkte unbenutzt, bis auf ein Notebook, das zugeklappt und uneingestöpselt darauf stand. Julie las meine Gedanken.

«Das war für einen Mitarbeiter gedacht», erklärte sie. «Aber irgendwie habe ich dann doch niemanden eingestellt.»

«Wie kommst du denn dann zurecht?» In ihrem alten Büro in Connecticut hatte sie eine Vollzeitkraft zur Unterstützung gehabt.

«Ich lasse mich ungern ablenken. Außerdem habe ich Pete und Sue aus Indien entdeckt.»

«Pete und Sue? Aus *Indien*?»

«Die heißen natürlich nicht wirklich so. Sie legen sich Pseudonyme zu, um es für unsereins leichter zu machen. Man nennt das Online-Assistenten. Ist gerade überall der letzte Schrei. Sie machen alles, was ein normaler Assistent auch tun würde, brauchen aber nur halb so lang dafür. Außerdem sind sie billiger, und man braucht sie nicht zu fragen, wie das Wochenende war.»

«Klingt nach Ausbeutung.»

«Aber nein, das ist einfach effizient. Inzwischen kann man sich sogar schon Online-Assistenten fürs Privatleben zulegen, die einem das Geschenkekaufen und solche Sachen abnehmen.»

«Ist nicht dein Ernst. Hast du so was auch?»

«Wozu denn? Mein Privatleben besteht im Grunde nur aus euch, und für euch Geschenke zu kaufen macht mir Spaß.»

«Ich weiß.» Ich hakte mich bei ihr unter und führte sie hinaus aus diesem Büro, wo die böse Arbeit sich ihrer so sehr bemächtigt hatte. Ich nahm mir vor, sie bei diesem Besuch so oft wie möglich von der Arbeit abzulenken, sie emotional etwas mehr auszufüllen. Lexy würde mir ganz sicher dabei helfen.

Ich steuerte eine Ecke ihres Zimmers an, wo sie mit zwei schwarzen Polstersesseln und einem kleinen Tisch aus Edelstahl und Glas eine Sitzgruppe eingerichtet hatte. Aus der Nähe sah ich, dass es ein Vitrinentisch mit abnehmbarer Platte war. Drinnen befanden sich Julies Glaskatzen und ein Sammelsurium aus anderen Erinnerungsstücken: der Ehering unserer Mutter (ich hatte den von unserem Vater), ein kleines Emailledöschen mit unseren Milchzähnen und zwei identischen Locken Kinderhaar, ein Ring mit einem Opal, den ich noch nicht kannte, drei alte Spielzeugautos (die Überbleibsel eines früheren Sammelversuchs), ein paar Haargummis und ein Glasschälchen mit Ohrringen, zwischen denen ich auch die Brillantstecker entdeckte, die ich ebenfalls besaß. Es waren natürlich keine echten Brillanten, sondern Zirkonia, aber wenn man den Kopf im Licht drehte, glitzerten sie genauso schön. Julie hatte sie kurz nach Lexys Geburt gekauft, als Baby-Geschenk für uns beide.

«Ist es nicht unpraktisch, den Schmuck da aufzubewahren?», fragte ich.

«Meistens sitze ich abends hier und lese, und du weißt ja …»

Ich wusste. Wir hatten beide schon immer die Angewohnheit gehabt, unseren Schmuck und manchmal auch das eine oder andere Kleidungsstück abzulegen, wenn wir uns entspannen wollten.

Julie stellte meine Glaskätzchen auf den Tisch, sodass sie über ihren zu schweben schienen. «Wollen wir sie mischen?», fragte sie. «Wie früher, als wir Kinder waren?»

Ich musste lächeln. «Ja, warum nicht?»

Sie hob die Tischplatte ab, und gemeinsam setzten wir meine Kätzchen zwischen ihre. Dann ließ sie sich in einen der schwarzen Sessel sinken und zog erst den einen Cowboystiefel aus und dann den anderen. Darunter kamen Socken in Neonpink zum Vorschein. Ich setzte mich in den anderen Sessel, streifte ebenfalls meine Schuhe ab und zog dann auch die Strümpfe aus, bewegte die Zehen und genoss die kühle Luft an der Haut. Dann griff ich in den offenen Tisch, nahm ein blaues Haargummi heraus und band mir die Haare zu einem hohen Pferdeschwanz zusammen. Schließlich zog ich noch meine Zirkonia-Ohrstecker aus und legte sie ganz instinktiv in Julies Ohrringschälchen. Sie schien kurz zusammenzuzucken, als ich das tat.

«Was denn?», fragte ich. «Sie sind doch genau gleich, so wie die Katzen.»

«Ich hatte nur neulich eine Entzündung am Ohr. Habe ich dir das nicht erzählt?»

«Nein.»

«Und ich habe meine Ohrringe einfach noch nicht desinfiziert.»

«Gut, dann desinfiziere ich sie morgen einfach alle. Was hältst du davon?» Ich lächelte sie an, um sie zum Zustimmen zu bewegen.

«Ja, okay.» Sie lehnte sich mit einem Seufzer zurück. «Aber beim nächsten Mal fragst du vorher.»

Ich störte mich nicht daran. Wieso auch? Sie hatte schon recht: Wir waren eben keine kleinen Mädchen mehr, wir waren erwachsen, und gewisse Grenzen mussten eingehalten werden. Plötzlich bereute ich es, die Glaskatzen vermischt zu haben, weil ich doch *meine* für Lexy vorgesehen hatte.

«Weißt du noch, unser altes Spiel?», sagte ich zu Julie. *«Ich wünsche dir eine Sturmflut an den Hals ...»*

«Die Hexenflüche. Daran habe ich ja seit Jahren nicht mehr gedacht.»

Wir hatten uns das Spiel in der Zeit ausgedacht, als unsere Mutter vergeblich gegen den Krebs ankämpfte. *Ich wünsche dir eine Feuersbrunst an den Hals! Ich wünsche dir eine Hungersnot an den Hals! Ich wünsche dir die Pest an den Hals!* Wir wünschten uns gegenseitig alles Schreckliche, was uns nur einfiel, und je länger wir spielten, desto stärker und mutiger wurden wir. *Ich wünsche dir Zerstörung! Ich wünsche dir Verfall!* Nur nicht den Tod: Der war es schließlich, wogegen wir uns wappneten. Schon mit zehn, als wir zusehen mussten, wie unsere Mutter immer weniger wurde, erkannten wir, dass der Tod unser Erzfeind war. Als sie dann gestorben war, wünschten wir einander auch den Tod auf den Leib, um ihm mehr entgegensetzen zu können.

«Eigentlich hat das doch nie funktioniert, nicht, Jules? Es hat nichts abgehalten.»

«Nein. Aber es hat uns durch schwere Zeiten gerettet.»

Da hatte sie recht: Irgendwie war dieses Spiel doch ein Schutzschild gewesen, wenn auch nur in unserer Phantasie. Ich war so froh, hier bei Julie zu sein. Sie war die Einzige, mit der ich in knappen Worten über unsere gemeinsame Vergangenheit reden konnte, ohne dass der Tod unserer Eltern alles mit seiner unausweichlichen Tragik überschattete. Es war ja auch eine große Tragödie, aber vorher waren wir eine Familie mit einigermaßen normalen Problemen gewesen. Und vor der Scheidung, lange vorher, waren wir möglicherweise sogar einmal glücklich gewesen, wenn ich mich recht erinnerte. In jedem Fall hatten unsere Eltern uns geliebt, uns geradezu vergöttert. Sie hatten uns jeden Abend vorgelesen, uns mit heißem Kakao empfangen, wenn wir vom Schneeburgenbauen im Garten unseres Hauses in Connecticut zurückkehrten, sie hatten bei allen Schulaufführungen applaudiert und waren mit uns ins Museum oder zum Essen nach New York gefahren. Als wir noch klein waren, zog unsere Mutter uns immer gleich an, doch später, mit etwa neun, begannen wir eine gewisse Individualität zu entwickeln. Und während des letzten Jahres mit ihr ließ sie uns nicht nur so sein, wie wir jeweils waren, sondern bestärkte uns noch darin, indem sie unterschiedliche Charakterzüge an uns bemerkte und sie bewusst hervorhob. Julie war ruhig, ich leicht aus der Ruhe zu bringen. Julie war standhaft, ich impulsiv. Julie kleidete sich praktisch, ich trug Kostüme (oder das, was meine Mutter so für Kostüme hielt – für mich waren es umwerfende Kreationen, die es wert gewesen wären, fotografiert zu werden). Julie war die Kluge, ich die Hübsche.

Diese Unterscheidung – klug und hübsch – beeinflusste uns am meisten, bis wir alt genug waren, um zu begreifen, dass wir als eineiige Zwillinge ohnehin mehr oder weniger identisch waren. Unsere Mutter hatte uns die Möglichkeit bieten wollen, uns als Individuen zu fühlen. Inzwischen war mir das klar. Aber da sie gestorben war, ohne uns das richtig erklären zu können, floss ein Großteil unserer pubertären Energie in den Versuch, unsere scheinbaren Defizite auszugleichen. Bevor Julie an die Uni ging, um ihr Wirtschaftsstudium zu absolvieren, verbrachte sie ein Jahr mit mir in der New Yorker Wohnung, die wir von unserem Vater geerbt hatten, trug wallende Röcke, verfasste schlechte Gedichte und gab sich alle Mühe, äußerlich wie innerlich *hübsch* zu sein. Irgendwann gab sie gelangweilt und völlig abgebrannt auf, machte ihren Abschluss mit Auszeichnung, legte sich ein paar elegante Hosenanzüge zu und startete ihren rasanten beruflichen Aufstieg.

Und ich? Ich hatte eigentlich Fotografin werden wollen. Aber anstatt meinem Herzen zu folgen und die Leute auf der Straße in ihren ganz eigenen Modekreationen zu fotografieren, was mich eigentlich interessierte, wandte ich mich Gebäuden zu, um zu beweisen, dass ich ernsthaft und *klug* sein konnte. So verbrachte ich sechs magere Jahre damit, langsam und schmerzvoll als freischaffende Architekturfotografin zu scheitern, bis ich schließlich eine Ausbildung zur Physiotherapeutin begann. Mir war klar geworden, dass ich mit Menschen arbeiten, einen Eindruck bei ihnen hinterlassen wollte. Als Physiotherapeutin konnte ich sie im Wortsinn berühren und die Ergebnisse meiner Arbeit sofort sehen. Die Stelle im Gefängnis sollte mein Sprungbrett in eine neue berufliche Laufbahn sein.

Seit Julie und ich erwachsen waren, hatten die Konzepte *klug* und *hübsch* einiges an Bedeutung verloren. Wir hatten beide begriffen, dass jede von uns mindestens genauso hübsch und klug war wie die andere. Schließlich waren wir ja eineiige Zwillinge. Die Unterschiede zwischen uns waren hausgemacht. Das ganze äußere Drumherum, unsere jeweiligen Entscheidungen – all das unterschied uns zwar voneinander, aber es machte uns nicht aus, und das würde auch niemals so sein. Julies Augen waren auch meine, und meine waren ihre. Und als ich jetzt ihren Blick spürte, wusste ich genau, was sie dachte.

«Wenn Mom und Dad jetzt hier wären», sagte ich, «würden sie uns Milch und Kekse bringen und uns sagen, dass alles wieder gut wird. Sie hätten Bobby gemocht, glaubst du nicht? Und sie hätten gewusst, dass er nichts mit dem Mord an dieser Frau zu tun haben kann.»

Julie ließ das Bein, das sie über das andere geschlagen hatte, wieder zu Boden rutschen und beugte sich im Sessel vor. «Ich weiß das auch, Annie.»

«Dieser Detective. Im Großen und Ganzen scheint er ja in Ordnung zu sein. Aber ich glaube wirklich, er verschwendet mit Bobby nur seine Zeit. Meinst du nicht auch?»

«Klar.»

«Ich meine, Jules, dass er mich betrügt, steht auf einem anderen Blatt. Aber Mord? Auf gar keinen Fall.» Beim Gedanken an Zaras aufgeschlitzte Kehle lief mir ein Schauer über den Rücken. «Was weißt du denn sonst noch über sie?»

«Eigentlich nicht viel. Sie war etwa in unserem Alter, ein bisschen jünger vielleicht. Die Nachbarn, für die sie gearbeitet hat, haben sie alle gemocht. Sie war fleißig. Und alle sagten, sie sei ehrlich. Von dem zwielichtigen Bruder habe ich heute Abend zum ersten Mal gehört.»

«Wäre es nicht total verrückt, wenn … aber nein, das ist ein alberner Gedanke.»

«Wenn was?», fragte Julie.

Ich hielt den Blick auf ihre Cowboystiefel gerichtet, auf die paar Lederstreifen, die an den Knöcheln in einem Messingring zusammenliefen. Dann sah ich sie an. «Ich wollte sagen: Was, wenn sie nun die Frau war, mit der Bobby geschlafen hat?»

«Stimmt, das ist wirklich ein alberner Gedanke.»

«Ich weiß auch nicht, wie ich darauf komme.»

«Du bist einfach durcheinander», sagte Julie. «Das war ja auch ein schlimmer Tag.»

«Ich frage mich, was ein Geschwisterpaar aus Ungarn wohl nach Great Barrington verschlägt.»

«Wahrscheinlich gefiel es ihnen einfach auf dem Land. Vielleicht hatten sie ja auch Freunde hier.»

«Das wird der Detective sicher bald herausfinden.»

«Je mehr Erfahrungen ich mit Menschen mache», sagte Julie, «desto mehr komme ich zu dem Schluss, dass sie einfach völlig unberechenbar sind.» Sie runzelte die Stirn, und ich entdeckte ein paar Falten. Eine Alterserscheinung. Wurden wir einfach nur älter und hatten doch noch längst nicht alles begriffen? Vielleicht war das ja gerade die Sache: Man musste begreifen, dass man eben nichts begriff.

«Ich weiß, ich habe ihn verlassen. Aber trotzdem war Bobby nie unberechenbar. Er ist nicht wie die meisten Leute.»

«Ich meinte ja auch nicht Bobby», verbesserte mich Julie. «Sondern Zara.»

Für mich war Zara Moklas ganz und gar berechenbar. In meinem Kopf würde sie immer so weiterexistieren, wie ich sie zum ersten und einzigen Mal gesehen hatte: hingestreckt auf einer dunklen Straße auf dem Land, in den Widerschein der dreifarbigen Lichter getaucht, inmitten einer Lache ihres roten Blutes. Ich würde nie etwas anderes von Zara erwarten, als dass sie tot war.

«Die Nachbarn sagen alle, dass sie so wahnsinnig nett war», sagte Julie. «Und vielleicht war sie das ja auch. Aber vielleicht auch nicht. Mehr will ich damit gar nicht sagen.»

«Ich verstehe schon. Wir können es einfach nicht sicher wissen.»

«Genau. Wir können es nicht wissen. Vielleicht hat sie ja hinter ihrer ach so netten Fassade mit Drogen gedealt, und jetzt hat es sie erwischt, weil sie jemandem Geld geschuldet hat oder so.»

«Würde ich fast hoffen», sagte ich. «Das würde dann ja bedeuten, dass der Mörder es speziell auf sie abgesehen hatte. Aber wieso sollte sie als Sekretärin und als Putzfrau arbeiten, wenn sie ihr Geld mit Drogen verdient?»

Julie grinste verschmitzt. «Guter Einwand. Dann war vielleicht das Putzen nur die Fassade, sie war eigentlich Puffmutter, und eins ihrer Mädchen ist durchgedreht.»

Ich stellte mir die typische Klischee-Nutte vor, die mit einem Messer in der Hand vor Julies Haus auf dieser idyllischen Landstraße auf der Lauer lag. Wir mussten beide lachen. Und dann fing ich plötzlich an zu weinen.

Julie kam zu meinem Sessel herüber und nahm mich in die Arme, und kurze Zeit später weinte sie auch. Sie tastete mit den Händen nach meinem Gesicht, um mir die Tränen wegzuwischen.

«Das ist gar nicht komisch», sagte sie.

«Nein, es ist furchtbar», bestätigte ich.

«Wir sollten das nicht machen, oder.» Sie ließ es nicht wie eine Frage klingen, weil es keine Frage war. Wir hatten uns über etwas Schreckliches amüsiert, über das Unglück eines anderen Menschen gelacht. Wieder einmal hatten wir einen Graben rund um die Burg unseres Wirs ausgehoben, die uns immer Schutz geboten hatte. Als Kinder hatten wir uns nie etwas dabei gedacht, wenn wir uns so von den Dingen distanzierten, aber seit wir erwachsen waren, wussten wir es besser. Wenn wir jetzt wieder einmal Gefahr liefen, in unsere isolierte Abwehrhaltung gegen den Rest der Welt hineinzurutschen, hatten wir gleich ein schlechtes Gewissen und hörten sofort auf damit. Oder versuchten es zumindest. Andererseits wussten wir ja beide, dass ich zu Julie gekommen war, um mich zu ihr, in sie, mit ihr zu flüchten. Das war ein tiefverwurzelter, unwiderstehlicher Instinkt unseres Zwillingsdaseins.

«Vielleicht sollten wir jetzt meine Koffer hochholen?», schlug ich vor.

«Na los. Packen wir's an, damit du ins Bett kommst.»

«Aber erst muss ich noch hören, wie es Bobby geht.»

Ich rief auf dem Polizeirevier an und wurde fünf Minuten lang in die Warteschleife gehängt, nur um dann zu erfahren, dass der Detective uns ausrichten lasse, es lohne sich nicht aufzubleiben. Ich überlegte, ob er das wohl wirklich so formuliert hatte: *Es lohnt sich nicht aufzubleiben.* Schon nach dieser einen kurzen Begegnung kam es mir so vor, als würde Detective Lazare so etwas nicht sagen. Er hätte es wahrscheinlich vorsichtiger formuliert. *Sehen Sie zu, dass Sie ein bisschen Schlaf bekommen. Er ist bald wieder bei Ihnen.* Das passte besser zu ihm. Dann fragte ich mich plötzlich, wo Bobby wohl schlafen würde, wenn er wiederkam. Würde er zu mir ins Gelbe Zimmer kommen? Unter meine gelbe Bettdecke kriechen? Nach meinem Körper tasten? Würde die meilenweite Distanz zwischen uns auf die schlichte Tatsache zusammenschmelzen, dass wir einander liebten? Würde er mir endlich entweder die Wahrheit sagen oder mir einen überzeugenden Beweis präsentieren, der mein Misstrauen verschwinden ließ? Oder würde er meine Entscheidung, ihn zu verlassen, einfach respektieren und in einem der Gästezimmer schlafen? Ich selbst wusste nicht einmal, was davon ich eigentlich wollte. Natürlich würde es tröstlich sein, ihn im Dunkeln neben mir zu spüren, aber es würde mich völlig durcheinanderbringen, am Morgen neben ihm aufzuwachen. Jemanden aus tiefstem Herzen zu lieben, der noch dazu nicht Julie war, und dennoch zu spüren, dass es nötig war zu gehen: Diese verwirrende Erfahrung hatte ich einfach noch nie gemacht. Aber zu den vielen Dingen, die ich durch den Tod meiner Eltern gelernt hatte, gehörte auch das Wissen, dass man ein Durchtrennen der Lebensader der Liebe am Ende doch überleben kann.

Nachdem Julie und ich mein ganzes Gepäck nach oben gewuchtet hatten, standen wir nebeneinander im silbrigen

Dunkel meines stillen Zimmers und sahen Lexy beim Schlafen zu.

«Sie ist wunderschön», flüsterte Julie.

Ich rief es ihr noch einmal in Erinnerung: «Sie gehört uns beiden, Jules.» Mit einem Arm zog ich sie zu mir heran, während wir dastanden und meine geliebte kleine Tochter betrachteten.

Nach einiger Zeit ging Julie wieder nach oben, und ich ging ins Bett. Ich war überzeugt, nicht einschlafen zu können, doch dann schlief ich schon nach wenigen Minuten. Ich schlief sechs Stunden tief und fest, bis mich das Klingeln des Telefons aus einem Traum riss, den ich bereits vergessen hatte, als ich die Augen aufschlug. Durch die dünnen gelben Vorhänge sah ich die zarten Farben der frühen Morgendämmerung. Das Telefon klingelte weiter, und weil ich fürchtete, Lexy könnte davon aufwachen, nahm ich den Hörer ab. In der Leitung hörte ich Julies heisere Morgenstimme, die bereits mit einer anderen Frau sprach. Offenbar hatten wir fast gleichzeitig abgenommen.

«Langsam, Carla. Was für ein Van?» Carla, das wusste ich noch vom Abend zuvor, war die Nachbarin, die Julie am nächsten wohnte. Sie war mindestens siebzig und offenbar eine extreme Frühaufsteherin.

«Ein weißer Van. Er stand am Straßenrand, direkt vor Ihrem Haus. Ich habe ihn gestern zweimal bemerkt, da lagen vielleicht zwei Stunden dazwischen.»

«Mir ist nichts aufgefallen. Aber ich war auch den ganzen Tag im Haus und habe im Büro gearbeitet.»

«Es war ein weißer Van, er stand einfach nur da, und am Steuer saß ein Mann. Richtig unheimlich war das. Als ich wieder zu Hause war, habe ich mir die Nummer notiert, soweit ich mich noch daran erinnern konnte. Ich weiß, das klingt verrückt, aber es ist mir gerade erst wieder eingefallen. Ich war eben dabei, mir meinen Tee zu machen, und wie das so ist in meinem Alter, da ist es mir wieder eingefallen.»

«Haben Sie den Detective angerufen?»

«Natürlich. Er hat sich bei mir bedankt. Ich kann das überhaupt nicht fassen, Julie. Ein echter Mord, hier bei uns in der Straße!»

KAPITEL 3

Wir saßen in Julies Garten, auf stoffbezogenen Klappliegestühlen unter einem fleckigen Morgenhimmel, der mit Regen drohte. Detective Gabe Lazare stellte sein hohes, blaues Glas mit Eistee auf dem Boden ab, wo es leicht wacklig auf einer unebenen Schieferplatte zu stehen kam. Mir war schon aufgefallen, dass er immer darauf achtete, erst ein bisschen Smalltalk zu machen, ehe er zur Sache kam, und ich war ganz dankbar für diesen sanfteren Übergang vom rüden, morgendlichen Erwachen. Julie und ich waren schon seit Stunden auf den Beinen, seit Carla wegen des weißen Vans angerufen hatte, und hatten uns auf das Schlimmste vorbereitet. Ich hatte bereits gelernt, wie die Fenster verriegelt wurden – wir hatten vor, uns von nun an jede Nacht einzuschließen – und wo sich Taschenlampen und Kerzen befanden, falls der Strom ausfiel, durch Fremdeinwirkung oder warum auch immer. Als Julie gerade dabei war, mir die Alarmanlage zu erklären, hatte Detective Lazare angerufen und gefragt, ob er vorbeikommen könne. Das war seine höfliche Art, uns mitzuteilen, dass er auf dem Weg zu uns war.

«Sehr guter Eistee.» Er nickte Julie anerkennend zu.

«Dafür müssen Sie sich bei meiner Schwester bedanken. Sie ist die Köchin, nicht ich.»

«Eistee fällt zwar nicht unter Kochen», sagte ich, «aber es freut mich, dass er Ihnen schmeckt.»

Ich hatte das Babyphon neben mir, und jedes kleinste Geräusch ließ mich zusammenfahren. Jeden Moment konnte Lexy aufwachen, ihr Morgenschläfchen dauerte jetzt schon zwei Stunden. Doch im Augenblick hörte ich nur Bobby, der auch endlich aufgewacht war, seine Schritte im Flur, vermutlich auf dem Weg ins Bad. Irgendwann spät in der Nacht hatte er das Polizeirevier endlich verlassen dürfen, und als wir im Morgengrauen vom Telefon geweckt worden waren, hatte er noch tief und fest in dem Zimmer mit dem Pinienzapfen geschlafen.

«Die Autonummer, die sich Ihre Nachbarin teilweise notiert hat, hat sich als ausgesprochen nützlich erwiesen.» Lazare beugte sich zur Seite, zog ein Blatt Papier aus seiner ledernen Aktentasche und reichte es Julie. Ich sah sofort, was es war, als sie es an mich weitergab: ein körniges Fax mit dem Polizeifoto eines etwa fünfzigjährigen Mannes mit Bürstenschnitt und einem verlebten Gesicht, das ihn älter wirken ließ, als er vermutlich war. Er hatte die Augen zusammengekniffen, als würde er normalerweise eine Brille tragen. «Das ist Thomas Soiffer, der Besitzer eines weißen Vans, zugelassen in Massachusetts. Wohnhaft in einem Vorort von Springfield. Laut der dortigen Mautstelle ist er gestern Vormittag auf der I-90 quer durch Massachusetts gefahren.»

«Und?», fragte Julie.

«Was wollte er hier?», fuhr ich fort.

«Alles, was wir über Mr. Soiffer haben, wissen wir aus seiner Akte. Er arbeitet als Klempner, ist aber bereits mehrfach straffällig geworden. Nicht gerade das, was man einen mustergültigen Bürger nennen würde. Er saß ein paar Jahre im Gefängnis, weil er seine Freundin verprügelt hat. Er hätte sie fast umgebracht.»

«Dann lässt er sich also bei einer Mautstelle registrieren, um sich anschließend hier vor meinem Haus zu postieren und einen Mord zu begehen?», fragte Julie. «Der scheint ja nicht besonders helle zu sein.»

Lazare musterte Julie einen Augenblick lang, und ich konnte förmlich sehen, wie sein Polizistenhirn versuchte, eine diplomatische Brücke zu schlagen zwischen unserer behaglichen, laienhaften Ahnungslosigkeit, an deren Umzäunung die offensichtlichsten Vorurteile entlangpatrouillierten wie schießwütige Grenzposten, und seinem eigenen berufsbedingten Instinkt, sich immer wieder in neue, unbekannte Gefilde vorzuwagen.

«Nun ja, die Spurensicherung hat neben dem Blut von Zara noch weitere Blutspuren gefunden», erklärte er. «Wir wissen aber noch nicht, ob sie zu Soiffer oder zu jemand ganz anderem gehören. Wenn wir eine Mordwaffe hätten und eine DNA-Probe von ihm in der Akte wäre, würde das die ganze Sache enorm vereinfachen. Aber wir haben nichts dergleichen. Deshalb müssen wir jetzt einen Schritt nach dem anderen machen. Im Augenblick versuchen wir vordringlich, ihn zu finden.»

In diesem Moment stieß Lexy einen reichlich dramatischen Seufzer aus, und ich rutschte auf meinem Stuhl nach vorn, um sofort aufspringen und zu ihr laufen zu können. Doch auf den Seufzer folgte nur die leise knisternde Stille des Babyphons. Offenbar war sie wieder eingeschlafen.

«Thomas Soiffer … sagt Ihnen der Name vielleicht etwas?», fragte Detective Lazare.

Julie und ich erklärten übereinstimmend, dass wir den Mann auf dem Foto noch nie gesehen und auch seinen Namen noch nie gehört hätten. Es war der Name eines Fremden, auch wenn wir ihn jetzt ganz sicher nicht mehr vergessen würden. Ein Fremder mit Vorstrafen, ein gefährlicher Mann, der sich gestern, nur wenige Stunden vor dem Mord, vor Julies Haustür herumgetrieben hatte.

«Bisher hat auch noch keiner der Klempner, Installateure und anderen Handwerker vor Ort angegeben, ihn zu kennen», fuhr Lazare fort. «Aber wir hören uns weiter um, vielleicht kommen wir ja in den nächsten Tagen noch auf etwas.»

«Detective.» Ich beschloss, den gedanklichen Sprung zu wagen. «Halten Sie es für möglich, dass jemand Zara mit einer von uns verwechselt hat? Ich meine nur, sie sah uns ja doch ziemlich ähnlich.»

«Möglich ist alles.» Lazare sah mich mit einem halben Lächeln an. «Warum fragen Sie? Sie kennen den Namen nicht zufällig doch aus Ihrem Gefängnis in Kentucky? Er hat dort zwar nicht selbst eingesessen, aber diese Knastbrüder kennen sich ja oft untereinander. Und meistens reden sie auch sehr viel.»

«Ich sagte doch schon, ich habe den Namen noch nie gehört», erwiderte ich. «Zumindest kann ich mich nicht daran erinnern. Aber ich habe auch mit sehr vielen Strafgefangenen zu tun, es müssen schon mehrere hundert gewesen sein. Bobby arbeitet seit zehn Jahren in diesem einen Gefängnis, bei ihm sind es vermutlich mehrere tausend.»

Wir arbeiteten in einem Gefängniskrankenhaus. Manche der Strafgefangenen brauchten tatsächlich eine Physiotherapie, andere nutzten das als Möglichkeit, den Gefängnisalltag ein wenig aufzulockern. Meistens merkte man sehr schnell, wer echte Schmerzen hatte und wer sich einfach nur langweilte. Mit den Unruhigen arbeitete ich besonders ungern: Ich knetete ihre Muskeln, ein durchaus intimer Akt, während ihre Blicke ununterbrochen durch den Behandlungsraum wanderten, auf der Suche nach … ja, wonach eigentlich? Nach einem Fluchtweg? Einer Waffe? Die Insassen dieses Gefängnisses waren meist keine Schwerverbrecher, sondern in der Hauptsache Kleinkriminelle, doch die Haft konnte einen Menschen verändern, eine gewisse Lust an der Gewalt in ihm wecken. Und der Detective hatte recht: Sie redeten tatsächlich sehr viel, endlos mitunter und häufig mit einer geradezu absurden, selbstgerechten Empörung.

«Wir werden uns im Gefängnis erkundigen», sagte Lazare. «Und wir werden auch herausfinden, ob irgendwelche kürzlich entlassenen Strafgefangenen möglicherweise etwas gegen Sie haben könnten.» Er zog ein Notizbuch aus der Tasche und schrieb sich etwas auf. «Julie, Sie haben das Haus hier letztes Jahr umbauen lassen, ist das richtig?»

«Ja.» Sie hatte die Scheune vollkommen entkernen und den Innenraum von Grund auf neu bauen lassen. «Mein Bauunternehmer heißt Hal Cox. Er hat eine ganze Menge weiterer Arbeiter angeschleppt. Ich bin mir aber nicht sicher, ob ich die Namen noch alle zusammenkriege, ich wohnte damals ja noch in Connecticut.»

«Können Sie mir vielleicht die Kontaktdaten Ihres Bauunternehmers mailen? Und die aller anderen Personen, die sonst noch an der Planung beteiligt waren?»

«Natürlich», sagte Julie. «Der Bauunternehmer hat alles direkt mit der Architektin geklärt, ich kann Ihnen gern auch deren Kontaktdaten schicken.»

«Das wäre sehr hilfreich.»

Julie nickte. «Und Bobby steht jetzt also nicht mehr unter Verdacht?»

Ein penetranter Ausdruck, dieses *unter Verdacht stehen* – er setzte sich sofort in meinem Kopf fest.

«Bobby und ich haben uns lange unterhalten», sagte Lazare, «aber an diesem Punkt der Ermittlungen steht offiziell niemand unter Verdacht.»

«Nicht einmal Thomas Soiffer?», fragte ich.

«Streng genommen nein. Vorläufig wollen wir nur mit ihm reden.» Er setzte ein dünnes, ausweichendes Lächeln auf.

«Und was ist mit Zaras Bruder?», fragte Julie. «Der soll

auch in der Baubranche tätig sein. Ich habe gehört, er ist kein besonders netter Kerl.»

«Das habe ich auch gehört», bestätigte Lazare, «und ich bin der Sache natürlich sofort nachgegangen. Zaras Verwandte leben alle in Ungarn – der böse Bruder war also nur ein böses Gerücht. Das ist in solchen Fällen gar nicht ungewöhnlich: Irgendwie heizt ein gewaltsamer Tod die Phantasie der Leute an. Das erschwert uns natürlich die Arbeit, aber so sind Menschen nun mal, da kann man nichts machen.»

«Und wie geht es jetzt weiter?», fragte Julie.

«Abwarten. Sie beide haben eigentlich keinerlei Grund, sich Sorgen zu machen. Es ist sehr wahrscheinlich, dass das Ganze reiner Zufall war. Aber zu Ihrer Beruhigung werde ich eine Sicherheitsstreife hier vor dem Haus postieren. Ein Zivilfahrzeug, eine braune Limousine, sie wird draußen auf der Straße stehen. Es ist das Beste, wenn Sie den Kollegen gar nicht weiter beachten. Schauen Sie also nicht bei ihm vorbei, bringen Sie ihm keinen Kaffee oder so was. Das erregt zu viel Aufmerksamkeit.»

Ich war ein wenig erstaunt darüber, von dieser vermutlich recht kleinen örtlichen Polizeistaffel so viel Unterstützung zu bekommen. Aber Lazare hatte ja selbst gesagt, dass sie sonst äußerst selten mit solchen Verbrechen konfrontiert waren. Wahrscheinlich taten sie da lieber zu viel als zu wenig. Genau wie ich.

Julie und ich dankten ihm wie aus einem Mund, und diesmal lächelte er richtig. Der Zwillingspärchen-Effekt – wir kannten das schon.

«Wie lange bleibt er?», fragte Julie.

«So lange, wie Sie ihn brauchen. Schauen wir einfach, wie sich die Sache anlässt.» Lazare bückte sich und hob sein leeres Glas auf. Dann zögerte er plötzlich, setzte sich wieder und sah mich an.

«Ich hoffe, Sie nehmen mir die Frage nicht übel, Annie. Aber warum haben Sie Ihren Mann gestern verlassen?»

Die Formulierung schockierte mich. *Meinen Mann verlassen* – das klang so furchtbar endgültig.

«Das wissen Sie doch sicher längst, Sie haben ja mit Bobby geredet», sagte ich.

«Ich würde es aber gern noch einmal in Ihren Worten hören.» Er drückte ein paar Mal auf seinen Kugelschreiber, sodass die Mine hinein- und wieder heraussprang, und wartete offensichtlich auf eine Antwort.

«Bobby hat mich betrogen.»

«Das wissen Sie ganz sicher.» Es klang nicht wie eine Frage, aber ich antwortete trotzdem.

«Ja.» Ein klares Wort, ohne Zögern, damit er nur ja nicht weiterfragte.

«Das ist gut», sagte Lazare, «denn irgendwann werden Sie sich möglicherweise noch damit trösten müssen.»

«Was genau hat Bobby Ihnen erzählt?» Mein Ton war unabsichtlich schärfer geworden, aber das war mir egal.

Detective Lazare schob den Kugelschreiber zurück in die Brusttasche und klappte das Notizbuch zu. Das sollte mich wohl beruhigen, mir zeigen, dass er *einfach nur neugierig* war, mir diese Frage *ganz inoffiziell* gestellt hatte oder was er sonst noch an nutzlosen Entschuldigungen für seine Aufdringlichkeit bereithielt. «Ich werde hier nicht Partei ergreifen, Annie. Ich bin nur ein Polizist, der seine Arbeit macht und sich fragt, warum in einer einzelnen Familie an einem einzigen Tag so viel passiert. Würden Sie sich das nicht auch fragen?»

Natürlich würde ich mich das fragen. Das tat ich ja bereits. Aber wir hatten dieses Treffen unter der Prämisse begonnen, einander mit neuen Informationen zu versorgen, und jetzt fühlte ich mich auf einmal … *beschuldigt*. Ich begriff selbst nicht, warum das so war, auch nicht, warum er mir dieses Gefühl vermitteln wollte. Also gab ich ihm keine Antwort auf seine halb rhetorische, halb angriffslustige Frage, und nach einem kurzen, peinlichen Schweigen lenkte er ein wenig ein.

«Meine Tür steht immer offen», sagte er. «Falls Sie irgendwann darüber reden wollen, meine ich.»

Julie warf mir einen Blick zu, und ich wusste, sie dachte dasselbe wie ich: *Wenn ich eine Therapie brauche, suche ich mir einen Therapeuten.* Sie stand auf und griff nach Lazares Glas, das er ihr wortlos überließ. Er stützte sich auf die Armlehnen, um sich aus dem Liegestuhl zu stemmen.

Anstatt sich zu verabschieden, sagte er: «Solche Fälle sind ausgesprochen schwierig. Die Frau stammt aus einer anständigen ungarischen Familie. Es sind arme Leute, sie hat dazu beigetragen, sie zu unterstützen, hat Geld nach Hause geschickt. Nach allem, was ich höre, hat sie sich in ihrem Heimatort als politische Aktivistin betätigt, bis das alles ein wenig zu heiß wurde und sie ihre Stelle verloren hat. Sie kam mit einem Kurzzeitvisum hierher und ist geblieben. Bei Immigranten wie ihr hat doch jeder seine eigene Geschichte.»

Auf uns wirkte das wie eine kurze, hilflose Totenrede. Wir hörten ihm schweigend zu. Und wurden weich. Offenbar war er ein Meister der doppelten Botschaften – die in diesem Fall lauteten: *Denken Sie daran, dass Zara das Opfer ist* und *Ich mache hier nur meinen Job*.

Julie begleitete ihn ins Haus, zur Küchentür.

Als ich so allein im Garten saß, fiel mir auf, dass der Detective das Fax mit dem Foto von Thomas Soiffer liegen gelassen hatte. Das hatte er wohl mit Absicht getan: Er wollte erreichen, dass wir uns emotional beteiligt fühlten, dass wir uns öffneten, falls unsere Nähe zu diesem Mord doch noch irgendein besonderes Geheimnis barg. Hatte er etwa absichtlich versucht, mich durcheinanderzubringen, um zu sehen, wie ich reagierte? Ich betrachtete das Foto von Soiffer, und je länger ich es mir anschaute, desto mehr Zorn und Zynismus schien mir dieses widerwärtige Gesicht auszustrahlen. Ich konnte mir direkt vorstellen, wie er, das Messer in der Hand, in der Dämmerung hinter Zara herangeglitten war, ihr mit einer sehnigen Hand ins Haar gegriffen und ihr den Kopf nach hinten gezogen hatte, während die andere ihr die Klinge wie einen Geigenbogen über die Kehle zog. Hatte sie denn niemand schreien hören? Oder war ihr Sterben ganz lautlos gewesen, die letzten Schreie erstickt vom gewaltsamen Durchtrennen der Stimmbänder?

Ich schreckte auf, als ein Rascheln aus dem Babyphon drang, dem gleich darauf die missmutigen Schluchzer einer schlaftrunkenen Lexy folgten. Dann hörte ich eine Tür quietschen, Schritte näher kommen, ein Klappern, als die Seitenwand des Bettchens heruntergelassen wurde.

«Scht, meine Kleine», drang Bobbys körperlose Stimme aus dem Babyphon. «Papa ist ja da.»

Ich faltete das Fax ganz klein zusammen, schob es in die Hosentasche und ging durch die breiten Fenstertüren hinein in das große Wohnzimmer. Durch das Fenster nach vorn hinaus sah ich Detective Lazare in einem silbernen Wagen wegfahren. Das braune Zivilfahrzeug stand links vor dem Haus unter einem grünen Baum mit einem gewaltigen, knorrigen Stamm, der sich direkt aus dem Erdreich emporzuwinden schien. Ich sah, dass ein Mann am Steuer saß, konnte aber weder sein Gesicht noch sonst etwas von ihm erkennen. Er hielt sich vollkommen ruhig.

Als ich die Treppe hinter dem Wohnzimmer schon halb hinauf war, um Bobby zu suchen, kam er mir mit Lexy auf dem Arm entgegen. Er trug Jeans und ein orangebraunes T-Shirt. Offenbar hatte er noch ein paar Sachen zusammengepackt, bevor er gestern aus dem Haus gestürmt war.

Sein Haar war noch feucht vom Duschen, aber er war unrasiert. Als Lexy mich sah, lehnte sie sich zu mir herüber, und ich musste meine Haltung auf der Treppe ändern, um sie aufzufangen und dabei nicht selbst das Gleichgewicht zu verlieren. Sie suchte sofort nach meiner Brust. Bobby kam hinter uns die Treppe hinunter und blieb vor dem Sofa stehen, wo ich mich zurechtsetzte, um unser Baby zu stillen.

«Dieser Detective Lazare kann einem ganz schön auf die Nerven gehen», sagte ich, als ich Lexy angelegt hatte. Das Gespräch, vor allem der «therapeutische» Teil, machte mir immer noch zu schaffen. *Falls ich mal darüber reden wollte*. Das wollte ich die ganze Zeit – allerdings nicht mit ihm.

«O ja», sagte Bobby. «Das kann man wohl sagen.»

«Aber ich glaube nicht, dass er dich ernsthaft verdächtigt, Bobby. Ich glaube, er weiß nur einfach nicht … na ja … nicht so recht weiter.»

«Ich hatte auch nicht das Gefühl, dass es ihm darum geht, mich festzunehmen.» Bobby kramte in seiner Hosentasche und spielte mit irgendetwas herum. «Ich glaube, er will nur verstehen, was passiert ist. Wir haben eigentlich die ganze Zeit geredet. Allerdings hat er eine Speichelprobe von mir genommen.»

«Eine Speichelprobe?» Noch während ich es sagte, wusste ich schon, was das bedeutete: So wurden bei der Polizei DNA-Proben entnommen.

«Ich glaube, man sollte dem keine allzu große Bedeutung beimessen. Eigentlich kam es mir wie eine Routineübung vor, als würden sie das jeden Tag machen. Und ich hätte es entschieden seltsamer gefunden, wenn er das Ganze überhaupt nicht ernst genommen hätte.»

«Stimmt», sagte ich. Aber trotzdem: eine DNA-Probe? «Übrigens hat er einen Beamten in einem Zivilfahrzeug draußen postiert, der uns bewachen soll. Ich muss sagen, das erleichtert mich schon.»

Bobby ging durch das Zimmer, um einen Blick aus dem Fenster zu werfen, dann kam er zurück und setzte sich neben mich auf das Sofa.

«Ich habe gehört, du warst gestern ganz außer dir, als du Zara da draußen gefunden hast», sagte ich. «Das muss wirklich furchtbar gewesen sein.»

«Ich hatte mich so beeilt hierherzukommen, Annie. Ich wollte unbedingt mit dir reden. Aber ich hätte natürlich wissen müssen, dass du ein paar Mal anhalten würdest und dich vermutlich auch …»

«… verfährst.» Er kannte mich eben. «Außerdem habe ich noch eine Essenspause eingelegt.»

«Trotzdem bin ich froh, dass nicht du als Erste hier warst», sagte er. «Wenn du gesehen hättest, was ich gesehen habe, als ich ankam und sie da lag …» Er schüttelte den Kopf. Seine Meeraugen waren stumpf von der halb durchwachten Nacht.

«Worüber wolltest du denn so dringend mit mir reden?» *Sag es: Lovyluv. Oder noch besser: Nenn mir endlich ihren richtigen Namen.*

«Ich hatte gehofft, mir würde etwas einfallen, irgendeine Möglichkeit, dich dazu zu bringen, wieder nach Hause zu kommen. Also habe ich gleich den nächsten Flug genommen.»

«Und?» Was so viel hieß wie: *Sag mir die Wahrheit, jetzt sofort, dann komme ich wieder mit dir nach Hause.* Wie deutlich musste ich denn noch werden? Der ganze Frust stieg wieder in mir hoch, ich wandte mich von ihm ab und betrachtete stattdessen unser Kind. Lexy musste meinen Blick wohl gespürt haben, denn sie löste die Lippen von meiner Brustwarze und schenkte mir ihr schönstes Lächeln. Ich lächelte zurück.

«Als ich dich tot da liegen sah, Annie, da bin ich ausgerastet. Einfach nur ausgerastet.»

Es lief mir kalt über den Rücken, als ich ihn das sagen hörte. «Aber das war doch gar nicht ich.»

«Das ist mir dann auch klar geworden. Aber es war der längste Augenblick meines Lebens.»

Der längste Augenblick meines Lebens: ein Klischee. Ich erwartete mehr von meinem Mann. Ich wollte, dass er unter die Oberfläche dessen vordrang, was da zwischen uns passiert war, dass er anfing zu graben.

«Aber wer hätte mich denn umbringen sollen?»

«Genau das habe ich dem Detective ja die halbe Nacht zu erklären versucht», sagte Bobby. «Kein Mensch würde das tun, ich am allerwenigsten. Ich war nicht wütend auf dich, weil du gegangen bist. Frustriert und durcheinander, das ja … aber nicht wütend.»

Er sprach mit solcher Intensität, dass ich mit jeder Welle immer tiefer in seine Gefühlsaufwallungen hineingezogen wurde. Er wirkte hilflos, wie gestrandet auf einer Insel aus Missverständnissen – hilflos und sehr verletzt. Ich hatte ihn verletzt. Ich hatte uns das alles aufgebürdet, weil ich einfach aus unserem Leben gestürmt und hierhergekommen war. Ich sehnte mich danach, ihn zu berühren, aber das wäre die falsche Botschaft gewesen. Meine Ansichten über das, was mich hierhergetrieben hatte, waren schließlich nach wie vor unverändert.

«Nur zu deiner Information, Bobby: Ich habe gestern dasselbe gesehen wie du. Ich habe zwar schon früher gemerkt, dass etwas nicht in Ordnung ist … all die Polizeiwagen. Aber dennoch: Ich habe gesehen, was du gesehen hast, und ich habe dasselbe gedacht wie du. Ich habe dasselbe Entsetzen verspürt wie du, als ich sie da liegen sah. Nur dachte ich, es wäre Julie.»

Er rückte auf dem Sofa näher an mich heran, ich

spürte seine Wärme neben mir. Und mein Körper wollte mit seinem verschmelzen, um auf die einfachste Weise Trost und Heilung zu finden. Aber das hatten wir zu Hause schon oft genug versucht: Wir hatten unsere Streitereien mit Sex beendet, und es hatte immer nur ein paar Stunden lang etwas genützt. Spätestens am Morgen, sobald ich die Augen aufschlug, war auch mein Verstand wieder wach.

«Hier», sagte ich und hielt ihm Lexy hin. «Nimmst du sie, damit sie ihr Bäuerchen macht?» Bobby stand auf, ging mit Lexy an der Schulter auf und ab und klopfte dabei sanft auf den neuralgischen Punkt an ihrem kleinen Rücken. Er war ein guter Vater, das musste man ihm lassen.

«Was wollte Lazare denn vorhin hier?», fragte er und küsste Lexy leicht auf die Schläfe.

Ich zog das Fax aus der Hosentasche und faltete es auseinander. «Hast du im Gefängnis jemals den Namen Thomas Soiffer gehört?»

Bobby nahm mir das knittrige Blatt aus der Hand und warf einen Blick darauf. «Wer soll das sein?»

«Eine Nachbarin hat ihn gestern hier vor dem Haus herumlungern sehen», sagte ich. «Also, nicht direkt herumlungern, er saß in seinem Van … aber das wohl stundenlang.»

Bobby legte das Fax auf den Couchtisch neben die Zeitung vom Vortag und ging weiter mit Lexy auf und ab. «Wenn sie schon von dem Kerl wussten, wieso hat er dann so viel Zeit mit mir verschwendet? Stundenlang hat er mich da festgehalten.»

«Der Nachbarin ist das mit dem Van erst heute früh wieder eingefallen. Erst da hat auch der Detective davon erfahren.»

«Dann war ich also letzte Nacht einfach die erstbeste Option?»

«Er hat doch selbst gesagt, dass sie sonst nie mit solchen Fällen zu tun haben. Wahrscheinlich wissen sie gar nicht recht, wie sie das angehen sollen. Was wollte er denn eigentlich von dir wissen?»

«Wir sind jede Minute, ach was, jede Sekunde des gestrigen Tages durchgegangen, immer und immer wieder.» Die letzten Worte sang er halb und ließ Lexy dabei auf seinem Arm auf und ab hüpfen, wie sie es gern hatte. Er wiegte sie hin und her, bis sie fröhlich krähte. Dann sang er eine Strophe von «Just Like a Woman» von Bob Dylan, das seine Eltern ihm immer zum Einschlafen vorgesungen hatten, als er noch klein war. Bobbys Eltern waren Hippies gewesen, und obwohl er schon früh begonnen hatte, gegen ihr nomadisches, ärmliches Leben zu rebellieren – vor allem mittels seines Bankkontos –, hatte ihr bohemehafter Lebensstil ihn doch nachhaltig beeinflusst. Sein Sinn fürs Soziale stammte eindeutig von ihnen: Er war ein eifriger Fürsprecher der Rechte für Strafgefangene und so liberal in seinen Ansichten, wie man nur sein konnte. Doch sein unerschütterliches, konservatives Bedürfnis nach Sicherheit kam aus ihm selbst.

Lexy machte ihr Bäuerchen, und ich sagte zu Bobby: «Leg sie doch ein bisschen auf den Boden. Sie hat seit gestern Morgen nicht mehr herumkullern dürfen.»

Er legte sie bäuchlings auf den Teppich. Ich nahm ihr Lieblings-Beißspielzeug, eine leicht klebrige, rote Gummiente, vom Couchtisch und legte es vor sie hin. Lexy griff nach der Ente und steckte sie in den Mund. Bobby setzte sich wieder neben mich und nahm meine Hand, doch ich entzog sie ihm. Er roch so gut. Ich vermisste ihn so sehr. Aber es war einfach noch viel zu früh.

Julie kam ins Wohnzimmer und blieb stehen, als sie uns sah. Sie wirkte ein wenig betreten, weil sie merkte, dass sie in unsere linkische Annäherung hereingeplatzt war.

«Jules», sagte ich. «Kannst du vielleicht kurz ein bisschen auf Lexy aufpassen?»

«Nichts lieber als das.» Julie hob Lexy vom Boden auf, schwenkte sie durch die Luft und wurde dafür mit einem breiten Grinsen und einem kullernden Lachen belohnt.

Bobby folgte mir durch die Fenstertüren in den Garten hinaus. Der trübe Vormittag tauchte den Rasen in ein gedämpftes, fast provisorisches Licht und ließ den Wald, der an Julies Grundstück grenzte, noch dunkler wirken. Ohne uns über die Richtung zu verständigen, gingen wir um das Haus herum nach vorn, wo die Tagetes dem bevorstehenden Regen mit ihrem leuchtenden Orange tapfer trotzten. Es war Frühling, ein prachtvoller Frühling, doch mir tat das Herz so weh. Ich wusste, dass ich Bobby allein zurück nach Hause schicken würde.

Bei Tageslicht sah ich, wie weit abseits Julies Haus tatsächlich lag. Von ihrem Grundstück aus sah man keines der Nachbarhäuser. Die Scheune ragte aus einer sorgfältig angelegten Rasenfläche hervor, die an der Kreuzung zweier Straßen begann, graue Asphaltbänder, die im schiefen Winkel zusammenliefen, ehe die eine weiter bergauf und die andere um eine Kurve führte. Wir waren ganz allein hier – abgesehen von dem braunen Auto mit dem Mann darin. Von hier aus sah ich kurzes braunes Haar und ein Doppelkinn. *Und im Ernst*, dachte ich, *was wäre schon dabei, ihm einen Kaffee zu bringen?* In seinem Wagen, hier auf dieser einsamen Straße, wo alle Welt von dem Mord wusste, fiel er doch sowieso auf wie ein bunter Hund. Aber der Reiz dieser Gegend war unverkennbar: die sanft geschwungenen Hügel, die weiten Wiesen, die honigsüße Luft. Ich nahm einen tiefen Atemzug und dann noch einen.

Auf der Straße, praktisch direkt vor dem Haus, war der weiße Umriss von Zaras totem Körper zu sehen. Das schockierte mich. Am Abend zuvor war mir der Umriss gar nicht aufgefallen, obwohl sie ihn ja gezeichnet haben mussten, als Zara noch dort lag. Ich hatte ihre unnatürlich verdrehten Gliedmaßen bemerkt, den klaffenden, blutigen Schnitt an der Kehle und all die vielen Leute, nicht aber diese hingeworfene Karikatur der letzten Sekunden im Leben einer Frau. Da hatte sie gelegen. Das gelbe Polizeiband, das den *Tatort* (wie ich diesen Begriff hasste, um ihret- wie um unsretwillen!) absperren sollte, hing auf einer Seite schlaff herunter und hatte sich auf der anderen ganz gelöst. Ein Windhauch hob das lose Ende an und ließ es dann wieder zurück zu Boden flattern. Am Morgen hatte ein Lokalreporter hier herumgeschnüffelt (wir hatten uns geweigert, nach draußen zu kommen und uns interviewen zu lassen, wir waren einfach noch viel zu mitgenommen), und jetzt fragte ich mich, ob er vielleicht das gelbe Band entfernt hatte, um sich die Stelle auf dem Boden genauer anzusehen. Ich überlegte, wie viel dieser Reporter wohl von dem wusste, was letzte Nacht hier geschehen war, wie viel überhaupt jemand davon wusste. Und dann fragte ich mich, was mit Zaras Leiche geschehen war.

«Hör mal, Bobby …»

Noch bevor ich es aussprechen konnte – *Ich werde nicht mit dir zurück nach Hause kommen* –, legte er mir die Hand auf die Schulter und sagte: «Ich werde dich niemals davon abhalten, dich so zu entscheiden, wie du es brauchst.»

Damit hatte er die halbe Diskussion schon vorweggenommen. Aber irgendwie hatte er auch recht damit. Was hatte es für einen Sinn, immer weiter und weiter zu reden? Das hatte uns schließlich auch in den vergangenen Wochen nicht vorangebracht.

«*Brauchen* tue ich etwas völlig anderes.»

«Ich weiß doch, wie ungern du in Lexington lebst.»

Wie wahr.

«Und die Arbeit im Gefängnis ist auch nicht das Richtige für dich.»

Genau.

«Und jetzt hast du diese Stelle in Manhattan in Aussicht. Du wolltest doch immer wieder in der Stadt leben.»

Ja. Ja. «Aber Bobby, darum geht es doch gar nicht. Nur deswegen würde ich doch niemals unsere Familie zerstören.»

«Warte, Annie. Lass mich bitte ausreden …»

«Kreditkartenabrechnungen lügen nicht.» Da war er wieder, der vertraute Refrain meiner Lieder der letzten Zeit.

«Ja, das stimmt. Ich begreife es ja auch nicht …»

«Und die Liebesbriefe, Bobby!»

«Aber jetzt bin ich mal dran mit Reden.»

Wahrhaftig. Bisher hatte ich einen Großteil der Redezeit für mich beansprucht. Nun war es an ihm, auch einmal etwas Überzeugendes beizusteuern.

«Ich werde denselben Weg gehen, der dich hierher geführt hat», sagte er, «damit ich endlich genau weiß, was du meinst.»

«Gut. Wird auch Zeit.»

«Ich glaube, mir ist gar nicht recht klar geworden, wie ernst die Sache ist … bis gestern, als du gegangen bist.»

Das verschlug mir dann doch die Sprache. Ich hatte mich doch deutlich und unmissverständlich ausgedrückt. Sogar einen Ordner hatte ich ihm zusammengestellt, mit den Rechnungen und den Ausdrucken der Mails, damit er die Beweise selbst in Augenschein nehmen konnte.

«Hast du dir den Ordner denn gar nicht angeschaut?», fragte ich.

«Natürlich habe ich ihn mir angeschaut, ich habe sogar bei den Kreditkartenfirmen angerufen und Widerspruch gegen die Rechnungen eingelegt. Aber jetzt werde ich sie noch einmal mit anderen Augen durchsehen und ernsthaft über das nachdenken, was du mir erzählt hast. Ich bin nämlich nicht für diese Ausgaben verantwortlich, Annie. Das habe ich dir schon hundertmal gesagt.»

«Und was ist mit den Mails, mit all den intimen Einzelheiten?»

Er seufzte. Und ich spürte den vertrauten Würgegriff der Frustration. Jetzt ging das schon wieder los.

«Ich habe keine E-Mails geschrieben, und ich habe auch keine bekommen. Ich habe sie ja nicht einmal bemerkt, bis du mich darauf gebracht hast.»

«Das ist doch lächerlich.»

«Ich benutze den Computer nicht.» Jedes einzelne Wort war wie ein Hammerschlag. Es stimmte schon, er arbeitete so gut wie nie am Computer und kannte sich gar nicht recht aus damit. Aber das hieß noch lange nicht, dass er ihn gar nicht bedienen konnte. «Aber jetzt werde ich mir das alles noch einmal ganz genau anschauen. Einverstanden?»

«Es liegt alles zu Hause auf dem Schreibtisch», sagte ich. «Und es ist im Computer gespeichert.» Innerlich schickte ich ein Dankgebet zum Himmel. Wenn er das, was ich gesehen hatte, endlich mit meinen Augen sah, würden wir beide auf demselben Stand sein und dieses Gespräch doch noch auf einer Ebene führen können.

«Gut», sagte er.

Langsam entfernten wir uns von Zaras Silhouette auf dem Boden und gingen auf die andere Seite des Hauses, wo der Rasen in dichten Wald überging. Bobbys Finger streiften meine, dann griff er vorsichtig nach meiner Hand. Ich ließ sie ihm.

«Ich muss heute wieder zurück, Annie. Aber das gibt uns wenigstens ein bisschen Zeit. Wenn ich noch länger bei der Arbeit fehle … na ja, du weißt ja, wie Kent sich freuen würde, mich so kurz vor meinem Pensionsanspruch noch zu feuern.»

Ein Jahr. Bobby hatte noch ein Jahr vor sich, dann konnte er sich zur Ruhe setzen. Und es stimmte: Kent, unser Chef, war ein engstirniger Idiot. Kurz, nachdem ich im Gefängnis angefangen hatte, hatte er versucht, bei mir zu landen. Ich hatte ihn abblitzen lassen, und seither gab er sich alle Mühe, mir das Leben zur Hölle zu machen. Als ich dann mit Bobby zusammenkam, dehnte er seine Schikanen auf uns beide aus, mit einer Erbarmungslosigkeit, die er selbst seiner militärischen Ausbildung zuschrieb. Kent hätte nichts lieber getan, als Bobby auf den letzten Metern einer beruflichen Karriere zu feuern, die Bobby eigentlich nur deshalb weiterverfolgte, um die zweite Hälfte seines Lebens noch genießen zu können. Zusammen mit mir und Lexy – und hoffentlich noch weiteren Kindern. So hatten wir das zumindest geplant.

«Ich kann jetzt nicht einfach aufgeben», sagte Bobby. «Mit meiner staatlichen Rente haben wir für den Rest unseres Lebens ausgesorgt. Wir sind finanziell und versicherungstechnisch abgesichert und können Lexy ein Studium ermöglichen.»

«Wir?»

«Willst du mir etwa tatsächlich sagen, wir sollten jetzt einfach aufgeben und alles sausenlassen, ohne jede Hoffnung? Ohne es wenigstens versucht zu haben?» Er sah mich völlig fassungslos an. Mein Bobby. Er hatte ja recht.

«Nein, das sage ich gar nicht. Das habe ich nie gesagt.»

«Wir können das doch als eine Trennung auf Zeit betrachten. Nichts Endgültiges.»

«Ja, das können wir.»

Als er lächelte, sah man die kleine Lücke zwischen seinen Schneidezähnen. Es war so sexy, dieses Lächeln. Ich spürte, wie mir ein wenig heiß wurde.

«Vielleicht kann ich euch ja nächstes Wochenende wieder besuchen?», schlug er vor. «Oder brauchst du noch mehr Zeit ohne mich?»

«Das weiß ich noch nicht», sagte ich. Ich sehnte mich nach ihm, und gleichzeitig widerstand ich diesem Verlangen. «Können wir das noch offenlassen?»

«Ganz, wie du willst.»

Das war mir eine viel zu laue Reaktion. Warum kämpfte er denn nicht mehr um mich? Woher sollte *ich* wissen, wie viel Zeit wir brauchen würden? Würde ihm denn eine Woche reichen, um alle Beweise zu sichten? Würde er den Ordner, den ich für mich nur noch den *Affärenordner* nannte, gleich als Erstes aufschlagen, wenn er wieder zu Hause war? Oder würde er sich einfach wieder häuslich in seiner Ungläubigkeit einrichten und weiter darauf hoffen, dass ich irgendwann einlenkte? Ich selbst wusste nur eines: Ganz gleich, was aus unserer Ehe wurde, ich würde ganz sicher nicht mehr auf meine Stelle im Gefängnis zurückkehren und auch nicht wieder in Lexington wohnen. Diesbezüglich hatte Bobby tatsächlich vollkommen recht: Es war nicht das Richtige für mich. Falls unsere Ehe das alles irgendwie überstand, würden wir uns Gedanken über eine andere Lösung machen müssen. In der kommenden Woche gab es eine Orientierungsveranstaltung für alle neuen Angestellten des Krankenhauses in Manhattan, das mich nach einem Gespräch mit einem mobilen Mitarbeiter der Personalabteilung unter Vorbehalt eingestellt hatte, und ich hatte mir fest vorgenommen, daran teilzunehmen. Sobald die Krankenhausleitung mich kennengelernt und meiner Einstellung zugestimmt hatte, sobald der ganze Papierkram erledigt war, würde ich mich nach einer passenden Wohnung umsehen.

Bobby hob die Hand und strich mir über die Wange. Es war ein Abschiedsstreicheln, es sagte: «Bis bald!» und ließ mich an der Stelle frieren, wo seine Finger eben noch gewesen waren. Dann beugte er sich vor und küsste mich auf den Mund. Und ich konnte nicht anders: Ich zog ihn an mich. Ein paar Minuten blieben wir eng umschlungen stehen, dann stieß ich ihn von mir und rannte ins Haus.

Ich ging direkt nach oben in mein Zimmer, ganz durchtränkt von Traurigkeit, Verwirrung, Reue und Entschlossenheit. Als ich zwischen den gelben Vorhängen hindurchspähte, sah ich ihn unschlüssig auf dem Rasen stehen. Der Mann in dem braunen Wagen beobachtete ihn. Ich wusste, dass Bobby jetzt an Lexy dachte, dass er überlegte, ob er noch einmal ins Haus gehen und sich von ihr verabschieden oder einfach aufbrechen sollte. Für sie war es egal, sie war ja noch so klein, aber für ihn nicht. Und für mich auch nicht. Er hatte kaum Gepäck dabei, er hätte sich einfach auf dem Absatz umdrehen, in seinen Mietwagen steigen und zum Flughafen fahren können. Stattdessen ging er über den Rasen und durch die Küchentür ins Haus. Zehn Minuten später sah ich seinen Wagen wegfahren.

Das Gefühl der Einsamkeit überwältigte mich schier. Bobby war fort, Lexy und Julie waren gemeinsam unten und begannen einen Annäherungsprozess, den ich nicht stören wollte. Ich packte meine Koffer fertig aus, dann stellte ich mich ans Fenster und schaute hinaus. Stille. Man hörte nichts bis auf das leise Brummen eines Rasenmähers irgendwo in der Ferne. Am trüben Himmel türmten sich jetzt drohende Regenwolken. Ich trat an ein anderes Fenster und betrachtete die friedliche Aussicht von dort, dann ging ich von Fenster zu Fenster und stellte fest, dass ich den Tatort vom Gelben Zimmer aus überhaupt nicht sehen konnte.

Als mir Zaras Umriss auf dem Asphalt, dieses letzte Zeugnis ihrer Existenz, wieder in den Sinn kam, wurde mir plötzlich klar, dass der bevorstehende Regen ihn wegwaschen würde. Das konnte ich nicht einfach so geschehen lassen, ohne es festzuhalten. Ich nahm meine Digitalkamera und ging nach draußen, um Fotos zu machen.

Ich fotografierte den Umriss aus allen Perspektiven, und je mehr Bilder ich machte, desto abstrakter wurde er. Innerhalb weniger Minuten wurde Zara von einer dreidimensionalen Frau zu diesem zweidimensionalen Umriss, zur reinen Erinnerung: Das war der Tod. Nach ein paar weiteren Minuten glitt eine Wolke beiseite, die Sonne kam dahinter hervor, und plötzlich fiel mein Schatten auf Zaras Umriss und lag zitternd auf den weißen Strichen. Von diesem seltsam verstörenden Bild gelangen mir zwei Fotos, dann war die Sonne schon wieder verschwunden. Sekunden später war der Himmel schwarz, und es fing an zu regnen. Ich machte ein letztes Bild, dann lief ich zurück ins Haus.

Zehn Minuten später, nachdem ich die Bilder auf den Computer in dem kleinen Loft geladen hatte, rührte gerade dieses letzte, unscharfe Foto etwas in mir an. Eine Sehnsucht danach, diesen Umriss von Zara mit mehr zu füllen als nur mit einem Schatten. Eine Neugier darauf, zu sehen, wie sich so ein ausgefüllter Umriss vielleicht verändern würde, wie ein Fotoobjektiv verwandeln konnte, was man als gegeben voraussetzte. Und weil es regnete und ich sonst keine Pläne hatte, schien es mir plötzlich der ideale Zeitpunkt für Porträtfotos zu sein. Bisher war Lexy der einzige Mensch gewesen, den ich ständig und mit unerschöpflicher Faszination fotografieren konnte. Jetzt richtete ich mein Objektiv auf Julie.

Zuerst protestierte sie noch, aber ich ließ nicht locker. Projekte und Pläne waren schließlich die beste Ablenkung von aktuellen Sorgen, und Julie wusste von meiner unerfüllten Liebe zur Fotografie. Also ließ sie mich gewähren, wie es sich für eine große Schwester gehört (sie war drei

Minuten älter als ich). Anfangs übertrieb sie absichtlich und warf sich in Pose wie ein Model, aber irgendwann achtete sie nicht mehr auf die Kamera, und da begann mein Objektiv, sie richtig zu sehen. Konzentriert an ihrem Bürocomputer, ohne auch nur den Versuch zu machen, entspannt zu wirken. Erschrocken, als Lexy, die gerade aus einem Nickerchen aufgewacht war, zu weinen begann. Über das Truthahn-Pesto-Sandwich gebeugt, das ich zum Mittagessen gemacht hatte, mit gierigem Blick beobachtend, wie ich die Kleine stillte. Hingefläzt mit der Zeitung auf dem Sofa, ohne noch auf irgendeine Haltung zu achten. Ich fotografierte meine Schwester auch mit meiner Tochter und fragte mich dabei, ob sie zusammen wohl so aussehen würden wie *wir*, wie Lexy und ich, so wie Julie und ich auch sonst überzeugend füreinander durchgehen konnten.

Doch noch bevor ich die Bilder herunterladen konnte, hörte der Regen plötzlich auf, die Sonne schien mit neuer Kraft, und Julie und ich wechselten einen Blick.

«Nichts wie raus hier», sagte Julie.

«Prima Idee», sagte ich.

«In Stockbridge ist ein Spielplatz, da gibt es Babyschaukeln. Wollen wir da hinfahren?»

«Klar, warum nicht?»

Wir machten uns «stadtfein» und tauschten dabei unsere Kleider, wie wir es immer getan hatten. Ich zog Julies Cowboystiefel unter meinen weiten Samtrock, dazu trug ich eins ihrer sündhaft teuren weißen T-Shirts, meine alte Jeansjacke und meine falschen Brillantohrringe. (Ich hatte mein Versprechen gehalten und alle vier Ohrstecker am Morgen desinfiziert.) Julie trug Jeans und Slipper, dazu eine gestreifte Bluse von mir, ihre eigenen falschen Brillanten und eine neue Cordjacke, die ich mir bei nächster Gelegenheit auch einmal ausborgen würde. Zum Spaß tauschten wir auch die Lippenstifte: Sie nahm mein helles Rosa, ich ihr Ziegelrot. Auf der asphaltierten Einfahrt draußen war der Regen schon fast wieder getrocknet. Wir stiegen in Julies Wagen, einen neuen Audi, der mir bisher noch gar nicht aufgefallen war, und verloren kein Wort über seine offensichtlich luxuriöse Ausstattung. Lexy saß wohlversorgt in einem schicken Kindersitz im Fond. Und noch bevor wir ganz am Ende der Straße waren, hatten wir bereits über Bobby und Zara gesprochen und über Detective Lazare und seine Aufforderung an mich, mit ihm zu reden, falls ich etwas loswerden wollte.

«In unseren Fokus-Gruppen machen wir das manchmal auch so», erzählte Julie, während sie langsam die Division Street entlangfuhr. Wir hatten die Fenster offen, ein wunderbar sanfter Luftzug erfüllte den Wagen. Es duftete süß nach Frühling, und das Grün der Bäume, Büsche und Felder ringsum wirkte nach dem erfrischenden Regenguss noch satter als zuvor. «Im Grunde läuft das nach demselben Muster wie eine Gesprächstherapie: Man wartet ab, was kommt, und reagiert dann darauf.»

«Soll das heißen, ihr Marketing-Menschen arbeitet nach denselben psychologischen Prinzipien wie die Polizei?», fragte ich.

«Könnte man sagen. In vieler Hinsicht … ja.»

«Findest du das nicht irgendwie seltsam?»

«Nein, wieso? Letztlich läuft doch alles auf dasselbe raus, oder? Man versucht, die verborgenen Begehrensstrukturen anzuzapfen, die in den Köpfen der Leute vor sich hin dümpeln.»

«Begehrensstrukturen?» Jetzt musste ich fast lachen. Aber in gewisser Hinsicht hatte sie auch recht: Es ging tatsächlich um Begehren. Begehren nach Ausdruck, nach Anerkennung. Litten wir nicht alle unter demselben sehnsüchtigen Begehren danach, verstanden zu werden?

Wir fuhren über die Maple Street in den Ort hinein, wo sich an der Kreuzung zur Main Street, kurz nach der Ampel, auch das Polizeirevier befand. Der einstöckige, weiß eingefasste Backsteinbau hatte eine kleine Kuppel auf dem Dach, und vorn hing ein blaues Schild mit dicken Schulbuchlettern: POLIZEIREVIER GREAT BARRINGTON. Das also war der Arbeitsplatz von Detective Lazare: ein harmloses kleines Gebäude, das ein bisschen so wirkte wie die Fußmatte vor der Tür einer ländlichen Kleinstadt. Und doch befanden sich Polizisten dort drinnen, Waffen und Verbrecher. Mit Lazare selbst war es ganz genauso: Nach außen wirkte er harmlos, innen war er mit Stacheldraht bewehrt. Etwas anderes hätte ich eigentlich auch nie vermuten dürfen. Der äußere Schein trog schließlich grundsätzlich, das wusste ich als eineiiger Zwilling besser als jeder andere.

Die Main Street wirkte sehr lebendig mit ihren Geschäften, Boutiquen, Kunstgalerien und Restaurants, ein sehr viel hübscheres und einladenderes Stadtzentrum, als ich erwartet hatte. Im Gegensatz zu den großen Einkaufszentren mit ihren zweckmäßigen Filialen großer Handelsketten, an die ich mich im Süden der USA gewöhnt hatte, war dies ein Ort zum Flanieren und Herumstöbern. Ich war eine absolut schamlose Shopperin, die klare Zielgruppe von Marketing-Experten wie meiner Schwester, Werbestrategen, Telefonvertretern und ähnlichem Volk. Im Licht unseres Gesprächs auf dem Weg hierher kam ich mir hier auf dem ledernen Beifahrersitz des Wagens meiner Schwester plötzlich ausgesprochen albern vor. Diese Ledersitze konnte sie sich leisten, weil sie ein so scharfes Gespür für die Funktionsmechanismen der Welt hatte, die sie durchschaute und beherrschte. Unser eigener Wagen in Lexington hatte nur fleckige Stoffbezüge. Ich überlegte, ob es tatsächlich möglich war, dass ein Großteil meiner

Handlungen, ein Großteil meiner Gedanken, von anderen beeinflusst wurde, ohne dass ich etwas davon merkte. Immerhin war in den letzten paar Jahren die Vermarktung der Dinge mindestens so allgegenwärtig, ja, sogar so sexy geworden wie die Dinge selbst. Bot man uns schon an, was wir wollten, bevor wir selbst wussten, dass wir es wollten? Wurden unsere verborgenen Begehrensstrukturen dazu benutzt, unsere Sehnsüchte auszudrücken und sie in Bedürfnisse zu verwandeln? Mit solchen Gedanken schlug ich mich herum, während wir weitere zehn Minuten über die Route 7 fuhren, die breite, hügelige Straße nach Stockbridge.

Auch Stockbridge war ein wahres Prachtexemplar einer florierenden New-England-Kleinstadt. Auch hier gab es eine Main Street, genau wie in Great Barrington, und doch war irgendetwas anders, ohne dass ich den Unterschied hätte benennen können. Doch dann, als wir an einem Wegweiser zum Norman-Rockwell-Museum vorbeifuhren, fiel es mir plötzlich ein. Ich erinnerte mich an Rockwells Gemälde von genau dieser Straße, ein moderner Klassiker des zwanzigsten Jahrhunderts: eine Reihe weißgetünchter oder backsteinerner Fassaden an einem kalten Tag in der Weihnachtszeit, die freundliche, idyllische Momentaufnahme einer Kleinstadt, die jeder Betrachter für sich wiedererkennen konnte. Das Gemälde war zu einer Art Ikone Amerikas geworden, die uns immer wieder ins Gedächtnis rief, wie einfach und friedlich die Seele unserer Nation einmal gewesen war, in einer Zeit, als noch das ganze Leben organisch war, der Alltag der Menschen, nicht nur ihre Lebensmittel.

Doch die Stadt, die ich jetzt sah, war ganz anders als das Gemälde, sie fühlte sich anders an. Rund um ein großes viktorianisches Hotelgebäude gruppierten sich sämtliche Anzeichen einer verfallenden Touristenhochburg: ein Kerzenladen, ein Süßwarenladen, ein Geschäft, das Sweatshirts mit den Namen umliegender Orte und Sehenswürdigkeiten verkaufte, ein überfülltes Restaurant. Für mich sah es so aus, als hätte der Ruhm des Gemäldes das Städtchen in den Wahnsinn getrieben und ihm gerade jene Unschuld geraubt, der es sein ursprüngliches Ansehen verdankte.

Stand dieser hübsche und dennoch verblühte Ort für das, was nach erfolgreichem Kauf noch vom Marketing übrig blieb? Die verschwommene Erinnerung an etwas, das einmal sehr wertvoll erschienen, aber zusehends verblasst war, weil man es fast aus Versehen durch etwas anderes ersetzt hatte? Solche Gedanken waren zynisch, das war mir klar – aber dieser Ort, dieses malerische, fast schon inszenierte Städtchen mit seinen Straßen und Blumenrabatten und seinem blauen Himmel, hatte irgendetwas an sich, was mich dazu anstachelte, an der hübschen Oberfläche zu kratzen, um herauszufinden, was sich möglicherweise darunter befand. Es gefiel mir durchaus, es fühlte sich nur einfach nicht echt an.

Seufzend legte ich den Kopf an die Rückenlehne und drückte zwei Finger an die Schläfen. Ich musste unbedingt aufhören, ständig so viel nachzudenken. Die letzten vierundzwanzig Stunden waren einfach furchtbar gewesen.

«Was ist los?», fragte Julie. Inzwischen hatten wir den Spielplatz erreicht, und sie parkte den Wagen davor auf dem Bürgersteig.

«Ich habe ein bisschen Kopfweh», sagte ich.

«Ist ja auch so ein Tag.» Sie lächelte mir zu, um mich aufzuheitern, und ließ dann die Zentralverriegelung herunterschnappen. «Na komm, sorgen wir dafür, dass unser Baby ein bisschen Spaß hat.»

Julie hielt Lexy, während ich das Spielplatztor mit dem Fuß aufschob. Obendrauf kroch nämlich eine haarige, braune Raupe entlang, und ich grauste mich vor allem, was auch nur entfernt an einen Wurm erinnerte. Der Spielplatz selbst war groß und weitläufig, und wir hatten ihn ganz für uns allein: Schaukeln, Klettergerüste, ein großer, moderner Abenteuerabschnitt, der mit Schiffschaukeln, Kriechtunneln, Kletterbalken, Rutschen und Kletterleitern ausgestattet war. Julie steuerte direkt auf die Babyschaukel zu, setzte Lexy hinein und schubste sie an. Ich hatte sie bisher noch nie in eine Schaukel gesetzt und war selbst ganz begeistert, wie gut ihr das gefiel. Sie saß noch ein bisschen wackelig, aber ich malte mir aus, wie fröhlich sie hier spielen würde, wenn sie älter war und wir aus der Stadt hierherkamen, um Tante Julie zu besuchen: Sie würde durch die Tunnel krabbeln, die Leitern hinaufklettern und über die Rutschen wieder nach unten sausen. Ich stellte mich vor die Schaukel, rief jedes Mal «hui» und breitete die Arme aus, wenn Lexy auf mich zugeflogen kam. Dann bedachte sie mich mit einem breiten zahnlosen Grinsen, bevor sie wieder zurück nach hinten schwang, wo Julie sie erneut sanft anschubste.

Da kroch eine weitere Raupe über die Spitze meines Stiefels. Ich schüttelte sie ins Gras ab. Und dann sah ich sie plötzlich alle. Es waren unglaublich viele, dunkelbraun, mit winzigen gelben Knubbeln (Eiern?) auf dem Rücken. Ich schaute mich um und stellte fest, dass sie eigentlich überall waren: Sie krochen über den Picknicktisch, an den Beinen des Schaukelgerüsts empor und über das Klettergerüst, sie wimmelten zwischen den Grashalmen und hingen von den Ästen der Bäume herab.

«Wo kommen denn die ganzen Raupen her?», fragte ich Julie.

«Was für Raupen?» Sie schubste Lexy noch einmal an, und die Kleine jauchzte vor Vergnügen.

«Es müssen Hunderte sein. Das ist total eklig.»

«Wir sind hier auf dem Land, das ist normal. Hier gibt es eben Insekten.»

«Deshalb ist auch sonst niemand hier», sagte ich. «Los, gehen wir.»

«Aber es macht ihr doch solchen Spaß. Im Ernst, Annie, willst du wirklich jetzt schon wieder zurück in dieses Haus?» *Dieses Haus*. So, wie sie es sagte, wusste ich ganz genau, was sie meinte. Ins Haus zurück, das bedeutete auch zurück zu dem Mord an Zara. Zurück zu der Tatsache, dass Bobby nicht mehr dort war.

«Nein, eigentlich nicht», sagte ich, doch da landete plötzlich eine Raupe direkt auf meiner Schulter. Ich fegte sie mit der bloßen Hand weg und spürte genau, wie sich der haarige, kleine Körper wand. Ohne weiter nachzudenken, griff ich nach Lexy, die gerade wieder auf mich zu schaukelte, und hielt sie mitten im Schwung an. Sie reagierte mit einem energischen Unmutslaut und drehte sich nach Julie um, aber ich zog sie einfach aus der Schaukel und ließ diese leer wieder nach hinten schwingen.

Julie lief mir nach, als ich in Richtung Tor marschierte, durch ein Gewirr von klebrigen Raupenfäden, die mir vorher gar nicht aufgefallen waren, die ich jetzt, da ich sie sah, aber umso ekelerregender fand. Auch auf dem Bürgersteig vor dem Spielplatz sah ich Raupen in alle Richtungen kriechen.

«Jetzt übertreibst du wirklich», bemerkte Julie.

«Tu ich nicht. Schau dir das doch bloß mal an!» Ungeduldig blieb ich vor dem Wagen stehen. «Mach die Tür auf, Julie, bitte!»

Julie öffnete die Zentralverriegelung, wir stiegen ein, und ich schnallte Lexy wieder in ihrem Sitz an.

«Du bist ganz schön albern», sagte Julie, als sie den Motor anließ.

«Was sind denn das für Viecher?»

«Schwammspinner, nehme ich an. Die treten periodisch in Massen auf.»

«Das ist doch grauenhaft. Ist dir das denn gar nicht aufgefallen?»

«Du bist ein bisschen überempfindlich, Annie, weißt du das? Zugegeben, die letzten zwei Tage waren furchtbar, aber das ist noch lange kein Grund, überall eine Bedrohung zu wittern.»

Schweigend fuhren wir ein paar Minuten, bis mir auffiel, dass wir gar nicht nach Great Barrington unterwegs waren. Ich sah Julie an und fragte mich, wo sie wohl mit uns hinwollte. Sie erwiderte meinen Blick, grinste und sagte: «Süß und nicht mehr sauer?» Das hatte unsere Mutter früher immer gesagt, wenn sie uns dazu bringen wollte, etwas Schlechtem doch noch eine gute Seite abzugewinnen.

«Ja, okay», sagte ich. «Aber du musst schon zugeben, dass das eklig war.»

«War es.»

«Ich danke dir.»

«Dann hätten wir das geklärt», sagte Julie. «Und jetzt führe ich euch zum Essen aus.»

Ich wollte mich schon zu ihr umdrehen und protestieren – *In diesem Aufzug? Mit einem Baby? Wo wir außerdem viel zu müde sind, um Spaß dran zu haben?* –, doch sie würgte mich ab, bevor ich auch nur ein Wort sagen konnte.

«Wir werden heute Abend auf gar keinen Fall selber kochen. Es ist ganz zwanglos da. Und sie haben absolut nichts gegen Kinder.»

Kurze Zeit später erreichten wir die kleine Ortschaft West Stockbridge und hielten vor einem grauen, schindelgedeckten Haus, in dem das Restaurant Rouge untergebracht war. Die Kellnerin führte uns in den kleinen, vorderen Raum, der zugleich freundlich und elegant wirkte mit seinen gelbgestrichenen Wänden, den lila Tulpen, die sich aus an der Wand befestigten Glasvasen emporwanden, und den bunten Glasstückchen, die wie ein Mobile vor dem großen Erkerfenster hingen. Kurz darauf lachten wir schon wieder beide über die *Raupengeschichte*, und ich musste zugeben, dass ich mich vielleicht tatsächlich ein klein wenig albern benommen hatte. Wir aßen einen köstlichen Salat aus biologischem Anbau, verzehrten warmes Brot dazu und anschließend Forelle mit Spargel. Julie trank ein Glas Wein, während ich Lexy stillte. Draußen hinterm Fenster war es ein sonniger später Nachmittag im Frühling inmitten einer Welt voller Raupenplagen, Marketingschwindeleien und Polizeiverhören, doch wir hier drinnen genossen einen unerwarteten Augenblick der Entspannung. Julie hatte mich an genau den richtigen Ort geführt, um mein überempfindliches Gemüt von all den Scheußlichkeiten abzulenken.

Über einem Teller mit Pistazien-Biscotti und münzgroßen Schokoladenkeksen schmiedeten wir weitere Pläne. Ich wollte mir eine Kurzzeitmitgliedschaft im Fitnessstudio von Great Barrington gönnen, um den Stress abzubauen und vielleicht auch ein paar letzte, überflüssige Schwangerschaftspfunde loszuwerden, und Julie würde währenddessen auf Lexy aufpassen und sie daran gewöhnen, ohne mich bei ihr zu bleiben. Wir waren beide der Ansicht, dass wir es mit guter Planung schaffen konnten, meine zweitägige Abwesenheit in der kommenden Woche, wenn ich zu der Orientierungsveranstaltung nach New York musste, so vorzubereiten, dass sie möglichst wenig Stress und Anstrengung für alle bedeuten würde. Eine Reise ohne Baby, so kurz sie auch sein mochte, erforderte kaum weniger Planung als ein Ausflug zum Mond: Es gab zahllose mögliche Komplikationen zu bedenken. Eine meiner größten Sorgen war, einen Kinderarzt in der

Nähe zu finden, aber Julie versicherte mir, dass es gleich mehrere gute gebe.

«Wir sollten auch möglichst bald anfangen, sie daran zu gewöhnen, dass du ihr das Fläschchen gibst», sagte ich. «Ich habe meine Milchpumpe und die ganzen anderen Utensilien dabei.»

«Ich dachte, du pumpst nicht gern ab.»

Sehr ungern sogar, da hatte sie recht. Bei unseren Telefonaten zwischen Lexington und Great Barrington hatte ich mich immer wieder beklagt, wie unangenehm ich es fand, jeden Morgen vor der Arbeit im Gefängnis Milch abzupumpen, damit Lexy auch in der Kinderkrippe ihre gewohnte Nahrung bekam.

«Ich möchte ihr einfach noch ein Weilchen Muttermilch geben», sagte ich. «Es ist so viel besser für sie, und sie ist doch noch so klein.»

«Und wenn du auf Flaschenmilch umsteigst? Das würde dir doch viel mehr Freiheit verschaffen.»

Die gefürchtete Flaschenmilch mit all ihren künstlichen Zusatzstoffen. Da Julie selbst nicht Mutter war, konnte sie gar nicht ahnen, was sie mir da abverlangte, was für einen Verlust jedes aufgegebene Stückchen Mutter-Kind-Bindung für mich bedeutete. Andererseits hatte sie natürlich gar nicht unrecht. Lexy bekam jetzt seit fast einem halben Jahr ausschließlich das Wunderelixier Muttermilch. War es nicht doch langsam an der Zeit, etwas flexibler zu werden? Im Grunde musste ich meine Milchdrüsen nur darauf trainieren, nicht mehr jeden Tag zu bestimmten Zeiten Milch zu produzieren. Natürlich machte mich der Gedanke an die Flaschenmilch ein wenig traurig, aber jetzt musste eben alles anders werden. Und ich musste stark sein.

«Also gut», sagte ich. «Steigen wir um. Aber ganz langsam.»

«Wir könnten es ja auch mal mit fester Nahrung probieren. Irgendwie scheint sie mir hungrig zu sein.»

Hungrig? Das kränkte mich dann doch. «Wahrscheinlich wäre es am einfachsten, wenn ich sie einfach mitnehme.»

«Sicher. Und dann schleppst du sie mit zu der Orientierungsveranstaltung im Krankenhaus? Nicht gerade sehr professionell.»

«Und wenn du mit nach New York kommst, Jules? Das wäre doch lustig.»

«Bei mir steht gerade eine Menge Arbeit an … nichts, wobei Lexy mich stören würde, aber ich muss einfach hier sein. Außerdem ist es doch viel zu eng in Dads alter Wohnung. Du lässt Lexy einfach hier bei mir …»

«Aber wenn du so viel Arbeit hast …»

«So viel ist es nun auch wieder nicht. Mach dir keine Gedanken. Ich möchte wirklich gern auf sie aufpassen. Und es wird auch alles gutgehen.»

Damit war es beschlossen, endgültig: Ich würde allein fahren, und wir würden Lexy ganz langsam abstillen und an Fläschchen und Beikost gewöhnen. Ich hatte zwar das Gefühl, meiner Kleinen damit ein bisschen viel auf einmal zuzumuten, nachdem ich sie schon von ihrem Vater und ihrem Zuhause weggerissen hatte. Doch Julie war ganz zuversichtlich.

Als wir auf dem Heimweg durch Great Barrington fuhren, schafften wir es gerade noch in den Mobilfunkladen, bevor er um sieben schloss. Julie kaufte sich ein neues Handy, schmal und rosa, und nahm mich mit in ihren Vertrag auf, wofür ich ein etwas weniger schickes Handy bekam, das trotzdem noch um Längen besser war als mein altes. Anschließend wartete Julie mit dem Wagen vor der Apotheke, während ich vier neue Plastikfläschchen mit Silikonsaugern und eine Dose Milchpulver erstand. Und als die Sonne in einem Kranz aus leuchtenden, rasch verblassenden Farben unterging und die grünen Hügel dunkel wurden, fuhren wir zurück nach Hause.

Die Tage gingen ruhig und friedlich dahin, es war wie eine Atempause nach all dem Chaos und den traumatischen Erlebnissen. Nach zwei weiteren Regenfällen war der Gehsteig vor dem Haus fast völlig sauber. Thomas Soiffer schien sich in Luft aufgelöst zu haben, und damit gerieten auch die Mordermittlungen ins Stocken, über die zudem immer seltener in der Zeitung berichtet wurde. Wir machten einfach weiter mit unserem Leben – was hätten wir auch sonst tun sollen?

Julie und ich fanden uns rasch ein in unseren neuen Lebensrhythmus. Zu bestimmten Zeiten zog ich mich ins Gelbe Zimmer zurück, pumpte Milch ab, fror sie in Tiefkühlbeuteln ein und setzte alle zwei Tage einmal mehr aus, um meine Brüste umzutrainieren und sie im Wortsinn zu verkleinern (auch wenn sie manchmal immer noch schier zu platzen drohten, wenn ich aus irgendeinem Grund nicht zum Abpumpen kam). Lexy bekam zunächst einmal täglich eine Kombination aus Mutter- und Flaschenmilch, dann wurde ein Fläschchen am Tag daraus und schließlich zwei. Julie ihrerseits arbeitete, wann immer sie dazu kam, führte Telefonate, entlockte ihrem Rechner Informationen und hämmerte andere in die Tastatur, doch sie war wie immer perfekt organisiert und schien stets mehr als genug Zeit für Lexy zu haben. Das beruhigte mich: Unser Plan, es meinem Kind auch während meiner zwei Tage in New York so angenehm und schön wie möglich zu machen, schien aufzugehen. Und Lexy selbst akzeptierte das Tauschgeschäft Mutterbrust gegen Fläschchen und ihre beiden Doppelgänger-Mamas ohne allzu große Probleme.

Manchmal, wenn Julie Lexy gerade fütterte oder ins Bett brachte, schlich ich mich davon und zog mit der Kamera durch das Haus und über das Grundstück, um die letzten Spuren von Zara Moklas festzuhalten und den Alltag meiner Familie zu dokumentieren. Manchmal ging ich auch ins Fitnessstudio, um mich unter Schnaufen und Stöhnen zumindest auf den Weg zu bringen, wieder zu meiner alten und Julies aktueller Form zurückzufinden. Und manchmal machte ich auch Besorgungen. Nach und nach fand ich mich im Ort zurecht, kaufte Lebensmittel bei Price Chopper und frisches Obst und Gemüse bei Taft Farms und mischte mich unter die örtlichen Fashion-Victims, die die Designer-Regale bei Gatsby's durchforsteten. Am Donnerstag jener Woche konnte ich endgültig nicht mehr widerstehen und kaufte drei identische Batik-Kapuzenshirts mit einem sitzenden Siebdruck-Buddha für uns drei Milliken-Mädels. Es war reine Verschwendung, aber wir hatten sie uns verdient: Schließlich war unser kleiner Club in dieser seltsamen Woche ganz schön weit gekommen.

Am Abend, als der Tag sich draußen mit verschiedenen Schattierungen aus Violett, Purpurrot und Gold in die schwarze Nacht auf dem Land verabschiedete, zogen wir alle drei unsere psychedelischen Sweatshirts an und tanzten zu Tina Turner, die etwas von Liebe sang und was die eigentlich damit zu tun hätte. Auf dem Herd köchelte ein Rindfleisch-Rosmarin-Eintopf und erfüllte die ganze Küche mit seinem köstlichen Duft. Wir waren einfach glücklich. Nach dem Abendessen stillte ich Lexy in dem Schaukelstuhl, den Julie für mich aus dem Loft in das Gelbe Zimmer gebracht hatte. Ich brachte erst das Baby und dann mich selbst ins Bett und schlief sofort ein …

… bis mein Schlaf-Ich widerstrebend und verstört aus tiefsten Tiefen gerissen wurde und meine Traum-Gedanken urplötzlich vom Schlaf zum Hellwachen und zur hellen Panik wechselten. Ich hing an einem Seil tief unten in einem Brunnen und wurde unaufhaltsam nach oben gezogen, immer weiter nach oben, dabei wollte ich das gar nicht, ich wollte einfach nur weiterschlafen. Aber ich hatte keinen Einfluss darauf.

Dann, im Aufwachen, hörte ich ihn, den durchdringenden, fürchterlichen, ohrenbetäubenden Ton. Irgendetwas hatte die Alarmanlage ausgelöst.

Es musste jemand im Haus sein.

KAPITEL 4

Lexy brüllte wie am Spieß, kam mit ihrem Geschrei aber kaum gegen das Gellen der Alarmanlage an. Ein solches Geräusch hatte ich noch nie gehört. Es war ein so gewaltiger, überwältigender Lärm, und er machte mir solche Angst, dass ich gar nicht mehr wusste, was ich tun sollte. Ich hob Lexy aus dem Bett und versuchte, ihr die Ohren zuzuhalten, indem ich ihr eines Ohr an meine Brust presste und das andere mit der Hand verschloss. Dann rannte ich mit dem Baby auf den Flur hinaus – nur, um gleich wieder völlig verängstigt in unser Zimmer zurückzustürzen und die Tür abzuschließen. Ich war so in Panik, so halb hysterisch, dass ich nicht mehr klar denken konnte. Was sollte ich bloß tun? Nacheinander riss ich alle Fenster auf und suchte nach einem Fluchtweg. *Wo war denn das braune Auto?* Entweder war es einfach so dunkel draußen, dass ich es nicht sehen konnte, oder es war tatsächlich verschwunden. Kalte Luft drang ins Zimmer. Das vierte Fenster befand sich direkt über einem Anbau, der, wie Julie mir erzählt hatte, noch zur ursprünglichen Scheune gehörte, ein zusätzlicher Getreidelagerraum oder etwas Ähnliches, ich konnte mich nicht mehr genau erinnern. Doch als ich auf das mit Teerpappe gedeckte Dach unter mir herunterschaute, sah ich im Dunkeln kaum den Rand. Wie sollte ich wissen, wo ich hintreten sollte? Wie konnte ich mich da hinauswagen, noch dazu mit einem Baby auf dem Arm?

Aber mir blieb nichts anderes übrig. *Es war doch jemand im Haus.*

Ich schwang ein Bein nach draußen, bis ich rittlings auf dem Fensterbrett saß, und wollte gerade, die brüllende Lexy fest im Arm, das andere Bein nachziehen, da verstummte die Alarmanlage so plötzlich, wie sie losgegangen war.

Die abrupte Stille brachte mich zum Erstarren. *Was hatte das jetzt wieder zu bedeuten?* Dann hörte ich Schritte vor meiner Tür, Schritte, die näher kamen. Ich hob das andere Bein, um ganz auf dem Fensterbrett zu sitzen und jederzeit springen zu können.

Der Türknauf bewegte sich.

Zu allem entschlossen, rutschte ich millimeterweise nach vorn. Ich war so aufgedreht wie noch nie in meinem Leben, doch es war keine gute Aufregung. Ich fühlte mich wie ein Roboter. Es gefiel mir absolut nicht, mich so zur Tat getrieben zu fühlen, aber ich hatte diesem Selbsterhaltungstrieb nichts entgegenzusetzen.

«Annie?» Das war Julies Stimme. «Mach auf. Es ist alles gut.»

Der Bewegungsdrang, die Angst, die Dringlichkeit – alles gefror. Kälte kroch mir über die Haut. Jetzt klingelte auch das Telefon, wie Julie es mir beschrieben hatte. Wenn es ein Fehlalarm war, gab man einfach sein Passwort durch, dann blies der Sicherheitsdienst den Polizeieinsatz ab. War es tatsächlich nur ein Fehlalarm gewesen?

Als ich wieder zurück ins Zimmer kletterte, wurde mir ganz schlecht bei dem Gedanken, was ich da vorgehabt hatte. Selbst bei diesem kurzen Sprung hätte ich Lexy fallen lassen können. Es hätte Gott weiß was passieren können.

Ich machte die Tür auf. Draußen stand Julie in ihrem schwarzweißen Kuhflecken-Pyjama, das Telefon am Ohr, und gab das Passwort durch: «Erdnussbutterelend.» Das war ein Stoffaffe gewesen, den wir als kleine Mädchen beide heiß liebten und unbedingt haben wollten. Wir hatten uns oft um ihn gezankt, und irgendwann hatte Julie ihm diesen seltsamen Namen verpasst. Ich schaukelte Lexy auf dem Arm, um sie wieder zu beruhigen, und Julie machte unterdessen weitere Angaben zu ihrer Person und ihrem Haus, um zu beweisen, dass sie wirklich sie selbst war. Als sie aufgelegt hatte, sah sie mich zerknirscht an. «Tut mir wirklich leid, Annie. Ich habe das Ding an der Steuerungsanlage in meinem Zimmer ausgeschaltet. Auf der Anzeige stand irgendwas von einer fehlerhaften Batterie am Küchenfenster.»

Eine Batterie? Das konnte ja wohl nicht wahr sein! Mein dramatischer Kampf gegen die Angst – daran konnte doch unmöglich eine leere oder sonstwie schadhafte Batterie schuld sein.

Ich folgte Julie nach unten in die stockdunkle Küche. Sie machte Licht, und der Raum erstrahlte genauso ruhig und friedlich, wie wir ihn nach dem Abendessen verlassen hatten. Türen und Fenster waren geschlossen. Auch sonst wirkte alles normal. Julie inspizierte das Fenster gleich neben der Tür und verkündete dann: «Der Magnetsensor ist weg. Scheint, als wäre er abgefallen. Das hat wohl die Alarmanlage ausgelöst.»

«Wie kann denn das passieren?»

«Keine Ahnung. Ich habe zugeschaut, als die Anlage installiert wurde. Die Magneten sind anderthalb Zentimeter lang und werden festgeklebt. Darüber wird der Kontakt zur Batterie hergestellt.»

Da erschien plötzlich ein Gesicht draußen am Fenster. Ein Mann. Wir schrien beide auf, und Lexy fing sofort wieder an zu brüllen. Der Mann schaute betreten und drückte dann etwas von außen an die Scheibe: seine aufgeklappte

Brieftasche mit dem Polizeiausweis. Ich sah, dass er zwar kurzes, braunes Haar hatte, aber auch einen Bart und kein Doppelkinn. Es war eindeutig nicht der Mann, den ich tagsüber immer in dem braunen Auto gesehen hatte.

«Ruf Detective Lazare an», sagte ich zu Julie, «und frag ihn, ob das jetzt ein anderer Beamter ist.»

Julie rief an, und es war tatsächlich ein anderer Beamter. Die Schicht wechselte um Mitternacht. Also ließen wir ihn herein. Nachdem er sich uns als Mack vorgestellt hatte, steuerte er direkt auf das Fenster zu, um es sich selbst noch einmal anzusehen. Er kam zum selben Ergebnis wie Julie: Der Magnetsensor war weg.

«Sind Sie so gut, meine Damen, und rühren Sie sich nicht vom Fleck. Ich werde mich mal ein bisschen umschauen.» Er griff in seine Fleece-Jacke und zog eine Pistole hervor. Ich konnte Pistolen nicht ausstehen, wegen der fürchterlichen Dinge, für die sie standen. Für meine Stelle im Gefängnis hatte ich schießen lernen müssen, und jetzt genügte mir schon der Anblick der Waffe, um wieder den bitteren Geruch von versengtem Metall in der Nase und das Geräusch der Kugeln im Ohr zu haben, wenn sie durch die Luft sausten und schließlich die weit entfernte Pappfigur trafen. Aber ich schwieg. Was, wenn nun doch jemand unbemerkt ins Haus eingedrungen war? Dann würde Mack ihn stellen. Im Grunde war ich richtig froh, dass er bewaffnet war.

Julie und ich setzten uns an den Küchentisch, und ich stillte Lexy. Das war die einzige Möglichkeit, sie wieder ruhig zu bekommen, so außer sich, wie sie war. Schließlich schlief sie doch in meinem Arm ein. Nach einiger Zeit kam Mack zurück und konnte uns beruhigen. «Scheint alles in Ordnung zu sein», sagte er. «Keiner da, nur wir Angsthasen.» Wir bedankten uns bei ihm, lachten aber nicht über seinen Scherz. Dafür waren wir viel zu nervös und erschöpft. «Sie sollten sich aber selbst noch einmal umsehen und nachschauen, ob etwas fehlt.»

Julie stand auf und machte einen kurzen Kontrollgang durch die Küche. Der Fernseher auf dem Küchentresen war noch da, ebenso unsere Handtaschen, die gleich neben der Haustür am selben Haken hingen. Dann hörte ich sie nebenan im Esszimmer Schubladen aufziehen, und kurze Zeit später rief sie: «Das Silber ist auch noch da.» Mack und ich blieben in der Küche. Er lehnte am Türrahmen, die Hände in den Hosentaschen, und gab sich Mühe, die hochmodernen Küchengeräte nicht zu auffällig zu bestaunen, ich saß mit der schlafenden Lexy im Arm am Tisch. Julie ging durch das ganze Haus und überprüfte die Gegenstände, die ein Einbrecher wohl am ehesten stehlen würde: Elektrogeräte, Schmuck, versteckte Bargeldreserven. Aber es fehlte nichts.

Als ich meine Arme schon fast nicht mehr spürte, ging ich nach oben und legte Lexy in ihr Bettchen zurück. Ich machte die Fenster wieder zu und verriegelte sie, warf einen Blick in die Schränke und unter das Bett. Dann nahm ich das Babyphon mit hinunter in die Küche, stellte es auf der Arbeitsfläche ab, drehte die Lautstärke hoch, setzte Teewasser auf und griff in meine Handtasche, um nach einem der Päckchen mit Süßstoff zu suchen, die ich immer aus den Cafés im Ort mitnahm.

Es war ganz leicht, das Päckchen in dem Durcheinander aus Kleinzeug unten in meiner Handtasche zu ertasten. Viel zu leicht. Mein Portemonnaie, der größte Gegenstand, den ich immer bei mir hatte und der mir bei der Suche nach Lippenstiften, Kulis, Taschentüchern, dem Handy oder dem Schlüssel sonst unweigerlich im Weg war, war verschwunden. Wie konnte das sein? Ich leerte die Handtasche auf dem Küchentisch aus. Es bestand kein Zweifel: Das Portemonnaie war weg.

«Ach, du je», stöhnte Julie, die mich beobachtete. «Aber es fehlt doch sonst nichts im Haus. Wieso sollte denn jemand hier einbrechen und nur dein Portemonnaie mitnehmen? Vielleicht hast du es ja nur wieder mal irgendwo liegen lassen, Annie.»

Dafür war ich allerdings berühmt. In den letzten zwei Jahren hatte ich mein Portemonnaie gleich dreimal verloren, es in einem Geschäft, auf meinem Nachttisch und auf dem Schreibtisch in unserem Behandlungsraum liegen lassen. Und mit jedem Mal war es weniger zur Katastrophe und immer mehr zu einer absurden Farce geworden.

«Schau du doch mal in deine Handtasche», sagte ich zu Julie.

Sie sah nach. Aber der ganze Inhalt war noch da, einschließlich ihres Portemonnaies.

«Ich habe auch mal meine Brieftasche verloren», warf Mack ein. «Die war einfach weg, mit Ausweisen und allem.» Es war ihm sichtlich unwohl dabei, an die Unannehmlichkeiten zu denken, die das nach sich gezogen hatte.

«Gatsby's.» Ich stützte die Ellbogen auf den Tisch und vergrub das Gesicht in den Händen. «Wahrscheinlich habe ich es dort liegen lassen, als ich die Kapuzenshirts gekauft habe.»

«Bestimmt», bestätigte Julie. «Am besten rufst du gleich morgen früh dort an.»

«Aber wieso haben die mich denn nicht angerufen?»

«Weil du hier keine Adresse hast.» Julie fasste mich mit beiden Händen um die Schultern, und ich entspannte mich, weil sie mir ganz offensichtlich nicht böse war. «Du musst von jetzt an unbedingt einen Zettel mit meiner Adresse und Telefonnummer in dein Portemonnaie tun. Sobald du es wieder hast. Am besten gebe ich dir eine meiner Visitenkarten.»

«Ja.» Ich kam mir richtig blöd vor. «Ich frage mich, ob vielleicht jemand bei Bobby angerufen hat.»

«Dann hätte er dir ja wohl Bescheid gesagt. Oder nicht?»

Ich nickte. «Wahrscheinlich haben die im Laden einfach gedacht, ich komme wieder.»

Mack blieb so lange bei uns, bis Detective Lazare da war. Man sah ihm an, dass er aus dem Bett geholt worden war: Er hatte sogar noch den Abdruck eines zerknitterten Kopfkissenbezugs auf der Wange. Er hörte zu, während Mack berichtete, es gebe keine Anzeichen für einen Einbruch, und Julie ihm sagte, sie habe das ganze Haus überprüft, es fehle nichts. Dann erzählte ich von meinem verschwundenen Portemonnaie. Lazare inspizierte das fragliche Fenster noch einmal selbst und zeigte sich mit Macks Einschätzung zufrieden. Er klappte sein Notizbuch auf und schrieb sich rasch ein paar Dinge auf.

«Sie sollten die Sicherheitsfirma herbestellen und die Anlage überprüfen lassen», sagte er zu Julie. «Am besten gleich morgen. Schließlich wollen Sie ja keine weiteren nächtlichen Störungen.»

«Das mache ich», sagte sie.

«Ich schicke morgen früh jemanden vorbei, um das Fenster auf Fingerabdrücke zu untersuchen. Nur für alle Fälle.» Mit müden Augen sah Lazare in die Schwärze vor dem Fenster hinaus, dann schob er das Notizbuch in die Tasche seiner Kunstfaserjacke. «Wenn sich tatsächlich jemand da draußen zu schaffen gemacht hat, hätte Mack ihn eigentlich sehen müssen. Aber wie auch immer. Ich rufe Sie morgen an, um Ihnen zu sagen, ob die Spurensicherung etwas am Fenster gefunden hat.»

Julie brachte ihn zum Wagen. Ich ging nach oben in mein Zimmer, wo Lexys tiefe, regelmäßige Atemzüge den ganzen Raum zu durchwärmen schienen. Dennoch war mir kalt, als ich zwischen die klammen Laken kroch. Die leuchtend roten Ziffern des Digitalweckers zeigten 2 Uhr 16. Als ich Julies Schritte draußen auf dem Flur hörte, stand ich noch einmal auf und steckte den Kopf aus dem Zimmer, um ihr gute Nacht zu sagen.

«Glaubst du, du kannst schlafen?», fragte ich.

«Wahrscheinlich nicht. Dieser Scheiß-Fehlarm.» Das brauchte sie mir nicht zu erklären: Ich wusste, dass sie den Fehlalarm damit meinte.

Ich lächelte. «Träum süß, wenn möglich.»

«Du auch.»

Doch ich warf mich nur unruhig hin und her. Seit dem Fehlarm war ich unwahrscheinlich aufgeregt. Es war scheußlich, mir einzugestehen, dass ich noch nie so verängstigt, der Furcht noch nie so ausgeliefert gewesen war. Es gefiel mir gar nicht. Mitten aus dem Tiefschlaf gerissen zu werden, hatte eine Art Pawlow'schen Angstreflex in mir ausgelöst. Eigentlich fürchtete ich mich vor allem davor, dass die Alarmanlage noch einmal losgehen würde, selbst wenn dann tatsächlich ein Einbrecher kam, wenn es ein Feuer gab oder sonst eine ernsthafte Gefahr, vor der sie uns warnen sollte. Und wenn mich allein der Gedanke an einen weiteren Alarm schon in solche Anspannung versetzte, wie musste er dann auf Lexy gewirkt haben? Es hieß, dass Kinder erst mit etwa drei Jahren anfangen, ein Gedächtnis zu entwickeln, aber offensichtlich prägten sich bestimmte Dinge doch auch schon in den ersten Jahren ein. Vor einiger Zeit hatte ich einen Artikel über eine Frau gelesen, die ihre ersten Lebensjahre in Israel verbracht hatte. Sie erzählte, noch Jahre später, als sie längst in den USA lebte, habe sie sich bei jeder Fehlzündung eines Autos instinktiv zu Boden geworfen und Deckung gesucht. Für sie war jeder Knall eine Bombe. Würde Lexy plötzlichen Lärm von nun an immer mit dem Gefühl verbinden, aus dem Fenster zu fallen? Würde ihr Gehirn das Erlebnis so speichern, dass sie einmal fast aus dem Fenster geworfen worden wäre? Natürlich hatte ich das niemals vorgehabt, aber wer konnte schon sagen, was ihre Babyaugen aus dieser Perspektive, von dieser Höhe aus gesehen hatten? Würden diese wenigen Sekunden auf dem Fensterbrett irgendwann in ein unbestimmtes Misstrauen gegen mich umschlagen?

Während ich diese Möglichkeiten in Gedanken durchspielte, fiel mir plötzlich noch etwas anderes ein. Warum war der Magnet überhaupt abgefallen? Wenn der Klebstoff, mit dem er befestigt war, alt und vertrocknet gewesen wäre, hätte ich das ja noch verstehen können. Aber die Alarmanlage war erst vor kurzem eingebaut worden. War es möglich, dass irgendetwas den Magnetsensor verschoben hatte, etwa eine Bewegung am Fenster? Hatte am Ende doch jemand versucht, das Fenster von außen zu öffnen?

Das war ein paranoider Gedanke. Der Magnet war ganz einfach abgefallen. Trotzdem wusste ich, dass ich jetzt ganz sicher nicht mehr einschlafen würde. Ich stand auf, sah nach Lexy – sie schlief wie ein Engel – und überprüfte noch einmal sorgfältig, dass auch wirklich alle Fenster des Zimmers verschlossen waren. Dann nahm ich das Babyphon und schlich leise hinaus auf den Flur, um nach unten zu gehen und ein bisschen zu lesen. Es war so still in diesem Haus. Nirgendwo knarrte es, die Dielenbretter und Scharniere waren noch zu neu, um sich die Zipperlein eines erfahrenen Hauses zugelegt zu haben. Als ich zu der geteilten Treppe kam, fragte ich mich, ob Julie wohl auch noch wach war. Und ging spontan nach oben anstatt nach unten.

Sie schlief, lang ausgestreckt unter der weißen Bettdecke ihres breiten Bettes. Jetzt, mitten in der Nacht, wirkte das Zimmer mit seinen starken Kontrasten weder schwarz noch weiß, sondern schimmerte silbern. Es war ein friedlicher, beruhigender Ort. Ich stellte das Babyphon auf den Boden und kroch zu Julie ins Bett. Die Matratze war ausgesprochen bequem, und ich fühlte mich sofort ruhiger und wärmer, wie besänftigt. Ohne einen weiteren Gedanken fiel ich in einen traumlosen Schlaf.

Als ich am Morgen aufwachte, hatte Julie sich zu mir umgedreht, stützte sich auf einen Ellbogen und sah mich an. Sie lächelte, als ich die Augen aufschlug.

«Konntest du nicht schlafen?»

Ich streckte mich. «Diese Matratze ist unglaublich bequem.»

«Die ist aus irgendeinem Astronautenschaum», sagte Julie. «Angeblich von der NASA entwickelt. Sie passt sich der Körperform genau an.»

«Was kostet so was?»

«Frag nicht.»

Lexy fiel mir ein, und ich drehte mich um, um nach dem Babyphon zu schauen. Das Lämpchen des Geräusch- und Bewegungssensors leuchtete nicht, und ich stellte beruhigt fest, dass wohl alles in Ordnung war.

«Kein Mucks», sagte Julie. «Entspann dich.»

«Das sagt sich so leicht. Es ist Wochen her, seit ich mich das letzte Mal richtig ausgeruht gefühlt habe.»

«Das ist ja auch kein Wunder, nach allem, was du durchgemacht hast.»

«*Wir*», korrigierte ich. «Du hast das alles doch auch durchgemacht.»

«Die Sache mit Zara, stimmt. Aber nicht die Trennung. Ich verliere ja nichts. Ich gewinne nur.»

Ich brachte es nicht übers Herz, sie darauf hinzuweisen, dass sie Lexy und mich nur vorübergehend gewonnen hatte, nur für das Frühjahr und vielleicht noch für einen Teil des Sommers.

Julie ging nach unten, um Frühstück zu machen, und ich setzte mich mit der Milchpumpe in das untere Badezimmer, um Lexy mit dem Lärm nicht aufzuwecken, und pumpte ein Fläschchen Milch ab. Das war eine große Erleichterung für meine geschwollenen Brüste. Sonst hatte ich Lexy um diese Zeit immer schon einmal gestillt. Als ich fertig war, stellte ich das Fläschchen in den Kühlschrank und setzte mich zu Julie an den kleinen Tisch unter dem «braven» Küchenfenster (dem, das in der Nacht zuvor keinen Alarm ausgelöst hatte). Sie hatte uns ein köstliches Frühstück aus Rühreiern und dicken Toastscheiben mit Erdbeermarmelade von einem Bauernmarkt in der Gegend gemacht. Draußen zeugte schimmerndes Licht von den heroischen Versuchen der Sonne, durch die Wolken zu brechen. Ich hoffte inständig, dass es nicht schon wieder regnen würde.

Wir frühstückten, und da Lexy länger zu schlafen schien, um die rüde Ruhestörung der Nacht zuvor wieder auszugleichen, besprachen wir ausführlich den kommenden Tag, der vor allem vom Aufarbeiten der nächtlichen Ereignisse geprägt sein würde. Detective Lazare hatte uns offizielle Spurensicherungsergebnisse für das Küchenfenster versprochen. Außerdem würde jemand von der Alarmanlagenfirma kommen. Und mein Portemonnaie war verschwunden, was eine ganze Menge Unannehmlichkeiten nach sich ziehen konnte, da ich schon am Sonntagabend, in nur zwei Tagen, nach New York aufbrechen musste (wahrscheinlich mit dem Bus, falls ich keinen Führerschein mehr hatte) und vorher noch eine Menge Vorbereitungen zu treffen waren. Im Grunde waren es ganz simple Vorbereitungen, doch für mich waren sie schwierig, weil mein eigener Plan mir insgeheim widerstrebte. Außerdem hatte ich immer noch nicht entschieden, ob Bobby am Wochenende kommen sollte – und falls mein Portemonnaie sich doch nicht bei Gatsby's fand, würde ich ihm nun zu allem Überfluss auch noch mitteilen müssen, dass wir unsere gemeinsamen Kreditkarten innerhalb kürzester Zeit zum zweiten Mal sperren lassen mussten. Es war eine weite Reise von Kentucky hierher. Wenn er also kam, würde er nicht vor morgen hier sein können, das wusste ich. Und heute arbeitete er. So blieb immerhin noch ein bisschen Zeit, so viel wie möglich selbst zu klären, ehe ich ihm mein Geständnis machte. Und vielleicht war es ja auch überhaupt nicht nötig.

Bei Gatsby's nahm niemand ab, und eine kurze Google-Suche ergab, dass der Laden erst um elf öffnete. Ich würde also warten müssen. Um kurz nach neun kam Ray, der Spurensicherungsbeamte, begrüßte uns und hockte sich dann draußen vor das Küchenfenster, um Fensterbrett und Scheibe auf der Suche nach verräterischen Fingerabdrücken abzupinseln und zu fotografieren. Dann pinselte er das Fensterbrett und den Fensterrahmen auch noch von innen ab, bedankte sich und verschwand wieder. Wir brauchten fast eine halbe Stunde, um die klebrigen Rußpulverspuren wieder abzuwaschen, die er drinnen wie draußen hinterlassen hatte. Allzu große Sorgen schien der Fehlarm niemandem zu machen. Im Gegenteil: Sämtliche Polizisten – Mack, Gabe Lazare und auch Ray – vermittelten mir das Gefühl, dass sie sich praktisch täglich mit fehlerhaften Alarmanlagen herumschlugen.

Als wir Rays Hinterlassenschaften endlich beseitigt hatten, wachte Lexy auf. Julie zog sich rasch an, dann ließ ich die beiden allein in der Küche zurück, damit die Tante ihrer Nichte die abgepumpte Muttermilch aus dem Fläschchen geben konnte. Ich duschte, und während ich mich anzog, hörte ich von meinem Zimmer aus ein weiteres Auto vor dem Haus halten. Ich warf einen Blick aus dem Fenster und sah, dass es ein Lieferwagen der Sicherheitsfirma war. Der zweite Mann an diesem Morgen schleppte seinen Gerätekasten über den Gartenweg und klingelte an der Küchentür. Dann war es still. Offenbar hatte Julie ihn hereingelassen. Die Vorstellung, dass sie in der Lage war, ein Baby zu füttern und dabei aufzustehen und die Tür zu öffnen, erfüllte mich mit Zuversicht, dass während meiner kurzen Abwesenheit nichts Dramatisches passieren würde. Julie war gewissenhaft und verantwortungsvoll. Und außerdem liebte sie Lexy.

Später ging ich mit der Kamera nach draußen, während Julie im Wohnraum mit Lexy spielte, und blieb nur kurz stehen, um den Fehlarm-Menschen zu begrüßen. Er trug einen blauen Overall und suchte mit starr zu Boden gerichtetem Blick den Rasen ab.

«Und, finden Sie die Nadel im Heuhaufen?», fragte ich ihn.

Er sah mich an: moosgrüne Augen und ein nettes Lächeln. «Ich habe wirklich keinen Schimmer, wo dieser Magnet hingekommen ist. Er ist weder drinnen noch draußen. Aber der neue wird halten, dafür habe ich gesorgt.»

Mir wurde klar, dass er mich für Julie hielt und ein Gespräch fortsetzte, das sie vorher im Haus begonnen haben mussten – obwohl die Julie, die er jetzt vor sich hatte, die Haare zum Pferdeschwanz gebunden hatte, ganz anders angezogen und ein paar Kilo schwerer war. Ich fand es immer wieder eigenartig, dass den meisten Leuten solche Details gar nicht auffielen. Aber ich spielte mit und ging näher heran, um es mir anzusehen. Innen am Fenster steckte ein neuer, anderthalb Zentimeter langer Magnetsensor inmitten einer verschwenderischen Menge Klebstoff. Auch die Alarmanlage würde in der kommenden Nacht ruhig schlafen.

Der Mann zog ein Klemmbrett mit einem Formular hervor, das ich unterschreiben sollte. Ich unterschrieb mit

Julies Namen, und er gab mir die untere Hälfte des Durchschlags. Ich faltete den Streifen zusammen und steckte ihn in die Hosentasche. Später, wenn Julie mit Lexy fertig war, würde ich ihn ihr geben.

«Schläft das Baby?» Natürlich, er hatte ja auch Lexy gesehen. Und wahrscheinlich hatte Julie ihm etwas von Füttern vor dem Morgenschlaf erzählt, ohne sich die Mühe zu machen, ihm zu erklären, dass dieses Schläfchen sich heute um einiges verschieben würde.

«Fast, ja.»

«Falls es wieder mal Probleme mit der Alarmanlage geben sollte: Wir sind vierundzwanzig Stunden am Tag erreichbar.»

«Vielen Dank», sagte ich und sah zu, wie er in den Wagen stieg und wegfuhr. Dann ging ich vor auf den Bürgersteig und trat auf die Straße, wo ich jeden Tag ein Foto machte, um Zaras fortschreitendes Verschwinden zu dokumentieren.

Ihr Körperumriss war zwar längst weggewaschen, aber man sah immer noch Reste von Blut. Fast war es, als hätte der Asphalt es aufgesaugt und nur schattenhafte Flecken zurückgelassen, die je nach Tageszeit und Wetterlage mehr oder weniger stark zu sehen waren. Ich hatte selbst keine Ahnung, was ich eigentlich mit diesen Fotos wollte – vielleicht würde ich sie irgendwann alle übereinanderlegen, um zu sehen, was dabei herauskam, vielleicht würde ich sie auch einfach nur aufheben, so, wie sie waren, und sie für sich sprechen lassen. Im Augenblick sammelte ich sie nur, zählte die Tage und stellte mir vor, dass ich Zara damit eine Art Brücke baute zwischen den Zeitzonen Leben und Tod. Vielleicht war dieses kleine Projekt auch einfach pure Schaulust. Das konnte ich nicht sagen. Aber bis auf Lexy hatte mich seit Jahren nichts mehr so sehr dazu gedrängt, es mit der Kamera festzuhalten, wie dieser Vorfall.

Um Punkt elf Uhr rief ich bei Gatsby's an. Ich erkannte die Verkäuferin an der Stimme: Es war die ältere Dame, die mir die Sweatshirts verkauft hatte.

«Nein, Kindchen», sagte sie. «Hier ist kein Portemonnaie gefunden worden. Wir haben ja gestern zu zweit hier gearbeitet und gemeinsam abgeschlossen. Aber geben Sie mir doch Ihre Nummer, dann rufen wir Sie an, falls es noch auftaucht.»

Ich gab ihr Julies Festnetz- und meine Handynummer, bedankte mich und legte auf. Ich hatte so fest damit gerechnet, dass mein Portemonnaie dort sein würde, schließlich hatte ich dort zuletzt damit bezahlt. Jetzt wusste ich beim besten Willen nicht mehr, wo ich noch danach suchen sollte. Wahrscheinlich hatte es jemand im Laden gefunden und einfach behalten.

Es war also nicht zu ändern. Mein Portemonnaie war weg. Ich hinterließ Bobby die Nachricht auf der Mailbox, dass ich all unsere Kredit- und sonstigen Bankkarten sperren lassen müsse. Dann setzte ich mich an den Küchentisch und machte mich an die schwierige Aufgabe, alles aufzulisten, was in meinem Portemonnaie gewesen war. Ich wählte hunderttausend Telefonnummern und kämpfte mich durch zahllose automatische Kundenservice-Systeme. So verging der Tag. Es wurde dunkel. Julie machte Lexy etwas Reisbrei, gab ihr das Abendfläschchen und badete sie. Als wir uns zum Abendessen setzten, war ich bereits bei meinem zweiten Glas Wein. Die Milch, die ich später noch abpumpen würde, konnte ich gleich wieder wegschütten.

Nach dem Essen wiegte ich Lexy in dem Schaukelstuhl im Gelben Zimmer in den Schlaf. Ich hatte festgestellt, dass das Zimmer abends einen Farbton wie von reifen Aprikosen annahm, wenn man das Deckenlicht auf eine ganz bestimmte Weise dimmte. All diese veränderlichen Farben ließen mich an den blutbefleckten Asphalt draußen denken, der je nach Witterungsverhältnissen auch ganz unterschiedlich wirken konnte. Während Lexy in meinem Arm einschlief, dachte ich darüber nach, wie wenig verlässlich unsere subjektive Wahrnehmung doch war. Und ich dachte an die Liebe. Ich dachte an Bobby an unserem Hochzeitstag, wie attraktiv und adrett er in seinem Frack ausgesehen und wie er gestrahlt hatte, als ich in meinem weißen Kleid neben ihn trat. Ich hatte meinen Brautstrauß aus elfenbeinfarbenen Rosen fallen lassen, er hatte ihn aufgehoben und mir zurückgegeben.

Ich legte Lexy in ihr Bettchen und ging nach unten. Dort ließ ich mich in eine Ecke des Wohnzimmersofas sinken und schloss die Augen. Ich war so müde. Das Telefon klingelte, und gleich darauf rief Julie aus der Küche: «Bobby ist dran!»

«Was ist denn genau passiert?», fragte er mich.

Ich erzählte ihm alles – zumindest den Mittelteil, da ich den Anfang ja selbst nicht kannte. Ich wusste nicht, wie und wo ich mein Portemonnaie verloren hatte.

«Und du hast alle Karten gesperrt?»

«Ich glaube schon. Aber ich würde gern noch einmal alle mit dir durchgehen, um sicher zu sein, dass ich auch keine vergessen habe.»

«Dann hat jetzt also keiner von uns beiden mehr eine Kreditkarte. Und auch keine normale Bankkarte. Wow! Wie sollen wir denn jetzt an unser Geld kommen?»

«Auf die ganz altmodische Weise: Wir suchen eine Bankfiliale auf, bevor sie zumacht, wenden uns dort an einen Mitarbeiter und heben Geld ab.»

«Es ist Freitagabend. Und ich hab kein Geld.»

Das klang wie der Refrain eines Popsongs. In meiner erschöpften Phantasie musste der nächste Vers unweigerlich lauten: *Und hab ein Date mit Lovyluv, der tollsten Frau der Welt.* Ich verbannte diesen Gedanken so schnell, wie er mir in den Kopf geschossen war. Es machte mich wahnsinnig, an *sie* zu denken.

Ich holte tief Luft und konzentrierte mich wieder auf die tröstlichen, prosaischen Fragen. «Unsere Bank hat auch samstags geöffnet, von neun bis zwölf. Aber du solltest spätestens um Viertel vor zwölf da sein, manchmal machen sie nämlich auch früher zu.» Ich diktierte ihm die Prüfnummer, die die Bank mir durchgegeben hatte, damit wir beweisen konnten, dass neue Karten ausgestellt worden und nun mit der Post zu uns unterwegs waren. «Die Leute von Visa und MasterCard haben mir versichert, dass wir die neuen Karten am Montag bekommen. Ein paar haben gesagt, es wird Dienstag, aber ich weiß schon nicht mehr, welche das waren.» Alles in allem hatten wir sieben Kreditkarten. Das waren natürlich viel zu viele, aber wir waren beide nie dazu gekommen, die Anzahl zu reduzieren.

«Na gut, dann müssen wir uns wohl damit abfinden», sagte Bobby.

«Es wird uns wohl nichts anderes übrig bleiben.»

«Ich würde mir nur wünschen, dass du in Zukunft ein bisschen besser aufpasst, Annie. Das ist schließlich nicht das erste Mal, dass du dein Portemonnaie verloren hast.»

Ich gab keine Antwort, streckte mich nur lang auf dem Sofa aus und lauschte dem wortlosen Rauschen in der Leitung. Das Wohnzimmer hatte sechs Fenster, lauter vollkommene, schwarze Rechtecke. So ganz ohne jede Umgebungsbeleuchtung schien die absolute nächtliche Dunkelheit die Außenwelt völlig auszulöschen. Bis Bobby weitersprach, gab ich mich für ein paar Sekunden der Vorstellung hin, dieser Wohnraum, dieses Haus sei ein Raumschiff, das mich weit forttrug von allen Sorgen.

«Hör mal, ich habe wegen des Wochenendes mit Kent gesprochen. Wenn du einverstanden bist, würde ich euch gern morgen besuchen.» Der sanftere Klang seiner Stimme sagte mir, dass er mir die Sache mit dem Portemonnaie schon jetzt, nach diesem kurzen Schweigen, verziehen hatte. Ich spürte, wie die Anspannung aus meinem Körper wich. Unsere eheliche Gemeinschaft hatte auch viele gute Seiten. Das hatte ich nicht vergessen. Wie hatten wir bloß so schnell so viel Distanz aufbauen können?

«Gut. Lexy wird sich freuen, dich zu sehen. Aber wie hast du Kent dazu gebracht, dir das zu erlauben?» Ich wusste, dass Kent Bobby angedroht hatte, ihn von nun an immer samstags arbeiten zu lassen, als Ausgleich dafür, dass ich aus der *furchtbaren Festung*, wie er das Gefängnis manchmal nannte (stets begleitet von einem hämischen Kichern), desertiert war.

«Ich musste mit dem Anstellungsvertrag winken», sagte Bobby. «Aber dagegen konnte er dann nichts mehr sagen.»

«Im Ernst, ich hasse diesen Kerl.»

«Ja, ich auch. Aber ich lasse mich jetzt nicht mehr von ihm einschüchtern.»

«Dein Flugticket wirst du dann wohl bar bezahlen müssen.»

«Also, ehrlich gesagt habe ich beides bereits gestern online gebucht, Flug und Mietwagen. Das ist also schon geklärt.» Wenn ich ihm gesagt hätte, er solle nicht kommen, hätte er zumindest das Flugticket später noch verwerten können, das wussten wir beide. «Aber ich kann nur eine Nacht bleiben. Sonntagnachmittag muss ich wieder zurück.»

«Ich fahre sowieso am Sonntagabend nach Manhattan», sagte ich. «Das passt also sehr gut.»

Wir verbrachten noch ein paar Minuten damit, unsere Kreditkarten durchzugehen, um sicher zu sein, dass ich auch bei allen Firmen angerufen hatte. Ich sah Bobby vor mir, wie er mit dem Affärenordner auf unserem grünen

Samtsofa saß. Ich hatte mir große Mühe gegeben, unsere sämtlichen finanziellen Unterlagen an diesem einen Ort zusammenzutragen, deshalb enthielt der Ordner die aktuellste Liste all unserer Kreditkartenfirmen.

«Bobby? Bring den Ordner doch einfach mit, ja? Ich glaube nicht, dass ich dieses Zwischenstadium noch lange aushalte. Wir müssen uns endlich ernsthaft damit auseinandersetzen.»

Schweigen. Vor meinem geistigen Auge sah ich deutlich, wie er mit dem Ordner auf dem Schoß erstarrte.

«Gut. Ich bringe ihn mit.»

Dann war es also so weit. Wir würden den Ordner endlich gemeinsam durchgehen, und angesichts all dieser klaren Beweise würde ihm nichts anderes übrig bleiben, als zu gestehen. Es sei denn ... es sei denn, ich irrte mich doch. Ich musste zugeben, dass ich mich langsam fragte, ob ich unter Umständen vielleicht doch einen schweren Fehler gemacht hatte. Ich hielt das zwar für äußerst unwahrscheinlich, aber wenn ich nicht zumindest diese winzig kleine Chance gesehen hätte, hätte ich ihm niemals erlaubt zu kommen. Ich vermisste ihn einfach – darauf lief es letztlich hinaus. Und wenn er mir tatsächlich alles gestand, wenn er mir versprach, sie aufzugeben und mir in Zukunft treu zu bleiben: Konnte ich ihm dann nicht vergeben ... nur dieses eine Mal?

Am nächsten Tag kam Bobbys Flugzeug zwar pünktlich um kurz vor elf an, doch die Mietwagenfirma weigerte sich, ihm ohne gültige Kreditkarte den reservierten Wagen auszuhändigen. Ein Taxi für diese lange Strecke würde sehr viel mehr kosten, als er in bar bei sich hatte, an einen Geldautomaten konnte er nicht, und der nächste Bus ging erst vier Stunden später. Schließlich rief er mich an und bat mich leicht betreten, ihn abzuholen. Ich sagte ihm, wo er auf mich warten sollte, und versprach, in einer guten Stunde dort zu sein.

Das Problem war nur, dass ich ja keinen Führerschein mehr hatte. Die Zulassungsstelle in Lexington hatte den Ersatz zwar schon losgeschickt, doch er würde frühestens am Montag hier sein. Ich würde Julie fragen müssen, ob sie mir eine ihrer Kreditkarten leihen konnte, und dann ein Taxiunternehmen am Flughafen anrufen.

Sie saß an ihrem Schreibtisch, ein Headset auf dem Kopf, und redete wie ein Wasserfall. Sie hatte mir schon erzählt, dass sie ihre Auslandsgespräche inzwischen ausschließlich übers Internet führte, weil das sehr viel billiger war. Und jetzt fiel mir auch wieder ein, dass sie mir außerdem erzählt hatte, sie habe heute eine wichtige Telefonkonferenz mit einem Kunden in einem Land, wo unser Heute (Samstag) noch Gestern (Freitag) war, ein Werktag also, weshalb auch niemand auf die Idee gekommen war, sie könne vielleicht nicht zur Verfügung stehen. Ich stand in der Tür, die ihr Schlafzimmer von ihrem Büro trennte, und kam mir wie ein Trottel vor, weil ich nicht mehr daran gedacht hatte. Julie hatte mir erzählt, dass es um einiges Geld ging und sehr viele Leute an dieser Konferenz teilnehmen würden.

So leise wie möglich schloss ich die Tür wieder, streckte mich auf Julies ordentlich gemachtem weißen Bett aus und machte es mir gemütlich, um zu warten, bis sie mit ihrem Anruf fertig war. Ich rollte auf ihre Seite und überlegte dabei, ob die Astronautenschaummatratze meinen Körper wohl für ihren halten würde, so wie die Leute im Ort uns in den letzten Tagen ständig verwechselt hatten. Dann machte ich die Augen zu und versuchte, mich zu entspannen.

«Was gibt's denn?» Julie stand vor mir, das Headset jetzt um den Hals.

«Bist du fertig?»

«Nein, sie haben mich in die Warteschleife gehängt. Ich habe etwa eine Minute. Also, was gibt's?»

«Ist schon gut, geh nur wieder ans Telefon.»

Aber ich kannte Julie ja. Sie war eine wahre Heldin des Multitaskings. Wenn jemand in der Lage war, an einem Samstag, der anderswo immer noch ein Freitag war, eine internationale Telefonkonferenz zu führen und gleichzeitig anderer Leute läppische Problemchen zu lösen, dann meine Schwester.

«Sag's mir einfach. Schnell.»

So schnell ich konnte, sagte ich: «Ich muss Bobby vom Flughafen abholen, aber ich habe ja keinen Führerschein. Leihst du mir eine Kreditkarte, damit er sich ein Taxi nehmen kann?»

«Ein Taxi vom Flughafen hierher kostet ein Vermögen.»

«Ich weiß, aber er wartet …»

«Nimm meinen Führerschein und das Auto. Du kannst dir auch eine Kreditkarte von mir leihen, bis deine neuen da sind.»

«Meinst du das ernst?»

«Klar doch, Annie, du siehst genauso aus wie ich. Das merkt kein Mensch, und außerdem hast du meine Erlaubnis.»

«Julie …»

«Mach's einfach, ja?»

«Danke. Soll ich Lexy wecken und sie mitnehmen, damit du in Ruhe arbeiten kannst?»

«Bring mir einfach das Babyphon rauf. Ich halte die Ohren offen. Ich bin hier sowieso bald fertig.»

Damit beeilte sie sich, zu ihrer Konferenz zurückzukommen. Unten in der Küche schaute ich in ihr Portemonnaie und begriff wieder, was sie meinte. Es würde tatsächlich niemandem auffallen, wenn ich mir für ein paar Stunden ihre Identität ausborgte. Als Teenager hatten wir uns oft als die andere ausgegeben, einfach nur so zum Spaß. Auch unsere jeweilige Unterschrift beherrschten wir perfekt. Ich nahm mir ihren Führerschein, den Fahrzeugschein und die Versicherungskarte und dazu noch eine Kreditkarte, für alle Fälle. Der Autoschlüssel hing an einem Haken neben der Küchentür. Und mit Julies Wagen zu fahren war der reinste Traum.

Ich fand Bobby geduldig wartend auf einer Bank vor dem Flughafen, vertieft in mein zerlesenes Exemplar des *Tagebuchs der Daisy Goodwill*, das ich ihm schon vor längerer Zeit empfohlen hatte. Danach hatte es monatelang auf seinem Nachttisch gelegen. Er hatte wohl erst angefangen, es zu lesen, nachdem ich ihn verlassen hatte. Ich liebte weitschweifige, mäandernde Romane, die nur über die Charaktere Spannung erzeugten. Bobby war eher ein Fan historischer Romane, und mir war sofort klar, dass er das Buch von Carol Shields jetzt nur las, weil er eine Verbindung zu mir schaffen wollte. Weil er mich vermisste. Er hatte die Beine lang ausgestreckt und an den Knöcheln gekreuzt, sein kleiner Wochenendkoffer stand gleich daneben. Als er mich kommen sah, sprang er so unvermittelt auf, dass er dabei den Koffer umstieß und seine Seite im Buch verschlug.

«Tut mir leid, dass ich so spät bin», sagte ich.

«Das macht doch nichts.»

Ich umarmte ihn. Er roch so wundervoll, wie ein zufällig erhaschter Hauch von Holzfeuer an einem kalten Tag. Ich sog seinen Duft noch einmal ein und fühlte mich in den vergangenen Herbst zurückversetzt, kurz vor Lexys Geburt, als wir uns zu Hause auf dem Sofa vor den Kamin gekuschelt hatten.

Er verstaute das Buch in der Außentasche des Rollkoffers, dann machten wir uns auf den Weg zum Parkplatz, wo das Auto stand.

«Du bist mit Julies Wagen da?», bemerkte Bobby.

«Heute bin ich Julie.»

Bobby konnte der Versuchung nicht widerstehen, sich ans Steuer dieses wunderschönen Wagens zu setzen, und ich hatte nichts dagegen, ihn fahren zu lassen – sein Führerschein war ja so ziemlich das Einzige, was ich nicht hatte sperren lassen müssen. Er steuerte mit einer Hand, drehte mit der anderen an der Musikanlage und chauffierte uns trotz allem in weniger als einer Stunde nach Great Barrington. Bei Bobby wirkte einfach alles leicht. Ich fand es wunderbar, mit ihm im Auto die Straße entlangzubrausen und so zu tun, als sei alles in Ordnung. Wahrscheinlich hatte er den Affärenordner im Koffer. Aber keiner von uns beiden erwähnte ihn.

Als wir das Haus erreichten, wartete Julie schon mit dem Mittagessen auf uns. Sie hatte ihr Büro für heute geschlossen – bei der Gegenseite war es wohl inzwischen auch endlich Samstag geworden – und war offensichtlich in Feierstimmung. Unser Leben in dieser Woche war so ruhig gewesen, dass Bobbys Ankunft geradezu zum Ereignis wurde. Julie empfing ihn mit großem Hallo und einer Umarmung und setzte ihn dann ans Kopfende des Esszimmertisches. Wir saßen rechts und links von ihm, und Lexy thronte auf seinem Schoß. Julie hatte einen Strauß Blumen aus dem Garten auf den Tisch gestellt, und wir verzehrten die Hühnchen-Sandwiches mit Estragon, die sie gemacht hatte. Der Geflügelsalat, den ich gestern schon zubereitet hatte, gehörte zu den Gerichten, die umso besser wurden, je länger sie zogen, und so war er heute noch viel köstlicher als am Tag zuvor. Und Julie hatte es zu meiner Überraschung sogar geschafft, den übrig gebliebenen Laib Ciabatta aufzuwärmen, so wie ich es ihr gezeigt hatte: das

Brot ein wenig anfeuchten und kurz bei schwacher Hitze in den Ofen legen. Außerdem hatte sie den Eistee verlängert und einen frischen Obstsalat zubereitet, mit Zitronensaft und einem Zweiglein von der wilden grünen Minze, die draußen in wahren Unmengen wuchs.

«Im *Eagle* steht, dass Zara Moklas' Leiche am Montag zurück nach Ungarn gebracht wird», sagte Julie. «Ihr Onkel ist hergekommen, um sie abzuholen.»

«Ich habe seit Tagen nichts mehr darüber in der Zeitung gelesen», sagte ich. «Irgendwie habe ich auch das Gefühl, die Ermittlungen kommen nicht recht vom Fleck. Sie werden wohl nie herausfinden, wer es wirklich war.»

«Und diesen Typen haben sie auch nicht gefunden?», fragte Bobby. «Diesen Thomas ...?»

«Soiffer.» Der Name hatte sich mir auf ewig ins Gedächtnis gebrannt. Wenn ich ihn hörte oder auch nur an diesen Namen dachte, sah ich wieder die Blutlache vor mir und hörte von neuem den Fehlarm.

«Nein, nie», sagte Julie.

Hinter dem Fenster in Bobbys Rücken hellte sich der Nachmittag effektvoll auf, nachdem sich eine Wolke beiseitegeschoben hatte. Der Rasen vor Julies Haus wirkte mit einem Mal fast künstlich grün. Zwei Vögel landeten zeitgleich auf dem Gras und fingen an, darin herumzupicken.

«Also.» Julie stand auf, um den Tisch abzuräumen. «Wer möchte Kaffee? Bobby? Ich glaube, ich mache mir einen.»

«Nein danke, ich möchte keinen.» Er hob Lexy hoch und schnupperte an ihrem Hinterteil. «Ich glaube, hier braucht jemand eine frische Windel.»

Während Bobby mit Lexy nach oben ging, half ich Julie beim Aufräumen. Das Babyphon stand inzwischen in der Küche neben dem Telefon, und wir hörten, wie Bobby der Kleinen die Windel wechselte und mit irgendetwas herumhantierte. Dann vermutete ich, dass sie unruhig wurde, denn ich hörte ihn murmeln: «Willst du zu Mama? Ist es mal wieder Zeit für Mama?» Und wie aufs Stichwort begann Milch aus meinen Brüsten zu tropfen.

«Soll ich ihr die Flasche geben?», fragte Julie.

«Nein, ich glaube, ich stille sie lieber.»

«Lass das Geschirr, ich kümmere mich darum.»

Ich zog die Gummihandschuhe aus, ging nach oben und begegnete meiner Familie, meinen beiden, in der oberen Diele, auf dem Weg zu mir. Bobby und Lexy hatten genau dasselbe Lächeln, nur war ihres zahnlos und dadurch viel entzückender. Als wir noch alle zusammen waren, war meine Liebe zu ihnen nicht nur gleich stark, sondern vollkommen vermischt gewesen: Die Liebe zur einen war auch die Liebe zum anderen, wie zwei Zahnräder, die ineinandergriffen, wie ein Echo. Bobby aus diesem Gefühlsgemisch herauszulösen, das war ein brutaler, emotionaler Eingriff, und jetzt, da ich die Arme um beide schloss, kam es mir völlig unmöglich vor.

Ich stillte Lexy in dem Schaukelstuhl im Gelben Zimmer, Bobby streckte sich auf dem Bett aus und sah uns zu. Er hatte seinen Koffer am Fuß des Bettes abgestellt – ich nahm an, dass es ein Reflex gewesen war, denn die Schlafsituation war noch ungeklärt, und zumindest ich ging eigentlich davon aus, dass er wieder in dem Zimmer mit dem Pinienzapfen schlafen würde. Ich verspürte das unwiderstehliche Bedürfnis, den idyllischen Augenblick zu zerstören. Sonst würden wir uns am Ende nur wieder annähern, ohne irgendetwas geklärt zu haben.

«Hast du den Ordner dabei?», fragte ich.

Er seufzte. «Ja.»

«Im Grunde können wir doch auch jetzt schon darüber reden.»

Bobby machte den Koffer auf. Der Pappordner lag ganz zuoberst, auf seinen gefalteten Kleidern. Er setzte sich im Schneidersitz auf das Bett, schlug den Ordner auf und legte seine schöne, breite Hand auf die erste Seite. Diese Finger, die Sehnen von Knochen zu unterscheiden wussten, die so fachmännisch Muskeln massierten und die Schmerzen zahlloser Strafgefangener gelindert hatten.

«Diese Kreditberichte sind ein solches Kauderwelsch», fing er an. «Ich glaube, ich bin sie mindestens zwanzigmal durchgegangen und habe beim besten Willen nichts … nun ja … *Interessantes* finden können.»

Interessant wäre sicher nicht das Wort gewesen, das ich gewählt hätte. Aber davon abgesehen hatte er recht: Die ellenlangen Kreditberichte mit ihren Auflistungen, Codes und Kennziffern waren schier unmöglich zu lesen. Ich konnte mir lebhaft vorstellen, wie sehr es ihn frustriert hatte, diesen endlosen, undurchschaubaren Unterlagen irgendwelche Informationen entlocken zu wollen. Alles Bürokratische war ihm verhasst, so absurd das auch erscheinen mochte angesichts der Tatsache, dass er sein ganzes Berufsleben im Staatsdienst verbracht hatte. Trotzdem hatte ich kein bisschen Mitleid mit ihm. Ich hatte mich schließlich auch durch diese vertrackten Zahlenreihen gekämpft – warum sollte ihm das dann erspart bleiben? In den beiden Monaten, seit ich die Berichte von den drei großen Kreditauskunftsagenturen angefordert hatte, hatten erst meine und jetzt auch Bobbys eifrig suchende Finger die Ränder der Blätter ganz wellig werden lassen.

«Aus den Berichten kann man auch nicht viel entnehmen», sagte ich. «Es sind in der Hauptsache die Kreditkartenabrechnungen. Und die E-Mails. Du solltest dich vor allem darauf konzentrieren.»

«Das ist mir schon klar. Ich habe mir die Abrechnungen ja auch angeschaut. Und ich habe bei allen Einzelhändlern und Firmen angerufen, von denen die Beträge abgebucht wurden, die wir uns nicht erklären können.»

Einzelhändler. Firmen. Abgebucht. Offensichtlich hatte er sich wirklich ans Telefon gehängt. Seit wir zusammen waren, hatte Bobby sich nie näher mit einer Abrechnung oder auch nur mit einem unserer zahlreichen Konten beschäftigt. Manchmal fragte ich mich, wie er eigentlich so lange ohne mich überlebt hatte. Wahrscheinlich hatte er einfach immer alle Rechnungen pünktlich bezahlt und sich nie darum gekümmert, ob es vielleicht Abweichungen gab, über die man sich beschweren konnte. Und er war ja auch immer wunderbar durchgekommen mit dieser Haltung fröhlicher Ignoranz. Bis jetzt.

Jetzt blätterte er die zusammengehefteten Kreditberichte um und näherte sich dem Stapel von Abrechnungen, die ich mit gelbem Textmarker und einem Rotstift bearbeitet hatte. Ich sah, dass inzwischen noch blaue Markierungen dazugekommen waren: Bobbys Beitrag. Das machte mir Hoffnung. Auf eine ganz merkwürdige Weise vergrößerten diese blauen Unterstreichungen in ihrer Ernsthaftigkeit meine Bereitschaft, die Möglichkeit in Betracht zu ziehen, dass er vielleicht doch unschuldig war. Wenn nicht, dann wären diese Markierungen ja dokumentierte Lügen, die aus seiner Untreue einen echten Betrug machen würden.

«Ich habe jeden einzelnen Betrag angefochten, aber es wird natürlich Wochen dauern, bis wir da etwas hören», sagte Bobby.

«Na ja, Bobby, einer von uns beiden muss die Sachen wohl gekauft haben. Und ich war es nicht.»

«Aber ich war es auch nicht.» Er sah mich eindringlich an, wie um mir etwas klarzumachen, was ich einfach nicht begreifen wollte. «Irgendetwas stimmt hier nicht, Annie.»

Am liebsten hätte ich losgelacht … oder nein, nicht

gelacht, eher losgeheult. Da waren wir wieder in der altvertrauten Sackgasse: Irgendetwas stimmte nicht, aber wir wussten nicht, was es war, und er war nicht bereit, irgendeine Verantwortung dafür zu übernehmen.

«Gib's doch endlich zu, Bobby.»

«Ich werde ganz sicher nicht lügen, nur um diesen Konflikt zu beenden.»

«Sie hat dir *Liebesbriefe* geschrieben.»

«Annie, diese E-Mails sind nicht echt.»

Das war ja wohl die Höhe! Er behauptete, sie wären nicht echt? Mir erschienen sie durchaus echt mit all dem Bobbybob und Lovyluv und den detaillierten Beschreibungen seines Körpers beim Sex. Ich kam mir vor wie die letzte Idiotin, weil ich tatsächlich immer noch hier saß und mir diesen Schwachsinn anhörte.

«Weißt du was, Bobby? Vergiss es einfach. Es ist vorbei. Wir können das nicht ständig von neuem durchkauen.»

«Annie …»

Mit diesem einen, überstrapazierten Wort, meinem Namen, schien alle Luft aus dem Zimmer zu schwinden. Plötzlich befanden wir uns Zehntausende von Kilometern weit über den Wolken, in einer Welt ohne Sauerstoff.

«Ich werde einen Ermittler darauf ansetzen», sagte Bobby. Er saß jetzt auf dem Bettrand, angespannt am ganzen Körper und offensichtlich nicht bereit, mich das, was ich begonnen hatte, einfach so wieder stoppen zu lassen. «Er kommt am Montagabend vorbei. Er ist so eine Art Computerexperte, und er wird alle unsere Dateien, unser ganzes System, bis ins Kleinste durchkämmen. Wenn du also Antworten brauchst, Annie, damit du wieder nach Hause kommst, dann werde ich dafür sorgen, dass du sie auch bekommst.»

Er kam auf uns zu und strich Lexy übers Haar, dann nahm er meine Hand. Seine Handfläche fühlte sich warm und vertraut an. «Annie, Liebste, ich bitte dich, gib mich nicht so einfach auf. Ich werde alles tun, was in meiner Macht steht, um diese Sache aufzuklären.»

Mir blieb nichts anderes übrig, ich musste ihm noch eine Chance geben. Aber ganz langsam und bedächtig. Und so schlief er in dieser Nacht in dem Zimmer mit dem Pinienzapfen, während ich allein in meinem hübschen Bett im Gelben Zimmer lag und mich von Lexys sanften, regelmäßigen Atemzügen einlullen ließ, bis ich schließlich einschlief.

Am nächsten Morgen blieb ich länger im Bett als sonst und ließ mir auch mit dem Stillen Zeit. Als ich nach unten kam, stand bereits Frühstücksgeschirr in der Spüle. Ich machte mich daran, Lexy auf ihr Frühstücksmassaker vorzubereiten, wie wir inzwischen dazu sagten, weil es immer eine Riesenmatscherei gab und man einen weiträumigen Bereich rund um ihren Hochstuhl freilassen musste. Als die Schüssel mit dem Reisbrei halb leer war – und ich nur hoffen konnte, dass Teile davon auch in ihrem Bauch und nicht ausschließlich im Gesicht, auf dem Lätzchen, dem Hochstuhl und dem Boden gelandet waren –, warf ich einen Blick aus dem Fenster und sah Bobby und Julie aus der Ferne näher kommen. Sie gingen auf das Haus zu, offensichtlich auf dem Rückweg von einem Spaziergang die Straße entlang. Ich fragte mich, wie lange sie wohl schon zusammen draußen waren und worüber sie wohl gesprochen hatten. Ganz sicher über Lexy. Wahrscheinlich auch über Zara. Und über mich.

Julie trug meine hellgrüne Caprihose, Flip-Flops, die vermutlich auch von mir waren, weil das sonst so gar nicht ihr Stil war, und das Batikshirt mit dem Buddha. Im Grunde entsprach ihr Aufzug sehr viel mehr mir als ihrer üblichen eleganten Erscheinung. Es wirkte sonderbar vertraut, sie dort mit meinem Mann zu sehen, denn ich sah *uns*, Bobby und mich, und doch waren wir es nicht. Es waren ja Bobby und Julie. Ganz eindeutig. Für ein ungeschultes Auge sahen sie wahrscheinlich schon wie Annie und Bobby aus, aber sie waren es nicht. Ich sah den Unterschied. Sie hielten einen guten halben Meter Abstand voneinander. Wenn Bobby und ich zusammen spazieren gingen, neigten wir uns ständig unwillkürlich einander zu, wir kamen uns sehr nahe, durchbrachen die Einsamkeit des anderen. Bobby und ich teilten etwas miteinander, was die beiden da draußen nicht hatten, etwas Unsichtbares, aber dennoch emotional Greifbares. Das war es, was uns zum Paar machte … oder uns früher zum Paar gemacht hatte.

Ich dachte an Lovyluv, den Störenfried. Sie war in unser Dasein als Paar eingedrungen und hatte es zerstört. Ich dachte an Bobby, der zugelassen hatte, dass eine Fremde zwischen uns trat, und der so störrisch an der falschen Version festhielt, der einfachen Version, nach der im Grunde gar nichts passiert war. Er schien nicht zu erkennen, was wirklich wichtig war, obwohl ihm das gerade entglitt. Ich dachte an Julie, meine geliebte, unglaubliche Zwillingsschwester, die mich so sehr beeinflusste, einfach nur, weil es sie gab und weil sie mich auf eine Weise spiegelte, die jedes Erlebnis viel intensiver machte. Ich dachte an meine Mutter, die schon so lange tot war, dass es schwerfiel zu glauben, dass sie tatsächlich einmal am Leben gewesen und ich einmal in ihrem Körper herangewachsen war, und an meinen Vater, der die Herzlosigkeit besessen hatte, seine Familie gleich zweimal zu verlassen: einmal mit der Scheidung und einmal durch den Tod. Ich dachte an meine eigene Tochter, die jede Faser meines Lebens durchdrang. Und schließlich dachte ich auch an mich selbst, und mir wurde klar, dass ich nie lange genug allein gewesen war, um zu wissen, wer ich überhaupt war.

In diesem kurzen Augenblick, während ich Julie und Bobby zusammen sah, bevor sie sich wieder aus dem Rahmen des Fensters wegbewegten, hatte ich einen ganz merkwürdigen Gedanken: Wenn ich jetzt eine Waffe hätte, könnte ich durch den leeren Raum zwischen ihnen hindurchschießen. Es war eine erschreckende Vorstellung, ich wusste beim besten Willen nicht, warum ich so etwas dachte. Ich kratzte mit dem Löffel ein wenig Brei vom Tischchen des Hochstuhls und schob ihn Lexy in den Mund.

Dann fiel mir plötzlich wieder ein, wie ich im Herbst zuvor hochschwanger auf dem Schießplatz des Gefängnisses gewesen war, zusammen mit Bobby und ein paar anderen Kollegen, um das jährliche Schießtraining zu absolvieren. Wir trugen alle Ohrstöpsel und Schutzbrillen und leerten den Inhalt unserer Neun-Millimeter-Magazine in eine schwarzweiße, zweidimensionale Figur, die vom vielen Training schon ganz durchlöchert war. Plötzlich kam mir der Gedanke, dass auch ich diese Figur sein könnte, was für ein gutes Ziel ich abgeben würde, schwanger, wie ich war. Ich sah zu Bobby hinüber und überlegte, ob er wohl in der Lage war, seine Gefühle und Ängste, seine ganze Phantasie aus diesen Schießübungen herauszuhalten, oder ob auch er, wie ich, immer wieder daran denken musste, wie zynisch und absurd es eigentlich war, dass ausgerechnet wir als Physiotherapeuten hier an der Fähigkeit arbeiteten, ein Leben auszulöschen. *Erst gesund pflegen, dann erschießen.* Doch Bobby bemerkte meinen Blick nicht einmal. Er war völlig konzentriert, sein Zeigefinger drückte auf den Abzug, und die Kugeln schlugen ganz präzise in die Figur in der Ferne ein. Er erledigte eine Aufgabe und machte das gut. Das beeindruckte mich einerseits, ließ mich aber andererseits mit einem Gefühl großer Einsamkeit zurück. Warum machten wir das eigentlich? Was genau bezweckten wir mit diesem eifrigen Training? Wovor fürchteten wir uns? Ich für meine Person machte mir keine Illusionen darüber, dass ich wohl kaum in der Lage sein würde, einen Gefangenenaufstand mit einer einzelnen Waffe und ein paar Kugeln niederzuschlagen. Und in diesem Augenblick hatte ich gewusst, dass ich nicht mehr im Gefängnis arbeiten wollte. Mein persönlicher Einsatz hier war offenbar einigermaßen nutzlos, wenn ich gleichzeitig lernen musste, mich gegen meine Patienten zu verteidigen. Es gefiel mir nicht. Ich gehörte da nicht hin. Eine solche Arbeit war nichts für mich.

Dieses Gefühl des Isoliertseins hallte auch jetzt noch in mir nach. Die Erinnerung an den Moment, als mir klar wurde, dass ich gehen würde, obwohl ich damals noch gar nichts von Lovyluv wusste. Ich konnte gar nicht sagen, warum der kurze Anblick von Bobby und Julie gemeinsam draußen vor dem Fenster mir dieses Gefühl so lebhaft in Erinnerung rief, doch mir war plötzlich klar, dass ich niemals erfahren würde, worüber sie tatsächlich gesprochen hatten, weil ich ihnen beiden fern war, meinem Ehemann und meiner Zwillingsschwester. Nicht nur die Fensterscheibe trennte mich von ihnen. Wir waren uns einfach nicht richtig nah. Ich betrachtete Lexys wunderschönes, reisverklebtes Gesichtchen und spürte, dass eines künftigen Tages auch unsere Verbundenheit nachlassen würde. Und der Gedanke war mir unerträglich.

Ich spülte die Schüssel und den Löffel, wischte meiner Tochter mit einem feuchten Tuch das Gesicht ab und säuberte den Hochstuhl und den Boden ringsum. Dabei sagte ich mir immer wieder: *Hör auf damit, denk nicht ständig an solche Sachen.* Vor mir lag ein langer Tag, durchsetzt von allen möglichen komplizierten Abschieden: von meinem Mann, meiner Schwester, meinem Kind. Heute Abend würde ich allein nach Manhattan aufbrechen. Ich würde zwei Tage und Nächte fort sein. So lange war ich noch nie von Lexy getrennt gewesen. Wahrscheinlich war ich deswegen so nervös.

Oben zog ich mir schnell etwas über, wickelte Lexy und zog sie an. Dann nahm ich meine Kamera, ging zurück nach unten und setzte Lexy in ihren Kinderwagen. Ich hoffte, dass Julie und Bobby noch draußen unterwegs sein würden. Ich wollte zu ihnen.

Sie waren noch draußen, und ich fand sie rasch, auch wenn sie streng genommen nicht mehr unterwegs waren. Sie saßen auf einer Bank unter einer Trauerweide in Julies weitläufigem Garten. Die fedrigen Zweige des Baumes endeten gut anderthalb Meter über dem Rasen, sodass ich die beiden deutlich sehen konnte: Julie hatte sich zurückgelehnt und die Beine übereinandergeschlagen, Bobby saß vorgebeugt da, die Ellbogen auf die Knie gestützt, das Kinn auf den Fäusten. Er hatte sich so gedreht, dass er sie ansehen konnte, und sie waren in ein intensives Gespräch vertieft. Ich war vielleicht zehn Meter von ihnen entfernt, sie hatten mich noch nicht gesehen. Also hockte ich mich hin, nahm die Verschlusskappe vom Objektiv, zoomte sie heran und stellte das Bild scharf. Ich war neugierig darauf, wie sie auf einem Foto wirken würden, bar aller persönlichen Beziehungen – obwohl es mir nicht leichtfiel, mir vorzustellen, dass ich jemals ein Foto dieser beiden Menschen unvoreingenommen betrachten könnte, ob nun allein oder zusammen. Und doch schien es mir den Versuch wert zu sein. Ich würde es so behandeln wie einen Rorschach-Test, um meine spontane Reaktion zu überprüfen.

Ich hatte ein knappes halbes Dutzend Bilder gemacht, dann war Lexy mit ihrem «Dadadadada»-Gebrabbel nicht mehr zu überhören. Julie winkte uns zu, Bobby stand auf und kam uns entgegen. Ich sah rasch im Stehen die Bilder durch und stellte mit einer merkwürdigen Mischung aus

Enttäuschung und Erleichterung fest, dass sie mir nichts Neues zu bieten hatten. Selbst auf diesen Fotos konnte ich Julie nicht als rein körperliche Erscheinung sehen. Für mich sah sie einfach nicht aus wie ich. Und Bobby zu sehen, in wie vielen Dimensionen auch immer, rief immer noch viele ungeklärte Gefühle in mir wach. Das letzte Bild allerdings hielt einen Moment fest, der mir selbst beim Fotografieren entgangen war: Auf Bobbys Gesicht lag ein Ausdruck des Missfallens, während er Julie zuhörte.

Bobby schob den Kinderwagen zum Haus zurück, ich ging neben ihm her.

«Was hat Julie da eben noch zu dir gesagt?», fragte ich ihn.

Er schüttelte nur den Kopf und zwang sich zu einem Lächeln. An den dunklen Ringen unter seinen Augen sah ich, dass auch er nicht besonders gut geschlafen hatte. «Ich habe ihr von dem Computermenschen erzählt, den ich angeheuert habe, und da hat sie mir ein bisschen die Leviten gelesen.»

«Wieso denn?»

«Weil ich damit nur Zeit und Geld vergeude. Ich soll dir doch entweder endlich die Wahrheit sagen oder dich ein für alle Mal in Ruhe lassen. Nicht, dass es mich überraschen würde, dass sie in allem so denkt wie du. Ihr zwei seid eben einfach …» Er brach ab. Bisher war er immer sehr zurückhaltend damit gewesen, eine Meinung über Julie und mich zu äußern. Verständlicherweise: Schließlich hörten Menschen, die sich so nahestanden wie Zwillinge oder Ehepartner, nie gern Kommentare von Außenstehenden. «Aber ich werde diesen Computerspezialisten auf die Sache ansetzen, ob Julie das nun gut findet oder nicht. Übrigens geht mein Flugzeug in drei Stunden. Besteht die Möglichkeit, dass ich noch einmal chauffiert werde? Julie hat mir zwar angeboten, mich hinzubringen, aber ehrlich gesagt …»

«Schon gut, ich fahre dich.» Zum Packen blieb mir auch später noch genügend Zeit. Ich wollte erst abends nach New York fahren, um noch so viel Zeit wie möglich mit Lexy zu verbringen. Ich fand es grauenvoll, sie verlassen zu müssen, selbst für zwei Tage.

Am Ende fuhren wir dann alle gemeinsam zum Flughafen. Vielleicht suchte Julie ja einen Vorwand, aus dem Haus zu kommen, vielleicht war sie auch einfach nur so sauer auf Bobby, dass sie ihn nicht mit ihrem Wagen fahren lassen wollte – wir wussten schließlich alle, dass er das tun würde, sobald sich ihm die Gelegenheit bot. Also fuhr sie, ich saß neben ihr, und Bobby saß mit Lexy auf dem Rücksitz. Die ganze Fahrt über lauschten wir schweigend der Jazzmusik aus dem Radio.

Am Flughafen blieb Julie mit dem Kinderwagen zurück, und ich brachte Bobby zum Gate. Wir umarmten uns, und weil ich der weichen Haut hinter seinem Ohr einfach nicht widerstehen konnte, küsste ich ihn dorthin. Er drückte seine Lippen in mein Haar. Ich spürte, wie sehr ich ihn liebte. Und trotzdem flüsterte ich ihm ins Ohr: «Sag mir, wie sie heißt.»

Er seufzte und griff nach seinem Rollkoffer. «Morgen Abend weiß ich mehr. Wenn es nicht zu spät wird, rufe ich dich hinterher noch an. Und sonst Dienstagmorgen.»

«Es würde mir einfach helfen, es zu wissen.» Zu wissen, wie sie hieß. Er verstand ganz genau, was ich meinte.

Er grinste, lachte sogar, doch es war ein freudloses Lachen. «Viel Glück in New York.»

Jedes Mal, wenn ich mich von Bobby trennte, hatte ich das Gefühl, innerlich komplett ausgesaugt zu werden. Beim letzten Mal war ich allein im Gelben Zimmer und hatte die Trauer zulassen können. Doch hier am Flughafen ging das nicht. Ich schluckte allen Schmerz, alle Verlustgefühle hinunter und ging zurück zu Julie, die inzwischen mit dem Kinderwagen vor einem kleinen Kiosk stand, der die neuesten Ausgaben sämtlicher Zeitschriften und ein reichhaltiges Sortiment an Kaugummis vorrätig hatte. Noch ehe ich ganz dort war, hörte ich von der anderen Seite eines freistehenden Zeitschriftenständers eine bekannte Stimme: «Hallo! Das ist ja eine Überraschung, Sie hier zu treffen! Haben Sie Ihr Portemonnaie denn wiedergefunden?»

«Nein, leider immer noch nicht», antwortete Julie.

«Wie ärgerlich. Das ist ein solcher Aufwand. Ich habe auch mal mein Portemonnaie verloren, und es hat Monate gedauert, bis wirklich alles geklärt war.»

Ich erkannte die Stimme: Es war die Verkäuferin von Gatsby's, bei der ich die Sweatshirts gekauft und mit der ich tags darauf noch wegen des Portemonnaies telefoniert hatte. Dann wurde die Stimme plötzlich höher und zuckersüß: «Und du? Heute gar kein Partnerlook mit Mama?»

Einen Augenblick lang war ich verwirrt, doch dann begriff ich. Sie hatte erst Julie begrüßt, die ihr neues Sweatshirt trug, und jetzt sprach sie mit Lexy, die ihres nicht anhatte. Und sie verwechselte Julie mit mir. Ich hielt mich noch ein wenig zurück. Es war immer lustig zu sehen, wie Leute, die uns nicht kannten, reagierten, wenn plötzlich die zweite Zwillingsschwester auftauchte und den Irrtum aufklärte. *«Wissen Sie, was? Ich bin gar nicht die Mama.» – «Aber natürlich sind Sie das!» – «Nein, nein, ich bin Tante Julie. Mama Annie ist da drüben.»* Doch diesmal bekam ich einen ganz anderen Wortwechsel zu hören.

Julie lachte. «Das Shirt meiner reizenden kleinen Tochter hat ein paar Breiflecken abbekommen und musste in die Wäsche.»

«Ach so? Na, hoffentlich bleichen die Farben nicht aus, wenn Sie es zu oft waschen.»

«Daran hätte ich auch vorher denken können. Aber Sie wissen ja, wie das ist. Mit der Geburt geht einem mindestens die Hälfte der Gehirnzellen flöten.»

«O ja, das kenne ich. Ich habe vier Kinder … alle schon erwachsen. Gerade bin ich auf dem Weg, um mein erstes Enkelkind zu besichtigen. Ich muss mich beeilen, sonst verpasse ich noch das Flugzeug.» Als sie den Kiosk verließ, ging die Frau an mir vorbei und drehte sich auf dem Weg zu ihrem Gate noch einmal um, sichtlich verwirrt.

Über die Jahre hinweg hatten Julie und ich nichtsahnenden Leuten viele Streiche gespielt, indem wir uns als die jeweils andere ausgegeben hatten. Aber jetzt hatte sie meines Wissens zum ersten Mal so getan, als wäre sie die Mutter meiner Tochter. Oder nein, korrigierte ich mich, es war bereits das zweite Mal: Als ich den Fehlarm-Mann im Garten getroffen hatte, war er der Meinung gewesen, er hätte mich bereits mit Lexy in der Küche gesehen. Diese Situation war nur insofern anders, als ich Julies Täuschungsversuch miterlebt hatte. Und er störte mich. Dennoch konnte ich ihr aus ihrer tiefen Liebe zu meinem Kind keinen Vorwurf machen, das war schließlich ganz natürlich. Aber ich würde noch am Abend allein nach Manhattan fahren, und plötzlich war ich außerordentlich beunruhigt. Allerdings war es ja auch ganz normal für eine Mutter, ihr Kind nicht verlassen zu wollen, zumal, wenn es noch so klein war. Ich holte tief Luft, um den angstvollen Knoten im Magen wieder verschwinden zu lassen, und nahm mir aktiv vor, die nächsten zwei Tage, die Julie mit Lexy verbringen würde, als mein Geschenk an sie zu betrachten. Anschließend würden wir alle wieder in die Realität zurückkehren.

Ich ging um den Zeitschriftenständer herum, als hätte ich den kleinen Laden gerade erst betreten, und Lexy streckte sofort die Arme nach mir aus. Ich bückte mich, schnallte sie los, hob sie aus dem Sportwagen und drückte sie fest an mich. Ich sog ihren süßen Babyduft ein, diese Mischung aus Puder und Milch. «Hmm», flüsterte ich ihr ins Ohr. «So ein süßes Baby und gehört mir ganz allein.»

Weder Julie noch ich erwähnten die Gatsby-Verkäuferin. Julie kaufte sich noch eine Zeitschrift, dann gingen wir zum Wagen zurück, und sie fuhr uns nach Hause. Auf der Fahrt erzählte ich ihr, dass ich abends mit dem letzten Bus in die Stadt fahren wollte, aber sie überredete mich, stattdessen ihren Wagen zu nehmen. Wir einigten uns darauf, dass sie sich meinen neuen Führerschein leihen würde, der am nächsten Tag in der Post sein müsste, und auch meinen Mietwagen. Wenn ich wieder in Great Barrington war, würden wir alles zurücktauschen.

Ich hatte es nicht eilig mit dem Aufbruch. Nach dem Mittagessen spielte ich mit Lexy, und während sie ihr Mittagsschläfchen hielt, pumpte ich noch etwas Milch ab, damit auch ganz sicher genug da war. Dann packte ich meine Tasche, und nach einer einfachen Pasta zum Abendessen stillte ich Lexy ein letztes Mal vor dem Aufbruch. Als ich ihr die Windeln wechselte und sie in ihren Schlafanzug steckte, fiel mir plötzlich ein, dass ich gar kein Foto von ihr dabeihatte.

Sobald sie friedlich in ihrem Bettchen lag und schon fast schlief, schlich ich mich mit dem Fotoapparat aus dem Zimmer und ging an den Zweitcomputer in dem kleinen Loft. Ich hatte seit Tagen keine Bilder mehr heruntergeladen, und es dauerte ein paar Minuten, die mehr als hundert Fotos in das Bildprogramm zu importieren. Da waren sie, die Bilder von neulich, als ich Porträtaufnahmen von Julie und Lexy gemacht hatte, zusammen und einzeln. Es waren auch ein paar Fotos von Lexy und mir dabei, die Julie gemacht hatte. Die wollte ich mir für die Reise ausdrucken. Doch als die Verkleinerungen auf dem Bildschirm erschienen, lauter winzig kleine Fotos, auf denen kaum etwas zu erkennen war, konnte selbst ich Julie und mich nicht mehr auseinanderhalten. Es war ein seltsames, verstörendes Gefühl. Ich klickte die Bilder nacheinander an und vermutete, *hoffte*, dass man den Unterschied in der Vergrößerung doch noch sehen würde.

Und man sah ihn auch. Ich war erschrocken und erfreut zugleich darüber, wie klar die Bilder zeigten, dass Julie Julie war und ich ich. Das Objektiv offenbarte die grundlegenden Unterschiede zwischen uns. Die Fotos, die Julie und Lexy zusammen zeigten, waren Familienfotos von Tante und Nichte, aber nicht von Mutter und Tochter. Ich war selbst überrascht über die tiefe Befriedigung, die ich dabei empfand, und spürte instinktiv, dass ich Julie besser nichts von dieser Empfindung erzählen sollte. *Sie ist neidisch*, dachte ich, als ich eins der Fotos betrachtete, auf dem Julie und Lexy einander anlächelten, *neidisch, weil ich Kinder bekommen kann und sie nicht*. Es war eine einfache Feststellung, die mich in dem Moment jedoch härter traf als je zuvor. Einen Augenblick lang war ich versucht, alle Bilder zu löschen, sowohl vom Computer als auch von der Speicherkarte meiner Kamera, sie einfach verschwinden zu lassen und mit ihnen auch Julies Neid, Bobbys Untreue und Zaras Tod … und den Tod von Mom und Dad. Viel zu viele heftige Gefühle hatten sich auf dieser idyllisch-ländlichen Straße angesammelt. Aber was hatte das letztlich für einen Sinn? Selbst wenn ich die Bilder löschte, würden die Gedanken ja doch nicht verschwinden.

Ich entschied mich für ein Foto, auf dem ich Lexy auf dem Arm hielt und wir uns beide so gedreht hatten, dass wir einander anschauten. Das druckte ich mir aus. Eine halbe Stunde später saß ich allein in Julies Wagen, mit ihren Papieren und einem Koffer mit genügend Wäsche, um zwei Tage und zwei Nächte in der Großstadt zu überstehen.

Ich saß schweigend da, im Dunkeln, in der Kälte. Dort drinnen in dem großen roten Haus mit seinen vielen, warmerleuchteten Fenstern war meine Schwester mit meinem Baby. Lexy begriff noch nicht, dass ich diesmal länger fort sein würde als bisher. Eigentlich konnte ich doch einfach wieder hineingehen und die ganze Sache vergessen. Ich wollte nicht fahren, aber irgendwie war der Plan bereits angerollt. Ich war überzeugt davon, das Richtige zu tun. Und dann auch wieder nicht. Machte ich am Ende wirklich einen dummen Fehler? Immerhin beteuerte Bobby weiterhin eisern seine Unschuld. Und ich hörte immer wieder Detective Lazares Warnung: «Irgendwann werden Sie sich möglicherweise noch damit trösten müssen.» Womit denn? Was wusste ich schon mit Sicherheit? Hatte ich Bobby am Ende nur verlassen, weil ich meine Stelle aufgeben und aus Kentucky fort wollte? Weil meine Hormone so lautstark tobten, dass der gesunde Menschenverstand nicht mehr dagegen ankam? Aber da waren doch die Kreditkartenabrechnungen. Und die Liebesbriefe. Die Beschreibungen seines Körpers.

Ich ließ Julies Wagen an und fuhr los, fort von dem Haus.

KAPITEL 5

Erst spät am Abend kam ich in der Zweitwohnung meines Vaters an der East Fifty-Sixth Street an. *Zweitwohnung*: So hatte er sie genannt, als wir noch Kinder waren, als er noch lebte und wir von Zeit zu Zeit aus unserem Haus in Connecticut in die Stadt kamen. Es war eine heruntergekommene Studiowohnung, die er als aufstrebender junger Autor gemietet hatte, und sie hatte sich als eines dieser Geschenke erwiesen, die einem manchmal einfach in den Schoß fallen. Als die Wohnungen in dem Haus Ende der Achtziger in Genossenschaftswohnungen umgewandelt wurden, hatte er das Studio zu einem Spottpreis gekauft – die beste und vermutlich einzige Investition, die er je getätigt hatte. Nach seinem Tod hatten Julie und ich die Wohnung geerbt, und als wir volljährig wurden, beschlossen wir, sie zu behalten. Warum auch nicht? Ein komplett abbezahltes Standbein in der Stadt der Städte. Natürlich eignete sie sich eigentlich weder für mich und meine Familie, noch entsprach sie Julies exklusivem Geschmack. Aber trotzdem: Sie gehörte uns.

Ich schleppte meinen Koffer und den Kleidersack die fünf Treppen hinauf. Wie nicht anders zu erwarten, war es stickig in der Wohnung, und ich riss als Erstes beide Fenster auf. Nachtluft drang herein und mit ihr die angenehme Kühle des Frühlings, und ich fühlte mich ein wenig zu Hause. Dieser kleine Raum war mir so vertraut: Vier cremeweiß gestrichene Wände umschlossen ein 24 m² großes Zimmer mit einer mehr als vier Meter hohen Decke. Der kleine, verstaubte Kronleuchter, den kein Mensch erreichen konnte, das alte Klappbett, das bereits dort gewesen war, als unser Vater hier einzog, ein kleiner Tisch, zwei mit aufwendigen Schnitzereien verzierte Holzstühle. Die Küche bestand aus ein paar altersschwachen Geräten, die sich in einer Ecke zusammendrängten, es gab weder Arbeitsflächen noch Schubladen und statt eines Hängeschranks nur ein paar staubige Regalbretter. Das Ganze war eine ziemliche Bruchbude und wahrscheinlich die einzige Wohnung in diesem Genossenschaftshaus, die noch nie renoviert worden war. Aber ich war dennoch froh, hier zu sein. Ich legte meinen Koffer geöffnet auf den Tisch, putzte mir die Zähne, klappte das Bett aus und bezog es neu. Dann zog ich mich aus, pumpte etwas Milch ab, die ich in den Kühlschrank stellte, und ging schlafen.

Um sechs Uhr war ich schon wieder wach. Die Orientierungsveranstaltung begann erst um zehn, also pumpte ich ab und ging dann zum Frühstücken in das Diner, wo unsere Eltern früher immer mit uns zum Mittagessen hingegangen waren, bei unseren gemeinsamen Ausflügen nach New York. Ich kaufte mir eine New York Times, setzte mich auf einen Barhocker mit rissigem Vinylpolster, tunkte Toastscheiben in ein weiches Ei und trank einen koffeinfreien Kaffee, der ganz vorzüglich schmeckte. Es war recht merkwürdig, ganz allein hier zu sein, ohne Familie, ohne Lexy. Ich vermisste sie geradezu schmerzlich, versuchte aber dennoch, alle Zweifel von mir fernzuhalten und mich zu zwingen, mein Programm genau so durchzuziehen, wie ich es geplant hatte.

Die Orientierungsveranstaltung würde ein Kinderspiel sein. Es war ein großer Krankenhauskonzern, bei dem einmal im Monat solche Veranstaltungen für neue Mitarbeiter stattfanden. Man wurde mit den Hausregeln vertraut gemacht, füllte weitere Formulare aus, und die Leute dort bekamen die Möglichkeit, einen noch einmal persönlich in Augenschein zu nehmen, für den Fall, dass sich der externe Personalmanager doch total vergriffen haben sollte. Nach der Veranstaltung wollte ich mich eigentlich auf Wohnungssuche machen und den Nachmittag und den kommenden Tag damit verbringen, doch jetzt beschloss ich spontan, dass das auch noch warten konnte. Ich vermisste Lexy einfach viel zu sehr, um länger hierzubleiben als unbedingt nötig. Sobald ich im Krankenhaus fertig war, würde ich wieder nach Great Barrington zurückfahren.

Ich trank meinen Kaffee aus und ging in Dads Wohnung zurück, um zu duschen und mich umzuziehen. Ich fühlte mich innerlich seltsam wund – mir war nur allzu klar, dass dieser Tag absolut entscheidend sein würde. Entweder würde ich ein neues Leben beginnen oder weiter auf der Stelle treten, und das hing sehr davon ab, was Bobby mir nach seinem Termin mit dem Computer-Ermittler erzählen würde. Ich zog das Kostüm an, das ich schon vor zwei Jahren bei dem Bewerbungsgespräch um die Stelle im Gefängnis getragen hatte: Mit seinem langweiligen Beige wirkte es neutral und ungefährlich. Dann föhnte ich mir die Haare. Schminke, Strumpfhose, Schuhe mit hohen Absätzen. Sobald ich den Job unter Dach und Fach hatte, würde ich das Kostüm wieder weghängen, bis zum nächsten Stellenwechsel. Und weil ich viel zu nervös war, um noch länger in dem kleinen Studio herumzusitzen und zu warten, machte ich mich auf den Weg.

Das Krankenhaus lag ganz im Westen, zwischen der Ninth und der Tenth Avenue, und ich beschloss, zu Fuß zu gehen (wobei ich die hohen Absätze schnell bereute). Ich war in New York schon immer gern zu Fuß gegangen, und heute passte ich in meinem Businesskostüm auch noch perfekt in den morgendlichen Menschenstrom, der durch die Straßen der Großstadt floss. Die Morgenluft war frisch und anregend. Ich fragte mich, wie lange es wohl dauern würde, bis ich mich hier wieder heimisch fühlte. Und dann, als ich an die Kreuzung Seventh Avenue / Columbus Circle kam, stellte ich fest, wie lange es doch schon her war, dass ich dieses Fleckchen Erde zuletzt betreten hatte.

Das alte Coliseum war verschwunden, wie ausradiert. An seiner Stelle stand jetzt ein riesiges, glitzerndes Einkaufszentrum. Natürlich hatte ich schon von den Veränderungen gehört, aber jetzt sah ich sie zum ersten Mal mit eigenen Augen, und das war ebenso unglaublich wie erschreckend. Mein erster Impuls war, dieses Bauwerk abscheulich zu finden, einfach nur, weil es anders war, weil es eine meiner uralten Erinnerungen an Manhattan zerstörte, die mir keineswegs lieb und teuer gewesen war, mir aber jetzt, da sie fort war, auf einmal fürchterlich fehlte. Doch dann verspürte ich eine gewisse Neugier und überquerte die Straße. Es war noch nicht einmal neun Uhr, ich hatte also noch ein bisschen Zeit. Ich zog die schwere Glastür auf und trat ein.

Das Einkaufszentrum war ein gewaltiger Bau, ein Tempel des Kommerzes, errichtet aus Stahl und Granit. Ich war durchaus in der Lage, ein Shopping-Paradies zu erkennen, wenn ich eines vor mir sah, und so spazierte ich fröhlich durch den Eingangsbereich, vorbei an riesigen, sechs Meter hohen Metallskulpturen nackter Riesen (o ja, echte Kunst, auch hier, schließlich ist der Mensch ja mehr als nur ein einkaufendes Tier) und an strahlenden Schaufenstern, die mit ihren luxuriösen Auslagen lockten. Dinge, Dinge, Dinge, überall, die einen förmlich zum Eintreten herausforderten. Ich fuhr mit der Rolltreppe zur nächsten Etage hinauf und sah sofort, dass der wichtigste Laden hier die Filiale einer großen Buchhandelskette war, während die anderen Geschäfte sich zu beiden Seiten um eine Art Vorhalle mit weiteren Kunstwerken gruppierten, die allesamt mit eindrucksvollen Preisschildern versehen waren. Auch auf der nächsten Etage erwartete mich eine weitere Vorhallengalerie voller fünfstelliger Zahlen-Kunstwerke und eine Samsung-Filiale als Hauptattraktion.

Eine Vitrine in der Vorhalle zog meine Aufmerksamkeit auf sich. Es war eine Art flaches Panorama, wie man es hin und wieder sieht, eine Stadt im Miniaturformat. Aus der Nähe sah ich, dass es sich um einen computeranimierten Stadtplan handelte. Mit einer kleinen Handbewegung konnte man die einzelnen Viertel heranzoomen, die jeweils durch ein Symbol oder Wahrzeichen vertreten waren: eine Pappschachtel mit Essstäbchen für Chinatown, ein Dollarschein für die Wall Street, eine buntbemalte Leinwand für SoHo, ein Espressotässchen für Little Italy und so weiter durch die ganze Stadt. Sonst interessierten mich solche technischen Spielereien nicht besonders, aber das hier machte so viel Spaß, dass ich schon bald darauf vor dem Geschäft selbst stand und durch eine gewaltige Glasscheibe schaute, über der ein riesiges Schild eine *Samsung Experience* ankündigte. Die Hightech-Gimmicks, die hier präsentiert wurden, waren so brandaktuell, dass man sie teilweise noch gar nicht kaufen konnte: winzig kleine Mobiltelefone, federleichte Laptops und riesengroße Fernsehapparate mit hübsch eingerichteten Wohnräumen ringsum, in denen man sitzen und sich tatsächlich vorstellen konnte, gemütlich zu Hause auf der Couch zu fläzen, vor dem eigenen Riesenfernsehbildschirm. Als ich mich wieder von dieser «Erfahrung» abwandte, war ich fast ein bisschen high. Doch dieses Gefühl verwandelte sich rasch in Verwirrung, als ich plötzlich … Clark Hazmat erspähte, der in der Vorhalle stand und sich den animierten Stadtplan ansah. Die Haare waren anders, aber die Tätowierung mit dem grinsenden Totenkopf am rechten Oberarm war unverkennbar.

Clark Hazmat. Ich konnte es gar nicht glauben. Im Jahr zuvor hatte er noch während seiner Haftstrafe bei uns im Gefängniskrankenhaus ausgeholfen. *Netter Kerl*, hatten Bobby und ich immer über ihn gesagt, ein Kleinkrimineller, ein Computerhacker, kein echter Verbrecher. Aber das war natürlich leicht gesagt, solange er sich noch hinter Gittern befand. Ihn jetzt hier zu sehen, draußen, in Freiheit, das war ein echter Schock für mich. Meine Gedanken hüpften wie Kieselsteinchen über die glitzernden Wasser des politisch korrekten Verhaltens, unter deren Oberfläche düstere und sehr viel realere Vorurteile lauerten wie halb betrunkene Harpyien (*Gefängnis Strafgefangener Verbrecher schuldig gefährlich Angst verwundbar Zara Mörder verfolgt mich tot*). Schließlich versanken diese Gedanken in den Tiefen automatischer Verurteilung. Ich machte ihn ohne viel Federlesens zur Bedrohung, obwohl er sich in der physiotherapeutischen Klinik als zuverlässige Unterstützung erwiesen und ich ihn eigentlich immer gemocht hatte. Aber das Entscheidende war der Kontext. Dort war er ungefährlich gewesen, hier wurde er zur Gefahr. Punkt. Und warum war er überhaupt hier? Es juckte mich schon in den Fingern, Detective Lazare anzurufen und ihn zu fragen, ob Clark Hazmat vielleicht auf seiner Liste kürzlich entlassener Strafgefangener stand.

Doch noch ehe ich mich in Richtung Rolltreppe davonschleichen konnte, hatte er mich schon entdeckt.

«Miss Milliken? Hey! Ich bin's! Clark, aus der alten Heimat!» Verschwörerisches Zwinkern. Ich schaute mich um. Außer uns war niemand zu sehen. Aber vermutlich hatten wir uns hier draußen einfach grundsätzlich so zu verhalten, als wären wir niemals zusammen im Bau gewesen.

Clark war klein und seine Umarmung innig. Im Gefängnis war es den Insassen streng verboten gewesen, uns auch nur zu berühren, und so hatte ich gar nicht gewusst, wie herzlich er war. Er trug Aftershave, eine enorme Verbesserung zu dem gleichförmigen Schweißgeruch, der den allermeisten Gefängnisinsassen anhaftete, unabhängig davon, wie sie es mit der persönlichen Sauberkeit hielten. Nach der Umarmung traten wir beide einen Schritt zurück und lächelten einander an. Clarks Gesicht wies immer noch Reste jugendlicher Akne auf, wofür er ja nichts konnte. Gegen seine Frisur musste er meines Erachtens allerdings dringend etwas unternehmen. Der Gefängnis-Einheitsschnitt war zu einem krausen Wildwuchs geworden: vorne lockig und bauschig, im Nacken lang, dazwischen kurz gestutzt. Außerdem trug er einen gewaltigen, buschigen Schnurrbart. Am liebsten hätte ich ihn gefragt, wozu all diese Haarmassen denn plötzlich gut sein sollten. Doch ich tat, als würden sie mir gar nicht auffallen.

«Clark! Was machen Sie denn hier? Wie schön, Sie zu sehen!»

«Ja, ja, das sagen sie alle.» Er grinste und nickte eifrig. Er hatte schon immer einen sehr speziellen, trockenen, zurückhaltenden und etwas eigentümlichen Sinn für Humor gehabt. «Ich bin auf Jobsuche. Hilfskellner oder so was. Gerade hab ich mich in dem Schicki-Micki-Schuppen da oben vorgestellt. Per Say.» Ich hatte schon vom Per Se gehört, das als eins der derzeit besten Restaurants von Manhattan galt, aber mir war nicht klar gewesen, dass es hier war. «Der Laden ist ein echter Puff. Der Typ hat mir mehr oder weniger klar gesagt, dass die Preise immer feststehen. Und als ich auf dem Weg nach draußen die Karte gesehen hab, war mir alles klar: zweihundertzehn pro Nase, nur fürs Mittagessen. Ich dachte, mich trifft der Schlag. Und dann war der Typ auch noch so was von arrogant. Ich weiß genau, dass ich nie wieder was von dem hören werde. Und das, wo ich doch so viel Erfahrung hab.»

So viel Erfahrung. Clarks Strafregister fächerte diese Erfahrung auf: Sie reichte von Bagatelldelikten bis hin zu schwerem Diebstahl. Im Fachjargon galt er als nicht gewalttätiger Wiederholungstäter. Weil ich ihn nicht kränken wollte, sparte ich mir die Frage, ob er seinem potenziellen Arbeitgeber denn eigentlich seinen vollständigen Lebenslauf präsentiert hatte – und auch die Frage, warum er sein scheußliches Tattoo so offen zeigte. Mir war klar, dass es eine echte Herausforderung für ihn darstellte, sich einen neuen Platz zwischen all den gesetzestreuen Bürgern dieser Gesellschaft zu erobern. Wahrscheinlich fing er auch deshalb so weit unten an, als Hilfskellner, obwohl er sicher auch etwas Repräsentativeres und besser Bezahltes hätte finden können, etwa einen Einstiegsjob in irgendeinem Büro.

«Sie können doch mehr, als nur als Hilfskellner arbeiten, Clark.»

«Glauben Sie?»

«Aber ja.»

«Vielleicht haben Sie recht. Vielleicht verkaufe ich mich unter Wert und sollte was anderes versuchen als diese Restaurant-Scheiße. Das Problem ist nur …» Er brach ab. Alle ehemaligen Strafgefangenen stießen immer wieder an dasselbe Hindernis.

«Ihre Vergangenheit, ich weiß. Aber Sie haben Ihre Strafe doch abgesessen, und es gibt Gesetze, die besagen, dass man Ihnen noch eine Chance geben muss, es besser zu machen.»

«Gesetze.» Er grinste abfällig.

«Manche Leute halten sich daran.»

Clark lächelte. Damals, im Knast, wie er wahrscheinlich gesagt hätte, hatten wir oft über die verschiedenen Arten von Menschen gesprochen. In seiner Welt war man so lange schuldig, bis die Unschuld bewiesen war – in meiner Welt war es genau umgekehrt. Unsere Diskussionen waren immer freundschaftlich verlaufen und hatten manchmal richtig Spaß gemacht, aber es war uns nie gelungen, uns gegenseitig von unserem jeweiligen Standpunkt zu überzeugen.

«Und was führt Sie hierher?», fragte er jetzt.

«Ich habe im Gefängnis gekündigt. Jetzt habe ich eine neue Stelle hier in der Stadt.»

«Sie machen wohl Witze!»

Ich schüttelte nur lächelnd den Kopf.

«Und was ist mit Mr. Goodman?» Ein weiteres Augenzwinkern. «Ich dachte, der hat so 'ne Art Lebensstelle im Knast.»

«Er ist immer noch dort.»

Clark nickte düster, und die Haare wippten dabei. «Schade. Ich dachte, das hält mit Ihnen beiden.»

«Es ist auch nur eine vorübergehende Trennung, für etwa ein Jahr, bis er seinen Rentenanspruch geltend machen kann. Wir sehen uns an den Wochenenden.»

Clark sah mich an, als würde ich ihm Märchen erzählen. Tat ich ja auch. Aber hier ging es schließlich um mein Privatleben.

«Wissen Sie, was man über Fernbeziehungen sagt?»

«Nein, was denn?»

«Die sind nur was für Zugvögel.»

Ich musste lachen. «Da ist allerdings was dran!»

«Und, wer hat wen verlassen? Ich meine, mal abgesehen davon, dass Sie aus dem heimischen Nest geflüchtet sind.»

«Niemand hat irgendwen verlassen.»

«Sie erzählen mir totalen Bullshit, wenn ich das mal so sagen darf.»

Ich sah ihn fassungslos an. «Das war jetzt aber wirklich unpassend.»

«Ich hab Sie einfach beide immer gern gehabt. Sie waren so nett zu mir da im Krankenhaus, das war das Einzige, was mich vom Durchdrehen abgehalten hat, das können Sie mir glauben. Mr. Goodman ist einer, der sich in alles so richtig reinhängt, er verdient gut, er ist 'ne ehrliche Haut. Was kann man denn sonst noch von 'nem Kerl erwarten?»

«Dass er treu ist.» Es war mir schon herausgerutscht, bevor ich es zurückhalten konnte, und damit war es auch schon egal. «Er hat mich betrogen, Clark. Jetzt wissen Sie's.»

«Mr. G.?»

Ich nickte.

«Dann haben Sie ihn wohl in flagranto ertappt?»

Ich wusste nicht, ob ich lachen oder weinen oder losbrüllen oder mich einfach nur auf dem Absatz umdrehen sollte. «Nein, ich habe ihn nicht in flagranti ertappt, aber ich habe genügend andere Beweise.» Und bevor ich noch recht wusste, was ich tat, war ich schon dabei, ihm die ganze Geschichte zu erzählen. Innerhalb kürzester Zeit sprudelte alles aus mir heraus, ich fühlte mich nackt und bloß, und vor mir stand Clark Hazmat, nickte mitfühlend und machte ein furchtbar trauriges Gesicht. Ich kam mir blöd vor, fühlte mich furchtbar exponiert. Und als wäre das noch nicht schlimm genug, traten mir auch noch die Tränen in die Augen. Ich konnte mich immerhin gerade noch davon abhalten, richtig loszuheulen.

Clark drückte mir freundschaftlich den Arm. «Also, ich hätte das ja nie von Mr. Goodman gedacht. Aber Beweise sind Beweise, oder?»

«Ich habe alles schwarz auf weiß.» Ich kramte in meiner Handtasche nach einem Taschentuch und trocknete mir die Augen, damit die Wimperntusche nicht verlief. Dann hob ich den Arm, um mit betont theatralischer Geste auf die Uhr zu sehen. «Aber ich muss jetzt wirklich los.

Sollten Sie jemals in einer physiotherapeutischen Praxis arbeiten wollen, schreibe ich Ihnen gern eine Empfehlung.»

Ich musste mich sehr zusammenreißen, um bei dieser Bemerkung nicht selbst zusammenzuzucken, aber ich musste das Gespräch jetzt unbedingt beenden. Und meine Orientierungsveranstaltung begann ja auch tatsächlich in einer halben Stunde.

Ehe ich mich's versah, hatte er mir eine schreiend orangefarbene Visitenkarte in die Hand gedrückt. CLARK HAZMAT, PRIVATMANN stand darauf, darunter eine Telefonnummer.

«Verstehen Sie? Privatmann. Das gibt dem Ganzen 'ne persönliche Note.»

Diesmal war mein Lächeln echt. Auf irgendeine verschobene Weise hatte ich Clark wirklich gern. Irgendwie. Er reichte mir einen Kuli und eine weitere Karte, mit der Rückseite nach oben.

«Schreiben Sie mir Ihre Telefonnummer da drauf. Jetzt, wo ich wieder draußen bin, hab ich mir gesagt, ich muss mit den guten Leuten in Kontakt bleiben.»

Was blieb mir anderes übrig? Ich schrieb ihm meine neue Handynummer auf.

«Danke, Miss M. Wir bleiben in Kontakt, ja? Jeder braucht doch irgendwann mal neue Freunde, hab ich recht?»

«O ja.»

Er umarmte mich, und ich erwiderte die Umarmung, dann flüchtete ich zur Rolltreppe. Während ich mich durch die Vorhalle im Erdgeschoss und wieder auf die Straße hinaus schlängelte, wurde mir zunehmend unwohler dabei, dass ich Clark gegenüber so offen gewesen war. Immerhin war er ein verurteilter Straftäter, er hatte eine Gefängnisstrafe abgesessen, weil er mit seinen Hackertalenten Informationen ausspioniert hatte, die ihn absolut nichts angingen. Was hatte ich mir bloß dabei gedacht? Auf dem Weg zum Krankenhaus rief ich Detective Lazare an.

«Ich bin hier in Manhattan und bin gerade zufällig einem ehemaligen Insassen meines Gefängnisses über den Weg gelaufen. Er heißt Clark Hazmat. Steht der auf Ihrer Liste?»

«Warten Sie, ich schaue mal nach.»

Nach den paar Minuten, die ich brauchte, um die Fifty-Eighth Street entlang zur Ninth Avenue zu gehen, wo ich am Ende des Häuserblocks bereits den Eingang zum Krankenhaus sehen konnte, meldete sich auch der Detective wieder zurück.

«Ja, er steht drauf, aber er ist sauber. Keinerlei Verbindung, weder zu Zara Moklas noch zu Thomas Soiffer. Meine Leute haben mit ihm gesprochen. Aber machen Sie sich keine Gedanken, er weiß nicht, worum es ging.»

«Es war nur so seltsam, er stand einfach da, als ich gerade aus einem Geschäft kam … als hätte er auf mich gewartet.»

«Wenn Sie wollen, behalten wir ihn ein bisschen im Auge.»

«Danke», sagte ich. Und dann: «Detective Lazare … das Fenster … haben Sie da Fingerabdrücke gefunden?»

«Nur von den Leuten, die es eingebaut, und von denen, die die Alarmanlage installiert haben. Kein Thomas Soiffer. Und auch kein Clark Hazmat, falls Sie das beruhigt.»

Mich und *beruhigen* – das war inzwischen fast ein Widerspruch in sich.

«Ja», sagte ich. «Das beruhigt mich.»

«Sie sind also in Manhattan …»

«Heute ist die Orientierungsveranstaltung für meine neue Stelle. Das hatte ich Ihnen doch erzählt.»

«Ja, ich erinnere mich. Ich dachte nur, ich hätte Sie heute Morgen mit Ihrer Kleinen in der Stadt gesehen.»

Kaum hatte er es ausgesprochen, sah ich Julie und Lexy vor mir: Sie spazierten die Main Street entlang, Lexy hatte ein speckiges Beinchen über den Seitenrand ihres knallroten Kinderwagens gelegt, am einen Griff hing eine Einkaufstasche. Es machte mich unwahrscheinlich glücklich, die beiden zu sehen, auch wenn es nur eine Phantasievorstellung war.

«Das war dann Julie», sagte ich. «Sie passt auf Lexy auf, während ich hier bin.»

«Sie ziehen das also wirklich durch.»

«Sind Sie verheiratet, Detective?»

Nach kurzem Schweigen antwortete er: «Ja.»

«Und wie lange schon?»

«Seit dreißig Jahren.»

«Ich gratuliere. Und ich hoffe, Sie haben einander inzwischen all Ihre Geheimnisse offenbart.»

«Nicht jeder hat Geheimnisse, Annie.»

«Ich muss jetzt Schluss machen.»

«Übrigens, wo wir gerade von Geheimnissen reden: Clark Hazmat heißt nicht wirklich so. Sein richtiger Name ist Jesús Ramón Hazamattian.»

«Ach du liebe Güte!»

«Immerhin hat er sich nicht Clark Kent genannt. Hazmat ist doch gar nicht so schlecht. Wahrscheinlich ist er nach einer langen Autofahrt mit vielen Brücken und Tunneln darauf gekommen.»

Ich musste an das allgegenwärtige Schild auf den Highways denken: NO HAZMATS. Das war die Abkürzung für *hazardous materials*, Gefahrengüter. Der perfekte Name für Clark.

«Sie rufen mich aber an, falls ich mir seinetwegen doch Sorgen machen muss?», vergewisserte ich mich.

«Ja, das mache ich.»

«Gibt es etwas Neues von Thomas Soiffer?»

«Absolut nichts. Aber Sie brauchen sich auch seinetwegen keine Sorgen zu machen, Annie. Wir interessieren uns einfach nur für ihn, weiter nichts.»

Am liebsten hätte ich darauf erwidert: *Interessieren kann man sich für jeden.* Doch ich entschied mich für eine simple Verabschiedung. «Danke, Detective. Jetzt muss ich aber wirklich Schluss machen.»

Inzwischen stand ich im Eingangsbereich des Krankenhauses, wo reger Betrieb herrschte und ein Schild an der Wand dazu aufforderte, alle elektronischen Geräte abzuschalten. Lazare verabschiedete sich, ich schaltete mein Handy aus und steckte es wieder in die Handtasche. Der Mann an der Information ließ sich meinen Namen und den Grund meines Besuchs nennen, telefonierte kurz und reichte mir dann einen Aufkleber mit meinem Namen, der mich als Gast auswies. Ich zog das Schutzpapier ab, knüllte es zusammen und warf es in einen unbenutzten Aschenbecher bei den Aufzügen. Mit dem grünumrandeten Namensschild am Revers fuhr ich mit dem Fahrstuhl, der nach Desinfektionsmittel roch, hinauf in den dritten Stock, wie man es mir erklärt hatte. Die Türen öffneten sich mit einem kleinen Klingeln, und ich trat in ein leeres Foyer hinaus. Rechts von mir befand sich eine breite Glastür, hinter der, wie ich vermutete, meine neuen Kollegen standen. Etwa zehn Leute, alle genauso dezent gekleidet wie ich, mit kleinen Schildchen, auf denen mit schwarzem Stift ihr Name stand.

«Annie Milliken?»

Ich wandte mich nach links. Eine Frau mit glattem, braunem Haar und einer rechteckigen Brille lächelte mich freundlich an. Sie trug eine rote Hose und auffallend spitze Schuhe und stand direkt vor einer massiven Holztür. Über ihrer weißen Seidenbluse hing ein beschichteter Ausweis, wie eine Halskette.

«Wir haben Sie schon erwartet», sagte sie. «Würden Sie bitte kurz mitkommen?»

«Aber ich bin doch für die Orientierungsveranstaltung hier. Muss ich dann nicht da lang?» Ich deutete auf die Glastür.

«Bitte.» Das freundliche Lächeln wirkte wie festgefroren auf ihrem Gesicht. Ich bekam eine Gänsehaut davon.

«Und Sie sind …?»

«Emily Leary, Personalmanagerin. Bitte kommen Sie mit.» Sie öffnete die Tür und winkte mich herein. «Wir möchten Sie nicht in Verlegenheit bringen.»

In Verlegenheit bringen? Was sollte mich denn hier in diesem Krankenhaus, in das ich noch nie einen Fuß gesetzt hatte, in Verlegenheit bringen? Sämtliche Fehltritte, die ich im Leben begangen hatte, schossen mir durch den Kopf, als ich versuchte, mir zu erklären, warum man mich so von meinen künftigen Kollegen trennte. War mir etwa doch die Wimperntusche verlaufen, vorhin, als mir bei dem Gespräch mit Clark die Tränen gekommen waren? Oder hatte Kent, der Herrscher der fürchterlichen Festung, sich mit Ms. Leary in Verbindung gesetzt, um mir ein paar unverhoffte Steine in den Weg zu legen? Das musste es sein. Meine künftigen Vorgesetzten hatten sich vor der Orientierungsveranstaltung genauer über mich informiert, wie sie es ja auch angekündigt hatten, und waren dabei in den zweifelhaften Genuss einer Unterhaltung mit Lord Kent höchstpersönlich gekommen. Der Kerl war wohl noch viel hinterhältiger, als ich geglaubt hatte. Aber ich war überzeugt davon, dass es nichts gab, was ich nicht aus dem Weg räumen konnte.

«Vielen Dank.» Ich lächelte höflich und folgte Ms. Leary durch die Tür in einen hellerleuchteten Gang. Unsere Ledersohlen klapperten unrhythmisch über den glänzenden Linoleumboden. Wir sprachen nicht, wir gingen einfach lächelnd weiter, bis wir an eine Tür mit einem metallenen Türschild kamen. PERSONALMANAGER stand darauf. Ms. Leary öffnete die Tür und ließ mich vorausgehen, und ich trat in ein freundliches Vorzimmer mit einem blauen Teppichboden, das ihr Büro von der Außenwelt abschirmte. Ich hörte ihr leises, geflüstertes «Tut mir wirklich leid», als sie die Tür wieder hinter mir schloss. Sie selbst blieb draußen auf dem Flur.

Was tat ihr leid? Verwirrt drehte ich mich wieder zur Tür. Da traten plötzlich zwei Polizisten der Stadt New York aus dem Büro in das Vorzimmer mit seinem unbesetzten Empfang. Der größere war offenbar zum Gesprächsführer bestimmt worden.

«Anais Milliken?» Er sprach meinen Namen *Anneis* aus, und ich kämpfte den Drang nieder, ihn zu verbessern: *Nein, Anna-iis.*

Es gelang mir, den Mund zu halten. Ich antwortete einfach nur: «Ja.»

Der kleinere löste ein Paar Handschellen von seinem gut bestückten Gürtel. Ohne mir in die Augen zu sehen, fasste er mein rechtes Handgelenk, so sanft wie ein Partner beim Abschlussball, der das Ansteckbukett befestigen will. Dann zog er mir beide Hände auf den Rücken und legte mir die Handschellen an.

«Was soll das? Wo ist diese Frau hin? Was geht hier eigentlich vor?»

«Anais Milliken, ich verhafte Sie wegen schweren Diebstahls. Sie haben das Recht zu schweigen. Sie dürfen Rechtsbeistand beantragen. Alles, was Sie von nun an sagen oder tun, kann vor Gericht gegen Sie verwendet werden …»

TEIL ZWEI

KAPITEL 6

Die großen, vergitterten Fenster des Polizeireviers Midtown North waren so dreckig, dass kaum Licht hindurchdrang, und so wirkte der sonnige Frühlingsmorgen gleich dunkler, als wir durch die Eingangstür traten. Ich bekam die Handschellen abgenommen und wurde sofort zur Sicherheitskontrolle geführt. Ich spürte den kalten, harten Boden unter den Füßen, als ich auf Strümpfen durch die Schranke ging, um meine Handtasche und meine Schuhe wieder einzusammeln.

Die große Eingangshalle mit ihrer hohen Decke und dem Marmorboden, Relikten einer längst vergangenen Zeit, hallte von lauten Stimmen wider. Es ging geschäftig zu, es wimmelte nur so von einem bizarren Gemisch aus Polizisten, Verwaltungsbeamten und Verbrechern. Und dazwischen ich. Die beiden Beamten, die mich festgenommen hatten, manövrierten mich durch den Menschenstrom hindurch, bis wir zu einem barock anmutenden Holztresen kamen, der mit unverständlichen Graffiti übersät war: *dogeetdog, 20/2/life, poppa-ratzi*. Eine große Schwarze mit einer Goldkette über der Polizeiuniform warf mir einen bösen Blick zu und grinste dann meine Begleiter an.

«Was habt ihr für mich, Jungs?»

«Neuzugang.»

«Name?»

«Anneis Milliken.»

«Anna-iis.» Ich buchstabierte: «A – n – a – i – s.» Wenn sie meinen Namen schon aufschrieb, sollte er auch stimmen. «Hören Sie, das muss ein Irrtum sein. Ich habe nichts Böses getan.»

Sie lachten alle drei, als bekämen sie das ständig zu hören. Vielleicht lag es ja auch an mir: eine Weiße im Businesskostüm, die auch noch geschwollen daherredete. Die beiden männlichen Beamten waren zwar von der Hautfarbe ebenfalls weiß, aber doch längst nicht so weiß wie ich mit meinem beigefarbenen Kostüm, dem Make-up, dem sorgfältig frisierten Haar und der deutlichen Aussprache. Andererseits gab es hier viele Weiße. Es musste doch noch etwas anderes sein, irgendein gewaltiges Missverständnis.

«Ich würde gern telefonieren», sagte ich.

Die Frau beachtete mich gar nicht, sondern zückte nur eine große Papiertüte, auf die sie meinen Namen und das heutige Datum geschrieben hatte, und wedelte ein paar Mal damit, um sie ganz aufzubekommen. «Handy, Schlüssel, Schmuck. Taschen ausleeren, Handtasche auch. Alles da rein.»

«Wie bitte?»

«Ich sagte …»

«Ja, ja, ich habe Sie schon verstanden, aber …»

«So, Sie haben mich verstanden? Dann machen Sie's auch.»

Ich tat es.

«Rauf mit ihr.»

Officer Williams (das war der Große – nachdem ich den ersten Schock der Festnahme überwunden hatte, hatte ich auf ihre Namensschilder geschaut und mein eigenes entfernt) nickte, und P. O. Kiatsis (klein, schwabbelig und bleich) fasste mich an der Schulter und legte mir wieder die Handschellen an. Ich ging zwischen ihnen, durch aufgeregte Grüppchen von Menschen hindurch, die meine

Anwesenheit hier gar nicht weiter bemerkenswert zu finden schienen. Fiel denn wirklich niemandem auf, dass ich nicht hierhergehörte? Dass das alles ein furchtbarer Irrtum war? Ich versuchte, den Blick einer professionell wirkenden Dame in einem eleganten blauen Kostüm aufzufangen, aber sie schenkte mir keine Beachtung, ebenso wenig wie der kleine Mann mit dem blonden Toupet und dem freundlichen Gesicht oder die junge Frau mit dem hohen Pferdeschwanz und den großen Kreolen, die an einem Kopierer stand. Kein Mensch sah mich. Mit einem altersschwachen Aufzug rumpelten wir drei Etagen hinauf, und meine Begleiter schauten überall hin, nur nicht auf mich, während ich versuchte, in ihren ausdruckslosen Mienen zu lesen. Dann ging es einen langen Flur entlang und durch eine dicke Glastür mit der Aufschrift DETECTIVES UNIT in schwarzen Lettern, die bereits so abgeblättert waren, dass man sie kaum noch entziffern konnte, hinein in einen Raum mit vielen Schreibtischen und einer ohrenbetäubenden Geräuschkulisse, wo mich wiederum kein Mensch beachtete. Der Geruch von Hamburgern und Pommes hing in der Luft. Auf den Schreibtischen lagen die Überreste halb verzehrter, vorgezogener Mittagsimbisse: zerknüllte Pappschachteln, offene Salatschüsseln aus Plastik, Wasserflaschen, geöffnete Limodosen. Mir wurde übel, ich konnte ein Würgen nicht unterdrücken. Es war nur ein kurzes Würgen, doch es genügte, um einen der Detectives, einen stiernackigen jungen Mann in einem T-Shirt mit einem kleinen Fahrrad auf der Brust, dazu zu bringen, mir einen Blick zuzuwerfen. Er schaute aber gleich wieder weg.

Hinten an der Wand, in einer Ecke, befand sich eine schmale Zelle, in der man auf dem Präsentierteller saß wie im Zoo. Officer Williams öffnete die Zellentür, Kiatsis nahm mir die Handschellen ab. Als meine Arme wieder frei herunterhingen und ich den warmen Blutstrom in den Händen spürte, merkte ich, dass sie in der Zwischenzeit ganz taub geworden waren. Die beiden Polizisten sahen mich an. Sie warteten offensichtlich darauf, dass ich freiwillig in die Zelle ging.

«Sagen Sie mir nur eines», bat ich. «Wer klagt mich des schweren Diebstahls an?»

«Das FBI», antwortete Williams.

«Nein, ich meine, wer genau? Welche Firma? Wer behauptet, von mir bestohlen worden zu sein?»

«Keine Ahnung.» Sein gleichgültiger Tonfall sprach Bände: Er wusste es nicht, und es war ihm auch egal. «Es wurde Haftbefehl wegen Diebstahls gegen Sie erlassen. Wir halten Sie hier nur fest, bis das FBI da ist.»

Ich betrat die Zelle und drehte mich dann wieder zu den beiden Polizisten um. Williams schloss rasselnd die Gittertür und drehte den Schlüssel im Schloss. Jetzt war ich eingesperrt. Ganz allein. Ich war eine Strafgefangene. Als mir das klar wurde, als es so richtig bei mir ankam, wurde ich von Panik ergriffen. Die Erkenntnis, dass ich in dieser Zelle festsaß, steigerte das Verlangen, sie wieder zu verlassen, ins Unermessliche, und die Tatsache, dass ich mich nicht bewegen, nicht einfach wieder nach draußen stürmen konnte, löste ein Gefühl der Beklemmung in mir aus. Ich musste hier raus, mit jemandem reden, Hilfe holen.

«Officer Williams!», rief ich.

Er hatte seine Aufmerksamkeit inzwischen zwei Detectives zugewandt, die ganz in der Nähe saßen und über das Baseballspiel vom Abend zuvor fachsimpelten. Jetzt drehte er sich wieder halb zu mir um. «Die sind bald hier», sagte er. «An der Wand ist ein Telefon. Sie haben drei Anrufe.»

«Und dann?»

Er nickte bedächtig vor sich hin, als wüsste er etwas, wovon ich keine Ahnung hatte, und seufzte tief auf, als würde ich das auch nicht begreifen, wenn er es mir erklärte. Dann schüttelte er den Kopf, als wäre ich ohnehin ein hoffnungsloser Fall, und drehte mir wieder den Rücken zu, als wäre ich gar nicht da. Kiatsis war längst am anderen Ende des Raumes bei der Kaffeemaschine.

Als auch Williams nicht mehr zu mir hersah, fing ich an zu weinen, und als ich mir mit den Händen die Tränen abwischte, sah ich, dass die Abdrücke der Handschellen inzwischen zu rotgeschwollenen Armbändern geworden waren. Ich hatte nicht die geringste Ahnung, warum ich hier war – und trotzdem war ich hier.

Ich drehte mich um und sah mir meine Zelle an. *Meine Zelle* – großer Gott! Eine harte Pritsche als Bett, eine Stahltoilette ohne Sitz, ein winziges Waschbecken, ebenfalls aus Stahl. An der Wand hing ein quadratisches blaues Telefon mit kurzer, verdrehter Schnur und Wähltasten. Ich nahm den Hörer ab, und das Freizeichen, diese direkte Verbindung zum *Draußen*, war wie ein Wunder, wie wenn man plötzlich, aller Logik zum Trotz, in einer Muschel das Meer rauschen hört. Ich fing an zu wählen, doch schon nach vier Ziffern hörte ich das wiederholte Tuten einer nicht zustande gekommenen Verbindung. Es half auch nichts, eine Null vorzuwählen, oder sonst irgendeine Ziffer.

«So einfach ist das nicht.»

Auf der anderen Seite der Gitterstäbe stand ein fetter Mann in grauer Hose und einem billigen, blauen Hemd mit Button-Down-Kragen. Schweiß glänzte auf seiner Stirn. Er hielt einen unbeschrifteten Pappordner und einen gelben Notizblock in der Hand.

«Sollte es aber sein», sagte ich, «wenn man schon das Handy abgenommen kriegt.»

Darüber lachte er doch tatsächlich. Dann schlug er den

Ordner auf, sah ihn sich an und summte dabei vor sich hin. In der angespannten Pause, während er las und ich ihn unverwandt anstarrte, erkannte ich den Titelsong aus *Evita*. Kurze Zeit später klappte er den Ordner wieder zu und lächelte mich an.

«Anais», sagte er und sprach meinen Namen korrekt aus. «So hätte ich meine Tochter genannt, wenn ich eine gehabt hätte.»

«Wer sind Sie?»

Er kam ein wenig näher. «Evan Shoemaker vom FBI. Sie müssen das alles hier entschuldigen. Normalerweise hätte ich mich gleich selbst um Sie gekümmert, aber wir mussten die Federal Plaza abriegeln lassen, irgendeine Anthrax-Drohung, man sollte meinen, das wäre längst durch … aber deshalb wird heute alles über die Reviere in der City abgewickelt.» Er wiederholte meinen Namen noch einmal: «Anais. Ich war gespannt darauf, Sie kennenzulernen.» Er gab mir die Hand durch die Gitterstäbe. Seine Handfläche war feucht, aber ich riss mich zusammen und zuckte nicht zurück. Vielleicht war das ja der Mann, der mich hier rausholen konnte.

«Vielen Dank, dass Sie gekommen sind», sagte ich und meinte es ganz ernst. Doch als ich es aussprach, klang es wie eine gewollt witzige Bemerkung, die angesichts meines verheulten Gesichts auch noch ziemlich danebenging. Shoemaker griff in die Hosentasche und reichte mir ein zerknautschtes Taschentuch. «Ich weiß noch immer nicht, warum ich eigentlich hier bin», fuhr ich fort. «Die Polizisten wollten mir nichts sagen.»

«Sie belegen spezielle Pokerface-Kurse auf der Polizeischule. Das dient im Grunde nur dazu, die Verhaftung zu beschleunigen und Sie so schnell wie möglich hierherzubringen, damit ich Sie dann so schnell wie möglich wieder rausholen kann.»

Er lächelte. Es war ein nettes Lächeln, und ich erkannte, dass sich unter all dem Fett ein durchaus attraktiver Mann verbarg. Dann machte er Officer Williams ein Zeichen, ihm die Zellentür aufzuschließen, und kam zu mir herein. Er setzte sich neben mich auf die Pritsche und warf einen weiteren Blick in meine Akte. Während er las, fiel mir auf, dass seine Nägel perfekt manikürt waren. Er trug sogar farblosen Nagellack. Sein Atem allerdings roch leicht säuerlich, wenn er ausatmete.

«Da muss ein Irrtum vorliegen», sagte ich. «Ich wollte zu einer beruflichen Orientierungsveranstaltung. Ich bin Physiotherapeutin.»

Er sah mich aus hellbraunen Augen an, die mir sanft und verständnisvoll erschienen, wie ein sicherer Hafen. Bis er den Mund aufmachte. «Schwerer Diebstahl, steht hier, Veruntreuung von Staatsgeldern. Das ist eine Straftat. Sie müssen mit einer langen Haftstrafe rechnen.»

«Aber das stimmt nicht. Man muss mich mit irgendwem verwechseln.»

Er las mir eine Auflistung von Daten vor, die allesamt auf mich zutrafen. Das war eindeutig ich: mein Name, mein Geburtsdatum, mein Geburtsort, meine Anschrift in Kentucky, mein Familienstand, mein Kind, alles bis hin zu Körpergröße, Haar- und Augenfarbe.

Wie war das möglich?

«Wer hat die Anklage erhoben?», fragte ich.

Er fuhr mit dem Finger über eine Seite der Akte und hielt dann inne. «Die staatliche Gefängnisverwaltung von Lexington, Kentucky, steht hier. Medizinische Abteilung.»

Als ich das hörte, drehte sich mir der Magen um. Mein Gesicht wurde klamm und kalt, mir wurde schwindlig. Ich schaute zur Toilette hinüber, um rechtzeitig hinstürzen zu können.

«Tief durchatmen», sagte Shoemaker.

Ich folgte seinem Rat, holte zweimal tief Luft. Dann war die Übelkeit vorbei.

«Agent Shoemaker, Sie müssen mir zuhören.»

«Deswegen bin ich ja hier.»

«Bis vor kurzem war ich noch selbst beim staatlichen Gesundheitsdienst. Ich habe in diesem Gefängnis in Lexington gearbeitet, aber ich habe niemals irgendwelche Gelder veruntreut. Ich bin keine Diebin. Allerdings habe ich gekündigt, und ich fürchte, mein ehemaliger Chef versucht jetzt irgendwie, Rache zu nehmen.»

«Wenn das tatsächlich so ist», erwiderte er ruhig, «dann dürfte es nicht weiter schwierig sein, das zu beweisen.»

«Ich möchte jetzt bitte telefonieren.»

Er ging zum Telefon, gab einen Code ein, um die Verbindung nach draußen herzustellen, und reichte mir dann den Hörer. «Bitte schön.»

Zuerst versuchte ich es bei Julie, erreichte sie aber weder zu Hause noch auf dem Handy. Dann dachte ich an Bobby. Er musste schon bei der Arbeit sein, er konnte direkt mit Kent reden und herausfinden, was da los war. Ich erreichte ihn gleich beim ersten Versuch und erzählte ihm alles.

«Gut, Annie», sagte er mit der entschlossenen Stimme, die ich so gut kannte. *Ich baue uns einen Stuhl, ich kann den Baum auch selbst zurückschneiden, ich will mich mit fünfundvierzig zur Ruhe setzen, wir werden heiraten, ich hole dich aus dem Gefängnis.* «Ich werde jetzt zweierlei tun. Oder nein, dreierlei. Als Erstes werde ich ein paar Leute anrufen und dir einen Anwalt besorgen. Du sagst von jetzt an nichts mehr, zu niemandem. Versprochen?»

«Ja, versprochen.»

«Danach werde ich mit Kent reden. Langsam habe ich diesen Wichser wirklich dicke, ich werde also nicht mehr diplomatisch sein. Wenn er dahintersteckt, mache ich ihn kalt.»

«Danke», sagte ich und versuchte mit aller Kraft, nicht gleich wieder in Tränen auszubrechen. «Bobby, kannst du bitte auch Julie anrufen? Ich habe sie nicht erreicht. Sag ihr, dass es mir gutgeht.»

«Das mache ich. Und ich setze mich so bald wie möglich ins Flugzeug. Mach dir keine Sorgen, Annie.»

Keine Sorgen? Sorgen waren gar kein Ausdruck mehr, ich war halb wahnsinnig vor Panik. Allein im Gefängnis, mitten in Manhattan, während mein Kind fast zweihundertfünfzig Kilometer von mir entfernt war. Als ich auflegte, merkte ich, dass bereits Milch meine Bluse durchweichte. Mir blieb nichts anderes übrig, als Shoemakers Kooperationsbereitschaft zu testen.

«Ich bin Mutter, ich stille», sagte ich. «Mein Baby ist bei meiner Schwester in Massachusetts, und meine Milchpumpe steht in der Wohnung in der Fifty-Sixth Street, wo ich abgestiegen bin.»

«Ihre was?»

«Meine Milchpumpe. Mit der ich die Muttermilch abpumpen kann, damit meine Brüste nicht explodieren.»

Die Vorstellung, dass meine Brüste tatsächlich explodieren könnten, hier in dieser kleinen Zelle, während er daneben saß, machte ihn sichtlich unruhig.

«Natürlich explodieren sie nicht im Wortsinn», sagte ich. «Aber die Milchdrüsen können sich entzünden, und das ist eine ernstzunehmende Infektion. Wenn ich nicht bald Milch abpumpe, kann das sehr schlimme Folgen haben.» Als Lexy gerade auf der Welt war, hatte ich ein einziges Mal nicht darauf geachtet, dass meine Brüste immer mehr anschwollen, immer härter und röter wurden, und keine halbe Stunde später bekam ich plötzlich hohes Fieber. Ich strich die harten Stellen sorgfältig aus, ließ die Milch abfließen, kühlte die Brust und konnte das Unheil damit gerade noch einmal abwenden. Erst später erfuhr ich, dass solche Schwellungen zu einer ernsthaften Infektion führen konnten, mit der man gegebenenfalls sogar ins Krankenhaus musste.

Shoemaker riss ein Blatt von seinem gelben Notizblock ab und reichte es mir mitsamt seinem Kugelschreiber. «Schreiben Sie mir auf, was Sie brauchen, ich werde sehen, was ich tun kann.»

Ich schrieb ihm die genauen Angaben auf. «Vielen Dank. Entweder Sie schicken jemanden in die Wohnung und lassen meine eigene Pumpe holen, oder Sie kaufen eine neue, ich bezahle dann auch dafür.»

Er nickte. Es war ganz offensichtlich ein völlig fremdes Gebiet für ihn, aber er machte zumindest gute Miene dazu. Er nahm das Blatt mit den Anweisungen, legte Akte und Block zusammen und stand auf. Dann rief er Officer Williams, damit der ihm die Zellentür öffnete.

«Ich nehme sie mit nach Downtown», sagte Shoemaker zu ihm.

Officer Williams legte mir wieder Handschellen an. Die wundgescheuerten Stellen an meinen Handgelenken begannen sofort zu brennen, als sie mit dem Metall in Kontakt kamen. Shoemaker gab ihm meine Liste, und Williams gab sie an Officer Kiatsis weiter, während wir den Raum durchquerten, in dem die Detectives ihrer Arbeit nachgingen. Noch nie hatte mir meine eigene Anonymität so viel Angst gemacht wie auf dem Weg durch diesen Raum voll eifriger Betriebsamkeit. Das waren dieselben Menschen, die mich so gar nicht beachtet hatten, als ich hergebracht wurde. Als ein älterer Mann mit einem Ohrring im linken Ohrläppchen mich mit einem angedeuteten Lächeln musterte, war ich keineswegs dankbar dafür, sondern empfand es nur als Scheinheiligkeit. Eine Scheinheiligkeit, die ich kannte. Ich war ja selbst einmal auf der anderen Seite dieser unsichtbaren Schranke gewesen. Im Gefängnis in Kentucky waren wir die Angestellten, und die Insassen waren die anderen. Jetzt hatte ich die Seiten gewechselt, war unversehens eine von denen geworden, die man nicht beachtete, die außerhalb der Gesellschaft standen. Ich kannte das nur zu gut aus dem Gefängniskrankenhaus: Man musste ja seine Arbeit machen, und das gelang einem am besten, wenn man nicht groß darüber nachdachte, ob die Gefangenen nun schuldig oder unschuldig waren. Letztlich wusste man vor allem, dass sie eingesperrt waren und man selbst nicht. Das war der Maßstab. Ich schenkte dem einzelnen freundlichen Detective keine Beachtung. Wahrscheinlich meinte er es nur gut, aber er konnte ja unmöglich wissen, in was für einer Zwangslage ich mich befand, und sein halbes Lächeln ließ die Schranke zwischen uns nur noch höher werden, sodass ich mich noch schlechter fühlte. Das Letzte, was ich sah, bevor ich durch die Glastür ging (deren halb abgeblätterte Aufschrift TINU SEVITCETED mich eine Sekunde lang verwirrte, bis mir klar wurde, dass es DETECTIVES UNIT hieß, nur spiegelverkehrt), war Kiatsis, der sich meine Liste durchlas und mir dann misstrauisch nachsah. Das Gefühl von Hilflosigkeit überwältigte mich schier. Würde er die Milchpumpe tatsächlich holen? Würde ich noch einmal nachfragen müssen? Würde mir überhaupt jemand zuhören?

Nachdem er das Verlegungsformular unterschrieben und die Papiertüte mit meinen Habseligkeiten an sich genommen hatte, führte Williams mich hinaus in den sonnigen Mainachmittag. Draußen: warme Frühlingsluft, Abgase und hupende Autos, die sich an der Kreuzung stauten, eine junge Frau mit einem roten Kleid und schwarzen Sandalen, ein Mann in Jeans und Lederjacke, der ins Polizeirevier stürmte, ein drahtiger Fahrradkurier, der sich auf seinem goldenen Fahrrad durch den Verkehr schlängelte. Man führte mich zu einem wartenden Streifenwagen, der uns, wie man mir gesagt hatte, zur offiziellen Registrierungsstelle bringen würde.

Shoemaker stieg vorne ein, jenseits der zerkratzten, kugelsicheren Trennwand, und ich saß allein auf dem nach Zigaretten und Schweiß stinkenden Rücksitz, auf dem sonst Tatverdächtige und Strafgefangene ihrem Urteil entgegenfuhren. Wir fuhren nach Downtown, die Häuserblocks flogen in rascher, undeutlicher Folge an uns vorbei, bis ich schließlich, zwischen ein paar gewaltigen, reichverzierten Gebäuden, die Brooklyn Bridge aufschimmern sah. Ihre Zuckerwattepfeiler wölbten sich über dem glitzernden, schieferblauen Fluss, und ich musste unwillkürlich an das Meer denken, an seine endlose Weite, an seinen Horizont, der so fern war, dass er ganz und gar unerreichbar schien. Dann versperrte mir plötzlich ein weiteres Bauwerk die Sicht, und wir hielten vor einem geradezu babylonisch anmutenden Gerichtsgebäude mit mehreren Etagen, wie eine Hochzeitstorte. Officer Williams parkte den Wagen neben ein paar anderen Dienstfahrzeugen. Shoemaker stieg aus und öffnete mir die Tür. Zu dritt schritten wir nebeneinander die breiten Stufen hinauf, zwischen großen Granitsäulen hindurch, und betraten eine weitere Vorhalle mit hohen Decken und Neunzehntem-Jahrhundert-Flair, in der uns jedoch als Erstes die Sicherheitstechnik des 21. Jahrhunderts erwartete.

Die zentrale Registrierungsstelle für Strafgefangene befand sich im Tiefgeschoss des Strafgerichts. Nach unten fuhren wir in einem viel zu grell beleuchteten Aufzug, der uns schließlich in einem Gang mit dunklem Steinboden ausspuckte. Akkurat gemalte schwarze Pfeile wiesen uns den Weg zur Registrierungsstelle. Dort wurden mir vor aller Augen die Fingerabdrücke abgenommen, indem jeder Finger einzeln über ein lilafarbenes Stempelkissen gerollt und auf das entsprechende Feld eines weißen Formulars gedrückt wurde. Ich hatte diese Prozedur schon einmal mitgemacht, als ich meine Stelle im Gefängnis antrat, und so verwunderten mich die Tintenrückstände an den Fingern nicht weiter. Das Fotografieren allerdings erstaunte mich umso mehr, schockierte mich sogar, weit mehr, als ich das erwartet hatte. Man hängte mir ein kleines Schild zur Identifizierung um den Hals, das den Ort der Festnahme, die Registrierungsnummer und das heutige Datum verzeichnete. Und als der Blitz mich blendete, spürte ich förmlich meine eigene fassungslose Miene, die nun digital gespeichert werden und mich auf ewig als Kriminelle brandmarken würde. Das war mein Verbrecherfoto. Jetzt war ich aktenkundig. Während man mich durch einen weiteren Flur mit dunklem Steinboden scheuchte, erklärte mir Agent Shoemaker, dass im nächsten Schritt Anklage erhoben werde.

«Und wann?», fragte ich.

«Bald», sagte er. «Nach dem Gesetz muss die Anklage innerhalb von vierundzwanzig Stunden nach der Festnahme erhoben werden. Wenn viel los ist, kann es allerdings auch mal länger dauern.»

Bald hatten wir den Trakt mit den Untersuchungszellen für die Frauen erreicht. Nach einer kurzen Unterredung mit der Wärterin versicherte Shoemaker mir, ich würde heute noch einen Gerichtstermin bekommen. Die Wärterin war eine kräftige Person, die das Haar in einem glänzenden, krausen Minipli trug. Sie schloss mir die am wenigsten überfüllte Zelle auf, in der vier Frauen herumhockten, -saßen und -standen. Ein verstopftes Klo verpestete die Luft. Als ich hereinkam, musterten mich die anderen Frauen, und ich musterte sie, doch keine sagte ein Wort zur Begrüßung. Eine meiner Zellengenossinnen, eine magere Schwarze in einem karierten Flanellhemd, lag schlafend oder auch bewusstlos auf dem Boden. Zwei dickliche spanischstämmige junge Mädchen, die Hot Pants und identische Schlauchtops mit der amerikanischen Flagge darauf trugen, sahen mich eingehend an, als ich hereinkam, vertieften sich dann aber wieder in ihr rasend schnelles Geschnatter. Das eine Mädchen hatte einen melonengroßen Bluterguss am Oberschenkel. Die dritte Frau, eine stämmige, nicht mehr ganz junge Chinesin, die ein Bandanatuch um die grauen Haare geschlungen hatte, starrte mit wütendem Blick die Wand an.

Als ich mich wieder umdrehte, war Officer Williams bereits verschwunden. Shoemaker wartete noch, bis die Zelle wieder verschlossen war, dann verabschiedete er sich von mir und versprach mir, mein Rechtsbeistand werde bald hier sein. Bald. Was hieß das genau? Es gab keine Uhr, auch kein Fenster. Das schummrige Licht der nackten Glühbirne raubte einem jedes Zeitgefühl. Mir blieb nur Warten. Die Mädchen schwatzten. Die magere Frau schlief. Die Chinesin kochte vor Wut. Ich wanderte auf und ab, mit hämmerndem Herzen und wirbelnden Gedanken. Von Zeit zu Zeit blieb ich stehen, um Luft zu holen, und zwang mich zu tiefen Atemzügen, wenn ich merkte, dass ich aufgehört hatte zu atmen.

Schließlich brachte mir jemand eine braune Papiertüte mit einer Milchpumpe. Ich setzte mich in eine Zellenecke und pumpte die Milch aus meinen geschwollenen Brüsten ab. Es war nicht meine Milchpumpe, und sie war auch nicht neu, man hatte sie mir einfach gegeben, ohne mich über die Herkunft aufzuklären. Ich spürte die Blicke der Mädchen im Rücken. Aus ihrem Flüstern konnte ich entnehmen, dass sie das rätselhafte Zusammenspiel zwischen dem Saugen der Maschine und der weiblichen Brust zugleich abstoßend und faszinierend fanden, und ich fragte mich, ob sie trotz ihrer Jugend vielleicht schon eine Schwangerschaft erlebt hatten – eine Schwangerschaft, die möglicherweise an irgendeinem Punkt abgebrochen worden war.

Nach einiger Zeit meldete sich die Chinesin zu Wort: «Das reicht. Show vorbei!» Sie sprach mit starkem Akzent, und ihre Stimme zeugte von unüberhörbarer Autorität. Als ich mich umdrehte, um sie anzusehen, hielt sie den Blick schon wieder auf die Wand gerichtet. Ich war ihr dennoch dankbar. Ich deponierte die beiden unverschlossenen Babyfläschchen mit der Milch, die Lexy niemals trinken würde, auf dem Boden. Meine Zellengenossinnen hielten sich von den Fläschchen fern, sie schienen sie gewissermaßen zu respektieren, und plötzlich empfand ich es als unerwartete Erleichterung, hier unter Frauen zu sein.

Ich hatte keine Ahnung, wie spät es war, als die Anwältin endlich auftauchte. Aber es musste wohl schon Abend sein. Die Wärterinnen hatten ihren Schichtwechsel gehabt, das trübe Licht war noch ein wenig trüber geworden. Die neue Wärterin, eine Puertoricanerin mittleren Alters mit sorgfältig manikürten, feuerroten Krallen, schloss die Zellentür auf und winkte mich zu sich. Ich wurde in eine Verhörzelle geführt: zwei aneinandergeschobene Tische in einem winzigen Raum, dazwischen eine beschlagene Plexiglasscheibe. Eine Frau in einer türkisfarbenen Bluse erwartete mich dort.

«Ich bin Elizabeth Mann. Sie können Liz zu mir sagen.» Ihr Ton war selbstsicher und professionell. Das blondierte Haar hing ihr schnurgerade bis zu den Schulterblättern herab und war akkurat in der Mitte gescheitelt. «Ich habe mich den ganzen Nachmittag mit Ihrem Fall beschäftigt, Anais … oder soll ich Annie sagen?»

«So nennen mich alle.»

«Dabei ist Anais so ein wunderschöner Name.» Liz hatte sehr gerade Zähne, die allerdings vom übermäßigen Kaffeegenuss gelblich verfärbt waren. Als ich das sah, fing ich an, Vertrauen zu ihr zu fassen. Auch wenn sie zu der simplen Maßnahme gegriffen hatte, sich das Haar blond zu färben, offenbarte ihre übrige Erscheinung doch deutlich die Spuren des Alters. Das Gesicht wirkte geradezu verwittert, und die roten Äderchen in ihren schönen blauen Augen zeugten davon, dass sie hart arbeitete. Ich wusste, dass Bobby keine Kosten und Mühen scheuen würde, um mir eine gute Anwältin zu besorgen. Liz Mann. Na gut: Willkommen in meiner Welt.

«Annie macht es einfacher», sagte ich, «außerdem bin ich daran gewöhnt.»

Wir begannen zu reden, und Liz machte sich Notizen dabei. Ich erzählte ihr alles, was ich wusste. Viel war das nicht. Sie hatte sich bereits ausführlich mit Bobby unterhalten, wusste von unseren Eheproblemen und auch von dem Mord an Zara Moklas. Außerdem wusste sie alles über Kent, der ihr am Telefon einen heiligen Eid geschworen hatte, absolut nichts mit der Sache zu tun zu haben. Nur dass mein Portemonnaie verschwunden war, das wusste sie noch nicht.

«Seit wann?», fragte sie.

«Seit Donnerstag.»

«Und wo haben Sie es verloren?»

«In Great Barrington», sagte ich. «Vermutlich irgendwo in der Stadt, aber das weiß ich nicht so genau.»

«Wie viel Geld war drin?»

«Nicht viel. Zwanzig Dollar vielleicht.»

«Aber Ihre Kreditkarten? Und andere Ausweispapiere?»

«In Unmengen sogar. Kreditkarten, Führerschein, Fahrzeugschein, Sozialversicherungskarte, alle möglichen Kundenkarten. Solche Dinge.»

«Hervorragend», sagte Liz.

«Das fand ich an dem Tag nicht unbedingt.»

«Haben Sie schon einmal etwas von Identitätsdiebstahl gehört?»

«Natürlich.» Und dann begriff ich mit einem Mal: das verschwundene Portemonnaie. Warum war ich bloß nicht früher darauf gekommen? Der Schock, festgenommen, eingesperrt und als Straftäterin registriert zu werden, hatte meine Gedanken in eine völlig falsche Richtung gelenkt. «Aber ich habe doch alle meine Karten sperren lassen.»

«Wann?»

«Gleich am nächsten Tag.»

«Eine Nacht ist für einen Identitätsdieb reichlich Zeit. Es ist unfassbar, was für Schaden solche Leute schon innerhalb von ein paar Minuten anrichten können.» Liz beugte sich so weit vor, dass ich durch die dicke Plexiglasschranke ihre Haut von ganz nah sehen konnte. Das Make-up war ein klein wenig zu dunkel, es verstopfte die vergrößerten Poren. «Es dauert gar nicht lange, einen Haftbefehl durch das System zu jagen. Sobald er ausgestellt wird, ist er auch unterwegs, und die Polizei reagiert darauf. Ich will damit gar nicht sagen, dass es genauso gewesen sein muss, aber es ist zumindest nicht ausgeschlossen, dass die Person, die Ihr Portemonnaie hat, sich gleich an die Arbeit gemacht und unter dem Deckmantel Ihrer Identität ein Verbrechen begangen hat.»

«So schnell … das ist völlig unglaublich.»

«Ich weiß», erwiderte Liz. «Aber in der virtuellen Welt verliert unsere Vorstellung von Zeit ihre Gültigkeit. Mit den nötigen Zugangsdaten kann sich jemand im Internet innerhalb von Minuten problemlos Ihre Identität unter den Nagel reißen, während er selbst im Bademantel zu Hause am Computer sitzt. Glauben Sie mir, nichts ist unmöglich.»

«Und wie können wir das beweisen?»

«Vorläufig gar nicht. Fürs Erste machen wir dem Gericht einfach klar, dass diese Möglichkeit besteht und Sie bisher keinerlei Vorstrafen haben. Dann bitten wir den

Richter, die Haftstrafe gegen eine vernünftige Kaution auszusetzen. Und sobald wir Sie hier raushaben, machen wir uns auf die Suche nach Beweisen.»

«Aber wie denn?»

«Das erkläre ich Ihnen später. Eins nach dem anderen.» Liz stand auf und klemmte sich ihre Unterlagen und den Notizblock unter den Arm. «Ich werde versuchen, uns für heute Abend noch auf die Prozessliste zu setzen. Vielleicht kann ich ja eine Haftaufhebung für Sie erwirken. Falls nicht, bitte ich den Richter, eine Kaution festzusetzen.»

«Wie, Haftaufhebung?»

«Unter bestimmten Voraussetzungen können Sie auch ohne Kaution entlassen werden», erklärte sie. «Die Anklage bleibt natürlich bestehen, aber Sie können sich innerhalb der Staatsgrenzen sehr viel freier bewegen.»

Das war der größte Hoffnungsschimmer der letzten acht Stunden. Ich dankte ihr.

Kurze Zeit später war ich wieder in der Zelle, und das Warten ging weiter. Ich war erstaunt, dort nur noch die Chinesin vorzufinden, die immer noch an die Wand starrte, und ein bisschen enttäuscht, dass die beiden spanischstämmigen Mädchen nicht mehr da waren. Sie hätten sicher wissen wollen, wie es gelaufen war. Und ich hatte ein solches Bedürfnis zu reden.

«Ich habe eine Anwältin», sagte ich schließlich zu meiner verbliebenen Zellengenossin. «Wahrscheinlich wird mein Fall bald verhandelt.»

Jetzt sah sie mich direkt an, und ich stellte fest, dass der Funke in ihren kleinen, dunklen Augen gar keine Wut war, sondern Sehnsucht.

«Schön», sagte sie.

«Und Sie?», fragte ich.

Sie antwortete nur: «Ich am Ende.» Dann richtete sie den Blick wieder auf die Wand.

Endlich kam Liz zurück. Als die Wärterin die Zellentür aufschloss, verabschiedete ich mich von der Chinesin, doch sie gab keine Antwort. Ich hatte großes Mitleid mit ihr, viel mehr als mit den anderen Frauen. Irgendwie hatte ich die Vermutung, dass das Leben dieser Frau durch etwas vollkommen Unerwartetes zerstört worden war, dass sie vielleicht zu heftig auf eine böse Überraschung reagiert hatte, obwohl sie schon vorher wusste, dass diese Reaktion sie alles kosten konnte. Ob sie Familie hatte, Angehörige, die ihr jetzt beistehen konnten? Das fragte ich mich, als ich hinter Liz den Gang entlangging.

Wir schlängelten uns rasch durch ein wahres Labyrinth aus unterirdischen Fluren, bis uns ein weiterer Aufzug zwei Stockwerke zu den Gerichtssälen hinauftrug. «Wir haben einen guten Richter», sagte Liz. «Er hat sich bereit erklärt, uns noch auf seine Prozessliste zu nehmen. Außerdem wartet Ihr Mann auf Sie.»

«Bobby ist hier?»

Liz nickte. «Sie können kurz mit ihm reden, aber dann müssen wir rein.»

Bobby wanderte auf dem breiten Flur vor dem Gerichtssaal auf und ab. Seine Schritte quietschten auf dem blitzblank gebohnerten Marmorboden, und unter der hohen Decke wirkte er richtiggehend winzig. Seine Arbeitskleidung – blaue Hose, weißes Hemd – sah nach dem langen Flug hierher reichlich zerknittert aus. Darüber trug er die braune Cordjacke, die immer im Schrank in unserem Flur zu Hause hing, woraus ich schloss, dass er auf dem Weg zum Flughafen noch einmal zu Hause gewesen war. Warum er sich wohl so viel Zeit genommen hatte? Er hatte Turnschuhe an, schien also auf lange Wartezeiten gefasst zu sein. Und er sah ein wenig abgespannt aus, als hätte er schon in der Nacht zuvor nicht viel geschlafen.

Dann stand ich vor ihm, in meinem zerknitterten, beigefarbenen Kostüm und meinen zerrissenen Strümpfen, mit zerzaustem Haar und zerlaufener Wimperntusche, die Hände in Handschellen auf dem Rücken, flankiert von meiner Anwältin und der Gefängniswärterin.

«Oh, Annie.» Seine wunderbare Stimme, die so sanft und ein wenig heiser wurde, wenn ihn etwas tief berührte.

Ich machte einen Schritt auf ihn zu, er schlang die Arme um mich, küsste mich auf die Wangen, und plötzlich flossen die Tränen einfach so aus mir heraus. «Schon gut. Scht, scht. Das kriegen wir schon wieder hin.»

«Hast du Julie erreicht?»

Er schüttelte den Kopf. «Ich habe ihr mehrere Nachrichten hinterlassen und ihr deine Handynummer durchgegeben. Meins funktioniert hier ja nicht.»

«Sie haben mir das Handy abgenommen», sagte ich. «Wie soll sie mich da erreichen?»

Liz, die sich ein wenig abseits gehalten hatte, mischte sich ein. «Sie bekommen es zurück, sobald das hier vorbei ist.»

«Aber wenn nun irgendwas mit Lexy ist?», rief ich aufgebracht. «Wenn Lexy und Julie uns brauchen?»

«Mir ist klar, wie schrecklich das für Sie ist», sagte Liz. «Aber Sie müssen sich einfach gedulden.»

Leichter gesagt als getan. Doch mir blieb nichts anderes übrig.

«Was ist mit Kent?», fragte ich Bobby. «Hast du mit ihm geredet?»

«Er weiß absolut nichts von der Sache», antwortete Bobby. «Und er war sogar ziemlich betroffen. Er hat gesagt, es täte ihm leid, dass wir so viel durchmachen müssen, und er wolle uns helfen.»

«Kent?»

«Ja. Unglaublich, nicht?»

Liz warf einen Blick auf die Uhr. «So, meine Lieben. Bevor wir reingehen, sollten wir uns noch einmal kurz unterhalten.» Sie senkte die Stimme. «Ich denke, wir haben Glück mit diesem Richter, aber er ist bekannt dafür, dass er Haftaufhebungen aus Prinzip ablehnt. Wir müssen also mit einer Kaution rechnen. Ich schlage vor, Bobby, Sie ersparen Ihrer Frau ein bisschen Zeit und arbeiten schon mal vor.» Sie gab ihm eine Visitenkarte. Ich konnte gerade noch die größer gedruckte Zeile darauf lesen: BAD SEED BAIL BONDS. «Es ist gleich über die Straße, der nächste Block links. Sie haben durchgehend geöffnet. Fragen Sie nach Vinnie und sagen Sie ihm, dass Sie von mir kommen. Er soll den ganzen Papierkram schon mal fertig machen. Ich melde mich dann später mit dem genauen Betrag bei ihm. Sie haben es doch dabei, oder?»

«Ja.» Er klopfte von außen an seine Jacke, die, wie ich wusste, eine geräumige Innentasche besaß.

«Was?», wollte ich wissen.

«Mach dir keine Gedanken, Annie», sagte Bobby.

«Ich soll mir keine Gedanken machen?!»

«Er hat recht», sagte Liz. «Sie sollten sich jetzt nur darauf konzentrieren, hier rauszukommen. Der Gegenwert Ihres Hauses wird in jedem Fall genügen, um die Kaution abzudecken. Wir holen Sie hier raus, und sobald wir die Vorwürfe gegen Sie entkräftet haben, lösen Sie die hinterlegte Sicherheit einfach wieder aus.»

Das hatte er also in der Jackentasche? Die Besitzurkunde für unser Haus?

«Bobby, nein!»

«Bitte, Annie», sagte er, «uns bleibt doch keine andere Wahl.»

Damit drehte er sich um und ging, und der Albtraum hörte nicht auf. Ich konnte es kaum fassen, mit welchem

Tempo sich diese Katastrophe vollzog. Liz nahm mich am Arm und führte mich durch eine nicht ganz so aufwendige Sicherheitskontrolle hinein in die Höhle des Löwen, den Gerichtssaal.

KAPITEL 7

Meine Kaution wurde auf zweihundertfünfzigtausend Dollar festgesetzt und lag damit noch unter dem Reinwert unseres Hauses. Dieses Haus war im Grunde mein ganzer Besitz, ich hatte mit der Quittierung des Staatsdienstes ja auch meinen Pensionsanspruch aufgegeben. Zum Glück hatte Bobby noch seine solide Staatsrente. Denn falls dieser Albtraum noch schlimmer wurde, falls wir die Beweise, von deren Existenz Liz so überzeugt schien, nicht finden sollten, würde er sehr viel mehr von mir bekommen als nur meine Hälfte des Hauses. Falls ich für dieses Verbrechen, das ich nicht begangen hatte, ins Gefängnis kam, sollte er Lexy bekommen, Lexy, seine Rente und das Haus. Er konnte es verkaufen und woanders hinziehen, er konnte sich eine neue Frau suchen und noch einmal ganz von vorn anfangen.

«Was denkst du?» Bobby saß neben mir auf dem Rücksitz des Taxis. Es war fast Mitternacht, Liz war mit einem anderen Taxi nach Hause gefahren. Bobby hatte sich von dem vorbeiziehenden Großstadtpanorama abgewandt und sah mich an, doch ich konnte seinen Blick nicht erwidern. Ich hatte meine Handtasche, meine Uhr und mein Handy zurückbekommen. (Julie hatte immer noch nicht auf Bobbys Nachrichten reagiert.) Aber meine Würde steckte immer noch in dieser Papiertüte.

«Ach, nichts.» Wie sollte ich ihm sagen, was ich gerade

gedacht hatte? Obwohl ich unschuldig war, schämte ich mich doch dafür, verhaftet worden zu sein. Ich schämte mich sogar dafür, dass ich ihn überhaupt verlassen hatte. Zum Glück war wenigstens Lexy noch zu klein, um sich an diese Episode unseres Lebens zu erinnern. Im Stillen schwor ich mir: Wenn es uns gelingen sollte, das alles heil zu überstehen, würde ich niemals wieder aus dem Blick verlieren, was wirklich wichtig war – wir, unsere Familie, unser Zuhause. «Ich will zu Lexy. Können wir nicht doch gleich zu Julie fahren?»

«Wir müssen tun, was Liz sagt. Im Klartext: Erst mal ein bisschen schlafen, dann herausfinden, warum das alles passiert ist, und mit ihr gemeinsam versuchen, es wieder aus der Welt zu schaffen.»

«Kannst du denn jetzt schlafen?»

«Nein. Du?»

«Ganz sicher nicht.»

«Pass auf, Annie. Im Flugzeug hierher habe ich angefangen, ein Buch über Identitätsdiebstahl zu lesen, das ich mir am Flughafen gekauft habe. Da steht, sämtliche Informationen laufen über die Kreditauskunftsstellen. Auch Haftbefehle.»

«Liz sagt, in der virtuellen Welt herrscht ein ganz anderer Zeitbegriff. Falls das also tatsächlich alles damit angefangen hat, dass ich mein Portemonnaie verloren habe …»

«Ja, das hat sie mir auch erzählt. Deshalb habe ich mir ja das Buch gekauft.»

«Ich kann mir nur einfach nicht vorstellen, wie ein Identitätsdieb das alles in einem Tag bewerkstelligt haben soll.»

«Wenn man dem Buch glaubt», sagte Bobby, «kann das sogar noch viel schneller gehen. Die Auskünfte werden täglich aktualisiert. Wenn die Person, die dein Portemonnaie gestohlen hat, also irgendwelche Einkäufe getätigt oder Verbrechen begangen hat, bevor du die Karten sperren lassen konntest, taucht das sofort auf.»

«Veruntreuung? In einem Tag? Das ist doch völlig unmöglich!»

«Ich verstehe es ja auch nicht. Der Computermensch, der heute Abend vorbeikommen wollte, hätte mir sicher helfen können, unsere aktuelle Kreditauskunft einzusehen, aber der Termin hat ja nun aus einsichtigen Gründen nicht stattgefunden. Warum versuchen wir es nicht einfach selbst? Wenn wir damit anfangen, können wir vielleicht herausfinden, wie weit der Schaden geht. Gibt es einen Computer in der Wohnung?»

«Nein», sagte ich. Bobby kannte die Wohnung meines Vaters noch gar nicht. Wir hatten zwar häufig davon gesprochen, einmal für ein Wochenende nach New York zu fahren, waren aber nie dazu gekommen.

«Aber es wird ja wohl irgendwo ein Internetcafé geben.» Er beugte sich schon vor, um den Taxifahrer zu fragen, wo wir gegen Geld ins Internet konnten, doch ich protestierte.

«Ich muss unbedingt noch eine Viertelstunde abpumpen, wir müssen also als Erstes in die Wohnung.» Wie immer siegten die Körperfunktionen, und wir fuhren zur Fifty-Sixth-Street.

Die Straße war von dem Streulicht erhellt, das nachts über der ganzen Stadt lag. Hier wurde es einfach nie richtig dunkel. Bobby zahlte das Taxi, wir traten ins Haus und eilten die fünf Treppen hinauf.

Ich machte Licht in der Wohnung, dann ging ich zur Spüle und machte mich so hastig daran, meine Milchpumpe zusammenzuschrauben, dass ein paar Teile auf den Boden fielen. Ich machte mir nicht die Mühe, sie noch einmal abzuspülen. Diese Milch würde ich ohnehin nicht aufbewahren, es ging nur darum, mir selbst Erleichterung zu verschaffen. Bobby setzte sich an den Tisch und blätterte in den Gelben Seiten, während ich auf dem Sofa saß und abpumpte. Als ich fertig war, spülte ich die Milchpumpe und zog mich um. Zwanzig Minuten später standen wir wieder auf der Straße und hielten ein weiteres Taxi an, das uns zum Twelfth Night bringen sollte, einem Internetcafé an der Ecke Twelfth Street/Seventh Avenue. Es war das dritte Internetcafé, bei dem Bobby es telefonisch versucht hatte, und das erste, das die ganze Nacht geöffnet hatte.

Es war kaum jemand draußen auf der Straße, und so waren wir erstaunt, dass das Café selbst doch recht voll war. Etwa zwanzig Männer und Frauen saßen allein an den Tischen, die Monitore ihrer Notebooks schienen die einzigen Lichtquellen in dem schummrigen Raum zu sein. Manche tippten wie die Wilden, andere drückten nur hier und da einmal eine Taste, und wieder andere starrten einfach gebannt auf den Bildschirm. Und alle waren sie allein, abgekapselt in ihrem eigenen kleinen Universum, zerknitterte Zeitungen, aufgeschlagene Bücher und große weiße Becher mit Kaffee, Tee oder Kakao neben sich. Abgesehen von den beiden jungen Männern hinter dem Tresen – der eine dünn mit stachliger Frisur, der andere kahl rasiert, dafür aber mit einem buschigen Bart, den er zu einer Art Kinn-Pferdeschwanz zusammengebunden hatte –, waren Bobby und ich die Einzigen, die in irgendeiner Form zusammengehörten.

Die meisten Gäste hatten ihr eigenes Notebook dabei, doch es gab auch fünf Rechner, die in einer Reihe auf einem langen Tisch an der Wand standen. Drei davon durfte man benutzen. Wir gingen an den Tresen, um uns einen zuteilen zu lassen.

«Für wie lange?» Der Junge mit der Stachelfrisur lächelte uns an, und das Image des harten Kerls, das die Frisur wohl vermitteln sollte, löste sich in Luft auf: Er war noch ein halbes Kind, vermutlich gerade erst volljährig. Auf seinem knappen T-Shirt stand *Joey* an der Stelle, wo sich sonst die Brusttasche befunden hätte.

Bobby griff in seine Brieftasche und zog einen Zwanzig-Dollar-Schein hervor. «Das wissen wir noch nicht genau. Können wir halbstündlich abrechnen?»

«Nach Mitternacht nehmen wir kein Bargeld mehr, nur Kreditkarten.» Der Kind-Mann deutete auf die Steinwand hinter sich, wo ein handgeschriebenes Schild seine Bemerkung fast wörtlich wiederholte. «Allein dieses Jahr sind wir schon dreimal nach Mitternacht überfallen worden.»

Bobby und ich wechselten einen Blick. Plastik war bei uns Mangelware geworden: Wir hatten keine Kreditkarten, keine MasterCard, nicht einmal einen Scheck (wobei sie den vermutlich auch nicht genommen hätten, so fern von unserem Heimatstaat). Dann fiel mir ein, dass ich ja immer noch Julies Kreditkarte und ihren Führerschein bei mir trug. Ich zog beides aus dem Innenfach meiner Handtasche. «Bitte schön, Joey. Und rechnen Sie bitte noch zwei Kaffee dazu.»

«Ich heiß nicht Joey.» Er musterte mich, als würde er sich fragen, wie ich denn bloß auf diese abwegige Idee kam.

Bobby unterdrückte ein Grinsen, und plötzlich sah ich uns in fünfzehn Jahren, wie wir uns ergeben in all die Absurditäten fügten, die unsere Teenager-Tochter so von sich gab. Dann tauchten vor meinem inneren Auge noch weitere Kinder auf. Wir mussten das alles unbedingt überstehen, um irgendwann dorthin zu gelangen.

Ich-heiß-nicht-Joey zog die Kreditkarte durch das Lesegerät, dann verglich er das Foto in Julies Führerschein mit meinem Gesicht. Nachdem ich den Beleg unterzeichnet hatte, verglich er auch die Unterschriften. Dann gab er mir die beiden Karten mitsamt der Quittung zurück.

«Danke.» Ich steckte die Karten wieder in die Handtasche.

Er warf einen Blick in ein Notizbuch und kritzelte dann etwas auf ein Stück Papier, das er Bobby reichte. «Sie haben die Nummer fünf. Das ist das Passwort. Der Computer berechnet die Zeit, aber Sie müssen sich unbedingt ausloggen, wenn Sie fertig sind, sonst zahlen Sie immer weiter. Alles schon vorgekommen.»

«Das wäre ja richtig blöd», sagte Bobby zustimmend und warf mir dabei einen ironischen Blick zu. Der Junge hatte ja keine Ahnung!

«Müssen Sie was ausdrucken?»

«Wissen wir noch nicht.»

«Das kostet nämlich extra. Pro Seite.» Er deutete auf ein weiteres Schild an der Wand: DRUCKKOSTEN WERDEN PRO SEITE BERECHNET. «Wenn Sie also was ausdrucken, schlagen wir das hinterher noch drauf.»

«Danke», sagte Bobby.

Dann gingen wir mit unseren Kaffeebechern zu unserem Computer, direkt vor einem Fenster, das auf die halbdunkle, nächtliche Greenwich-Village-Straße hinausging. Um uns herum klapperten unsere nachtaktiven Nicht-Gefährten eifrig weiter auf ihren Tastaturen und schenkten weder uns noch einander Beachtung. Ich meldete uns an, und der Computermonitor erwachte zum Leben. Nun waren auch Bobby und ich allein in diesem Internetcafé, inmitten unserer eigenen kleinen Raumkapsel, auf der Suche nach Antworten.

«Los geht's», flüsterte er mir zu.

«Dass du das alles tust, Bobby, dafür liebe ich dich wirklich.»

Er lächelte zögernd, als könnte er nicht glauben, dass

ich das auch wirklich ernst meinte, dann zog er das Taschenbuch über *Identitätsdiebstahl in der Neuen Welt* aus der Jackentasche und schlug es hinten beim Glossar auf. Nachdem er sich einen Moment hineinvertieft hatte, gab er die Internetadresse der Firma Equifax in den Browser ein, und die Homepage öffnete sich. Unter den angebotenen Produkten war ein so genanntes «3 in 1»-Paket, mit dem man Berichte der drei führenden Kreditagenturen anfordern konnte: Equifax, TransUnion und Experian.

«Genau das brauchen wir.» Bobby klickte auf das Angebot, und wir gelangten in ein neues Menü.

Es fiel ihm sichtlich schwer, mit dem Cursor durch die einzelnen Schritte zu navigieren, also übernahm ich. Mit Julies Kreditkarte forderten wir einen Bericht an, der sämtliche Bewegungen auf all unseren Konten bis einschließlich gestern aufzuzeigen versprach. Keine Minute später hatten wir die Bestätigung, dass uns der Bericht in einer halben Stunde per E-Mail zugeschickt werden würde.

Während wir darauf warteten, gab ich meinen Namen bei Google ein, um zu sehen, ob bereits Informationen im Zusammenhang mit meinem neuen Dasein als Veruntreuerin auftauchten. Es gab nur drei Treffer: eine Mitarbeiterliste des Staatsgefängnisses und zwei Seiten, die sich mit Fotografie befassten. Dann googelten wir Bobby und stellten fest, dass er in der virtuellen Welt noch weniger präsent war als ich: Er erschien nur auf der Mitarbeiterliste. Lexys Name brachte gar kein Ergebnis – Gott sei Dank. Aber Julie – Julie war geradezu berühmt. Ihr Name brachte mehr als 10 000 Suchergebnisse, von ihrer Homepage über berufsbezogene Artikel und Marketing-Blogs bis hin zu Internet-Partnerbörsen. Als ich ihren Namen so oft vor mir sah, vermisste ich sie plötzlich ganz besonders schmerzlich, und mit ihr auch Lexy – immer wieder Lexy. Wenn es nicht schon so spät gewesen wäre, hätte ich noch einmal versucht, sie anzurufen. Ich klickte mich durch ein paar weitere Julie-bezogene Links, aber wir warteten viel zu angespannt auf unseren Kreditbericht, um uns richtig darauf zu konzentrieren. Alle paar Minuten klickten wir auf die Website meines E-Mail-Providers, um den Posteingang zu checken. Doch noch kamen nur die üblichen Spam-Mails, die ich anzog wie virtuelles Licht die Cyber-Motten. Man schickte mir alles Mögliche, nur nicht das, was ich so dringend haben wollte.

Dann war die ersehnte Mail endlich da. Unsere Kreditberichte kamen als zwei separate Dateien, einer für Anais Faith Milliken und einer für Robert Bowie Goodman. Meinen öffneten wir zuerst.

Nach meinem Namen folgte unsere Adresse in Lexington – wobei unsere Straße als «Lane» bezeichnet wurde und mit einer völlig falschen Postleitzahl versehen war – und mein beruflicher Lebenslauf, der mich nicht als Physiotherapeutin, sondern als «Therapeutin» im Gefängnis verzeichnete und meine wenig erfolgreiche Laufbahn als Fotografin komplett unterschlug, sodass der Eindruck entstand, ich wäre den größten Teil meines Erwachsenenlebens nicht erwerbstätig gewesen (obwohl ich doch immer auf die eine oder andere Weise gearbeitet hatte). Unter all diesen Fehlinformationen prangte der Hinweis: HAFTBEFEHL WEGEN VERUNTREUUNG.

«Schau dir das Datum an.» Bobbys ausgestreckter Zeigefinger berührte fast den Bildschirm.

«Letzte Woche.»

«Bevor du dein Portemonnaie verloren hast.»

Je weiter wir uns durch den umfangreichen Bericht klickten, desto seltsamer wurde die Sache. Sowohl bei Visa- als auch bei MasterCard tauchten Unterkonten bei Geschäften und Firmen auf, von deren Existenz ich gar nichts wusste. Sie waren alle erst vor kurzem eröffnet worden. Ich hatte nie etwas bei Neiman Marcus oder Harry Winston eingekauft, geschweige denn bei Bergdorf Goodman. So viel Geld besaß ich gar nicht. Außerdem fanden sich da Kredite, die ich niemals aufgenommen hatte. Und ich besaß auch keinen Jaguar von einem Autohändler in Santa Monica!

Je mehr ich las, desto mehr begann ich zu schäumen. Während ich mich Seite um Seite durch meinen Ruin blätterte, hieb ich irgendwann so heftig auf die Tastatur ein, dass ein paar der künftigen amerikanischen Nobelpreisträger im Café entnervt zu mir herübersahen. Ich schenkte ihnen keine Beachtung. Bobby legte mir die Hand in den Nacken, und seine warme Berührung ließ meinen Puls fast automatisch wieder ruhiger schlagen. Ich hörte ihn neben mir tief aufseufzen. Da hielt ich im Weiterscrollen inne und sah ihn an.

«Warum haben wir über das alles eigentlich keine Rechnungen bekommen?», fragte ich.

«Ich weiß es nicht.»

«Ich bin unsere Kreditauskünfte Schritt für Schritt durchgegangen, Bobby. Da war nichts von alldem drin. Das ergibt doch keinen Sinn.»

«Aber die Ausdrucke sind auch schon zwei Monate alt.»

«Ich hätte nie gedacht, dass sie so schnell veralten.»

«Ich auch nicht.» Er schüttelte den Kopf. «Warum ist nicht einer von uns beiden auf die Idee gekommen, der Sache nachzugehen, bevor du fortgegangen bist …»

«Du hattest eine Affäre!» Ich merkte selbst, dass meine Stimme reichlich hysterisch klang. Aus dem Augenwinkel sah ich, wie einer der Nobelpreisträger aufstand und dem Mann mit dem Bart hinter dem Tresen etwas zuflüsterte. Anschließend schauten sie beide zu uns herüber. Ich zuckte entschuldigend die Achseln und legte den Zeigefinger an die Lippen – ein stummes Versprechen, von nun an leiser zu sein.

Bobby beugte sich näher zu mir und flüsterte so entschieden, wie ein Flüstern nur sein kann: «Ich hatte keine Affäre! Das gehört alles mit dazu. Begreifst du das denn nicht?»

Ich ließ mich schwer in meinen Stuhl sinken. Doch, ich begriff es. Plötzlich war mir alles klar: Die amourös anmutenden Kreditkartenbelastungen waren tatsächlich Anzeichen eines Betrugs gewesen, nur war es ein ganz anderer Betrug, als ich geglaubt hatte. Sie waren nur Vorboten eines viel schlimmeren Übels gewesen. Nicht Bobby hatte man mir gestohlen, sondern mich selbst. Ganz im Geheimen. Jemand hatte Kundenkonten in meinem Namen eingerichtet und dafür gesorgt, dass die Rechnungen nie bei uns eingingen. Aber warum hatte dieser Jemand gerade die Lovyluv-Beträge von den Kreditkarten abbuchen lassen, die wir beide regelmäßig benutzten? Hatte er mich etwa bewusst glauben machen wollen, Bobby hätte eine Affäre? Welchen Zweck verfolgte der Dieb damit? Er musste doch gewusst haben, dass wir auch alles andere irgendwann herausfinden würden.

«Was ist mit den E-Mails von Lovyluv?», fragte ich. «Ich weiß, ich habe dich das schon tausendmal gefragt … aber wie kann sie bloß so viel über dich wissen?»

«Ich habe keine Ahnung, Annie. Das Ganze macht mich genauso fassungslos wie dich. Aber das sage ich dir auch schon die ganze Zeit.»

Richtig. Die ersten verdächtigen Beträge erschienen plötzlich klarer, die E-Mails rätselhafter als je zuvor – aber irgendwie waren sie alle Teil eines großen Ganzen.

«Hier stehen Servicenummern für ein paar Kreditkarten», sagte Bobby. «Lass uns da anrufen.»

Er diktierte mir die Kundenservice-Nummer von MasterCard, und ich wählte. Um drei Uhr morgens herrschte selbst dort nicht viel Betrieb, und so wurde ich praktisch sofort mit einem Kundenbetreuer verbunden. Der Stimme nach war es ein junger Inder, der sich mir als *Don* vorstellte. Mein Anruf war ganz offensichtlich ins Ausland umgeleitet worden. Zu jedem anderen Zeitpunkt hätte ich versucht, den Mann ein wenig aus der Reserve zu locken, seinen richtigen Namen zu erfahren (Sanjay? Rajeev?). Doch jetzt sagte ich ihm nur, ich hätte nie eine Rechnung über das fragliche Kundenkonto erhalten, und er versicherte mir, es sei vor fast zwei Monaten eröffnet worden, also seien bereits zwei Monatsrechnungen an meine Heimatanschrift in Lexington versandt worden, die auch beide mit dem Mindestbetrag bezahlt worden seien.

«Aber das ist unmöglich», sagte ich. «Ich habe diese Artikel nicht gekauft, und ich habe auch die Rechnungen nicht bezahlt.»

«Sie wurden aber bezahlt, Ma'am.»

«Können Sie herausfinden, von wem?»

«Sicher, Ma'am.» Ich hörte seine Finger auf der Tastatur klappern, dort, in irgendeinem fernen Land. «Hier habe ich's. Sie wurden von Ihnen bezahlt.»

«Aber das kann nicht sein!»

«Glauben Sie, die Rechnungen wurden vielleicht abgefangen?»

Da begriff ich. Die Konten waren zwar in meinem Namen eröffnet worden, aber jemand hatte die Rechnungen auf dem Weg zu uns abgefangen, sodass wir nie davon erfahren hatten.

«Da bin ich mir absolut sicher.»

«Wir können Ihr Konto mit einer Betrugswarnung versehen, falls Sie das wünschen.»

«Ja, das wünsche ich.»

Ich hörte weiteres Tastaturgeklapper.

«Gut, Ma'am, das wäre erledigt.»

«Vielen Dank. Können Sie mir noch einen weiteren Gefallen tun? Würden Sie mir die Rechnungen vorlesen?»

«Sämtliche Posten?»

«Sind das denn so viele?»

«Ich lese sie Ihnen vor.» Das tat er. Und es waren viele. Dutzende und Aberdutzende absurder Einkäufe waren allein mit dieser Kreditkarte getätigt worden, lauter Dinge, die ich mir nie im Leben gekauft hätte. Hochmoderne technische Geräte. Zusatzausstattung für den Jaguar. Möbel. Sündhaft teure Friseurbesuche in drei verschiedenen Bundesstaaten. Hochwertige Kosmetikprodukte. Männerkleidung, Frauenkleidung. Als er zu einer Juweliersrechnung über achttausend Dollar kam, hätte ich mich fast verschluckt.

«Was für ein Juwelier war das?»

«Jewelry.com, Ma'am. Soll ich Ihnen die Nummer des Kundenservice geben?»

Ich notierte mir die Nummer. Er las mir noch ein paar weitere Posten vor, doch seine Stimme war nur noch ein Hintergrundsummen im Wirbeln meiner Gedanken. Achttausend Dollar für Schmuck? Ich hatte noch nie in meinem ganzen Leben ein richtig gutes Schmuckstück besessen! Ich sah Bobby an, der mich seinerseits dabei beobachtete, wie ich der schrittweisen Demontage meines einstmals guten Namens lauschte. Es schmerzte mich, die Sorge in seinem Gesicht zu sehen. Bobby Goodman war ein praktisch veranlagter Mann, er würde niemals achttausend Dollar für Schmuck verschwenden, weder für mich noch für Lovyluv, noch für sonst jemanden. Als Don mit der Liste fertig war, schwieg er betreten. Mir ging es genauso. All dieses zum Fenster herausgeworfene Geld, das hatte schon fast etwas Obszönes an sich.

«Vielen Dank, Don.»

«Es war mir ein Vergnügen, Ma'am. Ich meine natürlich …»

«Schon gut. Sie haben den ganzen Kram ja nicht gekauft … oder?»

Schweigen am anderen Ende der Leitung.

«Das sollte ein Scherz sein.»

«Ach so.» Er ließ ein gezwungenes Lachen hören. «Darf ich Ihnen noch einen Rat geben, Ma'am? Vielleicht sollten Sie bei einer Kreditagentur anrufen und die ebenfalls bitten, eine Betrugswarnung herauszugeben. Es ist egal, bei welcher Sie anrufen, die Informationen werden allen zugänglich gemacht.»

«Das mache ich sofort.»

«Kann ich sonst noch etwas für Sie tun?»

Am liebsten wäre ich in Tränen ausgebrochen. Was konnte man überhaupt noch für mich tun? Das durfte doch alles einfach nicht wahr sein.

«Nein, vielen Dank.»

Bobby suchte im Internet nach einer Möglichkeit, bei Equifax eine Betrugswarnung einzugeben, und ich wählte die Kundenservicenummer der Firma Jewelry.com. Wie es sich für einen Internethändler gehörte, hatte auch sie einen 24-Stunden-Service. Auch diesmal wurde ich nach Indien umgeleitet und sprach mit einer jungen Frau, die in Wirklichkeit ganz bestimmt nicht Mary hieß. Ich bat sie um nähere Informationen zu dem fraglichen Kauf und gab ihr das Datum und den Betrag durch.

«Ja, hier habe ich es. Das sind Ohrringe, Ma'am, Brillantohrringe. Sie sind sicher wunderschön. Ich hoffe, Sie haben viel Freude daran.»

«Keineswegs. Ich habe sie nie bekommen.»

«Haben Sie denn nicht die Versicherungsoption gewählt, als Sie Ihren Kauf getätigt haben?»

«Ich habe gar keinen Kauf getätigt.» Ich versuchte, ihr

die Sache zu erklären, doch sie wollte weiterhin glauben, die Ohrringe selbst seien gestohlen worden.

«Vielleicht sind Sie ja über die Kreditkartenfirma versichert, Ma'am. Da sollten Sie einmal anrufen.»

«Das habe ich gerade getan.» Was für ein Frust! Aber Mary konnte ja nichts dafür. «Eine Frage hätte ich noch. Haben Sie in Ihren Daten eine genaue Beschreibung dieser Ohrringe?»

«Weiße Diamanten», sagte sie. «Einkaräter, runde Ohrstecker in einer Platinfassung.»

«Und an welche Adresse wurden sie geliefert?»

«Einen Augenblick.» Rasches Fingerklappern, Tausende von Kilometern entfernt. «Ein UPS-Lager in Lexington, Kentucky, High Street 838, Ashland Plaza.»

Ich kannte das Lager, war auch schon oft daran vorbeigekommen, aber noch nie dort gewesen.

«Ist das dieselbe Adresse wie auf der Kreditkarte?», fragte ich.

«Nein, aber diese Daten darf ich Ihnen nicht geben. Da müssen Sie bei der Kreditkartenfirma anrufen.»

«Können Sie mir nicht wenigstens sagen, wo die Karte ausgestellt wurde … in welchem Bundesstaat?»

«Nein, leider nicht.»

Ich holte tief Luft und zwang mich dazu, mich höflich zu verabschieden, indem ich mir noch einmal in Erinnerung rief, dass Mary ja nichts dafürkonnte und dass sie mit achttausend Dollar vermutlich ihre ganze Großfamilie ein Jahr lang ernähren konnte und damit eigentlich noch besonderes Lob verdiente, weil sie sich ihre Verachtung so gar nicht anmerken ließ.

Bobby drehte sich wieder zu mir um. «Das wär's. Equifax hat die Betrugswarnung aufgenommen und wird sie an die anderen Agenturen weiterleiten.»

«Gut.» Ich berichtete ihm von meiner Unterhaltung

mit Mary. Während ich im Flüsterton auf ihn einsprach, sah er mir angestrengt ins Gesicht. Dann blieb sein Blick an meinem rechten Ohrläppchen hängen. Er betrachtete meinen Ohrring, berührte ihn sanft mit dem Finger.

«Das sind runde Ohrstecker», sagte er. «Und ist das nicht auch Platin? Ich frage mich, wie viel Karat der Stein wohl hat.»

«Null Karat, Bobby. Und es ist Silber, kein Platin. Das sind falsche Brillanten.»

Er ließ die Hand wieder in den Schoß sinken und sah mich an. Offensichtlich dachte er über etwas nach und wog ab, ob er mir sagen sollte, was ihm durch den Kopf ging. Bobby war kein Mensch, der schnell mit Anschuldigungen bei der Hand war, aber als er dann doch mit der Sprache herausrückte, wusste ich sofort, worauf er hinauswollte. Ich hatte ja selbst schon daran gedacht, als Mary mir die Ohrringe beschrieben hatte. Es war die Beschreibung *meiner* Ohrringe gewesen. Allerdings mit einem entscheidenden Unterschied: Meine waren nicht echt und hatten keine achttausend Dollar gekostet. Julie hatte sie mir geschenkt, und sie konnte ja nun wirklich nichts mit der Sache zu tun haben. Warum auch? Außerdem hatte Julie zwei Paar Ohrringe gekauft, eines für sich und eines für mich, und hier ging es um ein einzelnes Paar. Ich musste all meine Kraft aufwenden, um Bobby nicht zu sagen, er solle sich seine Bemerkung sparen. Er war so geduldig mit mir gewesen, hatte mir so viel verziehen. Ihm zuzuhören war das Mindeste, was ich tun konnte.

«Diese Kundenkonten und die Beträge tauchen seit etwa zwei Monaten auf, lange bevor dein Portemonnaie gestohlen wurde, stimmt's?», fragte Bobby mich.

«Genau.»

«Etwa zur selben Zeit wie die anderen Beträge auf unseren Hauptkonten.»

«Du meinst die Lovyluv-Beträge», warf ich ein.

Seine Kiefermuskeln verspannten sich merklich bei dieser Bemerkung.

«Schon gut, schon gut. Die falschen Beträge, von denen ich dachte, sie sind Geschenke für Lovyluv.»

«Genau die. Und sie wiederum fallen zeitlich mit den E-Mails zusammen, von denen wir jetzt beide glauben, dass sie ebenfalls gefälscht sind», sagte er. «Oder, Annie?»

«Ja, obwohl ich mir immer noch nicht vorstellen kann, wie man so persönliche E-Mails fälschen soll. Verstehst du, das will mir nun mal nicht in den Kopf …»

«Ich bitte dich, Annie!»

«Für mich ergibt das eben einfach keinen Sinn!»

«Das geht mir genauso. Aber es ist trotzdem offensichtlich, dass diese Mails mit dem ganzen Rest in Zusammenhang stehen. Das wirst du doch wohl nicht bestreiten wollen?»

«Nein. Nein, Bobby, es ist nur …»

Ich merkte genau, dass er langsam die Geduld verlor. Aber diese Mails bildeten eine gedankliche Hürde, über die ich einfach nicht hinwegkam. Natürlich glaubte ich auch, dass sie mit den falschen Ausgaben in Zusammenhang standen – das musste ich schon allein deshalb glauben, weil es völlig logisch war. Aber warum wollte Bobbys bösartige Briefschreiberin denn ausgerechnet mich ins Unglück stürzen? Meine eigenen Versuche, Lovyluv zu antworten, waren allesamt gescheitert, aber es musste doch trotzdem möglich sein, die Mails zu einer konkreten Person zurückzuverfolgen. Vielleicht hatte diese Person, die so viel über Bobby wusste, das ganze Chaos aus Rache verursacht. Vielleicht hatte er ja mit ihr Schluss gemacht, als ihm klar wurde, dass ich ihn tatsächlich verlassen würde – das war ebenso logisch wie alles andere. Bobby hatte seiner Geliebten den Laufpass gegeben, und daraufhin war sie ausgerastet.

«Es ist nur … weißt du, Bobby, die Beschreibung deines Muttermals ganz hinten am Rücken … der Spitzname … und die Beschreibung von dir beim Sex …»

«Ich glaube, die Mails sind von Julie.» Es brach einfach so aus ihm heraus.

«Aber das ist doch absurd!»

«Ich habe sie letztes Wochenende deswegen zur Rede gestellt …»

«Soll das etwa heißen, Julie ist deine Geliebte?» Noch während ich es aussprach, konnte ich es schon nicht mehr glauben.

«Nein.»

«Aber wieso sollte sie dir dann solche E-Mails schreiben?»

Er lief rot an, sein Nacken glühte – er schien sich nur mit Mühe vom Explodieren abhalten zu können. Dann platzte es wieder aus ihm heraus: «Weil sie unbedingt mit mir schlafen wollte. Sie hat versucht, mich zu verführen. Aber ich habe sie abgewiesen.»

«Wie bitte?»

«Das ist die Wahrheit.» Bobby schüttelte langsam den Kopf, als könnte er es selbst kaum glauben. «Eigentlich wollte ich es dir gar nicht erzählen. Ich wusste, du würdest mir nicht glauben, ich weiß ja, wie nahe ihr euch steht, und zwischen uns war es auch so schon schwierig genug, da habe ich es für mich behalten.»

Er hatte völlig recht: Ich glaubte ihm tatsächlich nicht. «Wenn du eine solche Anschuldigung erhebst, Bobby, dann solltest du sie aber auch beweisen können. Damit überschreitest du nämlich wirklich alle, alle Grenzen. Du sprichst hier von Julie, von meiner Zwillingsschwester …»

«Das ist mir klar, Annie. Für dich ist sie wie ein Teil von dir.»

«Nein, nein. Sie *ist* ein Teil von mir. Wir sind ein und

dieselbe Person. Und was du da sagst, kann unmöglich wahr sein.»

Er versuchte, nach meiner Hand zu greifen. Ich entzog sie ihm. *Nein!* Wir hatten unwillkürlich wieder lauter gesprochen, und nun schien uns das ganze Café zu beobachten, aber das war mir egal und Bobby ganz offensichtlich auch. Er sprach mit fester Stimme, um mich von etwas zu überzeugen, was ich ganz und gar unglaublich fand.

«Es war letztes Jahr an Thanksgiving», sagte er. «Als du schwanger warst. Sie war nicht gerade zurückhaltend.»

«Ich glaube dir kein Wort.»

«Es ist aber wahr.»

«Ich hasse dich!»

«Es ist trotzdem wahr. Denk doch einfach mal nach, Annie.»

Aber Denken war unmöglich. Ich war ganz und gar ausgefüllt von dem wilden, heißen Gefühl, dass Julie niemals versuchen würde, meinen Mann zu verführen – und falls sie es doch getan hatte (was natürlich nicht so war!), hätte ich es mit Sicherheit erfahren. Ich hätte es irgendwie gespürt.

«Du lügst», sagte ich.

«Ich glaube, sie hat mir die E-Mails geschickt. Das denke ich schon die ganze Zeit. Ich meine, sie hat mich immerhin schon in der Badehose gesehen, sie weiß gut genug, wie ich aussehe, um sich solche Beschreibungen ausdenken zu können.»

«Und warum hast du mir dann nichts davon erzählt?»

«Darum. Wegen deiner Reaktion. Ich hatte Angst, dass genau das passieren würde, was gerade passiert. Mein Gott, du nimmst es mir ja schon krumm, wenn ich was an ihrer Frisur auszusetzen habe.»

Sosehr ich ihn für das hasste, was er da sagte, wusste ich doch, dass er recht hatte. In Bezug auf Julie waren meine

Reaktionen tatsächlich vorhersehbar. Und Bobby hatte es sich bisher nie erlaubt, Julie auch nur ein klein bisschen zu kritisieren. Ich hatte ihm von Anfang an unmissverständlich klargemacht, dass ich das nicht dulden würde.

«Und was war, als du sie am Wochenende zur Rede gestellt hast?» Ich sah sie wieder vor mir, die beiden, unter der Trauerweide, sah von neuem den verärgerten Ausdruck in seinem Gesicht, den die Kamera festgehalten hatte. «Sie hat es sicher abgestritten, oder?»

«Natürlich», sagte Bobby.

«Warum hast du dir dann überhaupt die Mühe gemacht, sie zu fragen?»

«Ich weiß auch nicht. Vielleicht habe ich einfach gehofft, sie gibt es zu und erzählt es dir, dann hätten wir endlich einen Schlussstrich unter die Sache ziehen können. Ich wollte einfach, dass du wieder mit mir nach Hause kommst.»

«Und du dachtest, wenn Julie zu mir kommt und sagt: ‹Mach dir keine Sorgen, die E-Mails waren von mir›, dann hätte ich einfach erwidert: ‹Ach so, dann ist ja alles klar›, hätte all meine Pläne über den Haufen geworfen und wäre mit dir zurück nach Lexington gekommen? Hast du wirklich gedacht, das geht so einfach?»

Bobby gab keine Antwort.

«Und glaubst du ernsthaft, Julie hat all die Einkäufe über unsere Konten gemacht, sich unsere neuen Kreditkarten unter den Nagel gerissen und sich von unserem Geld sogar ein Auto gekauft? Glaubst du das im Ernst? Julie, die im Jahr mehr Geld verdient als einer von uns beiden im ganzen Leben?»

«Ja», sagte er.

«Also, ich für meinen Teil glaube das nicht.»

«Aber trotzdem kann es doch sein.»

«Dann beweis es mir.»

«Wir lassen einfach deine Ohrringe schätzen, und dann …»

«Kommt überhaupt nicht in Frage, Bobby!»

«Was hast du dabei schon zu verlieren? Das sind eiskalte, harte Tatsachen.»

«Eiskalt und hart. Ganz genau.» Ich stand auf. «Ich hole jetzt meine Sachen, und dann fahre ich zurück nach Great Barrington.»

«Annie, du hast eine eidesstattliche Erklärung unterschrieben, nach der du den Staat nicht verlassen darfst.»

«Jetzt verlasse ich den Staat aber. Ich will zu meiner Tochter.»

Ich klemmte mir die Handtasche unter den Arm und marschierte unter den Blicken all dieser eigenbrötlerischen Augenpaare aus dem Café. Jetzt hatten sie doch wenigstens mal etwas, worüber sie schreiben konnten! Draußen hielt ich ein Taxi an und nannte dem Fahrer die Adresse in der Fifty-Sixth-Street. Die ganze Fahrt über kochte ich vor Wut. Wie hatte ich mir nur so viel vormachen können? Hatte ich wirklich gedacht, Bobby und ich würden so leicht wieder zusammenfinden? Und wieso wollte ich das überhaupt? Die Unterstellung, Julie könnte etwas mit diesem Albtraum zu tun haben, in dem ich heute versunken war – in dem ich, wie sich herausstellte, bereits seit geschlagenen zwei Monaten versank –, war so unsäglich, so beleidigend, so absurd, so unglaublich, so ganz und gar unfassbar, dass ich das Gefühl hatte, nie mehr auch nur ein Wort mit Bobby reden zu können. Ich tobte durch die Wohnung und packte meine Sachen, dann ging ich nach unten und lief die zwei Häuserblocks bis zu der Tiefgarage, wo ich Julies Wagen abgestellt hatte – *einen Audi*, wollte ich Bobby zurufen, *den sie sich von ihrem eigenen Geld gekauft hat*.

Draußen war es kalt und dunkel. Um kurz vor fünf am Morgen war es geradezu unheimlich still in der Stadt. Als plötzlich ein Taxi mit einem Affenzahn um die Ecke bog, klopfte mir das Herz bis zum Hals. Ich fühlte mich erst wieder sicherer, als ich an einem durchgehend geöffneten Imbiss vorbeikam. Der Mann hinter der Theke unterhielt sich angeregt mit einer Frau, die wie eine Nutte gekleidet war … oder nein, es war ein Mann, der wie eine nuttig gekleidete Frau gekleidet war. Ich ging immer weiter und war dankbar für die vielen künstlichen Lichtkegel, gegen die sich die Dunkelheit nicht durchsetzen konnte. Und während ich so ging und meinen Rollkoffer hinter mir herzog, fiel mir fast automatisch Zara Moklas ein. Wie ähnlich sie Julie und mir gesehen hatte – wie leicht es gewesen sein musste, sie im Dunkeln mit uns zu verwechseln. Dann kam mir plötzlich ein wirklich verstörender Gedanke: War Bobby in seinen Wahnvorstellungen über Julie am Ende tatsächlich so weit gegangen? War es möglich, dass er sie töten wollte und stattdessen Zara erwischt hatte? Hatte er etwa geglaubt, wenn Julie aus dem Weg wäre, würde das alles einfach aufhören und ich würde wieder mit ihm nach Hause kommen? Trost bei ihm suchen in meiner Verzweiflung?

War etwa doch *er* für den Mord an Zara verantwortlich?

Ich ging schneller. Am Ende des Häuserblocks sah ich bereits das rot-weiße Schild mit der Aufschrift PARKGARAGE. Ich fing an zu rennen, die Räder meines Rollkoffers ratterten ohrenbetäubend über das Pflaster. Plötzlich fühlte ich mich einfach nicht mehr sicher hier auf der Straße, ich wollte nur noch in die Parkgarage, wo es warm war, meine Parkgebühr bezahlen (mit Julies Kreditkarte) und zurückkehren in die Geborgenheit … zu meiner Schwester … und zu meinem kleinen Mädchen.

Als ich in die Garage trat, wirkte der vertraute Geruch nach Abgasen ein wenig beruhigend auf mich, und ich spürte, wie sich die Erleichterung in mir breitmachte. Doch gleich darauf zog sich alles in mir wieder zusammen. Da stand Julies Auto, mit laufendem Motor. Und daneben stand Bobby.

«Steig ein, Annie.»

Ich schaute mich um, doch es war nirgendwo ein Parkhauswächter zu sehen.

«Bitte steig ins Auto.»

«Das kann ich nicht. Du hast es doch selbst gesagt: Ich habe mich eidesstattlich verpflichtet, den Staat nicht zu verlassen.»

«Ich habe Liz von Lexy erzählt und dass wir Julie nicht erreichen können, und sie hat sich sofort ans Telefon gehängt. Der Richter wird deine Kautionserklärung dahingehend ändern, dass du auch nach Massachusetts reisen darfst, er macht die Änderung morgen früh als Erstes aktenkundig, sobald er ins Büro kommt. Du musst dich nur gleich, wenn wir ankommen, bei der Polizei in Great Barrington melden. Also steig jetzt bitte ein. Wir verschwenden hier nur unsere Zeit.»

Sein Ton sprach Bände: Er wollte zu Lexy (und ich ja auch! ich auch!), weil sie mit meiner Schwester allein war, der er inzwischen ganz offen misstraute. Mir war klar, dass er übertrieb, dass Lexy bei Julie in Sicherheit war – schließlich liebte Julie mein Baby fast so sehr wie ich. Ich dagegen machte mir viel mehr Sorgen seinetwegen: Ich hätte nicht gedacht, dass seine Vorbehalte Julie gegenüber schon so weit gingen. Der Abgasgeruch in der Parkgarage war jetzt so stark, dass mir ein wenig schwummerig wurde. Mein Körper wollte ins Auto steigen und so schnell wie möglich zu Lexy fahren, weil ich sie einfach so sehr vermisste. Ich wusste nur nicht recht, ob ich wirklich mit Bobby dorthin fahren wollte. Um das herauszufinden, musste ich aussprechen, was ich dachte.

«Hast du Zara umgebracht?», fragte ich ihn.

«Das fragst du mich jetzt nicht im Ernst?»

«Ich habe dir diese Frage bisher nicht gestellt, also würdest du sie jetzt bitte beantworten?»

«Nein», sagte er.

«Bobby, hier geht es wirklich um etwas. Heute Nacht wird alles gesagt. Also antworte mir bitte.»

«Ich sagte doch: nein.»

Da wurde mir klar, dass er mir keineswegs die Antwort verweigert, sondern im Gegenteil meine Frage schon zum zweiten Mal beantwortet hatte.

Er griff ins Auto, um den Kofferraum zu öffnen, dann nahm er meinen Koffer und legte ihn hinein. Ohne mich bewusst dafür entschieden zu haben, setzte ich mich auf den Beifahrersitz, schloss die Wagentür und schnallte mich an. Bobby setzte sich neben mich und steuerte den Wagen aus der Tiefgarage hinaus durch die Straßen der Stadt bis zum West Side Highway. Er fuhr schnell und sicher, und bald waren wir an der Stelle, wo zwischen den letzten Backsteinhochhäusern der Bronx die Vorstadt begann. Wir gaben uns ganz der Dunkelheit hin, dem Grün um uns herum und der Stille, die nur vom leisen Brummen des Motors durchbrochen wurde.

Wir schwiegen beide. Die Dinge, die wir im Lauf dieser Nacht zueinander gesagt hatten, ließen immer noch einen Abgrund zwischen uns klaffen, aber das spielte im Grunde keine Rolle mehr. Im Vergleich zu den seismischen Erschütterungen, die wir heute sonst noch durchlebt hatten, waren unsere gegenseitigen Beschuldigungen wirklich zu vernachlässigen. Entschuldigen konnten wir uns später, wenn wir das wollten. Doch ich sah in meiner Erschöpfung keine Möglichkeit, wie wir den Mord an einer fremden Frau vor dem neuen Hintergrund des Diebstahls meiner Identität, meiner Verhaftung und Bobbys Vorwürfen gegen Julie einordnen sollten. Mein Körper sank todmüde in den gepolsterten Ledersitz, während meine Gedanken immer weiter um diese neuen, Angst einflößenden Entwicklungen kreisten.

Julies Navigationssystem stellte unseren Weg nach Norden grafisch dar: Wir waren ein kleiner, roter Punkt, der sich auf einer unregelmäßigen, blauen Linie langsam vorwärtsschob. Aus irgendeinem Grund fand ich dieses Bild ausgesprochen tröstlich. Unterstützt von Bobbys sicherem, zügigem Fahrstil, würde diese interaktive Karte dafür sorgen, dass wir unser Ziel bald erreichten. Bobby hatte mir einmal gestanden, dass er sich nie traute, die Augen zuzumachen, wenn wir zusammen im Auto unterwegs waren und ich am Steuer saß (was selten genug vorkam), aus Angst, ich könnte irgendwo falsch abbiegen oder – schlimmer noch – ein Unfallrisiko übersehen. So saß er immer aufmerksam neben mir. Ich hatte umgekehrt kein solches Wachsamkeitsbedürfnis, wenn er fuhr. Und während ich jetzt den Blick auf unser zitterndes elektronisches Abbild gerichtet hielt, war ich bald wie hypnotisiert von unserem Schweigen und dem gleichmäßigen Summen des Wagens auf der Fahrbahn. Bevor ich merkte, dass ich die Augen zugemacht hatte, war ich auch schon eingeschlafen.

KAPITEL 8

Ich öffnete die Augen erst wieder, als die Fahrertür zuschlug. Es war acht Uhr morgens, und wir standen vor Julies großem roten Scheunenhaus mit dem rundum laufenden Rasen, den lachsfarbenen Rhododendren und dem akkuraten Bordsteinrand: ein Postkarten-Panorama, dessen Perfektion es ganz und gar von dem Mord zu trennen schien, der sich genau hier, auf dieser Straße, ereignet hatte. Der Regen hatte Zara Moklas inzwischen vollkommen weggewaschen. Bobby war schon halb über den Rasen, auf dem Weg zur Küchentür. Mein Mietwagen, den ich Julie während meiner Abwesenheit überlassen hatte, stand nicht an seinem üblichen Platz in der Auffahrt. Stattdessen befand sich dort der Kleinlaster eines Gärtners, beladen mit den entsprechenden Arbeitsgeräten. Auf dem Weg zum Haus stieg mir der klare Duft von frischgemähtem Gras in die Nase. Die kühle Morgenluft war erfüllt vom Brummen eines unsichtbaren Rasenmähers.

Bobby stand an der offenen Fliegengittertür und wartete auf mich. Ich tastete in der Handtasche nach meinem Schlüsselbund, einer klirrenden Ansammlung verschiedenster Schlüssel aus Lexington und Great Barrington, die ich nie auseinandersortiert hatte, obwohl es immer mehr wurden. Als ich zur Tür kam, sah ich, dass Bobby einen Zettel las, den Julie am Glaseinsatz der eigentlichen Haustür befestigt hatte: *Lieber Mica, ich bin den ganzen Morgen unterwegs. Fangen Sie bitte gleich mit dem Rasen und den Blumenbeeten an, wenn Sie hier sind. Falls ich mittags nicht zurück sein sollte, bekommen Sie Ihr Geld beim nächsten Mal. Vielen Dank! Julie.*

Ich schloss die Tür mit meinem Schlüssel auf. Die Alarmanlage reagierte sofort mit den warnenden Pieptönen, mit denen sie einem eine gute Minute Zeit ließ, bevor sie richtig loslegte. Seit dem Fehlarm löste das sich stetig steigernde Piepen jedes Mal Panik in mir aus, und auch jetzt hämmerte mir das Blut in den Ohren, während ich den Code eingab, den Julie mir beigebracht hatte. Da war es wieder, dieses Roboter-Gefühl, das mich nur noch reagieren ließ. Dann sprang das rote Lämpchen auf grün, und mein Herzschlag beruhigte sich wieder. Ich schob die Tür auf und trat in die Küche.

«Julie? Ich bin wieder da!»

Bobby folgte mir und ging direkt zur hinteren Treppe. Ich hörte seine Schritte, während er das Esszimmer, den Salon und das Wohnzimmer durchquerte. Diese Stille. Ich konnte sie förmlich spüren. Und so überraschte es mich gar nicht, als Bobby allein wieder in die Küche kam.

«Oben sind sie nicht», sagte er.

«Wahrscheinlich sind sie irgendwo hingefahren.»

«Wohin denn? So früh am Morgen.»

«Irgendwohin eben. Besorgungen machen, Spielplatz, vielleicht auch beides. Was weiß ich?»

«Vielleicht hat der Gärtner sie ja noch gesehen, bevor sie aufgebrochen sind.» Damit war er auch schon aus der Tür, und einen Augenblick später sah ich ihn durch das Küchenfenster im Garten. Er musste Mica wohl gerufen haben, denn gleich darauf trat der Gärtner in den Bildausschnitt, und sie wechselten ein paar Worte. Mica war ein kleiner, stämmiger Mexikaner mit einem lilafarbenen Tuch um den Kopf. Julie hatte mir erzählt, dass er alle zwei

Wochen kam. Sonst hatte sie kein Personal, bis auf den Plan, Zara Moklas für die anstrengenden Putzarbeiten anzustellen – ein Plan, der ja dann durchkreuzt worden war. Bobby redete fast ununterbrochen, Mica hörte zu und sagte selbst nicht viel. Hinter ihnen fuhr ein Streifenwagen die Division Street entlang. Als er auf Höhe des Hauses war, wurde er ein wenig langsamer, beschleunigte dann aber wieder und fuhr weiter. Vermutlich das letzte Überbleibsel unserer Schutzmaßnahmen. Mir fiel wieder ein, dass ich mich ja bei der Polizei in Great Barrington melden musste, sobald ich hier eingetroffen war. Ich erledigte den Anruf von dem Apparat im Wohnzimmer, fragte jedoch nicht nach Detective Lazare, sondern bat die Frau in der Telefonzentrale nur, zu den Akten zu nehmen, dass ich jetzt offiziell hier war. Dann ging ich nach draußen zu Bobby und Mica.

Bobby stand auf der Veranda und sah Mica nach, der sich gerade mit einer Schubkarre voll Unkraut wieder entfernte.

«Und?», fragte ich.

«Er hat sie nicht gesehen.»

«Worüber habt ihr denn so lange geredet?»

«Ich wollte wissen, seit wann er schon für sie arbeitet und wie das so ist.»

«Warum?»

«Warum nicht?»

«Ach, Bobby!»

«Fragen kostet nichts.»

Dieser Floskel hatte ich nichts entgegenzusetzen. Trotzdem missfiel es mir. «Du wirst richtig paranoid wegen Julie, ist dir das eigentlich klar?»

Bobby gab keine Antwort, und ich war viel zu müde, um weiter darauf herumzureiten. Ich ließ mich in einen der Liegestühle auf der Veranda sinken, und Bobby setzte sich neben mich. Wir waren beide erschöpft. Natürlich war ich absolut nicht seiner Meinung, was Julie und die Ohrringe anging, aber wenn ich ehrlich war, konnte ich trotzdem verstehen, wie er zu diesem vorschnellen Schluss gekommen war. Dabei waren Ohrstecker mit Diamanten, vor allem weißen Diamanten, völlig alltäglich. Wahrscheinlich hatte der Übeltäter gerade deshalb solche bestellt, die ließen sich am besten weiterverkaufen. Bobby wollte genauso dringend eine Erklärung für den Haftbefehl und das langsame Dahinschwinden meiner Kreditwürdigkeit wie ich. Trotzdem war es einfach nicht in Ordnung, das alles Julie in die Schuhe zu schieben. Gut, sie war ein sehr gefühlsbetonter Mensch, das stimmte schon, und manchmal flirtete sie auch ein bisschen zu viel. Das hatte ich selbst oft genug erlebt. Doch im Gegensatz zu anderen wusste ich immer genau, wo ihre fließenden Grenzen verliefen. Je länger ich darüber nachdachte, desto klarer wurde mir, dass Bobby einfach etwas missverstanden haben musste, was Julie gesagt oder getan hatte. Bisher war ich nie auf die Idee gekommen, mich zu fragen, was für Gefühle Julie, meine Doppelgängerin, wohl in ihm auslöste. Unwillkürliche Gefühle, die durch die erotische Beziehung zwischen uns einfach in ihm waren. Ich wusste, dass er Julie und mich auseinanderhalten konnte – aber was sah er wohl, wenn er sie anschaute? Was empfand er dabei? Was für unfreiwillige Empfindungen stiegen dann in ihm auf? Ich hatte Bobby immer als mein absolutes Eigentum betrachtet und war mir sicher, dass Julie das respektierte, aber ich hatte das Ganze noch nie aus Bobbys Perspektive betrachtet. Das würde ich jetzt tun. Und außerdem musste ich mich der Möglichkeit öffnen, dass er mir eventuell die ganze Zeit über treu gewesen war, dass die Lovyluv-Mails irgendwie – nur wie? – zu der ganzen grauenvollen Geschichte mit dem Identitätsdiebstahl und meiner Verhaftung dazugehörten. Ich legte meinen Fuß auf sein Knie, und in Anerkennung dieser Geste ließ er seine warme Hand auf meinem nackten Fuß ruhen. Dann atmete er auf. Wir atmeten beide auf.

«Also, was glaubst du, wo sind sie hingegangen?», fragte er.

«Vielleicht auf den Spielplatz. Lexy hat vor kurzem die Babyschaukeln entdeckt, die findet sie ganz toll. Vielleicht sind sie auch einkaufen gefahren. Oder beides.»

«Sie wacht immer noch viel zu früh auf, was?»

«Wenn die Sonne aufgeht, ist auch Lexy wach.»

«Dann glaubst du also, Julie hat sie auf eine Einkaufstour mitgenommen?»

«Natürlich», sagte ich. «Auf dem Zettel für Mica steht doch, dass sie mittags wieder zurück ist. Also sind sie mittags wieder hier.»

«Eigentlich steht da ja eher, dass sie ihn beim nächsten Mal bezahlt, wenn sie bis Mittag nicht wieder hier ist.»

«Das heißt doch nur, dass sie bis dahin wieder hier sein will, aber nicht hundertprozentig sicher ist, ob sie es rechtzeitig schafft. Das läuft aufs selbe hinaus, Bobby, oder etwa nicht?»

Bobby nickte und gähnte. «Hast du Hunger?»

«Und wie!»

In der Küche setzte ich Kaffeewasser auf und fahndete im Kühlschrank nach Eiern, Brot, Butter und Marmelade, während Bobby im Telefonbuch blätterte. Diesmal wollte er sicher kein Internetcafé finden – Computer gab es im Haus schließlich mehr als genug. Ich wusste, dass er nach einem Juwelier suchte, aber solange er selbst nichts sagte, konnte ich wenigstens noch einmal eingehend darüber nachdenken. Was war schon dabei, meine Zirkonia-Ohrringe schätzen zu lassen? Wenn er das brauchte, um das Thema Julie endlich ruhen zu lassen … warum nicht? Wir konnten gleich nach dem Frühstück aufbrechen und die Sache hinter uns bringen, noch bevor Julie und Lexy am Mittag wieder hier waren. Als das Frühstück fertig war und wir uns an den Tisch setzten, hatte ich mich entschieden.

«Meinetwegen können wir die Ohrringe schätzen lassen», sagte ich.

Bobby lächelte, stellte seine Kaffeetasse ab und warf einen Blick auf seine Notizen. «In der Railroad Street gibt es ein Juweliergeschäft, das um zehn aufmacht.»

Als wir fertig gegessen und unser Geschirr in die Spüle gestellt hatten, war es kurz vor neun. Während Bobby duschte, ging ich ins Gelbe Zimmer hinauf. Alles war genauso, wie ich es zurückgelassen hatte, bis auf die allzu spürbare Tatsache, dass Lexy fehlte, dass ihr Bettchen leer und es so ungewohnt still im Zimmer war. Ich versuchte es noch einmal auf Julies Handy und hinterließ ihr eine weitere Nachricht (wo steckte sie bloß?). Auch ich hatte eine neue Nachricht auf der Mailbox und sah erstaunt, dass sie von Clark Hazmat stammte. Offenbar hatte ich das Handy nicht klingeln hören. Ich fragte mich, ob der Anruf wohl gerade in der Zeit gekommen war, als ich die piepsende Alarmanlage ausgestellt hatte – das weiße Rauschen meiner irrationalen Angst vor einem weiteren Fehlarm hatte mich so in Anspruch genommen, dass ich sonst nichts mehr bemerkt hatte. Aber warum rief Clark mich überhaupt an? Ich hatte weder die Zeit noch die Nerven, mich mit ihm zu befassen, vor allem jetzt nicht, deshalb ignorierte ich seine Nachricht und rief stattdessen Liz an. Sie wollte unsere Kreditberichte sehen, und ich versprach, sie ihr gleich zu faxen. Dann putzte ich mir die Zähne, wusch mir das Gesicht, band mir das Haar zum Pferdeschwanz und ging mit den seitenlangen Berichten hinauf zum Faxgerät in Julies Büro.

Zehn Minuten später, als Bobby kam, stand ich immer

noch an Julies Schreibtisch, während das Faxgerät die Seiten durchzog. Ich hielt Wache darüber und rückte hin und wieder die Seiten zurecht, damit es keinen Papierstau gab. Bobby leistete mir Gesellschaft und nutzte die Gelegenheit, sich in dem hochmodernen Büro umzuschauen. Mir fiel wieder ein, dass er ja noch gar nicht hier oben gewesen war.

«Offenbar ist sie wirklich sehr erfolgreich», bemerkte er, als er vor dem Stevie und den anderen Preisen stand.

«Was glaubst du denn, wo sie das ganze Geld sonst herhat?»

Er zog eine Augenbraue hoch, ging aber nicht auf diese rhetorische Frage ein. Stattdessen trat er wieder zu mir an den Schreibtisch und sah zu, wie mein Kreditbericht, dieses völlig fiktive Machwerk, langsam durch das Faxgerät wanderte. Dann fing er an, die bereits gefaxten Seiten aufzusammeln und wieder ordentlich zu stapeln, und stieß dabei versehentlich gegen die kabellose Maus. Der Bildschirm, der im Standby-Modus gewesen war, erwachte zum Leben, und ich sah erstaunt, dass Julie jetzt ein Foto von sich und Lexy als Desktophintergrund hatte, eines der Bilder, die ich in der Woche zuvor gemacht und kurz vor meinem Aufbruch nach Manhattan auf den Loft-Computer heruntergeladen hatte. Bobby und ich starrten beide wie gebannt darauf. Ich fragte mich, was er wohl sah. Erkannte auch er Julie auf dem Foto so unmittelbar, wie ich sie erkannte? Auch ich sah mich selbst – doch erstaunlicherweise nicht in Julie, sondern in Lexy. Und plötzlich überfiel mich die Erkenntnis, wie sehr sich meine Prioritäten verschoben hatten, seit ich ein Kind hatte. Die emotionalen Anforderungen des Zusammenlebens mit Lexy und Julie, unser Leben zu dritt, hatten diese Erkenntnis ein wenig vernebelt, doch jetzt stand sie mir auf einmal ganz klar vor Augen. Wenn ich zwischen den beiden wählen müsste, würde ich mich für meine Tochter entscheiden und nicht für meine Zwillingsschwester – ein spontaner Gedanke, den ich nicht laut auszusprechen wagte.

«Warum ist der Computer denn an?» Bobby setzte sich auf Julies Schreibtischstuhl.

«Sie hat ihn immer an», sagte ich. «Sie hat ziemlich verschobene Arbeitszeiten, außerdem checkt sie ständig ihre E-Mails.»

Ich trat hinter ihn und schaute auf den Bildschirm. Die ganze linke Seite war mit ordentlich aufgereihten Icons übersät, und vor dem Hintergrund unseres nächtlichen Streits war es völlig unmöglich, sie nicht genauer anzuschauen. Julie hatte zahllose Programme und Links dort gespeichert, und obwohl ich beileibe kein Computer-Crack war, kannte ich doch fast alle: Excel, PowerPoint, Lexis Nexis, Microsoft Money und so weiter und so fort. Alle gängigen Standard-Tools waren vertreten.

«Was ist denn das alles?» Bobby hielt die Maus in der Hand, traute sich aber nicht, irgendwo hinzuklicken, weil ich ihm über die Schulter sah.

«Die üblichen Office-Programme. Die könntest du alle auch aus der Klinik oder von zu Hause kennen, Bobby, wenn du dich je mit dem Computer befassen würdest.»

«Fang jetzt bitte nicht damit an, Annie. Ich bin mein Leben lang bestens ohne Computer ausgekommen.» Der Zusatz *bis jetzt* hing unausgesprochen in der Luft.

Um ihm den Gefallen zu tun, klickte ich auf ein paar Icons. Computerprogramme und Websites öffneten sich auf dem Bildschirm, und Julies Login-Daten wurden automatisch übernommen. Aber da wir keine Marketing-Experten waren, gab es nichts, was uns besonders interessant erschienen wäre.

«Zufrieden?», fragte ich.

«Habe ich irgendwas gesagt?»

Ich presste die Lippen zusammen, und sein Seufzen zeigte mir, dass er ganz genau verstand, was ich meinte. *Musstest du auch gar nicht.* Das Faxgerät zog die letzte Seite des Kreditberichts durch. Bobby heftete die Seiten zusammen und legte die Berichte auf dem Weg zurück nach unten auf die Kommode im Gelben Zimmer.

Dann fuhren wir in die Stadt.

Als wir nach fünf Minuten Fahrt von der Division Street abbogen, fiel mir ein, dass hier ganz in der Nähe ein Kindergartenspielplatz war, wo es auch Babyschaukeln gab. Wir hatten ihn erst nach dem Ausflug zu dem Raupen-Spielplatz entdeckt.

«Fahr doch mal kurz nach rechts», sagte ich.

«Es ist gleich zehn. Sollten wir nicht lieber direkt zu dem Juwelier fahren?»

«Nur kurz am Spielplatz vorbei.»

Als Bobby begriff, was ich dort wollte, stellte er keine weiteren Fragen. Vielleicht, nur vielleicht, würden wir ja Julie und Lexy dort antreffen. Auf dem kleinen Platz tobte ein gutes Dutzend Vorschulkinder herum, sie lachten, rannten, kletterten und hüpften und jagten sich gegenseitig über den mit Sägespänen bestreuten Platz. Eine Kindergärtnerin im blauen Rock drehte sich nach uns um, als wir im Schritttempo vorbeifuhren, und ich erkannte beschämt, dass es für sie so aussehen musste, als würden da zwei verdächtige Subjekte die Kinder beobachten. Ich winkte ihr zu, doch sie sah uns trotzdem misstrauisch nach, als wir weiterfuhren. Es war eine dumme Idee gewesen, hier nach Lexy zu suchen. Schließlich waren Julie und ich nie am Vormittag mit ihr dort gewesen, wenn die älteren Kinder auf dem Spielplatz waren. Ich schaute zu Bobby hinüber, der den Blick starr auf die Straße gerichtet hielt, und wusste, dass es ihm so ging wie mir: Auch er empfand Scham und Hilflosigkeit, ein Unbehagen, das man nicht benennen konnte. Eltern fühlen sich einfach nicht wohl, wenn sie von ihrem Kind getrennt sind, und obwohl wir keinen konkreten Grund hatten, uns um Lexy zu sorgen, würden wir uns doch erst wieder völlig entspannen können, wenn wir sie wiederhatten.

«Vielleicht sind sie ja auf dem Spielplatz in Stockbridge», sagte ich zögernd.

«Dafür haben wir jetzt keine Zeit mehr, Annie.» Anders gesagt: Er glaubte nicht, dass sie sich einfach irgendwo auf einem Spielplatz vergnügten. Es war nicht schwer zu erraten, was er stattdessen dachte: *Deine Schwester hat dir deine Identität gestohlen, jetzt hat sie auch noch unser Kind, und du machst dir noch nicht mal Sorgen.* Wieder so ein spontaner Gedanke, den ich sofort energisch beiseiteschob. Die Dinge, über die ich im Moment nicht nachzudenken wagte, wurden immer zahlreicher – beispielsweise die Frage, warum ich eigentlich verhaftet worden war, warum genau, und was aus den Vorwürfen gegen mich noch werden konnte. Mein Ziel an diesem Morgen war vor allem, es bis zum Mittag zu schaffen, Bobbys Misstrauen als unbegründet zu entlarven und ansonsten um jeden Preis das Gleichgewicht zu bewahren. Es fühlte sich an wie ein Drahtseilakt: Ein falscher Schritt, schon drohte der freie Fall. Ich musste mir einfach einreden, dass sie überall ganz unerwartet auftauchen konnten. Und so hielt ich auf der ganzen Fahrt die Main Street entlang ununterbrochen nach ihnen Ausschau, während in der schweren Frühlingsluft bereits wieder der Regen hing – auf dem Rasen vor der Bibliothek, auf den Gehsteigen, hinter den schattigen Schaufenstern in der Railroad Street.

Wir stellten den Wagen an einer Parkuhr ab und suchten das Juweliergeschäft. Schon von weitem sah man das kleine ovale Schild mit der Aufschrift SIMONOFF – SCHMUCK UND ANTIQUITÄTEN, das an einer Stange über dem

Gehsteig baumelte. Doch als wir näher kamen, stellten wir fest, dass es im Laden selbst noch dunkel war, und ein handgeschriebener Zettel an der Tür teilte uns mit, man werde heute erst eine halbe Stunde später öffnen. Wir gingen weiter die Straße entlang, bis zu einem kleinen Lokal namens Martin's, wo sich der Frühstückeransturm bereits gelegt hatte und sich niemand daran störte, dass wir nur zwei Cappuccinos bestellten.

Unser Tisch stand direkt am Fenster, mit Blick auf den unbelebten Bürgersteig. Ich löffelte den zimtbestäubten Milchschaum von meinem Kaffee, schaffte es aber nicht, viel davon zu trinken. Mir war ein bisschen übel von der Mischung aus Adrenalin und Erschöpfung, die mich inzwischen seit geschlagenen vierundzwanzig Stunden auf Trab hielt, seit dem Moment, als ich das Lächeln aus dem Gesicht von Emily Leary schwinden sah, der Personalmanagerin des Krankenhauses, wo ich nun höchstwahrscheinlich niemals arbeiten würde. Die plötzliche Erinnerung an das Zusammentreffen mit den Polizisten am Morgen zuvor löste eine Art Ekel in mir aus. Ich starrte angestrengt in meine Kaffeetasse und rührte den letzten Rest Milchschaum in die lauwarme Milchkaffeemischung hinein. Auch Bobby trank seinen Cappuccino nicht. Eigentlich hätten wir beide einfach einen starken, bitteren Espresso gebraucht, reines Koffein ohne viel Schnickschnack.

Es gab nichts mehr zu sagen, deshalb schwiegen wir, rührten in unseren Tassen, schauten auf die Uhr und warteten, dass die Zeit verging. Ich rechnete ständig damit, Julie mit Lexy im Kinderwagen vorbeikommen zu sehen, die vollen Einkaufstaschen am Henkel. Aber natürlich kam sie nicht. Vormittags unter der Woche war kaum etwas los im Ort, es waren nur wenige Leute unterwegs, die Besorgungen machten und manchmal kurz auf ein Schwätzchen stehen blieben. Eine Frau, die ich nicht kannte, sah mich durch das Fenster des Cafés und winkte mir zu. Vermutlich hielt sie mich für Julie. Ich winkte zurück. Je länger unser Schweigen andauerte, desto mehr nervte es mich, dass Bobby nichts sagte. Ich wusste ganz genau, dass er mir weitere Schichten seiner Zwiebelgedanken vorenthielt, deren oberste Lagen er mir in dem Internetcafé in New York enthüllt hatte, und dass tief in ihm ein nagender Verdacht saß. Der Gedanke, Julie könnte versucht haben, ihn zu verführen, war absolut ungeheuerlich! Ich durfte das nicht einmal denken. Und doch … Ganz gegen meinen Willen stiegen die lange verdrängten, emotional aufgeladenen Umstände, unter denen Julie damals unfruchtbar geworden war, wieder an die Oberfläche meiner Erinnerung.

Julie, vor gut zwölf Jahren, auf einer Wiese auf dem Campus des Colleges im Norden New Englands, wo wir beide studierten. Es war Winter, die Wiese stellenweise noch bedeckt von den matschig-vereisten Überbleibseln eines heftigen Schneefalls. Ich kam gerade aus der Bibliothek und sah meine Schwester dort mit Ian, in den ich damals fürchterlich verknallt war. Ian war ein wahrer Bär von einem Mann, er war neunzehn, etwas blass, aber sehr lustig. Julie wusste, wie sehr ich in ihn verschossen war, und trotzdem ging sie da mit ihm über die Wiese. Das war an sich ja noch nicht dramatisch (redete ich mir zumindest ein) – aber dann rutschte sie auf einem vereisten Fleck aus, er fasste sie am Arm, sie hielt sich an seiner Schulter fest, er lachte. Und dann küssten sie sich. Ich stand da wie festgefroren, einen großen kunstgeschichtlichen Bildband unter dem Arm, der plötzlich mindestens hundert Kilo zu wiegen schien. Sie küssten sich noch einmal, dann leckte er ihr auch noch über die Wange, und sie lachten mit einer Vertrautheit, die mir offenbarte, dass die Intimität zwischen ihnen nicht völlig neu sein konnte. Da begrub ich den Plan, Ian für mich zu gewinnen. Julie und ich klärten die Sache noch am selben Abend: Sie gestand mir, dass sie mit ihm geschlafen hatte – zweimal! –, und entschuldigte sich unter Tränen dafür, mich verletzt – belogen und betrogen! – zu haben. Und sie versprach mir hoch und heilig, Ian auf der Stelle abzuservieren. Was sie auch tat. Aber der Schaden war bereits geschehen. Das Schlimmste war gar nicht mein gebrochenes Herz, das rasch heilte und sich schon kurz darauf Rich zuwandte, der viel, viel netter war und auch noch besser aussah als Ian. Das Schlimmste war, dass Ian Julie mehr hinterlassen hatte als nur eine schöne Erinnerung. Ein paar Wochen später stellte sie fest, dass sie Chlamydien hatte, eine Geschlechtskrankheit, die zur Unfruchtbarkeit führen kann. Und ein Jahr später bestätigte unser Gynäkologe ihr ihre Unfruchtbarkeit, und meine Verbitterung über die Ian-Episode wich einem sehr viel stärkeren Gefühl, einem tiefen Schmerz darüber, dass Julie nun niemals eigene Kinder bekommen konnte. Bei eineiigen Zwillingen sind die Körperfunktionen des einen in gewisser Weise auch die des anderen, und so litt auch ich heftig unter dem Verlust, den das für sie bedeutete. Als wir mit dem College fertig waren und uns nicht mehr ständig alles an diese unglückselige Geschichte erinnerte, ließen wir sie hinter uns. Sie wurde zu einem entscheidenden Schritt auf dem Weg ins Erwachsensein, den Julie seither bravourös meisterte. Als Lexy zur Welt kam, waren wir alle überglücklich über die Geburt *unserer* Tochter – Julie ebenso wie Bobby und ich. Und die Ohrringe waren das Symbol unserer gemeinsamen Mutterschaft: zwei identische Paare, eins für mich, eins für sie.

«Wir müssen los.» Bobby brachte unsere Tassen zur Theke zurück, und wir verließen das Lokal. Sanftes Sonnenlicht, das durch die Wolken fiel, tupfte die andere Straßenseite, als wir zurück zum Juwelierladen Simonoff gingen.

Ein Glöckchen ertönte, als Bobby die Glastür aufstieß. Ich trat hinter ihm in ein kleines, sehr geschmackvoll eingerichtetes Ladenlokal voller Schmuckvitrinen aus Holz und Glas. Von der Decke hing ein zarter, gläserner Kronleuchter, an den Wänden Drucke abstrakt-expressionistischer Künstler aus der Mitte des zwanzigsten Jahrhunderts in staubigen Rahmen: Pollock, de Kooning, Rothko, berühmte Bilder, die ich auf den ersten Blick erkannte, daneben auch ein paar Calders und erstaunlicherweise ein Basquiat. Hinten im Laden befand sich hinter einer Art Durchreiche der Arbeitsplatz des Juweliers, und dort saß eine grauhaarige Dame über einen Tisch gebeugt, die, eine Präzisionszange in den altersfleckigen Händen, mit zusammengekniffenen Augen den Verschluss einer Kette bearbeitete. Beim Klang des Glöckchens hob sie den Kopf, und ich sah, dass ihre nun wieder entspannten Augen von einem sehr hellen Blau waren.

«Guten Morgen.» Lächelnd ging Bobby auf sie zu.

«Guten Morgen», erwiderte die Dame mit sanfter Stimme.

«Schön, dass wir Sie jetzt antreffen», sagte Bobby. «Wir waren vorhin schon einmal da und haben den Zettel gesehen.»

«Ja», erwiderte sie, «Sie müssen entschuldigen. Normalerweise öffnet Gaston, mein Mann, den Laden, und ich komme erst ein wenig später, aber er fühlt sich zurzeit nicht so gut. Was kann ich denn für Sie tun?»

«Wir würden gern ein Paar Ohrringe schätzen lassen.»

Die Dame schob ihren Stuhl zurück und verschwand für einen Augenblick aus unserem Blickfeld, dann kam sie durch eine Seitentür in den eigentlichen Verkaufsraum hinaus. Sie war nicht sehr groß, vielleicht einen Meter fünfzig, und ich schätzte sie auf über siebzig. Sie trug einen langen, leicht ausgefransten Jeansrock, ein Paar ausgetretene Birkenstocks, einen langärmeligen roten Rollkragenpullover und nicht ein Schmuckstück. Als sie hinter dem Verkaufstisch stand, stellte sie sich uns vor.

«Ich bin Ellery Simonoff. Haben Sie die Ohrringe denn dabei?»

«Es sind die Ohrringe, die meine Frau trägt.»

Ich zog sie aus und reichte sie der Dame. In ihrer faltigen, bräunlichen Handfläche sahen sie aus wie vom Himmel gefallene Sterne. «Es sind nur Zirkonia», sagte ich.

«Nun, es gibt Zirkonia und Zirkonia. Und dann gibt es noch ...» Ohne den Satz zu beenden, musterte sie die Ohrringe mit zusammengekniffenen Augen und legte sie dann auf einen abgeschabten Samtuntersatz. Wir sahen ihr dabei zu, wie sie sich den einen Ohrring wieder in die Handfläche legte und ihn durch ein Vergrößerungsglas betrachtete, das sie sich wie ein Monokel ins Auge klemmte. Dann hob sie ihn mit einer Pinzette hoch, drehte ihn und begutachtete ihn von allen Seiten.

«Wir sprechen in diesem Fall von einem kubisch stabilisierten Zirkonia. Ein sehr schöner Stein, sechs Millimeter im Durchmesser, fast ein Karat, die Fassung ist aus Sterlingsilber. Ein weißer Stein mit Brillantschliff. Sehen Sie, wie exakt die Silberfassung den Stein umschließt?»

Bobby und ich nickten wie eifrige Schüler. Er schaute ernst und fast ein wenig enttäuscht drein bei dieser detaillierten Beschreibung des Zirkonia. Ich dagegen konnte mich kaum halten vor Glück, dass meine geliebten Ohrringe nun quasi offiziell nicht echt waren. In einem Ehestreit die Oberhand zu behalten hat immer etwas Befreiendes, wenn auch meistens nur vorübergehend, doch von diesem Streit hing so viel mehr ab als von jedem anderen. Meine Erleichterung war so groß, dass ich förmlich spürte, wie die Anspannung aus mir wich. Dann waren meine Ohrringe also nachgemacht, Julie war einfach nur Julie (nicht, dass mich das überrascht hätte), sie würde mit Lexy gegen Mittag zu Hause sein, und Bobby und ich konnten unsere hässlichen, nächtlichen Streitereien getrost vergessen und uns endlich auf die Suche nach dem wahren Übeltäter machen, der sich für mich ausgab.

Mrs. Simonoff sprach weiter: «Es handelt sich um die Imitation eines beliebten Tiffany-Entwurfs von Elsa Peretti. Ausgesprochen gut gelungen, muss ich sagen.»

Bobby nahm ihr den Ohrring aus der Hand und hielt ihn in das trübere Licht, das zum Schaufenster hereinfiel. Mit jeder Minute zogen mehr Wolken auf. Bald würde es regnen. «Er sieht so echt aus.»

«Das ungeübte Auge erkennt kaum einen Unterschied.»

«Was wird so etwas wohl kosten?»

«Etwa dreißig Dollar pro Paar.»

Bobby legte den Ohrring zurück auf das Samtbrett neben seinen Zwilling, den Mrs. Simonoff nun ebenso behutsam hochhob. Der Stein blitzte kurz auf, dann verschwand auch das letzte Sonnenlicht draußen vor dem Fenster. Die ersten Tropfen fielen.

«Dieser Ohrring hingegen …» Mrs. Simonoff schaltete eine helle Lampe ein und hielt den Ohrstecker darunter. «Sehen Sie ihn sich genau an.»

Wir beugten uns über ihre Handfläche, die in dem hellen Lichtschein einen lebendigen Bronzeton annahm. Der zweite Ohrring blitzte und funkelte, fast schien er ihr aus der Hand springen zu wollen.

«Auch das ist ein weißer Stein mit einem Brillantschliff, aber hier handelt es sich um einen echten Einkaräter in einer Platinfassung. Feines Weiß, lupenrein.»

Warum beschrieb sie diesen Stein bloß so anders? «Der da hat eine Silberfassung, und dieser hier ist aus Platin?», fragte ich. «Aber das ist doch viel wertvoller.»

«O ja, um einiges wertvoller sogar.» Mrs. Simonoff nahm den ersten Ohrring und legte ihn neben den zweiten in die tiefste Furche ihrer Handfläche. «Sehen Sie den Unterschied?»

Als Bobby sich näher heranbeugte, sah ich das Erkennen in seiner Miene aufleuchten. Er berührte den zweiten Ohrring mit der Fingerspitze. «Das ist ein echter Diamant.»

«Ganz genau. Das ist ein echter Tiffany-Ohrring von Peretti. Man würde ihn bei etwa …» Mrs. Simonoff drückte zwei Finger an die Mundwinkel, eine typisch französische Geste. Sie hatte ein ganzes Leben an der Seite ihres französischen Ehemanns Gaston verbracht und seine Angewohnheiten übernommen – das spürte ich so deutlich, wie ich in diesem Augenblick wusste, dass all meine eigenen Überzeugungen in sich zusammenfielen, dass mein Leben, wie ich es bisher kannte, zu Ende war. «… bei etwa zehtausend Dollar pro Paar ansetzen.»

Bobby richtete sich wieder auf. «Wir haben achttausend dafür bezahlt.»

«Wir?» Meine Stimme klang mir laut und falsch in den Ohren.

«Aber, aber, meine Liebe.» Mrs. Simonoff sprach in besänftigendem Ton, doch es war unmöglich, mich zu beruhigen. Ich fühlte mich, als hätte ein Erdbeben mein ganzes Innenleben erschüttert. «Das ist doch ein sehr guter Preis. Ein wirklich schönes Stück. Warum in aller Welt tragen Sie es mit einem Zirkonia?»

Ich konnte nichts dagegen tun: Mir wurde übel. Ich rannte aus dem Laden und schaffte es gerade noch über die Straße zu einem Abfalleimer, bevor ich mich übergeben musste. Es regnete inzwischen in Strömen, ich wurde nass bis auf die Haut, aber das war ganz gut so. Der Regen dämpfte den Gestank des Erbrochenen und sorgte dafür, dass mich niemand sah. Bis auf Bobby. Es dauerte ein bisschen, bis er mir nachkam – Bobby konnte eben nicht aus seiner Haut und hatte Mrs. Simonoff sicher zuerst bezahlt und irgendeine höfliche Erklärung zu geben versucht, ehe er aus dem Laden gestürmt war. Doch dann stand er neben mir im Regen, einen kleinen Umschlag in der Hand, in dem vermutlich die Ohrringe waren. Mein Pferdeschwanz hatte sich gelöst, und Bobby strich mir das nasse Haar aus dem Gesicht, während ich mich würgend über den Abfalleimer beugte. Inzwischen war auch Mrs. Simonoff mit einem Schirm nach draußen gekommen, reichte uns ein paar Taschentücher und verschwand dann wieder in ihrem Geschäft. Ich wischte mir den Mund und die Bluse ab und warf die schmutzigen Taschentücher in den Müll. Dann ging ich mit Bobby im strömenden Regen zum Wagen meiner Schwester.

«Du hattest recht», sagte ich.

«Ich wünschte, es wäre nicht so.»

«Aber du hattest recht!»

«Annie, es tut mir so leid.» Er hielt mir die Beifahrertür auf, damit ich einsteigen konnte, und rannte um den Wagen herum, um selbst auf der Fahrerseite einzusteigen. Dann drehte er sich zu mir um, bevor er den Motor anließ. «Was jetzt?»

«Das fragst du mich?» Ich beugte mich auf dem Autositz vor, vergrub das Gesicht in den Händen und brach in Tränen aus.

In meinem Gehirn tobte ein völlig ungeordnetes Gewitter, Erkenntnisse zuckten wie Blitze vor mir auf. Wenn Julie diese Brillantohrringe gekauft hatte, dann hieß das, sie hatte auch all das andere Zeug gekauft. Es hieß, sie hatte irgendwie für meine Verhaftung gesorgt. Während ich fort war. *Und während sie Lexy hatte*. Es hieß, sie hatte das alles von langer Hand geplant. Und vermutlich hatte sie auch tatsächlich versucht, meinen Mann zu verführen, als ich schwanger und hilflos war, hatte tatsächlich versucht, meine Ehe zu zerstören. Sie hatte mich hierhergelockt, mich dazu gebracht, mein Baby abzustillen, und damit alles für diesen Tag vorbereitet. Und wenn ich nicht zufällig die Ohrringe durcheinandergebracht hätte, hätte auch die Schätzung nichts Ungewöhnliches ergeben: nur ein Paar Zirkonia-Ohrstecker. Wir hätten uns ein wenig entspannt, wären nach Hause gefahren und hätten bis Mittag gewartet. Und ihr damit einen noch größeren Vorsprung verschafft.

Bobby strich mir über die Schulter, ich spürte die Wärme seiner Hand. Seine Stimme war ganz sanft. «Ich finde, wir sollten sofort zur Polizei gehen.»

«Nein, lass uns erst nach Hause fahren. Vielleicht sind sie ja inzwischen zurück.»

«Annie.»

Er hatte ja recht. Sie waren wahrscheinlich nicht zu Hause. Nein: ganz sicher nicht. Doch selbst jetzt, da ich wusste, was ich wusste, da ich langsam begriff, dass alles, was Bobby mir in dem Internetcafé erzählt hatte, tatsächlich stimmte, keimte noch ein Fünkchen Hoffnung in mir auf. Ein winzig kleines Fünkchen, das ich für mich behalten würde.

«Na gut», sagte ich. «Fahren wir zu Detective Lazare.»

KAPITEL 9

Gabe Lazare saß zurückgelehnt auf seinem Schreibtischstuhl und hörte uns zu. Sein Schreibtisch stand in der Ecke eines weißgestrichenen, niedrigen Raumes, der Detectives Unit des Polizeireviers von Great Barrington. Bobby und ich saßen ihm gegenüber, patschnass vom Regen, und berichteten abwechselnd. Hinter mir hörte ich die Geräusche der sechs anderen Detectives an ihren Schreibtischen, ohne sie zu sehen: das Klappern einer Computertastatur, das Rollen eines Schreibtischstuhls auf dem Linoleumboden, ein Telefon, das nur einmal klingelte, bevor es abgehoben wurde, das gleichmäßige Gewirr ruhiger Stimmen. Im Licht der Neonröhren hob sich Detective Lazares bleiche Haut fast geisterhaft von seinen gefärbten, pechschwarzen Haarfransen ab. Durch das große, rechteckige Fenster hinter ihm sah man die regengepeitschten, dunkelgrünen Blätter eines uralten Ahorns.

«Sie sind also ganz sicher, dass Ihre Schwester die Brillantohrringe gekauft hat?», wollte Lazare von mir wissen. Die Ohrringe, die so gleich aussahen und doch so wenig zueinanderpassten, lagen zwischen uns auf seinem ordentlichen Schreibtisch.

«Sicher bin ich nicht, aber es sieht alles danach aus, als könnte sie es getan haben.» Es war erschütternd, das laut auszusprechen, meine zögernden Zweifel in Worte zu fassen. Zu bitter war die Erkenntnis, was das in letzter

Konsequenz bedeutete: Meine Schwester hasste mich. Ich liebte sie, und sie hasste mich. Außerdem hatte sie Lexy. Ich spürte, wie mir schon wieder übel wurde.

«Ich sage das ja nur ungern, aber mich überrascht es nicht allzu sehr.» Bobby warf mir einen Blick zu, um einzuschätzen, wie viel er sagen konnte, ohne eine furchtbare Reaktion meinerseits zu riskieren. «Ich vermute, Julie hat sich von mir zurückgewiesen gefühlt …»

«Weil Sie sie zurückgewiesen haben.» Detective Lazare nickte. *Schon klar, weiter im Text.* Bobby lächelte ein wenig unbehaglich, dann nickte er.

«Ja, ich habe sie zurückgewiesen. Ich konnte es gar nicht fassen, dass sie es überhaupt bei mir versucht. Ich meine, sie ist schließlich Annies Schwester!»

«Bei einem Identitätsdiebstahl», sagte Lazare, «geht man meist davon aus, dass es ein Täter ist, der zu allem Zugang hat. Ein Hausangestellter, ein Kollege, manchmal auch ein Familienmitglied.»

«Ja, das habe ich auch in dem Buch gelesen.» Mir gegenüber hatte Bobby bisher nicht erwähnt, dass es sich bei den Tätern oft um Personen handelte, die dem Geschädigten nahestanden. Jetzt fragte ich mich, inwieweit dieses Wissen dazu beigetragen hatte, ihn auf Julie zu bringen.

«Haben Sie das alles schon gemeldet?», fragte Lazare.

«Wir haben der Kreditagentur eine Betrugswarnung durchgegeben», sagte Bobby.

«Nein, ich meinte, beim FBI.»

«Nein», erwiderte Bobby. «Wir haben es ja selbst erst letzte Nacht herausgefunden. Dann sind wir direkt hierhergefahren und haben die Ohrringe beim Juwelier schätzen lassen.»

«Sie können das FBI vierundzwanzig Stunden am Tag erreichen …»

Ich fiel dem Detective ins Wort. «Das war meine

Schuld. Als Bobby mir eröffnet hat, dass er glaubt, Julie könnte etwas mit der Sache zu tun haben, wollte ich nicht auf ihn hören. Wir haben dann beschlossen, erst einmal die Ohrringe schätzen zu lassen. Ich konnte meine Schwester doch nicht einfach so beschuldigen.»

«Wissen Sie, Annie, Sie müssen das keineswegs alles allein aufklären.» Ich sah ein Lächeln in Detective Lazares Augen, Verständnis und Vergebung für mein Zögern. Er schien zu begreifen, in was für einer emotionalen Zwickmühle ich steckte und was dabei für mich auf dem Spiel stand. «Das FBI hat eine so genannte *Cyber Division*. Das ganze letzte Jahr hindurch wurden wir alle zu Fortbildungen nach Boston gekarrt, wo das FBI uns für den Umgang mit Verbrechen im Internet geschult und uns Hilfe angeboten hat, wann immer wir sie benötigen. Die werden uns also dabei unterstützen. Und sie wissen ganz genau, wie man bei solchen Verbrechen vorgehen muss.»

Er nahm den Telefonhörer, klemmte ihn zwischen Ohr und Schulter und suchte gleichzeitig etwas im Computer. Wahrscheinlich eine Telefonnummer, denn gleich darauf begann er zu wählen. Dann wartete er, drückte ein paar Tasten, navigierte sich offensichtlich durch ein automatisches Ansagesystem. Und schließlich teilte er einem Fremden mit, dass wir die Hilfe des Staatlichen Ermittlungsdienstes benötigten.

«Es scheint sich um einen Fall von Identitätsdiebstahl zu handeln», sagte er in den Hörer. «Die Dame wurde gestern wegen schweren Diebstahls verhaftet, sie behauptet aber, die Anklage sei falsch. In New York City. Ja, gegen Kaution. Ja. Das weiß ich nicht, ist noch in der Revision.»

Behauptet, die Anklage sei falsch? Ich war schockiert über diese Wortwahl, doch ich schwieg.

Lazare legte auf, dann zog er eine Schublade an seinem Schreibtisch auf und sagte: «Alles geregelt. Heute

Nachmittag kommt einer der Spezialisten für Computerbetrug hierher. Solche Delikte werden heutzutage sehr ernst genommen, das dürfen Sie mir glauben.» Er nahm ein Formular aus der Schublade und legte es vor sich auf den Tisch: ANTRAG UND ERMÄCHTIGUNG ZUR DURCHSUCHUNG UND BESCHLAGNAHME. Lazare fing an, es auszufüllen, ohne das Gespräch dabei zu unterbrechen.

«Das stand auch in dem Buch», bestätigte Bobby. «Es hat wohl eine ganze Weile gedauert, aber inzwischen stellen sie eine Menge Personal dafür ab, sich mit so etwas zu befassen.»

«Es bleibt ihnen auch nichts anderes übrig», sagte Lazare. «Das greift ganz massiv um sich.»

Massiv gleich? In gewisser Weise war es eine Erleichterung zu hören, dass dieses Verbrechen, das mein Leben zu zerstören drohte, keineswegs selten, sondern geradezu alltäglich war, dass Identitätsdiebstahl bereits als eine grassierende Seuche gelten konnte. Bisher hatte ich mich einfach nie mit diesem Thema befasst. War es am Ende doch möglich, dass ich nur ein Zufallsopfer war, dass auch *mein* Übeltäter nur einer von vielen unsichtbaren Dieben war, die die virtuelle Welt unsicher machten? Aber dann fielen mir die Ohrringe wieder ein. Ich dachte an Julie, ich spürte sie in meiner Seele, und mir versagte die Stimme.

«Es heißt, man kann sich nie ganz davor schützen», sagte Detective Lazare. «Aber vielleicht ist das ja ein Trost für Sie, Annie: Sobald ein Identitätsdiebstahl von offizieller Seite bestätigt wurde, wird das Opfer für den Schaden, der über die Kreditkarten angerichtet wurde, nicht mehr haftbar gemacht.»

«Allerdings», fügte Bobby hinzu, «kann es Jahre dauern, bis der gute Ruf völlig wiederhergestellt ist. So steht es zumindest in dem Buch. Ein großer Prozentsatz von Identitätsdieben wird nie dingfest gemacht.»

Bei nächster Gelegenheit würde ich dieses Buch in tausend Fetzen reißen – ich konnte es kaum ertragen, immer noch mehr und noch mehr darüber zu hören, wie meine persönliche Vernichtung ablaufen würde. Es lag Glück im Unwissen, da hatte das alte Sprichwort ganz recht. Und ich wollte mein Unwissen zurück!

Schließlich sagte ich: «Dann ist es vielleicht doch ein bisschen vorschnell anzunehmen, dass meine Schwester hinter alldem steckt. Oder?» Meine Stimme klang sehr viel piepsiger als beabsichtigt, und meine Worte schienen einfach so davonzufliegen, ohne Halt in der Realität zu finden.

Ich sah Detective Lazares perplexe Miene und spürte, dass Bobby neben mir ebenso dreinsah. Sie konnten nicht recht fassen, dass ich immer noch nicht akzeptieren wollte, was ihnen so offensichtlich erschien.

«Hör mal, Schatz», sagte Bobby. «Julie beherrscht all die Computerkünste, die für so etwas nötig sind, sie hat dir die Ohrringe geschenkt und dich angelogen, und sie hat wahnsinnig viel Geld.» Ich wäre ihm dankbar gewesen, wenn er bei der Erwähnung von Julies Geld nicht so geklungen hätte, als müsste jede derart wohlhabende Frau ganz automatisch kriminell sein – obwohl es auch mir seltsam vorkam, wie perfekt das alles zusammenpasste, obwohl Julie tatsächlich ein auffallend gutes Leben zu führen schien. «Es weist schon einiges darauf hin, dass sie es war … und dass sie uns Lexy weggenommen hat, weil sie auch sie haben will.»

«Langsam, langsam», unterbrach ihn Detective Lazare. «Das ist eine ganz gewaltige Unterstellung. Sie haben Ihre Tochter in Julies Obhut gelassen, und wir haben einen Zettel von ihr, der besagt, dass sie mittags zurück sein will.

Jetzt ist es erst …» Er warf einen Blick auf seine Armbanduhr. «… Viertel nach elf.»

Doch Logik half nicht gegen meine allergrößte, zerstörerische Angst: dass Lexy für immer fort sein könnte.

«Wir müssen sie finden.» Es brach einfach aus mir heraus, so laut, dass alle anderen im Raum für einen Augenblick zu erstarren schienen. Dann setzten die üblichen Bürogeräusche wieder ein.

«Schon gut, Annie.» Lazare sprach begütigend, um mich wieder zu beruhigen. Aber ich wollte mich nicht beruhigen lassen. Er legte die Fingerkuppen aneinander, und mir fiel auf, dass seine quadratischen Fingernägel schlecht gefeilt waren. «Auf dem Zettel steht Mittag … ich finde, bis dahin sollten wir warten. Wenn sie dann nicht zurückkommt …»

«Warten?» Wie sollten wir denn einfach warten?

«Es ist auch keine Unterstellung», sprang mir Bobby bei. «Sie haben doch selbst das FBI angerufen, Detective. Offenbar glauben Sie auch, dass da etwas nicht stimmt.»

«Identitätsdiebstahl ist das eine», sagte Lazare. «Der Betrugsspezialist vom FBI wird bald hier sein, dann beschäftigen wir uns ausführlich damit. Aber Kindesentführung, das ist etwas völlig anderes.»

«Detective.» Bobby beugte sich vor. «Julie hat versucht, mich ins Bett zu kriegen. Sie hat Brillantohrringe gekauft, in Annies Namen, über ein Kreditkartenkonto, von dessen Existenz wir nicht einmal etwas wussten. Annie war ihretwegen im Gefängnis. Sie hat versucht, unsere Ehe zu zerstören … und jetzt ist sie mit unserer Tochter verschwunden.»

«Vielleicht sollten Sie sich erst mal beruhigen …»

«Nein!», rief Bobby. «Uns ist völlig egal, ob sie nur im Supermarkt ist. Wir müssen sie finden, und zwar sofort.»

Es war befriedigend, sogar tröstlich, Bobbys Zorn zu

sehen. Seine Beharrlichkeit hatte sich in eine Art Leidenschaftlichkeit verwandelt, die er nur selten bei sich zuließ. Normalerweise war ich die Emotionale von uns beiden. Es war, als löste sich ein Knoten in meinem Gehirn, und plötzlich fiel mir etwas ein.

«Sie ist mit meinem Mietwagen unterwegs. Der hat ein Navigationssystem.»

«Gut», sagte Lazare. «Damit haben wir doch etwas Konkretes in der Hand. Solche Systeme sind so ausgestattet, dass die Autovermietungsfirmen ihre Fahrzeuge lokalisieren können. Manchmal stellen Kunden den Wagen nämlich einfach irgendwo ab. Es müsste also über ein Ortungssystem verfügen. Und das Gerät muss dafür nicht mal eingeschaltet sein. Bei welcher Firma haben Sie den Wagen denn gemietet?»

Ich sagte es ihm, und er wandte sich wieder seinem Computerbildschirm zu. Er tippte schnell, und keine Minute später war er bereits am Telefon. Er stellte sich vor und nannte den Grund seines Anrufs, dann wurde er in die Warteschleife gehängt. «Jetzt überprüfen sie meine Angaben. Kluge Leute.» Schließlich meldete sich jemand am anderen Ende der Leitung, und Lazares Miene hellte sich auf.

«Ganz sicher?» Er lauschte noch einen Augenblick. «Gut. Vielen Dank.» Er legte den Hörer auf und sagte: «Nach dem GPS-Ortungssystem müssten sie bei Julie zu Hause sein.»

Ich stand auf und griff nach meiner Handtasche. Wenn Lexy tatsächlich dort war, konnte ich sie in nicht einmal zehn Minuten wieder in die Arme schließen, und das Schlimmste wäre vorbei. Auch Bobby stand auf. Lazare faltete den Antrag für den Durchsuchungsbeschluss zusammen und steckte ihn in die Brusttasche seines Hemdes, dann nahm er die Ohrringe, schob sie zurück in den kleinen Umschlag und gab sie mir. Auf dem Weg nach draußen steckte ich den Umschlag in die Tasche.

«Wir sehen uns dort», sagte Lazare. «Ich will vorher noch kurz beim Gericht vorbei und den Antrag abgeben.» Er betätigte die Zentralverriegelung an seinem Autoschlüssel. Auf dem Parkplatz hinter dem Revier blinkte ein silberner Kombi auf.

Wir hatten Julies Audi vor dem Haus geparkt. Inzwischen hatte es wieder aufgehört zu regnen, und als wir beim Wagen waren, verzogen sich die Wolken. Sonnenlicht fiel auf die Straße. Bobby fuhr, ich saß neben ihm, sah zu, wie die leuchtenden Frühlingsfarben, Hellgrün, Pink, Gelb, Rot und Orange, an uns vorbeizogen, und hoffte aus tiefstem Herzen, Lexy in Julies Haus vorzufinden. Meine Gefühle Julie gegenüber waren viel zu verworren, um sie benennen zu können, aber ich hoffte trotzdem, dass auch sie dort sein würde. War es vielleicht doch möglich, dass sie mir alles erklären konnte? War es möglich, dass sie doch nicht die Person war, die dieses Chaos in meinem Leben verursacht hatte?

Auf halbem Weg klingelte das Handy in meiner Handtasche. Ich fischte es heraus, voller Hoffnung, dass es Julie, und voller Sorge, dass es doch nur wieder Clark Hazmat sein würde.

«Es ist Liz», verkündete ich Bobby nach einem Blick auf das Display.

«Hallo, Kindchen», sagte Liz am anderen Ende. «Wie geht es Ihnen da oben?»

«Nicht so toll.» Ich berichtete ihr von dem Ergebnis der Schätzung. Sie hörte schweigend zu, dann kam sie übergangslos auf den Grund ihres Anrufs zu sprechen.

«Ich hoffe, Sie sitzen gut», sagte sie. «Es kommt nämlich noch schlimmer.»

«Raus damit.»

«Sie wissen doch, der Vorwurf wegen Veruntreuung?»

«Sie meinen den *falschen* Vorwurf wegen Veruntreuung?»

«Ja, genau den.» Fast musste ich lachen, dann musste ich fast weinen. Und dann sagte sie es mir: «Es sind fast fünfundzwanzigtausend, die in zwei Tranchen von zwei verschiedenen Konten Ihres Gefängnisses in Kentucky abgezweigt wurden.»

Mein Gefängnis! «Was heißt das, ‹abgezweigt›?»

«Sie wurden auf zwei Konten überwiesen, die Ihnen gehören», sagte Liz.

«Sie meinen zwei Konten, die keineswegs mir gehören ...»

«Ja, Annie, das meine ich. Aber ich muss es Ihnen so mitteilen, wie es mir gesagt wurde.»

Ich war fassungslos. Sprachlos.

«Wir machen jetzt Folgendes», sagte Liz. «Ich werde eine Organisation anrufen, die mit dem FBI verbandelt ist, das IC³ – das steht für *Internet Crime Complaint Center* –, und dort in Ihrem Namen eine formelle Beschwerde einreichen. Das ist der erste Schritt. Der zweite Schritt wäre, die *Cyber Division* des FBI zu benachrichtigen und sofortige Hilfe in dieser Sache zu verlangen.»

«Das hat der Detective hier vor Ort bereits getan.»

«Hervorragend. Ich werde trotzdem selbst noch einmal anrufen, es schadet nie, einem Hilferuf etwas mehr Wucht zu verleihen. Wo sind Sie jetzt?»

«Auf dem Weg zu Julies Haus. Das Ortungssystem des GPS in ihrem Wagen behauptet, sie wäre dort.»

«Viel Glück, Annie. Halten Sie mich auf dem Laufenden. Und machen Sie sich keine Sorgen, ich rufe Sie auch bald wieder an.»

Als wir vor Julies Haus hielten, war mein blauer Mietwagen nirgends zu sehen. Auch Micas Kleinlaster war verschwunden. Wir hielten in der Einfahrt und standen noch auf der Wiese, als Detective Lazare eintraf. Die Luft war schwer von Feuchtigkeit, und zum ersten Mal in diesem Frühjahr fühlte ich mich eingezwängt in meinen Kleidern. Ich trug dasselbe wie vor zwei Tagen, bei meinem Aufbruch nach Manhattan, Jeans und ein enganliegendes Oberteil, dessen tiefen Ausschnitt ich inzwischen nicht mehr gewagt, sondern nur noch erbärmlich fand. Ich hatte die Sachen nach der Rückkehr aus dem Gefängnis angezogen. Das beigefarbene Kostüm hatte ich in der Wohnung meines Vaters gelassen – ich würde es ohnehin nie wieder tragen, nach all den bösen Erinnerungen, die daran hingen. Jetzt spürte ich, wie sich ein Schweißfilm über meinen ganzen Körper legte, während wir – Detective Lazare, Bobby und ich – zu dritt Julies ganzes Grundstück nach dem Wagen absuchten.

Er war nicht da.

«Und was jetzt?», fragte Bobby Detective Lazare.

Lazare sah sich nachdenklich um, dann sah er mich an und sagte: «Ich habe da so eine Vermutung.» Er ging auf das Haus zu, und wir folgten ihm. An der Küchentür blieb er stehen. «Wenn ich jetzt da reingehe, bevor der Durchsuchungsbeschluss durch ist, und wir finden heraus, dass sie das Navigationssystem tatsächlich ausgebaut hat, werden wir das nicht verwenden können, falls aus der Sache noch etwas wird.»

Ich wusste genau, was er mit *verwenden* meinte: vor Gericht verwenden. Es würde sich nicht mehr als Beweismaterial einsetzen lassen. So, wie er es formulierte, klang es richtiggehend irreal. Ich konnte mir einfach nicht vorstellen, dass es wirklich so weit kommen würde.

«Möglicherweise könnte ich mit Annies Einwilligung offiziell ein wenig im Haus herumschnüffeln», fuhr Lazare fort. «Aber es ist keineswegs sicher, dass das anerkannt wird. Warum sollten wir also das Risiko eingehen?»

«Dann wollen Sie also, dass ich danach suche», sagte ich.

«Genau.»

«Darf Bobby mir helfen?»

«Er ist Ihr Mann, es ist nichts Ungewöhnliches dabei, wenn er mit Ihnen ins Haus kommt.» Was so viel hieß wie Ja.

Ich schloss die Küchentür auf, und Bobby und ich gingen hinein. Staubflöckchen tanzten im Sonnenlicht, das durchs Fenster hereinfiel. Die emaillierte Wanduhr in Form einer Ente zeigte 11 Uhr 45, und angesichts der vollkommenen Stille im Haus war mir sofort klar, dass sie nicht hier sein konnten, dass sie schon eine ganze Weile fort waren und höchstwahrscheinlich auch nicht wiederkommen würden.

Wir begannen in der Küche, öffneten Schranktüren, zogen Schubladen auf. Im Ess- und im Wohnzimmer suchten wir auf, in und unter sämtlichen Möbeln. Ich holte eine Taschenlampe aus der Garderobe im unteren Stock und leuchtete damit in zwei übergroße Keramikkrüge hinein, die Julie in einem Antiquitätenladen in der Gegend gefunden hatte. Währenddessen durchsuchte Bobby oben den Loft und das unbenutzte Gästezimmer. Ich nahm mir das Gelbe Zimmer und das Zimmer mit dem Pinienzapfen vor. Wir zogen alle Schubladen auf, schauten in jeden Winkel, in die obersten Fächer sämtlicher Schränke, unter jedes Bett. Und je länger wir suchten, ohne etwas zu finden, desto machtvoller kehrte meine unermüdliche Hoffnung zurück. Es wurde zwölf Uhr, und ich ertappte mich dabei, jedes Mal innezuhalten und zu lauschen, wenn draußen ein Auto vorbeifuhr.

«Ich habe nichts gefunden», rief ich Bobby zu. «Du vielleicht?»

«Nada.» Er kam zu mir in die Diele im zweiten Stock

und öffnete die Tür zu Julies Reich ganz oben. «Wollen wir?»

«Sekunde», sagte ich. Gegenüber vom Zimmer mit dem Pinienzapfen befand sich noch eine Kammer. Als ich die Tür öffnete, beleuchtete ein automatisches Deckenlicht ordentlich gefaltete und sortierte Wäsche: Bettwäsche unten, Handtücher oben. Auf dem Boden standen zwei Wäschekörbe und ein leerer Luftbefeuchter. Ich bückte mich, um die Körbe beiseitezuschieben ... und da war es, auf dem Boden. Das Navigationssystem aus meinem Mietwagen. Das Empfangsgerät für das Satellitensignal war nur ein kleiner, schwarzer Kunststoffknubbel oben an einem schlafenden grauen Bildschirm. Von der Rückseite des Geräts streckte sich mir das einzelne Bein eines Saugnapfs entgegen. Es war kein besonders teures Modell. Wahrscheinlich kaufte die Autovermietung die Dinger en bloc und sah sie als reine Gebrauchsgegenstände.

«Da ist es», hauchte ich.

Bobby trat hinter mich und betrachtete das Gerät, dieses harmlose kleine Ding. Dann nahm er es mir aus der Hand, wir gingen die Treppe hinunter und verließen das Haus. Ich sah den verschwitzten Streifen hinten an Bobbys Hemd und merkte im selben Moment, dass auch meine Stirn feucht war, dass mir die Schweißtropfen in die Augen rannen und mein Herz von kalter Furcht erfüllt war.

Es gab nur einen Grund, das Navigationssystem aus einem Auto zu entfernen: dass man nicht gefunden werden wollte.

Detective Lazare hockte auf einem niedrigen Mäuerchen ein paar Meter von der Küchentür entfernt. Eine Libelle mit schillernden Flügeln hatte sich auf seinem Knie niedergelassen, und er beobachtete sie aufmerksam. Als er uns kommen sah, stand er auf, und die Libelle flog davon.

Bobby zeigte ihm das Navigationssystem.

«Sind Sie ganz sicher, Annie, dass es das Navigationssystem aus Ihrem Mietwagen ist?», fragte Lazare.

«Absolut sicher», sagte ich.

Lazare klappte sein Handy auf und sagte mit ruhiger Stimme zu uns: «Ich werde einen Amber Alert beantragen. Ist Lexy der richtige Vorname Ihrer Tochter?»

«Alexis», sagte Bobby.

«Und die Augenfarbe?»

«Braun.»

«Irgendwelche auffälligen Muttermale?»

Bobby sah mich an, er wusste es nicht.

«Sie hat eins in der linken Kniekehle», sagte ich. «Hellbraun und ziemlich klein, wie ein umgedrehtes Dreieck.»

«Und der Wagen», fuhr Lazare fort, «der ist hellblau, nicht wahr? Ein viertüriger Toyota?»

«Genau», sagte ich.

«Und die Polsterung?»

«Auch hellblau.»

Lazare klickte sich durch das Telefonbuch seines Handys, dann wählte er eine Nummer. Er meldete sich ganz offiziell und hielt sich nicht wie sonst mit Smalltalk auf. «Ich brauche einen Amber Alert für ein kleines Mädchen, Alexis Goodman, genannt Lexy. Etwa sechs Monate alt, kurzer rötlicher Haarflaum, braune Augen, hellbraunes Muttermal in Form eines umgedrehten Dreiecks in der linken Kniekehle. Vermutlich befindet sie sich in der Obhut ihrer Tante mütterlicherseits, Julie Milliken. Ich schicke euch in ein paar Minuten ein Foto per E-Mail.»

Ein Foto von Julie zu haben war ganz entscheidend. Wahrscheinlich waren mehrere tausend blaue Toyotas überall auf den Straßen unterwegs, in denen eine Frau mit einem Baby irgendwo hinfuhr oder nur versuchte, es zum Schlafen zu bringen. Wie leicht würde es für Julie sein, einfach durch die Welt zu gehen, sich als Mutter, als *ich* auszugeben und Lexy großzuziehen. Das war tatsächlich möglich. Ich konnte sie tatsächlich verlieren.

Lazare folgte Bobby und mir zurück ins Haus, nach oben, zu dem Zweitcomputer. Ich öffnete die Datei mit den Fotos, die ich am Sonntagabend noch heruntergeladen hatte, und Lazare entschied sich für ein Bild, das Julie allein zeigte. Sie stand im Wohnzimmer am Fenster, während der Regen hinter ihr als unscharfer Nebel herunterprasselte, und sah mich beziehungsweise die Kamera mit ruhiger, lauschender Miene an. Kurz vorher hatte ich sie gefragt, was sie von Hühnchen zum Abendessen hielte, und gleich nachdem ich das Foto gemacht hatte, hatte sie *«Gerne»* geantwortet. Am Ende waren wir dann im Rouge gewesen.

Ich schrieb den Namen meiner Schwester dazu und klickte auf die Option *Als E-Mail verschicken*. Lazare gab die Adresse ein, schrieb noch eine kurze Erklärung dazu und schickte die Mail ab.

Draußen näherte sich ein weiteres Auto. Das Herz klopfte mir bis zum Hals. *Waren sie das? War vielleicht doch alles ein großes Missverständnis?* Aber auch dieses Auto fuhr vorbei.

Ohne meine Tochter würde das Leben unerträglich sein.

«Ist das Julies Computer?»

«Nein», sagte Bobby. «Sie hat oben noch ein Büro.»

«Haben Sie etwas dagegen, wenn ich mich da kurz umsehe?», fragte Lazare mich. Eine weitere Durchsuchungserlaubnis vor dem eigentlichen Durchsuchungsbeschluss.

«Meinetwegen», sagte ich.

Bobby führte Lazare den Flur entlang. Ich blieb, wo ich war, und die beiden drehten sich erstaunt um.

«Ich würde gern duschen», sagte ich. «Ich fühle mich völlig verklebt, und außerdem muss ich abpumpen.»

«Gut», sagte Lazare. «Ich werde auch nichts anfassen. Ich schaue mir nur alles an, bis ich die Bestätigung bekomme, dass der Durchsuchungsbeschluss da ist.» Er lächelte mich freundlich an, und ich wünschte mir sehnlichst, er wäre fort. Hätte es doch nur niemals einen Grund gegeben, diesen klugen, beharrlichen Mann in unser Leben zu lassen!

Sie gingen hinauf in Julies Höhle, und ich ging in mein bienenstockgelbes Zimmer. Das Surren in meinem Kopf wollte einfach nicht aufhören. Ich war zum Umfallen müde und so verstört wie noch nie zuvor in meinem Leben. Eine Viertelstunde lang saß ich auf dem Bett und pumpte schluchzend Milch ab, dann verschloss ich das Fläschchen für Lexy, ging in die Küche und stellte es in das Tiefkühlfach. Als ich wieder oben im Badezimmer war, zog ich mich aus, stellte mich unter das heiße Wasser und wünschte mir sehnlich, es könnte auch das furchtbare Gefühl der Schwäche wegwaschen. Ich wollte die stärkste Mutter sein, die es jemals gegeben hatte. *Ich habe die Hoffnung niemals aufgegeben*, hörte ich mich sagen. *Ich habe immer gewusst, dass wir sie finden würden*. Doch als ich wieder aus der Dusche kam, war ich zwar sauber, aber sonst völlig unverändert. Ich trocknete mich ab, bürstete mir die Haare, putzte mir die Zähne und cremte mich von Kopf bis Fuß ein. Ein Blick in die Kommodenschubladen und den Kleiderschrank zeigte mir nichts, was ich hätte anziehen wollen. Alles, was zu meinem alten Leben gehörte, dem Leben vor gestern, erschien mir plötzlich nicht mehr glaubwürdig. Ich war irgendwie nicht mehr *ich*. Und Julie … wer war sie?

Ich schlang mir ein Handtuch um den Körper und ging nach oben, ins Zimmer meiner Schwester. Die Tür zum Büro war nur angelehnt. Durch den Spalt sah ich Bobby am Computer sitzen und Lazare, der hinter ihm stand, mit Klicken und Deuten alles Mögliche zeigen. Ich schloss die Tür. Dann öffnete ich Julies Schrank und fuhr mit der Hand an den Reihen ihrer Kleider entlang. Sie hatte einen schlichten, klassischen Stil, die Stoffe waren allesamt von höchster Qualität. Wer hatte diese Kleider wohl gekauft? Hatte sie selbst dafür bezahlt – oder ich? An manchen hing noch das Preisschild. Aber ich wollte nichts Neues anziehen, ich wollte etwas, das sie bereits getragen hatte. Dann entdeckte ich ein rein weißes, zartes Outfit, eine weite Hose, ein weites, indisch anmutendes, transparentes Oberteil und ein Hemdchen für darunter, und nahm es vom Bügel. Es war mir schon bei der ersten Kleiderschrankbesichtigung nach meiner Ankunft aufgefallen, aber ich hatte mich nicht getraut, mir etwas so Empfindliches auszuleihen, vor allem nicht mit einem Baby im Haus. Jetzt nahm ich es aus dem Schrank und zog es an.

Ganz in Julie gehüllt, ging ich durch das Zimmer und versuchte mir vorzustellen, wie es wohl war, sie zu sein. Ich hatte immer geglaubt, das zu wissen, ich hatte geglaubt, wir wären im Grunde ein und dieselbe. Doch die letzten beiden Tage hatten mich eines Besseren belehrt. Ich musste mich mit dem Gedanken vertraut machen, dass Julie nicht die war, für die ich sie hielt. Was wiederum hieß, dass auch ich nicht die sein konnte, für die ich mich hielt. Oder?

Ich setzte mich in den einen schwarzen Sessel und betrachtete den Vitrinentisch mit den vermischten Glaskatzenfamilien. Dann sah ich, dass Julie noch ein paar andere Dinge dazugelegt hatte, und ich erschrak: Lexys rote Beißente, die sie so gerne hatte, und das zweite Paar Ohrringe. Julies Ohrringe, das andere falsch zusammengestellte Paar. *Da lagen sie.*

Ich nahm die Glasplatte ab und legte sie vorsichtig auf den Boden. Lexys klebriger Beißring beruhigte mich ein klein wenig, er gab mir das Gefühl, sie zu spüren. Ich schob ihn tief in die Tasche meiner weißen Hose. Dann hob ich die Ohrringe auf. Sie schmiegten sich in die Linien meiner Handfläche, zwei harmlose kleine Steinchen, gleich und doch nicht gleich, weil einer von ihnen echt war und der andere nicht. Ich konnte nicht sagen, welcher welcher war. Ich lehnte mich in dem Sessel zurück und hob die Hand in Richtung Fenster, um Licht auf die Ohrringe fallen zu lassen. Nach dem Regen wirkte das Sonnenlicht geradezu ursprünglich – trotzdem konnte ich nicht erkennen, was Mrs. Simonoff so mühelos gesehen hatte. Schließlich drehte ich Julies Nachttischlampe um und hielt die Hand unter die heiße Halogenbirne. Jetzt funkelte der eine Ohrring prächtig, während der andere so stumpf und berechenbar blieb wie zuvor. Das war mein Zirkonia-Stecker.

Ich schob ihn ins linke Ohrloch und befestigte den Verschluss. Dann legte ich den echten Diamanten zurück in das Vitrinentischchen (wobei ich den Gedanken beiseiteschob, eventuell Beweismittel zu verfälschen) und nahm acht von den kleinen Glaskatzen heraus. Ohne diese Andenken wäre mir jener ferne Sommer in Italien inzwischen wie ein reines Phantasieprodukt vorgekommen. Wie war es möglich, dass meine Eltern je verheiratet, dass sie überhaupt je am Leben gewesen waren? Wie hatten Julie und ich uns je so nahe sein können? Und waren wir vier tatsächlich einmal eine Familie gewesen? Ich ließ den Blick durch Julies strahlend weißes Zimmer mit seinen schwarzen Dachbalken wandern, über denen sich noch so viel Raum verbarg. War es tatsächlich ganz und gar vorbei mit unserer Liebe, unserem Vertrauen zueinander? Bevor es Lexy gab, war dieses Band zwischen uns der wichtigste Motor meines Lebens gewesen.

Als ich die Glasplatte zurück auf den Tisch legte, dachte ich an den anderen Zirkonia-Ohrstecker. Ganz offensichtlich hatte ich die Ohrringe seit meinem ersten Abend hier nicht mehr beide zusammen getragen, dem Abend, als Zara ermordet worden war, als Julie und ich unsere Glaskätzchen vermischt, Schuhe und Ohrringe ausgezogen und bis spät in die Nacht hinein geredet hatten. Ich spürte, wie ich immer tiefer im erbarmungslosen Treibsand der Einsamkeit versank. Als Teil eines Zwillingspaares, eines eineiigen zumal, hatte ich mich nie richtig allein gefühlt. Ich mochte es nicht, dieses Gefühl. Mehr noch: Ich fand es grauenhaft.

Barfuß ging ich zurück nach unten in das Gelbe Zimmer, zu meiner Handtasche. Ich wollte wieder meine eigenen Ohrringe tragen. Ich nahm den Umschlag heraus, identifizierte den echten Zirkonia mit Hilfe des hellen Badlichts und schob ihn in das andere Ohrloch. Da stand ich, weiß und funkelnd, eine Frau wie aus dem Möbelkatalog: *Seite Fünfzig, ein ganzes Zimmer zum Wohlfühlen.* Gedruckt auf Hochglanzpapier – für so etwas war ja Julie die Expertin – wäre das vermutlich ein tröstliches Bild gewesen, ein Bild, das sagte: *Kauf mich, ich werde dich von allen Zweifeln heilen.* Doch im wahren Leben konnte kein weißes Leinen und kein funkelnder Schmuck der Welt das Auf und Ab, die Höhen und Tiefen im Innern einer Frau verbergen.

Mein Handy, das immer noch in meiner Handtasche steckte, klingelte, und wie jedes Mal seit zwei Tagen klopfte mir das Herz bis zum Hals. War es vielleicht doch Julie, die sich endlich bei mir meldete, um mir zu sagen, wo sie waren? Um mir ihre Abwesenheit zu erklären, mir zu versichern, dass es Lexy gutging? Und mir zu sagen, dass sie bald zurück sein würden? Der ganze Rest, die Sache mit dem Geld, war so verworren, dass er sich keinesfalls für ein Telefongespräch eignete. Erwartungsvoll fischte ich das Handy aus der Tasche, doch als ich Clark Hazmats Namen auf dem Display sah, stürzten all meine Hoffnungen ebenso dramatisch wie flächendeckend in sich zusammen. Warum rief er mich bloß dauernd an? Das reichte jetzt. Ich würde ihm klipp und klar sagen, dass er mich in Ruhe lassen sollte.

«Hallo …» Doch bevor ich weiterreden konnte, legte er auch schon los.

«Miss Milliken! Ich bin's, Clark!»

«Ja, Clark, das habe ich gesehen, aber …»

«Ich versuche schon den ganzen Tag, Sie zu erreichen. Vielleicht haben Sie ja meine Nachricht nicht bekommen.»

«Doch, ich habe sie bekommen, aber ich bin wirklich sehr beschäftigt, Clark …»

«Ja, ich hab's heute Morgen in der Zeitung gelesen.»

«Es steht in der Zeitung?!»

«Schlechte Nachrichten verbreiten sich halt schnell. Deshalb rufe ich ja auch an. Nachdem ich das in der Zeitung gesehen hatte, hab ich natürlich gleich ein paar Nachforschungen angestellt. Sie wissen ja, ich hab da so spezielle Computertalente.»

Spezielle Talente. So konnte man es natürlich auch ausdrücken. Clark hatte als Hacker sieben Jahre abgesessen. Möglicherweise war es sogar ein Glück, dass er die neuesten Entwicklungen verpasst und in seiner Zelle Groschenromane gelesen hatte, anstatt sich vom Einbruch in Firmennetzwerke dahin umzuorientieren, das Leben von Privatpersonen zu ruinieren. Er hätte ja selbst ganz gut zum Identitätsräuber werden können.

«Clark.» Ich sprach sehr eindringlich. «Was wollen Sie damit sagen?»

«Ich will damit sagen, dass ich ziemlich tief gegraben habe. Ich hoffe, das macht Ihnen nichts aus. Sie sitzen ganz schön in der Scheiße, Miss M., aber jeder Idiot, der ein bisschen was auf der Festplatte hat, sieht auf den ersten Blick, dass das alles Humbug ist. Sie sind einfach nicht der Typ für 'nen Jaguar und Brillanten, und ich hab Sie auch noch nie mit Sonnenbankbräune gesehen.»

Ich zuckte zusammen. Er hatte tatsächlich tief gegraben. «Woher wissen Sie das alles?»

«Ich sag Ihnen», antwortete er, «das ist da draußen gerade ein wahres Hacker-Paradies. Super Zeitpunkt, um neu einzusteigen, aber ganz schlechter Zeitpunkt für einen Ex-Knacki ohne Job, der sich nur die Nase am Fenster platt drückt. Ich hätte ja schon früher Bescheid gesagt, aber ich dachte mir, inzwischen haben Sie wahrscheinlich selbst schon das eine oder andere rausgefunden.»

«Das stimmt, das habe ich tatsächlich, aber Clark, ich kann jetzt nicht lange reden. Es ist nämlich noch viel schlimmer, als Sie an Ihrem Bildschirm sehen. Sie haben ja keine Ahnung.»

«Doch», sagte er, «hab ich schon, glaube ich. Dieser Zeitungsartikel, ja? Da stand was drin von einem Mord …»

Mir lief es kalt den Rücken hinunter, als ich dieses Wort aus Clarks Mund hörte … Clark, mit seinen Zottelhaaren und dem Totenkopf-Tattoo.

«Außerdem stand da was …» Er unterbrach sich, und ich hörte Papier rascheln. «… von einem Thomas Soiffer, dem Typen, den sie deswegen suchen. Da hab ich einfach auch mal nach ihm gesucht. Und wissen Sie, was?»

«Sie haben ihn gefunden?»

«Nee, Miss M., aber ich hab einiges über ihn rausgefunden. Der Junge wurde gehackt, genau wie Sie.»

Ich brauchte einen Augenblick, um zu verstehen, was er meinte. Dann fragte ich: «Wollen Sie damit sagen, Thomas Soiffer ist ebenfalls Opfer eines Identitätsdiebstahls geworden?»

«Genau!»

«Und wer hat ihm die Identität gestohlen?»

«Keine Ahnung. Wüsste ich auch gern. Ich hab Sie immer gemocht, Miss Milliken. Ich würde Ihnen da wirklich gern noch mehr helfen, aber ich lieg so ’n bisschen an der Kette, wenn Sie wissen, was ich meine. Ich hab so schon zu viel riskiert. Ich wollte Ihnen einfach nur ’nen Hinweis geben wegen der Sache mit diesem Soiffer, falls die Bullen das noch nicht rausgefunden haben. Die Jungs sind ja manchmal nicht so ganz von der schnellen Truppe.»

«Danke, Clark», sagte ich. «Vielen Dank, dass Sie mich angerufen haben.»

«Geht schon klar, Miss M.», sagte er. «Viel Glück, ja? Mit dem ganzen Kram.»

«Danke.»

«Wenn sich das alles so ’n bisschen entspannt hat, ruf ich Sie mal wieder an. Das mit der Freiheit … manchmal ist es ganz schön einsam hier draußen, das wissen Sie ja wohl selbst.»

«Ja, rufen Sie mich ruhig an», sagte ich, und diesmal meinte ich es auch ganz ernst. «Ich würde mich freuen, wieder von Ihnen zu hören.»

Ich ging zurück nach oben, wo Bobby immer noch mit Julies drahtloser Maus herumklickte. Lazare hatte sich inzwischen einen Stuhl herangezogen.

«Detective Lazare», sagte ich, und er drehte sich zu mir um. «Erinnern Sie sich noch an Clark Hazmat? Ich hatte Sie gestern Morgen seinetwegen angerufen, nachdem ich ihn zufällig in Manhattan getroffen hatte.»

Der Detective brauchte einen Augenblick, um sich zu erinnern. «Der Häftling», sagte er dann.

«Ex-Häftling, ja. Gerade hat er mich nochmal angerufen, und ich finde, Sie sollten wissen, was er mir erzählt hat.» Ich berichtete von Clarks Behauptung, Thomas Soiffer sei ebenfalls Opfer eines Identitätsdiebstahls geworden.

«Interessant», sagte Lazare. Sonst nichts. Nur: *interes-*

sant. Trotzdem beobachtete ich zum ersten Mal, seit ich ihn kannte, wie seine gelassene Fassade zu bröckeln begann. Wenn Clark recht hatte, wenn das tatsächlich stimmte, hieß es womöglich, dass der Mord an Zara und der Raub meiner Identität ihren gemeinsamen Nenner in Thomas Soiffer fanden. Ich sah ihn vor mir, auf der Straße vor Julies Haus, wo er ihr aufgelauert und stattdessen Zara erwischt hatte. Es war auf grauenhafte, überzeugende Weise logisch.

Lazare streckte ein Bein aus und lehnte sich zurück, um sein Handy aus der Hosentasche zu angeln. Während er telefonierte, um herauszufinden, wo der Computerspezialist vom FBI blieb, wie es mit dem Durchsuchungsbeschluss stand und wie weit der Amber Alert inzwischen war, schaute ich Bobby über die Schulter. Es war ihm gelungen, verschiedene Websites zu öffnen, deren Namen an der unteren Bildschirmleiste aufgereiht standen.

«Du hast nach dem Stevie Award gesucht?», fragte ich.

Bobby drehte sich zu mir um. Seine Miene hatte sich verdüstert. «Sie hat nie einen bekommen.»

«Bist du da ganz sicher?»

«Nach allem, was ich hier so finde, ja.»

«Aber ihre Marketing-Karriere …»

«Die war ganz echt», sagte er, «und offenbar war sie auch tatsächlich sehr erfolgreich oder ist es immer noch. Man wird nicht so leicht schlau daraus. Es gibt jede Menge Informationen über sie, aber die sind alle ziemlich verstreut, und seit etwa einem Jahr findet sich so gut wie gar nichts mehr.»

Vor etwa einem Jahr: als Paul sie verlassen und sie es mit ein paar Dates versucht hatte, allerdings ohne nennenswerten Erfolg. Vor etwa einem Jahr: als ich Bobby geheiratet hatte. *Vor etwa einem Jahr*. Hatte sie da aufgehört, meine Julie zu sein?

Hinter Bobby sah ich den Desktophintergrund des Computers. Da waren sie, Julie und Lexy, sie lächelten einander an und waren ganz eindeutig sie selbst. Rein oberflächlich betrachtet, hatte sich ganz und gar nichts verändert. Und doch war alles anders geworden.

Kurze Zeit später klingelte es an der Tür. Bobby und Lazare liefen gemeinsam nach unten, um zu öffnen, ich blieb wie gelähmt in Julies Büro zurück. Durchs Fenster sah ich ein offiziell wirkendes schwarzes Auto mit einer auffälligen Antenne, das genau an der Stelle stand, wo Zara ihren verschwundenen Abdruck hinterlassen hatte. Lazare hatte uns gesagt, dass der FBI-Ermittler erst in zwei Stunden im Revier erwartet wurde und vorher anrufen werde. Wer konnte das also sein? War der Amber Alert etwa so schnell erfolgreich gewesen? Hinter dem schwarzen Wagen hielten in rascher Folge drei Streifenwagen. Ich stand am Fenster und wartete und begriff, was für Stürme im Herzen von Soldatenmüttern toben mussten, die ebenfalls am Fenster standen, gefangen in ihrer ganz privaten Angst. Wenn sie persönlich kamen, hieß das dann nicht immer, dass sie die schlimmsten Nachrichten brachten?

KAPITEL 10

Doch dann kam Bobby herein, mit einem blonden Mann im Schlepptau, dessen verlebtes Gesicht sehr viel älter wirkte als sein drahtiger Körper. Er trug eine schwarze Hose, ein sorgfältig gebügeltes weißes Hemd und College-schuhe mit glänzenden neuen Münzen an den Bändeln, und er hatte eine wohltönende Baritonstimme. «Special Agent Rusty Smith vom FBI. Ist das der Computer?»

«Ja, das ist er», sagte Lazare, der hinter Smith ins Zimmer gekommen war. «Der Durchsuchungsbeschluss wurde genehmigt. Agent Smith wird sich Julies Computer zunächst kurz ansehen, bevor er entscheidet, ob er ihn mitnimmt.»

«Hat sie auch ein Notebook?», fragte Smith.

«Ja», sagte ich. «Aber das sehe ich nirgends. Wahrscheinlich hat sie es mitgenommen.»

Smith setzte sich vor den Bildschirm und griff nach Julies Maus. «Na, dann wollen wir doch mal sehen, was wir hier Schönes haben», sagte er im fröhlich-professionellen Ton eines Zahnarztes, der einen auffordert, den Mund weit zu öffnen, um nach Schäden zu suchen, die man selbst nicht erkennen kann.

Wir blieben hinter ihm stehen und sahen ihm zu, aber ich begriff fast nichts von dem, was er machte. Er navigierte sich geschickt durch das ganze System, verwarf das Meiste aber gleich wieder. Schließlich ließ er eine Suche durchlaufen und lehnte sich mit verschränkten Armen zurück, um zu warten, während sich der Bildschirm zusehends mit mir völlig unverständlichen Daten füllte. Es handelte sich wohl um irgendeinen Code. Smith griff in die hintere Hosentasche und zog einen kleinen Notizblock hervor. Dann drehte er sich zu uns um und fragte: «Hätten Sie vielleicht einen Stift für mich? Ich habe meinen vergessen.» Bobby beugte sich vor und schubste einen blauen Kuli an, sodass er in Smiths Richtung kullerte. Der fing ihn mit seinen sommersprossigen Fingern auf, bevor er vom Tisch rollen konnte. Er machte sich ein paar Notizen und fuhr den Rechner dann herunter.

«Und, was sagen Sie?», fragte Lazare ihn.

«Da ist einiges drauf», sagte Smith in neutralem, fast schon gelangweiltem Ton. Wie Lazare, so war auch er bei der Arbeit, er machte seinen Job, und er machte ihn gut (das hoffte ich jedenfalls). Für ihn war es nur eine weitere Entwicklung in einem weiteren Fall, dass auf Julies Computer *einiges drauf* war – nicht die lebensverändernde Erschütterung, die das für mich darstellte. Bobby griff nach meiner Hand und hielt sie ganz fest, und so standen wir da, während die Polizisten das weitere Vorgehen planten.

«Ich nehme den Rechner mit nach Boston», sagte Smith. «Es kann ein Weilchen dauern, aber ich maile Ihnen heute Abend schon mal einen vorläufigen Bericht.»

Sobald der Bildschirm schwarz geworden war, machte Agent Smith sich daran, alle Stecker zu ziehen, und wickelte die Kabel zwischen Daumen und Ellbogen auf, bis er ein Häufchen ordentlicher Bündel beisammenhatte, die er auf dem Schreibtisch liegen ließ. Keine Viertelstunde später hatte er Julies Rechner samt Tastatur in den Kofferraum seines Wagens verfrachtet. Bobby und ich sahen vom Fenster aus zu, wie Lazare sich von Smith verabschiedete und dann wartete, bis der Special Agent außer Sicht war.

Im Sonnenlicht, das durchs Fenster hereinfiel, wirkte die Haut unter Bobbys Augen fast durchsichtig, übersät von blau-grünen Sprenkeln. Ohne dass ich es bemerkt hatte, stand ihm die Erschöpfung, der drohende Zusammenbruch, plötzlich ins Gesicht geschrieben. Ich griff nach seiner Hand, und er lächelte mich an.

«Ich glaube nicht, dass Julie Lexy vorsätzlich in Gefahr bringen würde», sagte er.

«Ganz sicher nicht», sagte ich. «Sie liebt Lexy doch.»

Ich schlang die Arme um ihn, und wir hielten uns ein paar Minuten einfach nur fest und versuchten, gemeinsam gegen unsere größte Angst anzukämpfen: dass wir unser Baby verlieren könnten. Ich war überzeugt davon, dass Julie gut für sie sorgen würde. Aber das reichte uns nicht. Wir wollten Lexy wiederhaben.

Unten hatten sechs Polizisten vom Revier in Great Barrington bereits damit angefangen, das Haus auf den Kopf zu stellen. In Julies wunderhübsch gestalteten Zimmern, die alle aussahen wie frisch aus dem Katalog, wurde nun das Unterste zuoberst gekehrt. Bobby und ich wussten nicht recht, was wir tun sollten. Wo wir auch hingingen, wir waren überall im Weg, und so trieben wir einfach zwischen Küche, Esszimmer und Wohnraum hin und her, bis wir Detective Lazares Stimme draußen im Garten hörten. Ich öffnete die Glastüren im Wohnzimmer, und wir gingen nach draußen, wo die Nachmittagssonne die kleinen Regenpfützen auf den Schieferplatten der Veranda in schillernde Spiegel verwandelte.

Als Lazare mit dem Polizisten fertig war, mit dem er gerade sprach, wandte er sich uns zu und sagte mit seinem halben Lächeln: «Das Warten ist das Schlimmste, ich weiß.»

«Was ist mit dem Amber Alert?», fragte ich ihn. «Wie lange dauert so was normalerweise?»

«Das kann ich Ihnen leider nicht beantworten», sagte er. «Es dauert so lange, wie es dauert. Aber wir spannen das Netz sehr weit … wir werden sie schon finden.»

Wie konnte er da nur so sicher sein?

Lazare drückte Daumen und Zeigefinger in die Augenwinkel und schloss für einen Moment die Augen. «Ich gebe zu, die Sache mit Thomas Soiffer hat mich etwas aus der Bahn geworfen», sagte er. «Ich habe ein bisschen herumtelefoniert. Ihr Clark Hazmat hat recht mit seiner Behauptung, dass auch Soiffer seiner Identität beraubt wurde. Solange wir allerdings keine Mordwaffe haben, können wir auch seine Fingerabdrücke aus den Akten mit nichts vergleichen, also müssen wir mit dem vorliebnehmen, was wir haben. Ich vermute Folgendes: Soiffer ist fuchsteufelswild …» Lazare begann auf und ab zu gehen und hinterließ dabei feuchte Fußspuren vom nassen Gras auf den Schieferplatten. «… und er kommt direkt hierher, zu Julies Haus. Er will sie beobachten, um den richtigen Moment abzupassen. Dann kommt die arme Zara Moklas vorbei, die das Pech hat, Ihnen beiden im Halbdunkeln recht ähnlich zu sehen, und muss für den Schaden büßen, den Ihre Schwester dem Falschen zugefügt hat.» Er blieb stehen und sah mich an. «Wie klingt das für Sie?»

«Ganz plausibel», sagte ich leise und hasste mich selbst für den Gedanken, dass auch nur etwas davon der Wahrheit entsprechen konnte. Trotz allem, was Julie mir angetan hatte, schmerzte mich die Vorstellung doch ungeheuer, dass Thomas Soiffer eigentlich sie hatte umbringen wollen.

«Was ich allerdings nicht begreife», fuhr Lazare fort und nahm seine Wanderung wieder auf, «ist, welche Rolle Ihre Tochter bei der ganzen Sache spielt.»

«Sie sind doch verheiratet, Detective», sagte ich. «Ich nehme also an, Sie waren auch mal verliebt.»

Wieder blieb er stehen und sah mich an. «Das bin ich immer noch.»

«Dann wissen Sie ja, wie stark die Liebe einen Menschen berühren kann», sagte ich.

Er nickte. «Reden Sie weiter.»

«Julie liebt Lexy auf ganz besondere Weise, gerade weil sie meine Tochter ist.» Ich wischte mir mit den Fingern die Tränen weg, die mir wie von selbst in die Augen stiegen. Es war schrecklich, so etwas auch nur zu denken, doch jetzt war es zu spät, den Gedanken noch zurückzunehmen. «Julie kann keine eigenen Kinder bekommen.»

«Dann ist sie also neidisch?», fragte er.

«Ja», sagte ich. «Im Grunde ist Lexy so etwas wie das Kind, das sie selbst nicht haben kann. Aber das ist noch nicht alles. Lexy ist *mein* Kind, und Julie will haben, was mir gehört. Nachdem unsere Eltern tot waren, hatten wir nur noch einander, und als ich dann eine eigene Familie gegründet habe, bin ich aus dieser Einheit ausgebrochen. Julie will Lexy, und sie hat sie sich genommen.»

«Und alles andere?» Lazare machte einen Schritt auf mich zu, ohne den Blick von mir zu lassen. «Der Identitätsdiebstahl. Wozu?»

«Ich weiß es nicht genau», sagte ich. «Vielleicht hat es ihr ja geholfen, mich schon vorher zu verletzen … so tut es ihr vielleicht weniger weh, mir mein Kind wegzunehmen. Aber ich weiß es wirklich nicht.»

«Vielleicht ist das aber auch einfach ihr Beruf, sozusagen», warf Bobby ein. «Was sie mit Thomas Soiffer und mit Annie gemacht hat, kann sie doch durchaus auch noch mit anderen Leuten gemacht haben.»

Ich musste mich sehr zusammennehmen, um nicht aus der Haut zu fahren. Julie war immer noch meine Zwillingsschwester: Sie zu lieben, sie zu verteidigen war ganz einfach Teil meines Wesens. Ich wäre in diesem Moment ohne weiteres bereit gewesen, alles andere zu vergessen, wenn ich nur Lexy wiederbekam … aber diese Möglichkeit würde sich wohl kaum bieten.

«Uns bleibt nichts anderes übrig, als abzuwarten.» Lazare klappte sein Handy auf und wählte eine Nummer, die er auswendig wusste. «Hören wir mal, was es Neues gibt.»

Aber es gab es nichts Neues. Der Amber Alert hatte bisher keine Ergebnisse gezeitigt – und vor allem keine Lexy. Als die Polizisten mit der unteren Etage fertig waren, widmeten sie sich den Schlafräumen und gingen schließlich nach oben in Julies Zimmersuite. Lazare telefonierte eifrig weiter, und Bobby und ich zogen uns ins Wohnzimmer zurück und setzten uns dort aufs Sofa.

«Und was machen wir jetzt?», fragte ich.

«Warten, denke ich.»

«Aber wie lange denn noch? Das ist doch Folter, Bobby, die ganze Zeit in diesem Haus zu hocken.»

«Möchtest du ein bisschen spazieren fahren?»

«Ja und nein. Wenn wir wegfahren, hätte ich Angst, hier etwas zu verpassen. Aber wenn wir bleiben, habe ich diese Angst auch. Irgendwie habe ich ständig das Gefühl, am falschen Ort zu sein, egal, wo ich bin.»

Bobby nahm meine Hand und drückte sie so fest, dass es fast weh tat. Ich sah die Qual in seinen Augen, als er mich anschaute. Dann sagte er: «Hör mal, Annie, ich …» Doch da kam Detective Lazare durch die Glastür herein, um uns zu sagen, dass er kurz aufs Revier müsse, aber bald wieder da sein werde, und Bobby sprach nicht weiter, auch nicht, als wir wieder allein waren. Was hatte er wohl sagen wollen? *Ich werde auch bald wahnsinnig. Ich liebe dich. Ich ziehe mit dir nach New York, wenn das alles vorbei ist. Ich möchte, dass du mit mir nach Hause kommst.* Es hätte einfach alles sein können.

Auf dem Couchtisch lag das Buch über Identitätsdiebstahl, das Bobby am Flughafen gekauft hatte. Ich nahm es, streckte mich mit den Füßen in Bobbys Schoß auf dem Sofa aus und schlug das erste Kapitel auf. Ich las schnell, und je mehr der Nachmittag verstrich, umso größer wurde mein Erstaunen über die Dinge, die ich dabei erfuhr. Identitätsraub war offenbar sehr viel mehr als nur ein neues Übel, vor dem man sich schützen musste. Die Täter hatten sich heimlich, still und leise zu einer kleinen, unsichtbaren Armee formiert, die mit ihren wirkungsvollen, weitreichenden Waffen bereits eine ständig wachsende Zahl von Opfern vernichtet hatte. Da die meisten Geschädigten nie erfuhren, wer sie zum Opfer gemacht hatte, und die Täter selbst meist ungeschoren davonkamen, war ihnen allen ein Gefühl von Verletzlichkeit gemeinsam, ausgelöst durch die Erkenntnis, dass so etwas jederzeit wieder passieren konnte. Man verlor das Grundvertrauen. Durch Identitätsraub waren bereits Karrieren beendet, Familien zerstört und ganze Leben ruiniert worden. Das Buch ging so weit, eine solche Tat mit einem Tsunami zu vergleichen, den man zwar anhand bestimmter Warnsignale erkennen, aber nicht mehr aufhalten kann, wenn er erst einmal in Fahrt kommt.

Ich erkannte mich beim Lesen in jedem Wort wieder – nur dass in meinem Fall noch sehr viel mehr auf dem Spiel stand als die finanzielle Existenz. Wo war Lexy? Jedes Mal, wenn ich an sie dachte, wurde die Panik in meiner Brust größer. Und so las ich einfach immer weiter, um mir die Zeit zu vertreiben, um meinen Kopf mit etwas anderem zu füllen als mit nackter Angst. Bisher hatte ich mich immer allen Härten gestellt, mit denen das Leben mich konfrontierte. Ich würde sogar den Verlust meiner Identität verkraften – aber nicht den Verlust von Lexy.

Bobby massierte mir die Füße, während ich las. Manchmal verschwand er zwischendurch, kam aber immer wieder zurück und döste auf seiner Seite des Sofas vor sich hin. Als die Dämmerung das letzte Licht des Nachmittags verschluckte, ließ ich das aufgeschlagene Buch auf die Brust sinken und schloss ebenfalls die Augen. Es war inzwischen Dienstagabend, und seit der Nacht von Sonntag auf Montag hatten wir beide kaum mehr als zwei Stunden geschlafen. Ich dachte an Lexy, rief mir ihr süßes Gesicht in Erinnerung, wenn sie lächelte, ihre unwahrscheinlich weiche Haut, den pudrigen Duft an ihrem Hals, den salzigen Geschmack der Tränen, die ich ihr von den Wangen küsste. Schließlich schlief ich ein, ihr Lächeln vor den Augen, und als ich Stunden später wieder aufwachte, war draußen vor dem Fenster schwarze Nacht, und Bobby war verschwunden, saß nicht mehr zu meinen Füßen.

Ich stand auf und stellte fest, dass die Polizisten ebenfalls verschwunden waren. Immerhin hatten sie das Haus halbwegs ordentlich zurückgelassen. Als ich mich der Küche näherte, hörte ich Stimmen.

Bobby stand mit Gabe Lazare vor der Mikrowelle, die ein Stück über dem Herd auf einem Extrabrett untergebracht war. Drinnen drehte sich etwas, und in dem schwachen Licht, das aus dem Gerät nach draußen fiel und seinen Schein auf ihre ernsten Mienen warf, sahen die beiden Männer fast so aus wie Vermeers Milchmädchen am Fenster. Lazare hielt ein Blatt Papier in der Hand und las, Bobby sah ihm über die Schulter.

Neben ihnen, auf der Arbeitsfläche, lag Julies schlankes, pinkfarbenes Handy. Als ich es sah, spürte ich einen Stein in der Magengrube. Deshalb also hatte sie nicht auf meine Anrufe reagiert. Als ich mein Portemonnaie daneben liegen sah, wurde der Stein zu bitterer Galle. Ich schluckte die aufsteigende Übelkeit hinunter. Wie konnte es mich noch überraschen, dass Julie ihr Handy hiergelassen, dass sie mein Portemonnaie gestohlen hatte? Wie konnte ich noch schockiert darüber sein, diese beiden Gegenstände hier liegen zu sehen? Ich sah mich wieder bei Gatsby's stehen, wo ich mein Portemonnaie am vergangenen Donnerstag zum letzten Mal bewusst wahrgenommen hatte. Wann hatte sie es mir abgenommen? Irgendwie hatte ich die einschneidende Tatsache einfach verpasst, dass meine Schwester mich bestahl, immer und immer wieder. War es für Julie nur der letzte Schritt auf dem Weg gewesen, ganz *ich* zu werden, sich meinen Führerschein und meine Versicherungskarte zu holen? Und war es der letzte Schritt auf dem Weg gewesen, nicht mehr *sie* zu sein, ihr Handy hierzulassen?

Ich nahm das Portemonnaie in die Hand. Es gehörte mir, aber das war mir jetzt auch kein Trost mehr. Als ich es öffnete, fand ich genau das vor, was ich erwartet hatte: nichts. Alles war weg, meine sämtlichen Karten, ja, sogar das kleine Foto von Bobby und Lexy, das ich immer bei mir trug.

«Wo war es?», fragte ich.

In einer seltsam synchronen Bewegung drehten sich die beiden Männer zu mir um. Sie waren sichtlich erstaunt, mich zu sehen. Offenbar hatte ich länger geschlafen, als ich selbst geglaubt hatte.

«Unter einer Schieferplatte auf der Veranda», sagte Bobby. «Die Polizei hat das Funksignal des Handys geortet, und da war dann auch dein Portemonnaie.»

«Agent Smith hat sich gemeldet.» Lazare wedelte mit dem Blatt, das er in der Hand hielt, und ich sah, dass es der Ausdruck einer Mail war. «Er war fleißig. Offenbar stammen die Liebesbriefe tatsächlich von Julie. Außerdem hat sie das Navigationssystem Ihres Wagens überwacht, sie muss also gewusst haben, dass Sie auf dem Weg hierher sind. Ich würde vermuten, dieser überstürzte Aufbruch war so nicht geplant. Vielleicht hat sie es ja nicht fertiggebracht, Ihnen gegenüberzutreten, nachdem Sie verhaftet worden waren und das alles so weit gegangen ist.»

Ich konnte nicht mehr sagen, was in Julie vorging, aber diese Vermutung schien mir gar nicht so falsch. «Vielleicht», sagte ich, «war es auch überhaupt nicht geplant, mit Lexy fortzugehen. Vielleicht hat sie das ja einfach nur getan.»

«Kann sein», sagte Lazare.

Ich legte das Portemonnaie wieder hin und trat zu den beiden an die Mikrowelle, um die E-Mail ebenfalls zu lesen. Sie quoll schier über von Abkürzungen, Fachwörtern und anderen Ausdrücken, die mir wie eine Fremdsprache vorgekommen wären, wenn ich nicht am Nachmittag dieses Buch gelesen hätte. Offenbar hatte Julie sich nicht nur meine Identität und die von Thomas Soiffer, sondern gleich noch eine ganze Sammlung weiterer Identitäten zugelegt, mit Hilfe verschiedener bruchstückhafter Informationen. Sie nutzte die Vertrauensseligkeit vieler User für Phishing-Attacken, verwendete Keylogger, um an PINs zu kommen, und schickte Trojaner in fremde Privatsphären. Sie hatte ganze Listen verschlüsselter MMNs (der Mädchenname der Mutter, der abgefragt wird, wenn man einmal sein Passwort vergessen hat), COBs (PIN-gestützte Änderungen an den hinterlegten Rechnungsdaten, die es erlauben, auf fremde Bank- oder Kreditkartenkonten zuzugreifen, indem man einfach mit Hilfe der PIN die Adressdaten ändert), KPNs (Kreditkartenprüfnummern), sicherer Adressen und Postfächer, an die man sich Bankauszüge und Ähnliches schicken lassen konnte, und Algos (Algorithmen zum Decodieren des Magnetstreifens einer Kreditkarte). In seiner abschließenden Bemerkung vermutete Smith, dass Julie vielleicht sogar ein recht großer Fisch in diesem ständig anschwellenden Meer sein könnte. Augenscheinlich habe sie *erfolgreich einen Datensammler geknackt.*

«Was soll das heißen?», fragte ich und deutete mit dem Finger auf die letzte Zeile.

«Datensammler sind Firmen, die Kundendaten speichern», erklärte Lazare. «Die sind bei Internet-Verbrechern natürlich ganz besonders beliebt, weil sie ihnen viel Arbeit sparen und alle Daten bündeln, die sie brauchen. Erinnern Sie sich noch an den Skandal vor zwei Jahren, als eine solche Firma, ChoicePoint, ihre Kundeninformationen an Datendiebe verkauft hat, die sich als Marketing-Experten ausgaben?»

Ich erinnerte mich nicht nur, ich hatte noch am Nachmittag davon gelesen. Nachdem die Diebe einmal Zugang zu der Datenbank von ChoicePoint hatten, schwirrten plötzlich die vertraulichen Daten hunderttausender Kunden frei zugänglich durchs Internet, Bankdaten und persönliche Informationen. Solche Datensammlerfirmen speicherten alle möglichen Informationen über Einzelpersonen (Geburtsdaten, Einträge im Verkehrsregister, Kreditinformationen, Krankengeschichten, Vorstrafen und Kaufverhalten) und konnten daraus Milliarden von Datenbankberichten erstellen. Sie verdienten ihr Geld damit, diese Daten an Direct-Marketing-Unternehmen zu verkaufen, die dadurch ihre Produkte direkt auf bestimmte Verbrauchergruppen zuschneiden und Menschen wie mir, die einfach gerne einkauften, das Browsen, Klicken, Einwählen und Stöbern über persönlich gestaltete Kundenmenüs ermöglichen konnten. Dem Buch zufolge gelang es nicht einmal dem Staat, der Sache völlig Herr zu werden – ein Umstand, von dem ich gerade direkter persönlich betroffen war, als ich es mir je hätte träumen lassen.

Die Mikrowelle piepste, der Lichtschein verlosch. Bobby öffnete die Klappe, streifte ein paar Topfhandschuhe über und holte eine nicht mehr tiefgekühlte Tiefkühlpizza heraus.

«Viel ist es nicht», sagte er, «aber es reicht bestimmt für drei.»

«Für mich nicht, vielen Dank», sagte Lazare. «Sie erinnern sich vielleicht, dass ich noch eine Ehefrau habe?»

«Aber natürlich», sagte ich. «Gute Nacht.» Dann küsste ich ihn auf die Wange. Er wich erschrocken zurück.

«Gute Nacht.» Er faltete die ausgedruckte Mail zusammen, steckte sie in die Tasche und ging.

Bobby und ich verteilten die Pizza auf zwei Teller und schenkten uns Wein ein. Dann setzten wir uns beide an den Küchentisch, fingen an zu essen und lauschten, wie das Brummen von Lazares Wagen verklang und schließlich einer tiefen Stille wich.

«Tja», sagte ich. «Vermutlich haben wir deshalb die Rechnungen nie zu sehen bekommen.»

«Wahrscheinlich.»

«Ich kann das immer noch nicht recht glauben. Ausgerechnet Julie?»

Bobby stellte sein Weinglas ab und griff nach meinem Arm. Ich erwiderte die Berührung und legte meine Hand auf seine. Ich kam mir so unwahrscheinlich blöd vor. Völlig blindlings war ich Julie in die Falle gegangen: Ich hatte Bobby verlassen, mich zu ihr geflüchtet, um Trost und Unterstützung zu finden und wieder die Kleider zu tauschen, wie damals, als wir kleine Mädchen waren. Und dann hatte ich mich auch noch überreden lassen, Lexy abzustillen. Ganz langsam war mir aufgegangen, dass Julie neidisch auf mich war, aber ich hätte mir niemals träumen lassen, wie weit das ging. Wie auch, da wir doch unser Leben lang die allerbesten Freundinnen gewesen waren? Wie hätte ich ahnen sollen, dass sie so etwas plante, alles dafür vorbereitete, mich zu ihrer Marionette zu machen? Aber da war ich nun … *da war ich nun*, tanzte und zuckte an diesem Netz aus unsichtbaren Fäden, das sie nur für mich gesponnen hatte. COBs, PINs, KPNs und Algos. Gut, sie hatte bewiesen, dass sic schlauer war als ich, aber das war ja auch nicht weiter verwunderlich. Schließlich war ich diejenige mit der emotionalen Intelligenz. Aber auch die hatte sie mir genommen. Sie hatte meine Identität so langsam und hinterhältig an sich gebracht, dass es mir gar nicht aufgefallen war. Und jetzt hatte sie mein Kind. *Mein Kind.* Julie hatte mir meine Seele geraubt.

Das Telefon klingelte um kurz vor sieben am nächsten Morgen. Auf dem Display stand: *Polizeirevier Great Barrington.*

«Hallo?» Ich hoffte das Beste und fürchtete das Schlimmste, als ich mich meldete. *Wir haben Ihre Tochter gefunden, sie ist hier bei uns, es geht ihr gut*. Oder aber …

Am anderen Ende der Leitung sagte eine Frauenstimme: «Detective Gabe Lazare lässt Ihnen ausrichten, Sie sollen den Fernseher einschalten.»

Bobby und ich hatten ganz keusch im selben Bett geschlafen. Jetzt weckte ich ihn. Wir rannten nach unten ins Wohnzimmer und schalteten den Fernseher ein, der über Julies Kamin an der Wand hing. Die Kameras des örtlichen Nachrichtensenders waren direkt auf ein mikrophonbewehrtes Podium auf dem Rasen vor dem Polizeirevier gerichtet. Als ich den Gürtel meines Morgenmantels zuknoten wollte, merkte ich, dass mir die Hände zitterten.

Bobby hatte sich auf das Sofa gesetzt, ich setzte mich neben ihn. Ich musste mich dazu zwingen, tief und regelmäßig zu atmen. Schließlich trat Detective Lazare aus den Schatten der Bäume, die die goldene Morgensonne verbargen, in den abgegrenzten Bildausschnitt. Er stellte sich an die Mikrophone und räusperte sich. An den dunklen Ringen unter seinen Augen sah ich, dass er die ganze Nacht nicht geschlafen hatte. Sein Polizeiabzeichen, das er bisher nie getragen hatte, war ganz akkurat mitten am Revers befestigt.

«Wie Sie alle wissen», begann er, «wurde vor anderthalb Wochen in der Division Street in Great Barrington eine Frau ermordet, Zara Moklas. Für die unter Ihnen, die von außerhalb kommen, möchte ich noch einmal betonen, dass es sich um eine ruhige, ländliche Straße handelt, eine reine Wohngegend. Die Leiche wurde direkt vor einem Haus gefunden, aus dem gestern ein Baby entführt wurde.»

«Das ist die kleine Lexy?», fragte eine hübsche Fernsehreporterin dazwischen.

«Ja.»

«Gibt es bereits Neuigkeiten über den Verbleib des Babys, Detective?», fragte ein Journalist mit walnussfarbenem Teint, der einen kleinen Notizblock und einen Stift in der Hand hielt.

«Leider nichts Konkretes, aber wir gehen jedem Hinweis nach, den wir bekommen. Ich appelliere also an die Zuschauer draußen vor den Bildschirmen: Bitte rufen Sie weiterhin an.»

Ich konnte ein Stöhnen nicht unterdrücken. Bobby legte den Arm um mich und zog mich an sich. Auf dem Bildschirm hob jetzt ein Reporter im karierten Hemd die Hand. Detective Lazare nickte ihm zu, und wie aus dem Nichts tauchte ein schmales Aufnahmegerät zwischen ihnen auf.

«Detective, glauben Sie, der Mörder von Zara Moklas hat auch das Baby entführt? Glauben Sie, der Mörder war von Anfang an eigentlich hinter dem Kind her? In der Presse wurde ja bereits berichtet, dass Zara der Hausbesitzerin sehr ähnlich sah …»

«Langsam, langsam. Wir wollen nichts überstürzen», sagte Lazare. «Ich spreche hier nur über Tatsachen. Das

Haus ist der gemeinsame Nenner, der die beiden Fälle verbindet, also gehen wir diesem Umstand nach. Punkt. Voreilige Schlüsse dürfen wir daraus nicht ziehen.»

Doch je mehr Lazare bestritt, dass die beiden Fälle etwas miteinander zu tun hatten, desto stärker schienen sie sich zu überlappen. Man konnte die Erregung der Reporter förmlich mit Händen greifen, während sie sich angespannt und schweigend ihre Notizen machten.

«Gibt es irgendwelche weiteren Verdächtigen, Detective?» Der Stift schwebte schreibbereit über dem Block. «Haben Sie die Hoffnung inzwischen aufgegeben, Thomas Soiffer noch zu finden?»

«Wir haben die Hoffnung, Mr. Soiffer zu finden, keineswegs aufgegeben», antwortete Lazare. «Wir sind weiterhin höchst interessiert daran, mit ihm zu sprechen.» Plötzlich füllte Soiffers Gesicht den ganzen Bildschirm, und ich zuckte zusammen. Es war dasselbe Polizeifoto, das ich vor einer Woche zum ersten Mal gesehen hatte. «Wie bereits bekannt, hat sich Mr. Soiffer kurz vor dem Mord an Ms. Moklas in der Gegend aufgehalten. Im Licht der jüngsten Entwicklungen hoffen wir inständig, neue Informationen von ihm zu bekommen, die uns bei der Suche nach Lexy Goodman helfen können.»

Eine weitere Fernsehreporterin trat vor. «Heißt das, Detective, Sie wollen Mr. Soiffer ganz konkret im Zusammenhang mit der Entführung des Babys verhören?»

«Das würden wir uns wünschen, ja.»

«Heißt das, er ist auch im Zusammenhang mit der Entführung des Babys verdächtig?»

Ein dünnes Lächeln kräuselte Lazares Lippen – seine typische, neutrale Reaktion, die weder ermuntern noch entmutigen wollte. «Wir sind einfach nur an einem Gespräch mit ihm interessiert.»

An einem Gespräch interessiert. Was das bedeutete, wussten die Reporter so gut wie ich: Er stand unter Verdacht, es gab nur zu wenig Beweise für eine Festnahme.

«Noch eine letzte Frage, Detective.» Wieder das Karohemd, mit gezücktem Aufnahmegerät. «Wir wissen, dass Julie Milliken, die Hausbesitzerin, eine eineiige Zwillingsschwester hat, die Mutter des verschwundenen Babys. Wäre es möglich, dass Mr. Soi… dass der Mörder von Zara, der ja möglicherweise auch hinter dem Baby her war, vielleicht geglaubt hat, er würde die Schwester töten? Vielleicht, um so an das Baby heranzukommen? Und warum gerade dieses Baby, Detective? Welchen Hintergrund hat diese Entführung?»

«Spekulieren bringt uns hier wohl kaum weiter, finden Sie nicht auch? Wir möchten Mr. Thomas Soiffer finden und ihm ein paar Fragen stellen. Das wäre alles für heute. Ich danke Ihnen für Ihre Aufmerksamkeit. Wir hoffen sehr, dass das Interesse der Medien uns dabei helfen wird, das Baby schnell zu finden. Herzlichen Dank.» Lazare winkte und ließ noch einmal sein dünnes Lächeln sehen, dann drehte er sich von den Reportern weg und ging. Ganz ruhig und gelassen. Es brachte mich schier um den Verstand, wie beherrscht dieser Mann sein konnte.

Bobby nahm die Fernbedienung und schaltete den Fernseher aus. «Was sollte das denn? Warum hat er uns nicht vorgewarnt?»

«Gestern Abend war er doch noch überzeugt, dass Julie sie entführt hat», sagte ich. «Was hat sich seitdem verändert? Glaubt er im Ernst, dieser Kerl hat unsere Lexy?»

Das Telefon klingelte wieder, und diesmal war es Detective Lazare selbst. Bobby nahm das Gespräch im Wohnzimmer entgegen, ich ging an den Apparat in der Küche, um mich auch in die Unterhaltung einschalten zu können.

«Wenn wir Julie davon überzeugen können, dass wir Thomas Soiffer im Zusammenhang mit Lexys Entführung suchen», sagte Lazare gerade, als ich abnahm, «fühlt sie sich vielleicht sicherer und traut sich aus ihrem Versteck heraus. Möglicherweise erweitert sie ihren Aktionsradius, und das wiederum erhöht unsere Chancen, sie zu finden … und damit auch Ihre Tochter.»

«Gut», sagte Bobby, «das kann ich nachvollziehen.»

«Sie glauben also immer noch, dass Lexy bei Julie ist?», mischte ich mich ein.

«Das vermute ich», antwortete Lazare. «Ich mache mir die Medien nur zunutze, um ihr eine Falle zu stellen. Wenn wir jemanden nicht auf Anhieb finden können, versuchen wir, den Betreffenden aus seinem Versteck zu locken. Es tut mir leid, dass ich Ihnen vorher nichts von dem Plan erzählt habe, aber Sie werden mir zustimmen, dass wir die Zeit nicht gerade auf unserer Seite haben.»

Da konnte ich ihm schlecht widersprechen – schließlich versuchte er ja, meine Tochter zu finden. Trotzdem versetzte mich die Vorstellung eines solchen Medienrummels in Panik. So etwas konnte Julie verschrecken, und ich hatte das ungute Gefühl, dass Lexys Wohlergehen sehr von Julies seelischem Gleichgewicht abhing. Auch Lazares Bemerkung über die Zeit machte mir Angst. Denn wenn man einmal über das wahre Wesen der Zeit nachdachte (es gab immer zu viel davon, wenn es keine Rolle spielte, und immer zu wenig, wenn man sie einmal brauchte), erkannte man rasch, wie gefährlich es sein konnte, in den schlimmsten Situationen des Lebens auch nur eine Sekunde zu lang zu zögern.

Am frühen Nachmittag kam Detective Lazare bei uns vorbei, um uns persönlich zwei wichtige Neuigkeiten zu überbringen. Er kam herein und bat uns, uns an den Küchentisch zu setzen, während er berichtete. Er selbst ging wieder auf und ab.

«Wir haben Soiffers Van gefunden», begann er. «Hinter einer verlassenen Scheune in New Hampshire. Und jetzt hören Sie mir bitte gut zu. Die vorläufige Untersuchung hat ergeben, dass sich in dem Van keine Spuren von Lexy finden. Nicht eine.»

Bobby und ich wechselten einen Blick. Wir spürten, dass da noch mehr kommen musste.

«Im hinteren Teil des Wagens fand sich allerdings eine Menge Blut. Die Blutgruppe wurde bereits bestimmt, sie entspricht nicht der Ihrer Tochter. Es ist aber Zaras Blutgruppe, wir ermitteln also in diese Richtung weiter. Unglücklicherweise können DNA-Tests bis zu zwei Wochen dauern. Erst dann haben wir Gewissheit. Aber es sieht doch so aus, als deuteten alle Beweise in eine Richtung.»

«Und wo steckt Soiffer?», fragte Bobby.

«Gute Frage.» Lazare blieb am einen Ende der Arbeitsfläche stehen und vertiefte sich scheinbar in den Anblick von Julies kompakter, schwarzer Espressomaschine, aber ich spürte, dass er mit den Gedanken ganz bei den heutigen Entwicklungen war und Genugtuung darüber empfand, dass sein Plan zumindest teilweise aufging. «Jason Soiffer, Thomas' Sohn, hat Kontakt mit uns aufgenommen, um Bedingungen auszuhandeln, falls sein Vater sich stellt.»

Das waren ganz unglaubliche Neuigkeiten. Als Lazare weitererzählte, wurde uns klar, dass diese Verhandlungen schon seit Stunden im Gange sein mussten.

«Der Sohn ist eine ehrliche Haut», fuhr er fort. «Keinerlei Vorstrafen, er hat sich offensichtlich nicht an der kriminellen Laufbahn seines Vaters orientiert. Jason Soiffer ist Klempner, er engagiert sich in der Gewerkschaft, er arbeitet hart … absolut vorbildlich. Und er schwört Stein und Bein, dass sein Vater nichts mit Lexys Entführung zu tun hat. Stein und Bein. Ich habe mich einfach zurückgelehnt und ihn reden lassen, und er hat mir von den Problemen seines Vaters erzählt. Der Identitätsdiebstahl hat Tom vor etwa einem Jahr getroffen, wie ein Blitz aus heiterem Himmel. Als er endlich begriff, was los war, war er längst auf dem Weg in den Abgrund. Jason sagt, sein Vater habe sein Möglichstes getan, um sich von allem Ärger fernzuhalten und sich während der Bewährungszeit ein neues Leben aufzubauen. Er war seit fast zwei Jahren aus dem Gefängnis entlassen, es lief ganz gut für ihn. Inzwischen redete sogar die Ex-Freundin wieder mit ihm, die er verprügelt hat – ihrerseits vielleicht nicht gerade der weiseste Entschluss, aber entscheidend ist doch, dass der Mann einfach wieder gut zurechtkam. Er ist wegen des Identitätsraubs zur örtlichen Polizei gegangen, dort konnte man aber nichts für ihn tun.» Lazare hielt kopfschüttelnd inne. «Kleinere Reviere wie unseres erhalten erst seit kurzem Weiterbildungen zu dem Thema. Ich glaube ihm also aufs Wort, dass er einfach nicht die Hilfe bekommen hat, die er gebraucht hätte. Es wusste ja kein Mensch, wie man ihm helfen soll. Also hat Tom einen Privatdetektiv angeheuert, der Julie für ihn ausfindig gemacht hat. Und dann hat er die Nerven verloren. Er hat sie verfolgt. Jason sagt, er selbst wisse das alles seit letztem Winter und habe immer wieder versucht, seinen Vater dazu zu bringen, noch einmal zur Polizei zu gehen. Aber Tom wollte das nicht. Er war überzeugt, dass die Polizei für einen Ex-Häftling ohnehin nichts tut, und hatte das Gefühl, die Sache selbst in die Hand nehmen zu müssen. Ein großer Fehler. Aber bei all dem Rummel, noch dazu, wo wir jetzt den Van gefunden haben, hatte er wohl doch das Gefühl, sich nicht mehr verstecken zu können. Jason sagt, er kann sich nicht erklären, wie das Blut in den Van kommt, aber er ist sich ganz sicher, dass sein Vater nichts über Lexys Verschwinden weiß und auch mit dem Mord an Zara Moklas nichts zu tun hat. Aber er war da, er hat es gesehen.»

«Er hat es gesehen?» Ich beugte mich vor und griff nach Bobbys Hand. «Was genau hat er gesehen?»

«Das wissen wir noch nicht.» Lazare kam endlich zur Ruhe, zog sich einen Küchenstuhl heran und setzte sich zu uns. «Das wird er uns erst sagen, wenn wir ihm Immunität zusichern. Ich habe ihm gesagt, ich würde mich um eine begrenzte Immunität bemühen, abhängig davon, was bei der Blutuntersuchung herauskommt, und unter der Voraussetzung, dass er sich mit mir fotografieren lässt. Julie soll sehen, dass wir ihn haben. Jason sagt, sein Vater mag den ganzen Medienrummel nicht, aber er will sehen, was sich machen lässt. Jetzt warten wir auf die Antwort.»

«Dann funktioniert es also», sagte Bobby. «Wie Sie es gehofft hatten.»

Lazare zog einen Mundwinkel in die Höhe. «Bis jetzt sieht es jedenfalls ganz danach aus. Ich habe für heute Abend um acht noch eine weitere Pressekonferenz angesetzt, in der Hoffnung, dass wir ihn bis dahin schon dazu gebracht haben, sein Versteck zu verlassen.»

Doch bei der Pressekonferenz um acht – diesmal vor Julies Haus – hatte Detective Lazare nur zu berichten, dass es in dem Fall keine weiteren Entwicklungen gegeben habe. Die Reporter wirkten ein wenig enttäuscht. Aber offenbar hatte Lazare zumindest mit der Strategie Erfolg gehabt, Lexys Verschwinden zur Nachricht des Tages zu machen, und entsprechend reichte es den hungrigen Medienmühlen schon, nur die Akteure zu Gesicht zu bekommen. Für uns war das ein großer Vorteil, denn so fühlte sich praktisch das ganze Land beteiligt und hielt nach Lexy Ausschau. Am Ende der Pressekonferenz traten Bobby und ich zu Lazare ins Scheinwerferlicht, wie wir es vorher vereinbart hatten, um in aller Öffentlichkeit zu weinen und zu flehen. Und das taten wir auch. Ich fand den Gedanken schrecklich, dass Julie uns so sehen würde, weil ich befürchtete, sie könnte sich an unserer Schwäche weiden, doch Lazare versicherte uns, das sei alles Teil des Plans. Wenn Soiffer sich endlich zeigte, würden auch wir wieder in Erscheinung treten, diesmal erleichtert und voller Hoffnung, dass der Mann Informationen hatte, die uns zu unserer Tochter führen würden. Wenn Lazares Berechnungen zutrafen, würde danach auch Julie im scheinbaren Schutz dieser falschen Fährte ein bisschen unvorsichtiger werden. Ob er damit wohl recht behielt? Die Julie, die ich kannte, neigte kaum zum Leichtsinn. Und die Julie, die ich nicht mehr kannte, war geradezu erschreckend berechnend.

Um zwei Uhr morgens traf Thomas Soiffer auf dem Polizeirevier in Great Barrington ein, getaucht in ein Meer aus künstlichem Licht. Es war ein sorgfältig inszenierter Auftritt: Niemand sagte ein Wort, man sah nur Soiffer, der zwischen seinem Sohn und Detective Lazare das Revier betrat. Eine halbe Stunde später stellten Bobby und ich uns fast besinnungslos vor Müdigkeit dem versprengten Häufchen Reporter, das den weiten Weg bis zu Julies Haus auf sich genommen hatte.

«Ich bin ja so froh», schluchzte ich in die Kameras, während Bobby mich an sich gedrückt hielt. «Jetzt ist Thomas Soiffer endlich in Gewahrsam. Wenn er weiß, wer Zara Moklas getötet hat, kann er uns vielleicht auch helfen, unser Kind wiederzufinden.»

So verging die Nacht, Stunde um Stunde. Detective Lazare hielt Thomas Soiffer in der unheilvollen Stille des Polizeireviers unter Verschluss. Draußen auf der Main Street campierten die Reporter und die Kamerateams der Fernsehsender und meldeten sich von Zeit zu Zeit mit sogenannten *Live-Schaltungen vom Schauplatz in Great Barrington, Massachusetts* zu Wort. Bobby und ich ließen überall im Haus die Fernseher laufen, um jede Neuigkeit sofort mitzubekommen, wo immer wir gerade waren. Die Bilder von Soiffers Eintreffen und unseren Bitten wurden ständig wiederholt, doch Neues gab es nicht. Ich überlegte, ob wir vielleicht ein paar Informationen aus «unseren» Reportern herauslocken konnten, dem kleinen Grüppchen, das draußen im Kamerawagen hockte oder auf Julies Rasen auf und ab wanderte, um sich die Beine zu vertreten. Aber ich hatte bereits zweimal vor laufender Kamera geweint, und Lazare hatte mir eingeschärft, es nicht zu übertreiben und auf keinen Fall zuzulassen, dass sie mich unvorbereitet erwischten. Er war ein Freund durchdachter, geordneter Presseauftritte. Alle halbe Stunde klopfte es so heftig an die Küchentür, als wäre dort ein Specht am Werk, aber wir achteten nicht darauf. Uns blieb nichts mehr zu sagen, bevor Lazare nicht das Ergebnis seiner Unterredung mit Soiffer verkündete oder Julie irgendwelche Schritte unternahm.

In den stockdunklen frühen Morgenstunden zogen Bobby und ich uns schließlich ins Gelbe Zimmer zurück – und ins Bett. Es war mehr als einen Monat her, seit ich das letzte Mal mit meinem – wie ich dachte – treulosen Ehemann geschlafen hatte, doch nun war seine Treue durch einen ganzen Berg schrecklicher Umstände bestätigt worden. Er hatte mich nicht betrogen, seine Beteuerungen des Gegenteils hatten tatsächlich der Wahrheit entsprochen. Stattdessen hatte Julie mich systematisch auseinandergenommen und uns zerstört. Ich verspürte einen zornigen Schmerz, wie ich ihn gar nicht von mir kannte, und hatte das Gefühl, dass etwas unwiederbringlich verloren war, ganz gleich, was noch passierte – selbst, wenn wir Lexy innerhalb der nächsten Stunde wohlbehalten zurückbekämen. Unsere Ehe würde nie wieder so unschuldig sein, wie sie einmal gewesen war. Ich schob die Hände unter Bobbys T-Shirt, zog es ihm über den Kopf, öffnete seinen Gürtel und den Reißverschluss seiner Hose, und er zog mir all den weißen Stoff vom Körper. Seine Haut war warm und vertraut, und doch lag etwas Getriebenes in der Art, wie wir übereinander herfielen, als wäre es das erste Mal, als würden wir nie wieder Gelegenheit dazu haben. Ich liebte ihn. Doch etwas war immer noch grundfalsch. Ich konnte meine Gedanken nicht von Lexy lösen. Nichts konnte ihr Fortsein auslöschen, das leere Bettchen in unserem Zimmer. Absolut gar nichts.

Die Dämmerung kam, umhüllte das Haus mit dem üblichen, kühlen Morgendunst, goss frisches, klares Licht über den Himmel. Als ich im Gelben Zimmer aus dem Fenster schaute, sah ich einzelne Tautropfen auf den Grashalmen und musste gegen den Drang ankämpfen, barfuß nach draußen zu laufen, um diese Feuchtigkeit selbst zu spüren. Es war furchtbar für mich, auf diese Weise hier eingesperrt zu sein, immer wieder einzuschlafen, nur um mich beim Aufwachen der schrecklichen Erkenntnis gegenüberzusehen, dass mein Baby immer noch verschwunden war.

Bobby schlief tief und fest, und ich gab mir Mühe, ihn nicht zu stören, als ich meine Kamera holte und damit wieder ans Fenster trat. Ich fotografierte durch die Scheibe und das Fliegengitter hindurch, neugierig darauf, wie diese Hindernisse den Blick nach draußen wohl verändern, die offensichtliche Realität der Grashalme wohl verzerren würden. Und während der Fotoapparat surrte und klickte, stellte ich mir Lexy vor, ein kleines Mädchen, das ins Bild lief und dabei das feuchte Gras an den nackten Füßen spürte. Ich konnte sie förmlich fühlen in all ihrer Lebendigkeit. Falls es Julie tatsächlich gelingen sollte, sie bei sich zu behalten, würde ihre Erinnerung an mich, ihre richtige Mama, dann irgendwann verlöschen? Würden die beiden Mamas, dieses Doppel-Bildnis von Julie und mir in den Tiefen ihres Gedächtnisses, irgendwann zu einer werden? Ich machte ein gutes Dutzend Bilder, dann schraubte ich den Deckel zurück auf das Objektiv und steckte die Kamera wieder in ihre Tasche.

Ich zog mich an und lief in die stille Küche hinunter, machte mir einen Kaffee, ging mit der Tasse ins Wohnzimmer und schaltete den Fernseher ein. Als ich mich gerade aufs Sofa gesetzt hatte, klingelte das Telefon. So früh am Morgen, in dieser völligen Stille, erschreckte mich das schrille Geräusch fast so sehr wie ein ausgewachsener Fehlarm, und ich sprang auf, schon halb in Panik, bis ich merkte, dass es nur das Telefon war. Auf dem Bildschirm erschien gerade eine hübsche Fernsehjournalistin, blond und im rosa Kostüm, die ich schon am Tag zuvor bei der Pressekonferenz gesehen hatte. Sie stand vor dem Polizeirevier in Great Barrington, ein Mikrophon in der Hand, und ich wusste im selben Moment, dass Lazare am Telefon sein musste, dessen frühzeitige Warnung diesmal allerdings zu spät kam. Das Telefon verstummte – wahrscheinlich hatte Bobby oben abgenommen –, und ich hörte, zusammen mit dem Rest der Welt, die neuesten Nachrichten über mein Kind.

«Offenbar wird gegen Julie Milliken, die wegen der Entführung ihrer Nichte, der kleinen Lexy, gesucht wird, auch in einem gerade aufgedeckten Fall von Identitätsdiebstahl ermittelt. Das Opfer: Annie Milliken-Goodman, Julies eineiige Zwillingsschwester und Mutter der kleinen Lexy. Vor dem Haus von Julie Milliken in der Division Street wurde vor fast zwei Wochen diese Frau …» Das Foto einer lächelnden Zara Moklas wurde eingeblendet. «… brutal ermordet. Vergangene Nacht hat sich Thomas Soiffer, der im Zusammenhang mit dem Mord gesucht wurde …» Eine weitere Wiederholung seines Eintreffens auf dem Revier. «… der Polizei gestellt. Im Augenblick ist die Polizei auf dem Weg nach Barton in Vermont, von wo sich heute

Morgen der Besitzer eines Motels gemeldet hat. Er gibt an, ein Zimmer an eine Frau mit einem Baby vermietet zu haben. Der Beschreibung nach könnte es sich um Julie Milliken und Lexy Goodman handeln. Mitarbeiter des Polizeireviers Barton sind bereits vor Ort.»

In diesem Moment kam Bobby, bereits komplett angezogen, die Treppe hinunter ins Wohnzimmer gestürzt.

«Los», rief er. «Wir treffen uns mit Lazare. Wenn wir nicht in zehn Minuten da sind, fährt er ohne uns los.»

KAPITEL 11

Das Schild mit der Aufschrift NORTHWEST KINGDOM MOTEL & BUNGALOWS stand an einer Ausfahrt der Route 5 in Barton, Vermont. Bobby und ich saßen auf dem Rücksitz des Einsatzwagens, der uns bereits erwartet hatte, als unser Hubschrauber auf dem dortigen Flugplatz gelandet war. Lazare saß vorne auf dem Beifahrersitz. Staub umwirbelte den Wagen auf der Fahrt die lange Straße entlang, die zu beiden Seiten von riesigen Kiefern gesäumt wurde. Einen knappen Kilometer nach der Auffahrt mussten wir anhalten. Vier verschiedene Kamerateams versperrten uns den Weg mit ihren vier Vans, die viel zu klein für die darauf aufgebauten Satellitenantennen wirkten. Ein Stück vor uns sah ich ein schindelgedecktes Motel, daneben einige kleine Bungalows, jeweils mit eigener Veranda, die sich bis in den Wald hineinzogen. Lazare bedankte sich bei dem Polizisten, der uns hergefahren hatte, und stieg aus dem Wagen. Bobby und ich öffneten gleichzeitig die beiden hinteren Türen und stiegen ebenfalls aus. Dann rannten wir los.

Gut dreißig Meter vor uns standen zwei Männer im Gespräch, die schon allein dadurch auffielen, dass sie keine Uniform trugen. Der eine war mittleren Alters, hatte kurzgeschorenes rotes Haar und trug eine ausgebeulte Jeans und abgetragene Arbeiterstiefel, der andere war groß, hatte dichtes, weißes Haar und einen Vollbart und war ebenfalls in Jeans und Arbeiterstiefeln. Hinter ihnen, am äußersten Ende des asphaltierten Parkplatzes, sah ich vor dem letzten Bungalow meinen hellblauen Mietwagen stehen. Der Kofferraum und alle vier Türen standen sperrangelweit offen. Ein Zivilfahrzeug der Polizei parkte im rechten Winkel davor, irgendein Techniker in grünem Overall beugte sich über den Kofferraum.

Die beiden Männer drehten sich zu uns um, als wir auf sie zueilten. Aus der Nähe sah ich, dass der Rothaarige ein Funkgerät in der Hand hielt. Nach einer kurzen Bemerkung zu seinem Gesprächspartner kam er uns entgegen.

«Detective Lazare?» Vermutlich kannte er ihn aus dem Fernsehen.

«Genau», erwiderte Lazare. Sie gaben sich die Hand.

«Detective Andy Phipps. Freut mich, Sie kennenzulernen.»

«Das sind die Eltern, Annie und Bobby Goodman», stellte Lazare uns vor. «Ist die Kleine hier?»

«Nicht mehr, aber sie waren eindeutig hier», gab Phipps zur Antwort. «Kommen Sie, ich stelle Ihnen Leo Brook vor, den Besitzer. Dann hören Sie alles aus erster Hand.»

Brook begrüßte uns mit einem kurzen Nicken seines bärtigen Kinns. Als ich vor ihm stand, sah ich seine Knollennase und die blutunterlaufenen Augen, die typischen Anzeichen nördlicher Einsamkeit. Ich kannte diesen Typ aus den Wintern meiner Collegezeit. Das waren die Einheimischen, Männer und Frauen, die es gewohnt waren, sich Jahr für Jahr vor der bitteren Kälte zu verschanzen, die viel zu viel Zeit allein verbrachten, vielleicht auch zu viel tranken und dann im Frühling wieder zum Vorschein kamen, um sehr viel mehr als nur ein halbes Jahr gealtert.

«Ich hab's dem Detective gerade schon erzählt.» Brooks Stimme war heiser, aber dennoch sanft. «Heute Morgen hat sie eingecheckt, Erin Garfield heißt sie, hat sie gesagt.

Sie wollte den Bungalow, der am weitesten abseits liegt, sie sagte, sie will nicht, dass das Baby nachts irgendwen aufweckt. Ich hab ihr gesagt, dass im Moment eh sonst keiner hier ist, aber sie wollte das unbedingt. Und ich werd mich ja wohl nicht mit zahlenden Gästen anlegen. Hab mir auch nichts weiter dabei gedacht, bis ich dann beim Frühstück die Zeitung aufgeschlagen hab.»

«Und jetzt sind sie nicht mehr hier?» Das war das Einzige, was mich interessierte.

«Hab ich dem Detective schon erzählt. Sie sind vor 'ner Weile weg.» Brooks Stimme klang merklich gequält, als hätte er uns mit seiner mangelnden Wachsamkeit enttäuscht, obwohl er ja gar nicht gewusst hatte, dass es Grund zur Wachsamkeit gab. «Ich hab nicht mitgekriegt, wohin. Könnt mich deswegen in den Bauch beißen, das kann ich Ihnen flüstern.»

«Das konnten Sie doch nicht ahnen, Leo», sagte Detective Phipps. «Sie haben uns immerhin angerufen, das zählt. Wir finden Sie ja im Büro, nicht wahr, falls wir noch weitere Fragen haben?»

Brook nickte, warf einen letzten Blick auf Bobby und mich und ging dann mit den langen, ausladenden Schritten eines großen Mannes davon, der mit jedem Schritt ein wenig einzuknicken schien.

«Die Sachen sind alle noch im Zimmer», sagte Phipps. «Ich würde also mal vermuten, sie weiß nicht, dass sie hier so schmerzlich vermisst wird, und kommt bald zurück.»

«Aber das Auto …», warf Bobby ein.

«Wahrscheinlich sind sie zu Fuß unterwegs. Leo sagt, heute Morgen stand ein Kinderwagen vor der Tür, den sehen wir jetzt aber nirgends. Sie sind wohl einfach spazieren gegangen.»

«Spazieren?» Ich schaute mich um. Das Motel-Grundstück war von Wald umgeben, die lange Einfahrt ging direkt in die Hauptstraße über. Kein allzu gutes Terrain für einen Spaziergang, vor allem nicht mit einem Kinderwagen, der nicht für unebenes Gelände gedacht war. Aber wahrscheinlich hatte Lexy nicht schlafen wollen, und Julie hatte versucht, sie mit einer Fahrt im Kinderwagen zu beruhigen. Ein bewährtes Mittel, wenn meine Brüste und ich nicht zur Verfügung standen.

«Leo stellt Ihnen eins der Häuschen zur Verfügung, da können Sie warten.» Phipps gab Lazare den Schlüssel. «Ich bin hier, falls Sie mich brauchen.»

Bobby und ich gingen hinter Gabe Lazare über den Parkplatz. Die Türen zweier direkt nebeneinanderliegender Bungalows standen offen. Der eine war wohl für uns, der andere, vor dem der blaue Mietwagen stand, musste der von Julie sein. Ein uniformierter Polizist hielt vor der Tür Wache, drinnen sah ich einen Schatten auf und ab gehen. Das Häuschen wurde durchsucht. Ich blieb stehen. Wie gern wäre ich eingetreten in die dunkle Kühle dieses Raumes, um den Ort zu sehen, zu spüren und zu riechen, wo meine Kleine zuletzt gewesen war, als könnte auch die kleinste Wahrnehmung von ihr all meine Sorgen auslöschen. Ich sah die abgerundeten Fußenden zweier Betten, senffarbene Tagesdecken mit braunen Streifen. Doch als ich auf den Bungalow zuging, schüttelte der Polizist den Kopf und untersagte mir damit, noch näher zu kommen.

Ich drehte mich zu Bobby um, weil ich wissen wollte, ob er ebenso frustriert war wie ich, ob auch er gern in den Bungalow gegangen wäre. Doch er hatte seine Aufmerksamkeit auf etwas anderes gerichtet, auf das Auto nämlich, genauer gesagt auf den Kofferraum des Autos, vor dem sich gerade der grüngewandete Techniker aufrichtete. In der einen behandschuhten Hand hielt er eine Papiertüte und in der anderen ... Julies kunterbunte Wolljacke.

Lazare hielt inne, musterte die Jacke und nickte dem Kriminaltechniker zu, der sie daraufhin in die Tüte stopfte. Ich fragte mich, ob der Detective sich wohl erinnerte, dass ich diese Jacke bei meiner Ankunft in Julies Haus getragen hatte. Ich selbst wusste noch genau, wie erstaunt ich darüber gewesen war, dass er auf ein Kleidungsstück achtete, wo doch gerade eine Frau ermordet worden war. Und ich wusste auch noch, dass ich mir in meiner grellfarbigen Jacke gedacht hatte, um wie viel greller noch Zaras Blut war. Ich wäre nie auf den Gedanken gekommen, wie frisches Blut leuchten konnte, wenn künstliches Licht darauf fiel. Seit jener Nacht hatte ich nicht mehr an die Jacke gedacht. Jetzt fragte ich mich, wie sie wohl in den Kofferraum gekommen war. Wahrscheinlich hatte Julie sie übergezogen, bevor sie mit Lexy verschwunden war. Ich sah sie direkt vor mir, wie sie vor dem Kleiderschrank stand und überlegte, was sie anziehen sollte, und stimmte ihr instinktiv zu, dass dieses auffällige Kleidungsstück ideal für eine Flucht war, gerade weil man sich darin unmöglich verstecken konnte. Als Kinder hatten wir immer «Umdreh-Spiel» dazu gesagt und uns daran gefreut, wie leicht es war, den Erwartungen der Leute zu widersprechen.

Bobby und ich sahen Detective Lazare an, doch er begegnete unseren stummen Fragen seinerseits mit geübtem Schweigen, legte mir die Hand auf den Rücken und schob uns in das Häuschen nebenan.

Es war ein rustikaler kleiner Bungalow, der sich auf die absolute Grundausstattung beschränkte: ein spärlich möblierter Wohnraum mit einem abgeschabten Sofa, einem gepolsterten Schaukelstuhl, einem Esstisch mit zwei Stühlen und einem Fernseher, dahinter ein kleines Schlafzimmer. Selbst an einem strahlenden Frühlingstag wie diesem war das Licht hier drinnen körnig und düster und fand nur mühsam seinen Weg durch die beiden winzigen, von Vorhängen verdeckten Fenster. Lazare setzte sich in den Schaukelstuhl und faltete die Hände vor dem Bauch. Bobby und ich setzten uns nebeneinander auf das Sofa. Erst jetzt fiel mir ein, dass wir den Detective (abgesehen von dem spontanen Hubschrauberflug heute Morgen, als wir nur daran gedacht hatten, zu Lexy zu kommen) nicht mehr gesehen hatten, seit er Thomas Soiffer mitten in der Nacht ins Polizeirevier eskortiert hatte.

«Was hat Soiffer Ihnen eigentlich erzählt?», fragte ich. «Und wo ist er jetzt?»

«Wir halten ihn fest, weil er gegen seine Bewährungsauflagen verstoßen hat.» Draußen zog eine Wolke beiseite. Es wurde heller im Zimmer, man sah die leichten Fältchen in Lazares Gesicht.

«Wird er wegen des Mordes angeklagt?», fragte ich weiter.

«Solange wir kein Bluttestergebnis und keine Mordwaffe haben, gibt es auch keinen Mordfall. Keine Beweise, keine Festnahme.»

«Aber …», setzte ich an.

Lazare stützte die Hände auf die Knie und stand auf. «Belassen wir es doch für den Augenblick dabei.» Er ging durchs Zimmer, schaltete den Fernseher ein und setzte sich wieder in den Schaukelstuhl.

Ich fühlte mich so ungerecht behandelt wie ein zurechtgewiesenes Kind. Am liebsten hätte ich ihn angeschrien, ihn so lange drangsaliert, bis er uns endlich mehr erzählte. Es war nicht richtig von ihm, uns so viel zu verschweigen. Immerhin war unsere Tochter verschwunden. Und wir hatten eine Frau, eine Tote, vor dem Haus meiner Schwester gefunden. Plötzlich sah ich Zara Moklas wieder vor mir, wie sie so unheimlich reglos dalag, während ihr der letzte Lebenssaft aus der aufgeschlitzten Kehle rann. Ich sah zu Bobby hinüber, um bei ihm Verständnis für meine

Verzweiflung zu suchen, doch er hatte sich genauso verschlossen wie Lazare. Er saß unbeteiligt da und tat, als würde es ihn brennend interessieren, wie Oprah Winfrey eine junge, ständig kichernde Schauspielerin interviewte.

Das Warten war unerträglich, fast noch schlimmer als die Stunden, die ich in der Zelle verbracht hatte. Da hatte ich bei allem Entsetzen und aller Demütigung zumindest Lexy in Sicherheit geglaubt. Ich war überzeugt gewesen, bald wieder bei ihr zu sein, ich hatte daran geglaubt, dass meine unrechtmäßige Verhaftung sich schnell als Irrtum herausstellen würde. Liz fiel mir ein. Nach unseren Telefonaten seit meiner Rückkehr nach Great Barrington war sie zweifelsfrei davon überzeugt, dass es kein Problem sein würde, den Vorwurf der Veruntreuung zu entkräften. Aber darum ging es ja längst nicht mehr. Jetzt ging es nur noch darum, dass ich mit einem einzigen, vernichtenden Hieb mein Kind und meine Schwester verloren hatte. Mein *Herz*. Was war ich denn ohne sie? Als ich bei dieser Frage angekommen war – bei dem Problem der Unterscheidung von Erleben und Sinn, von all dem, was ein *Ich* ausmacht, das nicht nur aus einer Reihe von Erfahrungen, sondern aus all den Wahrnehmungen, Überzeugungen und Gefühlen besteht, die wir meinen, wenn wir von der menschlichen Seele sprechen –, spürte ich, wie ich innerlich ins Schlingern geriet. Wer *war* ich überhaupt? Und wer war *Ich*?

Dann hörte ich mit einem Mal von draußen Julies Stimme: «Lassen Sie das. Finger weg von meinem Kind!»

Ich rannte zur Tür, und da war sie. Sie hielt einen Griff des Kinderwagens umklammert, während ein Polizist den anderen festhielt und ein weiterer versuchte, sie am Ellbogen wegzuziehen.

«*Dein* Kind?» Ich eilte die Stufen der Veranda hinunter. Als Julie mich sah, blieb ihr der Mund offen stehen. Sie sagte nichts mehr. Zum ersten Mal in meinem Leben war es mir gelungen, meine Zwillingsschwester sprachlos zu machen. Sie wusste keine Antwort auf meine rhetorische Frage, hatte keine Worte, um meinen Satz zu beenden. Sie wusste gar nichts mehr.

Ich stürzte sofort auf Lexy zu, *mein* Kind, das todmüde, aber wach in seinem Kinderwagen saß und von der ganzen Aufregung sichtlich verstört war. Kaum sah ich sie, begann meine Milch auch schon zu tropfen und durchnässte mein Oberteil. Bobby lief voraus und half dem Polizisten dabei, Julie von dem Kinderwagen wegzubringen. Ich kniete bereits vor Lexy und machte ihr, weinend und lachend zugleich, die Gurte los. Sie sah mich unverwandt an. Ich merkte, dass sie nicht wie sonst die Arme nach mir ausstreckte, also beugte ich mich näher zu ihr heran und flüsterte: «Ich bin's doch, deine Mama. Komm her zu mir, Engelchen.» Eine kleine Hand tastete nach meinem Gesicht, dann fing auch Lexy an zu weinen. Sie beugte sich vor, sah sich suchend nach Julie um, und das Weinen wurde heftiger.

«Du machst ihr Angst, Annie», sagte Julie.

«*Ich* mache ihr Angst? Warum tust du uns das alles bloß an?»

«Was tue ich euch denn an? Ich habe dir doch gesagt, dass ich mit ihr zu dem Haus fahre. Hast du das etwa vergessen?»

«Was denn für ein Haus?»

«Das Haus in Maine», sagte sie. «Das ich gemietet habe. Ich habe dir doch davon erzählt.»

«Lügnerin!» Bobby überließ Julie dem Polizisten, der ihr sofort Handschellen anlegte. «Elendes Miststück!»

Julie sah schockiert drein, und auch ich war schockiert. Instinktiv wollte ich die Ehre meiner Schwester verteidigen. Aber ich überwand den Impuls rasch.

«Veruntreuung von Staatsgeldern … sagt dir das was?», fragte ich sie.

«Wovon redest du bloß?» Sie klang ungläubig. Ihr Blick – diese Augen, die ich so gut kannte – forderte mich förmlich heraus. Ich sah einen neuen Ausdruck darin, etwas wie ein Scherz, in den ich nicht eingeweiht war.

«Ich bin in Manhattan verhaftet worden», sagte ich. «Ich habe fast einen ganzen Tag im Gefängnis verbracht.»

«Im Gefängnis?»

«Ach komm, Julie. Das FBI hat deinen Computer untersucht, du musst also gar nicht erst versuchen, es abzustreiten.»

Sie hielt einen Augenblick inne, dann wanderte ein Schatten über ihre Miene. Mit einem Mal sah sie richtig verängstigt aus. «Ich weiß beim besten Willen nicht, wovon du redest, Annie. Hilf mir doch. Bitte! Das ist alles ein großer Irrtum …»

Ein Irrtum? Und ich sollte ihr helfen? Ich traute meinen Ohren nicht.

Lexy brüllte inzwischen lauthals. Ich hob sie aus dem Kinderwagen, hielt sie im Arm, wiegte sie und liebte sie mit jeder Faser meines Seins. In dieser intimen Einheit, als ich mein Baby endlich wieder in den Armen hielt, nahm ich wie durch einen Nebel wahr, dass ringsum Fotoapparate aufblitzten, Journalisten in Fernsehkameras sprachen und jemand Julie ihre Rechte vorlas. Ohne mich noch einmal umzudrehen, trug ich Lexy in den Bungalow zurück.

Wir setzten uns auf das Sofa, ich spürte ihre weiche Haut an meiner. Sie wirkte gesund und sauber, und sie war endlich wieder in Sicherheit. Für mich war es die reine Freude, sie wieder bei mir zu haben, doch bei ihr spürte ich Unruhe und Verwirrung. Ich dachte, dass es uns beiden helfen könnte, wenn ich sie stillte, also schob ich mein Oberteil hoch, machte den BH auf und bot ihr meine Brust an. Sie drehte den Kopf weg. Mit Tränen in den Augen versuchte ich es noch einmal. Es dauerte eine ganze Weile, doch schließlich griff sie zögernd zu. Und dann trank sie.

Es war wunderbar still in dem kleinen Haus, während Lexy trank, ihre dicken, kleinen Händchen an meine geschwollenen Brüste drückte und endlich begriff (oder sich erinnerte), dass ich ihre echte, einzige Mama war. Ich hätte bis in alle Ewigkeit so mit ihr auf diesem Sofa sitzen können. Draußen wurden die Stimmen lauter, beruhigten sich ein wenig und schwollen dann von neuem an. Irgendwann hörte ich Autos wegfahren. Ich hatte das angenehme Gefühl, dass man mich vergessen hatte und mir dadurch diese lange, wundervolle Abgeschiedenheit mit meinem Kind vergönnt war.

Dann hörte ich zwei vertraute Stimmen: Bobby und Detective Lazare. Sie standen vor dem Haus und sprachen über Julie.

«Und was passiert jetzt?», fragte Bobby. «Wird sie tatsächlich wieder freigelassen?»

«Wenn sie die Kaution zahlen kann, dann ja.»

«Sie wissen doch genau, dass sie die Kaution zahlen kann. Ich kann das alles überhaupt nicht glauben!»

«Wir haben genügend Beweise für eine Anklage wegen Computerbetrugs», sagte Lazare. «Wohlgemerkt: eine Anklage. Das heißt noch nicht, dass sie auch verurteilt wird. Sobald sie offiziell verhaftet ist, läuft die Rechtsmaschinerie an. Und jeder hat ein Recht darauf, als unschuldig betrachtet zu werden, bis das Gegenteil bewiesen wurde.»

«Und die Entführung? Das ist doch eine Straftat.»

«Annie hat Lexy ihrer Schwester anvertraut. Julie hatte ihre Erlaubnis.»

«Julie hat das Navigationssystem ausgebaut und ihr Handy unter einer Steinplatte versteckt», sagte Bobby. «Sie hat sich bewusst darum bemüht, nicht auffindbar zu sein.»

«Irgendwer hat diese Dinge getan, das ist wahr. Aber Sie werden doch begreifen, wie schwierig das ist. Ohne Zeugen können wir nicht glaubhaft belegen, dass es tatsächlich Julie war, die das Navigationssystem ausgebaut und das Handy versteckt hat. Aus Sicht eines Richters kann es jeder x-Beliebige gewesen sein.»

«Das ist doch absurd!»

«Sie haben gehört, was Julie sagt», erwiderte Lazare. «Sie behauptet, diese Reise sei geplant gewesen. Falls sie eine Möglichkeit findet, das zu beweisen, ist der Tatbestand der Entführung rein technisch nicht erfüllt.»

«Annie weiß aber nichts von einem Haus in Maine. Das hat Julie sich nur ausgedacht.»

«Das müssen wir erst überprüfen.»

«Was für eine gottverdammte Scheiße!»

In der Stille, die auf Bobbys Ausbruch folgte, sah ich Lazare vor meinem inneren Auge mit seinem gezwungenen Halblächeln und seiner enervierenden Beherrschtheit.

«Gut, und was ist mit Thomas Soiffer?», hörte ich Bobby fragen. «Wollen Sie mir erzählen, er hat nicht gesehen, dass Julie Zara Moklas umgebracht hat?»

«Im Augenblick erzähle ich Ihnen gar nichts.»

«Julie hat sie umgebracht, Detective. Ich würde Gift darauf nehmen, dass Soiffer Ihnen das erzählt hat. Das gehört doch alles zusammen, unsere Trennung, der Identitätsdiebstahl, Annies Festnahme, die Entführung … alles eben. Sagen Sie mir wenigstens das. Ich habe doch recht?»

«In Soiffers Wagen wurde eine erhebliche Menge Blut gefunden, das Zaras Blutgruppe entspricht.» Lazare sprach weiterhin ruhig und gelassen. «Falls sich herausstellt, dass es nicht von ihr stammt, können wir ihn ausklammern. Und wenn Sie mit Ihren Vermutungen über Julie recht haben, wird sich auch das bald erweisen.»

«Und wann ist bald? Sie wird uns entwischen, Detective. Ich kenne sie.»

«Ihre Tochter ist da drinnen», sagte Lazare. «Wollen Sie nicht zu ihr?»

Und als ich ihre Schritte auf den Stufen und auf der Veranda hörte, wusste ich plötzlich eines mit furchtbarer Gewissheit: Ich wusste, was Thomas Soiffer Detective Lazare erzählt hatte. Er hatte den Mord an Zara beobachtet, so viel war klar. Aber es war nur natürlich, dass Lazare noch seine Zweifel hatte. Deshalb hatten sie die Jacke als mögliches Beweisstück aus dem Kofferraum geholt. Und deshalb wollte er auch Julie nicht gleich wegen Mordes verhaften.

Soiffer musste ihm erzählt haben, dass er Julie dabei beobachtet hatte, wie sie Zara umbrachte. Aber das bedeutete ja, er konnte genauso gut mich gesehen haben.

TEIL DREI

KAPITEL 12

Am Montagmorgen – inzwischen dauerte der Albtraum schon eine ganze Woche – war es kühl in der Detectives Unit des Polizeireviers von Great Barrington. Es war zu spät im Jahr, um noch zu heizen, aber noch zu früh am Tag, als dass die Sonne bereits durchs Fenster hereingeschienen und die ländliche Nachtkälte vertrieben hätte. Vor dem Fenster hinter Lazares Schreibtisch sah ich die Blätter des großen Ahorns schimmern. Sonnenlicht brach sich auf ihren Unterseiten, sie glitzerten wie achtlos hingeworfene Münzen. Lazare hatte mir eine Tasse heißen Kaffee gebracht, bevor er mich hier allein gelassen hatte. Eine nette Geste. Man hatte mich gebeten, für die Gegenüberstellung Jeans und ein einfarbiges, kurzärmeliges T-Shirt anzuziehen, und ich hatte bereits Gänsehaut an den Armen. Seit zehn Minuten saß ich hier. Lazare hatte nicht viel gesagt bis auf die üblichen Höflichkeitsfloskeln, doch heute wirkte seine übertriebene Gelassenheit alles andere als beruhigend auf mich. Er hatte alle meine Fragen an diesem Morgen mit einem schlichten Nein beantwortet. Nein, die Testergebnisse für das Blut in Thomas Soiffers Wagen waren noch nicht da. Nein, Soiffer wurde im Augenblick nicht wegen des Mordes an Zara festgehalten. Nein, die Mordwaffe hatten sie immer noch nicht gefunden.

Warum bloß wollte Lazare nicht mit mir reden, mir nicht einfach sagen, was los war? Es war schon empörend genug, dass ich überhaupt hier herumsitzen und warten musste, während er sich darum kümmerte, dass die anderen Annie-ähnlichen Frauen eintrafen und wir uns in einer Reihe aufstellen konnten, um dann vermutlich von Thomas Soiffer in Augenschein genommen zu werden. Thomas Soiffer, Verdächtiger, Ex-Häftling, Opfer und Zeuge. Dieser Mann war so vieles auf einmal, dass mir schier der Kopf brummte. Und ich sollte jetzt eine Gegenüberstellung über mich ergehen lassen, auf der Grundlage seiner Aussage? Natürlich nicht nur ich, auch Julie. Sie musste sich demselben Vorgang unterziehen, allerdings zu einem anderen Zeitpunkt, damit wir uns dabei nicht über den Weg liefen. Seit unserer Rückkehr aus Vermont war sie wegen Betrugs, schweren Diebstahls und einer ganzen Reihe weiterer Verbrechen im Zusammenhang mit dem Identitätsraub angeklagt worden. Sie hatte eine Kaution bezahlt und war wieder auf freiem Fuß. Und unerklärlicherweise hob ihre Anklage wegen schweren Diebstahls meine auch nicht auf, die ihren Weg durch das Rechtssystem munter fortsetzte. Wir hatten uns seitdem nicht mehr gesehen, und das würde auch noch eine ganze Weile so bleiben. Man hatte uns offiziell getrennt. Aber Julie … ach, Julie … ich vermisste sie so sehr! Ich konnte immer noch nicht fassen, dass das alles wirklich passierte, dass ich sie tatsächlich verloren hatte, oder zumindest das, was sie für mich gewesen war. Und nun sollten wir auch noch von der Polizei verglichen werden, im Licht dieser Anklage, dieser Unterstellung, dass eine von uns einen Mord begangen haben sollte. Ich wusste, dass ich es nicht gewesen war. Aber das hieß dann ja …

Nein. Daran wollte ich überhaupt nicht denken, diese böse Saat wollte ich gar nicht erst in meinem Herzen säen. Um zumindest für den Augenblick nicht wahnsinnig zu werden, würde ich einfach bei der Annahme bleiben, dass

Thomas Soiffer Zara getötet hatte. Alles andere ergab doch keinen Sinn. Ich musste davon ausgehen, dass Soiffer log, wenn er behauptete, den Mord mit angesehen, aber nicht begangen zu haben, und dass diese Gegenüberstellung für Lazare reine Routine war, um uns auszuschließen und korrekt gehandelt zu haben, für den unwahrscheinlichen Fall, dass Soiffer doch die Wahrheit sagte. Den äußerst unwahrscheinlichen Fall. Im Grunde konnte eine Gegenüberstellung doch ohnehin nur ergeben, dass man Julie und mich nicht auseinanderhalten konnte. Wenn Soiffer mich identifizierte, würde das im schlimmsten Fall Zweifel an seiner Aussage schüren, dass tatsächlich Julie der armen Frau die Kehle durchgeschnitten hatte. (Falls er das überhaupt gesagt hatte. Es war doch sehr viel wahrscheinlicher, dass er den Verdacht auf jemand ganz anderen lenken wollte. Schließlich war sein Wagen voller Blut.) Vielleicht wollte Lazare ja eigentlich nur Soiffer diskreditieren. Etwas anderes wollte er allerdings auch noch: unser Blut. Er hatte Julie und mich zum Bluttest beordert. Meiner sollte später am Tag in einer örtlichen Klinik stattfinden.

Der Kaffee wärmte mich von innen, ich hätte gern noch mehr davon gehabt, nachdem ich die Tasse ausgetrunken hatte. Doch die Kaffeemaschine stand am anderen Ende des Zimmers. Ob ich aufstehen und mir selbst noch etwas holen durfte? Ich drehte mich mit dem Stuhl herum, um Detective Lazare zu suchen. Er war nicht mehr im Zimmer, doch ich sah, dass in der Zwischenzeit ein paar weitere Beamte eingetroffen waren und ihr Tagwerk begonnen hatten. Es waren drei, sie vermieden es alle, mich anzusehen, genau wie die Polizisten auf dem Revier in New York City. Wieder einmal waren sie das *Wir*, und ich stand auf der Gegenseite. Ich war verdächtig, wartete auf eine Gegenüberstellung. Dann entdeckte ich eine Polizistin, die etwa so groß war wie ich, dieselbe Haar- und Augenfarbe hatte und ebenfalls Jeans und ein einfarbiges T-Shirt trug. Ich versuchte, ihren Blick aufzufangen und sie anzulächeln, einfach nur, um zu sehen, was passieren würde. Sie stellte ihre Handtasche auf den Schreibtisch, nahm einen kleinen Terminkalender heraus, legte ihn neben das Telefon und schlug ihn auf. Ich schaute sie unverwandt an, doch sie sah nicht in meine Richtung, warf mir nicht einmal einen kurzen Blick zu. Dabei wusste ich doch genau, dass sie mich dort sitzen gesehen hatte.

Unsichtbar, wie ich war, stand ich auf und ging mit meiner leeren Tasse quer durch den Raum zur Kaffeemaschine. Als ich mir den dampfenden Kaffee einschenkte, sah ich, dass jemand eine Packung mit Blaubeermuffins mitgebracht hatte. Ich nahm mir einen, um zu testen, ob jetzt wohl jemand reagieren würde. Nichts. Gerade hatte ich eine Papierserviette auf Lazares Schreibtisch ausgebreitet, den Muffin darauf gelegt und ein kleines Stück davon abgebrochen, da ging die Tür auf, und Lazare winkte mich zu sich.

«Also», sagte er. «Wir wären dann so weit.»

Ich steckte das Stück Muffin in den Mund und erhob mich kauend. Eine Blaubeere zerplatzte säuerlich auf meiner Zunge – köstlich. Ich lächelte. Jetzt sahen sie mich alle an, einen kurzen Augenblick lang. Doch dieses bisschen Aufmerksamkeit bereitete mir auch keine Genugtuung. Ich empfand es eher als Demütigung, als ich hinter Detective Lazare aus dem Zimmer ging.

Wir gingen einen hellerleuchteten, sauberen Flur entlang. Eine schmale Steintreppe hinauf. Und dann direkt in ein furchtbar weißes Zimmer, wo bereits drei andere Annie-und-Julie-Möchtegern-Doppelgängerinnen Schulter an Schulter vor einer nackten Wand standen. Gleich darauf erschien die Fünfte und Letzte, die Polizistin, die ich unten gesehen hatte. Sie stellte sich direkt neben mich. Hier war es noch um einiges kälter, und ich schlang die Arme um den Körper, bis Lazare, der sich umgedreht hatte, um die Tür zu schließen, zu mir sagte: «Arme bitte hängen lassen.» Beschämt ließ ich die Arme wieder sinken, und plötzlich war dieser kurze Befehl, sein knapper Ton, das Kälteste im Raum. Wie ich es hasste, hier zu sein!

Weiße Frauen, weiße Wände, grauer, blankgewienerter Linoleumboden, Neonröhren, die nichts verbargen, und eine breite, nur in eine Richtung durchsichtige Scheibe, in der ich mein Spiegelbild sah, vervielfacht durch diese Fremden neben mir, die mir nur ganz oberflächlich ähnelten. Was waren das wohl für Frauen, fragte ich mich. Ich kannte ja nur die Polizistin rechts von mir.

Etwa fünf Minuten lang standen wir dort, dann rief plötzlich eine körperlose Stimme Befehle in den Raum.

«Nummer zwei, bitte vortreten. Vielen Dank.»

«Nummer eins bitte. Danke.»

«Nummer vier.» Das war ich. «Nach rechts drehen, bitte. Danke. Jetzt nach links. Gut. Vielen Dank.»

Keine Minute später war alles vorbei. Detective Lazare öffnete die Tür und dankte uns einzeln, als wir an ihm vorbeimarschierten. Sein Ton verriet nichts. Ich konnte ihm nicht in die Augen sehen. Auf dem Weg über die Treppe und durch den Gang, der sich irgendwann gabelte, zerstreuten sich die Frauen nach und nach. In der Eingangshalle waren wir nur noch zu dritt, und auf dem Parkplatz war ich schließlich ganz allein.

Es war noch früh. Zeit genug, um noch einmal in unser neues Übergangszuhause in einem Gasthof in der Gegend zurückzukehren (wie hätte ich Julies Haus jemals wieder betreten sollen?). Den Termin im Krankenhaus hatte ich erst am Mittag, also konnte ich Lexy am Vormittag stillen, und Bobby würde ihr dann gegen eins, vor dem Mittagsschläfchen, etwas Brei und ein Fläschchen geben. Erst jetzt, nachdem die Gegenüberstellung vorbei war und ich mich auf dem Fahrersitz meines neuen silbergrauen Mietwagens wiederfand (den alten hatte die Polizei beschlagnahmt), den neuausgestellten Führerschein im Portemonnaie, merkte ich, wie groß die Anspannung vorher tatsächlich gewesen war. Anstatt loszufahren, stützte ich die Arme auf das Lenkrad und brach in Tränen aus. Es dauerte zehn lange Minuten, bis ich mich ausgeweint hatte. Dann machte ich mich auf den Weg zu unserem Gasthof.

Das Weathervane Inn lag ein paar Kilometer außerhalb. Es war die einzige Pension im Umkreis gewesen, die uns aufnehmen wollte. Alle anderen nahmen keine Kinder unter zwölf, vor allem keine lärmenden, stinkenden Babys. Aber das Weathervane Inn war perfekt: groß genug, um etwas Privatsphäre zu haben, und klein genug, um sich dort wohlzufühlen. Man bekam ein gutes und reichliches Frühstück, und zum Mittag- und Abendessen gaben sie einem Tipps für die vielen guten Restaurants in der Gegend, die ich noch nicht kannte, weil wir eigentlich immer bei Julie gegessen hatten. Die Wirtsleute, Mr. und Mrs. Boardman (ein altes Ehepaar, das in diesem Gasthof auch seine Kinder großgezogen hatte), stellten den Gästen auch zwei Wohnräume zur Verfügung, deren einer eine Mischung aus Familienstube und Spielzimmer war. Genau der richtige Ort für uns. Die Wochenendgäste waren alle schon am Abend zuvor oder früh am Morgen abgereist, und als ich vom Polizeirevier zurückkam, fand ich Bobby allein im Wohnraum vor. Lexy saß auf ihrer Spieldecke auf dem Boden.

Auf einem Beistelltisch neben dem Sofa stand ein Strauß Flieder. Die duftenden, lilafarbenen Blütentrauben neigten sich über den Rand eines mit Wasser gefüllten, gläsernen Cocktailshakers. Ich konnte nicht widerstehen: Ich beugte mich vor und drückte meine Nase tief zwischen die winzigen Blüten. Der betörende Duft füllte mich ganz aus, wärmte mich und ließ die Kälte des Polizeireviers verschwinden. Ich nahm noch einen tiefen Atemzug. Dann küsste ich Bobby und kuschelte mich neben ihn auf das Sofa. Gemeinsam betrachteten wir Lexy.

Auch nach zwei Tagen war es für uns noch wie ein Wunder, sie wiederzuhaben. Ich war mir nicht sicher, ob ich es jemals wieder schaffen würde, sie jemand anderem anzuvertrauen, bis auf Bobby natürlich. Vielleicht würde ich ja jetzt so eine Mutter werden, die sich nie einen Babysitter nahm und ihr Kind keine Sekunde aus den Augen ließ. Bobby und ich hatten bereits beschlossen, gemeinsam nach Kentucky zurückzukehren, sobald Detective Lazare hier mit mir fertig war, Liz den Vorwurf der Veruntreuung entkräftet hatte und wir die Kaution wieder auslösen konnten. Kent hatte zu unser aller Erstaunen klein beigegeben und aufgehört, sich über Bobbys lange Abwesenheit zu beschweren. (Eine weise Entscheidung, denn nach dem Family Leave Act stand es Bobby durchaus zu, sich in Notfällen über einen beträchtlichen Zeitraum hinweg um seine Familie zu kümmern, ohne dadurch seine Stelle zu gefährden. Hätte Kent seine Schikanen fortgesetzt, hätte das nur in einem Prozess geendet.) Wir würden also nach Hause zurückkehren. Aber ich wollte nicht mehr im Gefängnis arbeiten – nie wieder würde ich auch nur einen Fuß in eine solche Einrichtung setzen. Stattdessen würde ich zu Hause bleiben und mich ganz um Lexy kümmern, bis ich entschieden hatte, was ich als Nächstes tun wollte. Und in einem Jahr, wenn Bobby seinen Pensionsanspruch geltend machen konnte, würden wir irgendwohin ziehen, wo es uns beiden gefiel. Das war unser neuer Plan.

Nach einer Weile sagte Bobby: «Liz hat angerufen.»

«Und?»

«Sie erkundigt sich nach guten Strafverteidigern, hier in der Gegend oder auch in Boston.»

«Brauche ich denn wirklich noch einen weiteren Anwalt? Und warum Boston? Das ist doch so weit weg.»

«So weit nun auch wieder nicht. Und ja, Liz sagt, du brauchst einen weiteren Anwalt, der sich mit dem Strafrecht von Massachusetts auskennt.»

«Aber ich bin doch keine Straftäterin!»

«Ich weiß das.» Bobby küsste mich auf die Stirn. «Und Liz weiß es, und Thomas Soiffer vermutlich auch, und wenn wir ganz ehrlich sind, weiß es wohl auch Julie. Trotzdem sagt Liz, du brauchst einen Rechtsbeistand, da sie dich nun mal dieser ganzen Prozedur unterziehen. Nur für alle Fälle.»

«Für was für Fälle?»

«Keine Ahnung, Annie. Einfach für alle Fälle.»

«Und was ist mit Julie? Sie hat sich wahrscheinlich längst den besten Anwalt gesichert, den es gibt.»

«Anzunehmen.»

Lexy schien sich mit ihren Spielsachen auf dem Boden zu langweilen und wurde knatschig. Ich bückte mich, hob sie auf meinen Schoß, streichelte ihr die weichen Ärmchen und gab ihr einen Kuss auf den süßen, flaumigen Kopf.

«Hör mal, Annie.» Bobby zog die Augenbrauen hoch und presste die Lippen zusammen, bevor er weitersprach. «Liz hat mir noch etwas anderes erzählt. Sie hat mit der Polizei in Lexington gesprochen. Dort hat man ihr gesagt, unser Computer zu Hause sei konfisziert worden.»

Ich sah ihn fassungslos an.

«Sie haben ihn dem FBI in Boston übergeben.»

«Aber warum denn? Glauben die etwa, ich hätte das alles selbst in Gang gesetzt? Ich bin doch nicht so durchgeknallt, mich selbst zerstören zu wollen …»

«Annie.» Bobby sprach mit fester Stimme. «Liz sagt,

wir sollen uns darüber nicht unnötig aufregen. Und ich denke, sie hat recht. Wahrscheinlich will Rusty Smith nur überprüfen, was Julies Viren und das ganze Zeug mit unseren Dateien angestellt haben, weiter nichts. Wichtig ist nur, dass Liz glaubt, in den nächsten zwei Tagen so weit zu sein, dass die Anklage wegen Veruntreuung fallengelassen wird. Sobald das durch ist, dürfte es nicht mehr lange dauern, bis wir unsere Kaution wiederbekommen.»

«Zwei ganze Tage?»

«Spätestens am Donnerstag, hat sie gesagt.»

«Aber Donnerstag, das sind ja sogar noch drei Tage!»

«Ich bitte dich, Annie. Es ist wirklich nur in unserem Interesse, wenn wir uns kooperativ zeigen. Sobald die Ergebnisse der Blutuntersuchung da sind, klärt sich das mit der Straftat sowieso von selbst. Und du darfst nicht vergessen, dass Lazare sich jetzt auch mit Julie befassen muss. Vielleicht muss er ja noch ein paar Mal mit uns reden. Es ist also wichtig, dass wir verfügbar bleiben. Und insgesamt gesehen sind drei Tage doch gar nicht viel.»

«Gut, von mir aus», sagte ich. «Dann bleiben wir also hier, reden mit ihm, und ich treffe mich mit meinem neuen Anwalt. Aber Ende dieser Woche will ich wirklich zurück nach Hause. Wenn es dann noch Fragen gibt, sollen die uns doch anrufen.»

Bobbys Lächeln wirkte fast ein wenig spitzbübisch. Obwohl er so diszipliniert war, erschien auch ihm der Gedanke verführerisch, die sich ständig vermehrenden Fesseln alle abzuschütteln und einfach zu gehen. Außerdem würde er bekommen, was er schon die ganze Zeit gewollt hatte: Ich würde mit ihm zurück nach Hause kommen. «Na», sagte er, «dann versuchen wir doch mal, Freitag abzureisen … und wenn wir können, auch früher.»

Lexy zog an meinem Oberteil, ich legte sie für ihre Vormittagsmahlzeit an die Brust und schmiegte dann den Kopf an Bobbys Schulter. Er streckte einen Finger aus und strich seiner nuckelnden Tochter über die weiche Wange. Als sie fertig getrunken hatte, nahm er sie mir ab, ging mit ihr im Zimmer herum und klopfte ihr sanft auf den Rücken, damit sie ihr Bäuerchen machen konnte. Ich beugte mich auf dem Sofa zur Seite und schnupperte noch einmal an dem Fliederstrauß, um noch ein wenig mehr von diesem wundervollen Duft in mich aufzunehmen. In Kentucky, wo es wärmer war als hier, hatte der Flieder schon vor Wochen geblüht. In gewisser Hinsicht hatte ich also auch Glück: In diesem Jahr bekam ich zweimal Flieder.

Die blaugrüne Vene trat durch den festgezurrten Stauschlauch dick hervor, die Nadel durchstach die Haut in meiner Armbeuge, und ich spürte, wie mein Blut nach draußen floss. Ich sah zu, wie die Krankenschwester, eine zierliche Koreanerin, ein Röhrchen verschloss und ein weiteres an der Spritze befestigte. Mein Leben lang hatte ich immer hingeschaut, wenn mir Blut abgenommen wurde, und heute verlieh es mir sogar ein Gefühl von Kraft zu sehen, wie mein Blut in das Glasröhrchen floss. Das war ein weiterer Unterschied zwischen Julie und mir: Sie war bei solchen medizinischen Eingriffen empfindlich und wandte immer den Blick ab. Ich nicht. Jedes Tröpfchen Blut, das meinen Körper verließ, hatte ich selbst dabei beobachtet. Julie und ich spendeten häufig Blut, seit wir erwachsen waren, das war uns wichtig. Und jedes Mal lief es auf dieselbe Weise ab: Ich beobachtete ganz genau, wie mein Blut aus der Vene durch den Schlauch in das Röhrchen floss, Julie schaute ganz woanders hin. Bei Lexys Geburt hatte ich geschrien und gekämpft, aber auch immer wieder hingeschaut, mit Hilfe eines Spiegels, den Bobby am Ende des Krankenhausbettes halten musste. Ich hatte darauf bestanden, dass er das tat, und ich weiß noch, wie entsetzt er über diese Bitte war. Er fand die Idee makaber, und ich musste ihm ausführlich erklären, dass ich als eineiiger Zwilling ein ganz spezielles Verhältnis zu Blut hatte. Es hatte mit der Wahrnehmung meines eigenen Körpers zu tun, damit, ein Gefühl dafür zu bekommen, wo seine Grenzen verliefen. Blut, das aus meinem Körper kam, gehörte nur mir. Julie hatte ihr eigenes Blut und ihre eigene Art, damit umzugehen.

Meine Faszination für das Thema war schon entstanden, als wir noch Kinder waren und ein Lehrer uns erklärt hatte, dass manche Zwillinge sich eine Fruchtblase teilten, während andere in zwei Fruchtblasen heranwuchsen. Ebenso teilten sich manche Zwillinge eine Plazenta, andere nicht. Und um die ganze Sache noch weiter zu verkomplizieren, hatten Zwillinge, die sich eine Fruchtblase und eine Plazenta teilten, manchmal auch denselben Blutkreislauf – und damit dasselbe Blut. Das Blut des einen floss auch durch den Körper des anderen und wieder zurück. Das ging bis hin zu der Komplikation, dass zweigeschlechtliche Zwillinge die Hormone des anderen mitbekommen konnten, wodurch das geschlechtsspezifische Verhalten im weiteren Verlauf des Lebens verwischt wurde. Die Frage, ob ich nun mein ureigenes Blut besaß oder eine Art Mischung aus meinem und Julies Blut, war mir immer schon ganz entscheidend erschienen.

Gerade weil wir eineiige Zwillinge waren, fielen mir mögliche Unterschiede zwischen uns umso stärker auf. Als wir heranwuchsen, hatte ich immer das Gefühl gehabt, einfach mehr Mut mitbekommen zu haben als meine Schwester (unsere Mutter bezeichnete das gerne als *Spontaneität* und manchmal, wenn sie sich über mich geärgert hatte, auch als *Dummheit*). Doch inzwischen war mir klar, dass meine Neugier auf mein eigenes Blut dem Drang entsprang, eine Art Beweis meiner selbst zu finden. Julie und ich waren einander so ähnlich, dass man unmöglich wissen konnte, wie viel wir tatsächlich teilten – wo sie aufhörte, wo ich anfing. War das Blut, das aus meinem Körper kam, auch einmal durch ihren geflossen? *Waren* wir tatsächlich gleich, oder sahen wir einfach nur gleich aus? Das hatte ich mich insgeheim immer gefragt. Mehr war leider nicht möglich gewesen, weil unsere Eltern nicht einmal den Gedanken daran duldeten, dass wir eventuell nicht absolut und nachweisbar genetisch identisch waren. Wir sahen doch so niedlich aus in unseren gleichen Kleidchen, wir spielten so schön zusammen, alle Welt verwechselte uns miteinander. Brauchte man da noch mehr Beweise? Und was spielte das überhaupt für eine Rolle? Dann waren unsere Eltern gestorben, bevor wir alt genug waren, darauf zu beharren, dass sie es uns sagten (falls sie es überhaupt wussten).

Und nun floss mein Blut wieder einmal aus meinem Körper in ein Glasröhrchen.

Ich sah die Krankenschwester an. «Meine Zwillingsschwester und ich haben nie diesen Bluttest machen lassen, der zeigt, ob wir genetisch identisch sind.»

«Möchten Sie den gerne machen lassen?»

«Ja.»

«Dann nehme ich Ihnen noch ein bisschen mehr ab.»

Sie entfernte das volle Röhrchen, verschloss es und befestigte ein neues. Am Ende standen vier kleine Gefäße mit meinem Blut auf ihrem Tablett. Mir war ein wenig schwindlig, die Krankenschwester brachte mir ein Glas Orangensaft und einen Keks und empfahl mir, noch ein Weilchen sitzen zu bleiben. Ich trank den Saft und aß den Keks, wollte aber nicht länger bleiben.

Auf dem Weg nach Hause war mir immer noch etwas flau. Ich fuhr langsam weiter, und mit jedem Kilometer wurde es besser. Es war ein wunderschöner Frühlingsnachmittag, überall grünte und blühte es, und es war kaum ein anderes Auto unterwegs. Das friedliche Gefühl, das mir auf der Fahrt zur Klinik abhandengekommen war, kehrte langsam zurück, und als ich auf den kleinen, kiesbestreuten Parkplatz des Weathervane Inn einbog, war ich beinahe glücklich. Ich hatte die Gegenüberstellung hinter mich gebracht und den Bluttest – ich kam mir vor wie ein Kind im verhassten Sommercamp, das die Tage im Kalender ausstreicht. Ende der Woche würden wir endlich wieder zu Hause sein!

Noch ehe ich aus dem Wagen steigen konnte, klingelte mein Handy. Auf dem Display sah ich, dass es Bobby war.

«Wo bist du?», fragte er.

«Direkt vor dem Haus. Ich bin gerade gekommen.»

Ich stieg aus, schloss die Tür und sah ihn schon. Er schob gerade das Handy in die Jeanstasche.

«Schläft Lexy noch?», fragte ich.

«Schlechte Nachrichten, Annie.»

Ich erstarrte. Ich wusste nicht recht, ob ich noch viel mehr verkraften konnte. «Dann sag's mir lieber gleich.»

«Gabe Lazare hat angerufen», sagte Bobby. «Wie sich herausstellt, hat Julie tatsächlich ein Ferienhaus in Maine gemietet. Es passt zu allem, was sie erzählt hat.»

«Aber sie hat mir kein Wort davon gesagt! Sie behauptet, ich hätte gewusst, dass sie mit Lexy dahin will, aber das habe ich nicht gewusst!»

«Sch-scht. Beruhige dich.» Bobby griff besänftigend nach meinem Arm, aber ich machte mich von ihm los.

«Ich kann mich aber nicht beruhigen. Sie lügt, Bobby! Heißt das, sie bekommt keine Strafe dafür, dass sie versucht hat, uns Lexy wegzunehmen?»

«Ja, ich glaube, das heißt es wohl. Aber ich weiß es nicht genau. Es war nicht gerade viel aus Lazare rauszuholen. Er sagt allerdings, wir müssen bleiben, bis die DNA-Analyse der Blutspuren da ist. Das kann wohl bis zu zwei Wochen dauern, aber er hat versprochen, er macht ihnen in diesem Fall Dampf.»

«Und warum können wir nicht einfach nach Hause, während er auf das Testergebnis wartet?»

«Ich weiß es nicht.»

Ich wappnete mich innerlich. «Was heißt ‹Dampf machen›? Wie lange wird es dauern?»

«Eine Woche. Er hat es mir versprochen.»

Dann saßen wir also noch eine ganze Woche hier fest, in einem Gasthof, wie ein paar Touristen, während meine Schwester als freie Frau in ihrem luxuriösen Haus lebte. Was, wenn wir ihr im Ort über den Weg liefen? Würden wir jetzt jeden Tag zum Essen in eine andere Gegend fahren müssen, um Julie auszuweichen?

«Vergiss es, Bobby. Wir fahren auf der Stelle nach Hause.»

«Annie …»

Ich ließ ihn einfach stehen, ging in unser Zimmer hinauf und packte unsere Sachen. Als Lexy aufwachte, wickelte und stillte ich sie. Inzwischen hatte auch Bobby seine letzten Habseligkeiten zusammengepackt. Er bezahlte die Rechnung, dann fuhren wir im Auto zum Flughafen nach Albany. Auf der Fahrt gestand mir Bobby, dass er noch zwei Anrufe getätigt hatte, bevor er zu mir ins Zimmer gekommen war, wo ich die Koffer packte.

«Lazare sagt, wenn du den Bundesstaat verlässt, verstößt du gegen die Kautionsvereinbarung. Da gibt es nichts zu diskutieren. Liz ist derselben Ansicht. Sie hat gesagt, sie wird versuchen, den Richter zu erreichen, und sehen, was sie tun kann, aber sie wollte für nichts garantieren.»

«Das ist doch Blödsinn, Bobby», sagte ich. «Die können mich nicht zwingen hierzubleiben.»

«Doch, Annie, ich fürchte, das können sie.» Mehr sagte

er nicht. Er hatte offenbar beschlossen, nicht weiter zu versuchen, mich aufzuhalten. Aber wollte er denn nicht selbst nach Hause? Wenn er absolut dagegen gewesen wäre, hätte er mir das doch gesagt. Und ich war viel zu aufgewühlt, um über mögliche Konsequenzen einer solchen Flucht nachzudenken.

Den Rest der Fahrt schwiegen wir. Selbst Lexy saß einigermaßen ruhig in ihrem Kindersitz auf der Rückbank. Ich schaute aus dem Fenster, sah den Highway zwischen Massachusetts und dem nördlichen New York draußen vorbeisausen, dieses Straßenband, das uns dem Flughafen und unserer Heimat in Kentucky immer näher brachte. Wahrscheinlich war es wirklich eine blöde Idee, einfach so nach Hause zu flüchten – aber wie hätte ich dieser Versuchung widerstehen sollen? Ich wollte einfach, dass das alles endlich aufhörte. Ich wollte wieder meine vertraute Luft atmen, meinen eigenen Boden unter den Füßen spüren, in meinem eigenen Bett schlafen. Jetzt wollte ich mindestens so verzweifelt nach Hause zurück, wie ich vor zwei Wochen von dort wegwollte. Ich konnte unmöglich noch eine Woche oder sogar noch länger warten.

Am Flughafen gaben wir den Mietwagen ab. Bobby trug das Gepäck zum Terminal, ich schob Lexy im Kinderwagen. Der nächste Flug ging drei Stunden später, und wir buchten unsere Plätze (mit unseren eigenen, neuen Kreditkarten, die nach und nach per Post eingetrudelt waren). Wir standen bereits in der Schlange, um das Gepäck aufzugeben, und ich fing bereits an, mich wieder fast normal zu fühlen, fast zu Hause … da drehte ich mich zufällig um und sah Detective Lazare durch die gläserne Drehtür kommen. Als er merkte, dass wir ihn gesehen hatten, lächelte er. Das konnte wohl kaum sein Ernst sein.

«Was für eine Überraschung, Sie hier zu treffen.» Es sollte wahrscheinlich witzig sein, aber niemand lachte.

Also warf er uns einfach sein Lasso über. «Das mit dem Wegfahren wird nichts, meine Lieben.»

«Aber Sie brauchen mich doch wirklich nicht hier vor Ort», sagte ich. Dann sah ich Bobbys nervöse Miene, und meine Zuversicht geriet ins Wanken. «Oder?»

«Ich habe mit Ihrer Anwältin telefoniert», sagte Lazare. «Der Antrag auf Änderung der Kautionsbedingungen ist nach wie vor in Kraft, aber die Erlaubnis, den Staat New York zu verlassen, erstreckt sich nur bis Massachusetts.»

«Aber ich war doch auch in Vermont, da hat keiner was gesagt.»

«Da waren Sie in Begleitung eines Polizeibeamten – meiner Wenigkeit. Außerdem galten mildernde Umstände.»

«Dann kommen Sie doch einfach mit nach Kentucky», sagte ich.

«Annie, Sie haben eine Immobilie als Kaution hinterlegt. Wenn Sie jetzt in dieses Flugzeug steigen, könnten Sie Ihr Haus verlieren. Ist es das wirklich wert?»

«Annie …» Bobbys Stirn glänzte feucht, ein Schweißtropfen zog seine schlingernde Bahn die Schläfe entlang. «Er hat recht.»

Ich wusste ja, dass er recht hatte. Sie hatten beide recht. Plötzlich kam es mir selbst wie eine Schnapsidee vor, hier darauf zu warten, unser Gepäck nach Kentucky zu schicken und selbst an Bord des Flugzeugs zu gehen. Über die meisten impulsiven Handlungen kam man irgendwann hinweg, aber diese hier konnte ernsthafte Auswirkungen haben, nicht nur auf mich, sondern auch auf Bobby. Am Ende konnte sogar Lexys künftiges Wohlergehen davon betroffen sein, wenn ich einfach abhaute und damit unser Haus aufs Spiel setzte. Ich fühlte mich wie ein gieriges Kind, das man dabei erwischt hat, wie es gerade in die Keksdose greift. Und nicht nur gierig, sondern auch dickköpfig. Ich würde von dem Plan ablassen, allerdings nicht ohne einen letzten Versuch, meine Würde zu wahren.

«Warum brauchen Sie mich denn unbedingt hier?», fragte ich. «Ich habe die Gegenüberstellung gemacht, ich habe mir Blut abzapfen lassen. Können Sie mich nicht einfach anrufen, wenn Sie noch etwas von mir brauchen? Dann komme ich wieder.»

«Das würde ich allerdings auch gern wissen, Detective.» Bobby ließ den Koffer los, den er bis dahin in der Schlange immer weiter nach vorn gerollt hatte. «Es ist wirklich schwer zu begreifen, warum wir hierbleiben müssen, wo doch offenbar die Möglichkeit besteht, die Kautionsbedingungen noch einmal zu ändern.»

Ein Paar drängte sich an Detective Lazare vorbei, um das Flugzeug noch zu erwischen, und er trat näher an uns heran und sprach in leisem, vertraulichem Ton.

«Gut, Annie, ich sage Ihnen, warum Sie hierbleiben müssen.»

«Das wird auch Zeit ...»

«Bitte hören Sie mir einfach zu.» Er schwieg einen Augenblick, dann sagte er: «Thomas Soiffer hat gesehen, wie Julie Zara Moklas getötet hat. Es ging alles sehr schnell, aber er behauptet eisern, dass es Julie gewesen ist.»

Genau das hatte ich auch schon vermutet. Im Grunde kam es also nicht überraschend. Doch als ich es aus dem Mund des Detectives hörte, traf mich die Erkenntnis mit voller Wucht, was für eine furchtbare Wendung das alles noch nehmen konnte, falls der Bluttest Soiffer entlasten sollte. Falls Julie tatsächlich einen Mord begangen hatte. Soiffer musste ganz einfach schuldig sein, das war die einzige Erklärung, die mir wirklich und wahrhaftig einleuchten wollte. Die einzige, mit der ich weiterleben konnte.

«Aber er sagt doch, er hat Julie gesehen», sagte ich. «Nicht mich.»

«Und genau da liegt das Problem, Annie», sagte Lazare. «Wie soll er Sie beide denn auseinanderhalten?»

«Das kann er natürlich nicht.»

«Er hat Sie bei der Gegenüberstellung identifiziert. Und Julie auch.»

«Dann war die ganze Gegenüberstellung also sinnlos. Das hätte man sich auch vorher überlegen können. Jetzt weiß ich aber immer noch nicht, warum ich hierbleiben muss.»

«Ich möchte diese Ermittlungen sorgfältig führen», sagte Lazare, «und möglichst wenig Zeit damit verschwenden, erst lange nach Ihnen suchen zu müssen.»

«Aber Sie wissen doch, wo Sie mich finden», sagte ich. «Zu Hause. Wo sonst?»

«Es steht zu viel auf dem Spiel, um Sie einfach gehen zu lassen. Wir haben einen Zeugen, der behauptet …»

«Ich weiß überhaupt nicht, wieso Sie Thomas Soiffer auch nur ein Wort glauben», unterbrach ich ihn. «Wahrscheinlich war er es doch ohnehin selbst. Solange Sie die Ergebnisse der DNA-Analyse noch nicht haben, brauchen wir gar nicht weiter über dieses Thema zu reden. Hier geht es doch nur um die DNA, Detective. Stimmt's?»

«Richtig, Annie.» Er sah mich mit völlig unbewegter Miene an, blinzelte nicht einmal. «Es geht nur um die DNA. Dann sage ich Ihnen am besten alles. Ich habe Soiffers Testergebnis heute Nachmittag bekommen.»

«Und?», fragte Bobby, dessen Gesicht inzwischen ganz von einem Schweißfilm bedeckt war.

«Thomas Soiffer hat Zara Moklas nicht getötet», sagte Detective Lazare.

«Und das Blut in seinem Wagen?», fragte Bobby.

«Natürlich hat er sie getötet!», rief ich gleichzeitig.

«Jetzt seien Sie beide mal still. Und hören Sie mir ganz genau zu.» Lazare sprach nun so leise, dass man ihn kaum noch hörte, als könnte er durch Flüstern den Regelverstoß wettmachen, den es bedeutete, uns mitten auf einem belebten Flughafen Dienstgeheimnisse anzuvertrauen. «Er hat tatsächlich jemanden umgebracht, allerdings nicht Zara. Das Blut in seinem Wagen stammt von einer Prostituierten, die vor zwei Wochen tot im Beartown State Park in Monterey aufgefunden wurde.»

«Dann ist das fremde Blut, das bei Zara gefunden wurde …», setzte Bobby an.

«… auch nicht von Thomas Soiffer», beendete Lazare den Satz für ihn. «Und damit wird er als Zeuge deutlich wertvoller.»

«Aber er ist trotzdem ein Mörder!» Ich sprach so laut, dass Lexy zu weinen begann. Bobby nahm sie aus dem Wagen, ging ein paar Schritte mit ihr beiseite und ließ sie auf dem Arm auf und ab hüpfen. Ich senkte die Stimme wieder. «Wollen Sie mir wirklich weismachen, dass Richter und Geschworene einem Mörder glauben, was er über einen anderen Mörder erzählt?»

«Das wird sich zeigen», sagte Lazare.

«Die Wolljacke, die dieser Mann in Vermont aus dem Kofferraum meines Mietwagens geholt hat», sagte ich, als mir die bunte Jacke wieder einfiel, die ich am Tag meiner Ankunft bei Julie getragen hatte. «Da war nicht zufällig Blut dran … von Zara, von mir, von Julie oder sonst wem? Hm?»

Lazare sah mich an, ohne eine Miene zu verziehen. Ich spürte erneut den Würgegriff der Verzweiflung und machte einfach weiter, obwohl er mir offensichtlich nicht antworten wollte.

«Überall, vom Flughafen in Lexington bis zum Flughafen in Albany und an sämtlichen Rastplätzen, wo ich auf der Fahrt mit dem Wagen angehalten habe, hat man mich mit dieser Jacke gesehen. Sie sagen, Soiffer hat gesehen, wie Zara ermordet wurde. Dann muss ihm doch auch die Jacke aufgefallen sein, Detective. Hat er davon gesprochen?»

Bevor Lazare antworten konnte, falls er das überhaupt vorgehabt hatte, kam Bobby mit Lexy zurück, die jetzt wieder friedlich war. Er selbst hatte sich den Schweiß abgewischt, sein Gesicht war wieder trocken. Und offensichtlich hatte er sich, während er Lexy tröstete, auch selbst halbwegs beruhigt. «Wenn Sie bei diesem Fall einen Fehler machen», sagte er in neuem, hartem Ton zu Lazare, «werden wir Sie persönlich dafür zur Rechenschaft ziehen. Haben Sie mich verstanden?»

Lazare nickte.

«Hat er davon gesprochen?», fragte ich noch einmal nach der Jacke.

«Sie hatten vorhin völlig recht, Annie», sagte der Detective. «Wir können einzig und allein anhand der DNA feststellen, wer in dieser Nacht bei Zara war. Jetzt, wo Thomas Soiffer als Verdächtiger ausscheidet, bleiben uns nur noch Ihre Blutproben … Ihre und die von Julie. Und Sie behaupten alle beide, unschuldig zu sein.»

«Und Sie glauben ihr mehr als mir, nach allem, was passiert ist?»

«Der Identitätsdiebstahl steht im Augenblick auf einem ganz anderen Blatt», sagte Lazare.

«Aber das gehört doch zusammen», rief ich. «Sehen Sie das denn nicht?»

«Wir werden alle Puzzleteile zusammensetzen, Annie, und dann werden wir es herausfinden. Bis dahin bleibt uns allen nichts anderes übrig, als zu warten.»

«Und wenn wir dasselbe Blut haben?», fragte ich. «Was dann?»

Lazare bedachte mich mit seinem dünnen Halblächeln, das mich vollends zur Weißglut brachte, weil ich so viel mehr von ihm erwartete oder wollte. Dann sagte er: «Wir werden sehen.»

Wir mieteten ein neues Auto, und Detective Lazare fuhr uns bis zum Weathervane Inn hinterher. Zum Glück schlief wenigstens Lexy in ihrem Kindersitz ein. Ich war wirklich froh, dass sie sich an all das nicht mehr erinnern würde, wenn sie größer war, und ich fragte mich, was wir ihr später einmal davon erzählen sollten. Es war eine seltsame Vorstellung, dass wir das alles im Grunde einfach aus ihrer Biographie aussparen konnten. Dass sie Julie vielleicht nie richtig kennenlernen würde.

Ich erstickte fast an der Stille im Wagen, also machte ich das Fenster ein Stückchen auf, um Luft hereinzulassen. Als wir vom Highway auf die schmaleren Landstraßen abbogen, riefen mir die leuchtend bunten Azaleen, Forsythien, Rosen, Ringelblumen, Fliederbüsche und Stiefmütterchen und die frischgepflanzten Fleißigen Lieschen am Wegesrand mit ihren Rot-, Weiß-, Pink- und Orangetönen die Jacke in Erinnerung, ihre leuchtenden Farben, die allesamt verkündeten: *Hier bin ich*. Man konnte sie unmöglich übersehen – genau das hatte mir ja ursprünglich so gut daran gefallen. Jetzt hasste ich es. Immer wieder sah ich den Spurensicherungsbeamten mit seinen Gummihandschuhen vor mir, wie er sie aus dem Kofferraum meines Wagens geholt und in eine Papiertüte gestopft hatte. Was hatte Julie mit der Jacke gemacht, bevor sie sie in den Kofferraum gelegt hatte, wo die Polizei sie unweigerlich finden musste? War tatsächlich Blut daran? Und falls sich herausstellte, dass sich unser Blut so sehr glich wie unsere Gesichter, wie sollte ich dann noch beweisen, dass das Blut an der Jacke zwar unseres, aber nicht meines war?

Als wir auf den Parkplatz vor dem Gasthof fuhren – zuerst wir, dann Detective Lazare –, war es bereits später Nachmittag. Der Detective stieg nicht aus, er blieb einfach sitzen und sah zu, wie wir unser Baby und unser Gepäck den kurvigen Pfad zwischen den Pfingstrosenbüschen entlangschleppten und reumütig in den Gasthof zurückkehrten. Drinnen blieb ich stehen und lauschte, bis der Motor seines Wagens verklungen und die Straße draußen wieder leer und still war. Offenbar glaubte er uns wenigstens, dass wir hierbleiben würden. Als mir dieser Gedanke kam, sah ich zu Bobby hinüber, der bereits an der Tür des Frühstücksraums stand und nach den Wirtsleuten rief. Ich kam mir vor wie eine Fliege im klebrigen Spinnennetz, und weil ich plötzlich einen Ausweg zu sehen glaubte, brach es sofort aus mir heraus: «Warte, Bobby ... lass uns einfach wieder fahren.»

Er sank sichtlich in sich zusammen. «Ach, Annie.»

Im selben Augenblick kam Mrs. Boardman aus der Küche, die gleich an den Frühstücksraum grenzte. «Da sind Sie ja wieder! Ich habe Ihnen Ihr Zimmer aufgehoben, für alle Fälle.» Sofort fragte ich mich, ob Bobby ihr vielleicht angedeutet hatte, dass wir wiederkommen, ob er vielleicht die ganze Zeit sicher gewesen war, dass wir nie in dieses Flugzeug steigen würden. Mrs. Boardman gab ihm den Schlüssel, und ich marschierte an den beiden vorbei die Treppe hinauf und kämpfte gegen das unbehagliche Gefühl an, mitten auf einem Schießplatz zu stehen, ohne zu wissen, wer mit echten und wer mit Platzpatronen schoss. So sah sie aus, die absolute Isolation: Ich war mir nicht mehr sicher, ob mir überhaupt noch irgendwer vertraute. Ich dachte an mein Blut, an die DNA, aus der mein Körper bestand, und mir wurde klar, dass sie nun genauso für mich sprechen musste, wie Thomas Soiffers DNA für ihn gesprochen hatte.

In unserem Zimmer, das geputzt und aufgeräumt worden war, warf ich meine Handtasche auf die Chenille-Tagesdecke, küsste Lexy auf die Wange und legte sie dann in das geliehene Babybettchen, zu dem gelben Hasen, den sie von Julie bekommen hatte und seither heiß und innig liebte. Wir hatten ihn *Hasel* genannt. Die Spitzenvorhänge waren beiseitegezogen, Sonnenlicht fiel in den Raum. Nach ein paar Minuten kam auch Bobby nach oben und fing an, unsere Koffer auszupacken, während ich im Ohrensessel saß und mich mit einem Anflug von Sehnsucht an einen Winterurlaub vor langer Zeit erinnerte, als unsere Eltern mit Julie und mir nach Florida gefahren waren. Mom hatte in dem großen Hotelzimmer die Koffer ausgepackt, Dad stand im Bad und putzte sich die Zähne, und Julie und ich hatten Verstecken gespielt und uns in dem großen Wandschrank verkrochen, der nach Zigarettenqualm stank. Wir hockten nebeneinander auf dem kratzigen Teppichboden, hielten den Atem an, hatten uns an den Händen gefasst und waren ganz aufgeregt bei dem Gedanken, dass unsere Eltern nicht wussten, wo wir waren.

Bobby klappte die leeren Koffer wieder zu und schob sie in unseren Wandschrank.

Eine Woche verging.

Eine Woche, die aus Schlafen, Essen, kleineren Besorgungen, Lesen, Telefonieren und Reden bestand. Eine Woche, in der es Liz gelang, die Veruntreuungsvorwürfe gegen mich zu entkräften und meine Kaution zurückzuholen, sodass unser Haus und meine Zukunft wieder unbelastet waren. Eine Woche, in der ich, gerade erst wieder eine freie Frau, den ersten Termin mit meinem neuen Strafverteidiger wahrnehmen musste. Elias Stormier war ein drahtiger Mann mit einem Heiligenschein aus grauem Haar. Er hörte sich meine Geschichte mit ernster Miene an und glaubte mir, als ich ihm versicherte, ich hätte nichts mit Zara Moklas' Tod zu tun. Trotzdem erklärte er, Angriff sei nicht immer die beste Verteidigung, und stimmte in den Chor der Weisen ein, die mir rieten, einfach ruhig zu bleiben und abzuwarten, bis die Ergebnisse der Blutuntersuchung da waren, um nur ja nicht den Eindruck einer Fluchtgefahr zu erwecken. Und ich selbst jagte in dieser Woche mit zugekniffenen Augen durch eine wahre Achterbahnfahrt aus Sorgen, Erleichterung und Trauer. Ich vermisste Julie. Ich vermisste sie so sehr. Es war eine Woche voller grausamer Realitäten.

Doch wundersamerweise war es zugleich auch die Woche, in der Lexy zu krabbeln anfing, vorsichtig zunächst, dann immer wagemutiger, durch alle Räume. Sie war früh dran, und diese plötzliche, vergleichsweise Unabhängigkeit überraschte uns so sehr, wie sie sie stärkte. Es war großartig, ihr dabei zuzusehen, mit welcher Entschlossenheit sie ihre neue Beweglichkeit zu meistern versuchte, es lenkte uns ab von dieser furchtbaren Warterei. Die Ergebnisse der Bluttests hingen über uns wie ein Damoklesschwert, das seinen Schatten bereits überallhin warf. Doch Lexy wich ihm einfach blitzschnell aus. Und nach und nach begriff ich, dass sie sich trotzdem immer weiter entwickeln würde, ganz gleich, was mit mir, mit uns geschah. Sie war durch nichts aufzuhalten. Dieser Hoffnungsschimmer brachte ein ganz eigenes Glück mit sich, das keine noch so schlimme Neuigkeit ganz zu zerstören vermochte.

Wenn wir nicht gerade Lexy quer durch den Gasthof hinterherliefen, betätigten wir uns mehr oder weniger widerwillig als Touristen. Wir besichtigten The Mount, das Haus, in dem Edith Wharton vor fast hundert Jahren ein paar ihrer bekanntesten Romane geschrieben hatte, und ich kaufte mir im Souvenirladen die Novelle *Winter*. Den *Talentierten Mr. Ripley* hatte ich längst ausgelesen, jetzt brauchte ich ein neues Buch. Wir erforschten den Garten und erklommen die berühmte blaue Treppe in Naumkeag und besuchten auch das Norman-Rockwell-Museum in

Stockbridge (allerdings ohne einen Abstecher zu dem grauenvollen Raupen-Spielplatz zu machen, obwohl Lexy ein sehnsüchtiges Quietschen ausstieß, als wir an den Babyschaukeln vorbeifuhren). Dann, am Montag, als das Warten schon eine ganze Woche dauerte und wir den regnerischen Morgen im Wagen verbracht hatten, weil wir es im Gasthof einfach nicht mehr aushielten, rief Gabe Lazare an, um uns mitzuteilen, die Testergebnisse seien da.

Wir hatten uns gerade an einem Tisch im rotsamtenen Hinterzimmer des Cafés Helsinki niedergelassen. Wir waren spät dran fürs Mittagessen, Lexy wurde bereits knatschig, und ich wollte, dass sie noch ein Gläschen Brei aß, bevor wir für ihr Nachmittagsschläfchen in den Gasthof zurückfuhren.

«Ich muss mit Ihnen reden», sagte Lazare.

«Das tun Sie ja gerade.»

«Nein, Annie, ich muss Sie sehen und persönlich mit Ihnen reden.»

Die Kellnerin kam mit gezücktem Block und Stift an unseren Tisch, um die Bestellung aufzunehmen. Während ich mit Lazare sprach, hörte ich mit halbem Ohr, wie Bobby für uns beide bestellte. Er wusste, wie gern ich die Falafel hier mochte.

«Dann hatte ich also recht. Sie war es.» Ich formulierte es nicht als Frage.

«Wo sind Sie gerade? Ich könnte vorbeikommen.»

«Wir sind in der Stadt, beim Mittagessen.» Das Café Helsinki war so nah am Polizeirevier, dass wir problemlos in fünf Minuten dort sein konnten.

«Dann kommen Sie doch am besten her, wenn Sie fertig gegessen haben.» Er legte auf, ohne mir zu sagen, wo genau er war, weil er davon ausging, dass ich es wusste. Und natürlich wusste ich es auch. Er war bei der Arbeit, mit dem Fall beschäftigt, wie immer. Man konnte dem

Mann wirklich nicht vorwerfen, dass er nicht sein Möglichstes tat.

«Das war Lazare», sagte ich zu Bobby. «Er hat die Ergebnisse der Bluttests.»

Bobby verschüttete Wasser aus dem Glas, das er gerade zum Mund führen wollte. Dann stellte er es auf den Tisch zurück, ohne einen Schluck getrunken zu haben. «Und?»

«Wir gehen nach dem Essen zu ihm.»

«Willst du nicht lieber gleich hin? Willst du es denn nicht wissen?»

«Natürlich will ich es wissen. Aber ich habe Hunger, und wir müssen auf jeden Fall Lexy füttern, bevor wir irgendetwas anderes tun.»

Also fütterte ich sie, und wir aßen. Aber es schmeckte nicht: Der Adrenalinstoß hatte mir jeglichen Appetit genommen, und Bobby schien es genauso zu gehen. Als wir fertig waren, bezahlte er, während ich versuchte, Lexy auf der Toilette die Windel zu wechseln. Auf dem Weg zum Wagen sah ich, dass der wolkige, regnerische Tag inzwischen aufgeklart war. *Doch*: Es mussten gute Nachrichten sein. Das Blut würde seine Geschichte erzählen, es würde weder von mir noch von Julie stammen. Ein Wildfremder hatte Zara umgebracht, und Lazare würde seinen Suchradius erweitern müssen. Ich würde Liz Blumen und einen Scheck schicken, Elias würde eine gute Flasche Wein und ebenfalls einen Scheck bekommen, und dann würden Bobby, Lexy und ich nach Hause zurückkehren, nach Kentucky. Doch auf der Fahrt zum Revier kehrten die Wolken zurück, und mit dem Schwinden dieser Flut von Sonnenstrahlen war auch mein Optimismus dahin.

«Was ist, wenn …» Ich unterbrach mich.

«Wenn was?» Bobby fuhr in eine Parklücke auf dem Parkplatz vor dem Polizeirevier.

«Ach, nichts.»

Danach schwiegen wir … Was gab es auch noch zu sagen? Lexy war praktisch sofort eingeschlafen, als wir das Café verlassen hatten, und Bobby blieb mit ihr im Wagen, während ich hineinging, um die Neuigkeiten zu erfahren.

Detective Lazare stand in der Eingangshalle des Reviers und schaute aus dem Fenster, beide Hände auf dem Rücken verschränkt. Er wirkte ruhig, fast nachdenklich. Als ich hereinkam, erhoben sich zwei bewaffnete Polizisten von einem kleinen Imbisstisch. Handschellen baumelten von ihren Gürteln.

«Es tut mir leid, Annie, das müssen Sie mir glauben», sagte Lazare. «Aber jetzt haben wir einen Augenzeugen und dazu noch Beweise.»

Wahrscheinlich wusste ich es schon in diesem Moment, aber ich konnte es einfach nicht recht glauben.

Einer der beiden Polizisten kam auf mich zu und ließ die Handschellen aufschnappen. *Nein*, dachte ich, und ganz gegen meinen Willen kamen mir die Tränen.

«Ist das denn wirklich nötig?», fragte ich.

«So sind die Vorschriften.» Damit fesselte der Polizist mir die Hände auf dem Rücken, und Lazare sagte:

«Anais Milliken-Goodman, ich verhafte Sie wegen Mordes an Zara Moklas. Alles, was Sie jetzt noch sagen, kann vor Gericht gegen Sie verwendet werden …» Das Weitere verschwamm zu einem Nebel, bis er endlich mit dem Rechtskatechismus fertig war, einen Augenblick schwieg und nach Worten suchten. «Hören Sie, Annie, es …»

«Sagen Sie jetzt bloß nicht, es tut Ihnen leid!»

Er seufzte und sagte es nicht.

«Der Bluttest», sagte ich. «Sagen Sie es mir, ich kann nämlich gar nicht glauben, was hier gerade passiert. Los, sagen Sie es mir.»

«Es ist Ihr Blut.»

«Dann haben Julie und ich also nicht dasselbe Blut?»

Das konnte ich ebenso wenig glauben – keine Sekunde hatte ich ernstlich an unserer tiefverwurzelten Gleichheit gezweifelt. «Reden Sie weiter, Detective. Sagen Sie es mir. Ich will es hören.»

«Julie und Sie haben durchaus dasselbe Blut. Aber Ihres unterscheidet sich ganz grundlegend in einem Punkt: Stillhormone.»

«Und Sie glauben also, Sie hätten mein Blut gefunden …»

«Nein, Annie, wir *haben* Ihr Blut gefunden … am Tatort und an der Jacke, zusammen mit Blutspuren von Zara. Es ist zweifelsfrei Ihr Blut.»

Meine Gedanken schossen durch ein Labyrinth, suchten verzweifelt nach Ein- und Ausgängen, nach einer Lösung dieses völlig unlogischen Knotens. Wie konnten sie Blut von mir am Tatort eines Verbrechens gefunden haben, das ich nicht begangen hatte? Wie kam mein Blut an die Jacke? Einen Augenblick lang schoss mir durch den Kopf, wie ich mir kurz vor der Abreise in Kentucky den Ellbogen angestoßen hatte … aber das Glas an der Haustür war ja gar nicht zerbrochen … daran konnte ich mich also nicht geschnitten haben. Das ergab alles keinen Sinn. Wie war das möglich?

«Einen Moment, Detective.» Meine Stimme zitterte und klang fast eine Oktave höher als sonst – es war eine fremde Stimme, nicht meine. «Soiffer hat die Jacke doch nicht erwähnt, als er erzählt hat, er hätte gesehen, wie Julie Zara umgebracht hat?»

«Dann haben Sie sie eben kurz ausgezogen», sagte Lazare. «Dafür gibt es genügend Erklärungsmöglichkeiten.»

«Ich habe Zara nicht umgebracht», sagte ich. «Bitte, Sie müssen mir glauben: Ich habe sie nicht umgebracht.»

«Das sind nur Worte, Annie.»

«Und was, wenn Sie sich täuschen, Detective? Es sind

schon Leute wegen eindeutiger Beweise zum Tode verurteilt worden, die am Ende dann gar nicht so eindeutig waren.»

«Hier ist kein Irrtum möglich. Es wurde zwei-, sogar dreimal gegengetestet. Ich wollte keinen Fehler riskieren.»

«Detective Lazare.» Die Handschellen brannten an meinen Handgelenken. «Bevor Sie das hier durchziehen, möchte ich, dass Sie noch einmal ganz ernsthaft über etwas nachdenken: Warum sollte ich Zara Moklas umbringen?»

«Gute Frage.» Das dünne Lächeln, der ruhige Blick. Dann bedeutete er den Polizisten mit einem Kopfnicken, mich abzuführen.

KAPITEL 13

Als ich meine Zelle im Berkshire-Gefängnis in Pittsfield, Massachusetts, betrat, sah ich nur harte Oberflächen: Betonboden, Steinwände, eine niedrige Toilette aus Stahl ohne Toilettensitz, ein winziges Waschbecken, ebenfalls aus Stahl, Gitter vor einem Fensterschlitz, eine Betonpritsche mit einer dünnen, fleckigen Matratze, die mir als Bett dienen sollte. Doch dann, als ich anfing, mich auf die Details zu konzentrieren, war ich überrascht, was ich alles fand. Es waren andere Menschen hier gewesen, im Grunde war ich also gar nicht allein, und während die Stunden vergingen, leisteten ihre Geister mir Gesellschaft in dieser Zelle. Mit ihren Gerüchen: säuerlich, moschusartig, ein wenig süßlich auch. Mit den Flecken, die sie hinterlassen hatten, auf dem Boden vor dem Bett, in der Ecke neben der Toilette. Mit ihren Kratzspuren am Waschbecken, an den Rändern des Pritschenbetts, an jedem einzelnen der Gitterstäbe. Vor allem aber mit ihren Kritzeleien an den Wänden: *Wenn das hier vorbei ist, bin ich stärker. Ich bin wie ein Keschenk in einer Schachtel: Wen sie mich aufmachen, sehn sie, das ich schönn bin. Mama, verzeih mir.* Weswegen waren all diese anderen Frauen wohl angeklagt worden? Es war die Untersuchungszelle dieser Besserungsanstalt, so etwas wie die Zwischenablage im Computer, die den ausgeschnittenen Textteil speichert, bevor man ihn anderswo einfügt, oder wie ein Papierkorb vor der Leerung.

Besserung. Besserungsanstalt. Wer hatte sich so eine Bezeichnung überhaupt ausgedacht? Ich hatte mir nie zuvor Gedanken über dieses Wort gemacht: *Besserung*. Da hatte ich in einem Gefängnis gearbeitet und trotzdem nie darüber nachgedacht! Kein Mensch war perfekt, in jeder Gesellschaft gab es Fehler, Irrtümer, und diese Fehler – diese *Menschen* – mussten verbessert werden. Manchmal wurden auch die falschen Menschen verbessert. Und manche Unverbesserlichen wurden entlassen, obwohl sie immer noch zahllose Fehler hatten. Während ich dort saß, musste ich an die alte Schreibmaschine meines Vaters denken, wie die einzelnen Typen nach oben flogen, der Seite einen Schlag versetzten und den Abdruck eines Buchstabens darauf hinterließen. Das A hatte ein gebrochenes Beinchen gehabt, das P ein eingedrücktes Gesicht. Und das U hatte immer einen Schatten. Mein Vater korrigierte seine Artikel sorgfältig mit schwarzem Stift und einem Fläschchen Tipp-Ex. Seit Jahren hatte ich nicht mehr an diese Schreibmaschine gedacht. Jetzt fiel mir ein, wie Julie und ich sie mit allem anderen den Vertretern der Liquidationsfirma überlassen hatten, als das Haus für den bevorstehenden Verkauf ausgeräumt wurde. Wir hatten dieses Haus eines Tages einfach verlassen, ohne uns recht darüber klar zu sein, dass wir nie mehr dorthin zurückkehren würden. Von dort waren wir auf den Wellen der Zeit bis hierher getrieben. Jetzt hatte mich eine weitere Woge erfasst, die mich mit sich trug und noch unschlüssig war, wo sie mich an Land spülen sollte.

Das Warten hier im Gefängnis war ganz anders als das Warten der vergangenen Woche im Gasthof. Dieses Warten war bodenlos … *endlos*. Es war unglaublich, wie dick und schwer und lastend einzelne Minuten werden konnten. Man sank in sie hinein, war wie gefangen in dieser Wartehaltung. Man saß auf der Matratze. Oder man stand und spürte, wie die Kälte des Bodens durch die Sohlen der dünnen Plastiksandalen kroch. Man hatte mir alles genommen, sogar mein Zeitgefühl: Ich hatte keine Uhr, es gab auch keine Uhr an der Wand, und die Wärter fanden es offenbar spaßig, uns in diesem zeitlichen Dunkel zu lassen. Als Orientierung hatte ich nur die Sonne, die vor dem Fensterschlitz auf- und unterging. Wenn das Licht aus war, hörte ich auf, die Stunden zu zählen. Was spielte das schon für eine Rolle: Zeit? An Zeit denken, über Zeit reden – ich konnte es nicht mehr.

Zu mir nehmen konnte ich auch nichts, weil das Essen so schlecht war. Jetzt verstand ich die Witzchen, die die Häftlinge zu Hause in Kentucky immer gemacht hatten, dass man das Gefängnisessen erst richtig zu schätzen wusste, nachdem man ein paar Nächte in Untersuchungshaft verbracht hatte, in Erwartung des Gerichtstermins. Dieses Essen war grauenvoll. Ich hatte gar nicht gewusst, wie zäh Fleisch tatsächlich sein konnte, wie gut ein menschliches Haar an einer noch halb rohen Kartoffel klebte. Nach vierundzwanzig Stunden spürte ich bereits, dass ich dünner geworden war, und meine Diätversuche der letzten Zeit kamen mir plötzlich absurd vor. Selbst die Milchproduktion ging in den Streik, sodass ich gar nicht erst versuchte, eine Milchpumpe zu bekommen.

Keine Schwester, kein Baby, keine Milch, kein Körper, keine Zeit. Kein Ich.

Am zweiten Tag, nach dem Mittagessen, kam Bobby mich besuchen und brachte zu meiner Erleichterung Lexy mit. Er musste geahnt haben, wie wichtig mir das war. Ich hatte wirklich Angst gehabt, dass er sie vielleicht von der Besserungsanstalt fernhalten wollte, damit sich nicht unversehens irgendwelche umherschwirrenden Fehler in ihre Psyche gruben und auf verschlungenen Wegen ihr Leben zerstörten. Als ob es nicht schon genug Narben in ihrer Seele hinterlassen würde, jetzt schon zum zweiten Mal von ihrer Mutter getrennt zu sein. Doch als er mit ihr kam, gewann ich zumindest die Zuversicht zurück, dass er tatsächlich das Beste für mich wollte.

Man wies uns einen separaten Besuchsraum zu. Ich wusste nicht genau, warum, aber ich konnte es mir in etwa vorstellen: Dieser Raum befand sich nämlich in einem Trakt mit Isolationszellen, die vermutlich für besonders gewalttätige Verbrecher gedacht waren. Für gemeingefährliche Leute wie mich. An einem runden Stahltisch waren vier Hocker befestigt, das ganze Zimmer war hell erleuchtet. Hinten an der Steinwand hing ein quadratisches Haustelefon.

Als der Wärter uns eingeschlossen hatte und verschwunden war, nahm ich Lexy in die Arme. Meine Brust bot ich ihr gar nicht erst an, und sie versuchte auch nicht, bei mir zu trinken. Wahrscheinlich war es die beste Entscheidung, sie jetzt ganz ans Fläschchen zu gewöhnen, da ich ja nicht wusste, wann ich hier wieder rauskommen würde. Selbst in dieser kurzen Zeit schien sie noch lebhafter geworden zu sein, sie hielt es nicht lange auf meinem Arm aus, also setzte ich sie auf den Boden, sah ihr beim Krabbeln zu und war froh, dass Bobby ihr eine lange Hose angezogen hatte, sodass sie sich auf dem harten Betonboden nicht die Knie aufschürfte.

Bobby war so aufmerksam gewesen, mir ein paar Familienfotos mitzubringen, die ich bei mir in der Zelle haben konnte (maximal zehn waren erlaubt): Fotos von uns dreien, die Julie gemacht hatte, und auch zwei von ihm und Lexy, die ich gemacht hatte. Er legte den Stapel auf den Tisch. Als ich sie durchsah, entdeckte ich, dass er auch eins von Lexy und mir mitgebracht hatte. Doch als ich genauer hinsah, stellte ich fest, dass es gar nicht ich war, sondern Julie. Schluchzend zerriss ich das Foto in viele kleine Fetzen.

«Entschuldige», sagte Bobby. «Das war wirklich blöd von mir.»

«Kannst denn nicht mal du uns auseinanderhalten?»

«Doch, das kann ich.» Er beugte sich von seinem Hocker herüber und nahm mich in die Arme, und ich sog seinen würzigen, warmen, vertrauten Geruch ein. «Du bist deprimiert, mein Schatz», sagte er. Eine überflüssige Feststellung, aber ich nahm sie ihm nicht übel.

«Habe ich denn kein Recht dazu? Julie hat mich zerstört, Bobby. Jetzt hat sie es endgültig geschafft.»

«Du bist nicht mehr lange hier drin.»

«Keiner von uns hätte je gedacht, dass es so weit gehen würde», sagte ich. «Was spielt es also für eine Rolle, was wir denken?»

«Elias legt sich wirklich ins Zeug.»

«Na, prima.»

«Ehrlich, Annie, das tut er. Aber diese Dinge brauchen nun mal ihre Zeit.»

«Weißt du noch, dieser Typ bei uns im Gefängnis … Ernesto, der lebenslänglich hatte? Er hat immer gesagt, er sei unschuldig. Aber kein Mensch hat ihm zugehört. Wir auch nicht.» Ernesto hatte kurzzeitig in der physiotherapeutischen Abteilung ausgeholfen, bis sein ständiges Gerede von seiner Unschuld uns allen so auf die Nerven ging, dass wir Ersatz für ihn beantragten.

«Ja, ich erinnere mich.» Bobby seufzte. «Das hier wird uns verändern. Wenn ich zurück bin, wird vieles anders werden.»

«Sagtest du: ‹ich›?»

«Wir natürlich. Aber ich meinte jetzt vor allem das Gefängnis … du hast doch gesagt, du willst dort nicht mehr arbeiten.»

«Ich setze nie wieder einen Fuß da rein.»

Da krabbelten plötzlich Lexys kleine, dicke Händchen

an meinem Bein hinauf, sie hielt sich an meinem Knie fest und zog sich hoch, bis sie aufrecht stand.

«Na so was! Mein großes Mädchen!» Ich hob sie hoch in die Luft, und ihr kullerndes Lachen brachte auch mich zum Lächeln.

Die Schritte des Wärters kamen näher, dann hörte man eine bärbeißige Stimme raunzen: «Die Zeit ist um.»

Ich drückte Lexy an mich, sog sie in mich ein und flüsterte: «Kommst du Mami morgen wieder besuchen?» Dann sah ich Bobby an: «Ja? Bringst du sie mit?»

Er betrachtete uns lächelnd und gab mir einen Kuss. «Ja.»

Doch am nächsten Tag kam er allein.

«Mrs. Boardman hat sich bereit erklärt, auf Lexy aufzupassen.» Er gab mir die Edith-Wharton-Novelle, die ich in der Woche zuvor gekauft hatte. Dann sagte er: «Schlechte Nachrichten.» Er setzte sich mir gegenüber an den kalten Stahltisch und nahm meine beiden Hände. Seine Handflächen waren feucht, am liebsten hätte ich ihm die Hände wieder entzogen. Aber ich ließ es. «Ich weiß wirklich nicht, wie das passieren konnte», sagte er. «Es kam einfach aus dem toten Winkel.»

«Was denn, Bobby? Du hast mir noch nicht gesagt, was los ist.»

«Ich habe mit Liz gesprochen …»

«Ich dachte, sie ist durch … die Anklage wegen Veruntreuung wurde doch fallengelassen. Bobby?»

«Sie wurde wieder aufgenommen.» Er entzog mir eine Hand und fuhr sich durchs Haar. Es kam mir vor wie eine Geste aus dem Fernsehen, nicht ganz aufrichtig, nicht *echt*. Mit der anderen Hand hielt er meine so fest umklammert, dass es weh tat. Instinktiv zog ich sie weg und legte beide Hände flach auf den Tisch. Die Panik bahnte sich ihren Weg in mein Rückenmark. Ich dachte nur noch: *Nein*. Ich musste das alles direkt bei den Hörnern packen.

«Warum?», fragte ich.

«Das FBI hat unseren Computer von zu Hause überprüft. Dabei kam heraus, dass sämtliche Aktivitäten rund um den Identitätsdiebstahl auf Julies Computer nur vorgetäuscht waren – sie wurden von jemand anders generiert. Sie glauben, jemand hat versucht, ihr eine Falle zu stellen. Und sie sagen, losgegangen ist das alles auf unserem Computer, Annie. Bei uns.» Seine Pupillen schrumpften zu kleinen, schwarzen Punkten. Hatte er jetzt etwa Angst? Vor *mir*?

«Sag es, Bobby. Du willst es doch.»

«Also gut.» Er sah mich mit müden Augen an. «Bei …» Aber dann konnte er es doch nicht sagen, und zurück blieb nur Stille, Kälte, vier steinerne Wände, ein Stahltisch, ein Mann und eine Frau und ein einzelnes, unausgesprochenes Wort: *dir*. Er konnte es nicht aussprechen, und ich wollte es nicht aussprechen, weil ich einfach nicht glauben konnte, dass er das tatsächlich dachte. Wie konnte er bloß denken, ich hätte das alles in Gang gesetzt? Warum hätte ich das denn tun sollen? Dafür? Um ins Gefängnis zu kommen?

«Das ergibt keinen Sinn, Bobby.»

«Ja, das weiß ich doch. Das weiß ich.» Er ließ den Kopf auf die verschränkten Arme sinken. So klein hatte er noch nie auf mich gewirkt. Zitternd und schluchzend streckte ich die Hand aus und strich ihm über den Nacken. Sein Haar war verklebt, als hätte er es seit Tagen nicht gewaschen, der Schweißfilm schien schon fast mit seiner Haut verschmolzen zu sein. «Es tut mir so leid, dass dir das alles passiert. So weit hätte es niemals kommen dürfen.»

Natürlich nicht. Wir waren eine ganz normale, glückliche Familie, uns passierte nichts Schlimmes. Und dennoch war es passiert, eins nach dem anderen – und es war noch längst nicht vorbei. Während Bobby weinte, verflog mein Ärger. Ich war nicht die Einzige, die Julie mit ihren Lügen zerstört hatte. Ich musste hier sein, aber er nicht. Doch bevor ich ihn gehen ließ, musste ich es noch einmal genau wissen:

«Bist du auch wirklich völlig überzeugt davon, dass ich nichts von alledem getan habe, Bobby?»

«Natürlich.» Er hob den Kopf von den Armen und sah mich an. Seine Augen lagen tief in den Höhlen, die trockene, faltige Haut ringsum schien nicht mehr zu ihm zu gehören. So erschöpft hatte ich ihn noch nie gesehen. «Aber der Computer …»

«Computer können lügen», sagte ich.

Bobby nickte. Das hatte unser Leben in den letzten paar Wochen deutlicher bewiesen, als sich irgendjemand vorstellen konnte.

«Hör zu, Bobby. Ich glaube, du solltest mit Lexy zurück nach Hause fahren. Du hattest recht, als du gesagt hast, dass solche Dinge ihre Zeit brauchen. Es ist keinem damit gedient, wenn du hier in diesem Gasthof herumsitzt. Lexy kann wieder zurück in die Krippe, die werden sie mit Sicherheit wieder aufnehmen, und du fängst wieder an zu arbeiten. Ein bisschen Normalität wird euch beiden guttun, da bin ich mir sicher.»

«Ich weiß nicht.» Er nickte, dann schüttelte er den Kopf und weinte noch heftiger. «Ich will dich hier nicht allein lassen.» Dann schwiegen wir wieder, und es blieb ungeklärt, ob Bobby und Lexy tatsächlich ohne mich nach Hause zurückkehren würden.

Eine Minute später, nachdem der Wärter uns mitgeteilt hatte, die Zeit sei um, küsste Bobby mich und ging, und ich kehrte in meine Zelle zurück, wo das Gefühl der Einsamkeit ins Unermessliche anwuchs. Schließlich, am späten Nachmittag, als die Sonne von draußen ein lebendiges Muster an meine Steinwand warf, schlug ich das Wharton-Buch auf. Als ich es gekauft hatte, war mir nicht aufgefallen, dass die Novelle *Winter*, die Geschichte von Ethan Frome, genau hier in den Berkshires spielte: Um die letzte Jahrhundertwende verliebt sich ein Bauer in eine Frau, die nicht seine Ehefrau ist, und der Konflikt, aus seiner traurigen Ehe auszubrechen oder nicht, treibt ihn und die Geliebte an den Rand des Selbstmords. Am Ende lebt er, inzwischen verkrüppelt, in Armut mit beiden Frauen zusammen, von denen die eine zur Märtyrerin und die andere zur Invalidin geworden ist. Noch ein Dreiecksverhältnis, über das man nachdenken konnte. Oder auch nicht. Ich schloss die Augen, wünschte mir, diese Geschichte nie gelesen zu haben, und versuchte verzweifelt, endlich einzuschlafen.

Am nächsten Tag kam Elias Stormier. Er war groß und schlaksig, und um seinen blassen, birnenförmigen Kopf lag ein Kranz aus kurzem, grauem Haar. Er hatte eine ungewöhnlich hohe Stirn, was mich beruhigte. Schließlich galt das als Zeichen von Intelligenz, und wenn jemand einen brillanten Anwalt brauchte, dann doch wohl ich. Er trug eine kleine, runde Brille, deren Zweistärkengläser klar in der Mitte geteilt waren. Doch am besten gefiel mir an diesem unscheinbaren Mann, dass er eine Stimme hatte wie Burl Ives: eine sanfte Tenorstimme, die einfach so aus ihm herauszuplätschern schien.

«Die Wiederaufnahme der Anklage wegen schweren Diebstahls ist wahrhaftig eine ganz schlechte Nachricht», sagte er. «Und ich muss Ihnen ehrlich sagen, dass das auch unserem Fall schaden kann.»

Unser Fall. Die Formulierung gefiel mir. Wir waren Partner auf diesem sinkenden Schiff.

«Andererseits», fuhr er fort, «führt dieser Vorwurf unweigerlich zu der Schlussfolgerung, dass Sie sich selbst die Identität gestohlen haben …» Seine ruhigen, bläulich-wässrigen Augen blickten mich lächelnd an. «… und das ist schon eine ganz schön harte Nuss.»

«Es ist absolut lächerlich!»

«Ja, da bin ich durchaus Ihrer Ansicht: Es ist absurd. Warum hätten Sie ein solches Verbrechen gegen sich selbst inszenieren sollen?»

«Das habe ich nicht getan», sagte ich. «Julie muss etwas mit meinem Computer angestellt, ihn irgendwie manipuliert haben. Wahrscheinlich im März, als sie mich besucht hat.»

«Das FBI hält das für eine durchaus denkbare Möglichkeit», sagte Elias. «Man wird es überprüfen. Und Sie sind ja nicht wegen Computerbetrugs angeklagt, insofern kann man Ihnen daraus auch keinen Strick drehen. Für uns macht es die Sache im Augenblick nur ein wenig schwieriger.» Er klappte seinen gelben Notizblock auf, um ein paar frühere Notizen zu konsultieren. «Aber heute bin ich vor allem hier, weil ich eine gute Nachricht für Sie habe.»

«Eine *gute* Nachricht?»

Er nickte und lächelte mich an.

«Soll man nicht immer mit der guten Nachricht anfangen?»

«Nicht, wenn ich Sie in optimistischer Stimmung hier zurücklassen möchte.»

«Nun machen Sie es doch bitte nicht so spannend», sagte ich. «Was gibt es?»

«Ihr Blut am Tatort und an der Wolljacke …»

Dieses Blut, das nicht meines sein konnte, weil ich Zara nicht umgebracht hatte.

«Das war tiefgefroren», fuhr Elias fort.

«Wie bitte?»

«Es war tiefgefroren.»

«Dann bin ich also eine ganz besonders kaltblütige Mörderin?»

Er lachte. «Schön, dass Sie Ihren Humor noch nicht verloren haben.»

«Ich fürchte, ich habe ihn verloren», sagte ich. «Was soll das heißen: Es war tiefgefroren?»

Doch schon während ich es aussprach und während Elias antwortete, wurde mir auf einmal alles klar. Warum hatte ich nicht früher daran gedacht? Als Julie im März bei mir gewesen war, waren wir, wie so oft, zum Roten Kreuz in Lexington gegangen, um Blut zu spenden. Bobby war mit Lexy zu Hause geblieben, und Julie und ich hatten uns Blut abnehmen lassen: erst ich, dann sie. Anschließend waren wir Mittagessen gegangen.

Ich wandte meine Aufmerksamkeit wieder Elias zu, der schon mitten im Satz war: «... hat Bobby mich ans Rote Kreuz verwiesen, und es war nicht weiter schwierig herauszufinden, dass Julie zwei Röhrchen Blut gespendet hat und Sie nur eines.»

«Das stimmt nicht», sagte ich. «Ich habe auch zwei gespendet.»

Er notierte sich das und sagte: «Das hatten wir auch bereits vermutet.»

Dann hatte Julie also an diesem Tag ein Röhrchen mit meinem Blut gestohlen. Und es bei mir zu Hause ins Tiefkühlfach getan. Und dann hatte sie es mit zu sich in die Berkshires genommen und es wahrscheinlich im Tiefkühlfach ihres eigenen Kühlschranks aufbewahrt (dort, wo ich selbst seit einem Monat eine weitere Körperflüssigkeit, meine Muttermilch, für Lexy einfror). Jetzt begriff ich auch, wieso mir eines der drei Kühltäschchen abhandengekommen war, in denen ich immer die Muttermilch für Lexy mit zur Krippe nahm: Julie musste es entwendet haben, um das Röhrchen mit meinem Blut auf dem Flug nach Hause kühl zu halten.

«So lange hat sie das also schon geplant», sagte ich. Meine Stimme zitterte, mein Magen rumorte, mir drehte sich alles. «Seit März.»

«Mindestens seit März», sagte Elias. «Offenbar hat sie jedes Detail bis ins Kleinste festgelegt. Außerdem mehren sich die Anzeichen, dass sie am Mordabend mit Zara verabredet war. Zara hat in einer Mail an eine Freundin geschrieben, sie habe noch einen Termin wegen einer neuen Putzstelle in der Division Street, und danach müsse sie noch etwas in einem Laden erledigen, der um acht schließe. Sie schrieb ihre Mails auf Ungarisch, die mussten zuerst übersetzt werden. Sie sagt nichts Genaues zu dem Termin, kein Name, keine Anschrift, aber der Schluss liegt nahe …»

«Ich war erst kurz vor acht bei Julie, aber sie hatte früher mit mir gerechnet. Ich hatte ihr gesagt, ich komme gegen sieben …»

«Dann wären Sie zur Tatzeit am Tatort gewesen», sagte Elias. «Zumindest fast.»

«Aber warum ausgerechnet Zara? Wieso musste sie eine Unschuldige mit hineinziehen?»

«Wahrscheinlich hat es für Julie irgendeine Rolle gespielt, dass Zara Ihnen beiden so ähnlich sah. Doppelgänger werden häufig an die Stelle des eigentlichen Hassobjekts gesetzt. Aber das ist nur Spekulation.»

Hassobjekt. Das Wort war wie ein tiefer, kalter, widerhallender Brunnenschacht. Und wie er es sagte: als wäre es eine Tatsache, kein Mysterium. Dabei konnte ich beim besten Willen nicht begreifen, wie gerade ich für Julie zum Hassobjekt hatte werden können.

«Habe ich Ihnen erzählt», brach Elias das Schweigen, «dass sie sich freiwillig einer psychologischen Untersuchung unterzogen hat?»

«Nein», sagte ich. «Von mir hat niemand so etwas verlangt.»

«Was dafür spricht, meine Liebe, dass Julies Anwalt der Ansicht ist, eine solche Untersuchung würde bei Ihnen nichts bringen.»

«Hat der eine Ahnung!»

Elias lächelte. «Solche psychologischen Diagnosen sind in der Regel relativ. Die von Julie – narzisstische Soziopathin – ließe sich auch auf die Hälfte der Leute in meinem Bekanntenkreis anwenden. Trotzdem ist gerade ihr mentaler Gesundheitszustand der Grund dafür, dass sie sich dieser Untersuchung überhaupt unterzogen hat. Sie glaubt, sie sei in der Lage, alle an der Nase herumzuführen.»

«Aber das sind doch alles nur Indizienbeweise, oder? Psychologie kann ja nicht gerade als exakte Wissenschaft gelten.»

«Wohl wahr. Und Sie haben auch sonst recht: Es sind im Höchstfall Indizienbeweise. Trotzdem schwächt diese Diagnose die Unschuldsbeteuerungen Ihrer Schwester in Bezug auf den Mord an Zara. Falls das FBI tatsächlich zu dem Schluss kommen sollte, dass Julie im März Ihren Computer manipuliert hat, dann würde das, zusammen mit dem tiefgefrorenen Blut, dem verschwundenen Röhrchen, dem psychologischen Gutachten und Zaras Termin in der Division Street, den Fokus ganz klar von Ihnen zu Julie verschieben.»

«Ich begreife das alles einfach nicht», sagte ich. «Nichts davon.»

«Ein Verbrechen ist niemals logisch, egal, wie gut es geplant wird. Und Verbrecher fügen sich selbst mindestens so viel Schaden zu wie anderen, wenn nicht sogar noch mehr.»

«Vorausgesetzt, sie werden geschnappt», sagte ich.

«Richtig.»

«Julie wird mit dieser Sache durchkommen», sagte ich. Ich spürte es, ich glaubte fest daran. Schließlich war sie bereits so weit gekommen, und ich saß hier im Gefängnis.

«Nein, meine Liebe, das wird sie nicht.» Elias trommelte beim Sprechen mit seinen langen, faltigen Fingern auf den gelben Notizblock. «Ich war in Lexington und habe eine eidesstattliche Aussage der Krankenschwester, die Ihnen im März Blut abgenommen hat. Sie hat bestätigt, dass sie Ihnen beiden zwei Röhrchen Blut abgenommen hat. Es war ihr ausgesprochen unangenehm, weil sie nicht gleich gemerkt hat, dass eins von Ihren fehlte, als sie sie zusammen mit den Röhrchen von fünf anderen Spendern ins Lager gebracht hat. Aber im Blutspendebericht ist ganz klar nur eines verzeichnet. Das ist also die erste Ungereimtheit.»

«Gibt es denn noch weitere?»

«Bisher noch nicht», sagte er. «Aber früher oder später wird es noch weitere geben, wenn die Mordwaffe wieder auftaucht. Wenn Julies Fingerabdrücke auf dem Messer sind, war sie ganz klar am Tatort. Das tiefgefrorene Blut bringt Sie erst einmal aus dem Gefängnis heraus. Und wenn wir das Messer haben, ist Julie bald an Ihrer Stelle.»

«Aber es ist doch immer noch verschwunden», sagte ich. «Sie haben überall danach gesucht. Vielleicht wird es ja niemals gefunden, Elias.»

«Das ist möglich. Aber ich hoffe sehr, dass es gefunden wird. Das würde sie vor Gericht noch mehr belasten.»

«Wird sie denn angeklagt?», fragte ich.

«Die Polizei sichtet noch die Beweislage. Leider sind es, wie gesagt, nur Indizienbeweise. Niemand hat gesehen, wer die Blutkonserve beim Roten Kreuz gestohlen hat. Niemand hat gesehen, wer sie eingefroren, geschweige denn, wer sie am Tatort verspritzt hat. Wir haben keine

Mordwaffe mit Fingerabdrücken, Fasern oder sonstigen sprechenden Beweisen. Wir haben noch nicht einmal das Röhrchen, in dem das Blut aufbewahrt wurde. Und der einzige Augenzeuge ist Mr. Soiffer, der nicht mit Sicherheit sagen kann, welche von Ihnen beiden er gesehen hat. Und selbst wenn er sich sicher wäre, würden die Geschworenen ihm bei einem so schwerwiegenden Fall wohl nicht ohne weiteres glauben. Das ist das Dilemma: Wenn die Polizei mit der jetzigen Beweislage Anklage gegen Julie erhebt, wird das vor Gericht keinen Bestand haben. Sie dürfen nicht vergessen, Annie, was für Voraussetzungen nach dem Recht dieses Staats für eine Mordanklage erfüllt sein müssen: durchdachter Vorsatz und äußerste Grausamkeit.»

Vorsatz und äußerste Grausamkeit. Nun ja. Ganz gleich, ob Julie jemals vor einem Richter stehen würde, ich wusste doch, dass sie diese furchtbaren Voraussetzungen erfüllte. Ich wusste es und würde es immer wissen. Die ganze Welt konnte sie endlos bestrafen, es würde doch nichts ändern, vor allem nicht an der Tatsache, dass wir bereits jetzt eine ganz entscheidende Strafe teilten: Wir hatten einander verloren. Und dennoch … Wenn ich ganz ehrlich zu mir war, spürte ich tief im Herzen kein Verlangen danach, sie für den Rest ihres Lebens hinter Gittern zu sehen. Selbst wenn sie es verdient hatte. Selbst wenn sie gefährlich war. Selbst wenn sie mich hasste. Und selbst wenn sie tatsächlich jemanden umgebracht hatte. Julie war meine Zwillingsschwester – das Wort *Liebe* reichte nicht aus, um das zu beschreiben. Wir waren unwiderruflich und unausweichlich miteinander verflochten, unsere Verbindung war so unabänderlich wie die Weltgeschichte. Dagegen konnten auch meine Gedanken nichts ausrichten. Es war eben einfach so. Detective Lazare und ich waren uns ja bereits einig gewesen: Es ging nur um die DNA.

«Und wie geht es jetzt weiter?», fragte ich Elias.

«Morgen haben wir einen Termin mit dem Richter. Wir werden ihm die jüngsten Erkenntnisse präsentieren und beantragen, dass die Anklage gegen Sie im Licht dieser neuen Beweislage fallengelassen wird.» Er legte seine Unterlagen zusammen und stand auf. «Der Richter wird erkennen, wie sehr die Argumentationslinie der Staatsanwaltschaft damit erschüttert wird, angesichts der Tatsache, dass Sie eineiige Zwillinge sind.»

«Und warum erst morgen? Warum nicht heute?» Mein wehleidiger Tonfall hallte vergeblich durch den Raum mit seinen kalten, harten Oberflächen und gesellte sich zu den Geistern all der anderen Stimmen, die an diesem Ort genau dieselbe Frage gestellt hatten, jeden Tag, über Jahre hinweg.

«Das war terminlich einfach nicht zu machen», sagte er. «Tut mir leid.»

Und damit war er verschwunden.

In den verbleibenden Stunden dieses Tages und der darauf folgenden Nacht verbrachte ich jede Minute damit, auf und ab zu gehen oder auf meiner Pritsche zu liegen und zu versuchen, das Rasen der Gedanken zu dämpfen, indem ich mich körperlich ruhig hielt. Julie: eine Mörderin. Ich erinnerte mich an die Fotos von Zaras immer schwächerem Umriss auf der Straße vor Julies Haus – dort hatte sie gelegen, ein letzter Schatten des Lebens einer Frau – und fragte mich, was Zara wohl in ihren letzten Augenblicken gedacht haben mochte. Sie war die Einzige, die ganz genau wusste, wie sie gestorben war, und gleichzeitig die Einzige, die man nicht mehr danach fragen konnte.

Am Morgen brachte mir die Wärterin wässriges graues Porridge zum Frühstück, von dem ich ein paar Bissen aß, und einen Plastikbecher mit etwas Orangensaft aus der Dose, der nach Ananas schmeckte. Ich trank ihn. Ich hatte

Hunger. Als die Wärterin eine halbe Stunde später zurückkam, um das Tablett wieder abzuholen, teilte sie mir mit, dass mein Anwalt mich um elf abholen werde. Sie ließ mir eine Tasche mit den Kleidern da, die ich bei meiner Ankunft hier getragen hatte: Jeans, Turnschuhe, schwarzes T-Shirt. Alles roch, als hätte man es in einer modrigen, feuchten Höhle aufbewahrt. Ich wollte mir gar nicht vorstellen, was der Richter von mir denken würde, wenn ich in diesen stinkenden, verknitterten Klamotten vor ihm stand, aber ich hatte nun mal nichts anderes anzuziehen. Nie hätte ich gedacht, dass ich mich einmal nach dem beigefarbenen Kostüm sehnen würde, das noch in dem Studio in Manhattan hing. Doch genau das tat ich jetzt. Und dann, kurz vor elf, als ich schon ungeduldig darauf wartete, dass Elias endlich kam und mich *rausholte*, kam die Wärterin plötzlich mit einer Schachtel herein.

Es war ein Paket von einer Modeversandfirma, es war an Julie adressiert, und es war bereits geöffnet worden. Als ich das Seidenpapier beiseiteschob, fand ich einen eleganten Umschlag mit einer Karte darin: eine langgliedrige Frau an einem Cafétisch. Auf der Karte stand in Julies Handschrift: *Es tut mir leid.* Es tat ihr leid. Ich wusste, dass es stimmte. Mir traten die Tränen in die Augen, während ich sie immer und immer wieder las, diese paar Worte, ihre kurze, knappe Entschuldigung, die dem Versuch glich, mit einer Hand einen Deichbruch zu stoppen. *Es tut mir leid.* Es lag so viel in diesen vier Worten: Schuldgefühle, Trauer, Reue, Verlust … man konnte die Liste endlos fortführen.

Auch mir tat es leid.

Die Schachtel enthielt eine schokoladenbraune Leinenhose und eine hellrosa Bluse. Unter den Kleidern lag noch eine schmale Schachtel mit geschmiedeten silbernen Ohrsteckern und einer passenden Halskette. Und ganz zuunterst lagen, in Seidenpapier gewickelt, Julies Cowboystiefel. Sie hatte sogar noch einen BH, ein Höschen und ein Paar Socken dazugetan. *Einmal alles von Seite sieben, bitte.* Piratenbeute war das, nichts anderes. Würde ich mich nicht mit dem Feind verbünden, wenn ich diese Kleider anzog? Aber sie waren sauber, fast neu und sehr viel besser als das, was ich sonst zur Verfügung hatte. Und es waren ja nicht nur Kleider. Julie hatte sie mir geschickt – sie waren ihr Abschiedsgeschenk.

Ich steckte die alten, verschwitzten Kleider in die Schachtel und zog die neuen an. Gleich darauf kam Elias, pünktlich auf die Minute, und führte mich vor den Richter.

Der Gerichtssaal war ein nüchterner, gewölbeartiger Raum, ganz ohne Holzverkleidung oder irgendwelche anderen verschnörkelten Details, die tröstlich gewirkt, eine fühlbare Verbindung zur Geschichte oder auch nur zum Gerechtigkeitsgedanken hergestellt hätten. Dieser Raum repräsentierte das Hier und Jetzt, er war ein geschäftsmäßiger Ort. Karger Linoleumboden, vergitterte Fenster, Neonröhren an der Decke – dieselbe grelle, kühle Atmosphäre wie in einem riesigen Supermarkt.

Ganz außen auf einer der Zuschauerbänke, neben einer schlanken Frau mit pechschwarzem Haarknoten und einem kahlköpfigen Mann in einem gebügelten Jeanshemd, das bis hoch zum Adamsapfel zugeknöpft war, saß Bobby. Als er mich sah, lächelte er so eifrig, dass ich ganz nervös wurde. Lexy hatte er wahrscheinlich wieder bei Mrs. Boardman im Gasthof gelassen. Ich wartete mit Elias in einem abgetrennten Bereich vorn im Gerichtssaal. Die Armlehnen des Metallstuhls, auf dem ich saß, waren klebrig von verschütteter Cola, und aus irgendeinem Grund roch es nach Rosen in diesem Raum. Ich sah zu, wie der Richter mit rasiermesserscharfer Effizienz das Urteil über einen Mann nach dem anderen, eine Frau nach der anderen fällte. Neun Angeklagte waren vor mir an der Reihe, und bis auf einen wurden sie alle an der Seite eines Aufsehers zurück ins Gefängnis geschickt. Als ein kaum zwanzigjähriger Junge mit Dreadlocks und einer tätowierten Schlange, die aus dem Hemdkragen hervorschaute, ebenfalls in seine Zelle zurückgeschickt wurde, verließ das biedere Paar neben Bobby tränenüberströmt den Gerichtssaal. Nach einer knappen Dreiviertelstunde wurde ich aufgerufen und folgte Elias vor den Richterstuhl.

Richter Leonard Hersey war noch jung, um die vierzig, mit schütterem, blondem Haar, einer Fliegerbrille und einem blonden Ziegenbärtchen. Er wirkte riesengroß hinter seinem breiten, erhöhten Schreibtisch. Ich hörte ihn mit ein paar Unterlagen rascheln, die er kurz durchlas – vermutlich handelte es sich um meine Akte. Dann hob er den Kopf und richtete seine meerblauen Augen auf mich.

«Anais Milliken-Goodman?» Er sprach meinen Namen richtig aus.

«Ja, Euer Ehren.»

«Guten Morgen, Mr. Stormier», fuhr der Richter, an Elias gewandt, fort.

Es ist doch schon Mittag vorbei, dachte ich, zwang mich aber zum Schweigen, indem ich den Blick auf einen zackigen, gut fünfzehn Zentimeter langen Kratzer richtete, der sich horizontal über den hölzernen Richtertisch zog.

«Guten Morgen, Richter Hersey», erwiderte Elias.

Der Richter warf einen Blick auf die Uhr. «Dann legen Sie mal los.»

Elias präsentierte ihm die einzelnen Fakten und steckte sie dann so geschickt zusammen wie die Teile eines Puzzles. Am Ende knipste er ein metaphorisches Licht an, damit man auch das Gesamtbild des Puzzles sehen konnte: «Theoretisch können also beide Schwestern des

Mordes schuldig sein, und da es nur Indizienbeweise gibt, wird der Vorwurf gegen meine Klientin vor einem Geschworenengericht nicht haltbar sein. Das Gericht verschwendet nur seine Zeit und Staatsgelder noch dazu. Ich möchte Sie also bitten, Euer Ehren, die Anklage hiermit fallenzulassen.»

Richter Hersey schaute von Elias zu mir, dann warf er einen weiteren Blick in meine Akte und sah dann wieder mich an.

«Was haben Sie dazu zu sagen, Ms. Milliken-Goodman?»

«Ich bin unschuldig», sagte ich. «In allen Punkten.»

«Dann halten Sie also Ihre Zwillingsschwester für schuldig … in allen Punkten?»

Ich suchte den sicheren, tiefen, tröstlichen Kratzer mit dem Blick, diese Einkerbung im Holz, die so zweifelsfrei vorhanden war. Dann zwang ich mich mit aller Kraft, dem Richter wieder in die blauen Augen zu sehen. Ich nickte.

«Für das Protokoll ist eine Wortäußerung nötig», sagte der Richter.

«Ja.»

«Wären Sie bereit, im Falle einer Verhandlung gegen Ihre Schwester auszusagen, wenn Sie in den Zeugenstand gerufen werden?»

An dieser Stelle log ich, das musste ich zugeben: «Ja.» Ich wusste schließlich: Wenn eine Anklage gegen *mich* aus Mangel an echten Beweisen nicht aufrechterhalten werden konnte, galt dasselbe auch für Julie. Im Grunde war ich mir keineswegs sicher, dass ich tatsächlich in der Lage sein würde, gegen sie auszusagen. Doch falls es so weit kommen sollte, falls ich es musste, würde ich es vermutlich auch schaffen.

«Na gut», sagte Richter Hersey. «Die Klage ist abgewiesen. Der Nächste!»

Das Ganze hatte vielleicht vier Minuten gedauert. Und nun war ich frei.

Bobby empfing mich mit einer Umarmung und hielt mich an sich gedrückt, während er Elias die Hand schüttelte. «Vielen Dank. Vielen, vielen Dank.»

«Ich habe nichts weiter getan, als die Fakten zu sortieren», sagte Elias. Trotzdem lächelte er triumphierend und auch ein wenig stolz. «Danken Sie mir nicht zu sehr. Meine Rechnung steht ja noch aus.»

Wir mussten alle lachen. Elias verabschiedete sich und ließ uns allein auf dem breiten Flur vor dem Gerichtssaal zurück. Oder nein: nicht ganz allein. Vor dem Fahrstuhl wartete Gabe Lazare auf uns. Ich hatte ihn im Gerichtssaal nicht gesehen. Wahrscheinlich war er unbemerkt hereingekommen und hinten bei der Tür stehen geblieben.

«Herzlichen Glückwunsch», sagte er.

«Oh, vielen Dank.» Ich machte mich von Bobby los und drückte auf den Knopf, um den Aufzug zu rufen.

«Es tut mir leid», sagte Lazare.

Ich drückte noch einmal energisch auf den Knopf, dann sah ich ihn an. Er war einfach nur ein Mann in einem billigen, blauen Anzug, mit schlecht gefärbtem Haar. Im Grunde konnte ich ihm keinen Vorwurf machen, weil er bei der Erfüllung seiner Pflicht etwas über das Ziel hinausgeschossen war.

«Das Blut und der Augenzeuge», sagte er. «Ich hatte keine andere Wahl.»

«Warum haben Ihre Kriminaltechniker denn nicht früher gemerkt, dass das Blut tiefgefroren war?», fragte ich. «Das will mir nicht in den Kopf.»

«Das frage ich mich auch», sagte er. «Aber bei Ihnen bestand akute Fluchtgefahr, deshalb haben wir Sie so schnell wie möglich festgenommen. Dieser Fall ist einigermaßen kompliziert, weil Sie und Julie sich so …»

«Sagen Sie's nicht.» Ich ging näher an Lazare heran und küsste ihn auf die Wange. Es war das zweite Mal, dass ich ihn küsste, doch diesmal erstarrte er nicht, sondern bedachte mich nur mit seinem typischen, halbgaren Lächeln. «Ich nehme die Entschuldigung an», sagte ich. «Leben Sie wohl.»

«Wir werden sie finden», sagte er.

Ich drehte mich wieder um. «Soll das heißen, sie ist weg?»

«Wussten Sie das nicht?»

«Ich war im Gefängnis.» Ich sah Bobby an, doch er schaute genauso überrascht drein wie ich.

«Seit wann?», fragte er.

«Offenbar seit heute früh», antwortete Lazare. «Zuletzt wurde sie vor dem Gefängnis gesehen, wo sie eine Schachtel abgegeben hat ... Steht Ihnen übrigens sehr gut, was Sie da anhaben. Und dann ... nun ja ...»

«Ist sie Ihnen entkommen, was, Detective?» Ich lächelte.

«Nicht direkt mir. Aber einem meiner Leute.»

Dann war Julie also fort. Sie musste wohl von der Sache mit dem gefrorenen Blut gehört haben. Offenbar hatte sie nicht gut genug recherchiert, sonst hätte sie diese Möglichkeit mit Sicherheit einkalkuliert. Jetzt blieb ihr tatsächlich nur noch die Flucht, wenn sie nicht zusätzlich zum Identitätsdiebstahl auch noch des Mordes angeklagt werden wollte. Und sobald sie sich jenseits der Staatsgrenzen befand, hatte sie gegen ihre Kautionsbedingungen verstoßen. Ich fragte mich, ob auch sie ihr Haus oder irgendetwas anderes als Sicherheit eingesetzt oder ob sie die Kaution gleich in bar bezahlt hatte. Ich vermutete, dass sie das Haus genommen hatte: Sie würde ohnehin nie mehr zurückkehren, und nach allem, was ich inzwischen über Julie wusste, vermutete ich stark, dass sie in aller Welt Bankkonten auf den Namen fremder Leute hatte. Wenn ich ganz ehrlich war, hätte ich an ihrer Stelle genau dasselbe getan: Ich wäre einfach geflohen. Sie war ganz auf sich allein gestellt, und tief im Herzen war ich überzeugt davon, dass sie wusste, was für einen Fehler sie gemacht hatte. Sie würde ihr Gefängnis immer in sich tragen.

«Sie wird damit nicht durchkommen, Annie», sagte Detective Lazare. «Wir werden sie finden. Und wenn wir erst einmal das Messer haben …»

«Falls Sie das jemals finden, Detective», unterbrach ich ihn, als mir klar wurde, dass er jetzt wirklich nicht mehr glaubte, ich hätte Zara Moklas umgebracht. «Ich möchte Ihnen ja nicht zu nahe treten, aber Sie haben es bis jetzt nicht gefunden, und Sie haben doch längst überall das Unterste zuoberst gekehrt.»

«Wir werden es finden.»

«Das hoffe ich sehr», sagte ich. «Ich wäre froh, wenn das alles endlich wirklich vorbei wäre.» Aber auch das war gelogen: Wenn es wirklich vorbei wäre, würde das auch Julies Ende bedeuten. Und das konnte ich niemals wollen.

Der Aufzug kam mit einem *Ping*, die Türen öffneten sich. Ich nickte Lazare zu, dann sah ich Bobby an und lächelte. «Lass uns nach Hause fahren.»

KAPITEL 14

Unser Zuhause war so wunderbar gegenwärtig, auf so einfache und ehrliche Weise real, wie ich es vor einem Monat verlassen hatte. Zwar war das Haus ein klein wenig staubiger, sah ein klein wenig ungepflegter aus, aber das war nicht weiter wichtig. Der Unterschied, die eigentliche Veränderung, lag zwischen Bobby und mir. Ganz gleich, wie sehr man sich in den Gründen getäuscht haben mag: Man kann seinen Ehepartner einfach nicht verlassen, ohne dass etwas kaputtgeht. Es ist in jeder Ehe viel zu einfach, das Vertrauen zueinander zu zerstören – doch das, was wir durchlebt hatten, ging noch weit über solche emotionalen Feinheiten hinaus. Ich fühlte mich auf eine völlig neue Weise verloren und orientierungslos, und ich glaube, Bobby ging es genauso. Nach den ganzen Dramen, den Herausforderungen, der verzweifelten Suche nach der Wahrheit unter all den Anklagen hatten wir die Wahrheit tatsächlich gefunden, und nun standen wir plötzlich beide vor einer merkwürdigen Leere. In diesem unermesslichen Raum mussten wir einander erst wiederfinden, uns etwas Neues aufbauen. Und wir fingen umgehend an, daran zu arbeiten.

Als wir Anfang Juni nach Hause zurückkehrten, war es übermäßig heiß für die Jahreszeit. Wir stellten die Klimaanlage an, legten Lexy in ihrem eigenen Zimmer in ihr eigenes Bettchen und krochen dann nackt und erschöpft in unser Ehebett. Bobby schaltete das Licht aus, und wir wandten uns einander zu.

Er küsste mich und sagte: «Lass uns noch ein Baby machen.»

Ich wusste sofort, dass das eine gute Idee sein würde, sowohl für uns als auch für mich selbst. Ich wünschte mir nichts sehnlicher, als mit diesem Mann eine Familie zu gründen, mich mit Kindern zu umgeben, die mein Leben mit Liebe und Sinn erfüllen würden. So liebten wir uns in dieser Nacht, frei und ungehemmt, und anschließend weinte Bobby in meinen Armen. «Es ist vorbei», flüsterte ich ihm ins Ohr. «Vorbei. Vorbei.» Doch er hörte nicht auf zu weinen, und ich begriff: Er war immer noch dabei, die Gefühlsgifte abzustoßen. Mir ging es ja nicht anders. Die Heilung würde Zeit brauchen.

Andere anfallende Aufbauarbeiten bezogen sich auf meinen guten Namen, den die missbrauchte Kreditwürdigkeit in den Schmutz getreten hatte. Dieses Trümmerfeld aufzuräumen war beinahe eine Vollzeitbeschäftigung: Ich telefonierte mich durch Callcenter-Labyrinthe, in denen ich häufig einfach wieder am Ausgangspunkt landete, schrieb Briefe, hakte endlos nach. Ich wurde zur wachsamen Bürokratin in eigener Sache. Die Disziplin, die das erforderte, tat mir aber auch gut, sie half mir, meine Gedanken aus den tiefen Abgründen des persönlichen Verlustes zurückzuholen, die sich in mir aufgetan hatten. Ich durfte mich da nicht einfach hineinfallen lassen. Ich musste weitermachen.

In der zweiten Juniwoche, während die Hitzewelle unvermindert anhielt, ging Bobby wieder zur Arbeit, und ich blieb mit Lexy in unserem kühlen Haus. Mit ihren fast sieben Monaten krabbelte sie wie eine Besessene und versuchte, überall hinzugelangen, wo sie nur irgendwie hinkam. Sie war mein erstes Kind, ich hatte keine Vergleichsmöglichkeiten, doch alles, was ich im Internet und in Büchern über die Entwicklungsphasen von Babys fand, sagte mir, sie sei noch viel zu jung zum Laufen, nur, um sich gleich anschließend mit Beispielen von Babys zu widersprechen, die bereits mit neun Monaten zu laufen anfingen. Frühes Laufen, spätes Sprechen und umgekehrt, das schien die generelle Faustregel zu sein. Lexy selbst war begeistert von ihren neuen körperlichen Fähigkeiten. Und ich war stolz auf sie, stolz und müde, während ich ihr durch alle Zimmer nachlief.

Anfang September wurde Julie in Rom verhaftet. Es wurden Verhandlungen über ihre Auslieferung geführt. Ich erlebte ihren Absturz aus leidenschaftlicher Distanz. Sie war immer noch ein Teil von mir, und selbst jetzt, nach allem, was geschehen war, schmerzte mich ihre Festnahme. Ich erzählte niemandem von diesen verborgenen Gefühlen, nicht einmal Bobby. Ich stellte mir Julie vor, sah und spürte sie in ihrer Gefängniszelle in Italien. Ausgerechnet Italien. Der Ort, wo wir den unvergesslichen Sommerurlaub mit unseren Eltern verbracht hatten, damals, als unsere Familie noch intakt war.

Mitte Oktober, als der Herbst unseren Garten mit den ersten Pinselstrichen von seiner Palette bevorstehender Änderungen versah, lief Lexy bereits wie eine Weltmeisterin, und ich musste immer weniger Zeit mit meinem Papierkram verbringen. Und ich stellte fest, dass ich schwanger war. Wir machten Pläne, die Zukunft begann, Konturen anzunehmen: Im Frühjahr würde Bobby sich mit vollem Pensionsanspruch zur Ruhe setzen, wir würden nach Nordkalifornien ziehen und dort die Geburt unseres zweiten Kindes erwarten. Irgendwann wollte ich dann wieder anfangen zu arbeiten, mich vielleicht mit einer eigenen Praxis niederlassen, und Bobby würde mit den Kindern zu Hause bleiben.

Doch dann, als der goldene Oktober in die ersten, übelkeitsverseuchten Wintertage überging (wer immer den Begriff *Morgenübelkeit* erfunden hat, war eindeutig niemals schwanger: Das dauert den ganzen Tag!), wurde plötzlich alles wieder anders. Wie lautet der Spruch noch gleich? *Das Leben findet statt, während man selbst gerade andere Pläne macht* oder so ähnlich. Und so nahm alles ein ganz unerwartetes Ende.

Es war ein Samstagmorgen. Wir hatten gerade gefrühstückt, ich lag auf dem Sofa und kämpfte gegen den aktuellen Übelkeitsanfall, Lexy saß auf dem Boden und spielte, und Bobby war oben, um ein widerspenstiges Scharnier an der Badezimmertür zu reparieren. Ich hörte die Tür bei seinen Testversuchen quietschen, hörte Lexys süßes Gebrabbel beim Spielen. Und dann, ganz plötzlich (zumindest kam es mir so vor), war es unheimlich still im Haus. Ich hatte nur eine Minute lang die Augen zugemacht. Als ich sie wieder öffnete, war Lexy verschwunden, und ich stellte entsetzt fest, dass ich offenbar eingeschlafen war. Ich stand auf, um nach ihr zu suchen, und rief ihren Namen dabei.

«Lexy! Schätzchen! Wo bist du?»

Die Stille, diese schreckliche Stille, die einem sagt, dass etwas nicht stimmt, hielt an. Ich fing an zu rennen, durchs ganze Haus.

«Bobby! Wo ist Lexy? Hast du sie gesehen?»

Keine Antwort, kein Laut, nur das immer stärkere Gefühl einer ganz und gar falschen Stille.

Durchs Wohnzimmerfenster sah ich Bobby draußen auf dem Rasen stehen und mit dem Nachbarn plaudern. Die Haustür war zu. Ich sah, dass er Lexy nicht bei sich hatte.

«Lexy?», rief ich. «Lexy!»

Dann, erst dann, sah ich, dass die Kellertür offen stand. Normalerweise ließen wir die Tür immer verschlossen: Es war ein feuchtes Kellerloch, noch gar nicht ausgebaut, Bobby hatte sich dort eine improvisierte Werkstatt eingerichtet. Vor einer knappen halben Stunde war er nach unten gegangen, um einen Schraubenzieher zu holen. Wahrscheinlich hatte er vergessen, die Tür wieder hinter sich zuzumachen. Ich eilte die klapprige Holzstiege hinunter, hinein ins Dunkel.

«Lexy?»

Ich hörte ein abgehacktes Geräusch, ein rasches Huschen wie von einer verschreckten Maus.

«Schätzchen? Mama ist hier!»

Durch zwei hohe, schmale Fenster, die offenbar noch nie geputzt worden waren, fiel ein wenig düsteres Licht herein, und nachdem sich meine Augen an das Dämmerlicht gewöhnt hatten, sah ich sie. Sie saß in einer Ecke auf dem Boden, direkt unter der Keramikspüle. Ich sah das Weiße in ihren Augen leuchten. Sie blinzelte mich an.

«Kleines! Was machst du denn hier unten?»

Auf dem Weg zu ihr zog ich an der Schnur, die die nackte Glühbirne an der Decke entzündete, und der schmuddelige Kellerraum war jetzt besser zu sehen. Es war wirklich schauderhaft hier unten. Und dieser Geruch! Der säuerliche, leblose Gestank von altem Staub und festsitzendem Dreck.

Ich bückte mich, um Lexy einen Kuss zu geben, doch sie hielt die Lippen fest zusammengepresst. Als ich merkte, dass sie etwas im Mund hatte, war die Panik sofort wieder da. Was für ein ekelhaftes, heimtückisches Kellerding hatte sie da gerade verschlucken wollen?

«Gib das Mama, Lexy. Mach den Mund auf.» Ich steckte ihr einen Finger zwischen die Lippen, um ihr die Kiefer auseinanderzuschieben und ihr zu entreißen, was sie da im

Mund hatte. Als ich es endlich zu fassen bekam, stellte ich fest, dass es ein klebriges Zehn-Cent-Stück war.

Ich nahm Lexy auf den Arm und schob die Münze in die Hosentasche. Dann fiel mein Blick auf die Spüle. Für eine alte Spüle, die keiner außer Bobby je benutzte, war sie erstaunlich sauber. Ich drehte den Wasserhahn auf, hielt die Hand unter das kalte Wasser, dann schob ich Lexy ein bisschen nach vorn und spritzte ihr ein paar Mal Wasser in den Mund. «Damit der fiese Dreck wieder rauskommt, Engelchen.»

Lexy lachte und sperrte den Mund weit auf. Ich ließ Wasser in die Handfläche laufen und träufelte es ihr in den Mund. Dann sah ich, dass das Spülbecken volllief. Der Abfluss war verstopft. Das war nicht weiter verwunderlich, das Ding war schließlich alt und wurde kaum benutzt. Doch dann kam aus dem Rohr plötzlich etwas Rotes nach oben. Scharlachrote Flüsschen durchzogen das Wasser im Becken. Und aus dem verstopften Rohr drückten sich immer neue, kleine, dunkelrote Partikel nach oben.

Das musste Farbe sein. Rote Farbe. Aber was in unserem Haus war denn rot gestrichen? Ich ging im Geist die einzelnen Zimmer durch: Weiß, Lachs, Gelb, Grün – aber nirgends Rot. Ich drehte den Hahn ab, damit das Becken nicht überfloss. Hatte Bobby vielleicht eine seiner Schreinerarbeiten rot gestrichen? Ich schaute mich in dem düsteren Kellerraum um, sah den umgedrehten Stuhl, an dem er schon seit weit über einem Jahr herumwerkelte: nacktes, unlackiertes Holz. Und dann, als ich den Blick vom Boden zu der sorgfältig aufgeräumten Werkbank hob, sah ich es.

Es steckte im oberen Fach des geöffneten Werkzeugkastens, bei den Werkzeugen, seitlich eingeklemmt zwischen einem Hammer und einer Wasserwaage: mein langvermisstes Küchenmesser. Seit Monaten durchstöberte ich immer wieder den Messerblock und die Küchenschubladen, ohne zu begreifen, wohin mein bestes Schneidemesser verschwunden war. Auch jetzt war es kaum zu sehen, doch ich erkannte den Ebenholzgriff mit der runden Stahlschraube, die man ständig nachziehen musste. Von diesem unzuverlässigen Griff einmal abgesehen, war es mein bestes Küchenmesser: Die zwanzig Zentimeter lange Klinge ließ sich sehr viel besser schärfen als alle anderen. Gute Köche kommen mit jedem Messer zurecht, aber irgendwie entwickelt man doch eine spezielle Bindung an ganz bestimmte, und dieses war eindeutig meines. Es ärgerte mich, dass Bobby es sich für seine Schreinerprojekte ausgeliehen und es dann noch nicht einmal wieder zurückgebracht hatte.

Mit Lexy auf dem Arm ging ich zum Werkzeugkasten hinüber und schob die Wasserwaage beiseite, um besser an den Messergriff zu kommen. Als ich es gerade herausziehen wollte, hörte ich Bobby oben nach mir rufen. Gleich darauf erklangen seine Schritte auf der Kellertreppe.

«Annie?» Er blieb auf halber Treppe stehen und schien beim Anblick des roten Wassers in der Spüle zu erstarren.

«Ich habe mein Messer wiedergefunden.» Ich zog es ganz heraus. Mein Messer. Seit mehr als zehn Jahren besaß ich es jetzt und hatte viele meiner besten Mahlzeiten damit zubereitet. «Das hättest du ja nicht unbedingt mit hier runter nehmen müssen», sagte ich. Und dann sah ich den rötlichen Film an der Klinge.

Ich schaute zum Spülbecken hinüber. Das Messer. Das Rot. Dann sah ich Bobby an.

Schweißtropfen rannen ihm von der Stirn, er wischte sie mit dem Handrücken weg und kam ganz nach unten in den Kellerraum. Mit der anderen Hand hielt er den Schraubenzieher umklammert.

«Was ist das, Bobby?» Meine Stimme schien nicht mehr zu mir zu gehören. Mein Magen krampfte sich zusammen.

Mein Atem stockte. Ich drückte Lexy fester an mich. Der Boden schien unter mir nachzugeben, ich konnte es richtig spüren. «Das ist doch Farbe?» Es war eine dumme, hoffnungsvolle, hoffnungslose Frage.

Er war nur noch einen knappen Meter von mir entfernt. Er zitterte. Alle Farbe war aus seinem Gesicht gewichen.

«Gib mir das», sagte er.

Ich wich instinktiv zurück. Schüttelte den Kopf. Hielt Lexy von ihm weg, Richtung Wand. «Nein.»

«Wenn wir es einfach zurückstecken ...», fing er an, doch ich fiel ihm ins Wort.

«Ist das Blut?»

«Ich habe es abgewaschen», sagte er. «Es war ganz sauber. Es muss noch etwas unter dem Griff herausgetropft sein.»

Meine Gedanken taumelten zurück zu dem Moment, als ich Zara inmitten dieses Sees aus dunklem Blut liegen sah, der immer größer wurde und immer wieder aufleuchtete, wenn die Lichter der Einsatzwagen darüber hinwegglitten. Ihr unnatürlich vom Körper weggebogener Kopf. Die unnatürlich verdrehten Gliedmaßen. Und ihre Augen, wie leere Bildschirme. Ihr rotes Blut, das sich um sie, aus ihr ergoss, sie ganz entleerte, bis das letzte bisschen Leben auf die Straße geflossen war.

Meine Finger wollten sich öffnen, das Messer fallen lassen, doch ich widersetzte mich dem Drang, einfach wegzulaufen. Er musste es mir sagen. Ich musste es einfach wissen.

«Du hast sie umgebracht», sagte ich.

«Nein. Ich habe dich nicht belogen, Annie.»

Ich musste meine Stimme wiederfinden. Jetzt. Da stand ich, mein erstes Kind auf dem Arm, das zweite im Bauch. Unser Überleben war das Einzige, was zählte. *Wir mussten um jeden Preis raus aus diesem Keller*. Ich sah ihm direkt in die Augen: Ich musste dafür sorgen, dass er mit mir in Verbindung blieb, mit mir redete.

«Gut», sagte ich. «Willst du mir dann nicht erzählen, was genau passiert ist?»

Die Worte brachen einfach aus ihm heraus, als hätte er kaum noch den Willen, sie zurückzuhalten: «Julie war's.»

«Aber warum …» Ich gab mir Mühe, meine Stimme ruhig zu halten. «… warum hast du dann das Messer?»

«Wenn wir den Abfluss reinigen, das Messer nochmal richtig abwaschen und es zurückstecken, braucht kein Mensch je davon zu erfahren.»

Draußen vor dem Kellerfenster fuhr ein Auto vorbei und warf einen Schatten auf Bobbys Gesicht, löschte ihn aus bis auf einen grauen Schein, der ihn wie ein Nebel umgab. Ich kannte ihn nicht mehr.

Sag ja, befahl ich mir. *Sag einfach ja*.

«Okay», sagte ich.

«Annie …» Unvermittelt kam er einen Schritt näher. Lexy schob die Unterlippe vor und suchte in meinem Gesicht nach einem Zeichen. Ich gab ihr einen Kuss, legte meine Wange an ihre und strich ihr sanft über den Rücken. «Du musst das verstehen, Julie war einfach so …»

«Ich weiß, wie sie ist», sagte ich. «Ich habe sie auch geliebt.»

Er kam noch näher, so nah, dass ich seinen Schweiß riechen konnte, den beißenden, erdigen Geruch seiner Panik. Falls er glaubte, er könnte mich auf seine Seite ziehen, mich dazu bringen, ihm wieder zu vertrauen, mich zum Bleiben bewegen, dann täuschte er sich gewaltig. Aber ich musste so tun, als wäre ich offen, als würde ich ihm so aufmerksam zuhören, dass ich meine Meinung vielleicht noch änderte.

«Als ich bei ihr ankam», sagte er, «und Zara tot da liegen sah, da wusste ich, das Ganze ist Wahnsinn. Es war ein

Albtraum, und ich bin plötzlich aufgewacht. Ich dachte, das bist du, nicht Zara. Da ist mir plötzlich klar geworden, wie sehr ich dich liebe und dass ich das alles nicht durchziehen kann.»

«Dann habt ihr das also gemeinsam geplant … du und Julie? Ihr wolltet mich umbringen?» War es tatsächlich noch so viel schlimmer, als ich geglaubt hatte? Hatten die beiden meinen Tod gewollt? Julie und Bobby? Alle beide?

«Niemand wollte dich umbringen», sagte Bobby. Sein Ton klang so eindringlich wie eine Lokomotive, die um jeden Preis vorwärtsdrängt. Ich kannte diese brennende Beharrlichkeit aus meiner Kindheit, wenn ich versuchte, meine Eltern davon zu überzeugen, dass ich gar nichts angestellt hatte, obwohl ich es natürlich doch gewesen war. «Sie wollte, dass es so aussieht, als hättest du Zara umgebracht. Es war alles genauestens geplant. Du solltest ins Gefängnis kommen und aus dem Weg sein, damit wir …» Er sprach nicht weiter.

«Warum seid ihr denn nicht einfach durchgebrannt, Bobby?» Das schien mir das Offensichtlichste zu sein. «Wozu habt ihr euch so viel Mühe gemacht? Ihr hättet doch einfach gehen können.» Als ich sie stellte, diese simpelste aller Fragen, spürte ich, wie ich in Millionen winziger Scherben zersprang, die kaum noch den Umriss einer Frau erahnen ließen. Aber ich konnte, ich *durfte* nicht zusammenbrechen. Ich hatte Kinder. Und unter der zerborstenen äußeren Schicht, die einmal mein Leben gewesen war, hatte ich auch noch mich selbst.

«Darum ging es nie.» Bobby hielt den Blick starr auf den schmutzigen, pockennarbigen Betonboden gerichtet. «Im Grunde wollte sie nur Lexy. Nicht mich.» Er hob den Kopf, und ich sah in seine schwachen, trüben, nichtswürdigen Augen. «Das war alles ihre Idee», sagte er. «Nicht meine. Das musst du mir glauben.»

«Ich glaube dir kein Wort!» Meine Stimme war so laut und hart wie ein Stein, der eine Scheibe durchschlägt, sie in tausend Stücke zerbricht. Jetzt war mir alles egal.

«Es stimmt aber.»

«Lügner!»

Er sah mich mit festerem Blick an. «Sie hasst dich.»

«Nein, das tut sie nicht.»

«O doch.»

«Aber warum denn?»

«Annie … wie soll ich dir das erklären?» Er runzelte die Stirn und suchte nach Worten. «Wenn Julie dich anschaut, sieht sie ihr besseres Ich. Das konnte sie nicht ertragen.»

«Und was ist mit dir? Hasst du mich auch?»

«Nein.»

«Und trotzdem hast du mitgemacht. Du hast ihr das Messer gegeben.»

«Sie hat es einfach genommen», sagte er. «Im März, als sie hier war. Sie hat es eingesteckt, kurz nachdem du es benutzt hattest, damit deine Fingerabdrücke noch dran sind. Sie meinte, auch eineiige Zwillinge haben nicht dieselben …»

«Du wusstest die ganze Zeit von ihrem Plan. Ihr habt das zusammen ausgeheckt!»

«Ich nicht. Sie. Ich habe versucht, ihr das auszureden, aber sie war nicht davon abzubringen. Trotzdem habe ich nie geglaubt, dass sie es tatsächlich durchzieht.»

Was konnte ich darauf noch sagen? Er war an allem beteiligt gewesen, was dazu geführt hatte, dass ich im Frühjahr fortgegangen war … und trotzdem hatte er nicht daran geglaubt?

Er kam näher heran, immer näher, bis er ganz dicht vor uns stand. Lexy war still geworden, sie hatte offensichtlich Angst. Ich hielt sie mit dem linken Arm fest an mich gedrückt. Mit der rechten Hand hielt ich das Messer umklammert. Schweiß lag wie ein Ölfilm auf Bobbys Gesicht. Ich sah an seinen Augen, dass er verschiedene Möglichkeiten abwog.

«Ich habe sie überredet, mir das Messer zu geben, damit ich es mit nach Hause nehmen und sauber machen kann. Ich wollte dich schützen. Ich habe ihr gedroht, wenn sie mir das Messer nicht gibt, sage ich alles der Polizei.»

«Aber dann hättest du ja auch mit dringehangen, Bobby. Du wolltest dich selbst schützen, nicht mich.»

«Das stimmt nicht», sagte er. «Ich liebe dich. Bitte, wasch das Messer mit mir ab und hilf mir, den Abfluss zu reinigen. Wir lassen einfach das Rohr austauschen. Dann ist alles vorbei.»

Ich würde es tun, wenn ich musste, wenn es mir half, die nächste Stunde zu überleben. Aber eines musste ich vorher noch wissen: «Bobby, was erwartet Julie jetzt von dir?»

«Nichts. An dem Morgen, unter dem Baum, als du uns fotografiert hast, habe ich alles beendet. Deshalb ist sie auch mit Lexy abgehauen.»

Ich sah wieder seine verärgerte Miene, die die Kamera festgehalten hatte. Hatte sie da schon damit gedroht, uns Lexy wegzunehmen? Und er hatte sie nicht ernst genommen? Dieser Idiot.

«Gut», sagte ich. «Ich helfe dir, das Messer sauber zu machen.» Schließlich war es voll mit meinen Fingerabdrücken. Mit den Fingerabdrücken und einem deutlich sichtbaren Schatten von Zaras und meinem Blut – tiefgefroren zwar, aber dennoch meins. «Am besten gehen wir nach oben und stecken es mit etwas Bleichmittel in einen Eimer.»

«Ja.» Er lächelte nachgiebig. «Gute Idee.»

Ich drängte mich an ihm vorbei und ging durch den düsteren, schmutzigen Kellerraum, obwohl ich es äußerst riskant fand, ihm den Rücken zuzudrehen. Ich hörte, wie er mir folgte. Erst, als wir die Treppe hinauf waren, wo es Luft und Licht gab, Türen und Fenster, Wege nach draußen, wagte ich wieder zu atmen.

Bobby schloss die Kellertür hinter uns, und ich setzte Lexy auf den Boden. Ohne das Messer loszulassen, bückte ich mich und öffnete den Schrank unter dem Spülbecken, holte den Eimer heraus und füllte ihn mit heißem Wasser. Meine Hände zitterten, als ich das Bleichmittel dazugab. Ich stellte die Flasche offen neben die Spüle und dachte: *Ich könnte ihm das jetzt einfach ins Gesicht schütten, dann sieht er nichts mehr, und ich kann verschwinden …* Aber da war ja noch Lexy, die zwischen Küche und Esszimmer herumkroch und ihren Nachziehhund an seiner Schnur klappernd über den Linoleumboden zog.

«Schraub die Flasche wieder zu», sagte ich zu Bobby. Und er tat es, einfach so. Da begriff ich, wie verängstigt er war. Er wollte einfach nur, dass ich ihm sagte, was er tun sollte. Dieses passive Verhalten war mir früher schon oft auf die Nerven gegangen, doch erst jetzt begriff ich, welche Gefahren darin schlummerten.

Ich ließ das Messer seitlich in den Eimer gleiten und schob es so zurecht, dass es ganz vom Wasser bedeckt war. Der hellrote Film an der Klinge löste sich ab. Ich wusch mir die Hände und trocknete sie an einem Geschirrtuch ab.

Dann drehte ich mich zu meinem Mann um, der sich auf einen Ellbogen stützte und in den Eimer schaute, als wäre es ein Brunnen, in dem man Geheimnisse versenken konnte. Doch das war nicht so. Jetzt kannte *ich* die Wahrheit, und dieses trockene Korn des Wissens würde für den Rest meines Lebens in meinem Kopf sprießen und blühen. Im Tageslicht, das die Küche erfüllte, sah Bobbys Teint wieder gesünder aus, er wirkte seltsam zuversichtlich, als wäre jetzt, da das Problem mit dem Messer aus der Welt war, alles wieder in Ordnung zwischen uns. Er sah fast attraktiv aus, fast liebevoll, fast echt … fast war er wieder mein Bobby. Aber er war es nicht. Und ich musste jetzt tun, was ich tun musste. Ich musste meine ganze Kraft zusammennehmen, um eine einfache Brücke für mich und meine Kinder zu bauen – eine Brücke hinaus in die Sicherheit.

«Ich werde dich jetzt noch um eines bitten», sagte ich. «Eins musst du noch für mich tun. Und das ist wirklich sehr wichtig.»

«Alles, was du willst.» Er berührte mich am Arm. Es sollte wohl eine zärtliche Geste sein, doch für mich fühlte es sich an wie ein Angriff. Ich ließ mir nichts anmerken.

«Ich werde euch beide nicht verraten … wenn du mich jetzt einfach gehen lässt und nicht mehr versuchst, uns zu finden.»

Ein Schleier des Erstaunens, der Panik, der Enttäuschung legte sich über seine Augen, ein ganzer Aufmarsch von Emotionen, viel zu wirr, um sie noch kontrollieren zu können. Einen Moment lang sah es aus, als würde er losheulen, doch er tat es nicht. Er nickte nur. Danach wechselten wir kein Wort mehr miteinander.

Wie schon im Frühjahr stand er in der Tür und sah zu, wie ich Lexy und meine Koffer in den Wagen lud und die Kleine in ihrem Kindersitz festschnallte. Sie hatte gar keine Lust, angeschnallt zu werden, sie wollte in jeder wachen Minute frei und ungebunden die Welt erforschen. Doch heute hatte sie keine Wahl. Ich ließ den Motor an und fuhr los und legte Meter um Meter, Kilometer um Kilometer auf der Straße zurück, die mich weg von ihm führte.

Jetzt war es tatsächlich vorbei. Endgültig. Und ich war endlich fort.

P.J. Tracy

Sieh mir beim Sterben zu

Wunderlich 0859

Eine Braut wird ertränkt. Live.

Zuerst halten alle den kurzen Film für eine Inszenierung. Doch dann werden Leo Magozzi und Gino Rolseth von der Minnesota Police zu einem Tatort gerufen. Ein Mann ist ertrunken. Er trägt ein Brautkleid.
Leo und Gino holen die Monkeewrench Crew ins Boot. Was Grace MacBride und ihre Freunde im Netz entdecken, ist schlimmer als alles, was sie bisher gesehen haben. Denn der Kurzfilm ist nur einer von vielen ...

B 244/1

MIX
Papier aus verantwortungsvollen Quellen
FSC® C083411

Das für dieses Buch verwendete FSC®-zertifizierte Papier *Creamy* liefert Stora Enso, Finnland.